DIE RÜCKKEHR
DER ZAUBERER

WOLFGANG HOHLBEIN

DIE RÜCKKEHR DER ZAUBERER

ROMAN

Erstes Buch
OGDY

1

Blau. Heute war der Himmel blau, mit einem fast metallischen Schimmer; tatsächlich ein bisschen wie ein Stück gehämmertes Eisen, in dem man bei genauem Hinsehen sogar noch das Muster erkennen konnte, das der Hammer des Schmieds hinterlassen hatte. Auch der Farbton selbst war seltsam: Blau mit einem Stich ins Indigo, zugleich aber mit einem Hauch von Grün – eine Farbe, wie Petrov sie noch nie zuvor im Leben gesehen hatte, und er war ziemlich sicher, außer ihm auch noch kein anderer Mensch auf der Welt.

Abgesehen von den acht Männern in seiner Begleitung, selbstverständlich. Und der Bande von Wegelagerern und Mördern, die sie verfolgten.

Petrov löste seinen Blick von dem Flecken sonderbarer blauer Helligkeit im Norden, zerrte mit den Zähnen den Handschuh von der Linken und grub mit der anderen Hand in seiner Jackentasche, bis er den Tabaksbeutel gefunden hatte. Sein Blick, dem nicht die geringste Kleinigkeit entging, glitt dabei routiniert und schnell, fast ohne sein Zutun und ohne den Fluss seiner Gedanken zu unterbrechen, über das kleine, an drei Seiten von Felsen eingerahmte Lager. Seine Wache dauerte noch eine Stunde. Er war müde und fror und er konnte sich noch nicht einmal mit der Aussicht trösten, am Ende dieser Stunde in seinen Schlafsack kriechen und die Augen schließen zu können. Am Ende dieser Stunde würde er sich von dem Stein erheben, auf dem er es sich für die letzten drei Stunden mehr *un-* als wirklich bequem gemacht hatte, die anderen wecken und anschließend dabei helfen das Frühstück zu bereiten, die Tiere zu versorgen und letztlich das Lager abzubrechen, damit sie weiterkonnten.

Vielleicht würde er sich auch um eine dieser Pflichten herummogeln. Manchmal hatte es eindeutige Vorteile, nicht nur der Anführer einer Gruppe, sondern zugleich von allen ein wenig gefürchtet zu sein. Möglicherweise konnte er sich einige Minuten ergaunern, in denen er sicher nicht schlafen, aber doch ein bisschen dösen konnte.

Im Moment war daran nicht zu denken. Auch wenn seine Wache mit – an Sicherheit grenzender! – Wahrscheinlichkeit vollkommen überflüssig war, es war eine Pflicht, die er übernommen hatte, und er würde sie mit der gleichen Zuverlässigkeit erfüllen, die er auch von jedem einzelnen seiner Männer erwartete. Petrov war bei den Soldaten für seine Härte und Unnachgiebigkeit gefürchtet, zugleich aber dafür bekannt nichts von anderen zu verlangen, wozu er nicht auch selbst bereit war. Das war eines der wenigen Prinzipien, die es in Petrovs Leben gab, und vielleicht eines von zweien, denen er immer und unter allen denkbaren Umständen treu blieb.

Das zweite hieß Gerechtigkeit und deshalb hatte man gerade ihn hierher geschickt. Seine Aufgabe beinhaltete vielleicht Menschen töten zu müssen, möglicherweise *viele* Menschen, und die Männer in Moskau, die ihn ausgewählt hatten, wussten, dass er es tun würde, sollte es sich als unumgänglich erweisen.

Petrov verscheuchte den Gedanken ans Töten und alles andere, was vielleicht noch vor ihm lag, und konzentrierte sich für einen Moment ganz auf das kleine Kunststück, sich mit nur einer Hand eine Zigarette zu drehen. Natürlich hätte er beide Hände zu Hilfe nehmen können, aber das hätte bedeutet auch den anderen Handschuh auszuziehen und ihm war auch so schon kalt genug. Das war vielleicht die größte (und unangenehmste) Überraschung gewesen. Als er diesen Auftrag übernommen hatte, in der behaglichen Sicherheit seines Moskauer Büros, war ihm nicht klar gewesen, wie kalt es selbst im Hochsommer in Sibirien sein konnte; zumindest um fünf Uhr morgens und am Ende einer langen, ziemlich eintönigen Nachtwache.

Er hatte die Zigarette fertig gedreht, steckte sie sich zwischen die vor Kälte tauben Lippen und riss ein Streichholz an. Die Miniatur-Explosion des Schwefelkopfes klang in der Stille, die sich über dem Lager ausgebreitet hatte, übernatürlich laut und das plötzliche Licht wirkte so grell wie das einer kleinen Sonne, die gekommen war, um das Erwachen ihrer großen Schwester anzukündigen. Die Ohren einiger Hunde zuckten und das Tier, das ihm am nächsten war, hob erschrocken den Kopf und stieß ein leises, aber drohendes Knurren aus. Petrov machte eine beruhigende Geste mit der behandschuhten Rechten, ehe er das Streichholz an seine Zigarette hielt und einen tiefen Zug nahm.

Die Tiere waren nervös, seit sie Wanawara verlassen hatten, und sie schienen mit jedem Kilometer nervöser zu werden, den sie weiter nach Norden kamen. Vielleicht hing es mit diesem Licht zusammen, das er in den vergangenen drei Nächten beobachtet hatte. Petrov wusste nicht, was es war. Er hatte bisher auch noch nicht wirklich ernsthaft darüber nachgedacht, was dieser seltsame Lichtfleck am Nachthimmel bedeuten mochte. Er war Soldat, kein Wissenschaftler, und würde dieses Geheimnis ohnehin nicht ergründen können. So oder so: Es war etwas ... Unnatürliches, das nicht an den Himmel gehörte, und wahrscheinlich spürten die Hunde dies mit ihren feineren tierischen Instinkten und reagierten entsprechend nervös.

Das war die eine Erklärung. Es gab noch eine zweite – aber die überließ er lieber Fjodr und den anderen abergläubischen Eingeborenen. Solange sie sie nicht zu laut und vor allem nicht in Gegenwart der Soldaten äußerten, hieß das ...

Petrov nahm einen weiteren tiefen Zug aus seiner Zigarette – und richtete sich plötzlich kerzengerade auf. Seine Müdigkeit war wie weggeblasen, auch die Kälte spürte er nicht mehr. Von einer Sekunde auf die andere waren alle seine Nerven bis zum Zerreißen gespannt und seine Sinne schienen mit verdoppelter Schärfe zu funktionieren.

Er hatte ein Geräusch gehört.

Es war unendlich leise, ein Knacken oder Rascheln, vielleicht gerade noch an der Grenze des Hörbaren, aber es gehörte nicht zur normalen Geräuschkulisse des nächtlichen Lagers und Petrov hatte einen Gutteil seines Lebens damit zugebracht, seine Sinne auf solcherlei Störungen zu konditionieren. Aus den Augenwinkeln heraus bemerkte er, dass auch der Hund, der gerade das Streichholz angeknurrt hatte, wieder den Kopf hob. Diesmal knurrte er nicht, aber seine Ohren waren lauschend aufgestellt und seine Augen blickten sehr aufmerksam.

Das Knacken wiederholte sich, ebenso leise wie zuvor, und was

Petrovs Augen nicht sahen, vervollständigte seine Erfahrung: einen Fuß, der unendlich behutsam zu Boden gesenkt wurde und sicher nicht so leichtsinnig war, dabei einen Ast zu zerbrechen oder gegen einen Stein zu stoßen. Trotzdem vermochte sich niemand *vollkommen* lautlos zu bewegen. Auf dem Boden lagen trockene Tannennadeln, Laub. Aus Petrovs Verdacht wurde Gewissheit. Jemand war hier.

Und wer immer es war, er verstand sein Geschäft. Hätte irgendein anderer diese letzte Wache übernommen und nicht ein Mann, der die beste Ausbildung genossen hatte, die der russische Geheimdienst zu bieten hatte, wäre es ihm zweifellos gelungen, unbemerkt das Lager zu betreten. Mit Ausnahme dieses einen Tieres, das ohnehin schon wach gewesen war, spürten nicht einmal die Hunde etwas von seiner Annäherung.

Petrov widerstand der Versuchung den Kopf zu drehen und sich umzublicken. Er sah weiter starr zu der sonderbaren Lichterscheinung am Himmel hinauf. Der Fleck begann allmählich zu verblassen, im gleichen Maße, in dem das Licht des neuen Tages den Himmel eroberte. Es interessierte Petrov nicht mehr. Der Neunzig-Grad-Ausschnitt der Welt, den er einsehen konnte, ohne den Kopf oder die Augen zu bewegen, blieb unbewegt und leer, doch er war mittlerweile nicht mehr darauf angewiesen etwas zu hören oder zu sehen. Er *spürte*, dass jemand da war.

Während er an seiner Zigarette zog, glitt seine linke Hand langsam, fast unmerklich und buchstäblich Millimeter für Millimeter an seiner Seite herab. Er hatte das Gewehr entsichert rechts neben sich stehen und er wusste mittlerweile auch wenigstens ungefähr, aus welcher Richtung sich die Schritte näherten. Bei seiner Reaktionsschnelligkeit würde er kaum eine Sekunde brauchen, um die Waffe zu ergreifen, sich in Schussposition zu bringen, zu zielen und abzudrücken; und mit einiger Wahrscheinlichkeit sogar zu treffen.

Trotzdem vielleicht nicht schnell genug. Außerdem würde er mit dieser drastischen Reaktion möglicherweise eine Kette von Ereignissen in Gang setzen, die so nicht ablaufen musste. Petrov ging zwar instinktiv davon aus, dass der nächtliche Besucher zu den Männern gehörte, die sie verfolgten, und das war auch gut so, denn er war lieber auf das Schlimmste vorbereitet, als eine böse Überraschung zu erleben – aber es *musste* nicht so sein. Sie befanden sich in einem Teil des Landes, der nicht nur sehr groß und sehr kalt, sondern auch sehr *leer* war. Vielleicht näherten sich tatsächlich bewaffnete und zu allem entschlossene Männer dem Lager, vielleicht aber war es auch nur ein harmloser Nomade, ein nächtlicher Wanderer, der das Feuer gesehen hatte. Vielleicht jemand, der Hilfe brauchte. Oder Angst hatte.

Seine Hand hatte die wenigen Zentimeter zurückgelegt und befand sich nun in unmittelbarer Nähe der Pistole, die er unter dem Gürtel trug. Sie zu ziehen würde wesentlich länger dauern als der Griff zum Gewehr, denn die Pistole befand sich unter seiner geschlossenen Jacke und war noch dazu gesichert, doch Petrov wusste, dass er im Notfall trotzdem schnell genug sein würde.

Wieder hörte er die Schritte. Sie waren so leise wie zuvor, jetzt aber so deutlich, dass er ihren Ursprung identifizieren konnte: Sie kamen aus dem dunklen Bereich zwischen den beiden großen Zelten, in denen die Soldaten schliefen, und dem kleineren, runden Zelt, in dem Fjodr nächtigte. Eine hervorragende Wahl, wollte man sich dem Lager nähern: Das Weiß der Zelte narrte das Auge und ließ die Dunkelheit dazwischen noch tiefer erscheinen und die Lage des Lagers vor der Felswand ließ dem Wind nur diesen einzigen Weg wieder hinaus, sodass er jede fremde Witterung von den Hunden weg statt zu ihnen hintragen musste. Petrov selbst hätte keinen besseren Weg finden können, um unbemerkt in das Lager einzudringen.

Zugleich überzeugte ihn diese Erkenntnis aber auch davon, dass er es wohl *nicht* mit den Männern zu tun hatte, die sie verfolgten. So gut waren die nicht. Außerdem wären sie kaum das Risiko eingegangen, einen Kundschafter ins Lager zu schicken, der nicht viel mehr herausbekommen konnte, als auch aus sicherer Entfernung zu sehen war. Eher hätten sie versucht, sich dort oben auf den Felsen zu schleichen, um Petrov und seine Leute einen nach dem anderen über den Haufen zu schießen. Aber dort oben war niemand. Petrov hätte es gespürt.

Trotzdem ließ er die Hand in der Nähe der Pistole liegen und blieb weiter sehr wachsam. Dass es sich nicht um die Räuberbande handelte, die zum Gegenangriff ansetzte, musste keineswegs bedeuten, dass der nächtliche Besucher in friedlicher Absicht kam. Dieses Land war sehr groß. Und sehr verschwiegen.

Die Schritte hatten jetzt aufgehört. Die Schatten zwischen den

Felsen waren auch weiterhin nichts als Schatten, eine Ansammlung sonderbar klumpiger Finsternis, und doch glaubte Petrov die Gestalt dort mittlerweile so deutlich auszumachen, als könnte er sie tatsächlich sehen. Der Fremde stand einfach da und beobachtete ihn, und obwohl Petrov keinerlei verräterische Bewegung gemacht hatte, war er plötzlich doch ziemlich sicher, dass der andere wusste, dass er ihn entdeckt hatte.

Er nahm einen letzten Zug aus seiner Zigarette, warf sie zu Boden und trat sie sorgsam mit der Stiefelspitze aus, ehe er aufstand und seine Jacke aufknöpfte, die Hand deutlich sichtbar auf den Pistolengriff legte und laut in die Dunkelheit hinein sagte: »Du kannst ruhig näher kommen. Ich habe dich gesehen.«

Die einzige unmittelbare Reaktion auf seine Worte kam aus einem der Zelte: ein unwilliges Grunzen, dem das Rascheln von Stoff folgte. Petrov wartete eine Sekunde lang darauf, dass die Zeltplane zurückgeschlagen wurde und ein – seinetwegen auch verschlafenes – Gesicht ins Freie blickte.

Natürlich geschah das nicht. Er hätte darauf bestehen sollen, eine Abteilung ausgebildeter Soldaten mitzunehmen statt eines halben Dutzends Rekruten, die noch grün hinter den Ohren waren.

»Du kannst natürlich noch länger dort herumstehen und frieren«, fuhr er nach ein paar Augenblicken fort. Dann machte er eine Kopfbewegung zu dem halb heruntergebrannte Feuer. »Aber du kannst auch hierher kommen und dich ein bisschen aufwärmen. Ich habe auch noch Kaffee.«

Eine Sekunde lang schien es, als würde auch diesmal keine Reaktion erfolgen, dann trat eine Gestalt zwischen den beiden Zelten hindurch und Petrov erlebte eine Überraschung.

Es war ein Kind. Seiner Größe nach konnte es kaum älter als fünf oder sechs Jahre sein. Petrov konnte nicht sagen, ob es ein Junge oder ein Mädchen war, denn es trug einen der Jahreszeit trotz der Kälte vollkommen unangemessenen Fellmantel und Handschuhe und der größte Teil seines Gesichtes verbarg sich unter einer schweren Fellmütze, die seiner Silhouette etwas von einem missgestalteten Kobold verlieh.

»Was ...?« Petrov hob die Hand. Praktisch in der gleichen Sekunde trat eine zweite, sehr viel größere Gestalt aus der Nacht heraus und Petrov senkte die Rechte hastig wieder auf den Pistolengriff. Diese zweite Gestalt war so riesig, wie die erste klein war, und sichtlich ebenso alt wie jene jung. Obwohl der Mann gebeugt dastand, war er noch immer ein gutes Stück größer als Petrov, der selbst wahrlich alles andere als schmächtig oder klein war, und Petrov schätzte ihn impulsiv auf ungefähr hundert Jahre. Er war auf die gleiche Weise gekleidet wie das Kind – ein grob genähter Mantel aus Rentierfell, schwere Stiefel und grobschlächtige Handschuhe –, jedoch barhäuptig, und er sah auf eine sonderbare, nicht körperliche Art müde aus. Etwas Seltsames ging von ihm aus: ein fast unheimlicher Odem von Alter, Wissen und Unnahbarkeit, den Petrov beinahe wie etwas körperlich Greifbares spürte und der ihn schaudern ließ.

Was jedoch ganz und gar nicht von ihm ausging, das war gleich welche Art der Bedrohung. Petrov wurde sich seiner Hand, die immer noch auf dem Pistolengriff lag, plötzlich auf so unangenehme Art bewusst, dass er sie mit einer hastigen Bewegung zurückzog.

Als wäre die Bewegung ein Signal gewesen, begann das Kind in der gleichen Sekunde zu sprechen: zwei, drei Sätze in einem Dialekt, der Petrov ebenso unverständlich war wie das Kauderwelsch, das der Vorsteher der Handelsstation in Wanawara gesprochen hatte. Möglicherweise war es sogar der gleiche Dialekt.

»Ich verstehe dich leider nicht«, sagte er langsam und mit übertrieben deutlicher Betonung. Dann wandte er sich auf die gleiche Weise an den Alten. »Sprichst du unsere Sprache? Verstehst du mich?«

Zu seiner Enttäuschung – wenn auch nicht Überraschung – antwortete der Alte in dem gleichen, leicht unangenehm anzuhörenden Idiom wie das Kind, begleitete seine Worte jedoch mit einer Anzahl komplizierter Gesten, mit denen er zum Teil in den Himmel hinauf deutete, zum Teil aber auch auf die Zelte, auf Petrov und das Feuer. Er kam näher. Petrov konnte sein Gesicht jetzt deutlicher erkennen und relativierte seine Schätzung um ungefähr fünfundzwanzig Jahre nach unten, blieb aber erstaunt über das sichtbare Alter dieses Gesichtes. Es war ein wahres Labyrinth aus Falten, Runzeln und Narben, die zahllose Jahre darin hinterlassen hatten. Die Augen des Alten blickten sehr wach, waren aber trotzdem vom Alter getrübt. Petrov vermutete, dass er an grauem Star litt, einer Krankheit, von der er gelesen hatte, dass sie vor allem unter den Bewohnern der noch nicht von der Zivilisation erreichten Landstriche sehr verbreitet war. Etwas weniger verbreitet schien in dieser Gegend leider Gottes der Gebrauch der russischen Sprache zu sein.

»Ich fürchte, ich verstehe dich auch nicht, mein Freund«, sagte Petrov kopfschüttelnd. »Aber komm näher. Setz dich ans Feuer und bring deinen kleinen Freund da mit. Seid ihr allein oder sind da draußen noch andere?« Er deutete mit der linken Hand in die Dunkelheit hinaus und wollte die andere in einer vertraulichen Geste auf die Schulter des Alten legen, aber der Fremde reagierte völlig unerwartet: Er fegte Petrovs Hand mit einer Bewegung beiseite, die so hart war, dass es weh tat und Petrov überrascht einen Schritt zurückwich, und begann gleichzeitig immer hektischer in den Himmel hinauf zu gestikulieren. Seine Stimme wurde immer schriller. Petrov verstand die Worte so wenig wie bisher, aber er hätte schon taub sein müssen, um nicht zu begreifen, dass das, was er in der Stimme des alten Mannes hörte, verdächtig nahe an Panik grenzte.

»Nun beruhige dich erst einmal«, sagte er, während er wieder auf den Alten zu trat und ihm – diesmal weit fester – erneut die Hand auf die Schulter legte. Mit schon etwas mehr als sanfter Gewalt führte er ihn zum Feuer und drückte ihn auf denselben Stein hinab, auf dem er selbst bisher gesessen und auf das Ende der Nacht gewartet hatte. »Komm. Setz dich hin und wärm dich auf. Hier – das wird dir bestimmt gut tun.«

Er ließ sich in die Hocke sinken, nahm die Kaffeekanne vom Feuer und goss einen Becher voll ein. Der Alte hörte zwar nicht auf zu lamentieren, griff aber trotzdem nach dem Becher und verzog zufrieden das Gesicht, nachdem er von seinem Inhalt gekostet hatte. Offenbar war er nicht sehr anspruchsvoll. Der Kaffee stand seit Mitternacht auf dem Feuer und hatte sowohl die Konsistenz als auch ungefähr den Geschmack von verdünntem Teer.

Petrov überzeugte sich mit einem raschen Blick davon, dass das Kind ihnen gefolgt war, dann stand er auf und deutete mit übertriebener Gestik zuerst auf Fjodrs Zelt, dann auf sich.

»Ich bin gleich zurück«, sagte er. »Bleib einfach hier, in Ordnung?«

Der alte Mann schien zumindest den Sinn seiner Worte verstanden zu haben, denn er nickte ebenso übertrieben, dann trank er einen größeren Schluck von seinem Kaffee. Petrov fühlte sich leicht angewidert, als er sah, dass der Mann keinen einzigen Zahn mehr im Mund hatte.

Er wartete, bis das Kind ebenfalls am Feuer Platz genommen hatte, dann wandte er sich rasch um und ging zu Fjodrs Zelt. Der Tunguse schlief, aber anders als etwa die Soldaten in den beiden benachbarten Zelten öffnete er sofort die Augen, als Petrov die Plane vor dem Eingang beiseite schlug, und er schien auch sofort hellwach zu sein.

»Es tut mir Leid, dass ich Sie so früh wecken muss«, sagte Petrov. »Aber ich fürchte, ich brauche Ihre Hilfe.«

Fjodr arbeitete sich mit schlaftrunkenen und trotzdem sehr schnellen Bewegungen aus seinem Schlafsack und dem Gewirr darumgewickelter Decken heraus und begann sich anzuziehen und Petrov ging wieder zum Feuer zurück. Das Kind hatte mittlerweile mit untergeschlagenen Beinen neben dem Alten Platz genommen, Mütze und Handschuhe abgestreift und die Hände über das Feuer gereckt. Petrov konnte immer noch nicht sagen, ob es ein Junge oder ein Mädchen war: Es hatte schulterlanges, gelocktes schwarzes Haar, das irgendwie nicht zum mongolischen Schnitt seines Gesichtes passen wollte, und beunruhigend wache Augen.

Die beiden unterhielten sich leise, unterbrachen ihr Gespräch aber sofort, als Petrov zu ihnen trat. Der Alte nippte noch einmal an seinem Kaffee und reichte die Tasse dann an das Kind weiter. Petrov sah überrascht zu, wie der Knirps einen gewaltigen Schluck von dem Gebräu nahm und mit deutlichen Anzeichen von Wohlbefinden das Gesicht verzog.

Der Alte begann wieder zu sprechen. Petrov verstand die Worte so wenig wie zuvor, aber ihm fiel auf, dass die meisten seiner hektischen Gesten in den Himmel hinauf deuteten. Nach Norden. In die Richtung, in der Petrov während der vergangenen Nächte das seltsame Licht beobachtet hatte. »Ich hoffe, ihr seid nicht extra hierher gekommen, um mir irgendwelchen abergläubischen Firlefanz zu erzählen, mein Freund«, sagte Petrov. »Dann hättet ihr euch den Weg nämlich sparen können.«

Seine Worte riefen einen weiteren, von heftigem Gestikulieren begleiteten Redeschwall des Alten hervor, in den nach einem Moment auch das Kind einstimmte. Petrov sah ungeduldig über die Schulter zurück. Wo blieb Fjodr?

Der Tunguse rumorte weiter lautstark in seinem Zelt herum; laut genug eigentlich, um das ganze Lager zu wecken. Die Hunde waren mittlerweile auch wach und blickten aufmerksam und misstrauisch zu ihnen hin. Einige sogen hörbar die fremde Witterung der beiden nächtlichen Besucher ein, andere wirkten angespannt und sprungbereit. Die Hunde waren eindeutig wachsamer als das halbe Dutzend Soldaten, das eigentlich zu seinem Schutz mitgekommen war, dachte Petrov. Zumindest das hatte er jetzt schon aus dieser Geschichte gelernt: Er würde nie wieder in Begleitung eines halben Dutzends Rekruten aufbrechen, wenn er nicht ganz genau wusste, was ihn erwartete.

Es verging eine kleine Ewigkeit, bis die Plane vor Fjodrs Zelt endlich zur Seite geschlagen wurde und der Tunguse ins Freie trat.

Und so abrupt stehen blieb, als wäre er gegen eine unsichtbare Glaswand gelaufen.

Es dauerte nur eine Sekunde, aber Fjodr verlor in dieser Zeitspanne so gründlich die Kontrolle über sein Gesicht, dass Petrov darin lesen konnte wie in einem offenen Buch. Und er erfuhr eine ganze Menge in dieser kurzen Zeit.

Das eine war, dass Fjodr den alten Mann offensichtlich kannte.

Das andere war, dass diese Bekanntschaft ebenso offensichtlich unangenehmer Natur war.

Und das dritte war, dass Fjodr offenbar daran gelegen war, dass er, Petrov, nichts von alledem erfuhr. Sein Blick verirrte sich für einen winzigen Moment in Petrovs Richtung, und während dieser Zeitspanne sah Petrov darin einen mindestens ebenso tiefen, wenn auch völlig anders motivierten Schrecken. Irgendetwas stimmte hier nicht.

Petrov hatte sich jedoch weitaus besser in der Gewalt als der Tunguse. Er war ziemlich sicher, dass Fjodr nicht ahnte, dass er um sein kleines Geheimnis wusste, und er beschloss, das Spielchen noch eine kleine Weile weiterzuspielen.Vielleicht erfuhr er auf diese Weise mehr.

»Gut, dass Sie kommen«, sagte er mit gespielter Erleichterung. »Diese beiden sind gerade hier aufgetaucht. Anscheinend haben sie irgendein wichtiges Anliegen, aber ich verstehe sie leider nicht. Ich hoffe, Sie sprechen ihren Dialekt.«

»Gern«, antwortete Fjodr. Das war eine Eigenart, an die sich Petrov trotz der knappen Woche, die sie nun zusammen waren, noch immer nicht völlig gewöhnt hatte. Der Tunguse sprach das Russische zwar nahezu akzentfrei, benutzte aber manchmal die falschen Wörter. Vor allem, wenn er nervös war. Petrov trat lächelnd und mit nichtssagendem Gesichtsausdruck zurück, behielt sowohl Fjodr als auch den Alten jedoch aufmerksam im Auge. Fjodrs Körpersprache und vor allem die *Art*, wie die beiden miteinander sprachen, verrieten ihm fast ebenso viel, als wenn er die Unterhaltung tatsächlich verstanden hätte. Fjodr wirkte angespannt und auf eine defensive Art aggressiv; aber auch immer noch – und jetzt vielleicht noch deutlicher – erschrocken.

»Also?«, fragte er, nachdem sich Fjodr und der alte Mann eine Weile auf diese sonderbar beunruhigende Art unterhalten hatten. »Wer sind die beiden? Was wollen sie?«

»Tempek«, antwortete Fjodr, während er sich nervös mit dem Handrücken über das Kinn fuhr. Es entstand ein Geräusch wie von schweren Lederschuhen, die durch ein Stoppelfeld schlurfen. »Sein Name ist Tempek. Er ist ein Wanderer. Ein heiliger Mann.«

»Ein heiliger Mann?« Petrov warf einen nervösen Blick auf Tempek hinab. »Sie meinen, ein … Schamane?« Das gefiel ihm nicht. Wie die meisten primitiven Stämme waren die Tungusen ein sehr abergläubisches Volk mit einer strengen, wenn auch fast undurchschaubar komplizierten Hierarchie, in der die Schamanen eine wichtige Rolle spielten; vielleicht die wichtigste überhaupt. Wenn dieser alte Mann tatsächlich ein solcher Schamane war, dann bedeutete sein Auftauchen wahrscheinlich zusätzlichen Ärger. Und den konnte er im Moment wahrlich nicht gebrauchen.

Fjodr schüttelte jedoch den Kopf. »Nicht genau«, antwortete er. »Er war einmal ein Schamane. Jetzt ist er ein Wanderer. Er zieht durch die Welt und sucht die Wahrheit.«

»Die Wahrheit.« Petrov unterdrückte ein Seufzen. Irgend so ein Larifari hatte er halbwegs erwartet. Sein ungutes Gefühl schien sich zu bewahrheiten. Das Auftauchen dieses alten Mannes und seines kindlichen Begleiters *bedeutete* Ärger. Die Wahrheit … Was zum Teufel sollte das sein?

»Was wollen sie?«, fragte er geradeheraus.

Fjodr druckste gerade lange genug herum, um Petrov begreifen zu lassen, dass er nicht die *ganze* Antwort erfahren würde. »Einen warmen Platz am Feuer und vielleicht etwas zu essen … Sie sind … auf der Wanderschaft.«

Petrov deutete in den Himmel hinauf, nach Norden. »Was wissen sie über das Licht?«

Fjodr fuhr ein ganz kleines bisschen zusammen und sah mit

einem Mal noch nervöser aus, aber das Kind begann plötzlich mit beiden Händen in die gleiche Richtung wie er zu gestikulieren und sagte ein paarmal »Ogdy! Ogdy!« und noch etwas, das Petrov nicht verstand.

»Ogdy?«, wiederholte er fragend. »Was bedeutet das?«

Das Kind wiederholte seine Worte, lauter und aufgeregter als zuvor, während Fjodr erneut zwei, vielleicht drei Sekunden verstreichen ließ, ehe er mit allen Anzeichen des Unbehagens antwortete: »Der Gott des Feuers und des Donners. Der Junge glaubt, dass Ogdy sich anschickt, auf die Erde herabzusteigen. Das Licht kündigt sein Nahen an.«

»Blödsinn«, antwortete Petrov impulsiv. Aber innerlich war er nicht annähernd so überzeugt, wie sein Tonfall vielleicht glauben machte.

»Ich sage nur, was *er* sagt«, antwortete Fjodr unbehaglich. Nach einer hörbaren Pause und in eindeutig trotzigem Ton fügte er hinzu: »Ich bin nur der Übersetzer, sonst nichts.«

»Wer ist dieser Junge?«, fragte Petrov.

»Haiko«, antwortete Fjodr. »Sein Name ist Haiko. Er ist ein ...« Während er nach dem passenden Wort suchte, irrte sein Blick unstet überallhin, nur nicht in Petrovs Richtung. Schließlich zuckte er mit den Schultern und sagte: »Sie würden ihn als ... Medium bezeichnen.«

»Als Medium?«

»Er sieht Dinge«, antwortete Fjodr. »Dinge, die kommen. Die geschehen. Schlimme Dinge, manchmal.«

»Sie meinen, er ist so eine Art ... Prophet?«, vergewisserte sich Petrov zweifelnd. »Aber er ist höchstens fünf Jahre alt.«

»Die Wahrheit nimmt keine Rücksicht auf das Alter«, antwortete Fjodr. »Manchmal sind es gerade die ganz Jungen oder die ganz Alten, die sie am deutlichsten sehen.«

»Das da oben ist ein Nordlicht«, sagte Petrov. »Nicht mehr.«

»So nennen Sie es«, antwortete Fjodr ernst. »Wo steht geschrieben, dass sich zwei Wahrheiten nicht in einer treffen können?«

Das Gespräch begann sich in eine Richtung zu bewegen, die Petrov immer weniger gefiel. Er verbiss sich die spöttische Antwort, die ihm auf der Zunge lag, drehte sich stattdessen herum und ging mit schnellen Schritten zu einem der beiden Zelte hinüber, in denen die Soldaten schliefen. Mit der Ankunft Tempeks und des Jungen war die Nacht ohnehin zu Ende gegangen.

Warum sollte er der Einzige sein, der einen schlechten Morgen hatte?

Er versetzte der Zeltstange einen Tritt, die das ganze Gebilde zum Wackeln brachte. Aus dem Inneren des Zeltes antworteten ein wütendes Grunzen und das Rascheln von Stoff auf die Störung. Einen Moment später erschien ein zorniges Gesicht zwischen den Zeltplanen des Eingangs.

»Zeit zum Aufstehen«, sagte Petrov grob, ehe der Soldat Gelegenheit fand irgendetwas zu sagen, das ihm später vielleicht Leid tun würde. »Wecken Sie die anderen. Wir brechen in einer halben Stunde auf.«

Natürlich war das illusorisch. Es war nicht damit getan, die Rekruten aus ihren Schlafsäcken und in die Uniformen zu scheuchen. Das Lager musste abgebaut und alles sorgsam verpackt werden. Sie mussten die Hunde versorgen und die Schlitten anspannen und anschließend alle Spuren tilgen, so gut es ging. Petrov bestand darauf, die Plätze, an denen sie gewesen waren, möglichst so zu verlassen, wie sie sie vorgefunden hatten. Nicht nur, um keine Spuren zu hinterlassen, welche die Männer, die sie suchten, warnen mochten, sondern auch und vielleicht vor allem, weil er einen tief verwurzelten Respekt vor der Natur und der Größe der Schöpfung empfand.

Warum auch immer – sie hatten es noch nie geschafft, in weniger als einer Stunde aufzubrechen. Petrov störte dies jedoch nicht. In einer Stunde würde es richtig hell sein, sodass sie den Spuren der Bande besser folgen konnten. In den letzten Tagen waren die ohnehin immer deutlicher geworden und vielleicht war ja dies in letzter Konsequenz der wahre Grund für seine Unruhe: Die Chancen, die Flüchtlinge heute zu stellen, waren so gut wie nie zuvor. Petrov hatte keine Angst davor, aber er war auch nicht unbedingt wild darauf, ein Blutbad anzurichten. Ein paarmal hatte er sich sogar schon bei dem Gedanken ertappt, dass es vielleicht die eleganteste Lösung wäre, wenn sie die Spuren der Männer einfach verloren und die Bande in den unendlichen Weiten dieses Landes verschwand, um nie wieder aufzutauchen.

Eine hübsche Idee, aber leider nicht sehr realistisch. Wenn er es darauf anlegte, würde es ihm bestimmt gelingen, die Bande aus dieser Gegend zu vertreiben. Aber sie würden eben nicht einfach verschwinden, sondern irgendwo, vielleicht tausend Kilometer entfernt, wieder auftauchen und dort ihr Unwesen treiben. Man hatte ihn nicht hierher geschickt, um das Problem zu verlagern, sondern um es zu lösen.

Als er zum Feuer zurückkam, hatte Fjodr bereits frischen Kaffee aufgebrüht und sowohl Tempek als auch dem Jungen einen Becher eingeschenkt. Petrov kommentierte es mit einem missbilligenden Stirnrunzeln. Fünfjährige sollten noch keinen Kaffee trinken, fand er. Aber sie sollten auch nicht mit fünfundsiebzigjährigen Greisen durch ein menschenleeres Land vagabundieren und Unheil predigen. Beides war jedoch weder sein Problem noch bildete er sich ernsthaft ein, irgendetwas daran ändern zu können oder auch nur zu sollen, und so schwieg er.

Fjodr und ihre beiden Besucher unterhielten sich in leisem, aber sehr aufgeregtem Ton weiter, während Petrov mit wachsender Verstimmung zusah, wie die Soldaten schlaftrunken aus den Zelten hervorkrochen und versuchten wenigstens so zu tun, als verdienten sie die Uniformen, in denen sie steckten. *Kinder,* dachte er. *Das sind nicht mehr als Kinder.* Der älteste der Rekruten war vielleicht zwanzig, wenn überhaupt. Wäre dies hier wirklich ein *Kriegs-* und nicht nur ein besserer Polizeieinsatz, dann wären sie jetzt vermutlich alle schon tot.

Ein mindestens ebenso großer Teil seiner Aufmerksamkeit galt jedoch nach wie vor dem Gespräch zwischen Fjodr und den beiden anderen. Er verstand nichts davon, aber für seinen Geschmack fiel das Wort »Ogdy« entschieden zu oft und er ertappte sich selbst ein paarmal dabei, wie er den Blick hob und nervös in die Richtung sah, in der er die Zeichen des herannahenden Feuergottes am Nachthimmel bemerkt hatte. Er war auch gar nicht mehr ganz davon überzeugt, dass es wirklich ein Nordlicht gewesen war. Es *musste* ein Nordlicht sein, natürlich, was sollte es sonst sein – aber er hatte noch nie von einem Nordlicht gehört, das drei Nächte hintereinander an der gleichen Stelle am Himmel erschien und dabei seine Farbe wechselte. Außerdem war es *eindeutig* größer geworden. Oder näher gekommen.

Eigentlich nur, um auf andere Gedanken zu kommen, drehte er sich wieder ganz zu Tempek und Fjodr herum und sagte: »Fragen Sie ihn, ob sie die Spuren der Männer gesehen haben, denen wir folgen.«

Fjodr gehorchte und Tempek antwortete mit einem wahren Redeschwall, in dem schon wieder mehrmals der Name des Feuergottes enthalten war.

»Er fragt, wer diese Männer sind«, übersetzte Fjodr, »und warum wir und die Soldaten sie verfolgen.«

Petrov fragte sich leicht verärgert, warum Fjodr diese Frage nicht von sich aus beantwortet hatte, denn das wusste er so gut wie sie alle, erwiderte aber trotzdem: »Sagen Sie ihm, dass es schlechte Menschen sind. Diebe und Mörder, die die Handelsstation überfallen und mehrere Menschen getötet haben. Wir sind hier, um sie einzufangen und in die Stadt zu bringen, damit sie vor Gericht gestellt werden können.«

»Vor welches Gericht?«, ließ Tempek Fjodr fragen.

»Vor das einzige natürlich«, antwortete Petrov. »Ich wollte mich nicht rechtfertigen, Fjodr, sondern nur wissen, ob sie etwas von diesen Männern gehört haben. Sagen Sie ihm das.«

Das tat Fjodr eindeutig nicht, denn das, was er übersetzte, war dafür viel zu kurz. Der Alte antwortete: »Wie viele Männer haben sie getötet?«

»Zwei«, antwortete Petrov. »Von denen wir wissen. Möglicherweise mehr.«

»Und sie sind neun«, übersetzte Fjodr Tempeks Worte. »Ihr habt Waffen. Ihr werdet sie benutzen, wenn sie nicht freiwillig mitkommen.«

»Nur, wenn es sich nicht vermeiden lässt«, sagte Petrov.

»Sie werden nicht freiwillig mitkommen«, beharrte Tempek. »Ihr werdet kämpfen müssen. Es wird Tote geben. Vielleicht werdet ihr sie alle töten müssen und wahrscheinlich töten auch sie ein paar von euch.«

»Vielleicht«, sagte Petrov unbehaglich.

»So viele Leben, um zwei zu rächen«, sagte Tempek. »Ist das ein weiser Entschluss?«

»Gerechtigkeit hat nichts mit Rache zu tun«, antwortete Petrov. Zugleich fragte er sich, warum er dieses immer absurder werdende Gespräch überhaupt führte. Wer war er, dass er sich vor diesem komischen Alten rechtfertigen musste?

»Sie ist nichts anderes«, beharrte Tempek. »Diese Männer, die ihr als schlechte Menschen bezeichnet, haben gegen eure Gesetze verstoßen. Aber es sind schlechte Gesetze, die zehn Leben opfern, um eines zu rächen.«

»Möglicherweise«, antwortete Petrov. »Aber es sind die einzigen, die wir haben. Jemand muss dafür sorgen, dass sie eingehalten werden.«

»Und dieser Jemand sind Sie?«

»Ich oder ein anderer, das spielt keine Rolle. Jemand muss es tun.«

Tempek schüttelte traurig den Kopf. »Eure Gesetze. Euer Land. Aber das hier ist nicht euer Land und hier gelten nicht eure Gesetze. Dieses Land gehört niemandem. Nur den Göttern und den Bäumen.«

»Ich fürchte, diese Meinung kann ich nicht ganz teilen«, sagte Petrov.

»Weil ihr die Macht habt euren Willen hier durchzusetzen? Ihr habt Gewehre und ihr habt Soldaten. Genug Gewehre und genug Soldaten, um eurer Gerechtigkeit auch hier Geltung zu verschaffen. Auch gegen den Willen derer, die hier leben?«

»Wenn es sein muss«, antwortete Petrov.

»Dann seid ihr nicht besser als die, die ihr jagt«, sagte Tempek. »Geht weg. Eure Gewehre haben hier so wenig Macht wie eure Gesetze.«

Fjodr übersetzte die letzten Worte des Alten mit wachsender Nervosität, aber Petrov war nicht wirklich überrascht. Endlich kamen sie zur Sache. Er sah Tempek geschlagene zehn Sekunden lang durchdringend und ausdruckslos an, dann sagte er, ohne den Alten aus den Augen zu lassen, zu Fjodr: »Fragen Sie ihn, ob sie sie geschickt haben, um uns einzuschüchtern.«

Noch bevor Fjodr die Frage übersetzen konnte, antwortete Tempek: »Nein, du hast Recht.« Mit sichtlicher Selbstüberwindung war er plötzlich ins Russische gewechselt. Petrov starrte ihn einen Moment lang an, aber im Grunde empfand er weder Überraschung noch Ärger. »Es sind schlechte Menschen«, fuhr Tempek mit hartem Akzent fort. »Vielleicht hätten sie auch Haiko und mich getötet, wenn sie uns gefangen hätten. Aber es steht euch nicht zu, über sie zu richten.«

»Sollen wir sie laufen lassen und zusehen, wie sie weiter morden und rauben?«, fragte Petrov.

»Dieses Land wird sie richten«, antwortete Tempek mit einer Überzeugung, die es Petrov schwer machte, seine Worte als so lächerlich abzutun, wie sie waren. Er deutete in den Himmel. »Sieh. Ogdy kommt, um Gerechtigkeit walten zu lassen.«

»Darauf kann ich mich nicht verlassen, fürchte ich«, sagte Petrov. »Selbst wenn ich dir glauben würde, Tempek ... wenn ich zurückkehre und den Männern, die uns geschickt haben, berichte, dass uns die Bande entkommen ist, werden sie einen anderen schicken. Und danach wieder einen. So lange, bis die Verbrecher gefasst oder tot sind.« Sein anfänglicher Ärger war vollständig verflogen; vielleicht, weil er spürte, dass Tempek sehr ehrlich war. Im Grunde hatte er nie wirklich daran geglaubt, dass Tempek und der Junge tatsächlich zu der Räuberbande gehörten oder auch nur irgendetwas mit ihnen zu tun hatten. Plötzlich tat ihm der alte Mann beinahe Leid. Er war nicht nur körperlich alt, auch sein Glaube und seine Anschauungen waren Relikte aus einer Zeit, die vielleicht seit einem Jahrhundert vorüber war. Die Größe und Abgeschiedenheit dieses Landes mochten ihn bisher davor bewahrt haben, mit dem neuen Denken konfrontiert zu werden, das jetzt fast überall in der Welt herrschte. Aber die Welt wurde kleiner, mit jedem Tag ein bisschen schneller, und auch in diesem Punkt war es so, wie er eben gesagt hatte: Nach ihm würden andere kommen und danach wieder andere und wieder andere, immer mehr und in immer kürzeren Abständen. Die Geister- und Götterwelt dieses alten Mannes war zum Untergang verurteilt. Seine Götter lagen schon seit einem Menschenalter im Sterben und sie würden wahrscheinlich nicht einmal die nächste Generation überleben. Und je eher Tempek dies begriff, desto weniger schmerzhaft würde – vielleicht – dieses Begreifen für ihn werden.

Er überzeugte sich mit einem raschen Blick davon, dass die Soldaten noch nicht einmal angefangen hatten das Lager abzubauen und ihm noch genug Zeit für dieses Gespräch blieb. Er empfand es mittlerweile nicht mehr als bizarr oder gar lästig wie im allerersten Moment. Ganz im Gegenteil hatte er immer mehr das Gefühl, dass es auf eine besondere Art wichtig war – für Tempek, für den Jungen und nicht zuletzt auch für ihn selbst.

»Ich weiß, dass du es ehrlich mit uns meinst, Tempek«, fuhr er in verändertem, leiserem Ton fort. »Aber du musst verschiedene Dinge begreifen. Die Welt ändert sich. Sie ist nicht mehr so, wie dein Vater es dich gelehrt hat.«

»Alles ändert sich unentwegt«, sagte Tempek, aber Petrov schüttelte den Kopf.

»Ich meine nicht diese Art von Veränderung«, erwiderte er. »Die Menschen haben sich geändert. Ihr Leben. Ihre Art die Dinge zu sehen. Es gibt Maschinen, in denen die Menschen durch die Luft fliegen; in einer Stunde weiter, als ein Pferd in einer Woche laufen kann.«

»Ich weiß, was ein Flugzeug ist«, sagte Tempek mit einem feinen Lächeln.

»Dann weißt du auch, wovon ich rede«, erwiderte Petrov. »Die Welt ist kleiner geworden. Die Art von Gerechtigkeit, von der du redest, war vielleicht früher einmal gültig. Aber das ist nicht mehr so. Dieses Land ist sehr groß, Tempek. Viel größer, als du dir vorstellen kannst. Vor langer Zeit schon haben die Menschen beschlossen, dass überall in seinen Grenzen die gleichen Gesetze gelten sollen. Regeln, an die sich alle zu halten haben. Sie gefallen nicht allen und manche Gesetze sind vielleicht auch nicht gut und viele sind ganz bestimmt nicht *weise*. Aber sie sind nun einmal da und wir alle müssen nach diesen Regeln leben oder dieses Land wird auseinander brechen.«

»Ist das deine Definition von Gerechtigkeit?«, fragte Tempek.

»Solange ich keine bessere finde, ja«, antwortete Petrov aus tiefster Überzeugung.

»Dann tust du mir Leid«, sagte Tempek. »Denn dann werdet ihr alle sterben. Deine Gerechtigkeit mag dort gelten, wo du herkommst, in deiner Welt, die immer kleiner wird und jeden Tag ein bisschen schneller lebt. Aber nicht hier. Dieses Land ist anders. Es ist größer, als *du* dir vorstellen kannst, und unendlich viel älter. Eure Regeln gelten hier nicht. Ihr könnt den Göttern nicht eure Gesetze aufzwingen, ganz gleich, wie viele Soldaten ihr herschickt und wie viele Gewehre sie mitbringen.« Er deutete wieder in den Himmel hinauf. »Ogdy ist nahe. Er kommt, schon sehr bald. Sein Feuer wird Gerechtigkeit walten lassen.«

Petrov resignierte. Es war sinnlos. Er konnte ebenso gut mit einem Stein reden. Natürlich war ihm von Anfang an klar gewesen, dass er Tempek nicht in zwei Minuten vom Gegenteil dessen überzeugen konnte, woran er sein Leben lang geglaubt hatte. Trotzdem war er enttäuscht. Vielleicht, weil er insgeheim gehofft hatte sich selbst von etwas zu überzeugen – ohne genau zu wissen, wovon.

»Ich habe nichts dagegen«, sagte er. »Aber ich glaube, auch er wird nichts dagegen haben, wenn wir seiner Gerechtigkeit mit dem Feuer aus unseren Gewehren den nötigen Nachdruck verleihen.«

»Du solltest die Götter nicht verspotten«, sagte Tempek, allerdings mit einem Lächeln und in einem Ton, in dem nicht die allermindeste Spur von Ärger mitschwang.

»Entschuldige«, sagte Petrov. Er meinte das ehrlich. »Ich wollte dich nicht verletzen.«

»Das hast du nicht.« Tempek trank den letzten Schluck Kaffee und hielt Fjodr die leere Tasse hin. Der Tunguse füllte sie auf und machte eine entsprechende fragende Geste in Petrovs Richtung. Petrov lehnte mit einem stummen Kopfschütteln ab.

»Ihr könnt bleiben, bis wir weitermarschieren«, sagte Petrov. »Braucht ihr etwas? Lebensmittel? Tabak oder Kaffee?« Er machte eine Kopfbewegung in Richtung des Jungen. »Was ist mit seinen Eltern? Ist er allein oder gibt es jemanden, der sich um ihn sorgt?«

Tempek antwortete nicht, aber er tat es auf eine ganz bestimmte Weise, die Petrov ahnen ließ, dass er etwas Falsches gesagt hatte. »Ich habe nicht vor, mich in irgendetwas einzumischen«, fügte er hinzu. »Keine Sorge.«

»Ihr seid es, um die ich mich sorge«, antwortete Tempek. »Du bist ein ehrlicher Mann. Ich bin in vielem anderer Ansicht als du, aber ich sehe, dass du zu dem stehst, woran du glaubst. Du hast die Verantwortung für das Leben deiner Männer. Bring sie fort, solange du es noch kannst. Etwas Furchtbares wird geschehen. Schon sehr bald.«

»Ogdy kommt«, vermutete Petrov.

Diesmal *hatte* er Tempek verletzt, das spürte er sofort. Aber er sah keine Veranlassung mehr sich noch einmal bei dem Schamanen zu entschuldigen. Ohne ein weiteres Wort stand er auf und ging zu den Soldaten hinüber.

2

Seine Schätzung hatte sich als realistisch erwiesen: Es dauerte ziemlich genau eine Stunde, bis das Lager abgebaut und alles so verstaut war, dass sie weiterziehen konnten. Drei Dinge geschahen in dieser Stunde, denen Petrov besondere Beachtung schenkte: Es wurde hell, das seltsame blaue Licht am Himmel erlosch endgültig, überstrahlt vom warmen Gelb der sibirischen Morgensonne, und Tempek und Haiko entschieden sich, noch für eine kleine Weile bei ihnen zu bleiben, um – wie Fjodr Petrov mitteilte – für sie zu beten und vielleicht zu versuchen Ogdys schlimmsten Zorn von ihnen abzuwenden. Petrov argwöhnte allerdings, dass es noch einen Grund gab, der für den Schamanen mindestens ebenso schwer wog: ihr Kaffee. Tempek hatte Unmengen davon getrunken, während sie das Lager abgebrochen hatten, und keinen Hehl aus seiner Enttäuschung gemacht, als Petrov sich weigerte, auch noch eine vierte Kanne aufzusetzen.

Petrov gönnte sich tatsächlich den kleinen Luxus, den er vorhin nur hypothetisch erwogen hatte: Während der letzten Viertelstunde, die die Männer brauchten, um das Lager abzubrechen, setzte er sich auf einen Stein nahe dem Ausgang und döste ein wenig vor sich hin. Möglicherweise wäre er sogar eingeschlafen, aber er war von den Ereignissen der letzten halben Stunde einfach zu aufgewühlt. So glitt er nur für fünfzehn oder zwanzig Minuten auf jenem schmalen Grat zwischen Wachsein und einem Bereich wirrer Traumfetzen dahin und erwachte mit einem schlechten Geschmack im Mund und dem Gefühl, müder und zerschlagener zu sein als zuvor. Automatisch hob er den Blick zum Himmel und sah nach Norden, worüber er sich in der nächsten Sekunde bereits heftig genug ärgerte, um auch noch den letzten Rest von Müdigkeit abzustreifen. Tempeks Gerede hatte offenbar eine nachhaltigere Wirkung auf sein Unterbewusstsein ausgeübt, als er zugeben wollte.

Die Männer waren zum Abmarsch bereit, das Gepäck auf den Schlitten verstaut und die meisten Hunde eingespannt. Obwohl dies der dritte Morgen seit ihrem Aufbruch aus Wanawara war, irritierte der Anblick Petrov immer noch. Sie waren zwar in Sibirien, einem Land, dessen bloßer Name Assoziationen von Schnee, Eisstürmen und Hundeschlitten weckte, aber wenn er sich nicht verzählt hatte, dann war heute der 30. Juni; weit und breit war nicht einmal eine *Spur* von Schnee zu sehen und der Tag versprach sogar recht warm zu werden. Obwohl die Sonne gerade erst aufgegangen war, hatten ihre Strahlen bereits eine erstaunliche Kraft. Trotzdem hatte ihnen der Vorsteher der Handelsstation in Wanawara geraten, statt Packeseln, wie Petrov vorgehabt hatte, die beiden Hundeschlitten zu nehmen. Ein äußerst kluger Rat, wie sich bald herausgestellt hatte. In freiem Gelände glitten die Schlitten auf dem mit Kiefernnadeln und Laub bedeckten Boden fast ebenso leicht dahin wie auf Schnee und wo das Gelände nicht offen war – was für den allergrößten Teil der Strecke galt, die sie bisher zurückgelegt hatten –, erwartete sie ein

Durcheinander von zerklüfteten Felsen, Graten, Schluchten, Geröllfeldern und jäh aufklaffenden Erdspalten, in dem selbst das geschickteste Maultier hoffnungslos stecken geblieben wäre, sofern es sich nicht schon am ersten Tag die Beine gebrochen hätte. Die meiste Zeit mussten sie ihr Gepäck ohnehin auf Schultern und Rücken tragen. Petrov war es ein immer größeres Rätsel, wie es der Bande von Gesetzlosen, die sie verfolgten, überhaupt gelungen war eine so große Distanz zwischen sich und sie zu bringen. Den Aussagen der Zeugen – und den Spuren, die sie hinterlassen hatten – nach zu schließen, waren sie zu Pferde unterwegs.

Sie marschierten eine knappe Stunde, bis sie einen schmalen, aber reißenden Fluss erreichten, der laut Petrovs Karte Markita hieß und ein Nebenarm des Tschambe war, den sie am Vortag überquert hatten. Dieselbe Karte behauptete, dass sie nur ungefähr zehn Kilometer weit nach Osten zu marschieren brauchten, um eine Stelle zu erreichen, an der sie den Fluss nahezu trockenen Fußes überqueren konnten. Ein verlockender Gedanke, zumal sich Petrov lebhaft daran erinnerte, wie eiskalt der Tschambe trotz der Jahreszeit noch gewesen war. Andererseits bedeuteten zehn Kilometer in diesem Gelände einen Fußmarsch von mindestens vier oder fünf Stunden und er hatte nicht die geringste Ahnung, ob die Angaben auf der Karte auch stimmten. Schon mehrfach hatte er feststellen müssen, dass die Landvermesser, nach deren Angaben die Karte gezeichnet worden war, echte Sibirier gewesen sein mussten: Sie hatten ihre eigene Vorstellung von Größe und Relationen.

»Der Berg dort drüben.« Petrov deutete auf eine geschwungene Anhöhe, deren Hang unweit des jenseitigen Flussufers begann und auf einer schwer zu schätzenden Länge immer steiler anstieg. »Hat er einen Namen?«

»Schachorm«, antwortete Tempek, obwohl die Frage eigentlich Fjodr gegolten hatte.

Petrov erwartete halbwegs, dass er dieser Auskunft noch irgendeine düstere Bemerkung hinzufügen würde. Als dies nicht geschah, senkte er seinen Blick wieder auf die Karte und musste zu seiner Überraschung feststellen, dass der Schachorm tatsächlich darauf eingezeichnet war, obwohl es sich um alles andere als einen *großen* Berg handelte. Dahinter begann ein offenbar ausgedehntes Waldgebiet. Wäre er, dachte Petrov, an der Stelle der

Männer, die sie verfolgten, dann würde er versuchen genau dieses Gebiet zu erreichen, um die Vorteile der Pferde auszuspielen und die Distanz zwischen sich und den Verfolgern möglichst schnell zu vergrößern.

Das war die eine Möglichkeit.

Es gab noch eine andere. Sie konnten ebenso gut zwischen den Bäumen dort oben auf der Hügelkuppe hocken und warten, bis er und seine Männer den Hang hinaufmarschierten, um sie in aller Ruhe abzuschießen wie Tontauben auf dem Präsentierteller ...

Petrov rief sich in Gedanken zur Ordnung. Sie waren nicht im Krieg. Die Männer, die sie suchten, waren plündernde Nomaden, die sich irgendwie im Jahrhundert vertan und noch nicht gemerkt hatten, dass die Zeiten Dschinghis Khans vorüber waren, und sie hatten bereits bewiesen, dass sie auch vor Mord nicht zurückschreckten. Aber sie waren nicht dumm. Sie hatten immer noch eine gute Chance ihm und seinen Männern zu entkommen oder mussten es zumindest annehmen, denn sie hatten alle Vorteile auf ihrer Seite: Sie waren zahlenmäßig überlegen, sie waren beritten und damit zumindest in ebenem Gelände schneller und sie waren in diesem Land geboren und kannten sich hier ungleich besser aus.

Wenn sie Petrov und seine Männer töteten, verspielten sie ihre letzte Chance, mit dem Leben davonzukommen, denn Moskau würde als Nächstes eine *wirkliche* Strafexpedition schicken, die sie nötigenfalls bis über die chinesische Mauer jagen würde; schon, um ein Exempel zu statuieren. Petrov hoffte nur, dass die Männer auf der anderen Seite des Flusses dies auch wussten.

»Noch kannst du zurück«, sagte Tempek, beinahe, als hätte er seine Gedanken gelesen.

Vielleicht gab es aber auch eine andere Erklärung.

Petrov sah den Schamanen durchdringend an. »Warten sie dort oben auf uns?«

»Ist es das, was du fürchtest?« Tempek hob die Schultern. »Ich weiß es nicht.«

»Du weißt eine Menge mehr, als du zugibst«, behauptete Petrov.

»Das stimmt«, antwortete Tempek. »Doch leider willst du nichts davon wissen.«

Petrov musste sich beherrschen, um nicht zornig zu reagieren. Er war mittlerweile sicher, sich bei seiner ersten Einschätzung

Tempeks gründlich geirrt zu haben. Der alte Mann verfügte nicht nur über einen messerscharfen Verstand, sondern offenbar auch über große Menschenkenntnis. Petrov wusste immer weniger, ob all seine Andeutungen und düsteren Bemerkungen tatsächlich allein Tempeks Überzeugung entsprachen oder vielmehr dem Zweck dienten ihn zu verwirren.

»Sie *sind* dort drüben«, sagte er.

»Wir ... haben nur ihre Spuren gefunden«, sagte Tempek nach einer Weile.

»Dort?«

»Nicht weit von hier«, antwortete der Schamane – was genau genommen keine Antwort auf Petrovs Frage war. »Wäre ich an ihrer Stelle, würde ich in die Wälder fliehen. Du wirst sie dort niemals finden.«

»Warum willst du dann nicht, dass wir ihnen folgen?«

»Weil es dein Tod wäre«, sagte Tempek ernst. »Deiner und der Tod der meisten deiner Männer. Er wartet dort auf euch, auf der anderen Seite des Berges.«

»In einem Gewehrlauf?«, fragte Petrov lauernd. »Oder reichen deine Visionen nicht aus, um das so genau vorherzusagen?« Er machte eine heftige Handbewegung, mit der er Tempek das Wort abschnitt, noch ehe dieser überhaupt antworten konnte. »Also gut – wir marschieren dort hinauf. Und du und der Junge werdet uns begleiten ... nur für den Fall, dass dort oben vielleicht doch jemand auf uns wartet.«

Er gab den Soldaten ein Handzeichen, mit der Überquerung des Flusses zu beginnen, blieb aber selbst noch, wo er war. Der Markita schien an dieser Stelle nicht besonders tief zu sein, aber seine Strömung war so reißend, dass die Männer alle Mühe hatten, sich auf den Füßen zu halten. Alle waren bis auf die Haut durchnässt, als sie das andere Ufer erreichten.

Petrov erging es nicht besser. Als er den Kampf gegen die Strömung überstanden hatte, fror er wieder so erbärmlich wie am Morgen und sein Herz hämmerte vor Anstrengung. Missmutig blickte er an sich herab. Alles an ihm war nass. Seine Kleider klebten eisig am Körper und das warme Sonnenlicht, das er auf dem Gesicht spürte, kam ihm wie Hohn vor. Eine Sekunde lang überlegte er, ob er die Stiefel ausziehen sollte, um das Wasser auszuschütten, das darin schwappte, entschied aber dann, dass es die Mühe nicht wert war.

Als er aufsah, stellte er mit deutlich mehr als nur gelinder Überraschung fest, dass Tempek und der Junge mittlerweile ebenfalls das diesseitige Ufer erreicht hatten. Sie waren ebenso nass wie er, aber nicht annähernd so erschöpft.

»Wären die Männer, die du jagst, dort oben, so würden sie auch uns töten.« Tempek setzte das unterbrochene Gespräch vom anderen Ufer fort, als wäre nichts geschehen. »Wir wären kein Schutz für euch. Das Leben eines alten Mannes und eines Knaben gilt ihnen so wenig wie deines.«

Petrov grub in seiner Jackentasche nach dem Tabaksbeutel, zog ihn heraus und verzog enttäuscht das Gesicht, als er sah, dass sich sein Inhalt in eine matschige Masse verwandelt hatte. Mit einem resignierten Seufzen steckte er den Beutel wieder ein, überlegte es sich dann anders, nahm ihn aus der Tasche und warf ihn im hohen Bogen in den Fluss.

»Wir rasten hier zehn Minuten«, sagte er. »Ich muss die Ausrüstung überprüfen lassen. Ruht euch so lange aus ... oder geht.«

Tempek blickte fragend und Petrov hörte sich fast zu seiner eigenen Überraschung fortfahren: »Es tut mir Leid. Ich war zornig. Manchmal sagt man im Zorn Dinge, die man besser nicht gesagt hätte. Ich wollte dich und den Jungen nicht in Gefahr bringen.«

Aus irgendeinem Grund waren ihm seine eigenen Worte peinlich; vielleicht, weil er selbst nicht so genau wusste, warum er sie gesagt hatte. Ebenso wenig, wie er wirklich wusste, was in ihn gefahren war, einen Greis und ein Kind, das gerade aus den Windeln heraus war, quasi als Geiseln zu nehmen. Zugleich war er wütend auf sich selbst. Er begann inkonsequent zu werden und – viel schlimmer noch – die Kontrolle über sich selbst zu verlieren. Und das war etwas, das er nicht dulden konnte. Unter keinen Umständen.

Der Tag schien so schlecht weiterzugehen, wie er begonnen hatte: Sie hatten zwar wie durch ein Wunder nichts von ihrem Gepäck eingebüßt, aber alles war durchnässt und ein Großteil ihrer Vorräte teilte das Schicksal seines Tabaks und war verdorben. Ein Umstand, der ernstere Konsequenzen haben mochte, als Petrov lieb war. Ihre Vorräte hätten für drei Wochen reichen sollen. Jetzt waren daraus schlagartig weniger als zwei geworden.

»Das ist nicht gut«, sagte Fjodr, der plötzlich wie hingezaubert wieder da war. Während der Zeit, die seit ihrem Aufbruch aus dem Lager vergangen war, hatte er sich weit von Petrov entfernt gehalten. Petrov fragte sich, wessen Nähe er gemieden hatte: seine oder die Tempeks und des Jungen. »Ohne die Vorräte können wir ihnen nicht weit folgen. Wir brauchten mehr als die Hälfte für den Rückweg.«

Als ob er das nicht selbst wüsste! Petrov musste schon wieder gegen eine Aufwallung von Jähzorn ankämpfen, in die sich ein Gefühl mischte, das verdächtig nah an Verzweiflung grenzte. Was ihm noch vor zwei Stunden wie ein anstrengender Routineauftrag vorgekommen war, drohte allmählich zu einer ausgewachsenen Katastrophe zu werden.

»Wir müssen ihnen nicht weit folgen«, sagte er. »Wenn wir sie heute nicht einholen, kehren wir um. Auf der anderen Seite des Berges beginnt ein Waldgebiet, in dem wir sie niemals aufstöbern.«

Fjodr blinzelte, aber wenn ihn Petrovs Worte in Erstaunen versetzten, so war das nichts gegen das, was Petrov *selbst* dabei empfand. Er hatte gerade so ziemlich genau das Gegenteil dessen ausgesprochen, was er eigentlich hatte sagen wollen.

»Wie?«, fragte Fjodr schließlich.

»Nichts«, antwortete Petrov verstört. »Es war ... nur ein Gedanke.« Er machte eine Geste zu den Soldaten hin. »Sie sollen sich fünf Minuten ausruhen. Eine Zigarettenpause. Danach marschieren wir weiter.«

Rasch drehte er sich um, gewahrte Tempek und Haiko an derselben Stelle am Flussufer, an der er sie zurückgelassen hatte, und ging mit schnellen Schritten auf sie zu. Es wurde Zeit, dass die beiden verschwanden. Er hatte das vielleicht logisch unbegründete, dennoch sehr sichere Gefühl, dass mit ihnen auch ein Großteil seiner Probleme verschwinden würde.

Haiko sprach mit seiner hellen, sehr klaren Kinderstimme auf Tempek ein, wobei er aufgeregt abwechselnd zum Himmel und den Bergen hinauf gestikulierte, als Petrov neben ihnen anlangte. Der Junge ließ sich auch von seinem Auftauchen nicht irritieren, sondern sprach im Gegenteil eher noch schneller und aufgeregter weiter, drehte sich schließlich herum und begann im gleichen Tonfall auf Petrov einzureden, bis Tempek ihn endlich mit einer Geste und einem einzelnen Wort in seiner Muttersprache zum Verstummen brachte.

»Was hat er gesagt?«, fragte Petrov. Seine Stimme verriet mehr von seinem Seelenzustand, als ihm lieb war. Sie klang ... rau.

»Er sagt, ihr sollt nicht dorthin gehen«, antwortete Tempek. »Ogdy kommt. Er ist sehr zornig.«

Das passt, dachte Petrov. Laut und in bewusst gelangweiltem Ton sagte er: »Spar dir die Mühe. Ich glaube dir, dass du es ehrlich meinst, aber ich glaube nun mal nicht an eure Götter. Und ich fürchte, die Männer, die mich geschickt haben, auch nicht.« Er seufzte. »Ihr solltet jetzt gehen. Zwei oder drei Stunden flussaufwärts gibt es eine Stelle, an der ihr bequemer ...«

»Wir gehen nicht zurück«, sagte Tempek. Er deutete auf den Berg. »Der Junge muss dorthin. Ich begleite ihn.«

Haiko fügte etwas hinzu, das Petrov nicht verstand, obwohl die Worte wieder direkt an ihn gerichtet waren. Instinktiv wartete er darauf, dass Tempek die Worte des Jungen übersetzte, doch der Schamane schwieg.

»Ich kann dich nicht davon abbringen, was?«, fragte Petrov. »Wenn auf der anderen Seite des Berges tatsächlich eine so große Gefahr lauert, wie du behauptest, dann solltest du dich fragen, ob du ihn wirklich dorthin führen willst.«

»Nicht ich bin es, der ihn führt«, antwortete Tempek. »Er bestimmt den Weg. Ich folge ihm nur. Alles wird kommen, wie es kommen muss. Unser aller Schicksal ist vorausbestimmt.«

»Wenn das so ist, dann war es ziemlich sinnlos, dass du versucht hast, mich von meinem Vorhaben abzubringen, findest du nicht?«

»Vielleicht war es vorherbestimmt, dass ich dich aufhalte«, antwortete Tempek und Petrov fügte mit einem angedeuteten Lächeln hinzu: »Oder dass es dir nicht gelingt.«

Er winkte ab, als Tempek auch darauf etwas antworten wollte. *Dieses* Gespräch konnten sie bis zum Sankt-Nimmerleins-Tag fortführen. Trotzdem war ihm nicht wohl dabei, Tempek und vor allem den Jungen weiter auf ihre Expedition mitzunehmen. Ganz gleich, wie man es betrachtete, auf der anderen Seite des Berges lauerten Gefahren auf sie, große, unberechenbare Gefahren, ob sie nun aus einem Dutzend schießwütiger Tartaren bestanden oder nur aus der unendlichen Weite der Taiga, ihren Wäldern, der Kälte und wilden Tieren. Die beiden waren einfach besser dran, wenn sie allein weiterzogen. Und vor allem: *Er* würde sich besser fühlen, wenn sie nicht mehr in seiner Nähe waren.

»Denk wenigstens an den Jungen«, sagte er noch einmal. »Er ist einfach zu jung, um ihn einer solchen Gefahr auszusetzen. Du und ich können für uns entscheiden, was wir mit unserem Leben anfangen, aber das des Jungen hat noch nicht einmal richtig begonnen.«

»Hast du Kinder?«, fragte Tempek plötzlich.

»Nein«, antwortete Petrov impulsiv, zuckte dann mit den Schultern und fügte hörbar leiser hinzu: »Ja.«

»Nein? Ja?«

»Einen Sohn«, sagte Petrov unbehaglich. »Er ist vier. Aber ich ... habe ihn nur einmal gesehen. Als er gerade geboren war.«

Vielleicht war es das, was ihn an Tempek so irritierte. Der Schamane brachte ihn nicht nur dazu, über Dinge nachzudenken, über die er gar nicht nachdenken wollte, sondern auch dazu, sie laut auszusprechen. Er wusste jetzt, wessen Nähe Fjodr in der vergangenen Stunde gemieden hatte. Vielleicht kannte er sogar den Grund, aus dem Tempek nicht mehr als Schamane bei seinem Volk lebte, sondern zum Wanderer geworden war.

»Einen Sohn«, wiederholte Tempek. »Sag mir eines, Petrov: Wenn du wüsstest, dass dein Sohn zu etwas Besonderem bestimmt ist, etwas Großem und sehr Wichtigem – würdest du dann nicht auch alles tun, um ihm dabei zu helfen, seine Bestimmung zu erfüllen?«

»Ich würde ihn nicht in Lebensgefahr bringen«, antwortete Petrov. Allerdings in einem Ton, der nur noch resignierend klang und seinen Worten jegliche Überzeugungskraft nahm. Tempek machte sich nicht einmal die Mühe, darauf zu antworten.

»Dann versprich mir wenigstens, in meiner Nähe zu bleiben, solange ihr uns begleitet«, sagte er. Das war so ungefähr das Gegenteil dessen, was er wirklich wollte, doch so lange Tempek und Haiko in ihrer Nähe waren, fühlte er sich auch für sie verantwortlich. Ein weiterer Minuspunkt auf der rapide länger werdenden Liste, die er über Tempek führte: Die Frage des Alten hatte ihn an seinen Sohn erinnert. Er hatte seit zwei Jahren nicht mehr daran gedacht, dass er ein Kind hatte, und gehofft, diesen Schmerz ein für allemal vergessen zu haben. Ein Irrtum.

»Du musst dich nicht für uns verantwortlich fühlen«, sagte Tempek.

Petrov war jetzt sicher, dass der Alte seine Gedanken las. »Das tue ich aber«, sagte er grob. »Und um das ganz klar zu machen:

Solange ihr bei uns seid, werdet ihr tun, was ich euch befehle. Ihr könnt gehen.« Er deutete nach Süden. »*Dorthin.* Oder ihr könnt bei uns bleiben, aber dann gehorcht ihr meinen Befehlen.«

»Alles wird so kommen, wie es vorherbestimmt ist«, sagte Tempek auf seine geheimnisvolle Art; vielleicht war es auch nur wieder einer seiner Versuche, Petrov zu verwirren. Wenn ja, so war er erfolgreich.

Petrov ging zu den Soldaten zurück, die in zwei unterschiedlich großen Gruppen beieinander saßen und standen, rauchten und redeten. Ihre Gespräche verstummten jedoch abrupt, als Petrov näher kam, und das Schweigen, das ihm wie etwas Unsichtbares, aber durchaus Greifbares vorauseilte, war von einer ganz bestimmten, unangenehmen Art. Petrov fühlte sich auf seltsame Weise berührt. Er kannte keinen dieser Männer – er verbesserte sich in Gedanken: dieser *Kinder* – länger als eine Woche, er hatte sie vor sechs Tagen auf dem Bahnhof von Irtrusk zum ersten Mal gesehen und trotzdem hätte sich in dieser Zeit eigentlich ein gewisses Maß an Vertrautheit entwickeln müssen, aber im Grunde waren sie ihm noch immer so fremd wie im allerersten Moment. Er kannte ihre Namen, hatte sich aber nie die Mühe gemacht, sie den Gesichtern zuzuordnen, sondern sprach die Soldaten ausnahmslos mit ihrem Dienstrang an – soweit er überhaupt mit ihnen redete. Umgekehrt vermieden es auch die Soldaten nach Möglichkeit ihn anzusprechen oder auch nur seine Aufmerksamkeit zu erregen.

Nichts davon war ungewöhnlich. Es war Petrovs Art, sich mit seinen Untergebenen zu arrangieren, seit er in die Armee und später in den militärischen Geheimdienst eingetreten war; mittlerweile also seit gut zwanzig Jahren. Er war sich immer darüber im Klaren gewesen, dass er kein beliebter Vorgesetzter war – beliebte Vorgesetzte waren meist auch schwache Vorgesetzte, und was das anging, sprach Petrovs Erfolgsquote eine sehr deutliche Sprache. Er verachtete Schwäche, bei anderen und auch bei sich selbst. Es machte ihm nichts aus, dass seine Männer ihn fürchteten.

Das hieß: Es hatte ihm bis zu diesem Moment nichts ausgemacht.

Etwas hatte sich geändert. Mit einem Mal erschien ihm das plötzliche Schweigen, mit dem die Männer auf sein Herannahen reagierten, als schmerzhaft. Die Mischung aus latentem Hass und ganz und gar nicht latenter Furcht in ihren Augen tat weh und die Stille, mit der sie ihn begrüßten, schien plötzlich viel mehr als nur Stille, eher wie ein Mantel aus Schweigen und Einsamkeit zu sein, der ihn umhüllte und etwas in ihm zu ersticken schien. All dies, der ganze Sturm von Gefühlen, verwirrenden und erschreckenden Erkenntnissen, der plötzlich über ihn hereinbrach, geschah in einer einzigen Sekunde und mit solcher Wucht, dass ihm nicht einmal Zeit blieb, seiner Verwirrung irgendwie Ausdruck zu verleihen. Er hatte vorgehabt, den Rest der kurzen Pause bei den Soldaten zu verbringen. Nun aber ging er, ohne auch nur im Schritt innezuhalten, an dem halben Dutzend Soldaten vorbei und gesellte sich stattdessen zu Fjodr und zu den Hunden, die sich ein kleines Stück hangaufwärts niedergelassen hatten und ihr nasses Fell leckten.

Er fühlte sich sehr einsam. Und als er hörte, dass die Männer ihr unterbrochenes Gespräch wieder aufnahmen, kaum dass er an ihnen vorübergegangen war, da erreichte dieses Gefühl der Einsamkeit eine Intensität, die an körperlichen Schmerz grenzte.

Er setzte sich auf einen Stein und versank in eine Art gedankenloses Brüten, aus dem er erst wieder hochschrak, als ihn etwas an der rechten Hand berührte. Er konnte nicht sagen, ob er Sekunden dagesessen hatte, Minuten oder eine Stunde. Er konnte auch nicht sagen, woran er während dieser Zeit gedacht hatte; nur, dass es nichts Gutes gewesen war.

Es war einer der Hunde, der gekommen war und ihn nun zum zweiten Mal unsanft mit der Schnauze anstieß; ein sehr großer, schneeweißer Samojede – soweit sich Petrov erinnerte, eines der Leittiere der beiden Gespanne. Aber erst als es ihn zum dritten Mal mit der Nase anstieß und dabei ein leises, fast klägliches Wimmern anstimmte, begriff Petrov, was sein sonderbares Verhalten zu bedeuten hatte: Das Tier wollte gestreichelt werden.

Petrov legte die Hand zwischen die Ohren des Tieres und begann sanft seinen Kopf zu kraulen; ein Verhalten, das ihm – wäre er in der Verfassung gewesen, seine eigenen Reaktionen objektiv zu beurteilen – als mindestens ebenso ungewöhnlich vorgekommen wäre wie die Tatsache, dass der Hund zu ihm kam, um sich Streicheleinheiten zu erbetteln. Die Tiere waren gehorsam und ausdauernd, im Allgemeinen aber eher scheu; normalerweise standen die Chancen, sich einen Biss einzuhandeln, weit besser als die, ein freundliches Schwanzwedeln zu erhalten.

Dann fiel ihm auf, dass er das jetzt auch nicht sah.

Ganz im Gegenteil: Das Tier hatte die Rute zwischen die Hinterläufe geklemmt und sein Winseln klang eindeutig *ängstlich.*

»Sie sind alle nervös.«

Petrov drehte sich im Sitzen herum und sah zu Fjodr hoch. Der alte Tunguse war nahezu lautlos hinter ihm aufgetaucht. Mit seinem grauen Bart, dem schulterlangen Haar und in dem schweren Rentierfellmantel sah er in diesem Moment so aus, wie man sich vielleicht einen Rasputin vorstellen mochte; und zumindest für diesen Augenblick kam er Petrov auch genauso unheimlich vor.

»Wie?«

»Die Hunde.« Fjodr wedelte demonstrativ mit der linken Hand, auf der mehrere frische Kratzer zu sehen waren. »Einer hat mich gebissen, als ich versucht habe sein Geschirr zu richten.«

Petrov sah zu den anderen Hunden hinüber. Sie hatten sich wie üblich zu einer kleinen Meute zusammengerottet und bildeten einen auf den ersten Blick scheinbar kompakten Knäuel aus Fell, Ohren, Zähnen und Augen, dem eine fast aggressive Verteidigungshaltung anhaftete. Dabei schien es gar keinen Grund dafür zu geben. Es war weder kalt, sodass sie sich gegenseitig mit ihrer Körperwärme schützen mussten, noch befanden sich wilde Tiere in der Nähe. So einsam es hier auch sein mochte, hatte die Zivilisation auch diesen Teil der Taiga doch schon weit genug erobert, um die meisten wilden Tiere zu vertreiben. Die einzig *wirklich* gefährlichen Raubtiere, die es seit einem Menschenalter hier noch gab, trugen Fellmäntel und Gewehre.

»Liegt es an ihnen?« Petrov deutete mit einer Kopfbewegung auf Tempek und den Jungen, die es sich dicht am Flussufer bequem gemacht hatten, als spürten sie den eisigen Hauch gar nicht, der von der Wasseroberfläche emporstieg. Er wusste selbst nicht genau, warum er die Frage stellte.

Fjodr schien sie jedoch keineswegs zu überraschen. Er verneinte sie nicht, er lachte auch nicht, sondern sah nur eine Weile nachdenklich in die Richtung, in die Petrov gedeutet hatte, dann sagte er: »Ich kenne Tempek von früher.«

»Ich weiß«, sagte Petrov.

»Er war Schamane in unserem Nachbardorf. Die Leute mochten ihn nicht.«

»Haben sie ihn deshalb davongejagt?«, fragte Petrov.

Fjodr schüttelte fast erschrocken den Kopf, aber bevor er weitersprach, zog er seinen Tabaksbeutel und Papier hervor und begann sich eine Zigarette zu drehen. Petrov bemerkte mit einem Gefühl von absurd heftigem Neid, dass Fjodrs Tabaksvorrat die Flussüberquerung trocken überstanden hatte.

»Niemand hat ihn davongejagt«, sagte er. »Er ist ein Schamane. Ein heiliger Mann. Niemand würde es wagen, die Hand gegen ihn zu erheben. Aber die Leute fürchteten ihn. Er war ...« Er suchte einen Moment nach Worten, fuhr mit der Zungenspitze über die Klebestelle des Zigarettenpapieres und formte mit einer gekonnten Bewegung eine weiße Papierrolle. Nachdem er das Ende zusammengedrückt hatte, begann er in seinen Taschen zu graben. Petrov nahm ihm die Suche nach Feuer ab, indem er ihm sein Sturmfeuerzeug hinhielt.

»... anders als die anderen Schamanen«, führte Fjodr den begonnenen Satz zu Ende. »Unheimlicher.«

»Wieso?«

Fjodr zuckte mit den Schultern. Er drehte am Zündrad des Feuerzeugs, aber statt sich seine Zigarette anzuzünden, hielt er sie plötzlich Petrov hin. Wahrscheinlich hatte er dessen Blicke bemerkt und richtig gedeutet.

»Er prophezeite viel Unheil. Nicht den Untergang der Welt oder so etwas. Kleine Dinge. Das alltägliche Unglück. Meistens traf es ein.«

»Was meinen Sie damit?«

Fjodr setzte zu einer Antwort an, legte aber stattdessen plötzlich den Kopf schräg und schien zu lauschen. Nach einer Sekunde fuhr er fort: »Vielleicht nicht einmal Unglück. Er ist ein sehr seltener Mensch. Ein Mann von großer Wahrhaftigkeit.«

»Wahrhaftigkeit?«

Fjodr begann sich eine neue Zigarette zu drehen. Er wirkte plötzlich etwas unkonzentriert, als versuche er nicht nur das Gespräch fortzusetzen, sondern lausche nebenbei immer noch auf irgendetwas, das Petrov nicht hörte. »Seine Nähe bringt die Menschen dazu, die Wahrheit zu sagen«, erklärte er schließlich. »Über das Leben, über andere, aber auch über sich selbst. Niemand mag es, ständig mit der Wahrheit konfrontiert zu werden.«

Oder mit Erinnerungen, die man lieber vergessen hätte, fügte Petrov in Gedanken hinzu. »Und Sie?«, fragte er laut.

Fjodr zuckte auf eine Art mit den Schultern, die klar machte, dass es durchaus eine Antwort auf diese Frage gab, er sie aber nicht aussprechen wollte.

»Ist er für Sie auch ein Heiliger Mann?«

»Mir ist nichts *heilig*«, antwortete Fjodr, plötzlich in einem zugleich zynischen wie herausfordernden Ton. »Deshalb haben Sie doch mich als Führer gewählt. Ich glaube an nichts.«

»Jeder glaubt an irgendetwas«, widersprach Petrov. »Viele wissen es nur nicht.«

Fjodr sah ihn eine Sekunde lang merkwürdig an, antwortete aber nicht, sondern hob den Blick in den Himmel und sah nach Norden.

»Was haben Sie?«, fragte Petrov. Er blickte in die gleiche Richtung wie Fjodr, konnte aber nichts Außergewöhnliches feststellen.

»Hören Sie es nicht?«, gab Fjodr zurück. »Da ... ist irgendetwas.«

Petrov lauschte angespannt. Es vergingen noch einmal Sekunden, in denen er nichts hörte außer dem Hämmern seines eigenen Herzens und den vielfältigen Geräuschen der Natur, doch dann glaubte auch er ein feines, an- und abschwellendes Singen zu vernehmen; ein Geräusch von sphärischer Klarheit, wie er es nie zuvor im Leben gehört hatte.

Instinktiv sah er zu den Hunden hin. Die Tiere hatten die Köpfe gehoben und die Ohren gespitzt. Sie hörten es ebenfalls. Einige von ihnen zitterten.

»Was ist das?«, fragte er alarmiert.

»Ich weiß es nicht«, antwortete Fjodr. »Aber es ...«

Als der Tunguse antwortete, hatte Petrov automatisch den Kopf gedreht und blickte in seine Richtung und vielleicht rettete ihm das das Leben, denn so sah er nicht nur Fjodr, sondern auch den Berggrat hinter ihm und das Blitzen eines verirrten Sonnenstrahls, der sich auf Metall brach.

Von einem Sekundenbruchteil zum anderen übernahmen seine Reflexe die Kontrolle über seinen Körper. Er ließ sich zur Seite fallen, streckte in der gleichen Bewegung die Arme aus und riss auch Fjodr von den Füßen und nur eine Winzigkeit später prallte etwas Funken sprühend von dem Felsen ab, auf dem er gerade noch gesessen hatte. Erst eine halbe Sekunde später drang das peitschende Echo des Gewehrschusses an sein Ohr.

Fjodr war unglücklich gestürzt und schien sich den Arm gebrochen oder zumindest verrenkt zu haben, denn er wälzte sich stöhnend am Boden und umklammerte seinen linken Ellbogen. Petrov versuchte indes an sein Gewehr zu kommen, aber er lag auf dem Rücken, sodass er sich selbst behinderte. Dem ersten Schuss war mittlerweile ein zweiter gefolgt; Schreie, Lärm und das plötzliche Heulen und Kläffen der Hunde und dann krachte eine ganze Gewehrsalve, sieben oder acht Schüsse auf einmal, denen das Heulen von Querschlägern und ein Schmerzensschrei folgten. Mindestens einer der Schüsse hatte getroffen. All dies geschah in weniger als einer halben Sekunde

Bevor die andere Hälfte dieser Sekunde vorüber war, hatte sich das provisorische Lager am Flussufer in ein heilloses Chaos verwandelt. Die Hunde waren aufgesprungen, rannten wild kläffend und um sich beißend durcheinander. Vier oder fünf der jungen Soldaten hatten sich hinter Felsen oder auch einfach auf den flachen Boden in Deckung geworfen und schossen zurück – schnell und, wie Petrov sicher war, ohne zu wissen worauf. Vom Bergkamm herab fielen noch immer Schüsse und von Tempek und dem Jungen war nichts mehr zu sehen. Petrov hoffte, dass die beiden irgendwo eine sichere Deckung gefunden hatten.

Petrov hatte endlich sein Gewehr von der Schulter heruntergezerrt und stemmte sich hoch, zog aber rasch wieder den Kopf zwischen die Schultern, als unmittelbar vor ihm eine Gewehrkugel gegen den Fels klatschte und ihn mit einem Hagel mikroskopisch feiner Gesteinssplitter bedeckte. Wer immer die Kerle dort oben waren, sie verfügten anscheinend über hochmoderne Waffen und schossen verdammt gut. Die Distanz zwischen dem Flussufer und den Büschen dort oben auf dem Berggrat betrug mindestens einen Kilometer, wahrscheinlich mehr. Die meisten Männer hätten auf diese Entfernung nicht einmal ein Scheunentor getroffen.

Die Kerle dort oben schossen besser. Einer der Soldaten lag reglos am Boden, tot oder so schwer verletzt, dass es auf dasselbe hinauslief, und ein zweiter presste stöhnend den linken Arm gegen den Leib. Seine Hand war durchschossen.

»Unten bleiben!«, sagte Petrov zu Fjodr, der mittlerweile aufgehört hatte, sich zu winden, aber immer noch stöhnte. Vorsichtig streckte er den Kopf über den Rand seiner Deckung und erntete prompt eine weitere Kugel, die diesmal aber meterweit entfernt vorbeiflog. Er hatte die Stelle ausgemacht, an der das Mündungsfeuer im Gebüsch dort oben aufblitzte, und schoss zweimal rasch hintereinander zurück, bildete sich aber nicht ein, irgendetwas getroffen zu haben.

Das Feuer wurde praktisch sofort erwidert. Funken stoben aus dem Felsen, hinter dem Petrov kniete, den Bruchteil einer Sekunde darauf folgte das Echo einer ganzen Salve. Petrov ließ sich fluchend zurücksinken und sah sich um. Zufall oder nicht, die Kerle dort oben begannen sich auf ihn einzuschießen, und er war hinter dem Felsen zwar relativ sicher, saß zugleich aber in der Falle.

Dem Rest seiner Männer erging es kaum besser. Sie alle hatten zwischen den Felsen am Flussufer mehr oder weniger Deckung gefunden, konnten aber kaum die Köpfe heben, ohne sofort unter Feuer genommen zu werden. Es mussten mehr als neun Mann sein, die dort oben auf dem Kamm hockten und auf sie schossen. Viel mehr. Sie hatten eine Räuberbande verfolgt, aber wie es aussah, waren sie auf eine Armee gestoßen.

»Feuer einstellen!«, schrie Petrov. »Hört auf damit! Schießt nur, wenn ihr ein genaues Ziel habt!«

Von den vier Soldaten, die noch in der Lage waren sich zu wehren, hatten ohnehin nur zwei das Feuer erwidert. Einer hörte auf zu schießen, während der zweite ununterbrochen abdrückte und durchlud, abdrückte und durchlud – selbst als seine Waffe längst leer war. Damit waren sie noch drei – ihn selbst nicht mitgerechnet –, die sich wehren konnten, dachte Petrov. *Kinder*. Er hätte nicht mit einer Hand voll *Kindern* in den Krieg ziehen sollen.

Aber eigentlich hatte er überhaupt nicht vorgehabt in den Krieg zu ziehen, sondern wollte lediglich ein halbes Dutzend tungusischer Strauchdiebe festnehmen, die einmal zu oft über die Stränge geschlagen hatten.

»Was ist hier los?«, keuchte er. »Fjodr! Was bedeutet das? Das sind doch keine normalen Räuber!«

Fjodr wälzte sich stöhnend auf die Seite. Sein Gesicht war grau vor Schmerz. Er antwortete nicht, aber Petrov hatte auch nicht wirklich damit gerechnet. Indem er die Frage laut aussprach, hatte er sich auch praktisch schon selbst die Antwort gegeben: Sie waren nie hinter normalen Räubern hergewesen. Die Männer, die dort oben zwischen den Bäumen hockten und Scheibenschießen auf ihn und seine Soldaten veranstalteten, waren zu entschlossen und schossen zu gut, um nur eine Bande ausgerasteter Freizeit-Barbaren zu sein.

Aber Petrov wurde schlagartig noch eine ganze Menge mehr klar. Nämlich der Grund, aus dem man ausgerechnet *ihn* beauftragt hatte das Problem zu lösen und nicht einen der örtlichen Militärkommandeure. Man hatte ihm erzählt, dass es sich um eine Bande von Kriminellen handle, die die Handelsstation in Wanawara und alles im Umkreis von drei Tagesmärschen terrorisiere, aber die Wahrheit sah ganz anders aus. Wahrscheinlich handelte es sich um eine der zahllosen Gruppen selbst ernannter Freiheitskämpfer, die es in diesem Land zu Dutzenden gab und die schon aus lieber alter Gewohnheit die Autorität Moskaus heute so wenig anerkannten wie vor hundert Jahren. Der Unterschied zwischen diesen beiden Gruppierungen war vielleicht auf den ersten Blick nicht besonders groß: Beide bestanden zumeist aus einem wild zusammengewürfelten Haufen zerlumpter Wirrköpfe, beide verfügten meist über eine gehörige Portion krimineller Energie und dafür sehr niedriger Intelligenz und beide pflegten sich meist zu nehmen, was sie brauchten, ohne lange zu fragen. Aber *einen* Unterschied gab es: Normale Räuber überlegten es sich dreimal auf Soldaten zu schießen. Selbst ernannte Freizeit-Revoluzzer waren froh um jeden Vorwand, es tun zu dürfen.

Außerdem schossen sie besser.

Eine Kugel verfehlte Petrov um eine knappe Handbreit und heulte als Querschläger davon. Petrov fluchte, duckte sich noch tiefer hinter seine Deckung und versuchte den Mann auszumachen, der auf ihn geschossen hatte. Der Schuss war von rechts gekommen, ein gutes Stück von der Position entfernt, wo er die Angreifer bisher vermutet hatte. Offenbar begannen die Burschen endlich, die Vorteile ihrer erhöhten Position wirklich auszunutzen und sie zu umgehen. Sie waren gut. Nicht so gut, wie Petrov es an ihrer Stelle gewesen wäre, aber gut genug, um zu einem ernsthaften Problem zu werden. Petrov vermutete, dass sie zumindest eine paramilitärische Ausbildung genossen hatten; ein weiteres Puzzleteil, das zu dem Bild passte, das sich allmählich in seinem Kopf abzuzeichnen begann. Er würde einigen Leuten kräftig in den Hintern treten müssen, sobald er wieder in Moskau war.

Falls er lebend dorthin zurückkam, hieß das.

Er gewahrte eine Bewegung zwischen den Bäumen, zielte diesmal sorgfältiger und schoss. Er konnte nicht sagen, ob er getroffen hatte, aber nur einen Moment später antwortete eine weitere, wütende Gewehrsalve. Petrov duckte sich hastig, aber er war trotzdem so geistesgegenwärtig die Schüsse zu zählen. Es waren acht. Selbst wenn sie nur zu neunt gewesen waren und er einen erwischt hatte, standen sie immer noch einer Übermacht gegenüber.

»Sie versuchen uns zu umgehen!«, schrie er. »Achtet auf die Flanken!«

Er wusste nicht, ob die Männer seine Worte überhaupt hörten. Der Lärm hatte noch zugenommen. Die Hunde jaulten und kläfften wie verrückt. Immer wieder fielen Schüsse und über allem lag noch immer dieses sonderbare an- und abschwellende Singen. Es war deutlich lauter geworden.

»Was ist das?«, fragte Petrov. »Fjodr!«

»Ich weiß es nicht«, stöhnte der Tunguse. »Mein Arm! Sie haben mir den Arm gebrochen!«

Wieder krachte eine Gewehrsalve vom Bergkamm herab. Einer der Hunde heulte getroffen auf und stürzte, was die anderen zu noch schrillerem Heulen und Kläffen veranlasste. Zwei der Soldaten schossen zurück, für Petrovs Geschmack aber auch diesmal zu schnell, um wirklich etwas treffen zu können. Er musste zu ihnen. Vielleicht hatten sie noch eine Chance die Kerle da oben zu vertreiben, wenn sie nur zwei oder drei von ihnen erwischten. Aber dazu musste er zu den Soldaten hinüberlaufen um ihnen zu sagen, was sie tun mussten.

»Bleiben Sie hier!«, befahl er. »Egal, was passiert, Sie rühren sich nicht!«

Fjodr starrte ihn aus großen Augen an und begann zu wimmern. »Lassen Sie mich nicht allein!«, keuchte er. »Sie werden mich umbringen! Sie werden uns alle umbringen!«

»Vermutlich«, murmelte Petrov. Er blickte zu den Soldaten hinüber. Sie hatten instinktiv eine relativ sichere Deckung gefunden; eine Anzahl fast mannsgroßer Felsbrocken, hinter denen sie schwer zu treffen waren, sich andererseits aber auch nicht besonders gut wehren konnten. Und sie waren nur so lange in Sicherheit, wie die Kerle da oben freundlich genug waren, sie aus nur einer Richtung unter Feuer zu nehmen. Wenn sie anfingen sie in die Zange zu nehmen, war es vorbei. Er musste zu ihnen.

Die Distanz zwischen ihm und den Soldaten betrug knappe

zehn Meter. Vielleicht ein Dutzend Schritte, zwei oder drei Sekunden ... eine Ewigkeit.

Petrov beging nicht den Fehler, seine Aussichten abzuwägen die Felsgruppe lebend zu erreichen. Das Ergebnis hätte ihm nicht gefallen.

Er rannte los.

3

Seine Aktion schien die Männer oben auf dem Berg vollkommen zu überraschen, denn der erste Schuss fiel, nachdem er schon mehr als die Hälfte der Strecke zurückgelegt hatte. Unmittelbar neben seinem rechten Fuß spritzten Steinsplitter aus dem Boden. Petrov fluchte, schlug einen Haken und rannte im Zickzack weiter. Weitere Schüsse fielen. Irgendetwas fuhr wie ein rot glühender Draht an seinem Oberarm entlang und hinterließ eine Spur aus nassem rotem Schmerz. Er stolperte, duckte sich und erreichte unter einem Hagel von Kugeln, die rechts und links von ihm in den Boden klatschten, die rettenden Felsen.

Keuchend ließ er sich zwischen den jungen Soldaten auf die Knie sinken. Vom Berg herab fielen immer noch Schüsse, die dicht über ihren Köpfen von den Felsen abprallten, aber es waren weniger geworden. Petrov vermutete, dass es allerhöchstens noch drei oder vier Angreifer waren, die auf sie schossen; vermutlich nur noch zu dem Zweck, sie hinter dieser Deckung fest zu halten und Zeit zu gewinnen. Zeit, dachte Petrov düster, die die anderen brauchten, um in ihre Flanken zu kommen und sie aus drei Richtungen zugleich unter Feuer zu nehmen.

»Gebt auf die Seiten Acht!«, befahl er. »Sie versuchen uns einzukreisen!«

Einer der jungen Soldaten feuerte einen ungezielten Schuss nach links und Petrov fügte hinzu: »Und spart Munition.«

»Was ist mit Ihrem Arm?«, fragte einer der Soldaten. »Sie bluten.«

Seine Stimme klang nicht besonders erschrocken, fand Petrov. Möglicherweise lag das aber auch daran, dass die Wunde nicht sehr schlimm aussah. Er konnte immer noch fühlen, wie das Blut an seinem Arm herunterlief, mittlerweile aber auch die Kälte, die durch den Riss in seiner Jacke kroch. Was er nicht spürte, war Schmerz; er registrierte nur ein dumpfes, schnelles Pochen im Rhythmus seines Herzschlages. Allerdings wusste er aus zahlreichen Berichten, dass es manchmal reichte eine Wunde zu *sehen*, um den dazugehörigen Schmerz zu wecken. So vermied er es hinzusehen und winkte nur mit der anderen Hand ab.

»Nur ein Kratzer. Achtet lieber auf die Kerle da oben.«

Während er mit fahrigen Bewegungen sein Gewehr nachlud, tastete sein Blick immer unsteter über die Felsen, das Flussufer und den Hang. Er konnte es drehen und wenden, wie er wollte: Sie saßen in der Falle. Genau genommen war er hinter dem Felsen, hinter dem er Fjodr zurückgelassen hatte, in der sichereren Position gewesen. Sie waren hier festgenagelt. Einer von ihnen war bereits tot, ein anderer schwer genug verletzt, um für den Kampf keine Rolle mehr zu spielen, und ihn selbst und die vier anderen Rekruten würden die Burschen auf dem Berg wahrscheinlich einen nach dem anderen erledigen, wenn kein Wunder geschah oder ihm nichts Geniales einfiel.

Da Petrov kein besonders gläubiger Mensch war und sich sein Zutrauen in Wunder somit in Grenzen hielt, versuchte er fieberhaft eine Lösung zu finden. Die Auswahl war nicht gerade groß: Sie konnten hier bleiben und darauf warten systematisch zusammengeschossen zu werden. Keine gute Idee. Sie konnten versuchen den Fluss wieder zu überqueren, aber dann würden sie erst recht zu hilflosen Zielscheiben, während sie gegen die Strömung kämpften. Auch keine besonders gute Idee. Oder sie konnten etwas tun, das zwar völlig verrückt schien, die Burschen da oben aber mit Sicherheit vollkommen überraschen würde: Sie konnten angreifen.

Petrov entschloss sich Letzteres zu tun. »Wir rücken vor«, entschied er.

Die jungen Soldaten starrten ihn fassungslos an. Niemand sagte etwas, aber ihre Blicke sprachen Bände.

Petrov unterstrich seinen Befehl mit einer entsprechenden Geste. Seine Idee war vielleicht nicht *so* selbstmörderisch, wie es den Männern vorkommen musste. Das Gelände beiderseits des Flussufers war mit Felsbrocken und Steintrümmern übersät, die sich fast bis zur Hälfte des Berghangs hinaufzogen; als hätte ein verspieltes Titanenkind einen Berg genommen und zerbröselt, wie ein Mensch einen Lehmklumpen in der Hand zerquetschen mochte. Wenn sie es schafften die Distanz zwischen sich und den Angreifern zu halbieren, dann hatten sie vielleicht eine Chance auch etwas zu treffen, statt mit ihren Gewehren nur Lärm zu produzieren. Petrov spekulierte darauf, es trotz allem nicht mit wirklich ausgebildeten Soldaten zu tun zu haben. Es war eine Sache, aus einer sicheren Deckung heraus auf wehrlose Opfer zu schießen, aber eine ganz andere zu sehen, wie rechts und links von einem die Kameraden fielen. Die psychologische Wirkung konnte verheerend sein. Sie *musste* es sein oder sie waren so gut wie tot.

»Auf mein Kommando!«, sagte er grimmig. »Einer nach dem anderen. Die Übrigen geben Deckung. *Los!*«

Tatsächlich sprang einer der Soldaten auf und rannte geduckt und im Zickzack zu einem vielleicht zehn Meter entfernten Felsbrocken, während die anderen den Berghang mit Schüssen eindeckten. Der Mann erreichte seine Deckung, doch bevor der Nächste aufspringen konnte, taumelte plötzlich eine Gestalt zwischen den Büschen oben auf dem Grat hervor. Offensichtlich hatte ihr ungezieltes Feuer tatsächlich etwas getroffen.

»Ich habe ihn!«, schrie einer der Soldaten neben Petrov. »Ich hab das Schwein erwischt!« Er sprang hinter seiner Deckung hoch, zielte auf die Gestalt und schoss erneut und wieder und wieder. Petrov erkannte ihn jetzt. Es war derselbe Rekrut, der vorhin schon einmal die Nerven verloren hatte.

Diesmal kostete es ihn das Leben.

Petrov kam nicht einmal mehr dazu hoch zu springen und ihn zu Boden zu reißen. Die Gestalt oben am Waldrand fiel, rollte immer schneller werdend den Hang hinab und blieb auf halber Höhe liegen, aber noch bevor sie zur Ruhe kam, rollte das Echo einer ganzen Gewehrsalve den Berg herunter. Die meisten Schüsse klatschten ringsum gegen die Felsen, aber mindestens zwei trafen ihr Ziel. Der Soldat wurde zurückgerissen, ließ seine Waffe fallen und stürzte rücklings zwischen die Felsen. Er stieß nicht einmal mehr einen Schrei aus.

»Weiter!«, befahl Petrov. »Der Nächste – oder wir gehen alle drauf!«

Das Wunder wiederholte sich: Auch der zweite Soldat erreichte, Haken schlagend wie ein Kaninchen und unter einem wahren Hagel von Kugeln, aber unverletzt eine Deckung zehn oder fünfzehn Meter weiter bergauf. Aber wie lange konnten sie noch auf ihr Glück bauen? Sie waren jetzt noch zu viert. Und mit jedem, der ausfiel, stieg für die Übriggebliebenen die Wahrscheinlichkeit getroffen zu werden. Petrov gestand sich ein, dass er mit seinem Latein am Ende war.

Er gestand sich noch etwas ein: nämlich, dass er kein guter Soldat war. Er hatte sich eingeredet einer zu sein, aber das stimmte nicht. Ganz gleich, was später in dem Bericht stehen würde, der auf irgendeinem Schreibtisch in irgendeinem Moskauer Büro lag, dies hier *war* ein Kriegseinsatz und er war ihm nicht gewachsen. Er war kein guter Soldat. Er hatte ebenso große Angst wie die Männer, deren Leben ihm anvertraut war, und er wusste ebenso wenig wie sie, wie er aus dieser Situation herauskommen sollte. Er hatte Angst. Sehr große Angst.

»Los!«

Der dritte Rekrut stürmte los. Er erhielt einen Streifschuss am Bein, schien aber nicht ernsthaft verletzt zu sein, denn auch er erreichte seine beiden Kameraden, und nun hockten nur noch Petrov und der Verwundete hinter den Felsen. Der Rekrut griff mit schmerzverzerrtem Gesicht nach dem Gewehr, das er neben sich an den Stein gelehnt hatte, aber Petrov schüttelte den Kopf.

»Sie bleiben hier«, befahl er.

»Aber ...«

»Sie wären uns sowieso keine Hilfe«, fuhr Petrov mit einer Kopfbewegung auf die durchschossene Linke des Jungen fort. Er hatte versucht die Hand abzubinden, aber die Wunde blutete immer noch und sie musste entsetzlich weh tun. Petrov war nicht sicher, ob er die Verletzung überleben würde. Tausend Kilometer entfernt wäre eine solche Wunde ein Klacks; äußerst schmerzhaft und möglicherweise schlimm genug, um ihn zu verkrüppeln, aber nichts, was in einer entsprechenden Klinik nicht in einer Stunde in Ordnung gebracht werden könnte. Hier ... nein, er wollte nicht darüber nachdenken.

»Sie bleiben einfach hier«, sagte er. »Falls wir scheitern, stellen Sie sich tot. Vielleicht haben Sie Glück und die Kerle ziehen einfach ab.« Petrov fügte noch ein Lächeln und ein – wenigstens hoffte er es – aufmunterndes Nicken hinzu, dann ergriff er seine Waffe und spannte die Muskeln, um aufzuspringen.

Aber er tat es nicht.

Zweierlei geschah, was ihn davon abhielt: Das unheimliche Singen und Heulen, das die ganze Zeit über da gewesen war, schien seine Lautstärke schlagartig zu verzehnfachen, sodass

Petrov schmerzhaft das Gesicht verzog und am liebsten die Hände gegen die Ohren gepresst hätte.

Und zwischen den Felsen am Flussufer richteten sich zwei Gestalten auf.

Tempek und der Junge.

»Was ... was soll denn das?«, murmelte Petrov fassungslos. Und dann schrie er, so laut er nur konnte: »*Seid ihr wahnsinnig?! Geht in Deckung!*«

Er war nicht einmal sicher, ob Tempek die Worte überhaupt hörte, denn das heulende Geräusch wurde immer lauter und lauter. Es kam nicht vom Himmel oder überhaupt aus irgendeiner bestimmten Richtung, sondern schien einfach *da* zu sein, ein schriller, allumfassender Laut, der längst nicht mehr faszinierend und sphärisch war, sondern einfach nur noch qualvoll. Er ließ sich nicht aussperren. Petrov hatte nun wirklich die Hände gegen die Ohren gepresst, aber das Geräusch war immer noch da, *in* seinem Kopf, seinen Knochen, seinen Zähnen, als hätte die ganze Welt angefangen vor Schmerz zu schreien und als kreische sein Körper aus Sympathie mit. Trotzdem schrie er weiter in Tempeks Richtung:

»Gehen Sie in Deckung! Sie werden euch umbringen!«

Er konnte das Geräusch der Schüsse längst nicht mehr hören, aber er sah, wie vor und neben Tempek und Haiko Funken aus den Felsen schlugen und winzige Staubgeysire ausbrachen. Zumindest *diese* Frage war jetzt geklärt: Der Schamane war nicht gekommen, um sie in eine Falle zu locken.

Das hatten sie ganz allein erledigt.

Das Heulen wurde lauter. Jeder Knochen in seinem Leib vibrierte. Es tat furchtbar weh. Petrovs Augen begannen sich mit Tränen zu füllen. Er sah, wie sich der verwundete Soldat neben ihm krümmte und die blutigen Hände gegen die Ohren presste, um diesem grässlichen Geräusch zu entgehen, und auch Tempeks Gesicht verzerrte sich vor Qual. Trotzdem ging er mit langsamen Schritten weiter, hoch aufgerichtet und ungerührt, als hätte die Welt nicht angefangen in einem Orkan aus Lärm unterzugehen und als schlügen nicht unentwegt rings um ihn Kugeln in den Boden ein.

»*Geh in Deckung, du Narr!*«, schrie Petrov. »*Willst du erschossen werden?*«

Er wusste nicht, ob er die Worte wirklich rief oder ob sich nur seine Lippen bewegten. Er hörte nichts. Doch obwohl es unmöglich schien, musste Tempek ihn verstanden haben, denn er antwortete. Und obwohl es genauso unmöglich schien, verstand Petrov seine Antwort sogar.

»Es ist dem Jungen nicht bestimmt, durch Menschenhand zu sterben. Geht! Bringt euch in Sicherheit, so lange ihr es noch könnt! Ogdy kommt!«

Auch der Junge rief etwas, aber *seine* Worte verstand Petrov nicht. Haikos Lippen bewegten sich. Er gestikulierte mit beiden Armen zu den Männern auf dem Berg hinauf, aber das welterschütternde Geräusch verschluckte jeden Laut, den er von sich gab. Etwas raste über den Himmel. Vielleicht ein Licht. Petrov konnte es nicht sagen. Alles zerbrach.

»Lasst ab!«, rief Tempek mit hoch erhobener Stimme. »Lasst die Waffen sinken! Versündigt euch nicht gegen die Götter! Ogdy wird euch bestrafen!«

Der Himmel flackerte. Alles färbte sich blau, indigo und grün und etwas ganz und gar Unvorstellbares geschah: In diesem Moment, in jenem winzigen, zeitlosen Augenblick, in dem seine Welt zerbrach und in dem nichts, woran er je geglaubt hatte, noch Gültigkeit zu haben schien, wusste Petrov plötzlich, dass Tempek die Wahrheit sprach, dass er sich ein Leben lang gegen eine höhere, gnadenlose Gerechtigkeit versündigt hatte und – vielleicht – nur noch diese eine Chance hatte.

Er ließ seine Waffe fallen.

Gleichzeitig drehte er sich herum und sah zum Berggrat hinauf.

Und ebenfalls im gleichen Moment stürzte der Himmel auf die Erde.

Ogdy kam.

Der Feuergott erschien in einer Lohe aus blauem und dann unerträglich weißem, *grellem* Licht, das die Welt hinter dem Berg von einem Horizont zum anderen verschlang, einfach auslöschte, den Grat, die Bäume und Büsche darauf und die Gestalten dazwischen zu tiefenlosen schwarzen Scherenschnitt-Silhouetten reduzierte und sie im nächsten Sekundenbruchteil beinahe transparent werden ließ, als betrachte man eine Röntgenaufnahme. Petrov vergaß diesen Anblick nie wieder im Leben.

Dann explodierte die Welt.

Petrov sah, wie der Wald oben auf dem Berggrat aufflammte wie ein einziges trockenes Stück Papier. Er begann nicht zu brennen, sondern verwandelte sich von einer Millionstelsekunde zur anderen in eine einzige weiße Flammenwand, die in der plötzlich unbewegten Luft nahezu senkrecht nach oben loderte. Gras, Laub und trockene Tannennadeln auf dem Hang begannen zu schwelen, flammten hier und da auf und ein unsichtbarer glühender Hauch berührte Petrovs Gesicht, versengte seine Augenbrauen und verbrannte sein Haar und seine Haut. Seine Pelzjacke begann zu schwelen. Er spürte, wie die Haut in seinem Gesicht und auf seinen ungeschützten Händen rissig wurde und Blasen schlug. Die Munition in dem Gewehr, das er fallen gelassen hatte, explodierte. Sein linker Ärmel begann zu brennen. Die Bäume oben auf dem Berggrat zerfielen zu Asche. Das Unterholz löste sich in einer leuchtenden Säule aus Licht auf und dazwischen torkelten Gestalten in brennenden Kleidern und mit flammendem Haar. Es war vollkommen still.

Das alles geschah in einer einzigen, nicht enden wollenden Sekunde.

In der zweiten erlosch das Schweigen. Petrov schrie auf, brach in die Knie und schlug die Hände vor das Gesicht, spürte warme, klebrige Nässe und hörte ein dumpfes, vibrierendes Grollen, einen Laut wie von einem herannahenden Güterzug, der die Größe eines Berges haben musste. Die Erde bebte und das Licht hinter dem Berg war noch immer so unerträglich hell, dass es mühelos durch seine geschlossenen Lider drang und er die Knochenstruktur seiner Hände wie die Finger eines Skeletts vor dem Gesicht erkennen konnte. Lärm, *Lärm*, unvorstellbarer LÄRM schlug über ihm zusammen, löschte seine Schreie aus, ließ seinen Schädel vibrieren und seine Zähne tanzen und der Boden unter ihm begann sich zu winden wie eine lebende Kreatur, die Höllenqualen litt.

Das geschah in der zweiten Sekunde. Sie war kürzer als die erste, aber ungleich schrecklicher. Und doch war sie nichts gegen die dritte.

Die Druckwelle, die dem Schall mit nahezu gleicher Geschwindigkeit folgte, traf den Berggrat und nur den Bruchteil einer Sekunde später das Gelände am Flussufer mit der Wucht eines Hammerschlags. Die Flammen erloschen. Was von den Bäumen und Sträuchern noch stehen geblieben war, wurde einfach davongewirbelt und in der Luft zerfetzt und praktisch gleichzeitig fühlte sich Petrov von den Füßen gerissen und davongeschleudert. Er überschlug sich drei-, viermal in der Luft, ehe er mit vernichtender Wucht zwischen die Felsen krachte. Trotzdem sah er in diesem Moment ein weiteres Wunder: Die Druckwelle raste mit unvorstellbarer Geschwindigkeit über das Land, eine Mauer aus Staub und zum Teil kopfgroßen Steinen vor sich her schiebend, peitschte das Wasser des Flusses auf und setzte ihr Vernichtungswerk auch am jenseitigen Ufer mit ungebrochener Kraft fort und doch waren Tempek und der Junge aus irgendeinem Grund noch auf den Beinen geblieben.

Allerdings war er nicht sicher, ob er es ihnen auch wirklich *wünschen* sollte. Tempeks Kleider schwelten. Sein Rentiermantel war zu verkohltem schwarzem Leder geworden und das Gesicht des Jungen *brannte*.

Petrov kämpfte einen Moment lang mit aller Kraft gegen die Bewusstlosigkeit. Etwas Dunkles, Körperloses und sehr Starkes wollte nach seinen Gedanken greifen und sie in einen schwarzen Strudel hinabziehen. Irgendwie gelang es ihm, die Ohnmacht noch einmal zurückzudrängen, aber zugleich fragte er sich auch, warum. Er sehnte sich nach Erlösung. Jedes Molekül seines Körpers schmerzte auf die eine oder andere Weise, er hatte entsetzliche Angst und irgendetwas sagte ihm, dass es noch nicht vorbei war, sondern das Schlimmste noch bevorstand.

Zumindest in diesem Punkt musste er sich wohl getäuscht haben. Die Sturmfront raste über den Fluss hinweg und vernichtete auch drüben alles, worauf sie traf, doch in ihrem Gefolge kam keine noch größere Vernichtung, sondern das Gegenteil: Von einem Sekundenbruchteil auf den anderen kehrte eine fast unheimliche Stille ein; ein Schweigen, das umso tiefer schien, als seine Ohren von dem Lärmorkan so gut wie taub waren.

Trotzdem versuchte er benommen und ungeschickt sich aufzurichten.

Seine Arme hatten keine Kraft. Er knickte in den Ellbogen ein, fiel schwer wieder zurück und prallte so schmerzhaft mit dem Gesicht gegen den heißen Fels, dass er erneut einen Moment lang benommen liegen blieb.

Dieser Umstand rettete ihm das Leben, denn in diesem Augenblick raste eine zweite Druckwelle über den Berg; zehnmal so schnell und zehnmal so zerstörerisch wie die erste. Für einen Sekundenbruchteil wurde es dunkel, als hätte der Sturm selbst das Licht vom Himmel gefegt. Petrov fühlte sich von einer unsichtbaren, aber unvorstellbar *starken* Hand gepackt und mit grausamer Kraft gegen den Boden gedrückt. Die Luft wurde ihm nicht aus den Lungen gepresst, sondern *gerissen*, denn die Druckwelle raste mit solcher Gewalt über ihn hinweg, dass sie ein Vakuum hinterließ. Dann prasselte ein Hagel von Steinen, Felstrümmern und heißer Erde auf ihn herab, tödliche Geschosse, die ihn wie durch ein Wunder nicht trafen, schwer verletzten oder gleich umbrachten.

Er wusste nicht, wie lange es dauerte, bis sich die aus den Fugen geratene Welt wieder so weit beruhigte, dass er es wagen konnte, den Kopf zu heben und aus tränenden Augen in die Runde zu blinzeln. Nicht lange. Seit der Himmel explodiert war, konnten kaum mehr als fünf Sekunden vergangen sein, aber der Orkan hatte sein Zeitgefühl ebenso davongewirbelt wie die zentnerschweren Felsen am Flussufer; er wusste nicht mehr, ob er drei Sekunden oder drei Stunden dagelegen und auf den Tod gewartet hatte.

Er wusste nicht einmal wirklich, ob er noch lebte oder ob das, was er sah, vielleicht schon der Vorhof der Hölle war.

Die Welt hatte sich nicht verändert. Sie war vollkommen *anders*.

Der Wald oben auf dem Berggrat war verschwunden, als hätte jemand eine riesige Sense genommen und ihn einfach abgemäht. Der Hang war schwarz, in einer einzigen Sekunde von dem höllischen Hauch verkohlt, der auch sein Gesicht und sein Haar verbrannt hatte, aber hier und da gab es auch gerade weiße Streifen aus Asche, als wären Klingen aus versengendem Licht vom Himmel herabgefahren und hätten die Asche noch weiter verbrannt, bis nur noch weißer Staub blieb. Das Muster aus Felsbrocken und Steinen hatte sich radikal verändert; die Druckwelle hatte alles davongefegt, was weniger als eine Tonne wog. An zahllosen Stellen schwelte der Boden und hier und da brannte es. Petrov entdeckte die verkohlten Kadaver von drei oder vier Hunden, die vom Sturm gegen die Felsen geschmettert worden waren.

All dies registrierte er jedoch nur mit einem winzigen Teil seines Bewusstseins, fast ohne es in diesem Moment *wirklich* zur Kenntnis zu nehmen. Er starrte vollkommen gebannt nach Norden, bis auf den tiefsten Grund seiner Seele erschüttert und zugleich fasziniert von dem Anblick, der sich ihm bot.

Das gleißende Licht jenseits des Berges war erloschen. Wo es gewesen war, wälzte sich ein ungeheuerlicher, brodelnder Pilz aus orangeroten und gelben Flammen in den Himmel, kilometerhoch und von einer brutalen Schönheit, die etwas in ihm zugleich abstieß und in ihren Bann schlug. Der Himmel dahinter war schwarz, eine Dunkelheit von einer Tiefe, wie Petrov sie sich vorher nicht einmal hatte *vorstellen* können: Der Feuerpilz hatte alles Licht der Welt an sich gezogen und den Himmel ausgelöscht.

Petrov richtete sich vollends hinter seiner Deckung auf und wollte sich herumdrehen, um nach Tempek und dem Jungen zu sehen, obwohl er nahezu sicher war, dass die beiden nicht mehr leben konnten. Aber er führte die Bewegung nicht zu Ende, denn in diesem Moment fegte eine dritte, womöglich noch verheerendere Druckwelle heran.

Sie kam aus der entgegengesetzten Richtung und sie traf Petrov mit der Gewalt eines Hammerschlags, riss ihn von den Füßen und wirbelte ihn meterweit durch die Luft, ehe sie ihn mit grausamer Wucht gegen die Felsen schleuderte.

Diesmal kämpfte er nicht mehr gegen die Bewusstlosigkeit.

4

Alles drehte sich um ihn, als er erwachte. Er hatte eine vage Erinnerung an etwas Furchtbares, das ihm widerfahren war, und zusammen mit dieser Erinnerung die sichere Überzeugung schwer verletzt worden zu sein. Trotzdem verspürte er keinerlei Schmerzen, sondern nur ein Gefühl seltsamer Taubheit, das von seinem ganzen Körper Besitz ergriffen hatte und fast angenehm war.

Er wollte die Augen öffnen, doch im ersten Moment ging es nicht. Seine Augenlider waren verklebt. Als er sie schließlich gewaltsam hob, spürte er, wie er sich ein paar Wimpern ausriss, und das *tat* weh.

»Bleiben Sie liegen«, sagte eine Stimme. Er konnte im ersten Augenblick nicht sagen, aus welcher Richtung sie kam oder wem sie gehörte. Dann erschien ein Gesicht über ihm und eine halbe Sekunde später erinnerte er sich an den dazugehörigen Namen. Tempek. Aber er sollte tot sein. Etwas ... war mit ihm. Er hatte gesehen, wie er gebrannt hatte, und dann war der Sturm gekommen und ...

Petrovs Erinnerungen kehrten mit solcher Wucht zurück, dass er sich mit einem Ruck aufsetzte und stöhnend die Augen schloss, als könnte er die Bilder, die aus seinem Gedächtnis heraufdrängten, auf diese Weise aussperren. Natürlich konnte er es nicht. Es schien im Gegenteil schlimmer zu werden, denn nichts, was er sah, konnte so schlimm sein wie das, was er sich *vorstellte*. Nach einer Sekunde gab er es auf, hob die Lider wieder und wandte den Blick nach Norden.

Der Feuerpilz war verschwunden, doch der Himmel hinter dem Berg war nicht leer. An Stelle des lodernden Fanals erhob sich jetzt ein kilometerhoher grauweißer Pilz aus Rauch; eine Säule, dick wie eine Stadt und so hoch, dass sie das Firmament zu berühren schien.

»Wie lange ...«, murmelte er.

»Nicht lange«, antwortete Tempek. »Nur wenige Minuten. Sie hätten auf mich hören sollen. Ihre Männer könnten jetzt noch am Leben sein, hätten Sie die Warnung nicht in den Wind geschlagen.«

»Was ist passiert?«, flüsterte Petrov. Die Welt hatte aufgehört sich um ihn herum zu drehen, aber seine Gedanken wirbelten immer chaotischer durcheinander. Er hatte Mühe sich an die richtige Reihenfolge der Geschehnisse zu erinnern. Nicht nur die Welt, auch die Zeit war in Stücke gebrochen und würde vielleicht nie wieder so sein, wie sie gewesen war.

»Ogdy«, antwortete Tempek. »Er ist gekommen, um seine Gerechtigkeit walten zu lassen.«

Seine Worte bewirkten in Petrov eine seltsame Reaktion: Der rationale Teil in ihm, der Petrov, den man aus Moskau hierher geschickt hatte, um die Ordnung der Dinge wiederherzustellen, stufte sie noch immer als lächerlich und irrelevant ein; ein dummer Aberglaube, der es nicht wert war, auch nur darüber nachzudenken. Aber plötzlich schien da noch ein zweiter Teil in ihm zu sein, ein Petrov, der vielleicht zeit seines Lebens in ihm gewesen war und verborgen geschlummert hatte, bis ihn der Feuersturm und die Hitze ans Licht brachten, und *diesem* Petrov waren Tempeks Worte ungeheuer wichtig, denn er bestand hartnäckig darauf, dass Tempek möglicherweise nicht Recht hatte, die Welt aber trotzdem ganz und gar nicht so einfach und klar gegliedert war, wie er sich immer eingeredet hatte.

Mit großer Mühe riss er seinen Blick von dem gigantischen

Rauchpilz hinter dem Berg los und sah Tempek an; zum ersten Mal, seit er erwacht war, wirklich aufmerksam. Vielleicht hätte er es besser nicht getan, denn der Schamane bot einen furchtbaren Anblick. Sein Gesicht war gerötet wie von einem heftigen Sonnenbrand und mit zahllosen kleinen Schnitten und Rissen übersät. Hier und da hatte sich die Haut gelb gefärbt; Spuren von schweren Verbrennungen, die spätestens morgen zu grässlichen Verletzungen erblühen würden. Augenlider, Brauen und Haupthaar waren verschwunden. Petrov fragte sich, ob er selbst genauso aussah. Und ob er ebenso sterben würde wie Tempek. Der alte Mann *konnte* diese Verletzungen nicht überleben. Wahrscheinlich war es nur noch der Schock, der ihn auf den Beinen hielt.

Er antwortete nicht auf Tempeks Worte; weil sie es nicht wert waren, wie er sich einredete, in Wirklichkeit jedoch aus einem ganz anderen Grund. Tief in sich drinnen war er plötzlich davon überzeugt, dass der Schamane Recht hatte. Vielleicht war es nicht Ogdy. Vielleicht kein Feuergott, der vom Himmel herabgestiegen war, um das Land zu verbrennen. Kein Dämon. Aber irgendetwas Fremdes, unvorstellbar Mächtiges war über die Welt gekommen und es war immer noch da. Vielleicht tat er gut daran es nicht herauszufordern.

»Was ist mit den anderen?«, fragte er mühsam. Das Reden fiel ihm nicht leicht. Seine Lippen waren so taub wie der Rest seines Körpers und weigerten sich ihm zu gehorchen und auch seine Kehle fühlte sich wund und taub an, sodass er Mühe hatte die Worte zu artikulieren. Trotzdem fuhr er fort: »Den Soldaten. Und dem Jungen.«

»Er lebt«, antwortete Tempek. »Ogdys Hauch hat ihn gezeichnet, aber er hat sein Leben verschont, denn Haiko ist für eine andere Aufgabe bestimmt.« Nach einer hörbaren Pause fügte er hinzu: »Er will Sie sehen.«

»Und die anderen?« Petrov versuchte sich ganz aufzurichten und auch das hätte er vielleicht besser nicht getan, denn er begann damit den Schmerz zu wecken, den er bisher vermisst hatte. Er konnte sich bewegen und seine Beine trugen auch – irgendwie – das Gewicht seines Körpers, sodass er vermutete, dass er sich wenigstens nichts gebrochen hatte, doch als er die Hände auf den Fels legte, um sich darauf abzustützen, stöhnte er vor Schmerz. Seine Hände sahen aus, als wären sie gehäutet worden, und hinterließen blutige Abdrücke auf dem Stein.

»Fjodr ist tot«, antwortete Tempek. »Drei Ihrer Soldaten leben noch, aber einer ist schwer verwundet und wird sterben.«

Petrov registrierte diese Worte vollkommen teilnahmslos; allenfalls war er ein wenig überrascht, dass es außer Tempek und ihm weitere Überlebende gab. Während er sich behutsam herumdrehte und dem Schamanen folgte, unterzog er seine Umgebung einer zweiten, etwas aufmerksameren Musterung.

Beinahe wünschte er sich auch das nicht getan zu haben. Vom Flussufer beginnend und bis hinauf zum Berggrat bot die Landschaft einen Anblick von solcher Trostlosigkeit, dass es ihm fast den Atem abschnürte. Nichts lebte hier mehr. Alles Grün war zu Grau zerfallen, als hätte der Feuerblitz des zornigen Gottes nicht nur alles Leben, sondern auch die Farben aus der Welt gebrannt. Hier und da schwelte der Boden noch und auch vom Fluss stieg grauer Dampf empor. Das Wasser hatte gekocht. Was war geschehen? Was war hier nur geschehen?

Als hoffe er die Antwort auf all seine Fragen dort zu finden, blieb er noch einmal stehen und sah zu dem gigantischen Rauchpilz zurück, der sich jenseits des Berges in den Himmel wälzte. Jetzt, da er seine Emotionen ein wenig besser in der Gewalt hatte, schätzte er dessen Größe etwas realistischer ein: nicht mehr höher als der Himmel, aber sicher mehrere Kilometer hoch. Und so fremd und bizarr, wie er im allerersten Moment gemeint hatte, war der Anblick auch nicht. Was er sah, war der Rauchpilz einer Explosion; wenn auch der gigantischsten Explosion, von der er jemals gehört hätte.

»Soldat.«

Der Schamane machte eine Bewegung, die zugleich Verständnis wie höflich zurückgehaltene Ungeduld zum Ausdruck brachte, und Petrov löste sich mit einer bewussten Anstrengung vom Anblick des Rauchpilzes und ging weiter. Vielleicht war es gar nicht so gut, wenn er das Geheimnis dieses brodelnden Fanals löste. Es mochte Dinge geben, denen man besser nicht zu nahe kam.

Sie fanden den Jungen unweit des Ufers, ungefähr dort, wo Petrov ihn und den Schamanen das letzte Mal gesehen hatte. Er lag verkrümmt zwischen zwei mannsgroßen Felsen, deren Vorderseiten schwarz verbrannt und zum Teil wie mit Glas überzogen aussahen; Petrov erfasste mit einem einzigen Blick, dass diese Felsen wohl den allergrößten Teil des Feuersturmes aufgehalten und ihm und Tempek das Leben gerettet hatten. Trotzdem verspürte er ein eisiges Frösteln, als er in Haikos Gesicht blickte. Der Junge war nicht annähernd so schlimm verbrannt wie Tempek und vermutlich auch er selbst, aber …

»Seine Augen.«

»Er hat direkt in Ogdys Licht geblickt, als der Feuergott vom Himmel herabstieg«, sagte Tempek.

Petrov schwieg. Er war nicht sicher, was ihn mehr entsetzte: der Anblick von Haikos zu weißen Kugeln gelierten Augen oder die vollkommene Teilnahmslosigkeit in Tempeks Stimme. Der Junge war blind, doch der Schamane sprach darüber in einem Ton, als hätte er sich einen Fingernagel eingerissen. Plötzlich hatte Petrov das heftige Bedürfnis Tempek zu schlagen.

Natürlich tat er es nicht. Stattdessen ließ er sich vorsichtig neben Haiko in die Hocke sinken, streckte die Hand aus und berührte ihn sacht an der Schulter. Der Junge reagierte darauf, indem er den Kopf drehte und mit seinen blinden, erloschenen Augen in Petrovs Richtung sah. Der Anblick schnürte Petrov die Kehle zu, sodass er nicht einmal dann etwas hätte sagen können, wenn er gewusst hätte, was. Er musste es allerdings auch nicht.

Der Junge sagte etwas in seiner Muttersprache und Tempek übersetzte die Worte: »Er fragt, wie es dir geht, Soldat.«

»Gut«, antwortete Petrov. Tempek sah ihn nur an und nach einigen Augenblicken verbesserte sich Petrov: »Ich bin verletzt. Aber ich glaube, nicht sehr schwer.«

Das übersetzte Tempek und der Junge antwortete darauf.

»Er sagt, Ogdy hätte dich verschont, weil du für eine andere, größere Aufgabe vorgesehen bist«, sagte Tempek. »Geh zurück nach Hause, Soldat.«

Nach Hause? Petrov hätte gelächelt, hätte sein schmerzendes Gesicht es zugelassen. Die Worte klangen gut, aber es war seltsam: Ausgerechnet jetzt in diesem Moment, in dem er dem Tod so nahe gewesen war wie vielleicht noch nie zuvor, hatte er eines mit einer Klarheit begriffen, die jenseits allen Zweifelns war, dass er kein Zuhause hatte. Sein Zuhause war genau hier: immer an dem Ort, an dem er gebraucht wurde.

»Ich habe kein Zuhause«, sagte er leise. Zugleich wunderte er sich ein wenig über sich selbst, einem praktisch Wildfremden gegenüber ein so intimes Eingeständnis zu machen. Eine Wahrheit, die er bisher nicht einmal sich selbst gegenüber laut ausgesprochen hatte.

»Jeder hat einen Ort, an den er gehört«, übersetzte Tempek Haikos Antwort. »Du hast ein Kind. Geh und kümmere dich um deinen Sohn.«

Petrov drehte mit einem Ruck den Kopf. »Du hast ihm davon erzählt?« Es machte ihn wütend. Er war zornig auf sich selbst, dass er Tempek dieses – vielleicht sein einziges – Geheimnis anvertraut hatte, und noch zorniger auf den Schamanen, da der es weitergegeben hatte.

»Niemand wird davon erfahren«, sagte Tempek. Er hatte den zornigen Ton in Petrovs Stimme offenbar richtig gedeutet. »Aber du solltest auf ihn hören. Deine Aufgabe ist nicht hier.«

Petrovs Zorn verrauchte so schnell, wie er gekommen war, und zugleich begriff er, dass seine Wut die ganze Zeit über niemals wirklich dem Schamanen oder gar dem Jungen gegolten hatte, sondern immer nur ihm selbst. Er stand auf.

»Ich muss nach meinen Männern sehen«, sagte er schleppend und mit einer Stimme, die belegt und in seinen eigenen Ohren fremd klang. »Wir gehen zurück nach Wanawara. Es gibt dort einen Arzt. Vielleicht ... kann er dem Jungen helfen.«

Die Worte klangen lächerlich, selbst in seinen eigenen Ohren. Die Augen dieses Jungen würden nie wieder etwas sehen und daran konnte kein Arzt auf der Welt etwas ändern. Haiko erwiderte auch etwas auf seine Worte, doch Petrov wollte es nicht hören; noch bevor Tempek übersetzen konnte, drehte er sich rasch herum und ging, um nach seinen Leuten zu sehen.

Die Bilanz, die Petrov nach einer knappen halben Stunde zog, war verheerend. Von den Männern, die er mit hierher gebracht hatte, lebten noch drei: zwei Soldaten und Fjodr, sein tungusischer Führer, der nur bewusstlos gewesen war, nicht tot, wie Tempek behauptet hatte. Und wie Tempek gesagt hatte, war einer der Soldaten so schwer verletzt, dass er den Abend nicht mehr erleben würde. Fast wie durch eine grausame Ironie des Schicksals war es allerdings nicht der Feuersturm gewesen, der ihm das Leben nehmen würde, sondern die Gewehrkugel eines Räubers.

Trotzdem: Je mehr Zeit verging, desto mehr kam Petrov zu dem Schluss, dass es nicht nur schlimmer hätte kommen können, sondern eigentlich *müssen*. Dass überhaupt jemand von ihnen überlebt hatte, glich einem Wunder. Er fand auf den Felsen und hier und da in den Boden eingebrannt die Spuren von Hitze, die seine Vorstellungskraft überstiegen. An manchen Stellen war die Erde zu Glas verbrannt und einige kleinere Steine waren geschmolzen und zu bizarren Lavaskulpturen wieder erstarrt. Bisher war er stillschweigend der Meinung gewesen, dass ihm seine Erinnerung einen Streich gespielt haben musste, aber dem war wohl nicht so. Die grellweißen Schwerter noch vernichtenderer Hitze, die durch den Feuersturm gestochen waren, hatte es tatsächlich gegeben und sie hatten mehr getan, als nur Felsen und Erdreich verkohlen zu lassen. Der Leichnam von einem der Männer war nicht aufzufinden, doch Petrov entdeckte einen Fleck weißer Asche, der beunruhigend große Ähnlichkeit mit den Umrissen eines menschlichen Körpers aufwies.

  Was die Hunde und ihre Ausrüstung anging, so war das Ergebnis seiner Suche fast noch entmutigender. Die Tiere waren allesamt tot oder weggelaufen und ihre Ausrüstung war schlicht und einfach nicht mehr da. Petrov entdeckte die Kufen eines Schlittens, die ein gutes Stück entfernt fast aus der Mitte des Flusses ragten. Die Druckwelle musste ihn hochgehoben und dorthin geschleudert haben. Er sparte sich die Mühe ins Wasser zu waten und nachzusehen, was noch zu retten war. Die reißende Strömung hatte mit Sicherheit alles davongetragen und was vielleicht noch geblieben war, musste vom Wasser verdorben sein. Außerdem wusste er, dass er gar nicht die Kraft gehabt hätte irgendetwas aus dem Fluss zu bergen.

  Sein Gesicht und auch seine Hände schmerzten immer mehr. Er wusste jetzt, dass er einen ähnlichen – wenn nicht schlimmeren – Anblick wie Tempek bieten musste, und dazu kam ein Gefühl leiser Übelkeit, das sich von seinem Magen aus allmählich in seinem ganzen Körper ausbreitete. Noch war es nur angedeutet, kaum mehr als die Ahnung eines Gefühls, aber irgendwie spürte er, dass es nicht gehen, sondern schlimmer werden würde, und ohne dass er sagen konnte warum, machte es ihm mehr Angst als die Verbrennungen und die Schusswunde, die er davongetragen hatte.

  Der Rauchpilz im Norden trieb allmählich auseinander. Sein Dach verschmolz mit dem Himmel und wurde schließlich zu einem Teil der Wolken und auch die gewaltige brodelnde Säule verblasste nach und nach und verschwand. Doch kurz darauf begann es zu regnen und dieser Regen war so unheimlich und Furcht einflößend wie alles andere, was bisher geschehen war, denn er war schwarz: schwere, zähflüssige Tropfen, die eine schmierige Schicht auf allem hinterließen, was sie trafen, und so warm waren, dass sie seinem geschundenen Gesicht keine Linderung brachten, sondern das Brennen im Gegenteil noch steigerten. Der Regen fiel eine halbe Stunde und hörte dann wie abgeschnitten auf, doch die Wolken verzogen sich nicht, sondern schienen noch dichter zu werden, sodass eine verfrühte Dämmerung Einzug hielt. Petrov schätzte, dass es noch nicht einmal Mittag war, doch über dem Fluss hing ein graues, farbenverzehrendes Zwielicht, in dem er kaum fünfzig Schritte weit sehen konnte.

Sie hatten nicht die Kraft die Toten zu begraben und so beschränkte sich Petrov darauf, ihre Brieftaschen und persönlichen Habseligkeiten einzusammeln, um sie später an ihre Angehörigen weiterzuleiten. Diese an sich profane, wenn auch grausige Tätigkeit übte eine sonderbar beruhigende Wirkung auf ihn aus. Es kostete ihn große Überwindung, die zum Teil schrecklich verstümmelten Körper zu berühren, aber der Ekel, den er dabei empfand, betäubte ein anderes, viel schlimmeres Gefühl, das die ganze Zeit über in ihm gewesen war: eine nagende Furcht, die umso schlimmer war, als er nicht einmal ihren Grund kannte. Als er schließlich zu Fjodr und den beiden überlebenden Soldaten zurückging, fühlte er sich vollkommen ausgelaugt, zugleich aber auf eine seltsame Art und Weise befreit.

»Was macht Ihr Arm?« Petrov wandte sich an Fjodr, der einen guten Meter neben den beiden Soldaten saß und den sterbenden Jungen mit stierem Blick musterte. Es ging ihm nicht um Fjodr. Der Arm des Tungusen interessierte ihn im Grunde nicht. Aber er ahnte, dass der Verwundete die Blicke Fjodrs spürte und sie ihm unangenehm sein mussten. Was ihm anfangs wie eine Ironie des Schicksals vorgekommen war, erschien ihm nun wie purer Zynismus: Der Soldat war tödlich verletzt, aber bei vollem Bewusstsein. Und er *wusste*, dass er starb.

Fjodr riss sich mit sichtlicher Mühe vom Anblick des verletzten Soldaten los und wandte den Kopf in Petrovs Richtung. Sein Gesicht war nicht verbrannt, Haare und Augenbrauen waren unversehrt. Mit Ausnahme seines gebrochenen Armes war er von allen hier am glimpflichsten davongekommen, was Petrov für einen Moment mit einem Gefühl von absurdem Neid erfüllte.

»Er tut weh«, antwortete Fjodr nach einer Weile. »Aber es ist auszuhalten.« Er schwieg wieder einen Moment, dann versuchte er etwas wie ein Grinsen auf sein Gesicht zu zwingen und fuhr fort: »Das Schlimmste ist, dass ich mir keine Zigaretten drehen kann. Würden Sie …?«

»Wenn ich mir auch eine drehen darf«, entgegnete Petrov.

Fjodr lachte und begann ungeschickt mit der Linken in den Taschen seiner auf so unverschämte Weise unversehrten Jacke zu graben, um seinen Tabaksbeutel hervorzuziehen. Petrov hätte ihm dabei helfen können, aber er zog es vor einfach dazusitzen und abzuwarten, bis Fjodr fündig geworden war. Erst dann stand er auf und nahm ihm den Tabaksbeutel ab. Er drehte nicht zwei, sondern drei Zigaretten, steckte zwei davon gleichzeitig in Brand und reichte die überzählige an den Soldaten weiter, der neben seinem sterbenden Kameraden saß und dessen Hand hielt. Der Junge wirkte sehr überrascht, fast erschrocken, aber er nahm die Zigarette trotzdem entgegen und zog daran. Im nächsten Augenblick begann er zu husten und Petrov begriff, dass er gar kein Raucher war.

Die Erkenntnis versetzte ihm fast einen Schock. Trotz allem war der Respekt – die Angst? – des jungen Rekruten vor ihm noch immer so groß, dass er es nicht gewagt hatte die Zigarette abzulehnen, sondern diese Geste unerwarteter Freundlichkeit als Befehl angesehen hatte. Petrov nahm sie ihm wieder aus der Hand und wollte sie schon wegwerfen, begegnete dann aber dem Blick des Sterbenden und machte eine fragende Geste. Der Soldat antwortete mit einem angedeuteten Nicken und Petrov klemmte ihm die Zigarette zwischen die Lippen.

»Danke, Herr Hauptmann«, sagte der Verletzte.

»Lass den Hauptmann«, antwortete Petrov. »Mein Name ist Iwan. Und wie heißt du, mein Junge?« Der bevorstehende Tod des Jungen gestattete es Petrov mit seinem ehernen Prinzip zu brechen. Diese Verbrüderung würde nur wenige Stunden halten. Vielleicht nicht einmal das.

»Michail«, antwortete der Soldat.

»Michail.« Petrov lächelte. »Ein guter Name. Mein Sohn heißt auch so.« Das war eine Lüge, aber sie erschien ihm in diesem Moment angebracht.

»Ihr Sohn ... ist er ... auch Soldat?«

Die Frage überraschte Petrov. Er war älter als diese Rekruten, aber längst nicht alt genug, um ein Kind in ihrem Alter haben zu können. Möglicherweise hatte er sich zu lange nicht gefragt, wie er eigentlich auf seine Untergebenen wirkte. Es hatte ihn nie interessiert, aber er war jetzt nicht mehr sicher, ob das auch richtig war.

»Nein«, antwortete er. »Dazu ist er noch zu klein.«

»Aber er wird Soldat werden.«

Noch am Morgen hätte die Antwort auf diese Frage aus einem klaren »Ja« bestanden. Jetzt zögerte er so lange, dass sein Schweigen allein schon eine Antwort bedeutete. »Vielleicht. Niemand weiß, was wird.«

»Ich schon«, antwortete Michail. »Ich werde sterben, nicht wahr?«

»Ja«, antwortete Petrov. Es hatte keinen Sinn zu lügen. »Hast du Schmerzen?«

»Furchtbare«, sagte Michail. »Aber das macht nichts. Ich habe mehr Angst vor dem, was danach kommt.«

Petrov wollte antworten: *Das musst du nicht, denn da kommt nichts,* aber er brachte die Worte nicht über die Lippen. Er fühlte sich so hilflos und er wusste jetzt, dass er einen Fehler gemacht hatte. Sein Prinzip, sich niemals auf einen persönlichen Kontakt mit seinen Männern einzulassen, funktionierte in beide Richtungen. Plötzlich war auch er verwundbar geworden.

»Glaubst du an Gott?«, fragte er, statt das auszusprechen, was er eigentlich hatte sagen wollen.

»Ich ... weiß nicht«, antwortete der Soldat.

»Du weißt es nicht?«

»Ich habe noch nicht darüber nachgedacht«, sagte Michail. »Ich dachte, dass ... dafür später noch Zeit genug wäre.«

Petrov starrte ihn an. Michail konnte es nicht wissen, aber seine Worte versetzten ihm einen regelrechten Schock. Seine Gefühle waren von einem Moment zum nächsten in einem Aufruhr, den er sich nicht erklären konnte, gegen den er aber auch vollkommen hilflos war. Fast überhastet stand er auf. »Vielleicht ist es trotzdem eine gute Idee zu beten«, sagte er. »Ich gehe und hole den Schamanen.«

Hätte er auch nur eine Sekunde über seine eigenen Worte nachgedacht, so wäre ihm klar geworden, wie absurd sie klangen.

Aber er dachte nicht darüber nach, sondern floh regelrecht aus Michails Nähe. Er hätte nicht mit ihm reden sollen. Soldaten waren zum Sterben da, zu sonst nichts.

Tempek und der Junge hatten sich ans Flussufer zurückgezogen und auch dieser Umstand erschien Petrov plötzlich nicht normal. Nach dem, was sie gemeinsam erlebt hatten, hätten sie ganz instinktiv die Nähe der anderen suchen müssen. Petrov sah jedoch auch, warum sie sich hier aufhielten: Tempek tauchte ab und zu die Hände in den Fluss, um sein verbranntes Gesicht zu kühlen. Haiko saß ein kleines Stück neben ihm und tat dasselbe. Wenn man bedachte, dass er erst seit weniger als einer Stunde blind war, bewegte er sich mit nahezu unheimlicher Sicherheit.

»Wollt ihr jetzt gehen?«, fragte Tempek.

»Noch nicht«, antwortete Petrov. »Ich brauche deine Hilfe.« Er erklärte Tempek mit wenigen Worten, worum es ging, und der Schamane reagierte genau so, wie er erwartet hatte:

»Ich bin kein Prediger«, sagte er. »Ich weiß nicht einmal den Namen eures Gottes.«

»Das ist auch nicht nötig«, erwiderte Petrov. »Der Junge braucht Hilfe. Von mir aus belüg ihn. Denk dir irgendetwas aus, um ihm das Sterben zu erleichtern. Verdammt, ist das so viel verlangt?«

»Eine Lüge kann niemals ...«, begann Tempek, doch Haiko unterbrach ihn mit wenigen, hörbar scharfen Worten. Tempek machte sich nicht die Mühe sie zu übersetzen, aber er sah ein wenig betroffen aus.

»Also?«, fragte Petrov.

Ohne zu antworten stand Tempek auf und ging an ihm vorbei. Petrov folgte ihm, warf aber zuvor noch einen Blick in Haikos Richtung. Der Junge sah ihn an. Er war blind, aber Petrov hatte erneut das Gefühl, dass er ihn irgendwie trotzdem sah, und er spürte abermals ein eisiges Frösteln. Alles hier war ... falsch. Haiko sollte hysterisch sein. Er hatte sein Augenlicht verloren, das kostbarste Gut, das ein Mensch besaß. Er sollte schreien. Toben. Zumindest weinen. Trotzdem war alles, was sein Gesicht ausstrahlte, ein schwacher Hauch von körperlichem Schmerz – und ein Akzeptieren seines Schicksals, das seinem Alter vollkommen unangemessen schien. Nicht nur die sichtbare Welt schien aus den Fugen geraten zu sein. Alles veränderte sich auf eine Weise, die Petrov Angst machte.

Tempek kniete neben dem Sterbenden, als Petrov neben ihm anlangte. Er murmelte einen düsteren Singsang in seiner Muttersprache, wozu er komplizierte, flatternde Gesten mit beiden Händen machte; vielleicht tatsächlich eine Art – wenn auch heidnisches – Gebet, vielleicht auch nur der Unsinn, um den Petrov ihn gebeten hatte. Gleichwie, es schien zu wirken. Michails Atem hatte sich beruhigt und auf seinem Gesicht lag ein fast entspannter Ausdruck. Die Zigarette war so weit heruntergebrannt, dass die Glut fast seine Lippen verbrennen musste, aber vermutlich spürte er das schon nicht mehr. Petrov hatte sich abermals geirrt: Das Vertrauen zwischen ihnen war nicht auf Stunden gegründet, sondern nur auf Minuten.

»Sie sollten vielleicht etwas zu ihm sagen«, sagte Fjodr plötzlich. Er war neben Petrov getreten und sprach so leise, dass Michail die Worte vermutlich nicht hörte. »Er hat nach Ihnen gefragt, als Sie fort waren.«

Aber was? dachte Petrov. *Worte.* Großer Gott, Worte! Worte waren das mächtigste Werkzeug, das Menschen jemals geschaffen hatten. Sie hatten diese Welt erst zu dem gemacht, was sie war. Wieso halfen sie dann nicht einmal, einem Sterbenden seine letzten Minuten zu erleichtern? Er drehte sich mit einem Ruck herum und ging ein paar Schritte, blieb stehen und ging dann weiter.

Beinahe ohne dass er es selbst merkte, begann er den Hang hinaufzugehen, und obwohl er sich in die Richtung bewegte, aus der die Zerstörung gekommen war, schienen ihre Spuren geringer zu werden. Er schritt über verbrannten Boden und Asche, die unter seinen Füßen in winzigen Staubexplosionen auseinander spritzte, aber er sah keine geborstenen Felsen, kein geschmolzenes und wieder erstarrtes Erdreich. Ogdys Zorn hatte sich mit seiner ganzen Kraft unten am Fluss entladen, nicht hier.

Dann fiel ihm eine viel simplere Erklärung ein: Der Berggrat vor ihm hatte die schlimmste Wucht der Druck- und Hitzewelle gebrochen. Je weiter er sich dem Grat näherte, desto tiefer drang er in den toten Winkel ein, den die Welle zerstörerischer Kraft übersprungen hatte.

Er fand zwei Tote, ehe er den Grat erreichte. Einer der Körper war fast bis zur Unkenntlichkeit verbrannt; Strandgut, das die Hitzewelle vom Berg geschleudert, ein Stück weit mit sich gerissen und schließlich hier abgeladen hatte. Der andere war erschossen worden.

Petrov hatte um den ersten Toten einen großen Bogen gemacht; er hatte für einen Tag genug verbranntes Fleisch gesehen. Neben dem anderen kniete er nieder und untersuchte ihn sehr gründlich, mit fast hektischer Besessenheit, denn dies war eine Aufgabe, die ihm vertraut war; eine grausame, aber doch bekannte Tätigkeit, deren Normalität ihm half, dem Wahnsinn, der von allen Seiten auf ihn einstürmte, wenigstens für einige Momente Einhalt zu gebieten.

Seine Suche erbrachte allerdings kein sensationelles Ergebnis. Der Tote hatte keinerlei Papiere oder irgendwelche anderen Dokumente bei sich, aber das hatte Petrov auch nicht erwartet; wahrscheinlich hatte der Mann wie viele in diesem Teil des Landes niemals irgendwelche Ausweispapiere besessen. Seine persönliche Habe beschränkte sich auf einen Tabaksbeutel und eine zerschrammte Lederbrieftasche, die allerdings eine überraschend hohe Geldsumme enthielt; wie Petrov vermutete, sein Anteil aus der Beute, die die Bande beim Überfall auf Wanawara gemacht hatte. Darüber hinaus fand er nur noch ein in ein Taschentuch eingewickeltes Medaillon, in dem sich vielleicht einmal ein Bild befunden hatte, das jetzt aber leer war, und einen billigen Siegelring am rechten Zeigefinger des Toten. Petrov steckte das Geld ein – dem Toten nutzte es ohnehin nichts mehr, und da es darüber hinaus gestohlenes Geld war, hatte er auch keinerlei Gewissensbisse –, tastete den Ring und das Medaillon aber nicht an. *Diese* Dinge zu nehmen, wäre ihm wirklich wie Leichenfledderei vorgekommen. Außerdem waren sie vermutlich nichts wert.

Das Gewehr des Toten überraschte ihn. Es musste alt genug sein, um schon mit Napoleons Truppen in dieses Land gekommen zu sein, und befand sich in einem so erbärmlichen Zustand, dass sich Petrov unwillkürlich fragte, wie man damit überhaupt noch schießen, geschweige denn irgendetwas treffen konnte. Er betrachtete die antiquierte Waffe eine ganze Weile lang nachdenklich und ein sehr ungutes Gefühl begann sich in ihm breit zu machen. Dann drehte er sich langsam wieder herum und sah ins Tal hinab.

Was er erblickte, gefiel ihm nicht. Ganz und gar nicht.

Von hier oben aus bot das Flussufer einen vollkommen anderen Anblick, als er erwartet hatte. Wenn er versuchte die Spuren der Zerstörung aus dem Bild herauszufiltern, dann ließ das, was übrig blieb, nur einen einzigen Schluss zu: Er hatte einen Fehler gemacht. Einen furchtbaren Fehler.

Was von unten wie eine sichere Deckung für ihn und seine Männer ausgesehen hatte, entpuppte sich von hier oben aus betrachtet als tödliche Falle. Es war kein Wunder, dass die Männer ausgerechnet hier auf sie gewartet hatten. Die Felsen boten keinerlei nennenswerten Schutz und die Bereiche dazwischen waren entsetzlich groß und entsetzlich *leer*. Hätten sie wirklich versucht den Hang zu stürmen, dann wären sie alle in den sicheren Tod gelaufen. Der einzige Grund, aus dem ihre Verluste nicht noch viel höher gewesen waren, so vermutete – nein: *wusste* – Petrov, war der, dass dieser Tote und seine Kameraden mit Waffen aus der Steinzeit ausgerüstet gewesen waren. Unvorstellbar, wenn sie moderne Gewehre gehabt hätten oder einfach bessere Schützen gewesen wären ...

Petrov hob den Blick und sah wieder in den Himmel, der noch immer wie ein brodelnder grauer Hexenkessel war. Seltsam, wie schnell sich grundlegende Dinge ändern konnten: Noch vor einem Augenblick war er der Meinung gewesen, dass der Tod vom Himmel gekommen war, und nun begriff er, dass es ganz genau anders herum war: Ogdy hatte ihnen nicht den Tod gebracht, sondern das Leben gerettet. Zumindest einigen von ihnen.

Langsam, mit einer Bewegung, die ihn unerwartet viel Überwindung kostete, drehte er sich wieder herum und setzte seinen Weg zum Berggrat hinauf fort. Es war nicht mehr weit, doch Petrov ging sehr langsam, als hätte irgendetwas in ihm begriffen, dass er in Wahrheit viel mehr tat, als einen Hang hinaufzugehen. Wäre es anders gekommen, wäre die Welt nicht in Stücke zerbrochen und etwas geschehen, von dem er immer noch nicht wusste, was es eigentlich bedeutete – nur, dass es etwas *Großes* und unvorstellbar *Gewaltiges* war, etwas weit jenseits seiner Vorstellungskraft –, dann hätten er und die Männer, deren Leben ihm anvertraut worden war, versucht diesen Hang hinaufzustürmen und dabei alle den sicheren Tod gefunden. Und so erschien ihm jeder Schritt, den er tat, wie ein geliehener Schritt, ein Schritt hinein in ein Leben, das ihm weder gehörte noch zustand, das ihm *geschenkt* worden war von einer uralten, heidnischen Gottheit, die vom Himmel kam und mit ihrem feurigen Atem die Erde verbrannte. Für einen Pragmatiker wie Petrov wären diese Gedanken noch vor Tagesfrist einfach unvorstellbar gewesen, aber nun dachte er sie nicht nur, er *wusste* mit unerschütterlicher Sicherheit, dass es so war. Tempek hatte Recht gehabt. Alles hatte eine Bedeutung. Nichts von dem, was geschehen war, war Zufall.

Und so war er auch kein bisschen überrascht, als er schließlich den Grat erreichte und in Ogdys feuriges Antlitz blickte.

Zweites Buch
SHAKREN

1

»Eines müssen Sie mir aber noch erklären«, sagte Vandermeer, während er den Nagel seines Zeigefingers gegen die Innenseite des Daumens drückte, die Hand anspannte und damit das Windspiel vor sich anvisierte; eines von sieben oder acht Windspielen, um genau zu sein, die sich in Größe und Farbe unterschieden und vom Rand des Verkaufsstandes herabhingen wie zu groß geratene Troddeln einer Metallgardine.

»Gerne.« Die Verkäuferin auf der anderen Seite des geschmiedeten Vorhangs lächelte ebenso unerschütterlich weiter, wie sie es die ganze Zeit über getan hatte, seit Vandermeer sie beobachtete. Was schon eine geraume Weile war. »Und was?«

»Ich verstehe nicht, warum dieses Windspiel hier …« Vandermeer katapultierte die Fingerspitze wuchtig gegen ein kupferfarbenes Metallrohr, was nicht nur einen hellen, lang nachvibrierenden Glockenton zur Folge hatte, sondern auch einen unerwartet heftigen Schmerz durch seinen Zeigefinger pulsieren ließ. »… so viel teurer ist als dieses hier?« Er zielte auf ein zweites, ebenso großes, aber andersfarbiges Windspiel, überlegte es sich im letzten Moment anders und deutete nur darauf. Sein Finger tat immer noch weh.

Die Verkäuferin war in zumindest einem Punkt umsichtiger als Vandermeer, denn sie zog einen verchromten Xylophon-Klöppel unter dem Tisch hervor, mit dem sie zuerst das eine, dann das andere Windspiel anschlug. »Hören Sie den Unterschied?«, fragte sie.

Die Klänge unterschieden sich tatsächlich, aber Vandermeer

hätte nicht sagen können, welcher ihm besser gefiel. Die Töne schwammen ineinander und bildeten eine auf schwer greifbare Weise sich gegenseitig störende und zugleich ergänzende Dissonanz.

Er schüttelte den Kopf. »Nein.«

Das Lächeln der schlecht gefärbten Rothaarigen auf der anderen Seite des Verkaufsstandes änderte sich. Vandermeer konnte nicht genau sagen, ob es jetzt überheblicher wirkte oder ob sie in ihm vielleicht einfach nur einen weiteren Dummkopf witterte, den sie über den Tisch ziehen konnte.

»Dieses hier« – *das billige,* fügte ihr Blick unübersehbar hinzu, *diese Blöße wollen Sie sich doch nicht wirklich geben, den billigen Schrott zu kaufen, oder?* – »ist ein qualitativ hochwertiges Gerät mit einem sehr angenehmen, entspannenden Ton.« Sie schlug kurz das silberfarbene Windspiel an – sechsunddreißigfünfundneunzig, Messepreis, verkündete das handgemalte Schild –, umschloss es praktisch im gleichen Moment schon wieder mit der Hand, um den Ton zum Verstummen zu bringen, und schlug das andere kupferfarbene Röhrengebilde an; ein wesentlich größeres Preisschild deklarierte es zum Supermessepreis: einhundertdreiundachtzigfünfzig. Diesen fünfmal teureren Ton ließ sie in langen, dunklen Schwingungen ausklingen, sodass er ihre nachfolgende Erklärung untermalte. »Dieses hier ist natürlich etwas ganz anderes.«

»Natürlich«, sagte Vandermeer.

»Die einzelnen Röhren sind auf die Töne der Planeten abgestimmt«, fuhr die Verkäuferin ungerührt fort. »Sehen Sie? Es sind neun. Eine für jeden Planeten.«

»Aha«, sagte Vandermeer.

Diesmal zögerte die Rothaarige unmerklich, ehe sie weitersprach. Trotzdem klang ihre Stimme so unerschüttert und freundlich wie bisher. »Die Klänge wirken natürlich ganz anders. Die beruhigende Wirkung ist ungleich größer und selbstverständlich führt sie zu einer viel tiefer gehenden Harmonie mit dem kosmischen Energiefeld.«

»Selbstverständlich«, sagte Vandermeer.

Das Schweigen dauerte diesmal spürbar länger und Vandermeer war auch sicher, sich die spürbare Abkühlung ihres Lächelns nicht nur einzubilden.

»Ich sehe schon«, sagte sie, »Sie sind in dieser Hinsicht noch nicht besonders ...«

»... bewandert, das ist richtig«, unterbrach Vandermeer sie. Er bemühte sich das überzeugendste naiv-dümmliche Grinsen aufzusetzen, das er zustande bringen konnte, und machte eine weit ausholende Geste mit beiden Händen. »Um ehrlich zu sein, ist das hier die erste Veranstaltung dieser Art, die ich besuche.«

Sein rothaariges Gegenüber wirkte bei diesem Eingeständnis kaum überrascht, dafür aber plötzlich ein wenig misstrauisch, sodass Vandermeer sich beeilte rasch hinzuzufügen: »Aber es interessiert mich.«

»So?«

»Es ist faszinierend«, versicherte er. Vielleicht war es besser nicht zu dick aufzutragen, deshalb fügte er mit einem angedeuteten Blinzeln hinzu: »Das meiste jedenfalls.«

Möglicherweise war es dieser Nachsatz, der das aufkeimende Misstrauen der Rothaarigen wieder besänftigte. Vielleicht stufte sie ihn auch nur endgültig in die Kategorie jener Dummköpfe ein, die zu viel Geld in der Tasche und zu wenig Grips im Hirn hatten – in zwei einfacheren Worten ausgedrückt: *potentieller Kunde*. Genug von diesen gutgläubigen Trotteln liefen hier ja herum.

So oder so, sie fuhr fort, ihm die Vorzüge der auf die Klänge der neun Planeten abgestimmten Blechröhren anzupreisen und wahrscheinlich noch mehr Unsinn zu schwafeln, aber Vandermeer hatte bereits das Interesse an ihr verloren und hörte kaum noch zu. Er hatte, was er wollte, und suchte nach einem neuen Opfer.

Selbstverständlich war er mit dem festen Vorsatz hierher gekommen, sich über die versammelten Bekloppten hier lustig zu machen. Und wie es aussah, würde er wohl voll auf seine Kosten kommen. Vielleicht würde dieser Tag unterm Strich doch kein vollkommener Reinfall werden.

Vor gut zwei Stunden war Hendrick Vandermeer noch vollkommen anderer Meinung gewesen. Er war in ziemlich mieser Laune hier angekommen. Das süffisante Grinsen, mit dem Schwartz ihm diesen Auftrag gegeben hatte, lag ihm noch immer schwer im Magen. Natürlich war Schwartz ein Trottel, wie er im Buche stand, aber das zu erwähnen war ungefähr so sinnvoll wie eigens darauf hinzuweisen, dass es jeden Abend dunkel wurde. Was es Vandermeer so schwer machte, dieses Grinsen zu verdauen, das war die Demütigung, die es transportieren sollte. Nein, nicht sollte: die es transportiert *hatte*. Jedem in der Redaktion war bekannt, was Vandermeer von Dingen wie Parapsychologie oder Esoterik hielt, von Hellseherei, Wünschelruten, Ufologie und was sich sonst noch alles hinter dem schwammigen Begriff *Grenzwissenschaften* verbarg – nichts, aber auch rein gar nichts. Er war jetzt seit nahezu zwanzig Jahren Journalist und er hatte schon im allerersten dieser zwanzig Jahre begriffen, dass das richtige Leben kompliziert und brutal genug war; er brauchte keinen übersinnlichen Firlefanz, um es spannender zu gestalten. Er hatte wenig bis kein Verständnis – dafür aber eine gehörige Portion Verachtung – für diejenigen seiner Kollegen, die Artikel über das Ungeheuer von Loch Ness oder kettenrasselnde Gespenster in einem englischen Landsitz verfassten. Solche Dinge gehörten in Romane oder in das Nachtprogramm privater Fernsehsender, aber nicht in eine *Zeitung*.

Schwartz wusste das verdammt genau und das war auch der Grund, weshalb er ausgerechnet ihn hierher geschickt hatte, um über diese Esoterik-Messe zu berichten. Es war ein purer Racheakt, der ihn eigentlich nicht hätte überraschen dürfen. Sie hatten sich vor zwei Tagen – wieder einmal – vor versammelter Mannschaft gestritten und Schwartz hatte dabei – wieder einmal – den Kürzeren gezogen. Wahrscheinlich fuhr Vandermeer noch gut damit nur einen Nachmittag in der Gesellschaft dieser Verrückten zubringen zu müssen. Hätte Schwartz auch nur einen Funken Phantasie besessen ...

Gottlob hatte er den nicht. Andernfalls hätte sich Vandermeer vielleicht jetzt schon in einem Zweite-Klasse-Abteil der Bundesbahn befunden, auf dem Weg in irgendein Zweihundert-Seelen-Kaff am anderen Ende der Republik, wo die Haushälterin des Dorfpfarrers Stein und Bein schwor, dass die geschnitzte Marienstatue in der Kirche einmal im Monat ihre Menstruation hatte – selbstverständlich nur in Anwesenheit solcher Zeugen, die auch fest an Wunder und das Wirken göttlicher Kräfte glaubten. Wäre es umgekehrt gewesen, Vandermeer *wäre* etwas in dieser Art eingefallen. So war er sozusagen mit einem blauen Auge davongekommen. Trotzdem: Er war Journalist, verdammt nochmal, kein Spökenkieker!

»... beeinflussen«, drang die Stimme der Verkäuferin wie von weither in sein Bewusstsein. Sie blinzelte, legte den Kopf schräg und fragte dann in leicht verändertem Ton, aber immer noch freundlich: »Sagen Sie, hören Sie mir überhaupt zu?«

Die ehrliche Antwort auf diese Frage wäre ein klares »Nein« gewesen. Tatsächlich hatte er nicht die geringste Ahnung, was sie in den letzten zwanzig oder dreißig Sekunden gesagt hatte. Aber er kam zu dem Schluss, dass er sich genug auf ihre Kosten amüsiert hatte. Es war nicht nötig, sie auch noch offen vor den Kopf zu stoßen. So rettete er sich in ein nicht einmal gänzlich unechtes verlegenes Lächeln und machte eine Bewegung, die eine Mischung aus Achselzucken und Kopfschütteln darstellte. »Es ist alles ... ein bisschen viel«, gestand er. »Für das erste Mal.«

»Es ist auf den ersten Blick wirklich ziemlich verwirrend«, pflichtete ihm die Rothaarige bei. Ihr Lächeln wurde wieder wärmer und schien plötzlich etwas fast Mütterliches zu haben, obwohl sie gut zehn Jahre jünger sein musste als er. »Ich war selbst erstaunt, als ich gestern herkam und den Stand aufgebaut habe. Im letzten Jahr waren nicht annähernd so viele hier.«

»Im letzten Jahr?« Vandermeers bereits im Erlöschen begriffenes Interesse regte sich wieder. »Ich dachte, dies wäre die erste Messe dieser Art.«

»Die erste, die so groß ist«, antwortete sie. »Und professionell aufgezogen ... ich weiß nicht, ob es mir gefällt.«

»Wieso?«

Sie zögerte. Vielleicht ging das Gespräch in eine Richtung, die ihr nicht behagte. Schließlich war er ein vollkommen Fremder für sie – warum sollte sie sich ihm also anvertrauen? Aber dann antwortete sie doch: »Es war ... hübscher. Man war sozusagen unter sich.«

»Unter Gleichgesinnten«, vermutete Vandermeer – womit er nun eindeutig einen Schritt zu weit gegangen war. Sie sagte nichts Entsprechendes, aber ihr Blick machte klar, dass sie ihm den unbedarften Kunden nicht mehr abnahm. Da er der Meinung war, jetzt nichts mehr verlieren zu können, fügte er hinzu: »Aber das Geschäft lief doch wahrscheinlich nicht annähernd so gut, oder?«

»Geschäft?« Sie schüttelte den Kopf. »Ich mache das hier nicht, um Geld zu verdienen. Wenn es mir darum ginge, dann würde ich im Kaufhof an der Kasse stehen und besser dafür bezahlt werden. Sie wären erstaunt, wenn ich Ihnen erzählen würde, was wir daran verdienen.« Sie deutete auf das Windspiel – das teure für knapp zweihundert – und fügte ein deutlich resignierend klingendes Seufzen hinzu.

Vandermeer glaubte ihr sogar. In seinen Augen war das alles hier nichts als ein großes, noch dazu nicht besonders anständiges Geschäft und wahrscheinlich war auch sie nichts als ein weiteres gutgläubiges Opfer, das nur eine unwesentliche Stufe höher stand als die gutgläubigen Trottel, die sich in Scharen durch die Gänge wälzten und ihr Geld gar nicht schnell genug loswerden konnten. Das wirkliche Geschäft machten andere.

»Warum verraten Sie es mir nicht?«, fragte er gerade heraus.

»Warum sollte ich?«, antwortete sie. »Warum verraten *Sie* mir nicht, wer Sie wirklich sind? Sie haben sich doch nie *wirklich* für ein Windspiel interessiert, oder?«

»Nicht wirklich«, gestand Vandermeer lächelnd. »So viel gibt mein Spesenkonto nicht her, fürchte ich.«

»Ihr Spesenkonto?«

Vandermeer legte in einer verschwörerischen Geste den Zeigefinger über die Lippen. »Ich habe ein finsteres Geheimnis«, sagte er. »Ich mache Ihnen einen Vorschlag: Ich verrate es Ihnen, wenn Sie mit mir einen Kaffee trinken gehen.« Er rechnete sich keine Chancen aus mit dieser plumpen Anmache durchzukommen. Wahrscheinlich würde er sie damit nur vollends verärgern; außerdem war sie nicht einmal sein Typ.

Zu seiner großen Überraschung sah sie ihn jedoch nur zwei oder drei Sekunden lang nachdenklich an, dann warf sie einen raschen Blick auf die Uhr – und nickte.

»Warum nicht? Meine Schwester kommt in einer Viertelstunde – wenigstens hat sie es versprochen ... sagen wir, in einer halben Stunde im Café?«

»Einverstanden«, antwortete Vandermeer. Er war ziemlich perplex. Normalerweise war er es, der andere manipulierte, nicht umgekehrt. »Dann sehe ich mich bis dahin noch ein bisschen um.«

»Tun Sie das«, riet ihm die Rothaarige. »Aber geben Sie nicht zu viel Geld aus. Wenn Sie irgendetwas kaufen wollen, fragen Sie mich vorher.«

Vandermeer versprach genau das zu tun, verabschiedete sich und ging, nachdem er rasch selbst noch einen Blick auf die Uhr geworfen hatte, um nicht zu spät zu ihrer Verabredung zu kommen. Er war immer noch ziemlich verwirrt. Das Gespräch hatte am Schluss einen radikal anderen Verlauf genommen, als er erwartet hatte, und ob er wollte oder nicht, er sah seine Umgebung plötzlich mit etwas anderen Augen. Die Bekloppten blieben natürlich Bekloppte, aber er war nicht mehr ganz sicher, ob sie tatsächlich alle auf beiden Seiten der Verkaufsstände standen. Plötzlich freute er sich auf das Gespräch mit der Rothaarigen. Wer weiß – vielleicht schaute bei diesem vermeintlich verschwendeten Tag ja doch noch eine Story heraus ...

Er hatte eine halbe Stunde totzuschlagen, was aber hier bestimmt kein Problem darstellte. Von den vierzehn Hallen des Essener Messegeländes belegte die Esoterik-Messe immerhin fünf und sie waren alles andere als klein. Er schlenderte ziellos durch die überfüllten Gänge und blieb hier und da kurz stehen, versuchte aber gar nicht erst alles in sich aufzunehmen, was er sah. Es war zu viel und es interessierte ihn auch nicht wirklich. Wichtig war der Gesamteindruck und der entsprach tatsächlich dem Vorurteil, mit dem er hierher gekommen war. Bei einem Großteil der Besucher handelte es sich um ganz normale Messegäste, die wohl eher die Neugier als das Wirken kosmischer Kräfte hierher getrieben hatte: Männer, Frauen, Kinder, überraschend viele junge Leute. Aber er sah auch genug von genau den schrägen Typen, die er erwartet hatte: in selbst gebatikte Seidentücher gekleidete junge Männer und Frauen, die mit einem entrückten Lächeln zwei Zentimeter über dem Boden schwebend durch die Gänge glitten und die endgültige Erlösung von allen irdischen Plagen verkündeten; kahlköpfige Spinner in roten Saris, die ihre Schellen schlugen und immer denselben Satz herunterleierten, der sich irgendwie indisch anhörte und vermutlich gar nichts bedeutete; eine aufgetakelte Fünfzigjährige, die mit einem Zentner Schminke im Gesicht, Dauerwelle und einem halb durchsichtigen Kleid halb so alt auszusehen versuchte und selbst gebrannte CDs mit ihrem eigenen Gesang feilbot, den ihr selbstverständlich ihr geistiger Mentor von der Venus oder dem Planeten Itzelplunk eingeflüstert hatte; ein (fast) normal aussehendes junges Pärchen, das auf einem Tapeziertisch Tausende von winzigen Fläschchen mit kalifornischen Blüten-Essenzen feilbot, mit denen vom Furunkel am Hintern bis hin zum Krebs im Endstadium so ziemlich alles heilbar war; ein junges, ganz in Schwarz gekleidetes Mädchen mit weiß geschminktem Gesicht, schwarzem Lippenstift und einem Make-up der Marke »vor-drei-Tagen-gestorben«; ein ganz in Weiß gekleideter, nicht mehr ganz so junger Mann mit einem vermutlich anoperierten ewigen Lächeln, der original altägyptische Kupferarmbänder anbot, an denen man bei genauem Hinsehen noch die Schweißnähte erkennen konnte; einen Tisch voller UFO-Bücher, Videos und entsprechender anderer Artikel; einen Stand mit Tarotkarten, die zum Teil wirklich schöne Motive zeigten und eine Frau unbestimmbaren Alters einrahmten, die flippige Zigeunerkleidung und ein Piratenkopftuch trug und zumindest noch über einen Rest von Selbstironie zu verfügen schien, denn sie hatte eine schwarze Stoffkatze auf der rechten Schulter; Lederjacken und Batikpullover tragende junge Leute, die Hunderte von CDs mit esoterischer Musik feilboten; Händler mit aufblasbaren Zelten in Pyramidenform, die kosmische Energien sammelten und auf den übertrugen, der darunter schlief; einen ehemaligen KGB-Agenten in einem maßgeschneiderten braunen Anzug, der konzentriert in ein superflaches Handy sprach, das er gegen das rechte Ohr presste; einen Stand mit Naturseife, bei deren Herstellung garantiert keiner Pflanze irgendein Leid zugefügt worden war und …

Vandermeer blieb so abrupt stehen, dass eine hinter ihm gehende Frau nicht mehr rechtzeitig reagieren konnte und so heftig mit ihm zusammenstieß, dass er einen hastigen Ausfallschritt machen musste, um nicht aus dem Gleichgewicht gebracht zu werden. Er entschuldigte sich, versuchte sich noch in der gleichen Bewegung, mit der er sein Gleichgewicht zurückerlangte, herumzudrehen und sah gerade noch, wie die breitschultrige Gestalt in ihrem Maßanzug das Handy zusammenklappte und in der Menge verschwand. Es gelang ihm nicht, einen weiteren Blick auf ihr Gesicht zu erhaschen.

Der Frau, mit der er zusammengeprallt war, schien seine beiläufige Entschuldigung nicht zu genügen. Sie stemmte herausfordernd die Fäuste in die Hüften und begann mit keifender Stimme auf ihn einzureden, sodass noch mehr Leute stehen blieben und irritiert oder auch schadenfroh in ihre Richtung blickten. Vandermeer versuchte sich in die Richtung zu bewegen, in die der Russe verschwunden war, aber die Frau vertrat ihm mit einem raschen Schritt den Weg; sie schien fest entschlossen, sein harmloses Missgeschick zu einem Streit eskalieren zu lassen. Vielleicht war sie ja eine von jenen bedauernswerten Personen, die zu selten einmal eindeutig im Recht waren, und genoss diesen glücklichen Umstand nun in vollen Zügen.

Vandermeer genoss ihn nicht. Er hatte verdammt nochmal keine Zeit für so einen Blödsinn! Er ergriff sie kurzerhand bei den Schultern und schob sie unsanft aus dem Weg. Der Ausdruck gerechter Empörung auf ihrem Gesicht verwandelte sich in pures Entsetzen und ihre keifende Stimme erstarb in atemlosem Keuchen. Vandermeer stürmte jedoch bereits weiter und hatte sie buchstäblich im nächsten Moment vergessen. Er musste den Russen finden. Er hatte ihn zwar nur für eine knappe Sekunde gesehen, aber er war trotzdem hundertprozentig sicher, dass der Mann genau der war, für den er ihn hielt. So schnell, wie es in den überfüllten Gängen möglich war, eilte er bis zu der Stelle, wo er ihn aus den Augen verloren hatte, und blieb wieder stehen.

Mit wilden Blicken sah er sich um. Von dem Russen war keine Spur mehr zu sehen. Geradeaus endete der Gang nach fünfzehn oder zwanzig Schritten vor einer blau gestrichenen Feuerschutztür. Die Zahl der Besucher nahm dort hinten ebenso sichtlich ab wie die Größe der Verkaufsstände; ein zwei Meter großer Russe wäre dort ebenso aufgefallen wie ein bunter Salzwasserfisch in einer Schule von Gründlingen. Aber sowohl rechts wie links bot sich ihm das gewohnte Bild einer Messe in den späten Nachmittagsstunden: ein Meer von Köpfen und Schultern, das sich in zwei langsamen, gegenläufigen Bewegungen durch die viel zu schmalen Korridore wälzte, so zäh und ruckhaft wie halb erstarrte Lava und ebenso unaufhaltsam. Es war vollkommen illusorisch, sich in dieser Menge mit einer nennenswert höheren Geschwindigkeit bewegen zu wollen, und trotz allem waren nur wenige Sekunden vergangen, seit er den Russen aus den Augen verloren hatte. Wenn er in eine der beiden Richtungen gegangen wäre, dann hätte Vandermeer ihn einfach sehen *müssen*. Aber er sah ihn nicht. Wo also war er?

Vandermeer registrierte beiläufig, dass er immer noch Aufsehen zu erregen schien. Trotz der drückenden Enge bemühten sich die meisten der ihm Entgegenkommenden einen größeren Abstand zu ihm einzuhalten, als sie eigentlich konnten, und in drei oder vier Schritten Entfernung war ein vielleicht zehnjähriges Mädchen stehen geblieben und sah aus großen Augen zu ihm hoch, bis es von seiner Mutter hastig weitergezogen wurde. Vielleicht sah man ihm das, was hinter seiner Stirn vorging, doch deutlicher an, als ihm bewusst war. Er musste sich zusammenreißen, wenn er nicht für noch mehr Aufsehen sorgen wollte.

Was noch immer keine Antwort auf die Frage war: Wo zum Teufel war der Russe geblieben?

Vandermeer versuchte mit einer bewussten Anstrengung das Chaos hinter seiner Stirn ein wenig zu beruhigen, und sah noch einmal nach rechts und links, um die Geschwindigkeit der sich vorbeiwälzenden Menge abzuschätzen. Er kam zu dem gleichen Ergebnis wie beim ersten Mal: In den wenigen Augenblicken konnte er weder in der einen noch in der anderen Richtung die nächste Abzweigung erreicht haben und der Kerl war einfach zu *groß*, um in der Menge unterzutauchen. Es gab nur zwei Erklärungen: Er hatte sich nur eingebildet den Russen zu sehen oder der war hinter einem der Verkaufsstände in der unmittelbaren Nähe verschwunden. Beides kam ihm nicht besonders wahrscheinlich vor. Trotzdem verschwendete er zwei weitere Sekunden darauf, sowohl die eine als auch die andere Möglichkeit in Gedanken sorgsam auf ihre Stichhaltigkeit abzuklopfen.

Es war mehr als sechs Jahre her, dass er den Russen das letzte Mal gesehen hatte, das aber unter Umständen, die ihn diese Begegnung nie mehr im Leben *wirklich* vergessen lassen würden. Das menschlich Unterbewusstsein war schon eine komische Sache. Manchmal narrte es einen in den unerwartetsten Momenten mit Erinnerungen, die man längst vergessen zu haben meinte. Es hatte Zeiten gegeben, da hatte er Alpträume gehabt, in denen ein zwei Meter großer Russe mit einer fast ebenso großen Pistole eine ebenso wichtige wie unerfreuliche Rolle spielte. Andererseits – es war Jahre her, dass er das letzte Mal an Igor gedacht hatte, und Unterbewusstsein hin oder her, es gab einfach keinen Grund, sich ausgerechnet jetzt wieder an ihn zu erinnern. Nicht jetzt und schon gar nicht *hier*. Ehemalige KGBler und Esoterik-Messen hatten nicht besonders viel miteinander zu tun.

Die zweite Möglichkeit war, dass der Russe hinter einem der Verkaufsstände im Umkreis von zehn oder zwölf Metern verschwunden war. Was ihn prompt zu Möglichkeit eins zurückbrachte. Was um alles in der Welt hatte Igor mit diesen Körner fressenden Hare-Krishna-Brüdern zu tun?

Zumindest konnte er *diese* Möglichkeit überprüfen.

Er wandte sich nach rechts, trat an einen Stand mit New-Age-Büchern und warf einen raschen Blick auf die Auslagen und die beiden jungen Männer dahinter. Nichts. Der Stand daneben war noch weniger ergiebig. Er bot etwas feil, das Vandermeer nicht einmal identifizieren konnte, das aber eindeutig *unappetitlich* aussah. Ehemalige KGB-Agenten waren nicht im Angebot.

Vandermeer sah sich mit wachsender Verwirrung, mittlerweile aber auch schon wieder ein wenig unschlüssig, um. Von seiner hundertprozentigen Überzeugung den Russen wiedererkannt zu haben waren nur noch ungefähr achtzig Prozent übrig und die Zahl sank. Vielleicht hatte er sich doch getäuscht oder sein Unterbewusstsein hatte ihm einen ganz besonders heimtückischem Streich gespielt. Er war *sicher* den Mann zweifelsfrei wiedererkannt zu haben, aber …

Aber so schnell war er noch nicht bereit aufzugeben, schon aus purem Selbstschutz. Wenn er Igor nicht fand, dann wollte er sicher sein, ihn aus dem einfachen Grund nicht gefunden zu haben, weil er nicht *da* war. Er hatte keine Lust auf weitere drei Jahre Alpträume. Er begann langsam an den Messeständen zu beiden Seiten auf und ab zu gehen. Die Auslagen interessierten ihn nicht mehr: der übliche Blödsinn, den er nicht einmal mehr zur Kenntnis nahm. Sein Interesse galt den Männern und Frauen dahinter. Keiner von ihnen sah auch nur im entferntesten wie ein rausgeschmissener KGB-Agent aus. Vielleicht hatte er sich dieses unerwünschte Wiedersehen doch nur eingebildet. Igor war tot oder er vermoderte in irgendeinem sibirischen Gulag. Und wenn nicht das, so gab es ungefähr zwanzig Millionen Orte auf der Welt, an denen er wahrscheinlicher aufkreuzen würde als ausgerechnet auf einer Esoterik-Messe in einer mittelgroßen deutschen Stadt, von der noch nie jemand gehört hatte, der weiter als hundert Kilometer entfernt lebte.

Es *musste* einfach so sein.

Der Russe *konnte* nicht hier sein.

Weil er es nicht durfte.

So einfach war das. Die statistische Wahrscheinlichkeit, dass Igor ausgerechnet hier und jetzt wieder auftauchte, betrug vermutlich eins zu einer Zahl, die mit der Gesamtsumme der Moleküle im Universum konkurrieren konnte. Er hatte sich nur eingebildet ihn zu sehen. Eine oberflächliche Ähnlichkeit, die auf einer tieferen Ebene seines Bewusstseins dafür gesorgt hatte, dass ein paar Verbindungen falsch geschaltet wurden und die Dinge nicht mehr das zu sein schienen, was sie waren. So einfach war das.

Vandermeer atmete erleichtert auf, drehte sich herum und sah den Russen wieder. Igor verschwand gerade hinter einem der Ständen, die er vor ein paar Minuten flüchtig kontrolliert hatte. Es war einer der größeren Aufbauten; nicht einfach nur ein aufgeklappter Tapeziertisch oder eine selbstgezimmerte Bretterbude, sondern ein richtiger Messestand aus weißen Modulbauteilen, mit einer Theke, indirekter Beleuchtung und einem kleinen Alkoven, im dem die Gestalt im braunen Maßanzug für den Bruchteil einer Sekunde verschwand, bevor Vandermeer ihr Gesicht eindeutig identifizieren konnte.

Etwas Unerwartetes geschah. Vandermeers Erregung wuchs nicht wieder auf das ursprüngliche Maß an, sondern verschwand beinahe schlagartig. Er hatte den Mann auch jetzt nicht hundertprozentig wiedererkannt, nicht, wenn er ehrlich zu sich selbst war, aber er war nun *ziemlich* sicher, sich nicht getäuscht zu haben. Und jetzt wusste er, wo der andere war. Der Rest war reine Fleißarbeit. Etwas herauszufinden, von dem er wusste, wo und wie er danach zu suchen hatte, hatte er schon in seinem ersten Jahr als Volontär gelernt.

Vandermeer näherte sich dem Stand so, dass er die Tür des Alkovens möglichst unauffällig im Auge behalten konnte, ohne direkt gesehen zu werden, falls jemand herauskam. Es sah aus, als hätte er Glück: Die Tür stand einen Spaltbreit offen, er konnte zwar nur vage Bewegungen und unidentifizierbare Schatten erkennen, aber das war immer noch besser als gar nichts.

»Sie sollten es auch einmal versuchen.«

Vandermeer fuhr erschrocken zusammen. Er hatte nicht einmal bemerkt, dass sich ihm von der anderen Seite der Theke eine junge Frau mit blondem Haar, legerer Kleidung und dem Ich-bin-ja-so-glücklich-Gesichtsausdruck näherte, der hier offensichtlich zur Berufskleidung gehörte. In der allerersten Sekunde begriff er nicht einmal, dass die Worte ihm galten; geschweige denn, was sie bedeuteten. »Was?«

»Ihre Shakren zu überprüfen«, antwortete die Frau. »Streiten Sie es erst gar nicht ab: Ich sehe Ihnen an, dass Sie skeptisch sind. Vorsichtig ausgedrückt. Sie halten das alles hier für Betrug und Bauernfängerei. Und soll ich Ihnen was sagen? Sie haben Recht. Bei den allermeisten wenigstens.«

»Aha«, sagte Vandermeer. Wenn das ihre Methode war, auf Kundenfang zu gehen, so war sie weder besonders originell noch funktionierte sie. Jedenfalls nicht bei ihm und schon gar nicht jetzt. Er hatte anderes im Kopf als *Shakren*. Was immer das sein mochte.

»Ich meine, Sie haben Recht, wenn Sie vorsichtig sind«, fuhr sie unerschütterlich fort. »Vieles hier ist einfach Unsinn. Kartenlegen. Stimmen aus dem Weltraum und Gesundbeterei.« Sie schüttelte den Kopf und wartete offensichtlich auf Zustimmung, ließ sich durch deren Ausbleiben aber nicht davon abhalten weiter auf ihn einzureden. »Das hier jedoch ist etwas anderes«, fuhr sie fort. »Die Kunde von den Shakren und ihre Wirkung auf Körper und Seele des Menschen ist uralt, wissen Sie?«

»Nein«, antwortete Vandermeer. »Aber warum erklären Sie es mir nicht?« Er hatte die Frau längst in die Kategorie ganz besonders penetranter Mitmenschen eingereiht, denen man besser aus dem Weg ging, wenn man in den nächsten drei oder vier Stunden noch etwas anderes vorhatte; der Typ, dem man den kleinen Finger reichte, um dann festzustellen, dass er den Arm bis zum Schultergelenk herauf genommen hatte. Sie hatte noch gar nicht viel gesagt, aber Vandermeers Menschenkenntnis reichte aus, um zu spüren, dass sie eine gute Zeugin Jehovas abgegeben hätte. Trotzdem hielt er es für klüger sie reden zu lassen. Auf diese Weise fiel er weniger auf und konnte sich noch ein wenig in Ruhe umsehen.

Während sie Atem für eine vermutlich anderthalbstündige Erklärung holte, trat Vandermeer wie zufällig einen halben Schritt zur Seite und versuchte mehr von dem Geschehen hinter der Tür zu erkennen. Er sah weiterhin nur Schatten, glaubte jetzt jedoch zumindest so etwas wie einen Rhythmus in ihrer Bewegung zu identifizieren. Er war sehr hektisch. Schnell. Als wäre dort drinnen ein Streit im Gange.

»Das Wissen über die Shakren und ihre Wirkung ist Jahrtausende alt«, sagte die Frau. »Es stammt aus Asien, vornehmlich aus dem alten China, aber man nimmt an, dass es ursprünglich auf eine noch viel ältere Kultur zurückgeht. Man könnte sagen, dass es zu den ältesten Wissensschätzen der Menschheit zählt.«

»Bemerkenswert«, sagte Vandermeer. Er bemühte sich, Interesse zu heucheln, und löste für einen Moment den Blick von der Tür, um die Frau direkt anzusehen. Die letzte Spur von Misstrauen verschwand von ihren Zügen, als sich ihre Blicke trafen. Im Gegensatz zu ihr schien *er* ein überzeugender Schauspieler zu sein. »Und was *sind* diese ... Shakren?«

»Energiezentren«, antwortete sie, hob rasch die Hand und fügte mit leicht erhobener Stimme rascher hinzu: »Urteilen Sie jetzt nicht vorschnell. Das hat nichts mit Pyramidalismus oder Wünschelrutengehen zu tun. Ehrlich gesagt halte ich das meiste davon selbst für Unsinn.«
»Aber Ihre Shakren nicht?«
»Glauben Sie an Akupunktur?«, fragte sie, wartete seine Antwort jedoch gar nicht ab, sondern fuhr mit einem triumphierenden Lächeln fort: »Es ist dasselbe Prinzip. Der menschliche Körper besteht nicht nur aus Fleisch und Blut, sondern auch aus einem komplexen System von Energielinien und -zentren. Wenn man versteht, wie sie funktionieren ...«

Vandermeers Gedanken begaben sich wieder auf Wanderschaft. Ein Teil seiner Aufmerksamkeit galt weiter der Frau und ihrem Vortrag, der sich in seinen Ohren nicht nur immer hanebüchener, sondern eindeutig auswendig gelernt und mit wenig innerer Überzeugung vorgetragen anhörte. Sie stand nicht wirklich hinter dem, was sie erzählte. Wahrscheinlich glaubte sie es nicht einmal selbst. Trotzdem heuchelte er weiter Aufmerksamkeit und hörte zu, schon um antworten zu können, falls sie ihm eine direkte Frage stellte. Der größte Teil seiner Konzentration jedoch gehörte dem Bereich hinter der Tür. Er war mittlerweile sicher, dass dort ein Streit im Gange war. Manchmal hörte er Gesprächsfetzen, ohne die Worte zu verstehen. Wären die Hintergrundgeräusche der Messe nicht so verdammt laut gewesen, hätte er vielleicht mehr verstanden. Er musste näher an diese Tür heran.

Sein Blick glitt über die Auslagen des Messestandes und blieb an einer Art Setzkasten hängen, der voll bunter Kristalle in unnatürlich kräftigen Farben war. Der Kasten war der Tür ziemlich nahe. Von dort aus würde er zwar nicht mehr durch den Spalt sehen, aber viel besser *hören* können. »Das da«, fragte er. »Was ist das?«

»Die Steine? O ja, kommen Sie, ich erkläre es Ihnen.« Sie wedelte aufgeregt mit den Händen, ihr zu folgen, obwohl Vandermeer längst losgegangen war, sodass eigentlich sie es war, die *ihm* folgte, und setzte ihre unterbrochene Rede in unverändertem Ton fort. »Wie ich bereits sagte, gibt es im Körper des Menschen neun Shakren, Energiezentren, die für den Zustand von Körper und Seele verantwortlich sind.«

Vandermeer konnte sich nicht erinnern, dass sie das gesagt hatte. Offenbar hatte er doch nicht ganz so aufmerksam zugehört. Trotzdem griff er nach einem der Steine und wog ihn prüfend in der Hand. Er war viel leichter, als er erwartet hatte, und fühlte sich sonderbar an. Nicht wie Kristall, sondern eindeutig wie Plastik. Er tat so, als blicke er ihn aufmerksam an, konzentrierte sich jedoch in Wahrheit auf die Stimmen hinter der Tür. Die Stimmen waren tatsächlich lauter, aber immer noch nicht verständlich.

»Jedes Shakra ist mit einer bestimmten Farbe verbunden«, fuhr seine Fremdenführerin ins Reich des Schwachsinns fort. »Dieser Stein dort, der rote, ist mit dem Sexualzentrum verbunden. Dieser dort steht für das Leib-Shakra, das für das allgemeine Wohlbefinden zuständig ist ...«

Vandermeer versuchte verzweifelt zu verstehen, was hinter der Tür gesprochen wurde. Die Worte weigerten sich noch immer Sinn zu ergeben. Andererseits ... er war immer noch nicht sicher, ob er seinem Unterbewusstsein trauen konnte, aber vieles von dem, was er hörte, schien eine eindeutig *russische* Klangfarbe zu haben.

»... warum versuchen Sie es nicht einfach selbst?«

»Was?«, fragte Vandermeer irritiert. Für einen Moment hatte er nun tatsächlich gar nicht mehr zugehört.

»Es gehört ein bisschen Übung dazu, aber es ist nicht allzu schwer.« Sie lächelte verständnisvoll, nahm ihm das rote Sex-Shakra aus der Hand und legte es an seinen Platz zurück. Stattdessen nahm sie einen intensiv blauen Stein aus dem Regal und reichte ihn Vandermeer. »Hier. Dieser Stein sammelt die Energien des Augen-Shakras. Es ist für Ihre Verbindung mit der Welt der Dinge zuständig.«

»Der Welt der Dinge?«

»Die Art, auf die Sie die Welt sehen«, antwortete sie mit einem auffordernden Nicken. »Versuchen Sie es. Konzentrieren Sie sich auf den Stein. Wenn Sie Glück haben, spüren Sie etwas. Vielleicht ein Kribbeln. Eine Erwärmung ... irgendetwas. Es ist bei jedem anders, aber die meisten Menschen spüren tatsächlich irgendeinen Effekt.«

Er hätte ihr sagen können, wie sinnlos es war. Vandermeer wusste ein bisschen zu genau, wie *die Welt der Dinge* funktionierte, als dass dieser Humbug bei ihm irgendeine Wirkung hätte zeitigen können. Trotzdem tat er ihr (und sich – er gewann dadurch einige weitere Sekunden, in denen er dastehen und konzentriert lauschen konnte) den Gefallen, schloss die Hand fest um den Stein und konzentrierte sich. Gleichzeitig lauschte er angestrengt weiter. Er war jetzt *sicher* Wortfetzen in russischer Sprache zu hören.

»Sie müssen sich konzentrieren«, sagte die junge Frau. Sie deutete seinen enttäuschten Gesichtsausdruck wohl falsch.

Vandermeer nickte eifrig, schloss die Hand fester um den Stein. Tatsächlich spürte er eine leichte Erwärmung, aber dieses Gefühl stammte wohl mehr von seiner eigenen Kraft, die er auf den Stein ausübte. Er hob den Blick und als wäre die Szene sorgsam inszeniert, ging in diesem Moment die Tür des Alkovens auf und der Russe kam heraus, dicht gefolgt von einem grauhaarigen Mann Ende fünfzig, der einen schon leicht abgewetzten hellbeigen Sommeranzug, eine altmodische Krawatte und einen ausgesprochen übellaunigen Gesichtsausdruck trug.

Vandermeer beachtete ihn jedoch gar nicht, denn im gleichen Moment, in dem die beiden Männer aus dem Verschlag heraustraten, waren alle seine Zweifel beseitigt.

Der Russe war der Russe. Mit absoluter Sicherheit.

Für zwei oder drei Sekunden sahen sich Vandermeer und der ehemalige KGBler direkt in die Augen und zumindest für Vandermeer war es tausendmal mehr als ein Austausch von Blicken. Es war, als wäre die Zeit stehen geblieben, mehr noch: als würde er von einem Sekundenbruchteil auf den anderen durch die Glasscheibe der Gegenwart zurück in einen seit fünf Jahren vergessenen Alptraum geprügelt. Alles geschah gleichzeitig und rasend schnell: Sein Herz begann wie ein außer Kontrolle geratenes Hammerwerk zu schlagen. Er konnte tatsächlich körperlich *fühlen*, wie ihm das Blut und damit alle Farbe aus dem Gesicht wich. Der Stein in seiner Hand wurde heiß. Er spürte, wie ein heftiges Schwindelgefühl von ihm Besitz ergriff. Seine Knie wurden weich und dann war die Vergangenheit wieder da. Die Psychologen hatten ihn gewarnt, dass das passieren konnte, aber niemand hatte ihm gesagt, *wie* es sein würde: Die Vergangenheit war wieder da, schlagartig, ohne Vorwarnung und von einem Sekundenbruchteil zum anderen, und es waren keine verschwommenen oder aufblitzenden Impressionen und zusammenhanglosen Bilder, sie waren farbig, dreidimensional und in Dolby-Surround. Die Pistole war wieder auf ihn gerichtet. Er roch den Pulverdampf, den scharfen Geruch seiner eigenen Angst. Er hörte das Heulen der Sirenen, die krachende, unvorstellbar *laute* Explosion, mit der sich die Waffe entlud, und dann fühlte er nichts anderes mehr als Angst, Angst, Angst.

Der Flashback erlosch so schnell, wie er gekommen war, und ebenso übergangslos. Vandermeer wurde zum zweiten Mal von einer Wirklichkeit in die andere geschleudert und als es vorbei war, begriff er als Allererstes, dass sein furchtbares Erlebnis tatsächlich weniger als eine Sekunde gedauert haben konnte; im wortwörtlichen Sinne einen Augenblick, denn der Russe sah ihm noch immer direkt in die Augen. In seinem Blick war allerdings kein Erkennen; nicht einmal die Spur einer Erinnerung, was Vandermeer im allerersten Moment regelrecht empörte.

Dann flammte der Schmerz in seiner rechten Hand zu lodernder Weißglut auf und alles andere wurde unwichtig. Vandermeer keuchte, taumelte einen Schritt zurück und riss den rechten Arm in die Höhe. Der Schmerz wurde immer schlimmer. Zwischen den Fingern seiner rechten Hand kräuselte sich grauer Rauch empor und er hatte das Gefühl tatsächlich ein Stück glühender Kohle in der Faust zu halten. Der Schmerz war entsetzlich. Er roch den Gestank von verbranntem Fleisch und vor seinem geistigen Auge konnte er sehen, wie das Fleisch auf seinem Handballen schwarz wurde und von den Knochen fiel. Trotzdem dauerte es noch eine geschlagene Sekunde, in der er einfach dastand und den dünnen grauen Rauch anstarrte, der sich zwischen seinen Fingern hindurchkräuselte, ehe er endlich auf die einzig richtige Idee kam, die Faust öffnete und den imitierten Kristall zu Boden schleuderte. Der Schmerz ließ jedoch nicht nach, sondern schien ganz im Gegenteil im allerersten Moment noch schlimmer zu werden. Vandermeer musste all seine Willenskraft aufbieten, um nicht laut aufzuschreien.

»Was ist passiert? Was – o Gott!« Die junge Frau hinter der Theke runzelte fragend die Stirn, dann breitete sich ein erschrockener Ausdruck auf ihren Zügen aus. Sie fuhr herum, kam mit schnellen Schritten auf ihn zu und versuchte nach seiner Hand zu greifen. Vandermeer riss den Arm zurück und presste die Hand unter die linke Achsel, was vielleicht nicht die klügste, aber eine durchaus verständliche Reaktion war. Seine Hand fühlte sich immer noch an, als stünde sie in Flammen.

»Aber was ist denn nur passiert?« Die Verkäuferin schüttelte unentwegt den Kopf, versuchte noch einmal nach seiner Hand zu greifen, und bückte sich stattdessen nach dem Kristall, ohne die Bewegung zu Ende zu führen. Sie ergriff ihn mit spitzen Fingern, runzelte abermals die Stirn und ließ den Stein auf ihre Handfläche rollen, während sie sich aufrichtete. Vandermeer sah ihr mit einer Mischung aus Schrecken und Erstaunen zu. Ihre Hände mussten mit Teflon beschichtet sein. Er bemerkte allerdings auch noch etwas, das ihm weitaus mehr Unbehagen bereitete: Sein Auftritt begann Aufsehen zu erregen. Mindestens ein Dutzend Messebesucher waren stehen geblieben und blickte neugierig oder auch schadenfroh in seine Richtung und auch der Russe und sein älterer Begleiter hatten ihr Gespräch unterbrochen und sahen ihn an.

»Das ist seltsam«, murmelte die Verkäuferin. »Er ist warm.«

»*Warm?*« Vandermeers Stimme klang selbst in seinen eigenen Ohren schrill. Hätte er nicht Angst gehabt noch mehr Aufsehen zu erregen, als er es ohnehin schon getan hatte, er hätte laut aufgelacht. Das Ding war *glühend heiß!*

Mit einer Bewegung, der all seine gerechte Empörung anzumerken war, zog er die Hand unter der Achsel hervor und streckte sie ihr entgegen.

Sie war nicht verbrannt. Vandermeer blinzelte. Seine Haut war – fast – unversehrt.

Es war unmöglich, vollkommen ausgeschlossen: Er hatte *gespürt*, wie sein Fleisch verbrannte und sich von den Knochen löste. Er hatte es *gerochen*. Und er hatte den Rauch *gesehen*, der zwischen seinen Fingern hindurchquoll. Trotzdem war alles, was auf seiner Handfläche zu sehen war, eine leichte Rötung der Haut, keinesfalls eine Verbrennung, sondern allenfalls so etwas wie ein Sonnenbrand im Anfangsstadium.

»Tatsächlich«, murmelte die Verkäuferin. »Das sieht aus, wie … wie eine Verbrennung.« Ihre Stimme klang wenig überzeugt und der Blick, mit dem sie abwechselnd ihn und seine auf so grausame Weise verstümmelte Hand maß, behauptete unübersehbar das genaue Gegenteil.

Vandermeer schloss vorsichtig die Hand zur Faust und öffnete sie wieder. Der Schmerz ebbte allmählich ab, war aber immer noch viel heftiger, als er eigentlich sein durfte, so wie seine Hand aussah.

»Es ... es tut mir wirklich Leid«, fuhr die Verkäuferin fort. Sie drehte den blauen Stein verlegen zwischen den Fingern und wusste plötzlich nicht mehr, wohin mit ihrem Blick. »Ich verstehe das gar nicht. So etwas ist noch nie vorgekommen, bitte glauben Sie mir.«

Vandermeers Hand pochte. Er ersparte sich jede Antwort, schon um nicht noch mehr Aufmerksamkeit auf sich zu ziehen, und er widerstand sogar der Versuchung sich zu dem Russen umzudrehen, aber der Schmerz in seiner Handfläche strafte nicht nur ihre Worte, sondern auch sein visuelles Wahrnehmungsvermögen Lügen. Obwohl ihm die Bewegung fast die Tränen in die Augen trieb, ballte er ein paarmal rasch hintereinander die Faust und irgendwie brachte er es sogar fertig ein halbwegs überzeugendes Lächeln auf sein Gesicht zu zwingen. »Es ist schon gut«, log er. »Ich war nur ... erschrocken. Es ist wirklich nicht schlimm.«

»Wirklich, es ist mir sehr peinlich«, antwortete die Verkäuferin. »So etwas ist noch nie vorgekommen. Ich kann Ihnen gar nicht sagen, wie unangenehm mir dieser Zwischenfall ist.«

»Das muss es nicht«, erwiderte Vandermeer. Er überwand sich und versuchte wenigstens aus den Augenwinkeln einen Blick auf den Russen zu erhaschen. Als er ihn nicht sah, drehte er sich ganz herum, allerdings mit dem gleichen Ergebnis. Igor war nicht mehr da. Sowohl er als auch sein schlecht gekleideter Begleiter waren irgendwo in der Menschenmenge verschwunden. Nicht im Alkoven. Die Tür des Verschlages stand offen, sodass er hineinsehen konnte: Er war leer bis auf einen kleinen Tisch und zwei billige Plastikstühle. Offenbar war sein kleiner Auftritt doch nicht sensationell genug gewesen, um die Neugier des Russen zu erwecken. Absurderweise fühlte Vandermeer für einen Moment beinahe so etwas wie Enttäuschung – obwohl er eigentlich allen Grund hatte, erleichtert zu sein.

»Kann ich irgendetwas tun, um es wiedergutzumachen?«, fuhr die Verkäuferin fort. »Ich meine, es ...« Sie stockte, fuhr sich nervös mit der Zungenspitze über die Lippen und streckte ihm plötzlich die Hand mit dem blauen Stein entgegen. »Lassen Sie mich Ihnen wenigstens diesen Stein schenken. Ich weiß, es ist vielleicht nicht ganz passend, aber ... nehmen Sie ihn einfach als kleine Wiedergutmachung. Für den Schrecken.«

Vandermeer starrte den Kristall, den sie ihm entgegenhielt,

für eine Sekunde an, als wäre der Stein eine faustgroße Vogelspinne, die mit den Beinen zappelte und ihre Giftzähne wetzte. Dann aber griff er hastig – mit der linken Hand! – danach. Er war nicht heiß, nicht einmal warm und als er ihn ebenso hastig in der Anzugtasche verschwinden ließ, brannte der Kristall ihm weder ein Loch in die Tasche noch ging seine Jacke in Flammen auf.

»Danke«, sagte er. Er wollte den Stein nicht haben. Um nichts auf der Welt. Aber er konnte ihn später immer noch wegwerfen; das war vermutlich sehr viel einfacher, als sich jetzt auf eine endlose Diskussion mit ihr einzulassen.

»Wenn ich sonst noch etwas für Sie tun ...«

»Danke«, unterbrach Vandermeer sie. »Ich muss jetzt wirklich gehen. Ich habe eine dringende Verabredung, die ich auf keinen Fall verpassen möchte.« Und damit drehte er sich um und ging so schnell, wie es gerade noch möglich war, ohne *wirklich* zu rennen.

2

Natürlich kam er trotzdem zu spät zu seiner Verabredung. Jedenfalls glaubte er das im ersten Moment, denn als er die kurze Treppe zum Restaurant hinauflief und den großen, nicht besonders anheimelnden Raum betrat, war seine Verabredung bereits da. Sie saß an einem Tisch unweit der Tür, nippte an einem Kaffee, rauchte und hatte der großen Panoramascheibe, durch die der Blick über die gesamte Messehalle fiel, den Rücken zugekehrt, sodass sie ihn nicht sofort sah. Vandermeer näherte sich dem Tisch mit raschen Schritten, blieb dann aber noch einmal für eine Sekunde oder zwei stehen, als er spürte, wie hart sein Herz noch immer schlug und wie schnell sein Atem ging. Grundregel Nummer eins: sich nie anmerken lassen, wie nervös man war. Niemand fasste Zutrauen zu jemandem, der Nervosität oder gar Unsicherheit zeigte. Außerdem war er nicht nervös; nicht ihretwegen – obwohl er zugeben musste, dass sie attraktiver aussah, als er vorhin bemerkt hatte. Soweit er das – obwohl sie saß und er sie von hinten sah – beurteilen konnte, hatte sie eine ziemlich gute Figur und ihr Haar, das in einer lockeren, gewaltigen Flut weit über ihre Schultern bis zur Mitte ihres Rückens hinabfiel, war einfach phantastisch, gefärbt oder nicht. Vandermeer gestand sich ein, dass er möglicherweise Grundregel Nummer zwei außer Acht gelassen hatte: Vorurteile.

Vorurteile waren okay. Es hatte wenig Sinn sie verleugnen zu wollen, aber man durfte sich von ihnen auch nicht den Blick für die Wirklichkeit trüben lassen. Er hatte erwartet eine aufgetakelte New-age-Prophetin zu finden, die mit dem Leben nicht zurechtkam und sich deshalb in eine Scheinwelt flüchtete und genau das hatte er gesehen, als er an ihren Stand getreten war. Doch während er den Tisch in größerem Abstand als nötig umkreiste und in der so gewonnenen Sekunde einen sehr aufmerksamen Blick in ihr Gesicht warf, musste er zugeben, dass sie tatsächlich *anders* aussah, als er sie in Erinnerung hatte. Um einiges hübscher, um genau zu sein.

Die junge Frau registrierte natürlich seinen Blick, sah hoch und wirkte für einen Moment eindeutig irritiert. Fragend. Vielleicht hatte sie ihn auch anders in Erinnerung gehabt. Vandermeer argwöhnte jedoch, dass ihre Enttäuschung nicht ganz so positiv war wie seine.

»Hallo«, sagte er. »Ich bin zu spät. Bitte entschuldigen Sie.«

»Keineswegs. Ich bin zu früh gekommen. Setzen Sie sich doch.« Sie machte eine einladende Geste auf den freien Stuhl ihr gegenüber, drückte ihre Zigarette aus und winkte mit der anderen Hand der Kellnerin. Grundregel Nummer drei, dachte Vandermeer: niemals die Initiative aus der Hand geben. Er schwieg. Seine rechte Hand brannte plötzlich wie Feuer, aber er widerstand der Versuchung einen Blick darauf zu werfen.

Die Kellnerin kam. Die Rothaarige bestellte eine zweite Portion Kaffee, Vandermeer einen doppelten Espresso, dann zündete sie sich eine neue Zigarette an, hielt ihm die Schachtel hin und zuckte mit den Schultern, als er ablehnte.

»Also«, begann sie. »Was ist das für ein großes Geheimnis, das Sie mir verraten wollen?«

Er schien Grundregel Nummer drei tatsächlich nicht vergessen, aber eindeutig verlernt zu haben, wie er damit umgehen musste. Außerdem ging ihm das Ganze entschieden zu schnell.

»Sollten wir uns nicht erst einmal vorstellen?«, fragte er.

Sie zuckte erneut mit den Schultern und ihr Blick irritierte ihn immer mehr. Sie lächelte, ein durchaus warmes, echtes Lächeln, doch irgendetwas störte ihn daran. »Gern. Ich heiße Ines. Und Sie?«

»Vandermeer«, antwortete er. »Hendrick Vandermeer.«

»Sind Sie Holländer?«

»Meine Großeltern waren Flamen«, sagte Vandermeer betont. »Und mein Vater war wohl der Meinung, mich mit einem ethnisch passenden Vornamen segnen zu müssen. Außerdem wollte er mir eine Möglichkeit geben, jedes Gespräch mit der gleichen Frage beginnen zu können.«

Sie wirkte kein bisschen beleidigt, obwohl er sich keine Mühe gab, den leicht genervten Ton in seiner Stimme zu unterdrücken. Ganz im Gegenteil lachte sie, trank ihren Kaffee aus und sah nach der Kellnerin, als stünde sie kurz davor zu verdursten. Ihre Hand spielte nervös mit der Zigarette und Vandermeers Rechte pochte immer stärker. Er hob nun doch den Arm auf den Tisch und warf einen – wie er meinte – unauffälligen Blick auf seine Handfläche. Aus der leichten Rötung begann allmählich eine ausgewachsene Brandblase zu werden. Der Anblick beruhigte Vandermeer beinahe. Offenbar war er doch nicht ganz verrückt.

»Was ist passiert?«, fragte Ines. Vandermeer sah sie fragend an und sie machte eine erklärende Geste auf seine Hand.

Vandermeer schloss hastig die Finger zur Faust und konnte gerade noch den Impuls unterdrücken die Hand vom Tisch zu nehmen. »Nichts«, sagte er. »Ein kleiner Unfall. Nicht der Rede wert.«

Glücklicherweise kam in diesem Moment die Kellnerin mit den bestellten Getränken, sodass er nicht weiter über dieses Thema zu reden brauchte. Aus einem Grund, den er selbst nicht richtig benennen konnte, war es ihm unangenehm über den Zwischenfall auch nur nachzudenken. *Solche Dinge funktionieren bei mir nicht.* Außerdem gab es da noch eine zweite, sehr viel unangenehmere Erinnerung, die mit der an den plötzlich weiß glühenden Stein Hand in Hand daherkam. Nein, danke.

»Für welche Zeitung schreiben Sie?«, fragte Ines plötzlich.

Vandermeer hätte sich um ein Haar an seinem Espresso verschluckt. Fassungslos starrte er sie an. »Wie ... wie kommen Sie darauf?«

»Sie stellen Fragen«, antwortete Ines. Sie lächelte immer noch, aber es wirkte jetzt eindeutig nicht mehr echt. Gemalt. Vielleicht perfekt, aber trotzdem gemalt. »Eine ganz bestimmte Art von

Fragen. Außerdem bin ich nicht blöd. Sie sind mit dem festen Vorsatz hierher gekommen, sich nach Kräften über diese riesige Versammlung von Spinnern und Verrückten lustig zu machen, stimmt's?«

Der Espresso war so heiß, dass er ihm die Lippen verbrühte, aber das registrierte Vandermeer erst, als es zu spät war. Er ließ die Tasse hastig sinken und verschüttete dabei etwas von dem heißen Getränk, das ihm nun auch noch über die Finger der linken Hand lief. Allmählich wurde die Auswahl der Körperteile geringer, die er sich noch verbrennen konnte.

»Wenn ... wenn Sie das glauben, wieso sind Sie dann hier?«, fragte er stockend.

»Vielleicht um sicherzugehen, dass Sie sich das Interview, das ich Ihnen nicht gebe, nicht einfach aus den Fingern saugen«, antwortete Ines. Ihr Lächeln begann abzublättern. Unter der Farbe kam etwas zum Vorschein, das ihn weder überraschte noch erschreckte, wohl aber ein sonderbares Gefühl der Enttäuschung in ihm hervorrief.

»Sie scheinen schlechte Erfahrungen mit Journalisten gemacht zu haben«, sagte er. Vielleicht war Offenheit jetzt der beste Weg, um aus diesem Gespräch doch noch irgendeinen Nutzen zu ziehen.

»Nicht persönlich«, antwortete Ines. »Ehrlich gesagt sind Sie der Erste, mit dem ich rede. Aber ich kann mir ungefähr vorstellen, was Sie hören wollen.«

»Und Sie wollen mich jetzt vom Gegenteil überzeugen?«

»Vielleicht bin ich einfach nur neugierig.« Sie sah ihn offen an. »Seien Sie ehrlich: Interessieren Sie sich wirklich für die Klänge der Planeten oder wollten Sie sich nur lustig machen?«

Er zögerte mit der Antwort, vielleicht, weil er für einen Moment nicht einmal ganz sicher war, wie sie lautete. »Sagen wir: Ich interessiere mich für ... für die *Art zu denken*, die hinter alledem steckt.«

»Hinter der Planetenmusik?«

»Nennt man es so?« Er schüttelte den Kopf. »Nein. Ich meine alles.« Vandermeer hob die Hand und deutete durch die Glasscheibe auf das bunte Gewimmel aus Messeständen und Menschen in die Halle hinaus. »Das alles dort, verstehen Sie? Für mich ist das eine völlig fremde Welt. Ich verstehe sie nicht, wenn ich ehrlich sein soll.«

»Sie erschreckt Sie.«

»Nein!«, antwortete Vandermeer, eindeutig erschrocken. »Für mich ist das alles … ein bisschen verrückt. Sonderbar.«

»Weil sie nicht nach Ihren Regeln spielen.«

Eine interessante Theorie, dachte Vandermeer. Möglicherweise lohnte es sich darüber nachzudenken. Später. »Weil ich ihre Regeln nicht verstehe«, antwortete er ausweichend. »Mir ist es ein vollkommenes Rätsel, warum Menschen an … an *Geister* glauben wollen. Oder an Besucher aus dem All. Oder daran, dass ihr Leben von irgendwelchen kosmischen Energien bestimmt wird.«

»Sie werfen da ein paar Dinge durcheinander«, sagte Ines. Sie drückte ihre Zigarette aus, zündete sich aber sofort eine neue an; die dritte hintereinander, seit Vandermeer das Café betreten hatte. Offenbar war sie wild entschlossen herauszufinden, was an den Geschichten von Herzinfarkt oder Lungenkrebs dran war.

»Zum Beispiel?«

»Zum Beispiel meine Mutter«, antwortete Ines.

»Aha«, machte Vandermeer.

»Sie hat fast ihr ganzes Leben lang an einem hartnäckigen Hautausschlag gelitten«, fuhr sie mit einem verständnisvollen Lächeln fort. »Sie ist von einem Arzt zum anderen gerannt. Es müssen Hunderte gewesen sein, wenn nicht Tausende. Keiner konnte ihr helfen. Sie haben zahllose Medikamente an ihr ausprobiert, sie bestrahlt, ihr Spritzen gegeben, Stücke aus ihrer Haut geschnitten, Salben gemixt … nichts hat geholfen.«

»Lassen Sie mich raten«, sagte Vandermeer. »Zum Schluss ist sie zu einem maghrebinischen Kräuterweib gegangen, das ihr geraten hat, um Mitternacht an einem Kreuzweg auf einem Bein zu stehen und dabei den Mond anzuheulen, und der Ausschlag war verschwunden.«

Er musste etwas Falsches gesagt haben, denn ihr Gesicht verfinsterte sich. »Vielleicht sollte ich besser gehen«, sagte sie.

Sie machte Anstalten ihre Worte in die Tat umzusetzen, und streckte die Hand nach dem Aschenbecher aus, um ihre Zigarette auszudrücken. Vandermeer griff rasch über den Tisch und hielt ihre Hand fest.

»Entschuldigen Sie«, sagte er. »Ich wollte Sie nicht beleidigen. Das war dumm von mir.«

»Ja«, antwortete Ines. »Das war es.« Sie blickte stirnrunzelnd auf seine Hand hinunter, die ihre umklammert hielt, und Vandermeer registrierte mit einem Gefühl leiser Überraschung, dass sie noch attraktiver wirkte, wenn sie zornig war. Für einen zeitlosen, aber sehr intensiven Moment überlegte er auf einer rein intellektuellen Ebene, ob er sich in sie verliebt hatte. Wahrscheinlich nicht. Sie war sehr hübsch und vermutlich brachte sie auf einem tieferen Level seinen Hormonhaushalt in Unordnung. Mit Liebe hatte das wenig zu tun; schon gar nicht mit Liebe auf den ersten Blick, an die er sowieso nicht glaubte.

Nach einem Augenblick, der eindeutig länger als notwendig ausgefallen war, zog er die Hand zurück und sagte noch einmal: »Entschuldigung.«

Ines runzelte erneut und noch tiefer die Stirn. Aber anstatt aufzustehen und zu gehen, lehnte sie sich wieder zurück und nahm einen tiefen Zug aus ihrer Zigarette. Vandermeer fragte sich, ob sie seine Entschuldigung akzeptiert hatte oder einfach zu wütend war, um zu gehen. Dann ertappte er sich bei dem Gedanken, dass das eigentlich gleich war. Alles was zählte war im Grunde, dass sie *blieb*.

»Was ist mit Ihrer Mutter passiert?«, fragte er.

»Sie ist zu einem maghrebinischen Kräuterweib gegangen, das ihr geraten hat, um Mitternacht an einem Kreuzweg auf einem Bein zu stehen und den Mond anzuheulen, und danach war der Ausschlag verschwunden.«

Vandermeer lächelte schief. »Ich schätze, das habe ich mir jetzt verdient.«

»Das haben Sie«, antwortete Ines. »Aber im Ernst: Es war wirklich so. So ungefähr wenigstens. Irgendwie ist sie an einen indischen Guru geraten und *der* hat ihr geholfen.«

»Und ich dachte immer, diese Leute ziehen einem nur das Geld aus der Tasche.«

»Das auch«, gestand Ines. »Aber allzu viel Geld war da nicht herauszuziehen. Im Ernst: Meine Schwester und ich waren damals ziemlich wütend. Wir haben alles versucht, um unsere Mutter von der Sache abzubringen. Der Kerl *war* ein Betrüger.« Sie legte eine genau bemessene Pause ein; dann: »Aber es hat funktioniert. Der Ausschlag ist nie ganz verschwunden, aber es wurde wesentlich besser.«

»Jetzt werfen *Sie* aber zwei Dinge durcheinander«, antwortete Vandermeer. »Der Placebo-Effekt ist in der Wissenschaft bekannt. Glaube kann Berge versetzen.«

»Und nichts anderes passiert dort draußen«, erwiderte Ines. »Die Leute glauben an das, was sie tun, die meisten jedenfalls. Wenn es funktioniert ...«

Dieser Gedanke klang einleuchtend, aber das änderte nichts daran, dass er falsch war. Vandermeer verzichtete jedoch darauf ihr zu erklären, an welcher Abzweigung sie falsch abgebogen war. Er wollte diese Diskussion nicht führen. Nicht jetzt. Er wollte ... was eigentlich? Er gestand sich selbst ein, dass er es nicht wusste. Eigentlich wollte er nur hier sitzen und sie ansehen. Diese junge Frau irritierte ihn wirklich. Vorsichtig ausgedrückt.

»Ich mache Ihnen einen Vorschlag«, sagte er. »Wir sollten in aller Ruhe über all das reden. Wie wäre es mit ...«

Ines legte den Kopf schräg und sah ihn fragend an. »Ja?«

Er hörte es gar nicht mehr. Igor kam die Treppe zum Restaurant herauf. Seine breitschultrige Gestalt überragte die Menge wie ein Leuchtturm die Brandung eines kunterbunten Ozeans und diesmal gab es nicht mehr den allergeringsten Zweifel an seiner Identität. Schlimmer noch: Trotz der noch großen Entfernung trafen sich ihre Blicke und anders als vorhin *war* diesmal Erkennen in den Augen des Russen. Er war noch zwanzig oder dreißig Meter entfernt und sein Gesicht trug den vermutlich einzigen Ausdruck zur Schau, zu dem es überhaupt fähig war, nämlich keinen, aber Vandermeer wusste einfach, dass er nicht hierher unterwegs war, um einen Kaffee zu trinken oder einen Teller Borschtsch zu bestellen. Der Russe suchte *ihn*.

»Was haben Sie?«, fragte Ines. Sie klang ein bisschen besorgt. Offenbar bot er einen ziemlich erschreckenden Anblick.

»N...nichts«, stammelte Vandermeer. »Ich bin ...« In Panik. Eindeutig. Alles, was er bisher über den und von dem Russen gedacht hatte, war Makulatur. Igor pflügte wie ein Eisbrecher durch die Menschenmenge auf ihn zu und er hatte ihn nicht vergessen, keine Sekunde lang, sondern kam, um etwas zu Ende zu bringen, das er vor fünf Jahren angefangen hatte. Er bewegte sich langsam, aber mit der unaufhaltsamen Zielstrebigkeit einer wandernden Moräne und an dem, was er vorhatte, gab es nicht den allergeringsten Zweifel. Vandermeers Gedanken rasten. Blitzartig sah er sich nach einem Fluchtweg um, aber es gab nur die breite Tür, die zur Treppe in die Halle hinabführte, und auf der anderen Seite die Pendeltür zur Küche. Wenn er schnell genug war, konnte er sie vielleicht erreichen. Die Küche und die Versorgungsräume dahinter gehörten vermutlich zu einem ganzen Labyrinth geheimnisvoller Räume und Sanktuarien, die die gemeinen Messebesucher niemals zu Gesicht bekamen und in denen er untertauchen und sich verbergen konnte, bis der russische Alptraum aufgehört hatte ihn zu suchen. Vielleicht gab es auch einen zweiten Ausgang oder einen Raum mit Hausmeisterkitteln und Overalls, mit denen er sich verkleiden konnte.

Letztendlich tat er nichts von alledem. Während Vandermeer in Gedanken all diese – und etliche andere, noch viel blödsinnigere – Fluchtpläne erwog, kam der Russe unaufhaltsam näher und Vandermeer saß wie das berühmte hypnotisierte Kaninchen da und starrte ihm entgegen. Alles in allem dauerte es vielleicht fünf Sekunden. Ihm kamen sie vor wie eine Stunde. Oder auch wie drei. Igor betrat das Restaurant, steuerte schnurgerade auf ihn zu – und ging in einem Abstand von weniger als einem halben Meter an Vandermeers Stuhl vorbei, ohne auch nur im Schritt innezuhalten. Zielstrebig visierte er einen der letzten freien Plätze im hinteren Teil des Restaurants an, ließ sich darauf nieder und zog mit der linken Hand sein Handy aus der Jackentasche, während er mit der anderen nach der Kellnerin winkte. Die Luft im Raum, die während der letzten vier oder fünf Sekunden auf geheimnisvollem Wege zur Konsistenz von unsichtbarem Glas geronnen war, verflüssigte sich wieder. Vandermeer konnte sich wieder bewegen und sogar wieder atmen.

»Herr Vandermeer?«

Etwas hinter Vandermeers Stirn nahm seine Arbeit wieder auf und er erlebte eine Art Miniatur-Flashback: Während er den Kopf drehte, wurde ihm klar, dass die Stimme ihn mittlerweile zum dritten Mal ansprach und auch schon ein ganz kleines bisschen ungeduldig klang. Die beiden Gesichter, in die er blickte, waren ihm im allerersten Moment vollkommen fremd; dann beschloss sein Erinnerungsvermögen sich auch wieder auf Dinge zu besinnen, die weniger als fünf Jahre zurücklagen, und er erkannte sie: Es waren die Frau vom *Shakren*-Stand und Igors schlecht gekleideter Gesprächspartner.

»Ja?«

»Ich bin froh, dass ich Sie noch angetroffen habe«, sagte der Grauhaarige. »Gestatten Sie, dass ich mich vorstelle? Mein Name ist Wassili. Frau Tessler hier ...« – er deutete auf seine Begleiterin – »... kennen Sie ja bereits. Sie gestatten?«

Er gab Vandermeer keine Gelegenheit es nicht zu gestatten, sondern schob den Stuhl ein Stück zurück und ließ sich darauf nieder. Seine Begleiterin okkupierte rasch den letzten freien Platz am Tisch, sodass die beiden ihn flankierten – und so ganz nebenbei zwischen ihm und Igor saßen, was ihn ärgerte. Vandermeer tauschte einen raschen Blick mit Ines, aber sie zuckte nur mit den Schultern, offensichtlich genauso überrascht wie er. Seine rechte Hand pochte und er glaubte Igors Blicke wie die Berührung einer unangenehm warmen Hand zwischen den Schulterblättern zu spüren. Einer Hand mit Schuppen und Krallen. Es kostete ihn eine Menge Überwindung, sich *nicht* zu ihm umzudrehen.

»Wie gesagt: Ich bin sehr froh, Sie noch angetroffen zu haben«, sagte Wassili noch einmal. Er klang ein bisschen nervös. »Ich fürchtete schon, Sie hätten die Messe bereits verlassen oder ich würde Sie unter all den Menschen nicht mehr finden.«

»Aha«, sagte Vandermeer. Nicht nur sein Name und der Umstand, unter dem er ihn zum ersten Mal gesehen hatte, ließen Vandermeer vermuten, dass Wassili ebenfalls Russe war. Er sprach ein sehr gepflegtes, vollkommen akzentfreies Deutsch, aber seine Aussprache war hart und er rollte das R. Irgendwie hatte Vandermeer das Gefühl, dass er das absichtlich tat. »Und was kann ich für Sie tun, Herr ... Wassili?«

»Nun, ich glaube, diese Frage sollte eher ich stellen«, antwortete Wassili. Er wirkte nun *eindeutig* nervös. »Frau Tessler hat mir erzählt, was gerade passiert ist. Sie können sich gar nicht vorstellen, wie unangenehm mir diese ganze Geschichte ist.«

»Das muss es nicht«, antwortete Vandermeer. »Ich habe es schon fast vergessen.« Was eine glatte Lüge war. Seine Hand pochte immer stärker.

Wassili nahm seinen Einwurf auch gar nicht zur Kenntnis. »Ich bin gekommen, um Ihnen noch einmal mein aufrichtiges Bedauern auszudrücken und Sie zu fragen, ob ich vielleicht irgendetwas tun kann, um Sie für die erlittene Unbill zu entschädigen.«

Er war eindeutig Ausländer, dachte Vandermeer, oder hatte sich um ungefähr ein Jahrhundert vertan, als er das Sprechen gelernt hatte. Er sah aus den Augenwinkeln, dass Ines überrascht die Stirn runzelte.

»Das ist wirklich nicht nötig«, antwortete er. »Ich bin ...«

»So etwas ist in der Tat noch nie vorgekommen«, fuhr Wassili unbeeindruckt fort. »Ich kann es mir überhaupt nicht erklären. So etwas ist eigentlich unmöglich. Unsere Steine sind ...«

»Billiger Tand?«, schlug Vandermeer vor.

»Harmlose Imitationen«, sagte Wassili. »Eine chemisch vollkommen harmlose Polymerverbindung. Wir arbeiten seit Jahren damit und so etwas ist noch niemals vorgekommen. Mehr noch, es ist physikalisch gar nicht möglich. Dürfte ich ... den Stein vielleicht einmal sehen?«

Vandermeer griff ganz automatisch in die linke Jackentasche und angelte nach dem Stein. Aber er führte die Bewegung nicht zu Ende. Plötzlich ergab alles einen Sinn. Natürlich hatte es das die ganze Zeit über getan, nur hatte ihn Igors Anwesenheit daran gehindert klar zu denken. Wassili wusste, wer er war. Vor allem wusste er offensichtlich, *was* er war. Und wahrscheinlich legte er keinen gesteigerten Wert auf eine Publicrelation, wie sie einem nach dem Zwischenfall von vorhin spontan in den Sinn kommen mochte. Statt den Stein aus der Tasche zu nehmen, legte er die linke Hand flach auf den Tisch und die rechte daneben, mit der Handfläche und der mittlerweile deutlich sichtbaren Brandblase darauf nach oben. Dabei behielt er Wassili aus den Augenwinkeln heraus aufmerksam im Blick. Er war nicht ganz sicher, ob er es vielleicht nur sah, weil er es sehen *wollte* – aber Wassili schien um die Nase herum eine Spur blasser zu werden.

»Es ist wirklich nicht sehr schlimm«, sagte er, während er die Brandblase auf seiner Hand mit einem übertriebenen Stirnrunzeln musterte, »aber schon komisch. Wer weiß – vielleicht funktioniere ich ja als so eine Art Katalysator für kosmische Energien. Oder irgendetwas mit meinem Hand-Shakra ist nicht in Ordnung.«

Wassili lächelte gequält. »Ja. Frau Tessler hat mir schon gesagt, dass Sie von unseren Philosophien ... nicht überzeugt sind.« Sein Blick irrte über Vandermeers Hand.

»So kann man es ausdrücken«, bestätigte Vandermeer. Allmählich begann er die Situation zu genießen. Wassili starb ja innerlich wahrscheinlich tausend Tode, aber wenn er kein kompletter Dummkopf war, dann würde er sich eher die Zunge abbeißen, als noch einmal nach dem Stein zu fragen. Vielleicht war es ganz interessant zu beobachten, was geschah, wenn er das Messer noch ein bisschen in der Wunde herumdrehte.

»Die Sache ist wirklich mysteriös«, sagte er. »Ich kenne einen

Chemiker, der in der Forschungsabteilung der Bayer-Werke in Leverkusen arbeitet. Ich denke, ich werde ihm den Stein einfach mal zeigen. Vielleicht findet er ja heraus, was damit nicht stimmt.«

Wassili hatte sich ausgezeichnet in der Gewalt. Vandermeer konnte nicht sagen, ob ihn diese Ankündigung nun in Panik versetzte oder nicht; aber er war ziemlich sicher, dass es so war. »Sie werden feststellen, dass es sich um eine vollkommen neutrale Kunststoffverbindung handelt«, sagte der Russe ruhig.

»Das werden wir«, bestätigte Vandermeer. *Und alles andere auch,* fügte er in Gedanken hinzu; zwar unhörbar, aber trotzdem war er sicher, dass Wassili es mitbekam. Er sollte es auch.

»Vielleicht ist es sogar am besten so«, sagte Wassili, noch immer höflich, aber um mehrere Nuancen kühler. »Sie werden sehen, dass ich die Wahrheit sage ... die Kosten der Analyse werden selbstverständlich von mir übernommen.«

Er schien auf eine Antwort zu warten. Als er keine bekam, gab er sich einen sichtbaren Ruck, zauberte von irgendwoher ein Lächeln auf sein Gesicht und griff in die Jacke. »Ich möchte Ihnen etwas schenken. Nur als kleine Wiedergutmachung ... sozusagen.«

Er reichte Vandermeer eine CD. Das Cover zeigte eine absichtlich unscharfe Weltraumfotografie: den Planeten Jupiter mit seinem charakteristischen roten Fleck und drei seiner zwölf Monde. Der Titel in verchromter Prägeschrift lautete En Trance. Darunter stand in kleinen, einfacheren Lettern: *Planetenmelodie.* Vandermeer sah ihn fragend an.

»Nur eine Kleinigkeit«, sagte Wassili lächelnd. »Als Ausdruck meines Bedauerns.« Aus irgendeinem Grund wirkte er verlegen, fand Vandermeer – auf eine ganz bestimmte Art und Weise: Er kam ihm vor wie ein Verkäufer, der eine Ware anpries, von der er im Grunde seines Herzens nicht überzeugt war. Vielleicht war das auch der Grund, weshalb Vandermeer die CD ein zweites Mal und aufmerksamer in Augenschein nahm. Auf den zweiten Blick machte sie keinen hundertprozentig professionellen Eindruck mehr. Das Cover war offensichtlich auf einem Farbdrucker der untersten Preisklasse angefertigt und als er die CD herumdrehte und die Titelliste auf der Rückseite las, fand er auf Anhieb drei Rechtschreibfehler.

»Es ist eine Vorab-Version«, sagte Wassili hastig. »Die endgültige Ausgabe wird ein wenig ... besser aussehen.«

»Das ist schön«, sagte Vandermeer. Er fragte sich, was er mit dem Ding sollte. Er war kein großer Musikfan. Natürlich hatte er eine Stereoanlage zu Hause und eine zweite, sogar ziemlich teure im Wagen, doch er gehörte ganz und gar nicht zu den Leuten, die glaubten ohne Musik nicht leben zu können. Und er *hasste* Newage-Musik. Das meiste dieses transzendentalen Geklimpers war seiner Meinung nach eine glatte Unverschämtheit – ein paar meist drittklassige Musiker, die sich ins Studio hockten und eine Stunde lang auf einem Synthesizer herumklimperten, um danach ein Schweinegeld für ihre Improvisationen zu verlangen.

Wassili schien ihm seine Gefühle ziemlich deutlich am Gesicht abzulesen, denn er wirkte plötzlich noch ein bisschen nervöser. »Das ist natürlich nur eine Kleinigkeit«, sagte er. »Wir werden Sie selbstverständlich in angemessener Form entschädigen.«

»Selbstverständlich«, sagte Vandermeer. Er steckte die CD ein. »Sagen Sie, Herr Wassili, haben Sie das Gefühl, dass ich Sie zu erpressen versuche?«

Wassili starrte ihn an.

»Oder Sie vielleicht einen Grund hätten mich bestechen zu müssen?«, fügte Vandermeer hinzu.

»Wie ... wie meinen Sie das?«, fragte Wassili. Er wirkte ziemlich bestürzt und auch Ines sah Vandermeer irritiert an. Tessler jedoch blickte konzentriert auf einen Punkt irgendwo hinter Vandermeer. Vielleicht, überlegte er, zu einem ganz bestimmten Tisch, an dem ein ganz bestimmter Jemand saß.

»Ich hatte das Gefühl«, antwortete er.

»Keineswegs«, erwiderte Wassili. »Aber ich weiß natürlich, wer Sie sind, Herr Vandermeer, und mir ist nicht unbedingt daran gelegen meinen Namen morgen in Ihrer Zeitung zu finden, womöglich mit einer Warnung, dass es gefährlich sei, sich meinem Geschäft zu nähern.«

Die Offenheit dieser Antwort gefiel Vandermeer. Sie änderte natürlich nichts.

»Ich mache Ihnen einen Vorschlag«, sagte Wassili. »Sie sind zweifellos hierher gekommen, um einen Artikel zu schreiben. Ich bin im Moment leider nicht abkömmlich, aber warum treffen wir uns nicht heute Abend zum Essen und Sie interviewen mich nach Herzenslust? Ich verspreche auch, dass ich halbwegs ehrlich antworten werde. Sie sind eingeladen. Und ihre reizende Begleiterin ...« – er lächelte in Ines' Richtung – »... selbstverständlich auch.«

Vandermeer tauschte einen raschen Blick mit Ines. Sie sah vollkommen überrascht und eigentlich nicht besonders begeistert aus.

»Gern«, antwortete er rasch. »Sagen wir, um neun?«

»Im Ratskeller?«, schlug Wassili vor; kein Lokal allererster, aber eines guter Wahl. Vandermeer nickte.

»Dann ist ja alles in Ordnung«, sagte Wassili und stand auf. Seine Begleiterin erhob sich ebenfalls. »Also um neun im Ratskeller. Ich lasse einen Tisch reservieren. Bringen Sie ausreichend Appetit mit – und vergessen Sie Ihr Tonbandgerät nicht.«

Die beiden gingen. Vandermeer sah ihnen nach, bis sie die Treppe hinuntergegangen waren und in der brodelnden Menge verschwanden. Als er wieder aufsah, begegnete er Ines' Blick. Sie sah nicht sehr erfreut aus. Noch nicht direkt verärgert, aber doch *fast*.

»Habe ich ... irgendetwas falsch gemacht?«, fragte er.

»Normalerweise treffe ich meine Verabredungen selbst«, sagte Ines.

»Was ist daran so schlimm?«, wollte Vandermeer wissen. »Sie kommen in den Genuss eines ausgezeichneten Essens, glauben Sie mir. Ich kenne den Ratskeller.«

»Sie hätten mich wenigstens fragen können«, sagte Ines vorwurfsvoll.

Vandermeer grinste. »Aber dann hätte er gemerkt, dass wir uns erst seit zehn Minuten kennen.«

»Und wer sagt Ihnen, dass es nicht auch dabei bleibt?«

Vandermeer zuckte mit den Schultern. »Niemand. Mein journalistisches Gespür. Hoffnung ... Außerdem bestehe ich darauf, dass Sie mitkommen. Ich möchte, dass sich Wassili noch in einem Jahr an die Rechnung erinnert. Er soll dafür bezahlen, dass er mir das Rendezvous mit Ihnen verdorben hat!«

»Rendezvous?« Ines nippte an ihrem Kaffee. Ihre Augen funkelten spöttisch. »Wir trinken einen Kaffee zusammen. Das ist kein *Rendezvous*.«

»Vielleicht hatte ich gehofft, dass es eines würde«, sagte Vandermeer.

Ines lachte. »Sie sind komisch. Hat man Ihnen das schon einmal gesagt?«

»Ununterbrochen«, bestätigte Vandermeer. »Aber die meisten Leute lachen nicht, wenn sie mir das sagen.«

»Sie *sind* komisch«, sagte Ines noch einmal. »Aber das bedeutet immer noch nicht, dass ich ja sage.«

»Das müssen Sie«, antwortete Vandermeer. »Wenn nicht, schreibe ich einen Artikel über Ihr Geschäft, nach dem Sie sich nirgends mehr blicken lassen können.«

Sie lachte wieder, aber er fand, dass es jetzt nicht mehr ganz echt klang. Er war wohl zu weit gegangen, obwohl sie selbstverständlich wissen musste, dass diese Drohung nicht ernst gemeint war. Das passierte ihm öfter. Eine Menge Leute hatten Schwierigkeiten mit seinem manchmal etwas eigenen Humor.

»Sind Sie immer so stur?«, fragte sie.

Vandermeer nickte. »Ich bin Journalist«, sagte er, als wäre das allein Antwort genug. »Wir geben nie auf, bevor wir haben, was wir wollen.«

»Und was wollen Sie?«, fragte Ines.

Es lag ihm auf der Zunge zu sagen »Dich«; so sehr, dass er sich beherrschen musste, um es nicht tatsächlich laut auszusprechen. Aber er sagte es nicht. Er war nicht sicher, ob Ines ein solches Maß an Offenheit jetzt schon akzeptiert hätte oder ob sie es nicht vielmehr als Unverschämtheit werten würde. Außerdem war er von der Heftigkeit seiner eigenen Reaktion auf sie überrascht. Vandermeer war kein Single aus Überzeugung, aber er war Single; zum einen, weil es sich einfach so ergeben hatte, zum anderen aus rein praktischen Gründen. Er hatte in den letzten Jahren einige mehr oder weniger ernst gemeinte Versuche gestartet eine festere Bindung einzugehen und war stets zu dem gleichen Schluss gekommen: dass eine Frau im Leben eines Journalisten keinen Platz hatte. Er war zu selten und zu unregelmäßig zu Hause und die Verlockungen waren zu groß. Außerdem war er offensichtlich nicht für eine dauerhafte Verbindung gemacht.

»Ich sollte jetzt gehen«, sagte Ines, als er ihr eine Antwort auf ihre Frage schuldig blieb.

»Schon?« Vandermeer war enttäuscht.

»Ich kann meine Schwester nicht zu lange allein lassen«, antwortete Ines. »Es wird allmählich voll und Sie glauben nicht, wie viel auf einer solchen Messe gestohlen wird, wenn man nicht aufpasst. Man könnte meinen, die ganze Welt besteht nur aus Dieben.«

»Vielleicht tut sie das«, sagte Vandermeer. Er bat sie nicht noch einmal zu bleiben, obwohl er es gerne getan hätte. Stattdessen sagte er: »Ich hole Sie ab, okay? In welchem Hotel wohnen Sie?«

»Im Western Star«, antwortete Ines. »Aber es ist nicht nötig. Ich kann mir ein Taxi nehmen – *falls* ich mich entschließe zu kommen.«

Vandermeer überging den letzten Teil ihrer Antwort. »Das Western Star?«

»Es ist teuer, ich weiß.« Ines zog eine Grimasse. »Aber es war das einzige, in dem noch etwas frei war.«

Sie wollte aufstehen, doch in diesem Moment registrierte Vandermeer eine Bewegung aus den Augenwinkeln heraus und irgendetwas war daran, das ihn für den Bruchteil einer Sekunde beinahe in Panik versetzte. Blitzschnell griff er zu, packte Ines' Handgelenk und zwang sie mit einer groben Bewegung auf den Stuhl zurück.

»He!«, protestierte Ines. »Was fällt Ihnen ein?«

Vandermeer zog hastig die Hand zurück und wandte gleichzeitig den Kopf. Was er gesehen hatte, war tatsächlich Igor, der aufgestanden und in Richtung Ausgang unterwegs war. Nun jedoch war er stehen geblieben und sah Vandermeer stirnrunzelnd an. Er war übrigens nicht der Einzige. Falls er sich vorgenommen hätte möglichst unauffällig Aufsehen zu erregen, dachte Vandermeer sarkastisch, hätte er es kaum besser anfangen können.

»Entschuldigen Sie«, sagte er verlegen. »Ich ... wollte Ihnen nicht weh tun. Ich war nur erschrocken.«

Ines massierte gedankenverloren ihr linkes Handgelenk, aber sie blieb zu seiner Überraschung sitzen und sah ihm aufmerksam ins Gesicht, statt wutentbrannt davonzustürmen, womit er für einen Moment fest gerechnet hatte.

»Was ist los mit Ihnen?«, fragte sie. »Sie sehen aus, als hätten Sie ein Gespenst gesehen.«

Vandermeer versuchte Igor möglichst unauffällig im Auge zu behalten, ohne direkt hinzusehen, was sich allerdings als ziemlich schwierig erwies. »So ungefähr ... könnte man es nennen«, sagte er zögernd. Die Situation war ihm überaus peinlich. Er war wütend, auf sich selbst, aber auch auf Igor, der tatsächlich wie ein Gespenst aus seiner Vergangenheit aufgetaucht war und sein Leben schon wieder in Unordnung brachte – einfach, indem er *da* war.

»Es hat mit diesem Mann zu tun, nicht wahr?« Ines deutete mit einer Kopfbewegung auf den Russen, der weitergegangen war und gerade das Restaurant verließ. Vandermeer nickte.

»Erzählen Sie es mir?«

Eine Sekunde lang war er nahe daran es zu tun. Aber dieses Detail war so intim, dass er nicht gleich bei ihrem ersten Treffen darüber reden konnte. »Wir hatten einmal einen ... unangenehmen Zusammenstoß«, sagte er. »Es ist lange her. Ich glaube nicht, dass er sich überhaupt daran erinnert.«

»Sie dafür offensichtlich umso besser«, sagte Ines.

»Tun Sie mir einen Gefallen?«, fragte Vandermeer geradeheraus.

»Welchen?«

»Hören Sie sich ein wenig um. Fragen Sie ein paar Kollegen oder andere Aussteller, wer dieser Wassili ist. Wo er herkommt, was er macht, was man so über ihn hört ...«

»Sonst nichts?«, fragte Ines spöttisch. »Sie scheinen mich mit Mata Hari zu verwechseln.«

Vandermeer hätte sich ohrfeigen können. So, wie er sich gerade benommen hatte, konnte er froh sein, dass sie nicht aufgesprungen und auf der Stelle weggegangen war. Irgendetwas in ihm schien sich große Mühe zu geben sie zu verschrecken. »Warum auch nicht?«, fragte er. »Sie soll eine sehr schöne Frau gewesen sein, wie man so hört.«

Das Kompliment kam ihm selbst so plump vor, dass er darauf wartete ausgelacht zu werden. Zu seiner Überraschung schien es Ines aber zu schmeicheln, denn sie lächelte und er bemerkte sogar, dass sie ein wenig errötete. »Ich werde sehen, was ich tun kann.« Sie stand auf. »Jetzt muss ich aber wirklich gehen. Meine Schwester frisst mich, wenn ich sie noch länger warten lasse.«

»Grüßen Sie sie von mir«, sagte Vandermeer.

Ines lachte.

Er verließ die Messe keine zehn Minuten später. Er hatte den Wagen auf dem Presseparkplatz unmittelbar vor dem Haupteingang abgestellt, sodass er sich nicht in einen der überfüllten Shuttle-Busse quetschen musste, die zum Parkplatz fuhren, aber er brauchte fast zehn Minuten, um das Gelände zu verlassen, und auf dem Rückweg nach Düsseldorf geriet er in einen der fast schon obligaten Staus, sodass er weitaus später als geplant in die Redaktion zurückkam.

Ein ganz besonders schlecht gelaunter Schwartz erwartete ihn. Ohne sich mit einer Begrüßung aufzuhalten, fragte er: »Haben Sie den Artikel?«

»So gut wie«, antwortete Vandermeer. Er tippte sich mit dem Zeigefinger gegen die linke Schläfe. »Hier oben. Ich muss ihn nur noch abtippen.«

»Dann sollten Sie sich besser beeilen«, sagte Schwartz unfreundlich. »Es sind nur noch drei Stunden bis Redaktionsschluss und ich habe noch eine andere Aufgabe für Sie.«

»Ich muss heute Abend noch einmal zurück nach Essen«, antwortete Vandermeer. Er war irritiert. Schwartz war schon ziemlich übel drauf gewesen, als er gegangen war, und es war kein Geheimnis, dass sie wahrscheinlich niemals Blutsbrüderschaft schließen würden – aber es kam doch selten vor, dass er ihn *so* anblaffte. Es widersprach auch seinen eigenen Prinzipien, sich von irgendjemandem so behandeln zu lassen, ganz gleich, ob der sein Vorgesetzter war oder nicht.

Vandermeer setzte zu einer scharfen Antwort an, aber dann registrierte er im letzten Moment das warnende Funkeln in Schwartz' Augen und zog es vor, das meiste von dem herunterzuschlucken, was ihm auf der Zunge lag. Ein taktischer Rückzug hatte manchmal nichts mit Feigheit zu tun.

»Das hat Zeit bis später«, antwortete Schwartz. »Jetzt tippen Sie Ihren Artikel und dann klemmen Sie sich ans Telefon und versuchen etwas über diese angebliche Korruptionsgeschichte herauszukriegen.«

»Die Berlin-Sache?« Vandermeer runzelte die Stirn. »Ich dachte, Wener wäre da dran.«

»Tun Sie es einfach«, sagte Schwartz, drehte sich auf dem Absatz herum und ging.

Vandermeer blickte ihm kopfschüttelnd nach. »Welche Laus ist dem denn über die Leber gelaufen?« Es war keine Frage, auf die er eine Antwort hätte haben wollen. Sie war auch an niemand Bestimmtes gerichtet gewesen, aber hinter ihm sagte Frank, einer der beiden Volontäre, die sie gerade in der Redaktion hatten:

»Er ist schon den ganzen Tag über so. Vor zwei Stunden war er noch übler drauf. Er hatte sich mittlerweile schon wieder beruhigt.«

»Ist irgendetwas passiert?«, fragte Vandermeer.

Frank starrte ihn an. »Machen Sie Witze?«

»Sag mir, dass du es nicht weißt!«, mischte sich Ribbett ein, ein älterer Kollege, der für so wichtige Dinge wie den Verkehr, den Wetterbericht und die aktuelle Kinovorschau zuständig war.

»Dass ich *was* nicht weiß?«, fragte Vandermeer betont, während er sich zu ihm herumdrehte.

Ribbett schüttelte ein paarmal den Kopf und tauschte einen bezeichnenden Blick mit Frank. »Russland«, sagte er. »Sibirien. Na, klingelt's?«

»Würdet ihr beiden vielleicht freundlicherweise aufhören, in Hieroglyphen zu reden?«, fragte Vandermeer scharf, aber Ribbett grinste nur noch breiter.

»Hast du kein Radio in deinem Wagen?«, fragte er. »Sie bringen es auf allen Sendern.«

Vandermeer *hatte* ein Radio im Wagen, aber er hatte es auf dem Rückweg vorgezogen, eine Kassette einzulegen. »Anscheinend bin ich der einzige Mensch in diesem unserem Lande, der *nicht* auf dem Laufenden ist«, seufzte er. »Klärt ihr mich jetzt auf oder muss ich mir eine Zeitung kaufen?«

»Irgendwo in Sibirien ist etwas explodiert«, antwortete Ribbett, nun wieder ernst. »Etwas Großes. Niemand weiß bisher etwas Genaues, aber es muss furchtbar geknallt haben. dpa spricht von einer Nuklearexplosion, andere von einem Meteoriteneinschlag. Die allgemeine Vermutung ist ein Atomunfall, aber die Russen streiten natürlich alles ab.«

»Wäre ja nicht der erste«, fügte Frank in wissendem Tonfall hinzu.

»Wann?«, fragte Vandermeer. »Wann ist es passiert?«

Ribbett hob die Schultern. »Vor zwei, drei Stunden. Du warst noch nicht lange weg.«

Vandermeer wusste nicht, ob er lachen oder vor Wut und Enttäuschung laut aufheulen sollte. Da geschah das erste Mal seit Jahren etwas wirklich *Großes* und er war unterwegs, um über ein paar Spinner in Jesuslatschen zu berichten!

Ribbett drehte das Messer noch in der Wunde herum, indem er sagte: »Deshalb hast du auch Weners Story bekommen. Er telefoniert sich gerade die Finger wund, um ein paar Einzelheiten in Erfahrung zu bringen.«

»Es heißt, die Amis wären für eine halbe Stunde auf DEFCON 3 gegangen«, sagte Frank wichtigtuerisch. »Bevor die Entwarnung aus Moskau kam.«

»Verdammt«, murmelte Vandermeer. »Konnte mir nicht einer von euch Bescheid sagen? Das wäre *meine* Geschichte gewesen!«

»Ich hab's versucht«, antwortete Ribbett. »Aber dein Handy war nicht eingeschaltet.«

Vandermeer verstand die Spitze. Er besaß kein Handy, vielleicht als Einziger in der Redaktion. Er hasste die Dinger. Sie nahmen einem auch noch das letzte bisschen Freiheit. Und die Theorie, dass man sie ausschalten konnte, war wirklich nicht mehr als eine Theorie.

Aber so schnell gab er sich nicht geschlagen. Wortlos drehte er sich herum, marschierte zu Schwartz' Büro und trat ein, ohne anzuklopfen. Schwartz saß an seinem Schreibtisch und tat, was er fast immer tat: Er telefonierte. Die beiden Fernseher auf dem Regal hinter ihm liefen mit ausgeschaltetem Ton. Auf beiden Kanälen liefen Nachrichtensendungen. Der Sprecher von RTL machte ein Weltuntergangsgesicht und las etwas von einem Zettel ab, PRO 7 zeigte eine Satellitenaufnahme des asiatischen Kontinents. Eine Position weit oben im Nordosten Sibiriens war mit einem gezackten roten Stern und einem Fragezeichen markiert.

Schwartz hängte ein und sah ihn fragend an: »Schon fertig?«

»Das wäre meine Geschichte gewesen«, sagte Vandermeer scharf.

»Möglicherweise«, antwortete Schwartz. »Aber Sie waren nicht da.«

»Weil Sie mich mit dieser Schwachsinnsstory weggeschickt haben.«

»Ich bin kein Hellseher«, erwiderte Schwartz. »Sie wissen, wie der Hase läuft. Wer erreichbar ist, kriegt die Geschichte. Sie waren nicht da, also habe ich Wener damit beauftragt. Sollte ich warten, bis Sie zurück sind?«

»Jetzt *bin* ich hier«, antwortete Vandermeer. Er wurde immer wütender – aber zum Großteil wohl deshalb, weil Schwartz verdammt nochmal *Recht* hatte.

»Und?«, fragte Schwartz. »Was soll ich jetzt tun? Ihrem Kollegen die Geschichte wegnehmen?« Er schüttelte den Kopf. »Ich dachte, Wener und Sie wären Freunde.«

»Das sind wir auch«, antwortete Vandermeer. »Aber Sie wissen verdammt nochmal, dass ich besser bin.«

»Möglich«, sagte Schwartz kühl. Wenn man bedachte, in welcher Laune er gewesen war, als Vandermeer hereinkam, dann bewies er eine erstaunliche Geduld. »Aber bisher wissen wir noch nicht einmal, ob es wirklich eine große Geschichte ist. Es könnte alles Mögliche gewesen sein – von einem Supergau bis zu einem Meteoriteneinschlag. Bevor ich nicht wenigstens eine ungefähre Ahnung habe, was da los ist, werde ich nicht zwei meiner besten Leute darauf ansetzen.«

Das war ein Kompliment, wie es Vandermeer aus Schwartz' Mund allerhöchstens in Abständen von Jahren zu hören gewohnt war. Im Augenblick machte es Vandermeer aber nur noch zorniger.

»Ich werde ...«

»Sie werden sich an Ihren Schreibtisch setzen und den Artikel über die Messe schreiben«, fiel ihm Schwartz ins Wort.

»Das hat Zeit«, widersprach Vandermeer. »Ich wollte ihn ohnehin um einen Tag schieben. Ich treffe heute Abend jemanden, von dem ich vielleicht noch ein paar wichtige Einzelheiten erfahre.«

»Umso besser«, antwortete Schwartz. »Dann haben Sie ja hinlänglich Zeit, sich um den Herrn Ministerialsekretär mit dem großen Spesenkonto zu kümmern. Wenn Sie sich beeilen, kommen Sie vielleicht sogar noch pünktlich zu Ihrer Verabredung.«

Das Telefon klingelte, als hätte Schwartz den Anruf bestellt, um das Gespräch abwürgen zu können. Er riss den Hörer regelrecht von der Gabel, meldete sich und lauschte dann mit konzentriertem Gesichtsausdruck. Vandermeer wartete noch eine gute Minute, aber dann gab er sich geschlagen und ging. Schwartz brachte es fertig auch mit einer toten Leitung zu reden, um einem unangenehmen Gespräch auszuweichen, und er hatte keine Lust, wie ein dummer Junge vor dem Schreibtisch des Schuldirektors zu warten. Aber die Sache war noch nicht vorbei, das schwor er sich. So leicht würde ihm Schwartz nicht davonkommen.

Innerlich immer noch kochend vor Wut ging er zu seinem Schreibtisch zurück und schaltete zuerst den Computer, dann sein Radio ein. Im Radio lief Werbung – es war fünf Minuten vor der vollen Stunde –, aber sein Computerbildschirm zeigte ihm, dass Schwartz bereits fleißig gewesen war: Er hatte ihm alle Dateien der Bestechungsaffäre überspielt, an der Wener gesessen hatte. Vandermeer überflog sie rasch und ohne besonderes Interesse. Sie waren genau so, wie er erwartet hatte: gute Arbeit, aber nicht besonders aufregend. Und vor allem nichts, was ihn auch nur im Mindesten *interessierte*.

Trotzdem machte er sich widerwillig an die Arbeit. Während im Radio der Werbeblock zu Ende ging und ihm der Nachrichtensprecher mit sehr viel mehr Worten auch nicht wesentlich mehr erzählte, als er bereits von Ribbett und Frank erfahren hatte, suchte er ein paar Nummern heraus und begann zu telefonieren. Nach dem vierten Anruf hatte er einen Termin für den nächsten Morgen, bei dem er wahrscheinlich mehr erfahren würde als Wener mit zweihundert weiteren Anrufen.

Zufrieden und frustriert zugleich lehnte er sich zurück und starrte den leeren Computermonitor an. Der blinkende schwarze Cursor auf weißem Grund schien ihn zu verhöhnen. Heute war ganz eindeutig nicht sein Glückstag. Er war gespannt, mit welchem Reinfall seine Verabredung heute Abend enden würde.

Der Gedanke führte zu einem anderen, auch nicht viel angenehmeren: Er erinnerte sich wieder an Igor und damit an etwas, das er eigentlich hatte beiseite schieben wollen.

Er blätterte erneut in seinem Telefonbuch – seinem eigenen, noch altmodisch auf Papier geführten Telefonbuch, das er stets in der Jackentasche bei sich trug, nicht der elektronischen Datei in seinem Rechner, in der jeder nach Belieben herumstöbern konnte, der irgendwie sein Passwort herausbekam oder vielleicht einen vierzehnjährigen pickelgesichtigen Hacker in der Verwandtschaft hatte –, fand die gesuchte Nummer und tippte sie ins Telefon. Als er das Notizbuch in die Jackentasche zurückgleiten ließ, berührten seine Finger etwas Glattes, Hartes. Er zog es heraus und betrachtete fast verblüfft den geschliffenen Synthetik-Kristall, dem er seine verbrannte Hand zu verdanken hatte. So unglaublich es ihm auch selbst erschien – er hatte ihn glatt vergessen gehabt.

Nachdenklich drehte er den Stein in der Hand. Er sah im hellen Sonnenschein, der durch die großen Fenster des Redaktionshauses hereinströmte, vollkommen anders aus als in dem kalten Neonlicht, das die Messehallen erfüllt hatte. Seine Farbe hatte von Violett zu einem dunklen, sehr intensiven Blau gewechselt und je nachdem, wie sich das Sonnenlicht darin brach, schien er unter einem inneren Feuer zu glühen. Außerdem fühlte er sich nicht im Geringsten warm an, sondern ganz im Gegenteil kühl und auf eine sonderbare Art seidig. Es fiel Vandermeer immer schwerer zu glauben, dass es sich wirklich um eine billige Imitation aus Kunststoff handeln sollte.

Das Tuten des Freizeichens hörte auf und eine sympathische Frauenstimme sagte: »MAD, Dienststelle Bonn. Was kann ich für Sie tun?«

»Ich hätte gerne mit Major Bergholz gesprochen«, antwortete Vandermeer. »Ist er im Haus?«

»Ich werde nachhören. Einen Moment bitte ...«

Ribbett, der am Nebentisch saß und bisher ebenso konzentriert wie kurzsichtig auf seinen Computerbildschirm gestarrt hatte, sah überrascht auf und runzelte die Stirn. Vandermeer grinste ihm zu und spielte scheinbar gedankenverloren mit seinem Stein. In Wahrheit war er ziemlich überrascht und auch ein ganz klein wenig beunruhigt. Er hätte nicht gedacht, dass sich Ribbett an irgendetwas erinnerte, das weiter als eine Woche zurücklag; geschweige denn an einen Namen, den er das letzte Mal vor vier Jahren ausgesprochen hatte. Außerdem ging in der Redaktion das böse Gerücht um, dass Ribbett so etwas wie Schwartz' drittes Ohr war.

Er musste ziemlich lange warten, doch das war er gewohnt. Es dauerte immer eine Ewigkeit, bis man beim MAD mit jemandem verbunden wurde, und anscheinend umso länger, je höher der Dienstrang dessen war, mit dem man sprechen wollte. Bevor er angerufen hatte, war er nicht einmal sicher gewesen, dass Bergholz überhaupt noch beim MAD war.

Schließlich jedoch krachte es zweimal in der Leitung und eine tiefe, voll tönende Männerstimme sagte: »Bergholz.«

»Vandermeer hier«, meldete er sich. »Erinnern Sie sich noch an mich, Herr Major?«

Ungefähr eine Sekunde lang herrschte verblüfftes Schweigen, dann rief Bergholz, merklich lauter und in spürbar aufgeräumtem Ton: »Hendrick? Bist du das?«

»Es sei denn, du kennst noch einen Vandermeer, der dich von der Nummer aus anruft, die du gerade auf dem Display vor dir hast«, antwortete Vandermeer grinsend. Bergholz und er waren alte Freunde. Sie hatten zusammen das Abitur bestanden – Bergholz mit Auszeichnung, Vandermeer mit Ach und Krach –, doch danach hatten sich ihre Karrieren in radikal andere Richtungen entwickelt; auch wenn sie – wie Vandermeer nicht müde wurde zu versichern – beide im Nachrichtengewerbe waren. Bergholz war zur Bundeswehr und von dort aus zum MAD gegangen, wo er ziemlich schnell aufgestiegen war, während Vandermeer als

Volontär bei einem lokalen Radiosender angefangen und sich von dort aus hochgearbeitet hatte, nicht annähernd so erfolgreich wie Bergholz, aber mindestens ebenso zielstrebig. In den letzten Jahren hatten sie sich ein wenig aus den Augen verloren, aber eine alte Freundschaft verkraftete so etwas. Wenigstens hoffte Vandermeer das.

»Du siehst zu viele Agentenfilme, Hendrick«, sagte Bergholz. »Hightech-Ausrüstung können sich nur die bösen Buben leisten. Wir arbeiten hier noch analog.«

Vandermeer glaubte ihm sogar. Die Leute vom MAD waren vielleicht die Chefparanoiker der Nation, aber sie waren auch *Beamte*, die noch mit mechanischen Schreibmaschinen gearbeitet hatten, als schon längst in jedem Kinderzimmer ein PC stand.

Sie alberten noch eine Weile herum – nicht lange, allerhöchstens die obligaten fünf Minuten –, dann kam Bergholz zum Thema. »Warum rufst du an?«, fragte er, noch immer im fröhlichen Plauderton der letzten Minuten. »Doch nicht nur, weil dir plötzlich wieder eingefallen ist, dass du mir noch eine Flasche Cognac schuldest.«

»Tue ich das?«, fragte Vandermeer.

Er konnte Bergholz' Nicken durch das Telefon hindurch hören. »Seit über drei Jahren. Mit Zinsen sind es mittlerweile schon zwei.«

»Darüber lässt sich reden ... einen Moment, bitte.« Er legte die Hand über den Hörer und drehte sich halb mit dem Stuhl herum. Ribbett gab sich mittlerweile nicht einmal mehr Mühe wenigstens so zu tun, als kenne er die Bedeutung des Wortes Diskretion, sondern lauschte ganz unverblümt.

»Soll ich den Lautsprecher einschalten oder hörst du genug?«, fragte Vandermeer.

Ribbett wurde knallrot, wusste für einen Moment weder wohin mit seinem Blick noch mit seinen Händen und sprang dann auf, um mit Riesenschritten davonzustürmen. Vandermeer sah ihm kopfschüttelnd nach und nahm die Hand von der Sprechmuschel.

»Entschuldige«, sagte er. »Aber du hast natürlich Recht. Ich ... möchte dich um einen Gefallen bitten.«

»Gerne. Welchen?«

Entweder, dachte Vandermeer, Bergholz war das unmerkliche Stocken in seinen Worten aufgefallen oder er hatte ein natürliches

Gespür für den Ernst einer Situation entwickelt, denn seine Stimme wurde merklich kühler. Nein, dachte er. Nicht kühler. Sachlicher.

»Du erinnerst dich an die Geschichte vor fünf Jahren?«, fragte Vandermeer – was eine rein rhetorische Frage war. Natürlich erinnerte sich Bergholz. Er war maßgeblich an der Aufklärung des Falles beteiligt gewesen – soweit es einen *Fall* gegeben hatte, hieß das. Er antwortete nicht einmal auf Vandermeers Frage.

»Kannst du herausfinden, was mit dem Burschen passiert ist, der mich niedergeschossen hat?«, fragte Vandermeer. Die Frage war etwa so überflüssig wie die vorhergehende, denn er wusste es ebenso gut wie Bergholz. Der Agent war ungefähr ein halbes Jahr lang abwechselnd verhört und in verschiedenen Gefängnissen eingesperrt worden, ehe man ihn möglichst unauffällig in seine Heimat abgeschoben hatte. Der Bundesregierung war wohl eher daran gelegen gewesen, die ganze Geschichte unter den Teppich zu keh-ren, als so etwas Abstraktes wie Gerechtigkeit walten zu lassen.

»*Nachdem* man ihn in seine Heimat abgeschoben hat, meine ich«, fügte Vandermeer hinzu.

»Das wird nicht ganz einfach sein«, antwortete Bergholz vorsichtig. »Vor allem nicht so ohne Grund ... Gibt es da etwas, das ich wissen sollte?«

»Das weiß ich nicht«, sagte Vandermeer. »Wenn ich es wüsste, bräuchte ich dich vermutlich nicht anzurufen.«

»Ich kann mich natürlich ein bisschen umhören«, sagte Bergholz nach einer Weile. »Aber es wird nicht einfach. Der KGB existiert nicht mehr. Die meisten seiner ehemaligen Mitarbeiter sind in alle Winde verstreut. Und wie gesagt: Ohne konkreten Grund kann ich nicht viel unternehmen. Also, warum fragst du?«

Vandermeer zögerte zu antworten. Ihre Freundschaft hatte nicht zuletzt deshalb über so lange Jahre hinweg gehalten, weil Vandermeer niemals versucht hatte sie auszunutzen, obwohl die Versuchung bei Bergholz' Position auf der Hand lag. »Weil ich ihn gesehen habe«, sagte er schließlich.

Bergholz sog die Luft zwischen den Zähnen ein. »Das *wäre* ein Grund«, sagte er. »Wenn du glaubst ihn irgendwo hier in Deutschland gesehen zu haben ...«

»Ich *glaube* es nicht«, unterbrach ihn Vandermeer. »Ich *habe* ihn gesehen. Vor ein paar Stunden.«

»In diesem Fall verspreche ich dir mich persönlich darum zu kümmern«, sagte Bergholz. »Er wurde damals unter der Bedingung abgeschoben, nie wieder hier aufzutauchen. Ich kenne eine Menge Leute, die ganz scharf darauf sind, ihn einzusperren und den Schlüssel wegzuwerfen.«

»Ich wusste gar nicht, dass ich so viele Freunde habe«, sagte Vandermeer.

»Es geht nicht nur um dich«, antwortete Bergholz. »Die Geschichte damals war ein bisschen größer, als man dir gesagt hat.«

»Und auch, als man mir vermutlich jetzt sagen wird.«

»Du vermutest richtig«, antwortete Bergholz trocken. »Also – wo hast du ihn gesehen und wann?«

Er klang plötzlich *überaus* sachlich, fand Vandermeer. Vielleicht war Ribbett ja nicht der Einzige, der dem Gespräch zuhörte. Er berichtete Bergholz mit knappen Worten, was sich am Morgen zugetragen hatte, wobei er den Zwischenfall mit dem Stein allerdings wegließ; *das* war keine Geschichte für den MAD, sondern allenfalls für Rainer Holbes Kuriositätensendung im Fernsehen.

»Gut, ich werde mich darum kümmern«, sagte Bergholz, als er fertig war. »Ich rufe dich an, sobald ich etwas herausgefunden habe. Und – wenn ich du wäre, würde ich heute Abend *nicht* dorthin gehen.«

Vandermeer grinste. »Bestehst du darauf, dass ich dich belüge und ja sage, oder reicht es dir, wenn ich verspreche vorsichtig zu sein?«

»Aber bitte *sehr* vorsichtig«, sagte Bergholz mit einer Stimme, die klar machte, dass er es ganz genauso meinte, wie er es sagte. »Im Ernst, Hendrick: Viele dieser ehemaligen KGB-Agenten arbeiten heute für die Russen-Mafia und diese Herrschaften sind vielleicht noch gefährlicher als ihre früheren Auftraggeber. Ich könnte jemanden schicken, der auf dich aufpasst.«

»Und mir damit ein erstklassiges Rendezvous verderben? Den Teufel wirst du tun!«

Bergholz seufzte. »Du bist unverbesserlich. Aber gut, es ist deine Beerdigung. Ich melde mich bei dir.«

Es klickte im Hörer. Vandermeer lauschte noch einige weitere Sekunden, dann vernahm er ein zweites, etwas leiseres Klicken. Jemand hatte mitgehört, aber darüber war er nicht besonders überrascht. Er hängte ein, schaltete seinen Computer aus und verließ keine fünf Minuten später die Redaktion. Als er in den

Lift trat, sah er gerade noch, wie Schwartz in Begleitung Ribbetts aus seinem Büro gestürmt kam.

Ein schadenfrohes Grinsen erschien auf seinem Gesicht, während die Türen zuglitten und sich die Kabine langsam in Bewegung setzte. Manchmal, dachte er, war es doch *sehr* praktisch, kein Handy zu haben.

3

Er fuhr auf direktem Wege nach Hause und hörte das Telefon schon klingeln, als er den Schlüssel im Schloss herumdrehte. Es klingelte ein zweites Mal, als er die Tür öffnete, und während er den Flur durchquerte und seinen Mantel zielsicher einen halben Meter neben den Garderobenständer warf, schaltete sich der Anrufbeantworter ein. Vandermeer ging zum Schreibtisch und wartete, bis das Gerät seinen Spruch aufgesagt hatte. Danach folgten exakt acht Sekunden Schweigen, ehe der Apparat abschaltete.

Er zuckte mit den Schultern. Wieder jemand, der nicht auf einen Anrufbeantworter sprach; eine weiter verbreitete Angewohnheit, als man im Zeitalter von Satellitenkommunikation, Internet und Pay-TV annehmen mochte. Das Display des Apparates verriet ihm, dass er bereits fünf Anrufe aufgezeichnet hatte; vielleicht fünfmal gesammeltes Schweigen, vielleicht auch fünf Nachrichten, die sein Leben von Grund auf verändern mochten. Auf jeden Fall nichts, was nicht Zeit bis später hatte.

Er kickte seine Schuhe in die nächst erreichbare Ecke, warf seine Jacke über einen Stuhl und schaltete auf dem Weg zum Badezimmer den Fernseher ein. Diesmal hatte er Glück und erwischte auf Anhieb eine Nachrichtensendung. Vandermeer drehte den Ton voll auf – er fand, dass auch seine Nachbarn ein Recht darauf hatten, stets gut unterrichtet zu sein –, verteilte auf dem Weg ins Bad auch seine übrigen Kleider auf dem Fußboden und drehte die Dusche auf.

Was er hörte, war auch jetzt nicht viel mehr als das, was er bereits wusste: Irgendwo in Sibirien war es zu einer gewaltigen Explosion gekommen. Ihre Stärke legte die Vermutung nahe, dass es sich um eine Nuklearexplosion handelte, aber bisher gab es keine Beweise für eine erhöhte Radioaktivität. Die Russen überboten sich in Dementis und versuchten die ganze Angelegenheit herunterzuspielen, China, Vietnam und die Mongolei behaupteten, die Explosion sei die Folge verbotener russischer Experimente auf dem Gebiet der Atomwaffenforschung, und die Amerikaner, die mit ihren Spionagesatelliten vielleicht noch am ehesten die Wahrheit herausfinden konnten, hüllten sich in Schweigen. Vielleicht kannten sie sie schon und sie gefiel ihnen nicht besonders; oder sie machten sich einen Spaß daraus dabeizusitzen und zuzusehen, wie die Russen versuchten ihren Hals aus der Schlinge zu ziehen.

Er duschte ausgiebig, rasierte sich gründlich und benutzte zum ersten Mal seit Monaten wieder ein Aftershave. Vandermeer grinste, als er die Flasche in den Spiegelschrank über dem Waschbecken zurückstellte. Er hatte eigentlich nur vor heute Abend essen zu gehen, aber sein Unterbewusstsein schien andere Pläne zu verfolgen. Nun ja, Ines war eine wirklich gut aussehende junge Frau und man konnte schließlich nie wissen ...

Vandermeer ging zurück ins Wohnzimmer, schaltete den Fernseher aus und erinnerte sich plötzlich wieder an die CD, die Wassili ihm geschenkt hatte. Er legte sie ein, drehte die Lautstärke ein wenig zurück und ging ins Schlafzimmer, um sich anzuziehen.

Er erlebte eine Überraschung. Nach allem, was er heute erlebt hatte, hatte er mit irgendwelchem meditativem Sitar-Geklimper gerechnet; bestenfalls. Die CD war jedoch ... anders. Zugegeben, sie traf nicht seinen Geschmack, aber sie war auch keineswegs uninteressant. Auch war sie wesentlich aufwendiger produziert, als es bei dieser billigen Aufmachung zu erwarten gewesen wäre: Mönchschöre und indianische Gesänge im Discotheken-Stil wechselten sich ab mit rockigen Songs irischen und sogar russischen Ursprungs. Die Musik war ... eigenartig, das kam dem Gefühl, das sie in ihm auslöste, vielleicht noch am nächsten. Und obgleich sich die Stücke deutlich voneinander unterschieden, hatten sie doch etwas Verbindendes, auch wenn er es nicht greifen konnte. Das Ganze gipfelte in einem Finale, das zwar harmlos begann, sich dann aber zu einem wahren Duell zwischen E-Gitarre und Saxophon hochschraubte.

Die CD endete, noch bevor er das Schlafzimmer verließ.

Seine Hand tat wieder ein bisschen weh. Vandermeer drehte sie herum und stellte fest, dass die Brandblase offensichtlich unter der Dusche aufgegangen war und zu nässen begonnen hatte. Vielleicht war es besser, wenn er ein Pflaster darauf klebte, bevor sich die Wunde entzündete.

Der Anblick erinnerte ihn wieder an den Stein. Er nahm ihn aus der Tasche, legte ihn vor sich auf den Tisch und betrachtete ihn nachdenklich. Seine Farbe hatte sich abermals geändert: Er schimmerte jetzt in einem fast grünlichen Violett; ein Ton, wie er ihn noch nie bei einem Edelstein gesehen hatte.

Ihn weiter anzustarren brachte nicht viel. Vandermeer sah auf die Uhr, stellte fest, dass er vielleicht gerade noch Zeit hatte, ein wenig Licht in diese mysteriöse Angelegenheit zu bringen, und steckte den Stein hastig weg. Er verließ das Haus, fuhr aber nicht sofort in Richtung Autobahn, sondern quälte sich ein kleines Stück durch den Feierabendverkehr zurück in Richtung City. Zwei Minuten vor halb sieben stieg er aus dem Wagen, überquerte in einem an Selbstmord grenzenden Spurt die Straße und betrat das Geschäft eines ihm bekannten Juweliers.

Offenbar hatte er es gerade noch geschafft. Die Verkäuferin war bereits auf dem Weg zur Tür und mit einem gewaltigen Schlüsselbund bewaffnet. Sie sah nicht besonders erfreut aus, fand Vandermeer; was vielleicht daran lag, dass sie ihn kannte. Er kam öfter hierher, kaufte aber selten etwas; und niemals ein teures Stück.

»Herr Vandermeer. Wir wollten gerade ...«

»... schließen, ich weiß«, unterbrach sie Vandermeer. »Es dauert auch ganz bestimmt nicht lange. Ist Herr Dahm zufällig zu sprechen?«

»Das bin ich.« Der Vorhang zum Nebenraum wurde zurückgeschlagen und Dahm trat hindurch. Der Juwelier war ein Mann unbestimmbaren Alters, der so sehr der Vorstellung entsprach, die man sich von einem Uhrmacher und Juwelier machte, dass es schon fast absurd wirkte. Er war klein, wirkte irgendwie verhutzelt und trug stets tadellos gebügelte zweireihige Anzüge, die immer gerade aus der Mode gekommen waren. Er hatte schlanke Finger, die unentwegt zitterten; nur wenn er eine Uhr oder irgendein Schmuckstück darin hielt, wurden sie so ruhig wie die Finger eines Chirurgen, der gerade eine höchst komplizierte Operation durchführte. Manchmal trug er auch eine Brille, aber Vandermeer hatte das Gefühl, dass sie aus Fensterglas war. Während er mit der linken Hand den

Vorhang hinter sich zuzog, nickte er seiner Verkäuferin zu. »Es ist schon gut, Frau Stellwart, Sie können ruhig gehen. Ich schließe dann ab.«

»Es dauert nicht lange«, fügte Vandermeer hinzu. »Ich habe selbst nicht sehr viel Zeit.«

Die Verkäuferin legte ohne ein weiteres Wort den Schlüsselbund auf die Theke, nahm ihre Handtasche und ging. Vandermeer blickte ihr nach. »Komm ich irgendwie ungelegen?«, fragte er. »Ich kann auch morgen ...«

»Nein, nein, schon gut.« Dahm hob abwehrend die Hände. »Es hat nichts mit Ihnen zu tun. Ich werde sie wohl entlassen müssen, das ist es. Ich habe es ihr noch nicht gesagt, aber ich glaube, sie ahnt etwas.«

»Oh«, sagte Vandermeer. »Warum?« Das ging ihn nichts an, aber da Dahm selbst davon angefangen hatte, kam ihm diese Frage nicht indiskret vor.

»Nicht, was Sie jetzt vielleicht denken«, antwortete der Juwelier. »Ich gebe das Geschäft auf, das ist alles.«

»Darf ich fragen, warum?«, fragte Vandermeer.

»Ich bin alt genug«, antwortete Dahm achselzuckend. »In letzter Zeit ertappe ich mich immer öfter dabei, dass mir die rechte Begeisterung fehlt. Und ich gehöre nicht zu den Menschen, die ihre Erfüllung darin sehen, so lange zu arbeiten, bis man sie eines Morgens tot am Schreibtisch findet. Außerdem lohnt es sich kaum noch. Wenn ich alle Unkosten abziehe, bleibt nicht viel übrig. Die Konkurrenz, verstehen Sie?«

»Qualität und Handarbeit sind heute nicht mehr gefragt«, pflichtete ihm Vandermeer bei.

»Unsinn«, antwortete Dahm. »Aber ein Zwei-Mann-Unternehmen kann nun einmal nicht so effektiv arbeiten wie ein Konzern mit tausend Mitarbeitern.« Er gab sich einen sichtbaren Ruck. »Was kann ich für Sie tun, Herr Vandermeer?«

Vandermeer zog den Stein aus der Tasche und legte ihn auf die Glasplatte der Verkaufstheke. »Könnten Sie sich diesen Stein vielleicht einmal ansehen?«, bat er.

»Eine Schätzung? Dafür bin ich kaum der Richtige.« Dahm nahm den Stein trotzdem auf, drehte ihn ein paarmal in den Fingern und hielt ihn dann näher unter eine der kräftigen Lampen, die über der Theke hingen. Das Licht brach sich in tausend verschiedenen Blau-, Grün- und Violettfacetten darin und ließ ihn funkeln, als hielte Dahm einen winzigen gefangenen Stern zwischen den Fingern.

»Ich will ihn nicht verkaufen oder so etwas«, sagte Vandermeer mit einiger Verzögerung. »Ich glaube nicht einmal, dass er besonders viel wert ist. Ich wollte eigentlich nur wissen, was es ist. Ich habe so etwas noch nie gesehen.«

Dahm betrachtete den Stein konzentriert, zog eine Uhrmacherlupe aus der Tasche und klemmte sie ins linke Auge. »Wie kommen Sie darauf?«, fragte er.

»Worauf?«

»Dass er nichts wert ist«, antwortete Dahm, ohne zu ihm herüberzublicken.

»Er ist synthetisch«, antwortete Vandermeer irritiert. »Irgendein Kunststoff.«

»Nein«, sagte Dahm. »Das ist er ganz bestimmt nicht.« Er nahm die Lupe aus dem Auge, warf Vandermeer einen sonderbaren Blick zu und konzentrierte sich wieder auf den Stein. »Ich muss gestehen, dass ich selbst nicht genau sagen kann, was es ist, aber eines ganz bestimmt nicht: Kunststoff.« Er seufzte. »Und wenn doch, dann wird es vielleicht wirklich Zeit, dass ich mich zur Ruhe setze.«

»Sie wissen nicht, was es ist?«, fragte Vandermeer.

Dahm schüttelte den Kopf. »Aber das muss nichts bedeuten«, sagte er. »Ich bin hauptsächlich Uhrmacher. Das Wort ›Juwelier‹ steht nur draußen an der Scheibe, damit ich höhere Preise verlangen kann. Das letzte Mal, dass ich etwas Wertvolleres als einen Zirkonia in der Hand gehalten habe, muss vor dem Dreißigjährigen Krieg gewesen sein. Trotzdem ...« Er schüttelte erneut den Kopf und betrachtete wieder den Stein. »Woher haben Sie ihn, wenn ich fragen darf?«

»Jemand hat ihn mir geschenkt«, antwortete Vandermeer. Er hatte plötzlich ein sehr seltsames Gefühl.

»Dann muss dieser Jemand entweder vollkommen verrückt sein oder Sie sehr lieben«, behauptete Dahm. »Im ersten Augenblick dachte ich, es wäre ein Tanzanid. Sehen Sie die wechselnden Farben? Je nachdem, wie das Licht darauf fällt, können Sie jeden Ton zwischen Schwarz und Smaragdgrün entdecken. Das ist typisch für diese Art von Edelstein.«

»Ein Tanzanid?« Vandermeer hatte nie davon gehört.

»Es ist keiner«, sagte Dahm rasch. »Wäre er es, dann hätte ich hier ungefähr zwei Millionen in der Hand. Aber es ist auf jeden Fall irgendein Halbedelstein. Er ist nicht besonders rein und wenn man genau hinsieht, entdeckt man einen haarfeinen Riss. Trotzdem könnten Sie sicherlich ...« Er überlegte einen Moment. »Ich würde sagen, wenn Sie ihn verkaufen würden, müsste er irgendetwas zwischen zwei- und viertausend bringen. Und jemand hat Ihnen den Stein tatsächlich *geschenkt*?«

Vandermeer nickte. Er war vollkommen fassungslos. Er fragte sich, was Dahm wohl sagen würde, wenn er ihm erzählte, dass es auf der Messe einen Stand gab, wo diese Steine zu *Hunderten* rumlagen.

»Wenn Sie es wünschen, zeige ich ihn einem Kollegen«, schlug Dahm vor. »In zwei Tagen kann ich Ihnen genau sagen, was es ist.«

»Das wäre ... ausgezeichnet«, antwortete Vandermeer stockend. Er war immer noch so verwirrt, dass er Mühe hatte überhaupt zu antworten. Er kam sich vor wie der Junge in einem alten Hollywood-Film, den er einmal gesehen hatte, der auf dem Pariser Flohmarkt eine alte Postkarte kaufte und zu Hause feststellte, dass die Briefmarke darauf eine blaue Mauritius war. Im Film war die Geschichte so weitergegangen, dass sich der arme Kerl plötzlich von einer ganzen Meute von Dieben, Mördern und Halsabschneidern verfolgt sah. Um ein Haar hätte er den Kopf gedreht und auf die Straße hinausgesehen.

»Stimmt irgendetwas nicht?«, fragte Dahm.

Vandermeer schüttelte hastig den Kopf. »Nein. Ich war nur ... überrascht, das ist alles. Zeigen Sie den Stein Ihrem Kollegen, bitte.«

»Kein Problem«, sagte Dahm. »Aber wie gesagt, ich bin kein Spezialist. Bevor Sie einen neuen Porsche oder eine Segeljacht bestellen, sollten Sie das Ergebnis der Untersuchung abwarten. Und ... es könnte sein, dass es etwas kostet. Nicht viel, aber ich muss es der Ordnung halber erwähnen.«

»Kein Problem«, sagte Vandermeer. »Dann verzichte ich auf den Porsche und kaufe nur die Jacht.«

Dahm lachte und währenddessen funkelte der Stein in seinen Fingern noch heller.

Obwohl der Verkehr nicht abgenommen hatte, sondern zum Abend hin beinahe noch stärker geworden zu sein schien, kam er auf die Minute pünktlich im Ratskeller an. Trotzdem war er nicht der Erste. Ines und Wassili saßen an einem kleinen Tisch ganz am Ende des großen, in einem uralten Gewölbekeller untergebrachten Restaurants und unterhielten sich sehr angeregt. Keiner von beiden bemerkte ihn, während er sich langsam zwischen den voll besetzten Tischen auf sie zu bewegte. Wassili rauchte eine Zigarette und redete schnell und offenbar gut gelaunt auf Ines ein; sie hielt ein Glas Wein in der Hand und hörte ebenso offenbar interessiert zu. Aus irgendeinem Grund erfüllte der Anblick Vandermeer mit einer absurden Eifersucht; ein Gefühl, das ihm normalerweise fremd war.

Von Wassilis Assistentin war nichts zu sehen. An Ines' Tisch war ein Platz frei geblieben und zu seiner Erleichterung war auch Igor nicht da; obwohl der Ratskeller schon beinahe überfüllt war, wäre seine hünenhafte Gestalt sofort aufgefallen. Allerdings beruhigte *das* Vandermeer nicht im Geringsten. Igor mochte ein Riese sein, aber Vandermeer traute ihm durchaus zu sich unsichtbar zu machen. Vielleicht lauerte er ja in irgendeiner dunklen Ecke oder er hatte die ganze Bude verwanzt und beobachtete ihn über einen winzigen Monitor aus einem irgendwo in der Nähe geparkten Wagen heraus oder …

Oder Vandermeer entwickelte langsam eine handfeste Paranoia. Er schüttelte leicht verärgert den Kopf. Von allen Vielleichts war logisch betrachtet eines das sinnvollste: dass er wieder einmal zu seinem Therapeuten gehen und noch ein paar Stunden auf dessen Couch verbringen sollte. Er hatte sich fünf Jahre lang erfolgreich eingebildet darüber hinweggekommen zu sein, aber es stimmte eindeutig nicht.

»Bin ich zu spät?« Vandermeer zog den letzten Stuhl am Tisch zurück und ließ sich mit einer schweren Bewegung darauf fallen. Er lächelte Ines zu; allerdings *nur* ihr.

»Auf die Sekunde pünktlich«, antwortete Wassili. »Wir waren zu früh. War der Verkehr schlimm?«

Obwohl er zum Reden hergekommen war, war ihm nicht im Geringsten nach Smalltalk zumute, schon gar nicht mit Wassili. »Es gab keinen Parkplatz«, sagte er einsilbig. Er hob die Hand, winkte der Kellnerin und bestellte ein alkoholfreies Bier. Nachdem sie wieder gegangen war, fragte er: »Haben Sie gehört, was in Sibirien passiert ist?«

Ines schüttelte den Kopf und sah ihn fragend an. Wassili sagte:

»Nur *dass* etwas passiert ist. Wir hatten gehofft, dass Sie uns mit genaueren Informationen versorgen könnten.«

»Ich weiß auch nicht mehr, als sie im Radio durchgegeben haben«, sagte Vandermeer bedauernd, dann wandte er sich mit einer schon fast unhöflichen Bewegung an Ines. »Wie war Ihr Tag? Haben Sie viel Planetenmusik verkauft?«

»Genug, um die Spesen zu decken«, antwortete Ines. »Mehr allerdings auch nicht.«

»Laufen die Geschäfte nicht?«

»Nicht besonders«, gestand Ines.

»Aber es war ziemlich voll.«

»Ja.« Ines trank einen Schluck Wein und zog eine Grimasse. »Die Leute strömen in Scharen, sehen sich alles an und stellen dumme Fragen, aber kaum jemand kauft etwas.«

Vandermeer blinzelte. Er war nicht ganz sicher, ob er das so verstand, wie Ines die Worte meinte. Aber er zog es vor nicht weiter darüber nachzudenken. Er glaubte ohnehin an Ines eine gewisse Spannung zu bemerken, die am Mittag nicht da gewesen war. Fast nur, um das Thema zu wechseln, zog er sein Diktiergerät aus der Tasche, schaltete es ein und stellte es deutlich sichtbar auf den Tisch.

»Beginnt jetzt der offizielle Teil?«, fragte Wassili.

»Sie hatten mir ein Interview versprochen«, erinnerte Vandermeer. Er hielt anklagend die rechte Hand in die Höhe, damit Wassili das Pflaster sehen konnte, das er darauf geklebt hatte. »Wiedergutmachung.«

Der Russe sah für einen kurzen Moment so aus, als hätte er auf einen Stein gebissen. »Sie sind ein nachtragender Mann, Herr Vandermeer«, sagte er.

»Falsch«, erwiderte Vandermeer. »Ich bin Journalist. Wir nutzen schamlos jeden Vorteil aus, wussten Sie das nicht?«

Wassili lachte, aber Ines sah ihn auf eine sehr sonderbare Weise an, als wüsste *sie* nun nicht, was sie von seinen Worten halten sollte. Vandermeer ermahnte sich in Gedanken seine Zunge etwas besser zu hüten. Der Abend entwickelte sich bisher nicht so, wie er es sich vorgestellt hatte. Ganz und gar nicht. Für die nächsten Minuten beschränkte er sich darauf, rein sachliche Fragen zu stellen, deren Antworten wahrscheinlich niemanden interessierten, aber sein Band füllten und den Boden für das bereiteten, was er *wirklich* wissen wollte. Er hatte allerdings das

Gefühl, dass Wassili ihn mühelos durchschaute. Der unscheinbare Russe in seinem schäbigen Anzug und der altmodischen Krawatte war nicht annähernd so unbedarft, wie es den Anschein hatte. Einige seiner Antworten zeugten von einem feinen Sinn für Ironie, aber Vandermeer war nicht in der Stimmung darauf einzugehen.

Die Kellnerin kam, um ihre Bestellungen aufzunehmen. Sie warf dem Diktiergerät auf dem Tisch einen schrägen Blick zu, aber Vandermeer ließ den Apparat laufen. Nachdem sie gegangen war, fragte er: »Warum ist Ihre reizende Mitarbeiterin eigentlich nicht mitgekommen, Herr Wassili? Frau ... wie hieß sie doch gleich noch?«

»Tessler«, antwortete Wassili. Er zuckte die Achseln. »Sie ist ... verhindert. Es war ein anstrengender Tag. Ich wollte ihr nicht zumuten, auch noch den Abend mit uns zu verbringen.« Er lächelte und fügte fast hastig hinzu: »Das sollte keine Beleidigung sein.«

»Sie ist neu, stimmt's?«, fragte Vandermeer.

»Wie kommen Sie darauf?« Wassilis Blick beantwortete die Frage deutlicher, als Worte es getan hätten.

»Oh, nur so. Sie erschien mir ein bisschen ... unsicher.«

Wassili nickte anerkennend. »Sie sind ein guter Beobachter. Tatsächlich war heute ihr erster Tag.«

Und unter Garantie auch ihr letzter, fügte Vandermeer in Gedanken hinzu. Er musste sich auf die Zunge beißen, um nicht nach Igor zu fragen. Es bestand eine gewisse – wenn auch geringe – Wahrscheinlichkeit, dass sich der Killer tatsächlich nicht mehr an ihn erinnerte. Er musste ihn ja nicht unbedingt mit der Nase darauf stoßen, dass es da noch eine angefangene und nie zu Ende gebrachte Arbeit gab ...

Seine Hand begann zu pochen. Vandermeer versuchte es einen Moment lang zu ignorieren und schloss die Finger dann zur Faust, doch Wassili erwies sich als mindestens ebenso guter Beobachter wie er selbst. Er deutete mit einer Kopfbewegung auf Vandermeers Hand und fragte: »Schmerzt es immer noch?«

»Etwas«, gestand Vandermeer. »Ich bin eine erbärmliche Memme, wissen Sie?«

Wassili blieb ernst. »Vielleicht sollten Sie besser doch einen Arzt aufsuchen«, sagte er. »Auch mit Kleinigkeiten sollte man nicht zu gedankenlos umgehen.«

»Ich werd's überleben.« Vandermeer nahm die Hand vom Tisch. Der Schmerz ließ fast augenblicklich nach.

Wassili setzte dazu an etwas zu sagen, doch in diesem Moment erschallte ein leises elektronisches Piepsen. Der Russe runzelte die Stirn, griff in die Tasche und zog einen winzigen Scall hervor. Mit deutlichen Anzeichen von Missmut blickte er auf das kleine Display und seufzte. »Manchmal ist es ein Graus, ein erfolgreicher Geschäftsmann zu sein ... Bitte entschuldigen Sie mich für einen Moment. Ich muss rasch telefonieren.«

Er stand auf und entfernte sich in Richtung Theke. Vandermeer sah ihm nach, bis er außer Hörweite war, dann streckte er die Hand nach dem Kassettenrecorder aus und schaltete das Gerät ab.

»Ein seltsamer Mann«, sagte Ines. Sie nippte an ihrem Wein – es war immer noch das erste Glas, seit Vandermeer hereingekommen war – und stellte ihn mit einer bedächtigen Bewegung auf den Tisch zurück. Irgendetwas an ihr kam Vandermeer ... seltsam vor. Nein, nicht seltsam. Verändert. Er hatte fast Hemmungen es in Gedanken zu artikulieren, aber heute Mittag im Restaurant war sie ihm ... hübscher vorgekommen. Vielleicht lag es einfach daran, dass sie entspannter gewesen war.

»Ich glaube, ich muss mich bei Ihnen entschuldigen«, sagte Vandermeer. »Erst nötige ich Sie beinahe mich zu begleiten und jetzt habe ich mich so gut wie gar nicht um Sie gekümmert. Ich scheine meine guten Manieren vollkommen vergessen zu haben.«

»Hatten Sie je welche?« Ines winkte ab und fuhr fort, ehe er antworten konnte: »Ich bin Ihnen nicht böse. Es war sehr interessant.«

»Bevor oder nachdem ich dazugekommen bin?«, fragte Vandermeer. Er erinnerte sich daran, wie gebannt Ines Wassili zugehört hatte, als er das Lokal betrat, und ob er es wollte oder nicht, er spürte wieder einen Stich der gleichen widersinnigen Eifersucht. Verrückt. Er hatte keinerlei Anrechte auf Ines. Er war mittlerweile nicht einmal mehr ganz sicher, ob er ihr überhaupt sympathisch war.

»Beides«, antwortete sie. »Übrigens hatten Sie vollkommen Recht, was diese Frau Tessler angeht. Sie ist den ganzen Nachmittag über nicht mehr am Stand aufgetaucht. Es sollte mich nicht wundern, wenn Wassili sie gefeuert hat. Ich glaube nicht, dass Wassili ein sehr sympathischer Mann ist.«

»Gerade sagten Sie ...«

»Interessant«, unterbrach ihn Ines. »Nicht sympathisch. Das ist ein Unterschied.«

Vandermeer fragte sich, ob sie ihn vielleicht auch nur *interessant* fand, aber er hütete sich diese Frage laut auszusprechen oder sich auch nur irgendetwas von seinen wirklichen Gefühlen anmerken zu lassen. »Wahrscheinlich *hat* er sie entlassen«, bestätigte er, wobei er sich um einen möglichst sachlichen Ton bemühte. »Weil sie mir den Stein geschenkt hat.«

Ines sah ihn fragend an.

»Diesen Shakra-Kristall«, erklärte Vandermeer, »oder wie immer sie die Dinger nennen. Wassili hat gelogen. Erinnern Sie sich, dass er behauptet hat, es wäre wertloser Kunststoff?«

Ines nickte zwar, aber er sah ihr deutlich an, dass sie sich *nicht* erinnerte. Trotzdem fuhr er fort: »Ich habe den Stein einem befreundeten Juwelier gezeigt. Er konnte mir nicht genau sagen, was es ist. Aber es ist *kein* Kunststoff, sondern irgendein Halbedelstein. Er hat mir auf Anhieb zwei- oder dreitausend dafür geboten.«

Ines stieß einen ganz leisen, überraschten Pfiff aus. »Kein Wunder, dass er sie gefeuert hat.« Sie blinzelte. »Aber sie haben ... Dutzende von diesen Dingern an ihrem Stand.«

»Eher Hunderte«, sagte Vandermeer. »Interessant, nicht?«

»Aber das ist doch verrückt«, murmelte Ines. »Ich meine, sie liegen einfach so herum. Jeder kann sie mitnehmen.«

»Wenn irgendjemand wüsste, dass sie echt sind, sicher«, bestätigte Vandermeer. »Aber das weiß niemand.«

Außer mir, fügte er in Gedanken hinzu. Die Erkenntnis kam nicht nur ein bisschen spät, sie war ihm auch alles andere als angenehm. Ohne dass er es wollte, warf er einen raschen, sehr nervösen Blick in die Runde. Wassili stand mit dem Rücken zu ihnen an der Theke und telefonierte; an den Tischen sah er kein bekanntes Gesicht. Nicht, dass das irgendetwas zu bedeuten hätte.

»Glauben Sie, dass er ... eine Art Schmuggler ist oder so etwas?« Ines klang interessiert, ja eindeutig etwas aufgeregt, aber kein bisschen ängstlich, während Vandermeer plötzlich wieder an Bergholz' Worte denken musste. Außerdem fragte er sich eine Sekunde lang ernsthaft, ob sich an ihm vielleicht die ersten Anzeichen von Alzheimer zeigten. Der Gedanke war so nahe liegend, dass er einfach darauf hätte kommen *müssen*; spätestens nach seinem Gespräch mit Dahm.

»Ich weiß es nicht«, gestand er achselzuckend. »Aber ich schätze, dass Genosse Wassili nicht unbedingt das ist, was er zu sein vorgibt.«

»Das Gefühl habe ich auch«, bestätigte Ines. »Ich habe mich ein bisschen umgehört, genau wie Sie es wollten. Allerdings ohne Erfolg. Niemand weiß etwas über diesen Wassili.«

»Vielleicht ist er neu im Geschäft.«

»Wenn, dann *brand*neu«, sagte Ines überzeugt. »Die Branche ist klein, wissen Sie? Jeder kennt jeden. Aber niemand konnte mir etwas über diesen Russen sagen, außerdem ist das, was er Ihnen über die Shakren erzählt hat, ein ziemlicher Unsinn.«

Das überraschte Vandermeer kein bisschen, wenn auch vielleicht in etwas anderer Hinsicht, als Ines annehmen mochte.

»Sie könnten wirklich Schmuggler sein oder so etwas«, fuhr Ines fort. Sie klang jetzt eindeutig aufgeregt, was Vandermeer ganz und gar nicht gefiel. Für sie schien das Ganze wohl eher eine Art aufregendes Spiel zu sein. Vandermeer glaubte nicht, dass Wassili ein Schmuggler war, wohl aber *irgendetwas*, wie Ines es ausgedrückt hatte. Und was immer er in Wahrheit sein mochte, etwas war er ganz bestimmt *nicht*: ungefährlich oder gar harmlos.

»Möglicherweise«, sagte er vorsichtig. »Vielleicht wäre es besser, wenn Sie sich … ein bisschen zurückhalten.«

»Zurückhalten?« Ines blickte ihn an, als zweifle sie an seinem Verstand. »Jetzt, wo die Geschichte anfängt spannend zu werden? Ich denke ja nicht daran!«

Vandermeer wollte widersprechen, doch er sah, dass Wassili sein Telefonat beendet hatte und zurückkam. Er machte eine verstohlene Handbewegung zu Ines nicht weiterzusprechen und schaltete den Recorder wieder ein, bevor Wassili den Tisch erreichte.

»Es ist mir unendlich peinlich«, sagte Wassili, »aber ich fürchte, ich werde Ihnen beim Abendessen nun doch keine Gesellschaft leisten können.«

»Dringende Geschäfte?«, fragte Vandermeer.

»Eher … private Gründe«, antwortete Wassili. »Aber leider ebenso unaufschiebbar.« Im krassen Gegensatz zu seinen eigenen Worten zog er seinen Stuhl zurück und ließ sich darauf sinken. »Natürlich ändert das nichts an meiner Einladung. Sie können essen und trinken, was Sie wollen. Es ist alles bereits erledigt.« Er blinzelte Ines zu. »Ich habe mir erlaubt, noch eine Flasche Champagner für Sie beide zu ordern.«

»Das ist schade«, sagte Vandermeer. Wassili sah ein bisschen irritiert aus, sodass er hastig hinzufügte: »Nicht der Champagner. Ich finde es schade, dass wir uns nicht noch ein bisschen unterhalten können. Ich hatte gehofft, doch noch etwas mehr zu erfahren.«

Wassili schielte auf das Diktiergerät. »Ihre Kassette ist fast voll.«

»Ich meinte nicht beruflich.« Vandermeer schaltete das Gerät aus, steckte es in die Jackentasche und schaltete es dabei wieder ein. Der Apparat sah vielleicht aus wie ein Zehn-Mark-Walkman, aber das Mikrofon war hochempfindlich. Er würde weiter jedes Wort aufzeichnen, das am Tisch gesprochen wurde. »Allmählich beginnt mich das Thema wirklich zu interessieren.«

»Sie?«, wunderte sich Wassili. »Den großen Zweifler?«

»Habe ich das gesagt?«, erkundigte sich Vandermeer.

»Mit jedem Wort, das Sie nicht gesagt haben«, antwortete Wassili lächelnd. Er hob die Hand. »Sie müssen sich nicht entschuldigen. Wenn man in diesem Geschäft arbeitet, ist man Spott und Ironie gewöhnt. Das können Sie mir doch sicher bestätigen, nicht wahr, liebe Kollegin?«

Ines nickte, sah aber Vandermeer an, sodass er ohne jeden Zweifel verstand, woran sie dachte: an *ihre* erste Begegnung.

»Ich sage nicht«, dass ich mich darüber lustig mache«, sagte Vandermeer. Er fühlte sich ein wenig in die Enge getrieben. Und das Schlimme war: zu Recht.

»Umso mehr freue ich mich jedesmal, wenn es mir dann doch hin und wieder gelingt, jemanden zu überzeugen«, fuhr Wassili unbeeindruckt fort.

»Wer sagt, dass ich von irgendetwas *überzeugt* bin?«, antwortete Vandermeer in schärferem Ton, als er eigentlich selbst beabsichtigt hatte.

»Wir werden sehen.« Wassili schüttelte umständlich den Jackenärmel hoch und sah auf die Armbanduhr. »Ja, so viel Zeit ist gerade noch.«

»*Wie viel* Zeit?«, fragte Vandermeer misstrauisch.

»Für ein kleines Experiment.« Wassili griff in die Jacke und zog ein abgegriffenes Kartenspiel heraus. »Ihre Reaktion auf den Stein zeigt mir, dass Sie über ein ausgesprochen starkes Shakra verfügen. Solche Leute sind oft auch gleichzeitig ...« – er suchte nach dem passenden Wort – »... Medien. Ja, ich glaube, so würden Sie es nennen. Medial begabt. Sie haben den Stein dabei?«

»Nein«, antwortete Vandermeer. Worauf wartete Wassili noch? Hatte er nicht gerade angekündigt gehen zu wollen?

»Nun, das macht auch nichts«, sagte Wassili aufgeräumt. »Wir machen ein kleines Experiment.«

Vandermeer tauschte einen erschrockenen Blick mit Ines. »Von Experimenten habe ich eigentlich ...«

»... im Moment genug, das verstehe ich«, unterbrach ihn Wassili. Plötzlich war er auf eine fast aggressive Art und Weise fröhlich. »Aber diesmal kann wirklich nichts passieren, das verspreche ich Ihnen. Und es dauert auch nicht lange.«

Vandermeer beschlich ein ungutes Gefühl; keine Furcht diesmal – die Spielkarten würden wohl kaum zu plötzlichem Leben erwachen und ihm ins Gesicht springen oder so etwas –, aber er hatte immer mehr den Eindruck, dass Genosse Wassili ein Mann war, mit dem man besser nichts zu tun hatte. Außerdem war es ein Fehler gewesen Ines mitzubringen. Er hatte damit gegen eines seiner ungeschriebenen Gesetze verstoßen: niemals einen Fremden mit hineinzuziehen.

»Sie kennen das sicher.« Wassili drehte den Kartenstapel flüchtig herum, sodass Vandermeer sehen konnte, dass es sich nicht um normale Spielkarten handelte. Sie enthielten große, einfarbig gedruckte Symbole: Kreuz, Stern, Kreis und Quadrat. Mit gekonnten Bewegungen begann Wassili das Deck zu mischen und legte die Karten vor sich auf dem Tisch aus.

»Sie kennen das wahrscheinlich aus dem Fernsehen«, erklärte er lächelnd. »Sie müssen nur erraten, um welches Symbol es sich handelt. Die Chancen stehen eins zu vier. Gar nicht mal schlecht.«

»So etwas funktioniert bei mir nicht«, sagte Vandermeer überzeugt. Er konnte es nicht begründen, aber er *wollte* dieses Experiment nicht mitmachen. Er hatte beinahe Angst davor, obwohl Wassili natürlich Recht hatte – es war vollkommen harmlos.

»Wir werden sehen«, sagte Wassili. Er machte eine einladende Geste. »Also.«

Für eine halbe Sekunde war Vandermeer nahe daran einfach aufzustehen und zu gehen. Aber das wäre albern gewesen und noch war seine Furcht sich zu blamieren größer als die vor den Spielkarten. Er tippte wahllos auf eine Karte und sagte: »Kreuz.«

Wassili drehte die Karte herum. Sie zeigte ein Quadrat.

»Ich sagte doch, so etwas funktioniert bei mir nicht«, sagte Vandermeer. »Und selbst wenn, würde es nichts aussagen. Die statistische Wahrscheinlichkeit ...«

»... für einen Zufallstreffer ist eins zu vier, ich weiß«, unterbrach ihn Wassili. »Um wissenschaftlich verwertbare Ergebnisse zu erzielen, müssten wir Hunderte von Testreihen durchführen. Aber es ist ja nur ein Spiel.«

Das Vandermeer mit jedem Augenblick weniger gefiel. Mit deutlichen Anzeichen von Unbehagen berührte er die nächste Karte und sagte: »Stern.«

Es war ein Quadrat.

»Sag ich doch«, murmelte Vandermeer und deutete auf die nächste Karte. »Stern.«

Es war ein Kreuz.

»Kreis.«

Stern.

»Quadrat.«

Kreuz.

Das Spiel wurde Vandermeer allmählich wirklich zu albern. Außerdem begann seine Hand wieder zu pochen; sie tat nicht wirklich weh, aber das Gefühl war eindeutig schon mehr als lästig. Als er die letzte Karte berührt hatte, drehte er die Hand herum und entdeckte zu seinem Erstaunen einen pfenniggroßen dunkelroten Fleck auf dem Pflaster. Die Brandblase musste aufgegangen sein und hatte zu bluten begonnen.

Wassili drehte die letzte Karte herum, von der Vandermeer behauptet hatte, sie zeige einen Stern. Es war ein Quadrat. »Erstaunlich«, murmelte er. »Wirklich ganz außergewöhnlich.«

»Ich habe Ihnen vorher gesagt, dass es nie klappen wird«, sagte Vandermeer. Er war nervös. Sein Daumen strich unbewusst über das Pflaster in seiner rechten Handfläche und sein Herz schlug schneller, als es sollte. »So etwas hat bei mir noch nie funktioniert.«

Ines sah ihn auf eine Art an, als hätte er etwas sehr Dummes gesagt, und Wassili begann seine Karten einzusammeln und sagte: »Aber wie kommen Sie bloß auf diese Idee, mein Lieber?«

»Hatte ich etwa einen Treffer?«, fragte Vandermeer scharf.

Wassili verneinte. »Nein. Keinen einzigen. Null von zweiunddreißig.«

Vandermeer starrte ihn an.

»So, nun muss ich aber wirklich gehen.« Wassili ließ das Kartenspiel in einer Tasche seiner abgewetzten Anzugjacke verschwinden und stand mit einem plötzlichen Ruck auf. »Ich hätte mich gerne noch länger mit Ihnen unterhalten, aber ich fürchte, ich komme jetzt schon zu spät. Vielleicht sehen wir uns ja noch einmal.«

Worauf du dich verlassen kannst, dachte Vandermeer. *Und vielleicht öfter, als dir lieb ist.*

»Genießen Sie den Abend noch.« Wassili nickte Vandermeer zum Abschied zu, ging halb um den Tisch herum und hauchte Ines einen perfekten Handkuss auf die Rechte. Sie war so überrascht, dass sie gar nicht reagierte, sondern den Russen nur aus aufgerissenen Augen anstarrte. Wassili lächelte, drehte sich wortlos herum und ging.

»Ein ... erstaunlicher Mann«, sagte Ines zögernd.

»Ja. Ganz Kavalier der alten Schule.« Vandermeer zog eine Grimasse. Er wurde immer wütender auf Wassili – und er wusste nicht einmal genau, warum. Aber er nahm sich eine ganze Reihe von Dingen vor, die er am nächsten Morgen angehen würde, sobald er wieder in der Redaktion war. Nichts davon hatte mit dem Korruptionsfall zu tun, an dem er im Moment arbeitete.

»Das mit den Karten ...«

»... war ein Trick«, fiel ihr Vandermeer ins Wort, zu laut und in einem Ton, den er sofort wieder bedauerte, auch wenn Ines eher verwirrt als beleidigt aussah. Etwas leiser und mit erzwungener Ruhe in der Stimme fuhr er fort: »Ich habe keine Ahnung, *wie* er es gemacht hat, aber es war garantiert ein Trick.«

»Ein Trick? Er hat die Karten nicht einmal angerührt!«

»Ich sagte doch, dass ich keine Ahnung habe, wie er es gemacht hat«, antwortete Vandermeer. »Ich habe nicht gesagt, dass es ein *schlechter* Trick war.« Er musste ziemlich große Mühe aufbieten, um nicht schon wieder aggressiv zu klingen, und er spürte selbst, dass sich seine Worte eindeutig nach einer Verteidigung anhörten. Sein Groll auf Wassili stieg. Er hatte sich mehr auf diesen Abend mit Ines gefreut, als ihm bisher selbst klar gewesen war, und wie es aussah hatten der Russe und er Hand in Hand daran gearbeitet, ihn gründlich zu verderben.

Ines war diplomatisch genug nicht weiter über das Thema zu

reden, zumal in diesem Moment auch die Kellnerin kam und den Champagner brachte, den Wassili bestellt hatte. Offensichtlich hatte sie nur darauf gewartet, dass der Russe das Lokal verließ.

Sie gewannen einige weitere kostbare Augenblicke, in denen die Kellnerin die Flasche öffnete, einschenkte und darauf wartete, dass Vandermeer probierte und zustimmend nickte – was ihm angesichts der Tatsache, dass auf der Speisekarte nur eine einzige Champagnersorte angeboten wurde, einigermaßen albern vorkam. Aber er spielte mit. Nachdem sie wieder allein waren, fasste er sich ein Herz und fragte geradeheraus: »Was meinen Sie? Ist dieser Abend noch zu retten?«

»Ich fand ihn bisher ziemlich interessant.«

»Und jetzt beginnt der langweilige Teil?«

Ines nippte an ihrem Glas. Die Art, auf die sie es tat, verriet Vandermeer, dass sie es nicht gewohnt war Champagner zu trinken.

»Das wird sich zeigen«, antwortete sie. »Aber er wird nicht mehr allzu lange dauern, fürchte ich.«

»Sagen Sie nicht, dass Sie schon nach Hause wollen!«

»Ich muss«, erwiderte Ines. »Ich habe meiner großen Schwester versprochen, ein braves Mädchen zu sein und vor Mitternacht im Bett zu liegen. Wir haben morgen wieder einen schweren Tag vor uns.«

»Diese Messen sind ziemlich stressig, wie?«, fragte Vandermeer.

»Kolossal«, bestätigte Ines. »Aber sie müssen sein. Wir haben zwar einen kleinen Laden, aber von dem bisschen Umsatz, den wir da machen, können wir kaum leben.«

»Und die Messe bringt kaum die Spesen ein.«

»So ungefähr. Aber die ersten Jahre sind immer hart, sagt man. Und Sie sehen ja …« – sie hob ihr Glas, leerte es in einem Zug und lächelte ihm zu –, »… manchmal gelingt es mir sogar, ein gutes Essen zu schnorren.«

»Essen«, sagte Vandermeer. »Das ist das Stichwort.« Er hob die Hand und winkte der Kellnerin hinter der Theke zu. »Ich verhungere!«

Weder er noch Ines waren gestern vor Mitternacht im Bett gewesen. Die Stimmung hatte sich während des Essens einigermaßen entspannt und sie waren ins Reden gekommen, bis das Lokal gegen eins schloss. Ines hatte darauf bestanden, ein Taxi zurück zum Hotel zu nehmen, worüber Vandermeer weniger enttäuscht gewesen war, als er selbst erwartet hatte. Es war ein entspannter, am Schluss sogar ausgesprochen angenehmer Abend gewesen, aber mehr auch nicht. Der Zauber, den Ines für einige Augenblicke während ihres Beisammenseins auf der Messe auf ihn ausgeübt hatte, war erloschen. Vielleicht war er auch nie wirklich da gewesen.

Trotzdem ging Vandermeer am nächsten Morgen ausgesprochen guter Laune in die Redaktion. Er traf einige der Vorbereitungen, die er sich für seinen Freund Wassili vorgenommen hatte, verfolgte für kurze Zeit die neuesten Katastrophenmeldungen aus Russland, die immer noch nicht mehr aussagten, nur im Ton immer hysterischer wurden, und ging schließlich gegen zehn zu seinem Treffen mit dem Informanten.

Es verlief so, wie er erwartet hatte: Nach einer halben Stunde verfügte er über mehr Informationen, als Wener in einer Woche zusammengetragen hatte. In allerbester Stimmung fuhr er in die Redaktion zurück.

Auf seinem Schreibtisch lag ein ganzer Stapel mit Nachrichten, die sich während seiner Abwesenheit angesammelt hatten. Das meiste war unwichtig und hatte Zeit (Schwartz wäre bei der einen oder anderen Sache vielleicht anderer Meinung gewesen, aber wen interessierte Schwartz?), doch zwei Notizen erregten seine Aufmerksamkeit: Bergholz hatte angerufen und hinterlassen, dass er sich in einer Stunde noch einmal melden werde; die zweite Notiz war von Dahm, der dringend um seinen Rückruf bat. Das Wort *dringend* war zweimal unterstrichen.

»Wer hat den Anruf hier entgegengenommen?« Vandermeer hielt den Zettel in die Höhe und sah sich fragend um. Ein paar Schultern wurden gezuckt, aber die meisten seiner Kollegen sahen nicht einmal hoch. Fast alle telefonierten, arbeiteten an ihren Computern oder waren anderweitig beschäftigt. Erst nach einer geraumen Weile sagte Ribbett: »Frank hat den ganzen Morgen an deinem Schreibtisch gesessen – glaube ich.«

»Glaubst du, so?« Vandermeer wartete vergeblich darauf, dass Ribbett von sich aus weitersprechen würde. »Wo ist er jetzt?«

»Wo soll er schon sein? Am Kaffeeautomaten.« Ribbett schüttelte missbilligend den Kopf. »Ich verwette meine letzten Haare darauf, dass der Junge sein erstes Magengeschwür hat, bevor er fünfundzwanzig ist.«

Vandermeer stand halb auf, ließ sich dann aber zurücksinken und wählte Bergholz' Nummer, allerdings ohne Erfolg. Er würde sich wohl gedulden müssen, bis Bergholz von sich aus zurückrief. Als Nächstes versuchte er es mit Dahm. Diesmal bekam er nicht einmal ein Freizeichen. In der Leitung knisterte und rauschte es ein paarmal, dann meldete sich eine Tonbandstimme, die ihm mitteilte, dass der Anschluss vorübergehend nicht erreichbar sein. Er verließ seinen Platz, ging hinaus in den Flur und fand Frank tatsächlich genau dort, wo Ribbett es ihm prophezeit hatte: am Kaffeeautomaten. Er hielt einen Plastikbecher mit dampfendem Kaffee in der Hand, hatte sich mit der Schulter lässig gegen den Automaten gelehnt und tratschte mit einer der Sekretärinnen aus der Buchhaltung. Sein zweites Hobby, nach Kaffeetrinken. Er redete gerne und oft, nur leider mit den falschen Leuten und über die falschen Dinge. Vandermeer glaubte nicht, dass er noch allzu lange in der Redaktion bleiben würde. Schwartz war schon lange auf dem Kriegspfad und die Rezession, die auch an der Zeitschrift nicht spurlos vorübergegangen war, gab ihm einen willkommenen Anlass, immer wieder jemanden auf die Abschussliste zu setzen.

»Hast du diesen Anruf entgegengenommen?« Vandermeer wedelte mit dem gelben Zettel rigoros in Franks Gespräch hinein.

»Hab ich.« Frank warf nicht einmal einen Blick auf den Zettel. Er machte keinen Hehl daraus, dass er die Unterbrechung seines kleinen Tête-à-tête als äußerst störend empfand. Die Sekretärin übrigens auch nicht.

»Und was hat er gesagt?« Vandermeer beherrschte sich, um nicht loszupoltern. Die zwei konnten nichts dafür, dass die beiden letzten Tage nicht ganz nach seinen Vorstellungen verlaufen waren.

»Nur, dass Sie zurückrufen sollen. Dringend. Er klang ziemlich aufgeregt.«

»Sonst nichts?«

»Dann hätte ich es aufgeschrieben.« Frank nippte an seinem Kaffee und drehte sich demonstrativ endgültig zu der Kleinen um, die ihr Möglichstes tat, um Vandermeer zu ignorieren. Dessen Geduldsgrenze war mittlerweile fast erreicht. Aber dann dachte er daran, wie er sich gestern Abend gefühlt hatte, als Wassili ihm sein Treffen mit Ines verdorben hatte, und schluckte die sarkastische Bemerkung herunter, die ihm auf der Zunge lag.

Er ging zu seinem Arbeitsplatz zurück und versuchte noch einmal – vergeblich – Bergholz zu erreichen. Als er aufstehen und gehen wollte, sagte Ribbett: »Schwartz sucht nach dir.«

»Wie schön für ihn.« Vandermeer schlüpfte in seine Jacke. »Sag ihm, dass ich in spätestens einer Stunde zurück bin.«

»Er klang ziemlich ungeduldig.«

»Umso besser.« Vandermeer grinste. »Dann ist das Erfolgserlebnis noch größer, wenn er ein bisschen warten muss.«

»Ich meine es ernst«, antwortete Ribbett – in einem Ton, der Vandermeer tatsächlich bewog, einen Moment lang innezuhalten und ihn anzusehen. »Schwartz ist heute noch schlechter gelaunt als gestern. Hat nichts mit dir zu tun, schätze ich.« Ribbett machte eine Kopfbewegung zu dem ausgeschalteten Radio auf seinem Schreibtisch. »Die ganze Geschichte läuft ziemlich an uns vorbei. Schwartz tobt, weil keiner was herausbekommt. Wener ...«

»... ist ein guter Mann«, unterbrach ihn Vandermeer. »Niemand weiß im Moment etwas Genaues. Glaubst du, er könnte hellsehen?« *Außerdem war es nicht meine Idee, ihn auf die Geschichte anzusetzen,* fügte er in Gedanken hinzu.

»Aber du weißt, dass Schwartz *verlangt*, dass wir hellsehen, wenn es sein muss«, sagte Ribbett.

»Na ja, dann wird er auch sicher wissen, dass ich erst in einer Stunde wieder hier bin.«

»Aber ...«

Vandermeer hörte schon gar nicht mehr hin. Er war bereits auf dem Weg nach draußen.

4

Der Verkehr war weniger schlimm, als Vandermeer in Anbetracht der Tageszeit erwartet hatte. Er brauchte kaum zehn Minuten, um die Straße zu erreichen, in der Dahms Juweliergeschäft lag. Doch er konnte nicht in den Hof hineinfahren: Quer auf der Fahrbahn stand ein Streifenwagen mit blinkendem Blaulicht, der die Einfahrt blockierte. Dahinter drängte sich eine gewaltige Menschenmenge, über deren Köpfe hinweg Vandermeer noch mehr Blaulichter und Wolken aus fettigem schwarzem Qualm ausmachen konnte.

Von einem sehr unguten Gefühl erfüllt parkte er den Wagen in der zweiten Reihe – er ging davon aus, dass die Polizei im Moment Besseres zu tun hatte, als Tickets zu verteilen –, kramte den Presseausweis aus der Tasche und befestigte ihn an seinem Revers, ehe er sich zu Fuß auf den Weg machte.

Er brauchte länger, um sich durch die Menschenansammlung zu kämpfen, als er gebraucht hatte, um mit dem Wagen hierher zu fahren. Und als er den Brandherd erreichte, sah er seine schlimmsten Befürchtungen bestätigt.

Von Dahms Geschäft war nur eine ausgebrannte Ruine übrig geblieben.

Der Anblick traf ihn wie ein Schock, obwohl er im Grunde gewusst hatte, was er sehen würde. Aus den Fenstern im ersten Stock quoll noch immer schwarzer, öliger Rauch, in dem es ab und zu düsterrot aufloderte, und in der Luft lag ein scharfer Geruch, der das Atmen schwer machte. Gleich drei Löschzüge der Feuerwehr hatten im Halbkreis vor dem Gebäude Aufstellung genommen und spien durch die geborstenen Fenster aus sicherer Entfernung armdicke Wasserstrahlen, die dem Brand aber nicht allzu viel auszumachen schienen. Durch den Rauch, der die Räume hinter der geborstenen Scheibe im Erdgeschoss erfüllte, konnte Vandermeer schemenhafte Gestalten in klobigen Schutzanzügen erkennen, sonderbaren Astronauten gleich, die sich durch die Atmosphäre eines lebensfeindlichen Planeten kämpften. Schaudernd fragte er sich, wie die Männer die Temperaturen dort drinnen aushielten. Die Hitze war sogar hier, fünfzehn Meter entfernt, noch unangenehm spürbar. In dem Gebäude selbst mussten Temperaturen wie in einem Backofen herrschen.

Er musste wissen, was mit Dahm passiert war. Der Gedanke hatte noch nicht konkret Gestalt angenommen, aber er war bereits hartnäckig genug, um ihm das Gefühl zu geben, dass das alles hier irgendwie mit ihm zu tun hatte.

Paranoia. Der Psychotherapeut hatte ihn gewarnt, dass genau das passieren konnte, wenn er die Behandlung abbrach. Er *glaubte*, damit fertig geworden zu sein, aber er war es nicht. Igor war wie ein Dämon aus einer anderen Welt in sein Leben eingebrochen und begann alle Dinge auf den Kopf zu stellen. Ja, so musste es sein. So *war* es.

Leider halfen diese Beruhigungsversuche wenig. Die Tatsachen sprachen eine andere Sprache.

Er musste sich Klarheit verschaffen.

Es erwies sich jedoch als nahezu unmöglich, näher an das Haus heranzukommen. Die Einsatzwagen von Feuerwehr und Polizei bildeten eine fast geschlossene Wagenburg, die einen halbkreisförmigen Bereich vor dem brennenden Haus abschirmten, und es wimmelte geradezu von Beamten in grünen Jacken und von Feuerwehrmännern. Vandermeer entdeckte auch zwei oder drei Zivilisten unter den Beamten, vermutlich Kriminalpolizei. Er kannte jedoch keinen von ihnen und sein Presseausweis würde ihm jetzt wenig nutzen. Polizeibeamte und Journalisten waren keineswegs die natürlichen Feinde, als die sie gern dargestellt wurden – aber hätte er in einem Moment wie diesem auf der anderen Seite der Barriere gestanden, hätte er vermutlich auch etwas Besseres zu tun, als dem erstbesten dahergelaufenen Reporter neugierige Fragen zu beantworten.

Aus dem oberen Stockwerk des Gebäudes erschallte ein dumpfer Knall. Einen Augenblick später regneten Glasscherben auf die Straße herab, gefolgt von einem Funkenwirbel und noch mehr, noch schwärzerem Rauch. Einige Passanten zogen sich erschrocken zurück, aber nicht wenige johlten auch auf und zwei oder drei Blödmänner klatschten Beifall.

Vandermeer warf einen verächtlichen Blick über die Schulter zurück. Polizei und Feuerwehr versuchten vergeblich die Menge ein Stück weiter zurückzudrängen. Für jeden, den sie irgendwie aus dem Weg bekamen, schienen urplötzlich zwei neue aus dem Boden zu wachsen. Vom anderen Ende der Straße näherte sich ein Krankenwagen, der jedoch nur noch im Schritttempo vorwärts kam. Wenn die Menge weiter so anwuchs, dachte er, würde der Wagen vielleicht noch hierher kommen, aber kaum wieder zurück.

Der Anblick widerte ihn regelrecht an. Es war sein Job, Menschen Sensationen zu verkaufen: ernsthafte Informationen, Wissen, aber auch Bilder wie diese hier, und natürlich hatte er immer gewusst, dass auch der ernsthafteste Journalist zu einem Gutteil für Menschen arbeitete, die Brot und Spiele und sonst nichts wollten.

Aber es war ihm nie klar gewesen, wie *groß* dieser Anteil war. Für einen Moment kam es ihm vor, als wäre er ausschließlich von Gaffern umgeben, von Gesichtern mit aufgerissenen Mündern und starrenden Augen, die vor Begeisterung leuchteten und nur darauf warteten, dass die Flammen höher schlugen und auf die benachbarten Gebäude übergriffen oder die Feuerwehrmänner wenigstens ein paar verkohlte Leichen aus dem brennenden Gebäude trugen. Und für einen noch kürzeren Moment wünschte er sich nichts mehr, als dass all diese neugierigen, sensationsgeilen Gaffer einmal *spürten*, was da vor ihren Augen wirklich vorging.

Sämtliche Fensterscheiben im zweiten Stockwerk explodierten. Ein Hagel aus glühenden Glassplittern und brennendem Holz prasselte auf den Bürgersteig, die Wagen und die vorderen drei oder vier Reihen der Menschenmenge herab.

Vandermeer zog instinktiv den Kopf zwischen die Schultern und versuchte sein Gesicht mit den Händen zu schützen, während hinter ihm ein Chor gellender Schreie laut wurde. Irgendetwas traf sein Gesicht und hinterließ eine dünne, feuchte Spur aus Schmerz auf seiner Wange und ein fünfmarkstückgroßes Stück brennendes Holz landete auf seiner linken Schulter. Vandermeer streifte es hastig ab und schlug mit den Fingern die Funken aus, die sich im Stoff seiner Jacke eingenistet hatten. Erst dann drehte er sich herum.

Wie es aussah, hatte er noch Glück gehabt. Der Großteil des Trümmerregens war von der Wucht der Explosion über ihn hinweggeschleudert worden und hatte einen der drei Feuerwehrwagen getroffen, ein etwas kleinerer, aber immer noch *großer* Schauer aus Holz und heißen Glasscherben war auf die Menschenmenge dahinter niedergegangen. So weit er es im Moment beurteilen konnte, schien es keine Schwerverletzten zu geben und wie durch ein Wunder war es auch nicht zu einer Panik gekommen, aber es gab eine Menge blutiger Gesichter, zerrissener Kleider und angesengter Haare.

Vandermeer hob die Hand ans Gesicht und fühlte frisches Blut, das an seiner Wange herablief. Der Schnitt konnte nicht besonders tief sein, denn er tat nicht einmal mehr weh, aber dafür hatte seine Hand wieder zu pochen begonnen und der frische Verband, den er am Morgen angelegt hatte, bevor er das Haus verließ, begann sich schon wieder rot zu färben.

»Sind Sie verletzt?«

Jemand berührte ihn an der Schulter und drehte ihn mit deutlich mehr als *sanfter* Gewalt herum und Vandermeer blickte in das erschöpfte, rußgeschwärzte Gesicht eines Feuerwehrmannes, der selbst aus einem halben Dutzend winziger Schnittwunden blutete und sichtlich sehr viel eher ärztliche Hilfe gebraucht hätte als er.

»Nur eine Schramme«, antwortete er. »Es sieht schlimmer aus, als es ist.«

»Dann sollten Sie hier verschwinden«, sagte der Feuerwehrmann erschöpft. »Sie haben ja gerade gesehen, wie schnell etwas pa...« Er verstummte mitten im Wort. Einen Moment lang sah er ziemlich verwirrt aus, während sein Blick sich an einem Punkt irgendwo auf Vandermeers Jacke festsaugte, aber Vandermeer begriff erst, was es war, als die erste Spur von Zorn in seinen Augen aufglomm. Sein Presseausweis.

»Das hat nichts zu bedeuten«, sagte er hastig, während er zugleich mit einer Bewegung, die die Situation höchstens noch peinlicher machte, den Ausweis von seinem Revers löste und in der Jackentasche verschwinden ließ. »Ich bin nicht beruflich hier.«

»Natürlich nicht«, antwortete der Feuerwehrmann kühl. »Dann sollten Sie jetzt auch ganz privat gehen, bevor noch mehr passiert.«

Er wollte sich abwenden, doch Vandermeer hielt ihn mit einer raschen Bewegung zurück. »Warten Sie! Das war keine Ausrede. Ich bin wirklich rein privat hier. Ich ... kenne den Mann, dem das Geschäft gehört. Können Sie mir sagen, was passiert ist?«

»Ich habe keine Ahnung«, antwortete der Feuerwehrmann. »Aber da ist nichts mehr zu retten. Das war es schon nicht mehr, als wir kamen.« Er schüttelte den Kopf. »Das ist das Problem mit den meisten dieser alten Häuser hier. Sie werden alle zwei Jahre frisch gestrichen und von außen renoviert, aber innen drin bleiben sie hundert Jahre alt – nichts als zundertrockenes Holz und Stroh. Ein Funke und alles geht in Flammen auf. Eigentlich ist es ein Wunder, dass nicht längst die ganze Stadt niedergebrannt ist.«

Vandermeer deutete nach links. »Die Männer da drüben sind von der Kripo, stimmt's? Können Sie mich zu ihnen bringen?«

Der Feuerwehrmann zögerte. Er hatte Vandermeers Frage beinahe aus einem Reflex heraus beantwortet; ein verbreitetes Verhalten, das sich Vandermeer schon oft zunutze gemacht hatte, aber etwas zu *tun*, war eine andere Sache.

»Hören Sie«, sagte er. »Ich verstehe Ihr Misstrauen, aber ich muss wissen, was passiert ist. Dahm war ... *ist* ein guter Bekannter von mir.«

»Sie werden eine Menge Ärger bekommen, wenn das ein Trick ist.«

»Bestimmt nicht«, versprach Vandermeer. »Seien Sie so nett und holen Sie einen der Beamten her. Ich werde mich nicht von der Stelle rühren, bis Sie zurück sind.«

Das Misstrauen des Feuerwehrmannes war immer noch nicht ganz besänftigt. Er starrte Vandermeer einige Sekunden lang durchdringend und wortlos an, aber dann zuckte er mit den Achseln und ging auf den Polizeibeamten zu; mit schnellen Schritten, aber mit hängenden Schultern und müden Bewegungen. Er begann mit den Beamten zu reden. Einer der Männer blickte in Vandermeers Richtung, machte aber keine Anstalten herüberzukommen.

Vandermeer strich sich unbewusst mit der Hand über den Kratzer auf seiner Wange und sah sich um. Der Explosion war eine Feuersbrunst gefolgt, die binnen Sekunden das gesamte Dachgeschoss in Brand gesetzt hatte. Das Gebäude war nicht mehr zu retten; man musste kein Brandexperte sein, um das zu beurteilen. Die Feuerwehrmänner hatten mittlerweile vier Schläuche auf die geborstenen Fenster im Obergeschoss gerichtet und pumpten Wasser gleich hektoliterweise ins Gebäude, aber Vandermeer kam es vor, als ob sie das Feuer so nur noch weiter anfachten. In der Ferne war das Geräusch weiterer Sirenen zu hören.

Auf der Straße hinter ihm hatten die Polizisten mittlerweile damit begonnen einen weit größeren Bereich abzusperren und eine Gasse für den Krankenwagen zu bilden, der auf halbem Wege stecken geblieben war. Es schien doch eine Anzahl nicht ganz so leicht Verletzter zu geben, denn einige Polizisten kümmerten sich um eine Anzahl blutüberströmter Gestalten, die am Boden kauerten oder die Hände gegen die Gesichter pressten. Was als harmloser Wohnungsbrand begonnen hatte, schlitterte mittlerweile dicht am Rand einer ausgewachsenen Katastrophe entlang.

Der Feuerwehrmann kehrte in Begleitung eines zweiten Mannes zurück. Sein Gesicht kam Vandermeer vage bekannt vor, aber er konnte nicht sagen, woher.

»Herr ... Vanderbilt, richtig?«

»Vandermeer. Woher kennen wir uns?«

»Kommissar Marsler«, antwortete der andere. »Vor zwei Jahren, die Geschichte mit der Autoschieberbande.«

Vandermeer erinnerte sich immer noch nicht, aber das war nicht weiter erstaunlich. Er traf in seinem Beruf so viele Menschen, dass er sich längst abgewöhnt hatte, sich jedes einzelne Gesicht zu merken. Bei Marsler hingegen schien er einen nachhaltigeren Eindruck hinterlassen zu haben. Es fragte sich nur, ob es ein guter gewesen war. Marslers Gesichtsausdruck nach zu schließen wohl eher nicht.

»Ich hoffe, das ist jetzt nicht nur ein besonders raffinierter Trick, um mir ein paar Informationen zu entlocken«, sagte Marsler. »Wir haben im Moment wirklich genug zu tun. Sie kannten Dahm?«

»Kannten? Ist er ...?«

»Wir haben zwei Leichen gefunden«, sagte Marsler. »Ein Mann und eine Frau. Sie sind noch nicht identifiziert, aber ich fürchte, dass es sich um den Ladeninhaber und seine Angestellte handelt. Zeugen haben sie eine halbe Stunde zuvor noch zusammen im Geschäft gesehen.«

»Was ist passiert?«, fragte Vandermeer. »Brandstiftung?«

»Es ist noch zu früh, um zu spekulieren«, antwortete Marsler. »Aber wie kommen Sie darauf?«

»Nur so«, erwiderte Vandermeer hastig – eine Spur *zu* hastig, wie ihm selbst auffiel. Rasch deutete er mit der bandagierten Hand zu den geborstenen Fenstern im Obergeschoss hinauf. »Wegen der Explosion.«

»Propangas«, sagte der Feuerwehrmann. Er zog eine Grimasse. »Die ganze Bude war eine tickende Zeitbombe. Wir haben zwei Flaschen rausgeholt, ehe sie hochgehen konnten, aber an die dritte sind wir nicht rangekommen.« Er schüttelte müde den Kopf. »Diese Scheißdinger gehören verboten, wenn Sie mich fragen.«

»Also, Sie kannten Dahm«, mischte sich Marsler ein. Er hatte einen Block aus der Tasche gezogen und machte sich fleißig Notizen, obwohl Vandermeer noch gar nichts gesagt hatte.

»Flüchtig«, antwortete Vandermeer. »Ich war Kunde bei ihm.«

»Und was wollten Sie hier? Ich meine, ausgerechnet heute?«

»Nichts«, erwiderte Vandermeer. Er hatte Mühe, der Unterhaltung weiter zu folgen. Obwohl er geahnt hatte, dass Dahm tot war, schockierte ihn die Erkenntnis. Etwas in ihm flüsterte hartnäckig, dass es seine Schuld war. Ganz allein.

»Nichts?«

»Ich hatte eine Uhr abgegeben«, antwortete Vandermeer. »Die Batterie war leer.«

»Und Sie wollten sie abholen.« Marsler kritzelte emsig weiter.

»Dann haben Sie doch sicher einen Zettel bekommen. Kann ich ihn sehen?«

»Nein. Das war nicht üblich. Wie gesagt – ich kannte Dahm. Wir ... haben uns noch gestern Abend darüber unterhalten, dass er sein Geschäft aufgeben wollte. Es lief wohl nicht mehr besonders gut in letzter Zeit.«

»Tja, das hat sich ja dann wohl erledigt.« Marsler gab sich nun keinerlei Mühe mehr, sein Misstrauen irgendwie zu verhehlen. »Glauben Sie, dass er ...«

»... sein Geschäft selbst angezündet hat, um die Versicherungssumme zu kassieren?« Vandermeer schüttelte so heftig den Kopf, dass es geradezu grotesk aussehen musste. »Das ist absurd. So etwas würde er nie tun.«

»Sie würden sich wundern, was Menschen alles tun, die *so etwas nie tun würden*«, antwortete Marsler, während er seinen Notizblock einsteckte. »Ihre Daten stimmen noch? Telefon, Adresse ...?«

»Ja. Warum?«

»Routine.« Marsler bemühte sich nicht gerade, überzeugend zu lügen. »Es kann sein, dass ich Sie noch einmal anrufe.«

»Soll das heißen, dass ich mich zu Ihrer Verfügung halten soll?«, fragte Vandermeer spöttisch. »Die Stadt nicht verlassen und all das?«

»Witzbold«, antwortete Marsler. Er klang kein bisschen amüsiert. »Wenn Sie mich jetzt entschuldigen. Ich habe noch eine Menge zu tun.«

Er ging ohne weiteren Abschied. Vandermeer sah ihm verwirrt nach. Er war nicht mehr sicher, dass es kein Fehler gewesen war, mit Marsler zu sprechen. Er hatte so gut wie nichts erfahren, sich aber wahrscheinlich Marslers Misstrauen zugezogen. Der Kommissar hatte die Geschichte mit der Uhr keine Sekunde lang geglaubt.

Außerdem fragte er sich, warum zum Teufel er Marsler nicht einfach die Wahrheit gesagt hatte. Wassili hatte Dreck am

Stecken, davon war er mittlerweile felsenfest überzeugt. Auch wenn er mit diesem Feuer wahrscheinlich nichts zu tun hatte – Vandermeer gönnte ihm ein bisschen Spaß mit der Polizei.

Bevor *er* in den Genuss desselben kam, war es vielleicht klüger zu gehen. Vandermeer drehte sich um und bewegte sich durch die in Auflösung begriffene Menschenmenge in der Richtung zurück, in der er seinen Wagen vermutete. Er handelte sich etliche unsanfte Knüffe, Ellbogenstöße und Tritte auf die Zehen ein, nahm aber nichts davon wirklich zur Kenntnis. Dahm war tot, das war alles, woran er denken konnte. Dass die Leichen noch nicht identifiziert waren, bedeutete nichts; er *wusste*, dass es sich bei den Toten um den Juwelier und seine Verkäuferin handelte. Dagegen wusste er nicht, ob es *seine* Schuld war.

Natürlich nicht. Das war sein Verstand, der sich meldete, der kümmerliche Rest von Logik, der ihm noch geblieben war. Es war Zufall. Nichts als ein verdammter, schrecklicher *Zufall*. Es war so, wie der Feuerwehrmann gesagt hatte: Das Haus war alt. Die Strom- und Gasleitungen waren schlecht; tickende Zeitbomben, die nur auf einen Funken warteten, um zu explodieren, und Dahm war nervös gewesen. Vielleicht hatte er einen Fehler gemacht.

Zum Beispiel den, mit ihm zu reden und den Stein anzunehmen.

Vandermeer hatte das Ende der Straße erreicht, duckte sich unter der Absperrung hindurch, die die Polizei mittlerweile aufgestellt hatte, und erstarrte mitten in der Bewegung, als er Igor sah, der mit verschränkten Armen an seinem Wagen lehnte.

Diesmal konnte er sich nicht mehr darauf hinausreden, dass es ein Zufall war. Nicht einmal, dass Igor sich nicht mehr an ihn erinnerte. Der Russe stand lässig gegen den rostigen Passat gelehnt da, die Arme vor der Brust verschränkt und sein unvermeidliches Handy in der Rechten haltend, und starrte ihn an.

Ihn.

Nicht das brennende Haus im Hintergrund, die Feuerwehrwagen oder die Menschenmenge.

Ihn.

Vandermeers Herz machte einen Sprung und verwandelte sich in einen Kloß aus bitterer Galle, der direkt in seinem Kehlkopf zu pulsieren schien. Ihm wurde schwindelig und er konnte regelrecht spüren, wie sein Kreislauf mit Adrenalin überschwemmt wurde. Absurderweise war er gleichzeitig wie gelähmt. All seine Reflexe und Reaktionen waren auf Flucht und Panik geschaltet, aber der Anblick des Zwei-Meter-Kolosses lähmte ihn zugleich, was dazu führte, dass sich all seine Muskeln schlagartig verkrampften und zu schmerzen begannen. Seine Gedanken rasten. Er hatte Klarheit haben wollen, aber nicht *diese* Art von Klarheit. Die Antwort, auf die er gehofft hatte, war die, dass alles Zufall und Einbildung war und der Russe sich nicht an eines von zahllosen Gesichtern erinnerte, auf das er irgendwann einmal seine Waffe gerichtet hatte. Nicht die Antwort, dass er tatsächlich *seinetwegen* hier war.

Jemand rempelte ihn unsanft von hinten an, sodass er mit einem hastigen Ausfallschritt sein Gleichgewicht wiederfinden musste. Die Bewegung löste die Starre, in die er verfallen war, aber es half nichts. Seine Gedanken rasten noch immer. Vor zehn Sekunden hatte er noch ernsthafte Angst um seine geistige Gesundheit gehabt; jetzt hätte er alles darum gegeben, tatsächlich nur paranoid zu sein. Vielleicht war ja beides der Fall. Vandermeer sah sich plötzlich mit der Furcht einflößenden Erkenntnis konfrontiert, dass der Umstand, an Verfolgungswahn zu leiden, nicht zwangsläufig bedeuten musste, dass man nicht *tatsächlich* verfolgt wurde.

Was sollte er tun?

Er konnte sich herumdrehen, zu Marsler zurücklaufen und dem Polizeibeamten alles erzählen, aber irgendetwas sagte ihm, dass er sich damit mehr Ärger als Sicherheit einhandeln würde, selbst wenn Marsler ihm glaubte – was nicht besonders wahrscheinlich war.

Er konnte davonlaufen und versuchen Igor in der Menschenmenge auf der Straße irgendwie abzuschütteln, aber auch dieser Gedanke war fast lächerlich – der Russe hatte in diesem Spiel eindeutig die größere Erfahrung.

Er konnte auch all seinen Mut zusammennehmen, über die Straße gehen und den KGBler fragen, was dieser ganze verdammte Mist eigentlich sollte – und sich möglicherweise eine Kugel genau zwischen die Augen einhandeln.

Igor nahm ihm die Entscheidung ab, indem er sich mit einer lässigen Bewegung vom Kotflügel des rostroten Passat (wieso erinnerte ihn die Farbe plötzlich an geronnenes Blut? Sie war doch viel heller) abstieß und auf ihn zukam. Er nahm dabei die

Hände herunter und mit einem Mal war Vandermeer auch nicht mehr sicher, dass das, was er in der Rechten trug, tatsächlich ein Funktelefon war. Es konnte auch eine Waffe sein. Eine Pistole zum Beispiel oder eines jener kleinen Elektroschockgeräte, mit denen man lähmende Stromschläge austeilen konnte.

Seine Gedanken rasten nicht mehr, sie überschlugen sich, sodass er tatsächlich *hören* konnte, wie in seinem Kopf zwei, drei hysterische Stimmen durcheinander schrien. Igor kam näher. Er hatte die Mitte der Straße bereits erreicht und kam unaufhaltsam näher, langsam, aber ebenso wenig zu stoppen wie eine Lawine. Panik. Er musste etwas tun. Panik. Irgendetwas musste passieren. Panik.

Igor trat über die Straßenmitte hinaus und er machte sogar noch einen weiteren Schritt, ohne den Krankenwagen zu bemerken, der mit heulender Sirene und zuckendem Blaulicht wie aus dem Nichts hinter ihm erschien.

Bremsen quietschten. Die Sirene verstummte mit einem tiefer werdenden, misstönenden Jaulen und der Wagen begann zu schlingern, als der Fahrer mit aller Gewalt auf die Bremse trat und die Reifen blockierten, eine schwarze Gummischicht auf dem Asphalt zurücklassend und verschmort riechenden Qualm in der Luft. Vandermeer ertappte sich bei dem vollkommen absurden Gedanken, dass es eigentlich ein Ding der Unmöglichkeit war, die Rettungswagen der Feuerwehr nicht mit ABS auszurüsten.

Der Aufprall war nicht besonders schlimm, aber unwirklich laut. Der Wagen kam mit einem wippenden Ruck zum Stehen und der Russe taumelte mit einem ungeschickten Schritt zur Seite, kämpfte mit wedelnden Armen um sein Gleichgewicht und fiel. Sein Telefon-Revolver-Elektroschocker flog im hohen Bogen davon und schlitterte unter Vandermeers Wagen. Ein halbes Dutzend Passanten spritzte in einem blinden Panikreflex auseinander und vergrößerte das allgemeine Chaos noch. Seltsamerweise schrie niemand.

Und endlich fiel auch die Lähmung von Vandermeer ab. Er rannte los, stolperte vor lauter Hast über seine eigenen Füße und wäre gestürzt, hätte er nicht mit ausgestreckten Armen an dem Krankenwagen Halt gefunden, der Igor angefahren hatte. Einen Moment später sprang er hastig um die gleiche Distanz zurück, um nicht von der Tür getroffen zu werden, die der Fahrer mit einem Ruck aufstieß.

Der Mann war kreidebleich. Er zitterte am ganzen Leib. »O Gott!«, stammelte er. »Großer Gott! Ich habe ihn nicht gesehen! Ich ... ich habe ihn einfach nicht gesehen. Wo ist er? Was ist ihm passiert?!«

Vandermeer sah sich automatisch nach Igor um. Von dem Russen war keine Spur mehr zu sehen. Die Straße war jetzt voller Menschen, die immer noch kopflos durcheinander rannten, aber Igor selbst schien bereits wieder aufgesprungen und weggelaufen zu sein. Er war nicht schwer verletzt. Schließlich hatte Vandermeer gesehen, dass er mehr gestolpert als zu Boden geschleudert worden war.

»Wo ist er?«, wiederholte der Krankenwagenfahrer. »Wo ist er hin?«

Vandermeer schwieg. Er hätte den Mann beruhigen können, aber er hütete sich auch nur ein Wort zu sagen. Er wollte nichts als weg hier, bevor er – möglicherweise auf dem Umweg über den Krankenwagenfahrer – doch noch die Aufmerksamkeit der Polizei auf sich zog oder, viel schlimmer, am Ende vielleicht noch Igor zurückkam. Als hätte er die Frage gar nicht gehört, ging er um den Krankenwagen herum, eilte zu seinem Wagen und stieg ein – allerdings nicht, ohne sich vorher nach dem zu bücken, was Igor fallen gelassen hatte. Es war keine Waffe, sondern tatsächlich ein Telefon. Vandermeer schob es in die Jackentasche, startete den Wagen und fuhr los.

Er kam erst wieder richtig zu sich, als er schon fünf oder sechs Kilometer zurückgelegt hatte und er bemerkte auch erst dann, dass er instinktiv den Weg nach Hause eingeschlagen hatte, nicht den in die Redaktion. Vandermeer überlegte einige Sekunden lang kehrtzumachen, entschied sich aber dann dagegen: Er war nur noch zwei Querstraßen von seiner Wohnung entfernt und einmal ganz davon abgesehen, dass sein Anzug durch Rauch und Funken arg gelitten hatte, stand ihm im Moment nicht der Sinn nach einem Gespräch mit Schwartz oder mit einem seiner Kollegen. Er musste erst einmal zur Ruhe kommen – und über eine Menge nachdenken.

Vandermeer ertappte sich allein auf den letzten anderthalb Kilometern dreimal dabei, dass er in den Rückspiegel sah, um sich davon zu überzeugen, dass er nicht verfolgt wurde.

Er wurde nicht verfolgt. Und selbst wenn Igor ihn verfolgt

hätte, er hätte es garantiert nicht gemerkt. Der Russe war ein Profi, der Übung in solchen Dingen hatte und außerdem ...

Schluss!

Vandermeer würgte den Gedanken mit einer bewussten Anstrengung ab. Die Situation war auch so schon schlimm genug, ohne dass er sich selbst noch verrückt machte!

Er parkte den Wagen, stieg aus – nicht, ohne einen aufmerksamen Blick in die Runde zu werfen, wie er erst hinterher und mit einem deutlichen Gefühl von Verärgerung registrierte – und fuhr mit dem Aufzug in seine Wohnung hinauf.

Als er den Schlüssel ins Schloss steckte, hörte er Musik.

Vandermeer erstarrte mitten in der Bewegung. Seine Wohnung war nicht die einzige auf der Etage, sodass er sich noch einen Sekundenbruchteil lang einreden konnte, die Musik dringe durch eine der benachbarten Türen.

Aber wirklich nur einen Sekundenbruchteil.

Die Musik kam *eindeutig* aus seiner Wohnung.

Sein Herz begann schon wieder zu jagen. Diesmal konnte er sich beim besten Willen nicht einreden, nur einen neuen Anfall von akuter Paranoia zu erleiden. Er war nicht nur überzeugt, er war *hundertprozentig sicher*, dass er das Radio am Morgen gar nicht eingeschaltet hatte. Jemand war in seiner Wohnung gewesen.

Vielleicht war er immer noch da.

Ruf die Polizei, hämmerten seine Gedanken. *Dreh dich um und lauf weg.*

Das war nur logisch und das einzig Vernünftige, was er in einer Situation wie dieser tun konnte.

Aber Logik und Vernunft schienen seit ein paar Tagen ohnehin nicht mehr den gleichen Stellenwert wie zuvor zu haben.

Langsam, Millimeter für Millimeter, drückte er die Klinke herunter und öffnete die Tür. Die Musik wurde lauter, aber ansonsten hörte er nichts. Wenn noch jemand in der Wohnung war, dann war er mucksmäuschenstill.

Vielleicht, weil er hinter der Tür stand, weil er mit der Waffe in der erhobenen Hand nur darauf wartete, dass Vandermeer den Kopf durch die Tür steckte, um ihn ihm einzuschlagen.

Die Vorstellung führte zu einem seltsamen Ergebnis. Plötzlich hatte er keine andere Wahl mehr, als die Tür ganz zu öffnen und die Wohnung zu durchsuchen. Wenn er es nicht tat, würde er es in Zukunft vielleicht nicht einmal mehr wagen allein in einen Aufzug zu treten.

Mit einem entschlossenen Ruck riss er die Tür auf, warf sie mit einem Knall hinter sich ins Schloss und inspizierte nahezu im Laufschritt ein Zimmer nach dem anderen. Nichts. Die Wohnung war leer und es gab auch keinen Hinweis darauf, dass irgendjemand hier gewesen war.

Er machte einen zweiten, aufmerksameren Rundgang durch die Wohnung, dann ging er zur Tür, legte die Kette vor und steckte zusätzlich noch den Schlüssel ins Schloss. Erst als er damit fertig war, fiel ihm das frische Blut an der Türklinke auf.

Statt endlich ins Wohnzimmer zu gehen und die Stereoanlage abzuschalten, hob er die rechte Hand vor das Gesicht und betrachtete stirnrunzelnd den durchgebluteten Verband. Er war mittlerweile nur noch auf dem Handrücken weiß, der Rest glänzte in einem dunklen, nassen Rot. Die Wunde tat zur Abwechslung einmal nicht weh, aber sie blutete viel heftiger, als es ein solcher Kratzer eigentlich durfte. Kopfschüttelnd ging er ins Bad, wickelte den Verband ab und ließ lauwarmes Wasser über seine Hand laufen.

Die Musik im Wohnzimmer dudelte immer noch und während er zusah, wie sich das von seiner Hand tropfende Wasser in einem allmählich immer heller werdenden Rosarot färbte, erkannte er sie auch: Es war die CD, die Wassili ihm geschenkt hatte. Sie gefiel ihm auch beim zweiten Hören nicht besser als beim ersten Mal, aber sie übte eine eigenartige Wirkung auf ihn aus: Der einfache, fast monotone Rhythmus des Stückes schien irgendetwas in ihm anzurühren. Nicht unbedingt etwas Angenehmes, aber es löste doch ein Gefühl von …

Ja, dachte er verwirrt: von *Wiedererkennen* aus.

Er kannte das Stück nicht. Er hatte es ganz bestimmt noch nie zuvor gehört, ehe Wassili ihm die CD geschenkt hatte – es klang irgendwie indianisch und er hatte sich niemals etwas aus Ethno-Musik gemacht, egal, ob gut oder schlecht.

Trotzdem konnte er die Melodie auf Anhieb mitsummen. Es war seltsam, verwirrend und ein ganz kleines bisschen beunruhigend.

Vandermeer ließ so lange eiskaltes Wasser über seine Hand laufen, bis jedes Gefühl darin abgestorben war. Erst dann wagte er es, sie herumzudrehen und die Wunde zu begutachten.

Er erlebte eine Überraschung. Die Brandblase war aufgegangen und nässte heftig, aber sie hatte nicht nur aufgehört zu bluten, sie sah aus, als hätte sie es nie getan. Und sie war eindeutig nicht groß genug, um so heftig zu bluten, wie es der dunkelrot verfärbte Verband und der blutige Abdruck auf dem Türgriff behaupteten. Vielleicht hatte Wassili wenigstens in diesem einen Punkt Recht gehabt: Er sollte zum Arzt gehen und die Wunde untersuchen lassen.

Er schloss die Hand zur Faust, stellte befriedigt fest, dass sie nicht wieder zu bluten begann, und tupfte sie sorgsam mit einem Handtuch trocken. Erst danach schälte er sich aus Jacke und Hemd und ging ins Schlafzimmer hinüber, um sich frische Kleider zu nehmen. Die Musik lief noch immer und sie gefiel ihm immer noch nicht. Trotzdem summte er die Melodie leise mit und der Gedanke sie auszuschalten kam ihm nicht einmal.

5

Auf seinem Schreibtisch stapelten sich die Anrufnotizen, als Vandermeer in die Redaktion zurückkam, und Ribbett deutete nur Grimassen schneidend in Richtung von Schwartz' Büro und bewegte die Hand vor der Brust, als hätte er sich sämtliche Finger verbrannt. Die Bedeutung dieser Pantomime war nicht besonders schwer zu erraten. Statt der angekündigten Stunde war er alles in allem fast *drei* Stunden weggeblieben und wahrscheinlich hatte Schwartz schon zwei Dutzend Male seinen Namen gebrüllt. Er hatte den Artikel, der in die morgige Ausgabe sollte, noch nicht einmal *angefangen* und bis Redaktionsschluss war nicht mehr allzu viel Zeit.

Es interessierte Vandermeer nicht; weder die morgige Ausgabe noch Schwartz. Während er mit der einen Hand seinen Computer einschaltete und das Internet-Programm startete, blätterte er mit der anderen die Telefonnotizen durch. Allein drei der Anrufe, die für ihn gekommen waren, stammten von Bergholz. Natürlich – wenn er sagte, dass er in einer Stunde anrief, dann *würde* er in einer Stunde anrufen, und zwar auf die Sekunde genau.

»Wenn ich du wäre, würde ich mich mal bei Schwartz melden«, riet ihm Ribbett vom Nebentisch aus.

»Später.« Vandermeer tippte Bergholz' Nummer ins Telefon und nahm den Hörer ab.

»Als er die letzten beiden Male nach dir gefragt hat, war er ziemlich wütend«, fuhr Ribbett fort. Die Sorge in seiner Stimme klang echt, sodass Vandermeer die spöttische Antwort hinunterschluckte, die ihm auf der Zunge lag.

»Ich kümmere mich gleich darum«, sagte er. »Aber zuerst ...«

Er unterbrach sich, als die Verbindung zustande kam. Dem Gesetz der Serie gehorchend war nun Bergholz nicht da, aber die Telefonistin richtete ihm aus, dass er in zwei Stunden zurückerwartet wurde und *äußerst dringend* um Vandermeers Rückruf bat. Was Vandermeer diesmal auch ganz sicher tun würde – er hatte ihm eine Menge Interessantes zu erzählen.

Vandermeer hängte ein und wandte seine gesamte Konzentration dem Computer zu. Er hatte am Morgen eine Reihe von Anfragen gestartet, die größtenteils Wassili und seine »Firma« betrafen, und auf einige hatte er bereits Antwort.

Die meisten erwiesen sich jedoch als Enttäuschung. Keiner seiner Verbindungsleute hatte jemals von diesem Wassili gehört. Es gab eine Reihe Wassilis – bei dem Namen musste es sich wohl um das russische Gegenstück zu Schmitz, Meier oder Müller handeln –, die aber alle entweder zu alt oder zu jung waren, das falsche Geschlecht oder die falsche Nationalität hatten. Er fand nur einen einzigen Hinweis, dem er mehr als einen einzigen Blick schenkte – es hatte, noch in der Ära der UdSSR, einen Professor Wassili gegeben, der von Zeit zu Zeit für den KGB gearbeitet hatte; einen Doktor der Biophysik, dessen Spur sich nach dem Zusammenbruch des kommunistischen Reiches ebenso verlor wie die vieler anderer. Vandermeer glaubte jedoch nicht ernsthaft, dass es sich um denselben Wassili handelte. Biophysik und irgendwelche krummen Geschäfte, bei denen Edelsteine und Esoterik eine Rolle spielten, hatten nun wirklich nichts miteinander zu tun.

Er war nicht einmal wirklich enttäuscht. Ganz im Gegenteil wäre er zumindest überrascht und höchstwahrscheinlich sogar misstrauisch gewesen, hätte er auf Anhieb nennenswerte Informationen über Wassili bekommen.

Das Telefon schrillte. Vandermeer hörte am Ton des Klingelzeichens, dass es ein interner Ruf war, und ignorierte ihn. Vermutlich war es ohnehin nur Schwartz, der nach einem Fußabstreifer für seine schlechte Laune suchte. Er arbeitete sich weiter durch die eingegangenen E-Mails, Faxe und Gesprächsnotizen, ohne dabei wirklich von der Stelle zu kommen. Trotzdem war er nicht enttäuscht – Wassili musste so eine Art Gespenst sein, das buchstäblich aus dem Nichts aufgetaucht war, aber Vandermeer hatte schon vor langer Zeit begriffen, dass keine Informationen manchmal auch Informationen waren. Immerhin hatte es der Mann geschafft, seine Spur so gründlich zu verwischen, dass man schon mehr als einmal hinsehen musste, um sie wiederzufinden. Vielleicht – *wahrscheinlich*, sonst hätte er nicht so dringlich zurückgerufen – hatte Bergholz ja etwas herausgefunden, das ihm weiterhalf.

Sein Telefon hörte endlich auf zu klingeln. Dafür läutete kaum eine Sekunde später das auf dem benachbarten Schreibtisch. Ribbett hob ab, meldete sich, lauschte einen Moment und sagte dann: »Ja, der ist da ... ich sage es ihm.«

Vandermeer stand von seinem Stuhl auf, noch bevor Ribbett den Hörer wieder auf die Gabel gelegt hatte. »Schwartz?«

»Schwartz«, bestätigte Ribbett. »Willst du wissen, was er gesagt hat – sinngemäß oder wörtlich?«

»Sinngemäß.«

»Er möchte dich sehen«, antwortete Ribbett. »Und zwar in allernächster Zukunft, wenn ich ihn richtig verstanden habe.«

»Dann werde ich ihm seinen Herzenswunsch mal erfüllen«, seufzte Vandermeer. »Bevor er an der Enttäuschung zerbricht.«

Ribbett nickte. »Kann ich deinen Wagen haben, falls er dich töten sollte?«

Vandermeer lachte und wandte sich zum Gehen, aber eigentlich fand er die Situation gar nicht *so* komisch. Schwartz schoss sich auf ihn ein, und das nicht erst seit ein paar Tagen. Aber in letzter Zeit begann er, Vandermeer, ihm auch noch die Munition dafür zu liefern. Vielleicht war es angesagt ein wenig Diplomatie walten zu lassen. Er war zwar schon so lange bei der Zeitung, dass er schon mit der Hand in der Portokasse erwischt werden musste, damit an eine Kündigung auch nur gedacht werden konnte, aber Schwartz hatte genug andere Möglichkeiten, ihm das Leben schwer zu machen.

Wie gewohnt betrat er Schwartz' Büro, ohne anzuklopfen, und wie gewohnt saß Schwartz hinter seinem Schreibtisch und telefonierte, wedelte ihm aber mit der Hand zu, sich zu setzen, und signalisierte ihm zugleich, dass es nur noch eine Sekunde dauern würde. Genau wie gestern liefen die beiden Fernseher, aber der Ton war so weit heruntergedreht, dass Vandermeer nur Bruchstücke verstand. Immerhin bekam er mit, dass es um das offensichtlich einzige Thema ging, das es seit zwei Tagen noch zu geben schien: die Katastrophe in Sibirien.

Schwartz hängte tatsächlich ein, kaum dass er Platz genommen hatte. »Vandermeer«, begann er. »Wie schön, Sie auch einmal wieder hier im Büro zu sehen. Hatten Sie einen erfolgreichen Tag?«

Vandermeer schluckte die spitze Bemerkung herunter, die ihm dazu impulsiv einfiel. Einer von Schwartz' schlimmsten Fehlern war, dass er sich selbst für einen Zyniker zu halten schien, aber einfach nicht das Format dazu hatte. Aber man tat besser daran, ihn das nicht spüren zu lassen. Das Format zum Choleriker hatte er nämlich durchaus.

»Es ist noch fast eine Stunde bis Redaktionsschluss«, sagte er ruhig. »Der Artikel ist pünktlich im Satz.«

Schwartz entblödete sich nicht, einige Sekunden lang so zu tun, als müsse er angestrengt darüber nachdenken, wovon Vandermeer überhaupt sprach, dann nickte er. »Sie meinen die Korruptionsgeschichte? Das ist nicht so wichtig. Im Moment interessiert sich wahrscheinlich sowieso niemand dafür, ob irgendein Ministerialassistent die Hand aufhält oder nicht. Glück für unseren Freund, würde ich sagen.«

Vandermeer schwieg, aber er sah Schwartz aufmerksam an. Worauf wollte der hinaus?

»Ich meine die andere Geschichte, an der Sie dran sind«, fuhr Schwartz fort.

»Welche andere Geschichte?«

Schwartz' Augenbrauen zogen sich zu einem fast rechtwinkligen Dreieck zusammen, wodurch sein Gesicht etwas von einer schlecht gelaunten Comicfigur bekam, fand Vandermeer. »Ich bin an keiner *anderen Geschichte*«, fügte er hinzu.

»Sind Sie nicht?« Schwartz griff in die Schreibtischschublade und zog eine Schwarzweißfotografie im DIN-A4-Format hervor. »Das würde mich aber sehr enttäuschen, Vandermeer. Ich hatte gehofft, dass wir einen brandaktuellen Bericht über das Feuer in der Wesselingstraße erhalten. Wenn nicht, wären wir nämlich morgen früh die einzige Zeitung in der Stadt, die nicht darüber berichtet – und das, obwohl unser Starreporter Nummer eins persönlich vor Ort war und Informationen aus erster Hand bekommen hat.«

Er warf Vandermeer das Foto zu. Vandermeer versuchte es aufzufangen, griff aber ungeschickt daneben, sodass es zu Boden flatterte und mit der Rückseite nach oben auf den Teppich fiel. Hastig bückte er sich danach, hob es auf und betrachtete das Bild mehrere Sekunden lang mit einer Mischung aus Staunen, Verblüffung und einem Gefühl, das verdächtig nahe an Entsetzen grenzte.

Es war eine leicht verwackelte Aufnahme des brennenden Juweliergeschäfts, die das Haus, zwei oder drei Feuerwehrwagen, einen Teil der Menschenmenge und ihn selbst zeigte, wie er vor dem Haus stand und mit dem Feuerwehrmann und Marsler redete. Die Aufnahme schien mit einer sehr billigen Kamera und von einem besonders untalentierten Fotografen gemacht worden zu sein: Sie war nicht nur verwackelt, auch der Bildausschnitt war miserabel gewählt und das Foto zu stark vergrößert, was es unangenehm grobkörnig machte – aber sein Gesicht war trotzdem zweifelsfrei zu erkennen.

»Das ...«, begann er hilflos.

»... sind Sie nicht?«, fiel ihm Schwartz ins Wort. »Vielleicht Ihr Zwillingsbruder?«

»Das hat nichts zu bedeuten«, antwortete Vandermeer. »Ich bin ganz zufällig dort vorbeigekommen. Rein privat.«

»Und Sie haben ganz zufällig auch nicht daran gedacht, ein paar Bilder zu machen und mit ein paar Leuten zu reden, nehme ich an.«

»Nein«, gestand Vandermeer. Das war ersichtlich nicht die Antwort, die Schwartz hören wollte. Er fuhr fort: »Der Ladenbesitzer ist bei dem Brand ums Leben gekommen. Ich kannte den Mann. Sehr gut sogar.«

»War er ein Freund?«

»Ja«, log Vandermeer. Das stimmte eindeutig nicht, würde Schwartz aber vielleicht ein wenig besänftigen.

»Das tut mir Leid«, sagte Schwartz auch prompt – was ebenso wenig stimmte wie Vandermeers Behauptung, mit Dahm *befreundet* gewesen zu sein. »Dann kann ich beinahe verstehen, dass Sie nicht über das Feuer berichten wollen. Aber Sie hätten anrufen können, damit ich jemand anderen schicken kann.«

Vandermeer hielt es für das Klügste nichts darauf zu erwidern. Einige Sekunden lang saßen sie einfach nur da und starrten sich gegenseitig an, dann sagte Schwartz: »Aber ich habe Sie nicht deshalb gerufen, Vandermeer.«

»Ach nein?«

Schwartz ignorierte seinen herausfordernden Ton. »Nein«, antwortete er. »Wissen Sie, ich hasse solche Gespräche. Ich verabscheue sie zutiefst, aber ich fürchte, dass es nötig ist.«

»Was meinen Sie?«

Schwartz setzte zu einer Antwort an, doch in diesem Moment klingelte das Telefon. Ärgerlich riss er den Hörer hoch und blaffte hinein: »Ich habe Sie doch gebeten, jetzt keine Anrufe ... ach so. Ja, also gut, in Gottes Namen. Stellen Sie ihn durch.«

Vandermeer war über die Unterbrechung im Grunde genauso wenig froh wie Schwartz. Er war zutiefst verwirrt und wusste nicht einmal ansatzweise, worauf Schwartz überhaupt hinauswollte, aber dass sein Chefredakteur in seinem – garantiert sorgsam einstudierten – Text unterbrochen wurde, machte es nicht besser. Es würde ihn nur verunsichern und Schwartz gehörte zu jenem unangenehmen Menschenschlag, der im gleichen Maße aggressiver und unberechenbarer wurde, in dem er an vermeintlicher Sicherheit verlor.

Während Schwartz sich in seinem Stuhl zurücklehnte und ein Gespräch führte, das zum allergrößten Teil aus Schweigen und nur gelegentlichen »Ja«, »Nein« oder »Sicherlich, aber ...« bestand, wandte sich Vandermeer den Fernsehern zu; nicht, weil ihn das, was dort lief, wirklich interessiert hätte, sondern einzig, um sich abzulenken.

Natürlich ging es immer noch um Sibirien. Auf dem einen Monitor saß eine aus vier Personen bestehende Talkrunde vor einer wandgroßen Karte von Russland, auf der das betroffene Gebiet mit einem geschmackvollen roten Explosionsblitz markiert war, und debattierte hitzig miteinander. Vandermeer verstand noch immer nicht besonders viel. Der Ton war so weit herabgedreht, dass er so gerade noch an der Grenze des Hörbaren war und er nur Satzfetzen und vereinzelte Worte mitbekam, aus denen er den Inhalt des Gesprächs mehr rekonstruierte als verstand. Immerhin begriff er, dass es sich bei den vier Gestalten auf dem Bildschirm offensichtlich um das handelte, was er normalerweise die *Spinner-Fraktion* nannte. Offensichtlich drehte sich die Diskussion um die Frage, ob es sich bei der Explosion in Russland um den Absturz eines UFOs, den Beginn einer außerirdischen Invasion oder eine Strafaktion kosmischer Gottheiten handelte, die der Menschheit auf diese Weise eine Warnung zukommen lassen wollten. Am meisten tat sich eine vielleicht vierzigjährige, wasserstoffblond gefärbte Matrone hervor, die mehr Schminke als Haut im Gesicht hatte und an deren Händen so viele Ringe blitzten, dass Vandermeer sich wunderte, dass sie sie überhaupt noch bewegen konnte. So weit Vandermeer sie verstand, war sie wohl überzeugt davon, dass die Geschehnisse in Sibirien in Zusammenhang mit irgendwelchen außerirdischen Wesenheiten standen, die die Erde seit Urzeiten regelmäßig besuchten und so etwas wie die Lehrer und Mentoren der Menschheit sein mussten. Was für ein Unsinn!

Schwartz hängte endlich ein, sah einen Moment lang ebenfalls zu den Monitoren und griff dann nach der Fernbedienung. Er schaltete die Apparate aber nicht ab, wie Vandermeer erwartete, sondern nur den Ton endgültig aus. Die Diskussionsrunde verwandelte sich dadurch vollends in eine Pantomime mit grotesken Darstellern. Vandermeer fragte sich, ob all diese Leute eigentlich wussten, wie lächerlich sie wirkten.

»Entschuldigen Sie die Unterbrechung«, sagte Schwartz. »Ich hatte zwar gesagt, dass ich nicht gestört werden will, aber manche Dinge lassen sich nun einmal nicht ändern. Sie wissen ja, wie das ist.«

»Ja«, sagte Vandermeer. Er wusste es nicht. Wenn *er* nicht gestört werden wollte, dann ließ er das Telefon bis zum Sankt-Nimmerleins-Tag bimmeln. Er hatte nie verstanden, warum die meisten Menschen dazu offensichtlich nicht in der Lage waren.

»Ich habe Sie nicht nur wegen des Brandes gerufen«, fuhr Schwartz fort. »Das ist im Grunde nur eine Lappalie. Ich hätte es wahrscheinlich nicht einmal gemerkt, ohne das Foto.«

»Woher haben Sie es?«, fragte Vandermeer.

Schwartz hob die Schultern. »Jemand hat es unten beim Pförtner abgegeben«, antwortete er. »In einem Umschlag, der an mich adressiert war.«

»Wie?«, fragte Vandermeer überrascht.

»Sieht so aus, als ob Ihnen jemand eins auswischen wollte«, bestätigte Schwartz.

»Eine Intrige?« Vandermeer schüttelte heftig den Kopf. »Das ist lächerlich.«

»Nein«, verbesserte ihn Schwartz. »Es ist beunruhigend und es ist etwas, das ich nicht mag. So etwas stört den Frieden in der ganzen Redaktion.«

»Aber es ist doch nicht meine Schuld!«, protestierte Vandermeer. Er deutete zornig auf die Fotografie. »Wer immer dieses Bild gemacht hat ...«

Schwartz hob die Hand. »Ich habe eine ungefähre Ahnung, wer es gewesen sein könnte. Und ich werde mich darum kümmern, keine Sorge. Aber das ändert nichts daran, dass wir beide uns einmal gründlich unterhalten müssen.«

»Worüber?«

»Über Sie, Vandermeer«, antwortete Schwartz. »Über Ihre Einstellung zu Ihrem Beruf, Ihren Kollegen und der Arbeit hier.«

»Moment mal«, sagte Vandermeer. »Verstehe ich Sie richtig? Sie glauben, dass da eine Art Intrige gegen mich im Gange ist. Dass irgendjemand an meinem Stuhl sägt? Und die Konsequenz aus diesem Verdacht ist, dass Sie *mich* zur Sau machen?«

»Niemand *macht Sie zur Sau*, Vandermeer«, antwortete Schwartz. »Was mir nicht gefällt, ist die Tatsache, dass Sie einem Ihrer Kollegen offensichtlich Anlass gegeben haben, Sie auf diese unfaire Art anzupinkeln. Und vielleicht nicht nur einem.« Er schüttelte den Kopf. »Wir beide haben uns noch nie besonders gut verstanden, Vandermeer, das weiß ich. Aber ich habe trotzdem oft genug beide Augen zugedrückt. Nur ... auf die Dauer geht das nicht so weiter.«

»*Was* geht so nicht weiter?«, fragte Vandermeer betont.

Statt direkt auf seine Frage zu antworten, fragte Schwartz seinerseits: »Woran arbeiten Sie im Moment, Vandermeer?«

»Das wissen Sie doch«, erwiderte Vandermeer in herausforderndem Ton. »Die Korruptionsgeschichte. Und der Bericht über die Esoteriker. Wenn ich früh genug hier rauskomme, kriege ich auch beides noch vor Redaktionsschluss fertig.«

Schwartz ging nicht laut auf seinen provozierenden Ton ein, aber Vandermeer kannte ihn weiß Gott lange genug, um in seinem Blick zu lesen. Es war vielleicht klüger, sich ein bisschen am Riemen zu reißen, oder es mochte sein, dass er früher und vor allem gründlicher hier heraus kam, als ihm lieb war.

»Sie waren ziemlich verärgert, dass ich Wener auf die Russland-Sache angesetzt habe und nicht Sie«, fuhr Schwartz unbeirrt fort. »Und heute vormittag erfahre ich, dass Sie ein paar alte Freunde beim MAD und der Polizei angerufen haben, um Informationen über einen gewissen Russen zu bekommen.«

»Spionieren Sie mir nach?«, fragte Vandermeer.

»Ich bin Ihr Chefredakteur«, erinnerte ihn Schwartz. »Ich lege die Betonung ungern auf die Silbe *Chef*, aber ich muss nicht *spionieren*, wenn ich wissen will, woran meine Leute gerade arbeiten.«

»Seit wann muss ich mich für meine Recherchen rechtfertigen?«, fragte Vandermeer. Er hatte Mühe, sich noch einigermaßen zu beherrschen. Was um alles in der Welt ging hier vor? Er hatte Schwartz niemals für jemanden gehalten, der die Nettigkeit mit Löffeln gefressen hatte – aber im Augenblick benahm er sich wie ein komplettes Arschloch. Niemand musste zu seinem Chefredakteur gehen, um sich die Erlaubnis für eine bestimmte Recherche zu holen, weder hier noch bei irgendeiner anderen Zeitung.

Schwartz war auch klug genug, die Frage nicht direkt zu beantworten. »Es ist mir klar, dass Sie wahrscheinlich der bessere Mann für diese Geschichte gewesen wären«, fuhr er fort. »Aber ich habe nun einmal so entschieden und nicht anders. Und wenn Sie meine Entscheidungen schon nicht akzeptieren wollen, dann sollten Sie verdammt nochmal wenigstens den Anstand besitzen, Ihren Kollegen nicht in den Rücken zu fallen.«

»Das habe ich nicht getan!«, beschwerte sich Vandermeer. »Ich weiß nicht einmal genau, was in Russland überhaupt passiert ist! Und es interessiert mich auch nicht!«

Offenbar ebenso wenig, wie Schwartz seine Verteidigung interessierte. Er nahm die Worte gar nicht zur Kenntnis. »Ihre Extratouren gehen mir schon lange gegen den Strich«, fuhr er fort. »Ich habe sie bisher zähneknirschend hingenommen, weil wenigstens dann und wann etwas dabei herausgekommen ist. Aber jetzt ist Schluss.«

»Was soll das heißen?«

»Wir sind hier ein Team, Vandermeer«, sagte Schwartz. »Wir arbeiten alle zusammen, nicht jeder für sich oder gar gegen die anderen. Sie sind nicht Clark Kent, Vandermeer. Wenn ich Sehnsucht nach Superman habe, schalte ich den Fernseher ein. Ich möchte wissen, woran Sie arbeiten. Wieso rufen Sie jemanden bei der Spionageabwehr an und wer ist dieser Wassilow oder wie er heißt?«

Vandermeer starrte ihn an. »Sie waren an meinem Computer.«

»Es ist nicht *Ihr* Computer«, antwortete Schwartz. »Er gehört der Redaktion.«

»Sie haben nicht das Recht, in meinen Dateien herumzuschnüffeln«, beharrte Vandermeer. »Scheißegal, wem der Computer gehört.«

»Sie können sich gerne beim Betriebsrat beschweren«, sagte Schwartz gelassen. »Trotzdem möchte ich wissen, woran Sie im Moment arbeiten. Sagen wir, in einer Stunde. Schriftlich?«

Vandermeer sagte nichts mehr – was im Moment vermutlich auch das einzig Vernünftige war. Was immer er jetzt auch hätte sagen können, hätte die Situation nur schlimmer gemacht. Wortlos stand er auf, drehte sich herum und ging aus dem Büro, wobei er Schwartz mit aller Inbrunst zur Hölle wünschte.

Er verstand nicht, was hier überhaupt vorging. Schwartz und er waren niemals Freunde gewesen, aber im Moment benahm sich Schwartz, als hätte er eins mit dem Hammer über den Schädel bekommen. Wütend stapfte er zu seinem Schreibtisch zurück, ließ sich auf den Stuhl fallen und starrte den ausgeschalteten Computer an.

»War's schlimm?«, fragte Ribbett.

Vandermeer schnaubte. »Ich lebe noch, wie du siehst.« Er drehte sich mit dem gesamten Stuhl herum und sah seinen Kollegen so grimmig an, dass Ribbett instinktiv ein Stück von ihm zurückwich. »Sag mal – wo ist eigentlich Wener?«

»Wener?« Ribbett runzelte die Stirn. Nach zwei oder drei Sekunden zuckte er mit den Schultern. »Keine Ahnung. Ich habe ihn heute noch gar nicht gesehen – glaube ich. Warum?«

»Nur ... so«, antwortete Vandermeer zögernd. Tatsache war, dass er es selbst nicht genau wusste. Der Gedanke, der für einen ganz kurzen Moment in seinem Kopf aufgeblitzt war, war einfach grotesk. Es war unvorstellbar, dass Wener das Foto Schwartz zugespielt haben sollte. »Vergiss es. Es ist nicht wichtig.«

Er schaltete seinen Rechner wieder ein, um tatsächlich zu tun, was er Schwartz prophezeit hatte, nämlich wenigstens einen der beiden Artikel noch für die morgige Ausgabe fertig zu machen. Doch als der Bildschirm aufleuchtete, blinkte ihm aus der unteren rechten Ecke ein Telefonsymbol entgegen. Er hatte eine weitere E-Mail bekommen. Vandermeer griff automatisch nach der Maus, um das Symbol anzuklicken und die Nachricht abzurufen, aber dann zögerte er. Schwartz hatte es nicht explizit zugegeben, aber die Informationen, die er besaß, konnte er nur aus seiner persönlichen Datenbank haben. Er konnte diesem Computer nicht mehr vollkommen vertrauen. Obwohl – oder vielleicht gerade weil? – er so gut wie nichts von der Technik all dieser Systeme verstand, mit denen er wohl oder übel arbeiten musste, war sein Vertrauen in ihre Sicherheit bisher fast unerschütterlich gewesen. In Zukunft würde er wahrscheinlich jedes Mal, wenn er den Computer einschaltete, das Gefühl haben, Schwartz stünde hinter ihm.

Trotzdem rief er die Nachricht natürlich ab. Vermutlich spielte es ohnehin keine Rolle. Er wäre nicht mehr überrascht gewesen herauszufinden, dass Schwartz seine elektronische Post kannte, bevor er selbst sie gelesen hatte.

Die Nachricht bestand nur aus einem einzigen Satz – und der schien noch dazu keinen Sinn zu ergeben: HÖREN SIE AUF DEN KLANG IHRER SHAKREN.

»Was soll denn der Blödsinn?«, murmelte er. Er las den Satz ein zweites und drittes Mal, ohne dass es auch nur einen Deut mehr Sinn ergeben hätte. Trotzdem beunruhigte er ihn. Irgendwie schien alles, was seit zwei Tagen geschah, beunruhigend zu sein.

Dann bemerkte er etwas, das vielleicht noch seltsamer war als der kryptische Inhalt der Mail.

Sie hatte keinen Absender.

»Seltsam«, murmelte Vandermeer. »Ich dachte immer, das wäre gar nicht möglich.«

»*Was* ist nicht möglich?«

Vandermeer erkannte Franks Stimme, noch bevor er aufsah und den Volontär hinter sich erblickte. Er stand hinter seinem Stuhl, hatte die linke Hand in der Hosentasche und trug einen Plastikbecher mit heißem Kaffee in der anderen. Vandermeer überlegte einen Moment, ob er sich angeschlichen hatte, kam dann aber zu dem Schluss, dass wahrscheinlich nur er selbst nicht besonders aufmerksam gewesen war. Er hatte keine Lust sich schon wieder zu ärgern.

»Das da.« Er deutete auf den Monitor.

Frank beugte sich so weit vor, dass Vandermeer halbwegs damit rechnete, den Inhalt seines Kaffeebechers unversehens in seinem Hemdkragen wiederzufinden, und blickte stirnrunzelnd auf den Schirm. »Hören sie auf den Klang Ihrer Shakren«, murmelte er. »Was bedeutet das?«

»Nichts«, antwortete Vandermeer. »Vollkommener Unsinn. Aber das meine ich nicht. Die Mail hat keine Absenderangabe, siehst du? Ich dachte immer, das wäre technisch gar nicht möglich.«

»Ist es auch nicht«, bestätigte Frank. »Jedenfalls eigentlich. Darf ich mal?«

Vandermeer erhob sich von seinem Stuhl, um Frank Platz zu machen. Sie hatten nie über Computer gesprochen, aber Vandermeer nahm ganz selbstverständlich an, dass er etwas davon verstand. Frank war jung und schließlich kannten sich alle junge Leute irgendwie mit Computern aus. Außerdem gehörte wirklich nicht viel dazu, mehr von Computern zu verstehen als er. Vandermeer hatte eine Woche gebraucht, um zu lernen, wie man das verdammte Ding einschaltete.

Frank stellte seinen Kaffeebecher so kippelig auf die Schreibtischkante, dass er einfach herunterfallen *musste*, aber das Ding sprach allen Naturgesetzen Hohn und blieb stehen. Seine Hände begannen über die Tastatur zu fliegen und Dinge mit dem Computer zu tun, die Vandermeer weder verstehen konnte noch wollte. Trotzdem tat er wenigstens so, als ob er interessiert zusähe.

»Und?«

Frank zuckte mit den Schultern und schüttelte den Kopf; beides in der gleichen Bewegung. »Es gibt wirklich keinen Absender«, sagte er. »Aber Sie haben Recht – eigentlich ist es nicht möglich. Das ist einer der großen Vorteile des Internet, wissen Sie? Man kann keine anonymen Briefe bekommen.«

»Theoretisch.«

»Ja. Aber ich habe noch nie erlebt, dass so etwas passiert ist – und auch noch nichts davon gehört. Vielleicht einfach ein technischer Fehler. Oder ein pickelgesichtiger Hacker, der sich einen Spaß daraus macht, den Leuten dummes Zeug in ihre Mailboxen zu schreiben. Sie sagen, die Nachricht ergibt keinen Sinn?«

»Nein«, antwortete Vandermeer – was sogar die Wahrheit war. »Ich weiß nicht einmal genau, was Shakren sind.« *Das* war nicht die Wahrheit, aber das konnte Frank schließlich nicht wissen.

»Sollen wir nachsehen?«, fragte Frank grinsend.

»Nachsehen? Wo?«

»Sie haben einen kompletten Internet-Zugang hier«, antwortete Frank in fröhlichem Ton. »Das Tor zur schönen weiten Welt der totalen Information. Was immer in irgendeiner elektronischen Datei auf der Welt gespeichert ist, steht Ihnen auf Knopfdruck zur Verfügung.«

»Warum nicht.« Vandermeer zuckte mit den Schultern. »Versuch dein Glück.« Er zog sich einen zweiten Stuhl heran und nahm schräg hinter Frank Platz, während dessen Finger sich in Schatten zu verwandeln schienen, die wie von eigenständigem Leben erfüllte, geschäftige kleine Wesen über die Tasten huschten. Während der nächsten zehn Minuten tat Frank Dinge mit dem Computer, von denen Vandermeer nicht einmal gewusst hatte, dass sie möglich waren, und obwohl er nicht einmal ansatzweise verstand, was Frank tat, faszinierte ihn die traumwandlerische Sicherheit, mit der der Junge das Gerät bediente. Ein paarmal sprang das Diskettenlaufwerk an und übertrug mit einem leisen Klappern Daten auf eine der magnetisierten Scheiben. Schließlich schaltete Frank das Programm ab und drehte sich mit einem selbstzufriedenen Lächeln im Stuhl zu ihm herum.

»So, jetzt haben Sie alles auf Diskette, was es in englischer Sprache zum Thema Shakren gibt«, sagte er. »Etwas über ein Gigabyte an Text.«

»Kannst du es mir ausdrucken?«, fragte Vandermeer. Er hasste es, längere Texte am Bildschirm zu lesen.

Frank riss die Augen auf. »Ist das Ihr Ernst?«

»Wieso nicht?«

»Weil es mindestens zehntausend Seiten sind«, antwortete Frank. »Außerdem ist das allermeiste davon wahrscheinlich sowieso Unsinn. Sie sollten eine grobe Vorauswahl treffen, ehe Sie eine Tonne Papier damit verschwenden.« Er streckte die Hand nach dem Diskettenlaufwerk aus. »Ich kann das für Sie übernehmen, wenn Sie möchten. Ich nehme die Disketten mit nach Hause.«

»Ich glaube nicht, dass es sich lohnt«, antwortete Vandermeer zögernd. Frank war ihm plötzlich ein wenig *zu* eifrig. Wahrscheinlich wollte sich der Junge nur bei ihm einschmeicheln oder witterte in irgendeiner romantischen Anwandlung eine große, geheimnisvolle Story, die ihnen beiden den Pulitzer-Preis sichern oder zumindest eine abenteuerliche Verfolgungsjagd bis in noch nie von Menschen betretene Regionen des Himalaja bescheren würde. Aber nach der Geschichte mit dem Bild und der Erkenntnis, dass offenbar jeder hier in der Redaktion nach Belieben in seinen privaten Aufzeichnungen herumschnüffeln konnte, war er einfach misstrauisch geworden.

»Es macht mir wirklich nichts aus«, beharrte Frank. »Aber es kann eine Weile dauern. Ist eine Menge Zeug.«

»Meinetwegen«, antwortete Vandermeer. »Aber beschwer dich nicht bei mir, wenn sich herausstellt, dass es wirklich nur ein dummer Streich war.« *Hören Sie auf den Klang Ihrer Shakren.* Das war kein Hacker-Scherz. Es bedeutete etwas. *Aber was?*

»Eine Frage noch«, sagte er, als Frank aufstand, gegen die Schreibtischkante stieß und mit einer traumwandlerisch sicheren Bewegung seinen Kaffeebecher im freien Flug auffing, ohne auch nur einen Tropfen zu verschütten.

»Ja?«

»Nur einmal angenommen, jemand würde es schaffen, mir eine Nachricht zu schicken, ohne dass man den Absender herausfindet – müsste dieser Jemand dann viel von Computern verstehen?«

»Viel?« Frank lachte und fischte mit der freien Hand die Diskette aus dem Laufwerk. »Er müsste ein Genie sein.« Er steckte die Diskette ein, nippte an seinem Kaffee und fügte im Weggehen hinzu: »Oder zaubern können.«

Eine Viertelstunde später klingelte das Telefon und Bergholz meldete sich. Er kam sofort zur Sache, ohne sich mit einer Begrüßung aufzuhalten. »Hast du den Russen wiedergesehen?«

Vandermeer war ein bisschen verwirrt – und zugleich erschrockener, als er es sich erklären konnte. Es war normalerweise nicht Bergholz' Art, so mit der Tür ins Haus zu fallen. Außerdem war in seiner Stimme ein ungewohnt angespannter Ton. »Warum?«, fragte er ausweichend.

»Also ja«, antwortete Bergholz. »Das habe ich befürchtet. Du hast da in ein Wespennest gestochen, Hendrick, ist dir das klar?«

»Willst du mir auf diese Weise sagen, dass du etwas über Igor herausgefunden hast?«

»Sein Name ist nicht Igor, wie oft soll ich dir das noch sagen?«, seufzte Bergholz. »Und ich habe tatsächlich etwas herausgefunden.«

»Was?«

»Nicht am Telefon«, antwortete Bergholz. »Die Geschichte ist komplizierter, als du ahnst. Auf jeden Fall ist es wichtig, dass du dich von dem Kerl fernhältst. Können wir uns sehen?«

»Heute noch?«

»Warum nicht? Ich muss ohnehin heute Abend zum Flughafen Düsseldorf. Spielt keine Rolle, ob ich eine Stunde früher oder später hier verschwinde. Sagen wir, in zwei Stunden in deiner Wohnung?«

Hinter Vandermeers Stirn begannen sämtliche Alarmsirenen zu schrillen. Bergholz und er hatten sich seit fünf Jahren nicht mehr gesehen – und nun dieser plötzliche Überfall? »Hör mit dem Unsinn auf«, sagte er gerade heraus. »Was ist los?«

Bergholz raschelte einen Moment lang beschäftigt mit Papier; vermutlich allein, um Zeit zu gewinnen. »Vielleicht nichts«, sagte er dann. »Vielleicht auch eine ganze Menge. Wir sollten nicht am Telefon darüber reden. Passt es dir in zwei Stunden?«

»Nicht besonders«, gestand Vandermeer. »Eigentlich kann ich hier nicht weg und ...«

»Wir können uns auch in der Redaktion treffen.«

Alles, nur das nicht. Schwartz war immer der Letzte, der das Büro verließ, und Schwartz *kannte* Bergholz. »In zwei Stunden bei mir«, seufzte er. »Und wenn du mir dann nicht mindestens erzählst, dass Boris ein großes Tier bei der Russen-Mafia ist, kündige ich dir die Freundschaft.«

»Er heißt auch nicht Boris«, sagte Bergholz. »Wir reden nachher über alles. Und ... sprich mit niemandem darüber. Auch nicht mit deinen Kollegen.«

Er hängte ein, bevor Vandermeer Gelegenheit fand, auch nur eine weitere Frage zu stellen. Vandermeer starrte den Telefonhörer in seiner Hand konsterniert an. Die ganze Geschichte nahm allmählich die Dimensionen einer Groteske an. Wofür hielt sich Bergholz? Für eine billige James-Bond-Kopie in einem Agententhriller? Sprich mit niemandem! Das war lächerlich!

Außerdem machte es ihm Angst.

Er hängte ein, stand auf und setzte sich in der gleichen Bewegung wieder. Für einen Moment fühlte er sich so hilflos, dass er nicht einmal denken konnte. *Was ging hier vor?*

So wenig, wie er sich gerade hatte bewegen können, konnte er plötzlich weiter still sitzen. Er stand auf, schob umständlich seinen Stuhl an den Schreibtisch heran und ging schließlich in den Flur hinaus, um sich einen Kaffee zu ziehen.

Der Apparat war ausnahmsweise einmal in Ordnung und Frank musste entweder das Kleingeld ausgegangen sein oder er hatte sich zwanzig Tassen auf Vorrat gezogen, denn er belagerte den Kaffeeautomaten nicht, sodass Vandermeer ganz allein auf dem Flur war. Er nippte an seinem Kaffee, ging aber nicht ins Büro zurück, sondern lehnte sich mit Rücken und Hinterkopf an die Wand neben dem Automaten und schloss für einen Moment die Augen.

Der Kaffee schmeckte zwar scheußlich, aber er oder die Ruhe halfen ihm trotzdem, seine Gedanken zu ordnen, was auch dringend notwendig war. Bergholz' Anruf hatte ihn weit mehr aus dem Gleichgewicht gebracht, als ihm selbst bisher klar gewesen war. Nicht einmal so sehr sein Inhalt – mit ziemlicher Sicherheit würde sich seine *große Neuigkeit* als nicht annähernd so dramatisch herausstellen, wie er getan hatte. Bergholz arbeitete seit fünfzehn Jahren bei der Spionageabwehr. Vermutlich konnte er gar nicht mehr anders, als selbst die Wettervorhersage als Staatsgeheimnis zu betrachten.

Trotzdem ging er ihm nicht aus dem Kopf.

Vielleicht war es ja doch nicht so harmlos, wie er sich einzureden versuchte. Vielleicht war Igor oder Boris, oder wie immer er auch hieß, doch nicht rein zufällig vor dem brennenden Haus aufgetaucht und vielleicht hatte Ines mit ihrer Vermutung sogar Recht gehabt, was Wassili und seine »Edelsteinimitate« anging.

Und vielleicht würde ihm gleich der Himmel auf den Kopf fallen, wenn er das Haus verließ.

Vandermeer öffnete mit einem Ruck die Augen, trank den restlichen Kaffee mit einem einzigen, großen Schluck und drückte den Plastikbecher zusammen. Es wurde Zeit, dass er aufhörte wild herumzuspekulieren und mit dem anfing, was er seit fünfzehn Jahren von der Pike auf gelernt hatte: Informationen zusammenzutragen und Nachforschungen anzustellen.

Er warf den zerquetschten Plastikbecher in den Papierkorb, ging ins Büro zurück und fand Schwartz an seinem Schreibtisch. Der Chefredakteur telefonierte von seinem Apparat aus, blickte ihm mit finsterem Gesicht entgegen und hängte ein, als Vandermeer noch zwei Schritte von ihm entfernt war.

»Nehmen Sie jetzt auch schon meine Anrufe entgegen?«, fragte Vandermeer unfreundlich.

»Nur, wenn Sie nicht an Ihrem Arbeitsplatz sind«, antwortete Schwartz. Er machte eine Kopfbewegung zum Telefon. »Das war die Polizei. Ein Kommissar Marsler. Er erwartet Sie in Ihrer Wohnung. Bei Ihnen ist eingebrochen worden.«

6

Schwartz hatte ihm noch nachgerufen, dass er sich auf einen Schock gefasst machen solle, und er hatte kein bisschen damit übertrieben: Seine Wohnung sah aus wie ein Schlachtfeld. Marsler und zwei uniformierte Polizeibeamte erwarteten ihn in dem, was von seinem Wohnzimmer übrig geblieben war: Die Möbel waren allesamt umgeworfen und zum Teil zerbrochen und der Inhalt sämtlicher Schubladen und Schränke lag auf dem Fußboden verstreut. Bei einigen Schränken waren die Türen abgeschlagen worden und die Glasscheibe der Vitrine war zerstört. Die Einbrecher hatten die Polster und Rückenlehnen der Couch aufgeschlitzt, die Füllung herausgerissen und an zwei oder drei Stellen selbst die Fußleisten entfernt.

Marsler saß auf der Kante des umgestürzten Tisches und telefonierte, als Vandermeer hereinkam, hängte aber sofort ein und stand auf. Er trug noch dieselbe Kleidung wie am Vormittag und schon als Vandermeer noch drei oder vier Meter von ihm entfernt war, spürte er den leichten Brandgeruch, der ihm anhaftete. Sein Gesicht wirkte schlaff und mindestens zwanzig Jahre älter als heute Morgen. Außerdem fragte sich Vandermeer, was er hier eigentlich tat.

»Herr Vandermeer – Sie sind wirklich schnell.«

»Ich beeile mich immer, wenn man mir ausrichten lässt, dass bei mir eingebrochen wurde«, antwortete Vandermeer. »Eine alte Angewohnheit von mir. Sie wissen ja, wie das ist – man wird sie nicht mehr los.«

»Ja, das kenne ich.« Marsler lächelte, aber seine Augen blieben von diesem Lächeln unberührt und seine Haltung wirkte ein bisschen angespannt. »Wird denn bei Ihnen oft eingebrochen?«

»Das ist mir zu albern«, murmelte Vandermeer. Er ging an

Marsler vorbei, überquerte den Flur und betrat die Küche. Er hatte erwartet, dort ein ebensolches Chaos vorzufinden wie im Flur und im Wohnzimmer, aber es war schlimmer. Die Einbrecher hatten nicht nur sämtliche Schubladen und Schränke ausgeräumt, sondern auch die Tapeten abgerissen und die Blenden von Spülmaschine, Kühlschrank und Waschmaschine entfernt.

»Sieht so aus, als hätten Sie Feinde«, sagte Marsler von der Tür aus. In seiner Stimme war keine Spur von Schadenfreude, aber dafür etwas anderes, das Vandermeer ebenso wenig gefiel. »Oder jemand hat ganz besonders gründlich nach irgendetwas gesucht. Haben Sie eine Vorstellung, wonach?«

Vandermeer zählte in Gedanken bis fünf, ehe er sich zu dem Kriminalbeamten herumdrehte. Marsler hatte sich in den Türrahmen gelehnt und eine Zigarette in den Mundwinkel geklemmt, spielte aber nur mit seinem Feuerzeug, ohne sie anzuzünden. Vandermeer fiel erneut auf, wie müde er aussah.

»Was tun Sie hier?«, fragte Vandermeer.

»Ihre Nachbarn haben die Polizei gerufen«, antwortete Marsler. »Ihre Gäste waren nicht besonders leise – aber das sieht man ja.«

»Das meine ich nicht«, sagte Vandermeer. »Das hier ist doch nicht Ihr Gebiet, oder?«

»Nicht ganz.« Marsler hob die Schultern. »Ich war zufällig da, als die Meldung hereinkam ... Meine Kollegen vom Einbruch hatten nichts dagegen, dass ich ihnen die Arbeit abnehme, und ich dachte mir, Sie freuen sich, mich wiederzusehen.«

Vandermeer hob einen umgestürzten Stuhl auf, ließ sich darauf fallen und warf einen langen, niedergeschlagenen Blick in die Runde. Er entdeckte in jedem Moment mehr Verheerungen. Nichts, was nicht stabil genug schien, um einem Hammerschlag standzuhalten, schien unzerstört zu sein. Den Eindringlingen schien es weniger darum gegangen zu sein, etwas zu stehlen, als darum, möglichst große Verheerung anzurichten.

»Bitte nehmen Sie es mir nicht übel«, sagte er müde, »aber im Moment ist mir nicht nach witzigen Dialogen zu Mute.« Tatsächlich fragte er sich, wieso er eigentlich noch so ruhig blieb. Seine Wohnung war ein einziger Trümmerhaufen. Er hatte allen Grund, einen hysterischen Anfall zu bekommen.

»Das kann ich sogar verstehen.« Marsler steckte sein Feuerzeug wieder ein, ohne die Zigarette angezündet zu haben. »Haben Sie eine Vorstellung, was die Burschen gesucht haben könnten?«

»Gold?«, schlug Vandermeer vor.

Marsler zog die Augenbrauen zusammen. Er sah dadurch allerdings nicht ärgerlich aus, sondern nur noch müder. »Ich dachte, Ihnen ist nicht nach witzigen Bemerkungen«, sagte er.

»Ach, verdammt, was sollen Sie schon gesucht haben?«, fuhr Vandermeer auf. »Was suchen Leute, die in eine Wohnung einbrechen?«

»Vielleicht einen Reparaturschein?«, schlug Marsler vor.

Es dauerte einen Moment, bis Vandermeer begriff, was Marsler meinte. »Sie sind auf dem Holzweg, Marsler«, sagte er. »Das hier hat nichts mit dem Feuer bei Dahm zu tun.«

»Nein?«

»Nein, verdammt!« Vandermeer versuchte vergeblich seiner Stimme einen scharfen Klang zu verleihen. Er *wollte* wütend werden, aber es gelang ihm einfach nicht. »Ich habe Dahm eine billige Armbanduhr gebracht. Es lohnte sich kaum die Batterie zu wechseln. Glauben Sie, jemand hat seinen Laden in Brand gesetzt und meine Wohnung auseinander genommen, um eine Dreißig-Mark-Uhr zu stehlen?«

»Nicht zu vergessen der Mord an Dahm und seiner Verkäuferin«, sagte Marsler ungerührt.

»Mord?«

»Mord«, bestätigte Marsler. »Die beiden sind erschossen worden, bevor jemand sie und das Geschäft mit Benzin übergossen und angezündet hat.« Er behielt Vandermeer bei diesen Worten aufmerksam im Auge, aber Vandermeer war noch immer viel zu schockiert, um irgendwie zu reagieren. Er war auch nicht besonders überrascht.

»Das ist schlimm«, sagte er. »Aber Sie täuschen sich. Ich habe nichts mit dieser Geschichte zu tun.«

»Und Sie wissen auch nichts von einem Mann, der an der Brandstelle war.«

»Einem?« Vandermeer lachte kurz. »Ich dachte, es wären Hunderte.«

»Ja, aber nur einer wurde von einem Krankenwagen angefahren, nachdem er Ihnen einen Heidenschrecken eingejagt hat«, fügte Marsler hinzu.

»Ich weiß überhaupt nicht, wovon Sie reden«, sagte Vandermeer. »Was für ein Mann? Was für ein Krankenwagen?«

»Sie sind ein miserabler Lügner, Herr Vandermeer«, sagte Marsler müde. »Vielleicht ein guter Journalist, aber trotzdem ein miserabler Lügner, obwohl ich bisher immer dachte, dass das eine das andere ausschließt. Ich habe mindestens ein Dutzend Zeugen, die den Vorfall beobachtet haben. Sie schwören Stein und Bein, dass Sie ausgesehen haben, als hätten Sie ein Gespenst gesehen, als dieser Mann auf Sie zukam.«

»Ich?«

»Jemand, dessen Beschreibung rein zufällig genau auf Sie passt.« Marsler verdrehte die Augen. »Ich habe die Namen der Zeugen. Wenn Sie wollen, können wir gerne ein paar Steuergelder verschwenden und eine Gegenüberstellung organisieren. Also, wer war der Kerl?«

»Ich weiß überhaupt nicht, wovon Sie reden«, beharrte Vandermeer. »Verdammt, was soll das eigentlich? Falls Sie es noch nicht gemerkt haben: Bei mir ist eingebrochen worden. Meine Wohnung ist ein einziger Trümmerhaufen! Was soll dieses Verhör? Ist es neuerdings strafbar, Opfer eines Verbrechens zu sein?«

»Nein«, antwortete Marsler gelassen. »Aber durchaus, Informationen zurückzuhalten, die zur Aufklärung eines Kapitalverbrechens beitragen könnten. Wir untersuchen hier keinen Einbruch. Auch keine Brandstiftung, sondern einen Doppelmord. Wenn ich Sie wäre, würde ich darüber nachdenken, ob ich vielleicht Grund hätte Angst zu haben.«

»Kaum«, antwortete Vandermeer. »Wenn die Burschen wiederkommen, kann ich mich freikaufen. Ich habe noch eine zweite Uhr, wissen Sie? Sogar eine wesentlich teurere.«

»Vielleicht haben Sie auch gar keinen Grund, Angst zu haben«, sinnierte Marsler. »Und vielleicht sollte ich darüber nachdenken, warum das so ist.«

»Ja und vielleicht sollten Sie jetzt gehen«, fügte Vandermeer hinzu. »Bevor Sie sich ganz zum Narren machen.«

Er rechnete damit, dass Marsler wütend werden würde, aber der Kripobeamte reagierte nur mit einem Achselzucken. »Vielleicht gar keine schlechte Idee«, sagte er. »So, wie es hier aussieht, haben Sie jetzt sowieso genug zu tun. Ich hoffe, Sie haben eine zuverlässige Putzfrau.«

»Witzbold«, maulte Vandermeer.

Marsler nahm die Zigarette aus dem Mundwinkel und ließ sie in der Jackentasche verschwinden. »Machen Sie eine Aufstellung der Dinge, die fehlen«, sagte er. »Passt ihnen morgen, neun Uhr?«
»Wozu?«
»In meinem Büro«, sagte Marsler, schon im Hinausgehen. »Ich habe noch die eine oder andere Frage an Sie. Aber im Moment ist nicht der richtige Zeitpunkt dazu, das sehe ich ein.«

Er ging. Die beiden Streifenpolizisten folgten ihm, wobei der Letzte die Tür hinter sich zuzog. Vandermeer registrierte mit einem Gefühl leiser Überraschung, dass das Schloss hörbar einrastete. So sehr sich die Einbrecher auch bemüht hatten, seine Wohnung zu verwüsten, das Schloss hatten sie offenbar nicht nachhaltig beschädigt.

Vandermeer ging ins Wohnzimmer zurück und sah sich ein zweites Mal, aufmerksamer und mit einem Gefühl wachsender Verzweiflung, um. Der Zerstörungswut der Einbrecher war nicht viel entgangen, aber sie schienen nur sehr wenig *mitgenommen* zu haben. Seine Stereoanlage war umgestürzt, die Geräte waren aus dem Rack gerissen, der Fernseher lag auf der Mattscheibe und seine beiden Videorecorder schien jemand mit dem Hammer bearbeitet zu haben. Dabei ergab das gar keinen Sinn. Fernseher und Stereoanlage waren im Grunde das Einzige, was das Mitnehmen gelohnt hätte. Er hatte weder nennenswerte Beträge und Bargeld noch Sparbücher, Schmuck oder irgendwelche anderen Wertgegenstände im Haus. Wer immer hier gewesen war, schien gar nicht vorgehabt zu haben irgendetwas zu stehlen.

Er hob einen Stuhl auf, setzte sich und sah auf die Uhr. Er hatte noch gut anderthalb Stunden Zeit, bis Bergholz kam; eigentlich Zeit genug, um wenigstens das schlimmste Chaos zu beseitigen. Aber der Anblick hatte etwas derart Demoralisierendes, dass er sich nicht aufraffen konnte auch nur einen Finger zu rühren. Es lohnte sich nicht. Je mehr er sich umsah, desto klarer wurde ihm, dass die Einbrecher seine Wohnung nicht nur verwüstet, sondern von Grund auf *zerstört* hatten. Marsler hatte nach einer Putzfrau gefragt, aber wahrscheinlicher war, dass er gleich einen Entrümpelungstrupp brauchte.

Er hatte sowieso vorgehabt, sich neu einzurichten, dachte er sarkastisch. Auf diese Weise hatte er wenigstens keine Ausrede mehr, um es immer wieder vor sich her zu schieben.

Das Telefon klingelte. Vandermeer stand auf, grub den Apparat unter den Trümmerbergen aus und nahm den Hörer ab. Offensichtlich gab es in dieser Wohnung wenigstens *ein* Teil, das Dschingis Khans Sturmtruppen übersehen hatten. Er meldete sich mit einem unfreundlichen »Ja.«

»Wassili hier«, antwortete eine wohlbekannte, übermäßig das R rollende Stimme. »Guten Abend, Herr Vandermeer.«

»Wassili«, seufzte Vandermeer. »Nehmen Sie es mir nicht übel, aber im Moment steht mir wirklich nicht der Sinn nach ...« Dann erstarrte er. »Woher haben Sie meine Nummer? Sie steht nicht im Telefonbuch.«

Wassili lachte. »Nein, keine Sorge, ich nehme es Ihnen nicht übel. Ich hätte vermutlich auch nicht unbedingt die beste Laune, in Ihrer Lage.«

»In meiner Lage? Woher ...« Er merkte selbst, dass das eine ziemlich dumme Frage war, und sprach nicht weiter. Wenigstens brauchte er sich den Kopf jetzt nicht mehr über die Frage zu zerbrechen, wer seine Wohnungseinrichtung neu arrangiert hatte.

»Hören wir mit dem Unsinn auf«, schlug Wassili mit veränderter Stimme vor. »Sie haben meine Nachricht bekommen, nehme ich an.«

»Wenn Sie sich mit einem großen C wie Chaos schreibt, ja«, antwortete Vandermeer. »Aber ich muss gestehen, dass ich sie nicht ganz verstanden habe.«

»Aber sie ist doch sehr einfach«, antwortete Wassili. »Sie haben etwas, das uns gehört. Wir hätten es gerne wieder. Geben Sie uns unser Eigentum zurück und wir werden Sie nicht weiter behelligen.«

»Sie meinen die CD?«, fragte Vandermeer. »Das hätten Sie einfacher haben können. Ein Anruf hätte genügt. Sie gefällt mir sowieso nicht besonders.«

»Glauben Sie, dass das jetzt der richtige Moment für Scherze ist?«, fragte Wassili. Er klang ein ganz kleines bisschen gereizt, fand Vandermeer. »Sie wissen, wovon ich rede. Geben Sie uns den Stein.«

»Also doch«, murmelte Vandermeer. »Sie haben Dahm umbringen lassen, nicht wahr?«

»Michail ist manchmal etwas übereifrig«, sagte Wassili gelassen. »Es war nicht beabsichtigt jemanden zu töten. Aber Unfälle kommen leider Gottes nun einmal vor. Umso wichtiger wäre es, dass Sie sich als vernünftig erweisen und mir mein Eigentum zurückgeben.«

»Bevor es zu einem weiteren Unfall kommt?«

»Genau«, antwortete Wassili. »Wie gesagt: Michail ist manchmal etwas übereifrig. Das ist das Problem bei Mitarbeitern, die zu viel Freude an ihrer Arbeit haben.«

Die Drohung war so deutlich, wie sie nur sein konnte. Trotzdem antwortete Vandermeer: »Ich muss Sie enttäuschen. Ich habe ihn nicht mehr. Und ich weiß auch nicht, wo er ist. Ihr Michail hat meine Wohnung doch gründlich untersucht, oder? Ich kann Ihnen nicht sagen, wo Ihr verdammter Stein ist. Bedanken Sie sich bei Michail. Er war in diesem Fall vielleicht etwas *zu* übereifrig.«

»Wie meinen Sie das?«, fragte Wassili.

»Ich habe Dahm den Stein gegeben«, antwortete Vandermeer.

»Sie lügen. Er hatte ihn nicht.«

»Ja. Er sagte mir, dass er ihn weitergeben wollte, um ihn untersuchen zu lassen.«

»Von wem?«

»Das weiß ich nicht«, antwortete Vandermeer. »Und wenn ich es wüsste, würde ich es Ihnen nicht sagen. Aber ich denke, ich werde jetzt einhängen und den diensteifrigen jungen Polizisten anrufen, der gerade gegangen ist. Ich schätze, er interessiert sich brennend für den Inhalt unseres kleinen Gespräches.« Das hätte er von Anfang an tun sollen. Schwartz hatte vollkommen Recht gehabt: Er war nicht Clark Kent und sie waren hier nicht in einem Hollywood-Film. Diese Geschichte war eine Nummer zu groß für ihn. Er war Igor – der, wie er nun endlich wusste, eigentlich Michail hieß – einmal in die Quere gekommen und hatte dieses Zusammentreffen beinahe mit dem Leben bezahlt, und das nur, weil er zufällig im falschen Moment am falschen Ort gewesen war. Eine zweite Begegnung konnte allerhöchstens damit enden, dass man seine Leiche in irgendeiner Mülltonne fand.

Wassili schwieg eine geraume Weile. Als er weitersprach, war seine Stimme abermals verändert. Sie klang jetzt sehr viel ruhiger und der russische Akzent war kaum noch zu hören. »Ich weiß nicht, was ich von Ihnen halten soll, Herr Vandermeer. Sie sind entweder ganz besonders dumm oder ganz besonders mutig.«

»Legen Sie sich doch die Karten«, antwortete Vandermeer. »Vielleicht finden Sie ja darin die Antwort.«

»Sie scheinen den Ernst der Situation nicht zu begreifen, Herr Vandermeer«, fuhr Wassili fort. »Es ist keineswegs so, dass ich persönlich irgendeinen Groll gegen Sie hege. Ganz im Gegenteil. Ich finde Sie sogar recht sympathisch. Aber es ist nun einmal von großer Wichtigkeit, dass ich diesen Stein zurückbekomme.«

»Ihr Problem«, sagte Vandermeer knapp.

»Vielleicht. Vielleicht auch nicht. Sehen Sie, ich möchte Ihnen ungern drohen, aber ...«

»Aber was?«, unterbrach ihn Vandermeer. »Hetzen Sie mir Ihren Gorilla auf den Hals?«

»Es könnte zu einem weiteren ... Unfall kommen«, bestätigte Wassili. »Ich würde es sehr bedauern, wenn Ihnen etwas zustieße.«

»Machen Sie sich nicht lächerlich«, sagte Vandermeer. »Ich rufe jetzt auf der Stelle die Polizei an und ...«

»Nein, das werden Sie nicht«, unterbrach ihn Wassili. »Es sei denn, das Leben Ihrer entzückenden Freundin ist Ihnen ebenso wenig Wert wie Ihr eigenes.«

Vandermeer hatte das Gefühl, unvermittelt von einem Schwall eiskalten Wassers getroffen zu werden. Er konnte spüren, wie sein Herz zu rasen begann und ihm abwechselnd heiße und kalte Schauer über den Rücken liefen. Für einen Moment schien sich die gesamte Wohnung um ihn zu drehen. Seine Hand schloss sich so fest um den Telefonhörer, dass das Kunststoffmaterial hörbar knirschte.

»Sind Sie noch dran?«, fragte Wassili. Er klang fast fröhlich.

»Ja«, antwortete Vandermeer. Er hatte Mühe überhaupt zu reden, geschweige denn, einen klaren Gedanken zu fassen. »Aber ich ... ich kann Ihnen nicht helfen. Ich weiß nicht, wo der Stein ist, das müssen Sie mir glauben.«

»Das ist bedauerlich«, sagte Wassili. »Vor allem für die entzückende junge Dame.«

»Warten Sie!«, sagte Vandermeer hastig. Er konnte immer noch nicht richtig denken. Sein Kopf schien mit zähem Sirup gefüllt zu sein, in dem jeder noch so verzweifelte Ansatz von Logik hoffnungslos stecken blieb.

»Ja.«

»Ich ... ich brauche ein wenig Zeit«, stammelte er. »Vielleicht ... vielleicht kann ich herausfinden, wo der Stein ist, aber ich brauche Zeit. Zwei Stunden, mindestens. Besser drei.«

»Sie versuchen nicht mich hereinzulegen, oder?«
»Halten Sie mich für lebensmüde?«
»Nein«, antwortete Wassili. »Aber vielleicht für etwas zu optimistisch, angesichts Ihrer momentanen Lage. Zwei Stunden.«
»Ich weiß nicht, ob ich das schaffe«, antwortete Vandermeer. »Ich muss erst ...«
»Genau zwei Stunden, Herr Vandermeer«, fiel ihm Wassili ins Wort. »Michail wird Sie in genau zwei Stunden aufsuchen. Sollten Sie nicht da sein, wird er Sie finden, mein Wort darauf. Und – nehmen Sie das Mobiltelefon mit, das Sie von Michail haben. Meine Nummer ist eingespeichert.« Er hängte ein, noch bevor Vandermeer etwas erwidern konnte.

Vandermeer knallte den Hörer mit solcher Wucht auf die Gabel zurück, dass es dem Telefon vermutlich den Rest gab. Plötzlich war er so wütend, dass er am liebsten irgendetwas zerschlagen hätte. Wieso glaubte heute eigentlich jeder ihn als Punchingball für seine schlechte Laune benutzen zu können?

In zwei Stunden? Gut. Er freute sich darauf Michail in zwei Stunden hier zu sehen.

Er hatte eine Überraschung für ihn.

Vandermeers Euphorie hielt genau so lange an, wie er brauchte, um ins Bad zu gehen und Michails Handy aus der Tasche des Jacketts zu nehmen, das er am Vormittag achtlos über den Badewannenrand geworfen hatte. Das Gerät war eingeschaltet und in dem kleinen Display leuchtete eine elfstellige Nummer. Als er den Apparat am Morgen unter seinem Wagen hervorgeholt hatte, war es ausgeschaltet gewesen. Michail hatte sich eigens die Mühe gemacht, den Apparat zu suchen und die Nummer seines Auftraggebers einzutippen.

Der Gedanke hatte etwas so Ernüchterndes, dass Vandermeer fast eine Minute lang einfach nur dastand und nichts anderes tat, als den Apparat in seiner Hand anzustarren.

Das Schlimme war nicht, dass er nunmehr den definitiven Beweis in der Hand hielt, dass tatsächlich der Russe seine Wohnung verheert hatte und nicht irgendwelche jugendlichen Vandalen. *Daran* hatte es im Grunde auch vorher keinen Zweifel gegeben, auch wenn er sich in einem abgelegenen Winkel seines Verstandes noch immer eine Hintertür aufgehalten hatte, auf der stand, dass es immerhin so gewesen sein *könnte*. Schlimmer war das, was seine *Phantasie* ihm antat: Er stand da und starrte das Telefon an, aber für einen Moment sah er nicht das Handy, sondern Michail, der in aller Seelenruhe durch seine Wohnung ging und sie Stück für Stück verwüstete, ohne die geringste Hast und so pedantisch wie ein Buchhalter, der die Jahresbilanz seiner Firma erstellte, und ganz plötzlich, tatsächlich erst jetzt, in einer um fast zwanzig Minuten verspäteten Schockreaktion, begriff er *wirklich*, mit wem er es zu tun hatte.

Außerdem begriff er noch etwas und das war mindestens genauso schlimm: dass er sich wie ein kompletter Idiot benahm.

Vandermeer ließ das Telefon sinken, drehte sich langsam zum Spiegel um und starrte sekundenlang in seine eigenen, fassungslos aufgerissenen Augen. Er blickte in das Gesicht eines Idioten. Schwartz hatte sich in einem Punkt doch geirrt: Er *war* Clark Kent, aber ein Clark Kent ohne sein altes Ego. Wenn er zu fliegen versuchte, würde er auf die Nase fallen und sie sich brechen. Und er war nicht ganz sicher, ob er nicht bereits vom Dach des Daily Planet gesprungen und auf dem halben Weg nach unten war ...

»Idiot«, sagte er zu seinem Spiegelbild. »Du verdammter, dämlicher Idiot.«

Michail war hier gewesen, aber er hatte bis vor ein paar Stunden nicht wirklich begriffen, warum. Er war hier eingebrochen, aber nicht, um in seine *Wohnung* einzudringen, sondern in sein *Leben*. Er hatte alles angefasst, was ihm gehörte. Er hatte jeden Schrank durchwühlt, jede Schublade geöffnet, in jeden Winkel geschaut und das, nicht die Verwüstung, die er hinterlassen hatte, war die wirkliche Botschaft, von der Wassili sprach. Der Russe bestimmte die Regeln in diesem Spiel. Er war *hier gewesen*. Er hatte alles, was ihm gehörte, angefasst, jedes noch so intime oder auch banale Detail seines Lebens besudelt und auf irgendeine Weise war er immer noch hier, ein Puppenspieler, der an unsichtbaren Fäden zog.

Hatte er sich wirklich auch nur eine Sekunde lang eingebildet, es mit diesen Leuten aufnehmen zu können?

Vandermeer schloss die Augen, stützte sich mit den Handflächen auf dem Rand des Waschbeckens ab und atmete gezwungen tief und langsam ein und aus. Er erreichte damit das genaue Gegenteil dessen, was er wollte: Sein Herzschlag beschleunigte sich sprunghaft und er begann am ganzen Leib zu zittern. Trotzdem beruhigte sich das Chaos hinter seiner Stirn ein wenig. Seine

Gedanken rasten noch immer und er hatte nicht die geringste Ahnung, was zum Teufel er *tun* sollte, aber immerhin stand er nicht mehr da und starrte wie ein hypnotisiertes Kaninchen auf das, was von seinem Leben noch übrig geblieben war.

Er musste irgendetwas unternehmen. Noch während er gerade mit Wassili telefonierte, hatte er sich vorgestellt, einfach hier zu bleiben und zu warten, bis Bergholz kam, aber das war natürlich der blanke Unsinn. Michail würde nicht die Hände in den Schoß legen und in zwei Stunden brav an der Tür klopfen, um sich verhaften zu lassen. Mit ziemlicher Sicherheit ließ er ihn beobachten.

Vor allem musste er Ines warnen. Abgesehen von der Drohung, ihn selbst umzubringen, war sie das einzige Druckmittel, das Wassili gegen ihn in der Hand hatte. Dass ihre Beziehung nicht annähernd so tief war, wie der Russe offensichtlich vermutete, machte die Gefahr für sie nicht kleiner.

Er trat vom Waschbecken zurück und stellte dabei ohne die geringste Spur von Überraschung fest, dass seine Hand einen blutigen Abdruck auf dem weißen Porzellan hinterlassen hatte. Hastig steckte er das Handy ein, ging ins Wohnzimmer und bückte sich nach dem Telefon, um die Nummer des Western Star in Essen herauszusuchen. Aber er führte die Bewegung nicht einmal ganz zu Ende. Der Anruf wäre vollkommen sinnlos gewesen. Er kannte ja nicht einmal Ines' Nachnamen – ganz davon abgesehen, dass sie und ihre Schwester jetzt vermutlich noch an ihrem Messestand waren und ihm möglicherweise nicht einmal glauben würden, wenn er hysterisch bei ihnen anriefe und ihnen eine haarsträubende Geschichte auftischte, die er ja selbst kaum glaubte. Es war weitaus sicherer, wenn er hinfuhr und selbst mit ihr sprach.

Vandermeer sah nervös auf die Uhr. Es waren noch immer knapp anderthalb Stunden bis zu seiner Verabredung mit Bergholz – mehr als genug Zeit, um nach Essen zu fahren und Ines zu warnen, aber nicht genug, um pünktlich zurück zu sein. Er vermutete jedoch, dass Bergholz, wenn er das Chaos in seiner Wohnung sah, die richtigen Schlüsse ziehen und von sich aus die richtigen Schritte einleiten würde. Er verließ die Wohnung, ohne die Tür hinter sich zu schließen – die Gefahr, dass Einbrecher kamen und irgendetwas mitnahmen, schätzte er im Moment nicht besonders hoch ein –, ging zum Aufzug und machte dann noch einmal kehrt. Als er an der Tür der Nachbarwohnung klopfen wollte, wurde sie von innen aufgerissen und eine grauhaarige Frau in Kittelschürze und Stützstrümpfen trat ihm entgegen.

»Guten Abend, Frau Schellberg«, sagte Vandermeer. Er war nicht besonders überrascht. Er hatte immer geargwöhnt, dass seine Nachbarin die Hälfte ihrer Zeit hinter ihrer Wohnungstür verbrachte, um den Hausflur zu beobachten. Die andere Hälfte brauchte sie, um Tratsch zu verbreiten und Gerüchte in die Welt zu setzen.

»Herr Vandermeer!«, antwortete sie aufgeregt. »Um Gottes willen! Was ist denn nur passiert? Ich habe die Polizei gesehen und dann dieser schreckliche Lärm! Bei Ihnen ist eingebrochen worden?«

»Leider«, antwortete Vandermeer. Wahrscheinlich hätte sie ihm sehr viel ausführlicher erzählen können, was passiert war, als er ihr. Vandermeer hatte eine ziemlich konkrete Vorstellung davon, *welcher* seiner Nachbarn die Polizei angerufen hatte. Selbstverständlich anonym. »Sie haben ziemlich gehaust, fürchte ich. Die Wohnung sieht aus wie ein Schlachtfeld.«

»Wurde viel gestohlen?«, fragte sie. Sie versuchte sich auf die Zehenspitzen zu stellen und über seine Schultern hinweg einen Blick in den Flur zu werfen und selbstverständlich musste sie sehen, dass er die Tür nicht geschlossen hatte. Vandermeer tat so, als bemerke er es nicht.

»Das kann ich noch nicht sagen«, antwortete er. »Ich brauche wahrscheinlich eine Woche, um das Durcheinander aufzuräumen. Es sieht wirklich entsetzlich aus.«

»Wenn Sie wollen, helfe ich Ihnen gern«, erbot sich seine Nachbarin. »Ich kann mir vorstellen, dass Sie im Moment ...«

»Das ist wirklich sehr nett von Ihnen, Frau Schellberg«, unterbrach Vandermeer sie. »Vielleicht komme ich auf Ihr Angebot zurück. Aber im Moment hätte ich eine andere Bitte an Sie – wenn es Ihnen nichts ausmacht.«

»Natürlich nicht. Was kann ich tun?«

»Es ist nur eine Kleinigkeit«, antwortete Vandermeer. »Ich erwarte einen Freund. Es ist sehr wichtig, dass ich mich mit ihm treffe, aber dieser Einbruch bringt leider alles durcheinander. Ich ... muss dringend weg, zur Polizei, zur Versicherung – Sie können sich vorstellen, was jetzt los ist. Ich habe versucht, meinen Freund zu erreichen, aber er scheint bereits unterwegs zu sein.

Falls er kommt, bevor ich zurück bin, könnten Sie ihm dann etwas ausrichten?«

»Gerne. Und was?«

»Erzählen Sie ihm einfach, was passiert ist.« Das würde sie sowieso tun, ob Bergholz wollte oder nicht. »Sagen Sie ihm, dass ich in unserem alten Café auf ihn warte. Ganz egal, wie spät es wird.«

»Ist das alles?«, fragte Frau Schellberg. Sie schien ein wenig enttäuscht.

»Es ist sehr wichtig«, versicherte Vandermeer. »Ich kann mich doch darauf verlassen, dass Sie es ausrichten?«

»Selbstverständlich«, sagte Frau Schellberg. Ihre Augen leuchteten vor Begeisterung – vor allem, als Vandermeer zurücktrat und sie nun ganz deutlich sehen konnte, dass er seine Wohnungstür nicht zugezogen hatte.

Er verabschiedete sich, ging zum Aufzug und fuhr in die Tiefgarage hinunter. Sein Wagen stand vor dem Haus auf der Straße, aber nun, nachdem er endlich angefangen hatte, seinen Verstand zu benutzen, schienen seine Gedanken mit einer nie gekannten Klarheit zu arbeiten. Wassili müsste schon ein kompletter Narr sein, wenn er seinen Schläger *nicht* irgendwo vor dem Haus postiert hätte, um ihn zu beobachten. Wenn er jetzt in seinen Wagen stieg und wegfuhr, konnte er den Russen ebenso gut anrufen und ihm sagen, was er vorhatte.

7

In der Tiefgarage brannte Licht, als Vandermeer aus dem Aufzug trat. Er blieb unter der Tür stehen und sah sich mit klopfendem Herzen um. Er bemerkte niemanden, aber nach ein paar Sekunden hörte er das Geräusch, mit dem sich das Rolltor schloss. Einer der anderen Hausbewohner war kurz vor ihm hier heruntergekommen und weggefahren, so einfach war das. Trotzdem trat er mit zwei schnellen Schritten hinter einen der mächtigen Betonpfeiler, die die Decke trugen, und presste sich mit klopfendem Herzen dagegen. Er kam sich ein bisschen vor wie ein kleiner Junge, der Räuber und Gendarm spielte, aber an diesem Gefühl war nichts Albernes oder gar Peinliches. Ganz im Gegenteil: Er spürte plötzlich eine kribbelnde Erregung, die nichts mit seinen Anfällen von Panik und Paranoia zu tun hatten, sondern ihn vielmehr zu beflügeln schien – und eine Mischung aus leisem Erstaunen, aber auch Selbstzufriedenheit über seine eigene Cleverness. Vielleicht war es, im Nachhinein betrachtet, gar nicht so schlecht, dass er sich bisher in Wassilis Gegenwart wie ein kompletter Trottel benommen hatte. In einer Situation wie dieser war es bestimmt ein Vorteil, wenn ihn die Gegenseite unterschätzte.

Während er darauf wartete, dass der Zeitschalter seinen Dienst tat und das Licht in der Garage löschte, lauschte er weiter angestrengt auf verräterische Geräusche. Gleichzeitig ließ er seinen Blick über die geparkten Wagen in dem Teil der Tiefgarage schweifen, den er einsehen konnte, ohne hinter seiner Deckung hervortreten zu müssen. Er wusste, dass viele seiner Mitbewohner die schlechte Angewohnheit hatten, ihre Wagen nicht abzuschließen, wenn die hier unten standen. Vandermeer traute sich durchaus zu die Drähte aus einem Zündschloss zu reißen und so lange aneinander zu halten, bis er die richtigen erwischte und der Motor ansprang – schließlich hatte er genug Kriminalfilme gesehen, in denen es ganz genau so lief –, aber er hätte erhebliche Schwierigkeiten gehabt, eine Autotür aufzubrechen. Ganz flüchtig kam ihm die Erkenntnis, dass er nichts Geringeres als einen Autodiebstahl plante, aber er begriff im gleichen Augenblick, wie lächerlich diese Skrupel waren. Hier stand vielleicht ein Menschenleben auf dem Spiel. Sein eigenes.

Das Licht erlosch mit einem lang nachhallenden Klacken. Vandermeer blieb noch zwei Sekunden lang reglos hinter seiner Deckung stehen und lauschte in die Dunkelheit hinein, die plötzlich viel massiver zu sein schien, als sie sein durfte, dann schlich er auf Zehenspitzen los und näherte sich dem ersten Wagen. Als er die Hand nach der Tür ausstreckte, schickte er ein Stoßgebet zum Himmel, dass dies heute nicht ausgerechnet der erste Tag in der Geschichte dieses Hauses war, an dem alle Mieter vernünftig waren und ihre Wagen treu und brav abgeschlossen hatten.

Sein Gebet wurde erhört. Die Tür des BMW war nicht abgeschlossen und als Vandermeer sie öffnete und sich hinter das Lenkrad quetschte – der Wagen musste einem Zwerg gehören, der Sitz war so weit nach vorne geschoben, dass er mit den Knien gegen das Lenkrad stieß –, glaubte er im allerersten Moment seinen Augen kaum zu trauen.

Der Zündschlüssel steckte.

Vandermeer grinste über das ganze Gesicht, streckte die Hand nach dem Zündschlüssel aus – und fuhr wie elektrisiert zusammen. Ein eisiger Schrecken breitete sich wie eine lähmende Woge in seinem Körper aus. Er fuhr hoch, starrte in den Spiegel und war eine geschlagene Sekunde lang felsenfest davon überzeugt, in das hämische Grinsen Michails zu blicken, der auf dem Rücksitz gelegen und genau hier auf ihn gewartet hatte – erst dann wurde ihm klar, dass die verzerrte Grimasse im Spiegel sein eigenes Gesicht war. Und es verging noch eine zweite endlose Sekunde, ehe er die Kraft aufbrachte sich herumzudrehen.

Der Rücksitz war leer. Michail hatte nicht darauf gelegen und auf ihn gewartet. Wie hätte der Russe auch wissen sollen, dass er ausgerechnet *diesen* Wagen stehlen würde?

Vandermeer stieß so tief und erleichtert die Luft aus, dass der Laut zu einem gurgelnden kleinen Schrei zu werden schien, dann fuhr er sich mit dem Handrücken der Rechten erschöpft durch das Gesicht und zog zugleich mit der anderen Hand die Tür zu. Noch in der gleichen Bewegung und ohne dass er ihnen eigens den Befehl dazu erteilen musste, suchten seine Finger den Schalter der Zentralverriegelung und betätigten ihn. Seine Hände zitterten so stark, dass er Mühe hatte, den Zündschlüssel herumzudrehen und den Motor zu starten.

Er fuhr aus der Tiefgarage, bog nach links ab und versuchte unauffällig einen Blick in die am Straßenrand geparkten Autos zu werfen. In keinem davon schien jemand zu sitzen, aber das musste natürlich nichts bedeuten; Michail würde sich kaum so postieren, dass man ihn auf Anhieb sah. Vandermeer behielt die Straße hinter sich aufmerksam im Auge, während er sich der ersten Kreuzung näherte. Zumindest, bis er sie erreichte und abbog, löste sich kein anderer Wagen vom Straßenrand, um ihm zu folgen.

Trotzdem war es sicher besser, wenn er vorsichtig blieb. Obwohl er im Moment nichts so dringend gebraucht hätte wie Zeit, opferte er noch einmal zehn Minuten, in denen er kreuz und quer durch die Stadt fuhr und wahllos an Ampeln und Kreuzungen abbog, um einen eventuellen Verfolger abzuschütteln. Erst danach fuhr er auf die Autobahn und schlug den Weg nach Essen ein.

Wie sich zeigte, hatte er in der Wahl seines Fluchtfahrzeugs gleich doppeltes Glück gehabt: Der Wagen in dezentem Dunkelblau war nicht nur relativ unauffällig, er war auch *schnell*. Vandermeer legte die ersten zwei oder drei Kilometer mit vorschriftsmäßigen Hundert zurück, dann wartete er eine Lücke im fließenden Verkehr auf der Überholspur ab, scherte aus und gab Gas. Der BMW beschleunigte spielend auf hundertfünfzig, dann auf nahezu zweihundert. Während die Leitplanken links und die langsamer fahrenden Automobile auf der anderen Spur nur so an ihm vorüberflogen, sah Vandermeer immer wieder in den Rückspiegel. Er musste einen Großteil seiner Aufmerksamkeit darauf verwenden, den Wagen bei diesem irrwitzigen Tempo unter Kontrolle zu halten, aber er war trotzdem sicher, dass ihm niemand folgte. Das wäre bei dieser Geschwindigkeit sowieso fast unmöglich gewesen und unauffällig ließ es sich auf keinen Fall bewerkstelligen. Trotzdem überlegte er einen Moment, am nächsten Parkplatz anzuhalten und die gesamte Kolonne, die er gerade überholt hatte, an sich vorbeifahren zu lassen, entschied sich aber dann dagegen. Wenn Michail ihn verfolgte, würde er ihn vermutlich ohnehin nicht erkennen – und der Zeitvorteil, den er durch das schnelle Fahren gewonnen hatte, war einfach zu wertvoll, um ihn zu verschenken.

Nicht einmal zehn Minuten später bog er mit kreischenden Reifen in die Ausfahrt ein. Das Schicksal schien sich nun endgültig auf seine Seite geschlagen zu haben, denn obwohl jetzt eigentlich der Feierabendverkehr hätte losgehen müssen, waren kaum Autos auf der Straße und die Ampeln an der Ausfahrt zum Messeparkplatz zeigten Grün. Er brachte den Wagen mit quietschenden Bremsen unmittelbar hinter dem Pförtnerhäuschen zum Stehen, sprang hinaus und rannte los. Die Tür des kleinen Holzverschlages flog auf und ein aufgeregter Parkplatzwächter stürmte heraus und schrie ihm irgendetwas hinterher, das Vandermeer ignorierte. Mit weit ausgreifenden Schritten überquerte er den Vorplatz, stürmte zwischen den Kassenhäuschen hindurch und suchte nach seinem Presseausweis, um an den Kontrolleuren vorbeizukommen.

Er brauchte ihn nicht. Die Messe schloss in einer halben Stunde. Niemand wollte jetzt mehr hinein, und wenn doch, so hatte der Mann vom Wachpersonal wohl beschlossen, dass es sich nicht mehr lohnte, für die paar Minuten noch Eintritt zu verlangen; es war keine Spur mehr von ihm zu sehen. Trotzdem kostete es Vandermeer einige Mühe, sich durch den Menschenstrom zu kämpfen, der sich aus den Türen hinausschob. Offensichtlich hatten sich die meisten Besucher entschlossen, eine halbe Stunde früher zu gehen, um vor dem großen Andrang wegzukommen – was natürlich dazu führte, dass der große Andrang genau *jetzt* stattfand.

Der Menschenstrom wurde immer dichter. Vandermeer machte rücksichtslos von Händen, Knien und Ellbogen Gebrauch, um von der Stelle zu kommen, konnte aber nicht verhindern, dass er ein paarmal einfach zurückgeschoben wurde, wie ein Lachs, der sich ein etwas *zu* schnelles Gewässer ausgesucht hatte, um dagegen anzuschwimmen. Erst als er die beiden ersten Quergänge hinter sich gebracht hatte, wurde es etwas besser. Er trat noch immer andauernd auf Zehen, verteilte Ellbogenstöße und kassierte selbst Knüffe und blaue Flecken, aber er kam wenigstens von der Stelle.

Dann geschah etwas, das unter anderen Voraussetzungen nur lästig gewesen wäre, vielleicht sogar komisch, jetzt aber möglicherweise fatale Folgen haben würde: Vandermeer stellte fest, dass er sich verlaufen hatte. Er erkannte weder den Gang, in dem er sich gerade befand, noch wusste er, in welche Richtung er gehen musste, um Ines' Geschäft zu finden.

Wieder drohte er für einen kleinen Moment in Panik zu geraten. Das geschah ihm öfter in letzter Zeit, was ihm vielleicht Anlass gegeben hätte darüber nachzudenken, ob er tatsächlich so clever war, wie er selbst meinte, wäre er in der Verfassung gewesen diesen Gedanken weiter zu verfolgen. Er wusste immerhin, dass er in der richtigen Halle war – er *hoffte*, dass er in der richtigen Halle war, verdammt nochmal! –, aber er konnte nicht mehr sagen, ob der Verkaufsstand der beiden Schwestern nun am vorderen oder hinteren Ende war, auf der rechten oder der linken Seite …

Er drehte sich wahllos nach links, ließ sich ein paar Schritte weit von der Menge mittreiben und schaffte es irgendwie in einen der etwas weniger frequentierten Seitengänge auszuweichen. Er glaubte jetzt einige der Stände wiederzuerkennen, aber je verbissener er darüber nachzudenken versuchte, in welche Richtung er nun gehen musste, desto weniger klar war es ihm. Vandermeer stolperte ziellos weiter, blieb an der nächsten Gangkreuzung wieder stehen und wandte sich schließlich instinktiv in die Richtung, aus der ihm die meisten Besucher entgegenkamen. Die Messe war groß, aber nicht so gigantisch, dass er diese eine Halle nicht innerhalb von zehn oder fünfzehn Minuten systematisch absuchen konnte, wenn es sein musste. Was er brauchte, war nur ein bisschen Glück.

Fast überflüssig zu sagen, dass er es hatte.

Er entdeckte den oberen Rand von Ines' selbst gezimmertem Verkaufsstand über die Köpfe des Besucherstromes hinweg, als er sich zufällig nach links wandte, und er glaubte sogar kurz das Aufblitzen ihrer hellblonden Haare zu sehen, war aber nicht ganz sicher.

Als er losging, begann das Telefon in seiner Tasche zu schrillen. Vandermeer griff ganz automatisch danach, zog die Hand aber dann ohne das Gerät aus der Tasche. Es war nicht besonders schwer zu erraten, wer ihn da anrief – aber seine Antwort würde doch ziemlich davon abhängig sein, ob er Ines an ihrem Stand antraf oder nicht. Ziemlich drastisch sogar.

Wie immer, wenn man es besonders eilig hatte, schien er kaum noch von der Stelle zu kommen. Die Hallenlautsprecher meldeten sich mit einem Glockenton, der ihn an den Pausengong in seiner früheren Schule erinnerte, und machten die Besucher darauf aufmerksam, dass der Messetag in zehn Minuten zu Ende ging. Natürlich wusste Vandermeer, dass es ganz und gar unmöglich war, aber ihm kam es trotzdem vor, als ob die Menschenmenge, die ihm entgegenströmte, daraufhin schlagartig auf das Doppelte anwuchs. Er kam tatsächlich kaum noch voran. Erst als er ganz an den rechten Rand des Ganges auswich, wurde es etwas besser. Er lief dadurch zwar fast *auf* statt *vor* den Verkaufsständen und riss auch das eine oder andere Teil mit Schulter oder Hüfte um, was ihm eine Reihe von bösen Blicken oder auch wütenden Bemerkungen einbrachte, aber das war ihm gleich.

Als er sich dem Stand auf zehn Meter genähert hatte, sah er Ines. Sie stand hinter ihrem Tapeziertisch und unterhielt sich mit dem gleichen einnehmenden Lächeln mit einem Kunden, mit dem sie vorgestern auch mit ihm gesprochen hatte. Vandermeer blieb stehen. Ein Gefühl unendlicher Erleichterung machte sich in ihm breit. Er hatte den Gedanken – den *wirklichen* Gedanken –, dass Ines etwas zugestoßen sein könnte, bisher mit Erfolg verdrängt, aber nun, als er sie unversehrt vor sich stehen sah, wurde ihm klar, dass er es nicht ertragen hätte, wenn sie seinetwegen in

Gefahr geraten wäre. Er gestand sich ein, dass er vielleicht tatsächlich so clever war, wie er glaubte, aber nicht annähernd so cool. Wassili hatte ja keine Ahnung, wie nahe er daran gewesen war Erfolg zu haben. Er hätte Vandermeer buchstäblich zu *allem* zwingen können, hätte er seinen Schläger beauftragt Ines in seine Gewalt zu bringen, statt seine Wohnung zu demolieren.

Aber ein solcher Fehler passt nicht zu Wassili.

Vandermeer versuchte den Gedanken zu verscheuchen; zumal er den Beweis, dass es tatsächlich so war, ja vor Augen hatte. Trotzdem konnte er nicht verhindern, dass er sich fast ohne sein eigenes Zutun einmal im Kreis drehte und seinen Blick aufmerksam über die Menschenmenge schweifen ließ, um sich davon zu überzeugen, dass Michail nicht grinsend hinter ihm stand und mit einer Kalaschnikow spielte. Der Russe war eindeutig nicht da. Trotzdem beharrte etwas in ihm hartnäckig darauf. Solch einen groben Fehler würde Wassili nicht machen.

Er sah sich ein zweites Mal und sehr viel aufmerksamer um, entdeckte Michail auch diesmal nicht und wandte seine Aufmerksamkeit dann wieder Ines zu. Sie schien seinen Blick zu spüren, denn sie blickte kurz auf und runzelte die Stirn, als sie ihn sah, unterbrach ihr Verkaufsgespräch aber nicht. Vandermeer winkte ihr flüchtig mit der Hand zu, aber er blieb, wo er war. Er konnte den Kunden, mit dem Ines sprach, nur von hinten sehen – ein junger Bursche mit schulterlangem Haar –, aber er hatte das sichere Gefühl, dass er eines ihrer Windspiele kaufen würde; eines der teuren, auf die Klänge der Planeten abgestimmten. Kein Grund ihr das Geschäft zu verderben.

Vandermeer lächelte flüchtig, als ihm zu Bewusstsein kam, wie absurd dieser Gedanke war. Trotzdem blieb er dabei. Zwei oder drei Minuten machten jetzt keinen Unterschied mehr. Außerdem war da noch etwas, das dringend erledigt werden wollte. Das Telefon in seiner Tasche klingelte immer noch.

Er zog es heraus, drückte die Sprechtaste und hob das Gerät ans Ohr. »Ja?«

»Wieso hat das so lange gedauert?«, fragte Wassili. Er klang ein bisschen unwillig, fand Vandermeer. Nun, in ungefähr dreißig Sekunden würde er Grund dazu haben.

»Ich war beschäftigt«, antwortete er ruhig. »Ich bin ein wenig unschlüssig, wissen Sie? Aber vielleicht können Sie mir ja bei einer schwierigen Entscheidung helfen.«

»Was soll das?«, fragte Wassili. Vandermeer fand, dass er nun schon deutlich beunruhigter klang als gerade. Gut.

»Ich weiß einfach nicht, was ich tun soll«, antwortete er. »Soll ich mich gleich an die Spionageabwehr wenden, die bestimmt ganz heiß darauf ist, mit Ihrem Freund Michail zu reden, oder reicht es, wenn ich zur Polizei gehe? Was meinen Sie dazu?«

Wassili sagte einige Sekunden lang gar nichts. Als er schließlich antwortete, war zu Vandermeers Ernüchterung jede Spur von Beunruhigung oder gar Panik aus seiner Stimme gewichen. »Sie enttäuschen mich, Herr Vandermeer«, sagte er. »Ich scheine mich wirklich in Ihnen geirrt zu haben. Sie sind ein sehr, sehr dummer Mann, wenn Sie glauben, dass ich nur spaße.«

»Ich wäre ein sehr, sehr dummer Mann, wenn ich Ihr albernes Spiel weiter mitspie...«

»Das reicht«, unterbrach ihn Wassili. Seine Stimme war plötzlich so hart und ausdruckslos wie Glas. »Wo sind Sie, Vandermeer?«

»Ups«, sagte Vandermeer fröhlich. »Vergessen wir jetzt schon unsere guten Manieren? Gerade waren wir noch bei *Herr* Vandermeer.« Er grinste über das ganze Gesicht, während er sich vorstellte, wie Wassili jetzt in irgendeinem Hotelzimmer saß und vor Wut abwechselnd rot und weiß wurde. »Aber um Ihre Frage zu beantworten: Ich bin an einem sicheren Ort. O ja – und ich halte ein Telefon in der Hand, mit dem ich in ungefähr zehn Sekunden die Polizei anrufen werde.«

»Liegt Ihnen tatsächlich so wenig an Ihrer Freundin?«, wollte Wassili wissen. »Ihnen sollte klar sein, dass sie unter Ihrer Unvernunft zu leiden hat.«

»Und wieso?«, fragte Vandermeer.

Wassili seufzte. »Ich hasse so etwas, Herr Vandermeer«, sagte er in einem Ton, der seine Worte beinahe glaubhaft klingen ließ. »Aber wenn Sie mich dazu zwingen, dann muss ich Michail den Befehl erteilen, ihr einen Arm zu brechen. Vielleicht bringt Sie das ja zur Vernunft.«

Vandermeer schüttelte den Kopf. »Wassili, Sie sind ein Arschloch«, sagte er. Dann unterbrach er die Verbindung und steckte das Telefon ein. Plötzlich fühlte er sich entspannt und so erleichtert wie schon lange nicht mehr. Er bedauerte nur, dass er Wassilis Gesicht in diesem Moment nicht sehen konnte.

Ines schien ihr Verkaufsgespräch mittlerweile fast beendet zu haben. Sie löste behutsam eines der metallenen Röhrengebilde vom Haken und begann es in einem Bogen bunt bedruckten Geschenkpapieres einzuwickeln. Unpassend, fand Vandermeer. Jemand wie sie sollte graues Recyclingpapier verwenden.

Das Telefon meldete sich erneut. Vandermeer ließ es klingeln. Sollte Wassili ruhig noch ein bisschen schwitzen. Er hatte Grund dazu, auch wenn ihm vermutlich noch nicht einmal klar war, *wie viel* Grund. Möglicherweise – *wahrscheinlich*, gestand sich Vandermeer ein – hatte er Recht damit, sich über die Polizei wenig Sorgen zu machen. Bergholz und seine Leute waren ein anderes Kaliber.

Er wartete, bis der langhaarige Bursche das Paket unter den Arm geklemmt hatte und mit seiner Beute von dannen gezogen war, ehe er zu Ines hinüberging. Während er sich ihr näherte, begann er sich zu fragen, ob es wirklich an dieser Umgebung lag – sie kam ihm jetzt tatsächlich wieder ein bisschen hübscher vor als an dem Abend, als sie zusammen mit Wassili gegessen hatten; als wäre jetzt wieder etwas an ihr, das er an jenem Abend vermisst hatte. Er konnte immer noch nicht sagen, was, aber der Unterschied war zu deutlich, als dass es sich um bloße Einbildung handeln konnte.

Ines schrieb mit einer akribischen, winzigen Handschrift Zahlen in ein kleines Notizbuch, als er an den Stand trat. Sie sah auf, blickte aber eine gute Sekunde lang stirnrunzelnd seine Jackentasche an, aus der noch immer das Schrillen des Telefons drang, ehe sie endgültig zu ihm hochsah. Ihr Stirnrunzeln vertiefte sich. Sie sah überrascht aus, fand Vandermeer, aber nicht unbedingt *angenehm* überrascht. Eher wie jemand, der sich unversehens in einer Situation fand, die ihm peinlich war, sich dies aber nicht unbedingt anmerken lassen wollte.

»Hallo«, sagte er.

»Hallo«, antwortete sie. »Habe ich etwas vergessen? Waren wir verabredet?«

»Nein«, erwiderte Vandermeer. »Jedenfalls nicht für jetzt. Aber ich muss Sie sprechen. Dringend.« Bei aller Euphorie, in die ihn der Gedanke versetzte, Wassili an den Rand eines Schlaganfalls gebracht zu haben, vergaß er keine Sekunde lang, wie *gefährlich* dieser Mann war. Wahrscheinlich war Michail jetzt schon auf dem Weg hierher. Es würde eine Weile brauchen, aber sie hatten nicht alle Zeit der Welt. Nicht einmal sehr viel.

»Das ist ... ein etwas ungünstiger Moment«, sagte Ines zögernd. »Ich muss hier noch aufräumen, und ...«
»Das hat Zeit bis später«, unterbrach sie Vandermeer. Täuschte er sich oder versuchte Ines ihn irgendwie abzuwimmeln? Vielleicht hatte sie eine andere Verabredung.
»Das glaube ich nicht«, antwortete sie, nun schon in etwas entschlossenerem Ton. »Hören Sie, Herr Vandermeer, es tut mir Leid, wenn ich vielleicht einen falschen Eindruck ...«
»Haben Sie nicht«, unterbrach sie Vandermeer erneut. »Aber es ist wirklich wichtig. Wir müssen von hier verschwinden. Schnell.«
Irgendetwas an seinen Worten schien sie zu überzeugen, dass er tatsächlich nicht nur hergekommen war, um sich wichtig zu machen, denn sie widersprach nicht sofort, sondern sah ihn mit plötzlichem Ernst an. »Was ist passiert?«
»Nichts«, log er. »Ich ... ich will nicht behaupten, dass Sie in Gefahr sind, aber es ist wirklich besser, wenn wir von hier verschwinden. So schnell wie möglich.« Das war *eindeutig* gelogen. Sie *war* in Gefahr. Aber Vandermeer hielt es für besser, ihr die Wahrheit schonend beizubringen. In homöopathischen Dosen, sozusagen.
»Ich kann hier nicht einfach verschwinden und alles stehen und liegen lassen«, protestierte Ines. »Und schon gar nicht, wenn Sie mir nicht sagen, was eigentlich los ist.« Das Schrillen des Telefons schien ihre Worte noch zu unterstreichen. Vandermeer griff in die Tasche und schloss die Hand um das Gerät, aber das Schrillen schien dadurch eher noch lauter zu werden.
»Also gut«, sagte er. »Es hat etwas mit Wassili zu tun. Ich fürchte, Sie hatten mit Ihrer Einschätzung Recht. Der Mann ist kein harmloser Spinner.«
»Wassili?« Ines verstand ganz offensichtlich nicht einmal, von wem er redete.
»Der Russe, mit dem wir essen waren«, antwortete Vandermeer. »Sie hatten Recht – er ist ein Schmuggler, oder auch noch schlimmer. Ich weiß selbst nicht genau, was er ist, aber er ist gefährlich.«
Das Telefon schrillte zustimmend. Vandermeer riss das Gerät wütend aus der Tasche, schaltete es ein und hob es so heftig ans Ohr, dass er sich selbst einen Schlag versetzte.
»Sie gehen mir auf die Nerven, Wassili«, sagte er übergangslos.

»Wenn Sie auch nur halb so schlau sind, wie Sie selbst anzunehmen scheinen, dann schwingen Sie Ihren Arsch ins nächste Flugzeug und fliegen zurück nach Kasachstan, bevor ich ...«

»Ich stamme aus Sibirien«, unterbrach ihn Wassili. »Und ich bin wirklich enttäuscht von Ihnen, Herr Vandermeer. Aber ich glaube, noch viel enttäuschter wird Ihre Freundin von Ihnen sein. Sie hat sicher geglaubt, dass Ihnen mehr an ihr liegt.«

»Hören Sie endlich mit dem Quatsch auf«, seufzte Vandermeer. »ich weiß, dass Sie bluffen, Wassili.«

»Bisher hat Michail ihr nur wenig zuleide getan«, fuhr Wassili ungerührt fort. »Aber ich weiß nicht, wie lange ich ihn noch zurückhalten kann. Wie ich bereits sagte, er gehört zu jenen Menschen, die Freude an dem haben, was sie tun.«

Vandermeer starrte Ines an. Sie stand vor ihm. Er *sah* sie. Er brauchte nur die Hand auszustrecken, um sie zu berühren, und doch ... da war etwas in Wassilis Stimme, das es ihm von Sekunde zu Sekunde schwerer machte, tatsächlich zu glauben, dass er nur bluffte.

Aber das war unmöglich.

Niemand konnte an zwei Orten zugleich sein.

Es sei denn ...

Er konnte spüren, wie sich das Blut in seinen Adern in einen Strom mikroskopisch kleiner, scheuernder Eissplitter mit rasiermesserscharfen Kanten verwandelte. Sein Gehirn schien sich von einem Gedanken auf den nächsten in zähen Gelee zu verwandeln und eine Armee winziger Ameisen begann an seinem Rückgrat hinunterzulaufen. Langsam ließ er das Telefon sinken und starrte Ines an.

»Sie ... Sie sind nicht Ines«, sagte er leise. »Oder die Frau, mit der ich essen war, ist nicht Ines.«

»Erwischt«, antwortete sie. Sie versuchte zu lächeln, aber es gelang ihr nicht vollkommen. »Ich weiß, es war albern, aber meine Schwester und ich ...«

»Ihre Schwester?«, keuchte Vandermeer. Hätte er es gekonnt, hätte er geschrien. »Ihre ... Zwillingsschwester?!«

Sie nickte. »Ja. Hören Sie, Hendrick, es tut mir Leid. Das ist ein harmloser Spaß, den wir uns manchmal ...«

Vandermeer hörte gar nicht mehr zu. Seine Hände zitterten plötzlich so stark, dass er Mühe hatte, das Telefon wieder ans Ohr zu nehmen. »Wassili?«, fragte er.

»Haben Sie sich entschlossen endlich Vernunft anzunehmen?«, fragte Wassili.

Vandermeer nickte. Erst mit einer Sekunde Verzögerung sagte er: »Ja. Sie haben gewonnen. Lassen Sie sie in Ruhe. Ich komme zu Ihnen.«

»Ein sehr weiser Entschluss«, sagte Wassili. »Wir sind im Western-Star-Hotel. Die Zimmernummer wissen Sie sicher.«

Er schaltete ab. Vandermeer starrte das Telefon noch eine Sekunde lang an, dann klappte er es zu und ließ es ganz langsam in die Jackentasche gleiten. Jede noch so kleine Bewegung schien seine gesamte Kraft zu beanspruchen.

»Was ist passiert?«, fragte Ines. Ines? Er wusste nicht einmal ihren Namen!

Statt direkt auf ihre Frage zu antworten, streckte er nun tatsächlich die Hand aus, ergriff sie am Arm und zog sie mit deutlich mehr als *sanfter Gewalt* hinter ihrem Stand hervor. »Kommen Sie«, sagte er. »Ich erkläre Ihnen alles unterwegs.«

Während sie, so schnell es nur ging, dem Ausgang zustrebten, musste er noch einmal an sein voriges Telefongespräch mit Wassili denken. Er war nicht mehr ganz sicher, wer von ihnen beiden nun das Arschloch war, von dem er gesprochen hatte.

Oder doch.

Eigentlich *war* er sicher.

Erst als sie im Wagen saßen und sich Stoßstange an Stoßstange zusammen mit dem Rest des Feierabendverkehrs in Richtung Innenstadt quälten, begann er ihr die ganze Geschichte zu erzählen; natürlich nur die Kurzfassung, bei der er eine ganze Menge weg-, aber trotzdem nichts Wesentliches ausließ. Ines – oder wie immer seine Begleiterin nun wirklich heißen mochte – hörte schweigend und mit einem Ausdruck fassungsloser Ungläubigkeit zu, in den sich aber auch ein immer größer werdender Anteil Entsetzen mischte.

»Das ... das ist doch alles nicht wahr«, murmelte sie, als er schließlich fertig war. »Das haben Sie sich alles nur ausgedacht, um mir einen Schrecken einzujagen!«

»Ich wollte, es wäre so«, antwortete Vandermeer. Er schlug wütend mit der flachen Hand auf die Hupe, als der Wagen vor ihm zögerte, noch beim letzten Gelb über die Ampel zu fahren. Es nutzte nichts, aber es erleichterte ihn, auch wenn der Fahrer des anderen Wagens genauso reagierte, wie Vandermeer es umgekehrt getan hätte: Er trat erst recht auf die Bremse und zeigte Vandermeer im Rückspiegel einen Vogel.

»Sie ... Sie wollen mir allen Ernstes erzählen, dass sich meine Schwester in der Gewalt dieser ... dieser Verbrecher befindet, nur weil Sie Sherlock Holmes spielen müssen?« Die letzten Worte hatte sie fast geschrien.

Vandermeer beherrschte sich nur noch mühsam, um sie nicht seinerseits anzubrüllen. Das Verrückte war, dass er sie immer noch bezaubernd fand, trotz der entsetzlichen Lage, in der sie sich befanden, und der Tatsache, dass diese Gefühle im Moment von ihr ganz bestimmt nicht erwidert wurden. »Das wäre vielleicht nicht passiert, wenn ihr zwei nicht das doppelte Lottchen gespielt hättet«, antwortete er scharf. Genau genommen war das vollkommener Unsinn, aber sie schien auch nicht unbedingt in der Verfassung logisch zu denken, denn sie widersprach nicht, sondern begann nur für einen Moment hektisch in ihrer Handtasche herumzukramen. Erst nachdem sie Zigaretten und Feuerzeug gefunden und sich eine Zigarette angezündet hatte, fragte sie: »Und was wollen Sie jetzt tun?«

»Welche Wahl habe ich schon?« Die Ampel wurde grün. Der Wagen vor ihnen fuhr provozierend langsam los und Vandermeer musste sich mit aller Macht beherrschen, um nicht Vollgas zu geben und den Hornochsen quer über die Kreuzung zu schieben.

»Wir müssen die Polizei rufen«, sagte sie.

Vandermeer griff in die Tasche, zog das Handy heraus und warf es ihr in den Schoß. »Nur zu. Aber ich weiß nicht, was Wassili macht, wenn er ein Einsatzkommando der Polizei ins Hotel stürmen sieht. Er hat Ihre Schwester ... Ines? Sind Sie Ines oder ist sie ...«

»Mein Name ist Anja«, antwortete sie. »Sie ist Ines.«

»Immer?«

»Hören Sie schon auf!« Anja sog so wütend an ihrer Zigarette, dass ein paar Funken zu Boden fielen.

»Wie lange treiben Sie dieses alberne Spielchen schon?«, fragte Vandermeer.

»Eigentlich schon immer«, sagte Anja. Sie sah ihn nicht an. »Wir sind eineiige Zwillinge. Selbst unsere Eltern konnten uns nicht auseinander halten, wenn wir es nicht wollten.«

»Ich verstehe«, sagte Vandermeer kopfschüttelnd. »Wahrscheinlich habt ihr schon in der Schule eure Lehrer damit in den Wahnsinn getrieben.«

»Und wie«, bestätigte Anja. Sie klang nicht sehr amüsiert. Ihre Finger spielten nervös abwechselnd mit der Zigarette und dem Telefon.

»Und später dann die Jungs«, vermutete Vandermeer. »Hattet ihr immer nur einen Freund oder habt ihr euch zwei geteilt, ohne dass sie es wussten?«

Anja blickte ihn böse an.

»Schlaft ihr auch mit demselben Mann?«, fragte Vandermeer.

»Das reicht«, schnappte Anja. »Es war ein harmloser Spaß. Vielleicht ein kindischer, aber trotzdem ein harmloser Spaß.«

»Ja, das habe ich gemerkt«, grollte Vandermeer. »Habt ihr Wetten darauf abgeschlossen, wie lange der dämliche Trottel braucht, bis er etwas merkt?«

»Der Rekord liegt bei zwölf Verabredungen«, bestätigte Anja. »Wir sehen uns wirklich sehr ähnlich.«

»Dann wollen wir hoffen, dass das so bleibt«, antwortete Vandermeer, »und Michail nichts daran ändert.«

Anja wurde noch blasser. »Sind diese Leute wirklich ... wirklich so gefährlich?«, fragte sie stockend.

»Über Wassili weiß ich nicht viel«, antwortete Vandermeer achselzuckend. »Aber Michail hat schon einmal versucht mich umzubringen.« Er legte eine genau berechnete dramatische Pause ein. »Er hätte es fast geschafft.«

»Dann *müssen* wir die Polizei rufen«, sagte Anja.

»Das werden wir auch«, antwortete Vandermeer. »Keine Angst – ich bin nicht verrückt. Und auch nicht lebensmüde.« Er deutete mit einer entsprechenden Kopfbewegung auf das Telefon in Anjas Schoß. »Sie bleiben im Wagen. Sobald Ihre Schwester aus dem Hotel kommt, rufen Sie die Polizei an.«

»Sie wollen tatsächlich *dorthin* gehen?«, fragte Anja. Sie klang ungefähr so fassungslos, wie er sich bei dem Gedanken fühlte, freiwillig zu Wassili und Michail zu gehen. Er wollte es ganz und gar *nicht*. Ein Teil von ihm fragte sich selbst in diesem Moment noch ziemlich entgeistert, was um alles in der Welt er hier eigentlich *tat*. Die Dinge schienen auf eine Weise ins Rollen gekommen zu sein, die sich seinem Einfluss vollkommen entzog. Alles *geschah* einfach; nicht mehr *durch* ihn, sondern *mit* ihm.

»Ich muss«, antwortete er. »Keine Sorge. Wassili will etwas von mir. Er wird mir nichts tun, solange er den Stein nicht hat. Nur keine Angst.«

Anja sah ihn zweifelnd an, aber sie sparte es sich ihm zu widersprechen. Er wusste selbst, dass er das hauptsächlich sagte, um sich selbst zu beruhigen. Hauptsächlich? Nur deshalb.

»Aber Sie haben den Stein doch gar nicht«, sagte sie schließlich.

»Ich weiß«, antwortete Vandermeer. »Aber Wassili weiß das nicht. Er wird eine Weile brauchen, um es herauszufinden. Vielleicht lange genug, um Ihnen Gelegenheit zu geben, die Polizei zu rufen.« *Wenn sie mit doppelter Lichtgeschwindigkeit anrücken.* Er schätzte, dass Michail tatsächlich eine Weile brauchen würde, um die Wahrheit aus ihm herauszubekommen. Irgendetwas zwischen fünf und fünfzehn Sekunden.

Anja sah ihn nur an. Sie schwieg und sog nur dann und wann verbissen an ihrer Zigarette, aber es war auch gar nicht nötig, dass sie irgendetwas sagte. Sein Plan – so weit man das krause Durcheinander aus *Wenns* und *Vielleichts* und *Möglicherweises* hinter seiner Stirn überhaupt einen *Plan* nennen konnte – war der helle Wahnsinn. Man konnte es drehen und wenden, wie man wollte, es gab nur eine einzige logische Entscheidung: auf der Stelle die Polizei anzurufen und diese Geschichte Leuten zu überlassen, die wussten, was sie taten.

Dummerweise würde das Ines mit ziemlicher Wahrscheinlichkeit das Leben kosten.

»So schlecht sieht es gar nicht aus«, sagte er – obwohl Anja weiter beharrlich schwieg – im nervösen Tonfall einer Verteidigung. »Wir haben immerhin ein paar Vorteile auf unserer Seite.«

»Ja«, sagte Anja tonlos. »Wassili überschätzt Sie.«

»Wir haben ein bisschen Zeit«, fuhr Vandermeer fort. »Nicht viel, aber ein bisschen. Wassili rechnet frühestens in einer halben Stunde mit mir.«

»Wunderbar«, sagte Anja. »Und was haben wir davon?«

»Keine Ahnung«, gestand Vandermeer. Ihre Art alles negativ zu sehen reizte ihn allmählich zur Weißglut – und trotzdem gelang es ihm einfach nicht richtig wütend auf sie zu werden. Er verstand seine eigenen Reaktionen nicht mehr: Er befand sich in der zweitschlimmsten Situation seines Lebens und sie hatte gute Aussichten, zur schlimmsten und möglicherweise auch *letzten* Situation seines Lebens zu werden, und alles, woran er wirklich denken konnte, war, wie sehr ihn diese junge Frau neben ihm faszinierte. Es war einfach grotesk. Aber es war so.

»Wie weit ist es noch?«, fragte er.

»Zum Hotel?« Anja überlegte einen Moment. »Drei oder vier Ampeln ... glaube ich.« Sie seufzte. »Eine Stunde, bei diesem Verkehr.«

Das war übertrieben, aber nicht sehr. Der Verkehr schien immer dichter zu werden. Sie standen eindeutig mehr, als sie fuhren, und *wenn* sie fuhren, dann im Schritttempo. Vandermeer schätzte, dass sie bei diesem Tempo mindestens noch zwanzig Minuten brauchen würden. Zwanzig Minuten, in denen sich Ines in Michails Gewalt befand. Für Vandermeers Geschmack genau zwanzig Minuten zu viel. Was sie brauchten, war ein Wunder. Wenigstens ein kleines.

Hinter ihnen wurde das Heulen einer Sirene laut. Vandermeer sah in den Rückspiegel und entdeckte ein asynchrones, stroboskopisches Zucken, das nach wenigen Augenblicken zu den rotierenden Blaulichtern von zwei, dann drei Feuerwehrwagen auseinander fiel. Die Fahrer hinter ihnen begannen nach rechts und links auszuweichen, um den Feuerwehrwagen Platz zu machen, und auch Vandermeer setzte den Blinker und lenkte den BMW an den rechten Straßenrand. Er wartete, bis der letzte der drei Feuerwehrwagen an ihnen vorbeigefahren war, dann gab er Gas und setzte sich mit kreischenden Reifen hinter ihn.

Der Wagen, der sie vorhin an der Kreuzung aufgehalten hatte, hätte ihn beinahe gerammt. Der Fahrer drückte wütend auf die Hupe und schüttelte die erhobene Faust. Vandermeer grinste und zeigte ihm den ausgestreckten Mittelfinger.

»Das kann Sie eine Anzeige kosten«, sagte Anja, was im Moment ein ziemlich hirnrissiger Einwand war, fand Vandermeer. Trotzdem antwortete er darauf.

»Das macht nichts. Der Wagen gehört mir nicht.«

Sie kamen immer noch nicht besonders rasch voran, nicht einmal halb so schnell, wie Vandermeer lieb gewesen wäre, aber trotzdem ungleich schneller als bisher. Kurz bevor sie die fünfte Ampel erreichten, deutete Anja nach links. Vandermeer nickte, setzte den Blinker und bog mit kreischenden Reifen ab, ohne dem Gegenverkehr viel Beachtung zu schenken. Anja sog hörbar die Luft ein, aber sie sagte nichts.

Der verchromte Glasturm des Western Star lag nur noch einen

halben Straßenzug vor ihnen. Vandermeer nahm behutsam Gas weg, ließ den Wagen langsamer rollen und hielt schließlich an. Seine Finger trommelten nervös auf dem Lenkrad. Er registrierte beiläufig, dass seine Hand wieder zu bluten begonnen hatte, aber das überraschte ihn nicht mehr. Wunder hatten nun einmal ihren Preis.

8

»Was ist?«, fragte Anja. »Worauf warten wir?« Sie rauchte nervös. Ihre Zigarette war wieder fast unversehrt. Vandermeer hatte nicht einmal gemerkt, dass sie sich eine neue angezündet hatte.

»*Wir* warten auf gar nichts«, antwortete er betont. »Sie bleiben hier im Wagen, ist das klar?«

»Und Sie gehen ganz allein dort hinein und räumen mit den bösen Buben auf?« Anja schnaubte. »Machen Sie sich nicht lächerlich.«

»Ich habe nicht vor den Helden zu spielen«, antwortete Vandermeer. Die Worte waren ehrlich gemeint. »Ich ... ich weiß noch nicht wie, aber ich werde Wassili irgendwie dazu bringen Ines laufen zu lassen. Sobald sie in Sicherheit ist, rufen Sie die Polizei an.«

»Ein toller Plan«, sagte Anja.

»Haben Sie einen besseren?«

»Nein«, sagte sie. »Aber ich werde bestimmt nicht hier sitzen bleiben und brav darauf waren, dass Ines herausspaziert kommt. Ich komme mit.«

»Das tun Sie ganz bestimmt nicht«, antwortete Vandermeer entschlossen. »Bitte, Anja! Ich gebe ja zu, dass ich nicht unbedingt einen genialen Plan habe, aber ich ... ich werde eben improvisieren.« *Und einfach auf mein Glück vertrauen.* »Ich bin gut darin«, fügte er hinzu.

»Ja, das sehe ich.«

Vandermeer widersprach nicht mehr, sondern griff nach dem Telefon auf ihrem Schoß. Er drückte auf die Rückruf-Taste, hob das Gerät ans Ohr und hörte fast in der gleichen Sekunde das Freizeichen. Es läutete dreimal, bis Wassili abnahm.

»Ja.«

»Ich bin jetzt gleich da«, sagte er. »Geben Sie mir Ines.«
»Warum sollte ich das tun?«, fragte Wassili.
»Um mich davon zu überzeugen, dass sie noch lebt«, antwortete Vandermeer.
Wassili lachte. »Ich bitte Sie, Herr Vandermeer. Ich würde dieser entzückenden jungen Dame niemals etwas zuleide tun. Es sei denn, Sie zwingen mich dazu. Kommen Sie her und ich lasse sie frei. Sie haben mein Wort.«
Vandermeer beherrschte sich gerade noch, um Wassili nicht zu sagen, wohin er sich sein Wort schieben konnte. »So läuft das nicht«, sagte er. »Ich werde keinen Fuß in das Hotel setzen, bevor Sie das Mädchen nicht freigelassen haben.«
»Und ich meinerseits kann das nicht tun, solange Sie mir nicht mein Eigentum zurückerstattet haben.« Wassili seufzte. »So etwas nennt man ein klassisches Patt, nicht wahr?«
»Seien Sie vernünftig, Wassili«, sagte Vandermeer. Anja wollte etwas sagen, aber er brachte sie mit einem beschwörenden Blick zum Schweigen und fuhr mit erzwungener Ruhe fort: »Sie haben gewonnen. Ich kapituliere. Ich gebe Ihnen mein Wort, dass ich keine Tricks versuchen werde. Sie bekommen diesen verdammten Stein zurück, aber lassen Sie Ines da raus. Sie hat mit der ganzen Geschichte nicht das Geringste zu tun.«
»Ich weiß«, sagte Wassili. »Ihre entzückende Freundin und ich haben ein wenig geplaudert, während wir auf Sie gewartet haben. Deshalb weiß ich auch, dass Ihre Verbindung ... nun, sagen wir, nicht ganz so tief ist, wie ich bisher annahm. Es ehrt Sie, dass Sie Ihr Leben aufs Spiel setzen, um eine eigentlich völlig Fremde zu retten. Allerdings frage ich mich, ob ich Ihnen wirklich trauen kann.«
»Wollen Sie Ihren Stein oder nicht?«, fragte Vandermeer.
»Haben Sie ihn bei sich?«
»Für wie dumm halten Sie mich?«, erwiderte Vandermeer. »Hören Sie mir zu, Wassili. Ich mache Ihnen einen Vorschlag. Wir treffen uns in der Halle. Sie fahren zusammen mit Ines herunter und lassen sie gehen. Sobald ich sehe, dass sie in den Wagen steigt und wegfährt, sage ich Ihnen, wo der Stein ist.« Das klang sogar in seinen eigenen Ohren lächerlich. Wassili machte sich nicht einmal die Mühe zu antworten. Vandermeer wartete eine Weile vergeblich, dann zuckte er mit den Schultern, schaltete das Telefon aus und gab es Anja zurück.

»Was hat er gesagt?«, fragte sie.

»Nein«, antwortete Vandermeer. »Wenigstens sinngemäß.« Er fuhr an, sah im letzten Moment die Scheinwerfer eines anderen Wagens im Rückspiegel auftauchen und trat so hart auf die Bremse, dass Anja und er spürbar in die Gurte geworfen wurden. Der andere Wagen wich mit quietschenden Reifen aus und verursachte seinerseits beinahe einen Unfall, ehe der Fahrer die Gewalt über das Lenkrad zurückerlangte.

Anja sah ihn vorwurfsvoll an. »Haben Sie noch mehr solcher grandiosen Ideen?«, fragte sie.

Vandermeer war nicht ganz sicher, ob sie sein Gespräch mit Wassili oder seine Fahrkünste meinte, aber er zog es vor nicht danach zu fragen. Er fuhr endgültig los – diesmal *sah* er in den Rückspiegel –, lenkte den Wagen auf die Hoteleinfahrt hinauf und hielt direkt vor dem Haupteingang. Ein Page mit knöchellangem grauem Mantel und Zylinder öffnete Anja die Tür. Vandermeer erwartete, dass sie um den Wagen herumgehen und seinen Platz hinter dem Steuer einnehmen würde, aber sie war im Hotel verschwunden, noch bevor er ausgestiegen war.

Vandermeer blickte ihr mit einer Mischung aus Resignation und Ärger nach. Eigentlich hatte er keine Sekunde lang wirklich damit gerechnet, dass sie tatsächlich im Wagen auf ihn warten würde – er an ihrer Stelle hätte es wahrscheinlich auch nicht getan. Kopfschüttelnd trat er um den Wagen herum, um ihr zu folgen.

»Bitte verzeihen Sie, mein Herr«, sagte der Page, »aber Sie können hier nicht stehen bleiben.« Er deutete nach links. »Die Einfahrt zum Parkhaus ist gleich dort hinten.«

»Wunderbar«, sagte Vandermeer und drückte dem total verblüfften Mann die Wagenschlüssel in die Hand. »Dann parken Sie den Wagen.«

»Das tut mir Leid«, sagte der Page. »Aber diesen Service gibt es bei uns nicht. Ich muss Sie bitten den Wagen selbst in die Garage zu fahren.« Er klang noch immer freundlich, aber schon ein bisschen nachdrücklicher. Vandermeer hatte keine *Zeit* für diesen Scheiß.

Außerdem fiel ihm praktisch in derselben Sekunde ein, dass es ziemlicher Unsinn war. Sie brauchten den Wagen. Unter Umständen hing ihr Leben davon ab, dass sie ihn schnell erreichten. Rasch nahm er dem Mann den Schlüsselbund wieder aus der

Hand, ließ ihn in der Tasche verschwinden und zog stattdessen einen Zwanziger hervor. »Fünf Minuten«, sagte er. »Ich bleibe allerhöchstens fünf Minuten.«

Der Mann starrte den Zwanziger, der urplötzlich zwischen seinen Fingern erschienen war, eine Sekunde lang perplex an, dann fuhr er auf dem Absatz herum und stürmte ihm nach, aber Vandermeer ließ sich auf keine Diskussion mehr ein, sondern trat so schnell durch die Drehtür, dass die Automatik Mühe hatte, mit ihm Schritt zu halten. Er betete, dass der Mann ihm nicht bis ins Hotel hinterherkam und eine Szene machte. Das Letzte, was er jetzt brauchte, war Aufsehen.

Der Schritt durch die Drehtür war zugleich ein Schritt in eine andere, Vandermeer fremde Welt. Er kannte Hotels wie dieses natürlich, aber das bedeutete nicht, dass er sie mochte. Alles hier war purer Luxus. Der Boden war eine einzige riesige Fläche aus auf Hochglanz poliertem Marmor. Die Wände der gewaltigen, acht Stockwerke hohen Halle waren mit Spiegeln oder auch mit Marmor in der gleichen Farbe wie der Boden verkleidet und die Möbel, die in lockeren Gruppen in der Halle verteilt waren, bestanden aus edlen Hölzern und kostbarem Leder. Das Licht kam aus zahllosen, zum größten Teil versteckt angebrachten Lampen und hatte einen warmen Gelbton, vielleicht, um Tageslicht zu simulieren. Eine breite, ganz aus Glas und Chrom gebaute Rolltreppe führte zu einem Absatz in der Höhe des ersten Stockwerks hinauf, von wo aus mehrere gläserne Aufzugkabinen die Gäste zu ihren Zimmern brachten. Überall standen Blumen und exotische Grüngewächse in großen Hydrokübeln und die Luft war von dezenter klassischer Musik erfüllt, die gerade laut genug spielte, um nicht ganz im Geräuschpegel der Halle zu verschwinden.

Vandermeer entdeckte Anjas schlanke Gestalt am Empfang und steuerte auf sie zu. Er fühlte sich ein wenig unbehaglich, was neben allem anderen vermutlich auch an seiner Umgebung lag. Obwohl sich die Architekten dieses Gebäudes sichtlich Mühe gegeben hatten, für eine behagliche Atmosphäre zu sorgen, erschien es ihm kalt und abweisend; kein Ort, an dem sich Menschen wirklich wohl fühlen konnten, sondern nur einer, an dem sie zeigten, dass sie *Geld* hatten. Ganz flüchtig fragte er sich, wie sich Anja und Ines ein solches Hotel eigentlich leisten konnten. Aber das spielte im Moment wirklich keine Rolle.

»Das war nicht vereinbart«, sagte er, als er neben Anja angekommen war.

Sie drückte ihre Zigarette im Aschenbecher aus, zündete sich sofort und mit zitternden Händen eine neue an und setzte zu einer aufgebrachten Entgegnung an, die mit den Worten »Es war auch nicht vereinbart, dass ...« begann, aber Vandermeer brachte sie mit einer schnellen Geste und einem beschwörenden Blick auf das Personal hinter der Theke zum Schweigen.

»Bitte jetzt keine Extratouren mehr«, sagte er leise. »Wenn wir jetzt einen Fehler machen, ist Ihre Schwester ...«

Tot? Er hatte das nicht sagen wollen, aber er konnte das Wort deutlich in Anjas Augen lesen und schluckte den Rest des Satzes herunter; wie immer der auch gelautet hätte.

Anja sog nervös an ihrer Zigarette und blies ihm unabsichtlich eine Rauchwolke ins Gesicht, während sie sprach. »Da wir nicht die geringste Ahnung haben, was wir tun sollen, können wir eigentlich auch keine Fehler machen, oder?«

»Das ist nicht besonders konstruktiv«, maulte Vandermeer. Er überlegte noch eine Sekunde, dann griff er nach dem Telefon auf der Theke und fragte: »Welche Zimmernummer?«

»Vierhundertzwölf.«

Vandermeer wählte die ersten beiden Ziffern, dann legte er wieder auf. Seine Finger spielten nervös mit dem Telefonhörer. Es wurde Zeit, dass er zugab, dass Anja Recht hatte: Er hatte nicht die geringste Ahnung, was er tun sollte. »Also gut«, sagte er schließlich. »Passen Sie auf, Anja: Sie bleiben hier. Ganz egal, was passiert. Wassili und Michail dürfen Sie auf keinen Fall sehen. Sie sind vielleicht der einzige Trumpf, den wir noch haben.«

»Wieso?«

Vandermeer hob nur die Schultern. Er hatte noch immer keine konkrete Vorstellung, wohl aber das vage Gefühl, dass sich aus der frappierenden Ähnlichkeit zwischen Anja und ihrer Schwester irgendwie Kapital schlagen lassen müsste. Sie hatten so wenige Vorteile in diesem unfairen Spiel, dass selbst die kleinste Kleinigkeit zählte.

»Ich brauche Ihren Schlüssel.«

Anja sah ihn überrascht an, nahm aber gehorsam die Türkarte aus der Handtasche und reichte sie ihm. Vandermeer stieß in Gedanken einen Fluch aus. Natürlich hätte er sofort wissen müssen, dass dieses Hotel keine normalen Türschlösser mehr hatte, sondern diese verdammten Scheckkarten-Dinger. Mit einem ganz normalen, altmodischen Schlüssel, wie Menschen sie seit Jahrhunderten benutzten, hätte er vielleicht eine Chance gehabt, unbemerkt in Ines' Zimmer zu kommen. Diese Mistdinger ließen im Zimmer einen leisen Summton hören, sobald man sie ins Schloss schob.

»Ich fahre jetzt nach oben«, sagte er. »Sie warten, bis ich aus dem Aufzug trete. Genau zehn Minuten, keine Sekunde länger und keine weniger. Wenn Ihre Schwester bis dahin nicht aufgetaucht ist, rufen Sie die Polizei.«

Sie nickte. Plötzlich war sie sehr ernst, aber ebenso plötzlich auch sehr ruhig. Ihre Hände zitterten nicht mehr und auch das nervöse Flackern in ihren Augen war erloschen. Anscheinend hatte sie sich damit abgefunden, dass es nun Ernst wurde. Vandermeer hätte viel darum gegeben, auch nur ein Zehntel ihrer Ruhe zu haben.

»Zehn Minuten«, wiederholte er. »Sobald ich aus dem Aufzug gehe.«

Er drehte sich hastig herum und ging auf die Rolltreppe zu, noch ehe sie die Gelegenheit fand etwas zu sagen oder gar versuchen konnte ihn von seinem Vorhaben abzubringen. Er hatte Angst, dass es ihr gelingen würde.

Sein Herz schlug sehr langsam, aber so hart, dass er glaubte es bis in die Haarwurzeln zu spüren. Er hatte nicht wirklich Angst. Das Gefühl, das sich allmählich in ihm auszubreiten begann, während er mit der Rolltreppe nach oben fuhr, war vollkommen anders; wie eine sich langsam aufbauende, immer unerträglicher werdende Spannung, die ihn gleichzeitig zu lähmen wie auch mit einer nervösen Energie zu erfüllen schien, die es ihm unmöglich machte still zu stehen. Er ging die Rolltreppe hinauf, statt sich, wie es der Sinn der Konstruktion war, nach oben tragen zu lassen. Seine Hände bewegten sich ununterbrochen.

Vandermeer beobachtete sich selbst mit einer Mischung aus fast wissenschaftlicher Neugier und schierem Entsetzen. Die Stimme, die ihm zuflüsterte, dass er vollkommen den Verstand verloren haben musste, sich auf dieses irrwitzige Vorhaben einzulassen, war noch hinter seiner Stirn und sie war hysterischer und lauter denn je, aber zugleich fühlte er eine grimmige Entschlossenheit, die mit jeder Sekunde stärker zu werden schien. In einer albernen Vision sah er sich selbst, wie er aus dem Aufzug trat und mit jedem Schritt ein wenig größer und breitschultriger wurde, bis er schließlich Ines' Zimmer erreichte und die Tür (und das Gesicht Michails, der das Pech gehabt hatte dahinter zu warten) mit einem einzigen Hieb zertrümmerte, hindurchstürmte und Ines aus den Klauen ihrer feigen Entführer befreite. Kindisch. Aber es half.

Er betrat eine der vier gläsernen Kabinen, drückte den Knopf für die vierte Etage und drehte sich langsamer herum, als nötig gewesen wäre. Durch die gläsernen Wände der Kabine konnte er sehen, wie die Eingangshalle langsam unter ihm in die Tiefe sank. Er hatte diese gläsernen Bienenkörbe noch nie ausstehen können und im Moment flößte ihm das Gefühl, auf einem durchsichtigen Boden zu stehen und den Rest der Welt unter sich in einen Abgrund stürzen zu sehen, fast mehr Angst ein als die Vorstellung dessen, was oben auf ihn wartete. Trotzdem riss er sich weit genug zusammen, um nach Anja zu sehen. Sie war nicht mehr da. Anscheinend hatte sie ausnahmsweise einmal auf ihn gehört und sich ein Versteck gesucht, von dem aus sie den Aufzug im Auge behalten konnte, ohne selbst sofort gesehen zu werden.

Die Kabine kam mit einem fast unmerklichen Ruck zum Stehen. Die Türen glitten auf und entließen Vandermeer auf eine breite Galerie mit einem Glasgeländer, von der zahlreiche hell erleuchtete Flure abzweigten. Kleine Messingschilder zeigten die Zimmernummern, die von diesen Fluren aus zu erreichen waren. Wenn es eine Treppe gab, so war sie von hier aus nicht zu sehen.

Vandermeer hob den linken Arm, sah auf die Uhr und beugte sich in derselben Haltung ein kleines Stück weit über das Geländer. Er konnte Anja auch von hier oben aus nicht sehen, aber das bedeutete nichts. Die Halle war voller Menschen, Möbel und vor allem Grünpflanzen, die von oben betrachtet einen regelrechten Dschungel bildeten. Anja würde *ihn* sehen. Zehn Minuten, von jetzt an gerechnet. Aber das war noch kein Grund, in Panik zu geraten. Zehn Minuten waren eine Menge Zeit.

Er ging an dem Korridor mit den Nummern vierhundertzehn bis vierhundertneunzehn vorbei, passierte auch den nächsten Flur und trat in den mit den Dreißiger-Nummern. Aufmerksam sah er sich um. Es war niemand da, aber er entdeckte etwas, das ausnahmsweise einmal zu seiner Erleichterung beitrug, statt seine Nervosität noch zu steigern: Außer den fünf Zimmertüren auf der rechten und fünf auf der linken Seite gab es eine elfte Tür am Ende des Korridors. Eine Tür mit einem Treppensymbol. Gut. Ausgesprochen gut.

Vandermeer zog das Telefon aus der Tasche, schaltete es ein und erlebte eine Sekunde voller Schrecken, in der er sich fragte, ob das Gerät in diesem gigantischen Faraday'schen Käfig aus Stahl und Chrom überhaupt funktionierte.

Es ging. Die Sonderanzeige stand fast auf Maximum und Wassilis Stimme drang so klar und laut aus dem Gerät, als stünde er neben ihm. Was er in gewissem Sinne ja auch tat.

»Ich bin jetzt in der Halle«, sagte er übergangslos. »Schicken Sie das Mädchen raus.«

»Nicht so schnell«, antwortete Wassili. »Ich muss erst sicher sein, dass ...«

»O doch, genau so schnell«, unterbrach ihn Vandermeer. Er musste sich keine Mühe geben aufgebracht zu klingen; er *war* wütend. »Sie werden Ines freilassen und zwar sofort. Ich bin in der Halle. Ich gebe Ihnen mein Ehrenwort, dass ich zu Ihnen komme, sobald ich sehe, dass sie in Sicherheit ist.«

»Ich fürchte, dass mir Ihr Ehrenwort nicht ausreicht«, antwortete Wassili, allerdings erst nach zwei oder drei Sekunden und auf eine sonderbar schleppende, langsame Art. Vandermeer hörte Geräusche im Hintergrund, Stimmen, Schritte und dann das Schließen einer Tür. Wassili versuchte Zeit zu schinden. Es war nicht besonders schwer zu erraten, wofür.

»Sie können sich die Mühe sparen, Ihren Gorilla nach mir suchen zu lassen«, sagte er. »Er wird mich nicht finden.«

»So kommen wir nicht weiter, Herr Vandermeer«, antwortete Wassili. »Sie werden mir schon ein Mindestmaß an Vertrauen entgegenbringen müssen.«

Vandermeer lachte. »Ich bin ja vielleicht ein bisschen blöd, Wassili, aber nicht *so* blöd«, sagte er. Was hatte Wassili vor? Er war nur einen Schritt weit in den Gang hinein ausgewichen, sodass er einen Teil der Galerie und die Aufzugkörbe sehen konnte. Wenn das Geräusch, das er gehört hatte, tatsächlich die Tür gewesen war, die Michail hinter sich schloss, hätte er den Lift längst erreichen müssen.

Wenn er direkt zum Lift ging, hieß das.

Vandermeer fuhr so heftig zusammen, als hätte er einen leichten elektrischen Schlag bekommen, als ihm klar wurde, dass er schon wieder einen Fehler gemacht hatte. Anscheinend wurde es in letzter Zeit zu einer schlechten Angewohnheit von ihm, Michail ständig zu unterschätzen.

»Ich bitte Sie, Herr Vandermeer«, fuhr Wassili fort. Die Geräusche im Hintergrund dauerten an, als würden dort hektische Vorbereitungen getroffen. »Denken Sie logisch. Ich habe gar kein Interesse daran, Ihrer Bekannten etwas anzutun. Es wäre sinnlos und ich pflege niemals etwas Sinnloses zu tun.«

Vandermeer ließ ihn reden. Solange er mit ihm sprach, konnte er nicht viele andere Dinge tun und vor allem würde er sich sicher fühlen. Vielleicht beging Wassili ja den gleichen Fehler wie er und unterschätzte ihn. Während der Russe weiter auf ihn einredete und ihn mit Engelszungen davon zu überzeugen versuchte, dass er in Wahrheit doch etwas wie der männliche Gegenpart von Mutter Teresa war, schob sich Vandermeer vorsichtig an der Wand entlang, spähte auf die Galerie hinaus – und hätte fast vor Schrecken aufgeschrien, als er sah, wie Michails breitschultrige Gestalt in dem Korridor neben ihm verschwand; dem Gang mit den Zwanziger-Nummern. Er tauchte nicht sofort wieder daraus auf und Vandermeer konnte sich gut vorstellen, warum das so war: Er würde bis zum Ende des Flures gehen und einen Blick ins Treppenhaus werfen.

»Also, wie haben Sie sich entschieden?«, wollte Wassili wissen.

»Noch gar nicht«, antwortete Vandermeer. Er drehte sich um, lief so schnell er konnte zum Ende des Ganges und drückte die Türklinke herunter, öffnete die Tür selbst aber noch nicht. »Ich muss ... noch einen Moment nachdenken.«

»Worüber?«, fragte Wassili.

Hatte Michail die Tür schon geöffnet und sich umgesehen? Oder würde er ihm direkt in die Arme laufen, wenn er durch die Tür trat? Es gab nur eine einzige Möglichkeit, das herauszufinden.

»Ich nehme an, über dasselbe wie Sie«, antwortete er. »Wie ich Sie am besten reinlegen kann.«

»Sind Sie der Meinung, dass dies der passende Moment ist, um Witze zu machen?«, fragte Wassili.

»Nein«, antwortete Vandermeer. Mit einer entschlossenen Bewegung öffnete er die Tür, trat hindurch und sah gerade noch, wie die Tür neben ihm ins Schloss fiel. Er hatte – wieder einmal – unverschämtes Glück gehabt und Michail buchstäblich um Haaresbreite verfehlt.

Aber er sah noch etwas und das gefiel ihm sehr viel weniger: Er stand in einem schmalen, nur düster erleuchteten Treppenhaus, in das acht oder neun Türen führten – für jeden Gang eine. Keine Einzige davon hatte eine Klinke auf der Innenseite. Das Treppenhaus war ein Fluchtweg, über den man das Hotel verlassen, aber nicht betreten konnte.

Seine Gedanken rasten. Er traute sich durchaus zu schnell genug die nächste Etage zu erreichen, um von Michail nicht gesehen zu werden, wenn der wieder auf den Flur hinaustrat, aber was hätte er damit gewonnen? Er wäre in diesem Treppenhaus gefangen und müsste vier Treppen nach unten laufen, um dann *wirklich* in der Halle zu sein, obwohl er Wassili nur glauben machen wollte, dass er dort war.

»Wie immer Sie sich auch entscheiden«, sagte Wassili, »bedenken Sie, dass das Leben einer ...«

Vandermeer schaltete das Telefon ab und trat in den Hotelflur zurück. Michail musste jetzt bereits auf dem Rückweg sein, hatte vermutlich schon die Hälfte des Ganges hinter sich gebracht. Er würde in wenigen Sekunden hier auftauchen. Eine halbe Sekunde lang spielte Vandermeer sogar mit dem Gedanken, Michail hinter der Tür aufzulauern und ihm das Telefon über den Schädel zu schlagen, sobald er ins Treppenhaus hinaustrat, sah aber selbst ein, wie kindisch diese Vorstellung war. Ein dreihundert Gramm schweres Handy würde Michail nicht sehr beeindrucken. Dem Kerl musste man wahrscheinlich etwas von der Größe des Kölner Doms über den Schädel schlagen, um ihn auszuschalten. Er brauchte ein Versteck! *Dringend!*

Diesmal konnte er *hören*, wie es geschah.

Die Tür auf der anderen Seite des Ganges sprang mit einem hörbaren *Klack* auf, aber niemand trat hinaus. Vandermeer blinzelte den zwei Zentimeter breiten Spalt einige Sekunden lang verständnislos an und wartete darauf, dass die Tür ganz geöffnet wurde und ein Hotelgast heraustrat, der ihn überrascht oder auch misstrauisch ansah, aber nichts dergleichen geschah. Das Schloss hatte sich von selbst geöffnet. Wahrscheinlich eine Fehlfunktion der Elektronik.

Und genau das Wunder, das er im Moment brauchte.

Vandermeer war mit einem Satz über den Flur, huschte durch die Tür und schaltete das Licht ein. Seine Glückssträhne hielt weiter an: Das Zimmer war nicht nur offen, es war *leer*. Später, falls er diesen Tag überlebte, das nahm er sich fest vor, würde er ernsthaft darüber nachdenken, wie hoch die statistische Wahrscheinlichkeit war, so viele Zufälle hintereinander zu erleben wie er heute. Im Moment hatte er Wichtigeres zu tun.

Er drehte sich herum, wollte die Tür ins Schloss drücken und prallte erschrocken zurück. Michail war am Ende des Flures aufgetaucht. Er kam Vandermeer noch größer und breitschultriger vor als bisher und vor allem: Er hielt nun wirklich eine Pistole in einer seiner gewaltigen Pranken. Sie sah darin zwar aus wie ein Kinderspielzeug, was aber nichts an der Tatsache änderte, dass es sich um eine tödliche Waffe handelte. Der Umstand, dass er mit dem Ding in der Hand jederzeit von einem Hotelgast gesehen werden konnte, schien ihm nicht besonders viel Kopfzerbrechen zu bereiten – was Vandermeer wiederum zu gewissen Rückschlüssen Anlass gab, was die Pläne des Russen für die allernächste Zukunft anging.

Er wich rasch zwei, drei Schritte weit ins Zimmer zurück und sah sich um. Er wagte es nicht das Licht zu löschen, das wäre Michail unter Garantie aufgefallen. Er war zwar jetzt in einem anderen Raum, aber sein Problem hatte sich nicht geändert: Er brauchte ein Versteck.

Was ihm gerade noch wie eine Suite vorgekommen war, erschien ihm nun winzig. Der Raum war gerade groß genug für das Doppelbett, einen Schrank und die Verbindungstür zum Bad. Eine Sekunde lang überlegte er, dort Zuflucht zu suchen, verwarf den Gedanken aber wieder. Natürlich würde Michail dort nachsehen; ebenso wie im Schrank, hinter den Vorhängen und wahrscheinlich auch unter dem Bett.

Wie viel Zeit hatte er noch – zwei Sekunden? Drei? Allerhöchstens.

Während sich Michails Schritte langsam der Tür näherten (er konnte sie hören, obwohl das eigentlich unmöglich war; der Teppich draußen auf dem Flur verschluckte jedes Geräusch), ging Vandermeer zum Fenster, schlug den dunkelblauen Samtvorhang zurück und trat dahinter. Ein idiotisches Versteck, aber das beste, das ihm einfiel. Wenn Michail hereinkam, war es sowieso aus.

Er kam nicht herein, wenigstens nicht sofort. Vandermeer hörte, wie er an der Zimmertür vorbeiging und ins Treppenhaus sah. Zwanzig oder dreißig Sekunden lang war Schweigen, dann wurde die Tür geöffnet und Michail trat ins Zimmer.

Vandermeer beobachtete ihn mit angehaltenem Atem durch einen Spalt in der Gardine. Michail kam nicht ganz herein, sondern warf nur einen sehr langen, sehr aufmerksamen Blick in die Runde – und drehte sich dann zu Vandermeers maßloser Verblüffung wieder um und ging.

Im selben Moment klingelte das Telefon in Vandermeers Jackentasche.

Vandermeers Herz setzte für einen Schlag aus. Er konnte sehen, wie Michail mitten in der Bewegung innehielt und sich dann langsam wieder herumdrehte, um mit gerunzelter Stirn einen zweiten, misstrauischen Blick ins Zimmer zu werfen, und gleichzeitig schoss seine Hand in die Jackentasche, suchte nach dem Telefon und drückte wahllos auf alle Knöpfe, die seine Finger fanden.

Er musste wohl den richtigen erwischt haben, denn das Telefon klingelte nicht noch einmal. Aber Michails Misstrauen war geweckt. Er beließ es jetzt nicht bei einem aufmerksamen Blick in die Runde, sondern trat nach kurzem Zögern ganz ein, schloss die Tür hinter sich und lehnte sich mit den Schultern dagegen.

Vandermeers Herz pochte so laut, dass er sicher war, der Russe musste es hören. Michail stand mit halb geschlossenen Augen da und lauschte, sodass Vandermeer nicht einmal mehr zu atmen wagte. Alles war aus. Michail würde ihn innerhalb von Sekunden aufspüren.

Der Russe löste sich mit einem Ruck von seinem Platz an der Tür und ging mit schnellen Schritten ins Bad, genau wie Vandermeer es erwartet hatte. Er würde ihn finden. Das Versteck hinter den Gardinen war der idiotischste Einfall, den er hätte haben können. Er *musste* ihn finden. Aber das durfte nicht geschehen. Auf keinen Fall! Er durfte ihn nicht sehen! Wenn Michail ihn entdeckte, dann war er so gut wie tot, und Ines wahrscheinlich auch.

Michail kam aus dem Bad zurück. Er enttäuschte Vandermeers Erwartungen auch jetzt nicht, denn er öffnete nacheinander sämtliche Schranktüren, sah tatsächlich auch unter das Bett und schlug schließlich sogar die Bettdecke zurück, um darunter nachzusehen. Dann trat er auf das Fenster zu.

Nein!, dachte Vandermeer verzweifelt. Das durfte er nicht! Er durfte hier nicht nachsehen! *Er durfte es einfach nicht!*

Michail blieb mitten im Schritt stehen. Ein halb überraschter, halb nachdenklicher Ausdruck erschien auf seinem Gesicht. Er sah aus wie ein Mann, der kurz über etwas nachgedacht und das Ergebnis seiner Überlegungen schließlich als zu lächerlich abgetan hatte, um auch nur eine weitere Sekunde darauf zu verschwenden. Kopfschüttelnd drehte er sich um und verließ das Zimmer.

Vandermeer war vollkommen fassungslos. Was er gerade erlebt hatte, war ... *einfach unmöglich!* Michail war ihm so nahe gewesen, dass er seinen Angstschweiß hätte riechen müssen! Wieso war er gegangen? Wieso war er einfach wieder gegangen?!

Plötzlich spürte er, wie heftig seine Hand klopfte. Er trat hinter dem Vorhang hervor, hob sie vor das Gesicht und registrierte ohne die mindeste Überraschung den dunkelroten Blutstrom, der sich an seinem Handgelenk entlangzog, ehe er zu Boden tropfte. Seine Hand pochte nicht mehr, sie tat *weh*.

Das Telefon klingelte erneut. Vandermeer zog es mit der unverletzten Hand aus der Tasche und schaltete es ein.

»Sie sind ein sehr unhöflicher Mensch, Herr Vandermeer«, sagte Wassili. »Man unterbricht ein Gespräch nicht mitten im Satz.«

»Ich warte immer noch auf Ines«, antwortete Vandermeer. Er hoffte, dass Wassili ihm seine Erregung nicht zu sehr anhörte – und wenn doch, dass er sie anderen Gründen zuschob. »Wieso schleicht Ihr Gorilla oben auf der Galerie herum? Ich habe gesagt, ich will ihn nicht sehen!«

»Sie sollten es nicht übertreiben, Herr Vandermeer«, antwortete Wassili. Er klang jetzt deutlich verärgert. »Kommen Sie herauf und ich lasse das Mädchen frei.«

Vandermeer ging zur Tür und spähte durch den fingerbreiten Spalt auf den Flur hinaus. Michail hatte die Galerie wieder erreicht und wandte sich nach links, um den nächsten Flur zu inspizieren. Offenbar hatte er vor, sämtliche Korridore auf dieser Etage abzusuchen, ehe er nach unten fuhr.

»So kommen wir nicht weiter«, sagte er. »Ich trete in den Aufzug, sobald ich sehe, dass *Michail* in einem der anderen Lifts ist und sich auf dem Weg nach unten befindet. Keine Sekunde eher.«

»Ich fürchte, dann werden Sie sich noch eine Weile gedulden müssen«, sagte Wassili.

»Das macht nichts. Ich habe Zeit.« Er schaltete ab und sah gleichzeitig auf die Uhr. Genau genommen hatte er nicht mehr viel Zeit – etwas über drei Minuten, bis Anja die Polizei anrief. Aber das musste reichen.

Er verließ das Zimmer, spähte vorsichtig auf die Galerie hinaus und wartete, bis Michail aus seinem Gang aufgetaucht und im nächsten verschwunden war. Rasch trat er auf die Galerie hinaus, ging in den Flur mit den Zehner-Nummern und blieb vor Ines' Zimmertür stehen. Mit der rechten, mittlerweile blutüberströmten Hand zog er Anjas Schlüsselkarte aus der Tasche und schob sie in den dafür vorgesehenen Schlitz, hütete sich aber noch, den kaum spürbaren Widerstand zu überwinden, auf den sie stieß. Mit der anderen Hand hob er das Handy und wählte Wassilis Nummer. Alles, was den Russen ablenkte, war gut. Außerdem war er fast sicher, dass Michail ebenfalls ein Telefon bei sich hatte. Solange Wassili mit ihm selbst telefonierte, konnte er seinen Gorilla nicht zu Hilfe rufen.

Wassili meldete sich, noch bevor das erste Klingelzeichen vorbei war. »Allmählich strapazieren Sie meine Geduld, Herr Vandermeer«, sagte er. »Wenn Sie darauf bestehen, dieses alberne Räuber-und-Gendarm-Spielchen auf die Spitze zu treiben, muss ich das wohl akzeptieren, aber ich kann Ihnen versichern, dass Sie damit nichts erreichen. Ganz im Gegenteil werden Sie ...«

Vandermeer drückte die Schlüsselkarte vollends in den Schlitz. Ein ganz leises Summen erklang und die Farbe der winzigen Leuchtdiode über dem Schlitz wechselte von Rot auf Grün. Vandermeer ließ die Karte los, drehte den Knauf und stieß die Tür mit einem Ruck auf.

Er hatte die Situation falsch eingeschätzt. Wassili saß nicht am Tisch und telefonierte, sondern hielt ein Handy der gleichen Bauart ans Ohr gepresst, wie es auch Vandermeer in der Hand hielt, und tigerte aufgeregt durch das Zimmer. Er schien sich so sehr auf das Gespräch zu konzentrieren, dass er im allerersten Moment weder bemerkte, dass die Tür aufging, noch dass der Mann, mit dem er telefonierte, plötzlich vor ihm stand.

Er war nicht allein im Zimmer. Ines saß mit gefesselten Händen und angezogenen Knien auf dem Bett und die rothaarige Frau, die Vandermeer den Stein geschenkt und die ganze Geschichte damit überhaupt erst ins Rollen gebracht hatte, stand neben ihr und blickte Vandermeer aus fassungslos aufgerissenen Augen an.

Endlich begriff auch Wassili, dass hier irgendetwas nicht stimmte. Er hörte auf wie ein gefangener Tiger im Käfig im Zimmer auf und ab zu laufen, ließ das Telefon sinken und drehte sich herum. Sein Mund formte sich zu einem runden, erstaunten O.

»Vandermeer …«, murmelte er fassungslos.

»Nein«, antwortete Vandermeer. »Der Zimmerservice. Sie hatten eine Tracht Prügel bestellt?«

Er warf die Tür hinter sich zu, war mit zwei schnellen Schritten bei Wassili und tat etwas, das ihn selbst fast ebenso überraschte wie den Russen: Er holte aus und boxte Wassili so kräftig auf die Nase, wie er konnte. Wassili warf die Arme in die Luft, stolperte zurück und fiel auf einen Glastisch, der unter seinem Aufprall in Scherben brach. Er verlor nicht das Bewusstsein, aber er krümmte sich wimmernd am Boden und hatte beide Hände vor das Gesicht geschlagen.

Vandermeer fuhr auf dem Absatz herum und wandte sich der Rothaarigen zu. Sie war ein paar Schritte zurückgewichen, bis sie mit dem Rücken an die Wand neben dem Fenster stieß. Eine Sekunde lang sah sie einfach nur aus wie ein flüchtendes Tier, das in die Enge getrieben worden war und verzweifelt nach einem Ausweg suchte. Dann schien sie zu begreifen, dass es keinen gab. Sie kam wieder einen Schritt auf ihn zu, blieb stehen und nahm eine leicht gespannte, grätschbeinige Abwehrhaltung ein. Ihre Hände waren in Brusthöhe erhoben und die Finger auf eine sonderbare Art gekrümmt. Zweifellos hatte sie irgendeine Art von Nahkampfausbildung genossen. Aber Vandermeer glaubte nicht, dass sie dieses Können schon jemals im Ernstfall eingesetzt hatte. Ihr Gesichtsausdruck sprach dagegen. Sie sah aus wie jemand, der Angst vor dem hatte, was er tun sollte; oder zumindest nicht allzu viel Vertrauen in seine eigenen Fähigkeiten. Jedenfalls hoffte er, dass es so war. Sie war kaum kleiner als er und hatte wahrscheinlich auch annähernd sein Gewicht. Wenn sie auch nur die blasseste Ahnung vom waffenlosen Zweikampf hatte, hatte er keine Chance. Außerdem war er nicht sicher, ob er eine Frau schlagen konnte; nicht einmal jetzt.

»Tun Sie es nicht«, sagte er. »Wenn Sie vernünftig sind, passiert Ihnen nichts. Aber diese Bruce-Lee-Nummer funktioniert meistens nur im Kino.«

Quatsch. Vollkommener Unsinn. Sie würde ihn in Stücke brechen, wenn sie auf ihn losging. Das Problem war nur, dass er sie mit dem, was er gerade sagte, praktisch dazu gezwungen hatte. Er musste die Sache sofort zu Ende bringen oder *sie* würde es tun.

»Ich will nur das Mädchen«, sagte er mit einer Geste auf Ines. »Mehr nicht.«

Die Rothaarige blickte nervös von seiner Hand zu Wassili, dann zu Ines und dann wieder auf seine Hand. Sie verlagerte leicht ihr Gewicht, als wollte sie im nächsten Moment losspringen, fuhr sich aber dann nur mit der Zungenspitze über die Lippen und starrte wieder seine Hand an.

Endlich begriff Vandermeer. Wassili lag noch immer auf dem Rücken, hatte beide Hände vor das Gesicht geschlagen und schien nur mit größter Mühe überhaupt atmen zu können und seine Hand war so mit Blut besudelt, dass es aussah, als trüge er einen roten Handschuh. Es war zum allergrößten Teil sein eigenes Blut, aber das konnte sie nicht wissen. Für sie sah es wahrscheinlich so aus, als hätte er Wassilis Gesicht mit einem einzigen Hieb zu Brei geschlagen.

»Also?«, fragte er. »Wie haben Sie sich entschieden? Krieg oder Frieden?«

Sie überlegte noch eine Sekunde, dann deutete sie ein Nicken an und entspannte sich.

»Gut«, sagte Vandermeer. Er wies erneut auf Ines. »Binden Sie sie los.«

Während die Rothaarige gehorchte, beugte sich Vandermeer zu Wassili hinab und drückte dessen Hände zur Seite. Wassilis Nase blutete heftig und Vandermeer vermutete zumindest, dass sie gebrochen war. Aber er war nicht schwer verletzt.

Vandermeer tastete Wassilis Kleider ab, fand ein weiteres, Zigarettenschachtel großes Handy in seiner rechten Jackentasche (der Kerl musste ein echter Technik-Freak sein) und eine Pistole in der linken. Er steckte die Pistole ein, legte das Handy neben Wassilis Gesicht auf den Boden und zermalmte es mit dem Absatz. Dasselbe tat er mit dem Gerät, das Wassili fallen gelassen hatte. Anschließend zerstörte er die beiden Telefonapparate, die es im Zimmer gab.

Als er sich wieder zum Bett umwandte, hatte die Rothaarige Ines gerade die Handfesseln abgenommen. Sie sah wieder nervös zu Wassili und runzelte plötzlich die Stirn. Vielleicht war ihr aufgefallen, dass er nur ein bisschen Nasenbluten hatte, sonst nichts. Vorsichtshalber richtete er die Pistole auf sie und sagte an Ines gewandt: »Fesseln Sie sie. Schnell.«

Während Ines gehorchte, ging er noch einmal zu Wassili und nahm dessen Brieftasche an sich. Sie enthielt einige Scheck- und Kreditkarten, eine erstaunliche Summe Bargeld und einige, überwiegend in kyrillischer Schrift ausgestellte Ausweise. Vandermeer warf das Geld und die Kreditkarten achtlos zu Boden, steckte die Ausweispapiere aber ein. Schließlich wollte er es Wassili nicht *zu* leicht machen, sich über die nächste Grenze abzusetzen.

Er sah auf die Uhr. Die zehn Minuten waren vorbei. Wenn Anja tat, was er ihr aufgetragen hatte, dann hatte sie die Polizei jetzt bereits alarmiert. In ein paar Minuten war alles vorbei.

Trotzdem bestand noch kein Grund leichtsinnig zu werden. Er hatte Wassili und seine Gehilfin überrumpelt, aber das größte Problem bestand nach wie vor: Michail.

Er drehte sich wieder zu Ines um und sah gerade noch, wie sie die Rothaarige reichlich unsanft auf das Bett stieß. Er fragte vorsichtshalber nicht, was zwischen den beiden vorgefallen war. Zu seiner großen Erleichterung stellte er fest, dass Ines nicht verletzt war. Sie sah ein bisschen zerrupft und sehr erschrocken aus, aber das war auch alles. Trotzdem fragte er: »Haben sie Ihnen etwas getan?«

»Nein«, antwortete Ines. »Aber viel länger hätte ich es nicht ausgehalten. Was sind das für Leute?«

»Später«, antwortete Vandermeer. »Wir müssen weg hier. Das Schlimmste ist noch nicht vorbei.«

Ines wurde noch ein bisschen blasser, als sie ohnehin schon war, aber sie bewies trotzdem eine erstaunliche Kaltblütigkeit, denn sie trat rasch an die Frisierkommode und ordnete notdürftig ihre Haare und Kleider. Sie würden trotzdem auffallen, wenn sie das Zimmer verließen.

Vandermeer ging zur Tür, öffnete sie und spähte vorsichtig hinaus. Er rechnete nicht wirklich damit, Michail noch einmal zurückkommen zu sehen, aber wenn er in den letzten Minuten eines gelernt hatte, dann, dass es besser war, mit *allem* zu rechnen, und sei es noch so unwahrscheinlich.

In diesem Fall erwies es sich als überflüssig. Von Michail war keine Spur zu sehen. Wenn Vandermeers ungefähre Schätzung stimmte, dann musste er jetzt dabei sein, den letzten oder vorletzten Flur zu inspizieren, bevor er mit dem Aufzug in die Halle hinunterfuhr.

»Worauf warten wir?«, fragte Ines.

»Eine Minute noch«, antwortete Vandermeer. »Ich will nur sichergehen, dass er nicht zurückkommt. Keine Angst – die Polizei ist bereits auf dem Weg.«

»Auf dem Weg?« Ines' Stimme klang ungläubig. »Moment mal – Sie meinen, sie wartet nicht draußen auf dem Flur, sondern ist noch nicht einmal im *Hotel?*«

Vandermeer schüttelte den Kopf. »Dazu war keine Zeit«, antwortete er. »Aber Ihre Schwester hat sie angerufen.« Wenigstens hoffte er das. Wenn nicht, hatten sie ein Problem.

»Meine ... Schwester?«, murmelte Ines.

Vandermeer sah ihr offen ins Gesicht und nickte. »Drei.«

»Drei?«

»Der Rekord liegt bei zwölf, oder? Ich bin nur dreimal darauf hereingefallen.« Er machte eine rasche Geste, als Ines antworten wollte. »Wir können später darüber reden. Still jetzt.«

Sie verließen das Zimmer. Vandermeer verfluchte ein weiteres Mal die Technik dieses Hotels, die es ihm nicht möglich machte, die Tür abzuschließen und Wassili durch etwas so simples wie einen im Schloss abgebrochenen Schlüssel in seinem Zimmer gefangen zu setzen. Er bedeutete Ines mit Gesten still zu sein, ging zur Galerie und spähte nach links. Michail verschwand gerade im letzten oder vorletzten Gang, was ihnen mindestens eine Minute Zeit verschaffte, bis er zurückkam. Und sie hatten noch mehr Glück: Ein Blick in die andere Richtung zeigte ihm, dass die Liftkabine noch genau da war, wo er sie verlassen hatte.

»Los!« Sie rannten zum Lift. Vandermeer drückte den Knopf für die Halle, noch bevor Ines ganz zu ihm in den Aufzug getreten war. Sekundenlang geschah nichts und als sich die Türen endlich schlossen, taten sie dies mit quälender Langsamkeit.

»Also?«, sagte Ines. »Meinen Sie nicht, dass es an der Zeit wäre, mir alles zu erzählen?«

»Das würde zu lange dauern. Aber Sie hatten Recht, was Wassili angeht. Er gehört tatsächlich zu den bösen Jungs.« Er musste sich mit einer bewussten Anstrengung herumdrehen, um nicht den Flur anzustarren, aus dem Michail auftauchen musste. Die Aufzugtüren hatten sich zwar endlich geschlossen, aber die Kabine machte keinerlei Anstalten, sich in Bewegung zu setzen. Wenn Michail zurückkam, ehe sie losfuhr, war es besser, wenn er ihm nicht direkt ins Gesicht sah.

»Das Gefühl hatte ich auch«, sagte Ines. Ihre Stimme klang unangemessen begeistert, fand Vandermeer. »Es ging um diesen Stein, den sie Ihnen versehentlich gegeben haben. Er hat ein paarmal telefoniert. Meistens auf Russisch, aber ein paarmal konnte ich auch verstehen, was er gesagt hat.« Der Lift setzte sich endlich in Bewegung; genauso quälend langsam und behäbig, wie sich die Türen gerade geschlossen hatten, aber er fuhr endlich los. Ines trat an ihm vorbei und blickte durch die gläserne Wand nach unten.

»Wo ist sie?«

»Ihre Schwester?« Vandermeer hob die Schultern. »Gut versteckt, hoffe ich. Vermutlich wartet sie draußen beim Wagen.«

Warum fuhr dieser verdammte Lift nicht schneller? Das Ding bewegte sich im wahrsten Sinne des Wortes im Schneckentempo. Sie würden eine Stunde brauchen, um das Foyer zu erreichen. Michail musste längst über ihnen stehen und darauf warten, dass der Aufzug zurückkam. Vandermeer konnte nur mit Mühe den Impuls unterdrücken, den Kopf in den Nacken zu legen und durch das Kabinendach nach oben zu sehen. Wenn Michail dort stand und zu ihnen herabsah, dann würde er vielleicht nur zwei harmlose Hotelgäste erblicken, denen er keine besondere Beachtung schenkte. Vielleicht.

In seinen Gedanken tauchten in den letzten Minuten entschieden zu viele *Vielleicht* auf. Im Kino waren solche Dinge einfacher. Man besiegte die bösen Buben und in der nächsten Szene lagen die strahlenden Helden an einem palmengesäumten Strand und schlürften Piña Coladas, die ihnen von wohlproportionierten Hawaii-Girls serviert wurden. Hier und jetzt hatte er das Gefühl, dass der schwierige Teil noch nicht einmal begonnen hatte.

»Sie ist nicht da«, sagte Ines. »Meine Schwester. Sie ist nicht da.«

»Sie hat sich versteckt«, beharrte Vandermeer. »Das ist das einzig Vernünftige, was sie tun kann.«

»Anja hat noch nie etwas *Vernünftiges* getan«, antwortete Ines mit einer Überzeugung, die Vandermeer einen eisigen Schauer über den Rücken laufen ließ. »Außerdem verstehen Sie nicht, was ich meine. Sie ist nicht hier. Ich *wüsste* es, wenn sie in der Halle wäre. Auch wenn ich sie nicht sehen könnte.«

Vandermeer starrte sie an. »Was meinen Sie damit?«

»Wir sind Zwillinge«, sagte Ines. »Eineiige Zwillinge. Wir stehen uns wirklich nahe. Die eine von uns merkt immer, ob die andere in der Nähe ist oder nicht.«

»Unsinn«, widersprach Vandermeer. Natürlich hatte er von

solchen Geschichten gehört, aber er hatte noch nie daran geglaubt und er würde ganz bestimmt nicht jetzt damit anfangen. Außerdem hatten sie das Foyer jetzt fast erreicht und das Rätsel würde sich in wenigen Augenblicken von selbst lösen. Wahrscheinlich war Anja draußen vor dem Hotel und versuchte den Portier davon abzuhalten den Wagen abschleppen zu lassen.

»Es ist *kein* Unsinn«, beharrte Ines. »Irgendwas stimmt nicht.«

Ja, dachte Vandermeer. Diese Geschichte. Es wurde Zeit, dass jemand kam und an sein Bett trat, damit er endlich aus diesem Alptraum erwachte!

Die Kabine hielt an. Vandermeer und Ines traten nebeneinander hinaus und Vandermeers Nervosität nahm weiter zu, als ihm klar wurde, dass sie spätestens jetzt aus dem toten Winkel heraus waren und von Michail einfach gesehen werden mussten, wenn er dort oben stand und auf den Aufzug wartete. Es brachte jetzt nichts mehr ein Versteck zu spielen. Als er auf die Rolltreppe trat, hob er den Kopf und sah zur vierten Etage hinauf.

Er erwartete, Michail hinter dem Geländer stehen und wütend auf ihn und Ines herabstarren zu sehen, aber Michail stand nicht auf der Galerie. Michail befand sich in einem zweiten Aufzug, der keine fünf Meter mehr über dem Boden schwebte und genau in diesem Moment das erste Stockwerk passierte.

»Scheiße!«, sagte er voller Inbrunst.

Ines sah erschrocken auf. »Was?«

Vandermeer deutete auf den Lift, mit dem Michail nur so zu ihnen herabzurasen schien, und Ines wurde noch blasser.

»O verdammt«, hauchte sie. »Was … was machen wir jetzt?«

»Laufen Sie!«, befahl Vandermeer. »Ich versuche ihn aufzuhalten!«

Ines lief nicht. Sie fragte: »Und wie?«

Das war eine verdammt gute Frage, dachte Vandermeer. Der Lift hatte in der ersten Etage angehalten und die Türen hatten sich geöffnet, obwohl niemand dort oben gestanden und den Rufknopf gedrückt hatte, aber auch das würde Michail allerhöchstens zehn Sekunden aufhalten. Und diesmal konnte er sich nicht an die Hoffnung klammern, dass der Russe ihn nicht sah. Er *hatte* ihn bereits gesehen. Michail stand hoch aufgerichtet hinter der gläsernen Kabinenwand und starrte mit ausdruckslosem Gesicht, aber brennenden Augen zu Ines und ihm herab. Seine rechte Hand war in der Jackentasche verschwunden, aber Vandermeer wusste, was er darin trug. Und diesen fleischgewordenen Schaufelbagger wollte er aufhalten? Lächerlich!

Die Aufzugtüren schlossen sich wieder und für einen Moment wünschte sich Vandermeer nichts sehnlicher, als dass sie sich verkanten oder besser gleich in Stücke brechen würden, um Michail aufzuschlitzen.

Das geschah nicht, aber die Liftkabine rührte sich auch nicht von der Stelle.

Fünf Sekunden vergingen. Dann zehn. Michail wandte unwillig den Kopf und starrte das verchromte Tastenfeld neben der Tür an, als könne er die Automatik durch seine bloße Willenskraft zwingen ihren Dienst wieder aufzunehmen. Als ihm dies nicht gelang, drehte er sich herum und begann scheinbar wahllos und mit einer wütenden Bewegung auf die Tasten einzuhämmern.

Und Vandermeer begriff endlich, dass sie schon wieder Glück gehabt hatten. Wie es aussah, hatte er es heute wohl gepachtet.

»Schnell jetzt!« Er ergriff Ines am Arm und zerrte sie grob mit sich die Rolltreppe hinab, wobei er immer zwei Stufen auf einmal nahm. Er glaubte nicht, dass die störrische Aufzugkabine Michail lange aufhalten würde.

Ein Blick über die Schulter zurück zeigte ihm, wie Recht er mit dieser Vermutung hatte. Michail hatte aufgehört auf das Tastenfeld einzuprügeln und schlug stattdessen mit der geballten Faust gegen die Aufzugtür. Das Glas war gute zwei Zentimeter dick und würde nach Vandermeers Einschätzung mindestens dem Beschuss mit einer Panzerkanone standhalten müssen, um den überzogenen Bauvorschriften in diesem Land Genüge zu tun, aber schon die ersten beiden Hiebe von Michails gewaltigen Fäusten reichten, um einen gezackten Sprung in einer der beiden Türhälften entstehen zu lassen.

Michail schlug noch einmal zu. Der Riss wurde etwas breiter und bekam Verästelungen wie ein Blitz an einem klaren Nachmittagshimmel, dann warf sich Michail mit seinem ganzen Körpergewicht gegen die Tür. Ein gewaltiges Scheppern und Klirren erklang, das durch die Akustik der riesigen, fast leeren Halle noch weiter verstärkt wurde, und Michail stolperte in einem Hagel von Glasscherben und -splittern auf die Galerie im ersten Stockwerk hinaus.

Mittlerweile hatten sie das Ende der Rolltreppe erreicht und begannen zu laufen. Ines hatte Mühe mit ihm Schritt zu halten, aber er zog sie unbarmherzig hinter sich her, obwohl sie dadurch mehr stolperte als lief. Angst Aufsehen zu erwecken hatte er nicht. Das Bersten und Klirren von Glas hielt noch immer an und jedes einzelne Augenpaar war auf die Liftkabine im ersten Stock gerichtet.

Auch Vandermeer sah sich im Laufen um. Michail war mittlerweile vollends aus dem Lift herausgestolpert und hatte sich aufgerichtet. Sein Gesicht war jetzt nicht mehr ausdruckslos, sondern vor Wut verzerrt. Er war aus der Falle entkommen, aber er musste begreifen, dass ihm seine Beute trotzdem entfliehen würde. Es gab eine Treppe am anderen Ende der Galerie, die fast um die gesamte Halle herumführte, und auch noch das Treppenhaus, aber gleich welchen Weg er wählte, er hatte keine Chance sie einzuholen.

Michail tat allerdings nichts dergleichen. Er flankte ansatzlos über das Geländer, sprang gute fünf Meter in die Tiefe und kam mit einer unglaublich eleganten Bewegung nicht nur vollkommen unversehrt auf die Füße, sondern nutzte auch noch den Schwung seiner eigenen Bewegung, um mit einem einzigen Satz fast die gesamte Distanz bis zur Rolltreppe zu überwinden.

»Scheiße!«, brüllte Vandermeer noch einmal. Er versuchte noch schneller zu laufen, sah aber sofort, dass er Ines damit endgültig von den Füßen reißen würde. Michail stürmte mit unglaublicher Schnelligkeit heran. Er sprang die Rolltreppe herab, genau wie sie zuvor, aber er überwand mit jedem Satz nicht zwei, sondern vier oder fünf Stufen. Er würde sie einholen, noch ehe sie die Halle durchquert hatten.

»Die Rolltreppe!«, schrie Vandermeer.

Ein peitschender Knall erschallte. Zwischen den geriffelten Metallstufen der Rolltreppe stoben blaue Funken und Qualm hervor und die Treppe kam mit einem Ruck zum Stehen. Michail verlor das Gleichgewicht, stürzte mit wild rudernden Armen nach vorne und legte den Rest der Strecke entschieden schneller zurück, als er beabsichtigt hatte. Er überschlug sich zwei-, dreimal und prallte schließlich mit entsetzlicher Wucht auf den Steinfußboden. Ein Chor von Schreien und entsetzten Rufen begleitete seinen Sturz. Von überall her rannten Leute auf ihn zu, aber Vandermeer sah trotzdem, dass er sich bereits wieder zu bewegen begann. Er war benommen, würde aber garantiert in wenigen

Augenblicken wieder auf den Beinen sein. Der Kerl war einfach nicht kleinzukriegen.

Aber sie hatten die Drehtür jetzt auch fast erreicht. Noch zwei oder drei Schritte und ...

Ines blieb so abrupt stehen, dass Vandermeer zurückgerissen wurde und beinahe gestürzt wäre. »Was zum Teufel ...?«, begann er.

Ines starrte in die Halle zurück. Sie hatte die Hand halb erhoben, wie um sie vor den Mund zu schlagen, die Bewegung aber nicht zu Ende geführt. Sie blickte auch nicht Michail an, wie Vandermeer ganz instinktiv erwartet hatte, sondern hatte den Kopf halb in den Nacken gelegt und sah nach oben, zu der Galerie im vierten Stock.

Hinter dem gläsernen Geländer standen Wassili und seine rothaarige Assistentin. Wassilis Gesicht war voller Blut und jede Spur von Freundlichkeit war daraus gewichen. Er sah nicht mehr aus wie ein komischer kleiner Weihnachtsmann, sondern war zu einem bösartigen Gnom geworden.

Vielleicht kam dieser Eindruck aber auch mehr von der Pistole, die er in der linken Hand hielt und deren Mündung genau auf Anjas Schläfe zielte.

»Nein«, flüsterte Vandermeer. »Das kann nicht sein.« Es durfte nicht sein. So grausam *konnte* das Schicksal nicht sein, ihn all dies durchstehen zu lassen, nur damit sich am Schluss alles als vollkommen vergeblich herausstellte. Er schloss die Augen und wünschte sich mit aller Macht, dass das Trugbild verschwunden wäre, wenn er die Lider wieder hob. Aber diesmal funktionierte der Trick nicht. Wassili, die Rothaarige und Anja standen noch immer auf der Galerie, als er die Augen öffnete. Die Pistole zielte noch immer auf Anjas Schläfe.

Außer Ines und ihm schien allerdings noch niemand von der Szene Notiz genommen zu haben, denn aller Aufmerksamkeit konzentrierte sich noch immer auf Michail, der gerade mühsam auf die Füße torkelte. Wassili änderte das, in dem er mit vollem Stimmaufwand schrie:

»Vandermeer! Noch ein Schritt und sie ist tot!«

Er musste völlig den Verstand verloren haben, dachte Vandermeer. Oder vollkommen verzweifelt sein.

Auf jeden Fall war er nicht in einem Zustand, in dem es Vandermeer angeraten schien ihn zu reizen. Er würde Anja töten, ohne auch nur eine Sekunde zu zögern. Er drehte sich ganz zu ihm herum, hob langsam die Hände in Schulterhöhe und betete, dass niemand in der Halle etwas tat, das Wassili zu einer Kurzschlusshandlung provozierte. Rings um sie herum war mittlerweile ein heilloses Chaos ausgebrochen. Männer und Frauen liefen schreiend und kopflos durcheinander, versuchten hinter Blumenkübeln und Möbeln Deckung zu finden oder rannten auf die Ausgänge zu. Eine einzige falsche Bewegung, irgendetwas, das Wassili irrtümlich für eine Waffe hielt, und er würde Anja erschießen. Einfach nur, um zu zeigen, dass er seine Drohung wahrmachte.

Mittlerweile hatte auch Michail seine Waffe gezogen und sah sich aus blutunterlaufenen Augen nach ihm um. Er wirkte benommen, aber Vandermeer bezweifelte, dass ihn das in irgendeiner Weise weniger gefährlich machte. Ein besonders beherzter – oder auch dummer – Hotelangestellter versuchte sich auf ihn zu stürzen, um ihm die Waffe zu entreißen. Michail schlug ihn nieder, ohne auch nur hinzusehen. Dann zielte er mit seiner Waffe auf Vandermeer und drückte ab.

Der Schuss rollte wie die Explosion einer Luftmine durch die Halle. Die Kugel fuhr dicht an Vandermeers Gesicht vorbei durch die Luft und zertrümmerte die Scheibe hinter ihm, aber es war erst das Geräusch von berstendem Glas, das ihn aus seiner Erstarrung riss. Er begriff nicht, warum Michail auf ihn schoss, aber er tat es und er hörte auch nicht damit auf. Eine zweite Kugel sprang Funken sprühend genau dort vom Boden hoch, wo er eine halbe Sekunde zuvor noch gestanden hatte, und ein fast gleichzeitig abgefeuertes drittes Geschoss fetzte ein Stück aus seinem Jackenärmel, verletzte die Haut darunter aber wie durch ein Wunder nicht.

Michail schoss weiter. Vandermeer rannte im Zickzack auf die Drehtür zu, begriff im letzten Moment, dass er darin eine perfekte Zielscheibe bieten würde und schlug einen Haken nach links. Irgendwo hinter ihm schrie Ines und er glaubte auch Wassili irgendetwas auf Russisch brüllen hören, aber die Stimmen waren nur einzelne Nuancen in dem Chor gellender Schreie, der die Hotelhalle erfüllte. Michail schoss immer noch auf ihn. So knapp, wie ihn die Kugeln verfehlten, war es allerhöchstens noch eine Frage von Sekunden, bis er ihn traf.

Er handelte rein instinktiv, ohne wirklich zu denken. Mit zwei, drei gewaltigen Sätzen erreichte er das Fenster, das Michails erste Kugel zertrümmert hatte, mobilisierte seine letzten Kraftreserven und sprang hindurch. Zusammen mit den Resten der Fensterscheibe landete er auf der Straße, kam mit einer ungeschickten Rolle wieder auf die Füße und taumelte zur Seite.

Der gestohlene BMW stand noch immer da, wo er ihn zurückgelassen hatte. Vandermeer rannte darauf zu, riss die Tür auf und warf sich hinein. Mit fliegenden Fingern nestelte er den Schlüssel ins Zündschloss, startete den Motor und würgte ihn vor lauter Aufregung sofort wieder ab. Voller Panik drehte er den Schlüssel erneut. Der Anlasser drehte wimmernd durch, aber der Motor startete nicht.

Vandermeer schlug wütend mit der flachen Hand auf das Lenkrad, ließ den Schlüssel aber los und versuchte es nach einer Sekunde, die sich zu einer Ewigkeit dehnte, noch einmal. Der Motor sprang an. Im gleichen Moment wurde die Tür aufgerissen und Ines warf sich auf den Beifahrersitz.

»Fahr los!«, schrie sie.

Vandermeer hämmerte den Gang hinein und trat das Gaspedal bis zum Boden durch und der BMW schoss mit durchdrehenden Reifen los und schlingerte auf die Straße hinaus.

9

»O mein Gott!«, flüsterte Ines. »O Gott! Großer Gott!«

»Das haben Sie jetzt langsam oft genug gesagt, meinen Sie nicht?«, fragte Vandermeer. Das war noch vorsichtig ausgedrückt. Ines hatte diese Worte praktisch ununterbrochen gestammelt, seit sie losgesaust waren – Vandermeer schätzte, vor ungefähr zehn Minuten. Sie waren quer durch die Stadt gerast und hatten dabei mindestens ein Dutzend Beinahe-Unfälle ausgelöst (Vandermeer *hoffte*, dass es nur Beinahe-Unfälle gewesen waren; sicher war er nicht) und er hatte an keiner einzigen roten Ampel und keinem Stoppschild angehalten. Jetzt lenkte er den Wagen mit ungefähr hundert Stundenkilometern – was nicht bedeutete, dass er dadurch nennenswert schneller fuhr als bisher – die Autobahnauffahrt hinauf, drängte sich rücksichtslos in den fließenden Verkehr und wechselte praktisch sofort auf die Überholspur.

Hinter ihnen erschallten zwei Geräusche, die sie während der ganzen Fahrt begleitet hatten: das Kreischen von Bremsen und ein wütendes Hupkonzert. Vandermeer achtete nicht darauf. Wahrscheinlich kannte mittlerweile jeder einzelne Streifenwagenfahrer in ganz Nordrhein-Westfalen das Nummernschild des BMW. Es grenzte ohnehin an ein Wunder, dass sie noch nicht angehalten worden waren. Er gab rücksichtslos Gas, betätigte die Lichthupe und scheuchte einen anderen Wagen von der Überholspur.

»Wollen Sie zu Ende bringen, was der Russe angefangen hat?«, fragte Ines.

»Was?«

»Uns umbringen. Wir fahren fast zweihundert!«

»Keine Angst«, antwortete Vandermeer. »Mein Schutzengel macht heute Überstunden.« Trotzdem nahm er den Fuß ein wenig vom Gas. Ines hatte Recht. Ein Unfall bei diesem Tempo konnte genauso tödlich sein wie eine Pistolenkugel.

Ines wartete, bis die Tachonadel ein kleines Stück weit unter die hundertfünfzig gesunken war, dann sagte sie leise, aber sehr betont: »Danke.«

»Schon gut«, antwortete Vandermeer. »Geht es wieder einigermaßen?«

»Na klar. Ich meine, wenn man außer Acht lässt, dass ich entführt und bedroht wurde, dass man auf mich geschossen hat und ich mich ...«

»Ich weiß, was passiert ist«, unterbrach sie Vandermeer. »Ich war dabei.«

»Dann können Sie mir ja vielleicht endlich auch erklären, was das Ganze bedeutet«, sagte Ines scharf.

Ich wollte, ich wüsste es, dachte Vandermeer. Er schwieg.

»Wohin fahren wir überhaupt?«, fuhr Ines fort, nachdem ihr klar geworden war, dass sie keine Antwort bekommen würde. »Ich meine, falls wir lebend ankommen.«

»Nach Düsseldorf«, antwortete Vandermeer. Er schlug mit der flachen Hand auf die Hupe und scheuchte einen Golf von der Überholspur, dessen Fahrer ihm einen Vogel zeigte. »Ich muss mit jemandem reden.«

»Jemandem? Sie meinen – der Polizei.«

»Nein«, antwortete Vandermeer nach kurzem Überlegen. Er hatte den Gedanken, zur Polizei zu gehen, nicht einmal *gehabt*, seit sie aus dem Hotel geflohen waren. Er konnte es nicht begründen, aber er wusste einfach, dass diese Ge-schichte ein paar Nummern zu groß für die Polizei war.

»Nein?«, wiederholte Ines fassungslos. »Moment mal! Sie ... Sie wollen nicht zur Polizei? Diese Männer haben meine Schwester entführt! Sie haben auf uns geschossen! Sie hätten uns beinahe umgebracht!«

»Keine Polizei«, beharrte Vandermeer.

»Und wohin fahren wir dann?«, erkundigte sich Ines. Ihre Stimme klang deutlich angespannter als noch vor einer Sekunde.

»Ich treffe mich mit einem alten Freund«, sagte Vandermeer.

»Ein alter Freund, so ... Und der hat mehr Einfluss als die Polizei?«

»Mit Sicherheit«, antwortete Vandermeer – obwohl er tief in sich gar nicht *so* sicher war. Er hatte Bergholz in den letzten Jahren ziemlich aus den Augen verloren; und wenn er ehrlich war, dann hatte er eigentlich nie ganz genau gewusst, was sein ehemaliger Schulfreund beim MAD eigentlich tat.

»Ist das ... ist das irgend so eine Spionagegeschichte?«, fragte Ines zögernd. »Ich meine: Diese Russen – sind das irgendwelche Geheimagenten?«

»Und ich ein Westentaschen-James-Bond, der in der Maske eines biederen Reporters lebt und auf die bösen Buben wartet, die die Welt vernichten wollen?« Vandermeer schüttelte heftig den Kopf. »Nein. Ich muss Sie enttäuschen. Ich bin genau das, was ich zu sein scheine. Und ich weiß selbst nicht genau, was hier eigentlich los ist. Glauben Sie es oder nicht.«

»Oder nicht«, sagte Ines, was Vandermeer ihr nicht unbedingt übel nehmen konnte.

»Es ist aber so«, sagte er. »Seit ich diesen verdammten Stein bekommen habe, ist ...« Er suchte nach Worten, um zu beschreiben, was er empfand, fand aber keine.

»Es geht nur um diesen Stein?«, fragte Ines ungläubig. »Sie meinen, die haben das alles nur getan, weil sie diesen komischen Stein wiederhaben wollen?«

»Von dem Wassili behauptet hat, es wäre nur ein Stück wertloses Plastik, ja«, führte Vandermeer den Satz zu Ende. Zugleich spürte er, dass das nicht die ganze Wahrheit war. Es ging nicht nur um den Stein. Vielleicht ging es überhaupt nicht um diesen verdammten Stein, sondern um etwas ganz anderes.

»Wir sollten zur Polizei gehen«, sagte Ines. Es klang irgendwie hilflos, fand Vandermeer, als hätte sie es nur gesagt, um überhaupt etwas zu sagen, nicht, weil sie es meinte.

Trotzdem antwortete er: »Wenn wir das tun, bringen sie Ihre Schwester um.«

»Und wenn nicht?«

Dann wahrscheinlich auch, dachte Vandermeer. Aber nur *wahrscheinlich*. Wenn sie zur Polizei gingen, würden sie es bestimmt tun. Und sei es nur, um ihm zu zeigen, wozu sie fähig waren.

Der Verkehr wurde allmählich dichter, sodass er langsamer fahren musste, ob er wollte oder nicht. Nach einer Weile sagte Ines: »Vorhin im Hotel. Wie haben Sie das gemacht?«

»Was?«

»Die Rolltreppe.«

»Die Rolltreppe?« Vandermeer stellte sich dumm, um Zeit zu gewinnen.

»Sie wissen genau, wovon ich rede«, sagte Ines. »Michail war hinter uns her. Sie haben gesagt: *die Rolltreppe*, und sie ist auf der Stelle stehen geblieben und hat ihn abgeworfen wie ein Rodeo-Gaul. Wie haben Sie das gemacht?«

Er hätte mit den Schultern zucken und weiter darauf beharren können, dass es nichts als Zufall sei, aber das wäre nicht die Wahrheit gewesen. Er zuckte zwar mit den Schultern, sagte aber: »Ich weiß es nicht. Ich weiß nur, dass mir solche Sachen seit ein paar Tagen immer wieder passieren.«

»Solche Sachen?«

»Erinnern Sie sich an den Aufzug? Als ich Michail darin gesehen habe, habe ich mir nichts mehr gewünscht, als dass er stecken bleibt.«

»Und er ist stecken geblieben«, murmelte Ines. Sie sah ihn aus großen Augen an, aber er war sicher, dass sie noch gar nicht wirklich verstanden hatte, was er ihr sagen wollte. Wie auch? Er verstand es ja selbst nicht.

»Da war noch mehr«, fuhr er fort. »Als ich mit Ihrer Schwester auf dem Weg zum Hotel war, kamen wir im dichten Verkehr nicht weiter. Ich habe mir verzweifelt irgendetwas gewünscht, das uns hilft.«

»Was ist passiert? Ist die Enterprise aufgetaucht und hat euch rausgebeamt?« Der Scherz ging so daneben, wie ihr Lachen verunglückte. Es klang nervös. Fast schon hysterisch.

»Die Feuerwehr«, antwortete er ernst. »Es muss wohl irgendwo in der Nähe gebrannt haben. Sie haben uns mit Blaulicht durch den Stau geschleust. Und das war noch lange nicht alles.« Er schüttelte übertrieben heftig den Kopf und seufzte. »Ich weiß nicht, was los ist. Aber seit ein paar Tagen scheint es so zu sein, dass alles, was ich mir wünsche, auch in Erfüllung geht.«

»Wenn das wirklich stimmt, dann sollten Sie vielleicht darüber nachdenken, ob Sie sich immer das Richtige wünschen«, sagte Ines.

Vandermeer lachte, aber er gab ihr im Stillen Recht. Außerdem funktionierte der Trick nicht immer. Nicht einmal annähernd. Bei allem noch so unwahrscheinlichen Glück, das er in den letzten Tagen gehabt hatte, konnte er doch die Tatsache nicht leugnen, dass sich sein Leben ziemlich drastisch geändert hatte. Und nicht unbedingt zum Besten.

Ines dachte eine Weile schweigend nach. Ihre Finger trommelten nervös auf die Armlehne an der Tür. Er war sicher, dass sie geraucht hätte, hätte sie Zigaretten gehabt.

»Das klingt ... ziemlich phantastisch«, sagte sie schließlich.

Er hätte sagen können, dass das eine etwas seltsame Antwort war aus dem Mund einer Frau, die ihm vor kaum einer halben Stunde noch allen Ernstes erklärt hatte, dass sie mit ihrer Schwester in einer Art telepathischem Kontakt stand. Aber er beließ es bei einem einfachen »Ja«.

»Aber wenn Sie diese Fähigkeiten haben, wie konnte Wassili Sie dann so übertölpeln?«

Vandermeer sah das entschieden anders. Streng genommen hatte *er* Wassili übertölpelt. Hätte ihre Schwester getan, was er ihr gesagt hatte, dann säßen sie jetzt zu dritt im Wagen. Ganz im Gegensatz dazu aber sagte er: »Was heißt hier *Fähigkeiten*? Ich kann das nicht steuern oder so was. Es ... es passiert einfach, und auch nicht immer. Ich habe keine Ahnung, wieso.«

»War das schon immer so?«

»Nein. Im Gegenteil. Ich habe nie an so etwas geglaubt.«

»An *so etwas*? Was meinen Sie damit?«

»*So etwas* eben«, antwortete er ausweichend. »Glück. Zufall. Nennen Sie es, wie Sie wollen.« Plötzlich hatte er keine Lust mehr darüber zu reden. Das Thema bereitete ihm Unbehagen. »Verraten Sie mir lieber, was in Ihre Schwester gefahren ist. Wieso ist sie mir nachgekommen, statt zu tun, was ich gesagt habe?«

»Wahrscheinlich, *weil* Sie es gesagt haben«, antwortete Ines achselzuckend. »Sie war schon immer so. Anja tut aus Prinzip nicht, was ein anderer von ihr verlangt. Wenn Sie irgendetwas Bestimmtes von ihr wollen, dann müssen Sie nur das genaue Gegenteil verlangen. Das klappt bestimmt.«
»Bei Ihnen auch?«
»Nein«, antwortete Ines. »So weit geht die Ähnlichkeit zwischen uns nun wieder nicht. Wir haben uns schon oft deswegen gestritten.«
»Anscheinend hat es nicht viel genutzt. Sagen Sie ... ist es euch wirklich gelungen, irgend so einen armen Trottel *zwölfmal* an der Nase herumzuführen?«
»Er war kein *armer* Trottel«, antwortete Ines überzeugt. »Es war einfach nur ein Trottel. Aber drei- oder viermal klappt es meistens. So gesehen liegen Sie gut im Durchschnitt – das wollten Sie doch wissen, oder?«
»Da muss ich Sie enttäuschen. Ich habe es schon gemerkt, als wir zusammen mit Wassili essen waren.«
»Haben Sie?«, fragte Ines spöttisch.
»Irgendetwas ist mir aufgefallen«, beharrte Vandermeer. »Auf die Idee, dass es Sie zweimal gibt, bin ich allerdings nicht gekommen, das stimmt.«
»So geht es den meisten. Ich schätze, sie trauen sich nur nicht offen zu fragen.«
»Dabei habe ich gewusst, dass Sie eine Schwester haben.« Er sah sie eine Sekunde lang durchdringend an, ehe er sich wieder auf den Verkehr konzentrierte. Was auch dringend nötig war. Sie fuhren immer noch hundertdreißig; mindes-tens dreißig Kilometer schneller, als angesichts der Verkehrsdichte eigentlich vertretbar war.
»Wenn wir schon dabei sind: *Wen* habe ich vorgestern auf der Messe eigentlich kennen gelernt?«
»Am Stand? Mich.«
»Aber zu unserer Verabredung ist Anja gekommen.«
»Vielleicht«, antwortete sie. »Ich dachte, Sie merken den Unterschied.«
Er *hatte* ihn bemerkt. Er fühlte ihn auch jetzt, aber er ging nicht weiter auf das Thema ein. Es wäre ihm peinlich gewesen, Ines gegenüber zugeben zu müssen, dass ihre Schwester weitaus anziehender auf ihn wirkte. Er hätte nicht einmal begründen

können, warum das so war. Die beiden Schwestern ähnelten einander wie das sprichwörtliche Ei dem anderen.

Für eine ganze Weile verfielen sie in unbehagliches Schweigen, in dem beide ihren eigenen, vermutlich gleich unerfreulichen Gedanken nachhingen. Vandermeer war es trotzdem nur recht. Ines hätte eine Menge Fragen stellen können, auf die er keine Antwort wusste, und er hätte ihr vielleicht einige Antworten geben können, die sie nicht unbedingt hören wollte.

Zum Beispiel die, wie er ihre Zukunftsaussichten *wirklich* einschätzte.

Tatsache war, dass er keine Ahnung hatte. Er befand sich in der Lage eines Mannes, der alles auf eine Karte gesetzt und zu spät begriffen hatte, dass der letzte Einsatz sein Leben war. Wenn er Bergholz nicht traf oder der ihnen nicht helfen konnte, saß er ziemlich in der Klemme. Bergholz war seine einzige Hoffnung.

Wenn seine Nachbarin ihm die Botschaft ausgerichtet hatte.

Wenn es das Café noch gab.

Wenn. Das war ein Wort, das er besser aus seinem Vokabular strich, wenn er nicht den Verstand verlieren wollte.

Je näher sie Düsseldorf kamen, desto dichter wurde der Verkehr. Ihr Tempo sank auf hundert, dann auf achtzig und schließlich fünfzig Stundenkilometer und dann kam der Verkehr ganz zum Erliegen. Die Wagen standen Stoßstange an Stoßstange auf drei Spuren nebeneinander und rollten nur manchmal, im Tempo eines gemächlich schlendernden Fußgängers, noch ein Stück weiter.

»Toll«, maulte Ines. »Sind Sie sicher, dass Ihr Freund auf uns wartet?«

»Ganz sicher.« Das war er nicht. Er war nicht einmal sicher, dass Bergholz überhaupt *kam* – hatte er nicht irgendetwas von einem Flugzeug erzählt, das er bekommen musste? Nein; besser, er dachte nicht darüber nach.

»Das dauert nicht lange. Der übliche Feierabendverkehr. An der übernächsten Abfahrt müssen wir raus.« Und dann quer durch Düsseldorf bis in die Altstadt, die um diese Zeit vermutlich hoffnungslos verstopft war. Auch das behielt er lieber für sich.

»Wäre es nicht an der Zeit für ein kleines Wunder?«, fragte Ines.

Vandermeer fand das nicht lustig. Ganz im Gegenteil. Ihr spöttischer Ton ärgerte ihn so sehr, dass er vorsichtshalber gar nicht antwortete, um sie nicht anzuschnauzen.

»Haben Sie eine Zigarette?«, fragte Ines. »Ich drehe noch durch, wenn ich keine bekomme.«

»Im Handschuhfach«, antwortete Vandermeer, ohne darüber nachzudenken. Erst als Ines die Hand ausstreckte, fiel ihm wieder ein, dass sie nicht in seinem Wagen saßen. Mehr noch: Der Geruch und der jungfräuliche Aschenbecher bewiesen ziemlich eindeutig, dass der rechtmäßige Besitzer des BMW Nichtraucher war.

Ines klappte das Handschuhfach auf, nahm eine Zigarettenpackung und ein Einwegfeuerzeug heraus und zog überrascht die Brauen zusammen. »He!«, sagte sie. »Ist das Zufall oder haben Sie es sich gemerkt?«

»Was?«

Ines wedelte mit der goldfarbenen Packung. »Das ist meine Marke. Sie ist ziemlich selten. Kent DeLuxe. Man bekommt sie nicht überall.«

Vandermeer spürte ein eisiges Frösteln. Eine Sekunde lang versuchte er sich einzureden, dass die Packung Anja gehört haben musste. Sie hatte sie aus der Handtasche genommen und vielleicht aus reiner Gewohnheit im Handschuhfach deponiert.

Aber das hatte sie nicht getan. Die Packung war noch original verpackt. Es hätte keinen Grund gegeben, sie aus der Tasche zu nehmen und ins Handschuhfach zu legen. Er war hundertprozentig sicher, dass sie das Handschuhfach nicht einmal *berührt* hatte.

Und eigentlich war er auch sicher, dass die Packung vor einer Minute noch nicht darin gewesen war.

Ines riss die Schachtel auf, zündete sich eine der schlanken weißen Zigaretten an und nahm einen tiefen Zug. Sie gab ein Geräusch wie eine Verdurstende von sich, die nach einer dreitägigen Wanderung durch die Wüste endlich wieder einen Schluck Wasser bekommen hatte, und schloss genießerisch die Augen.

»Das tut gut«, seufzte sie.

»Was?«, fragte Vandermeer. »Sich selbst zu vergiften?«

Ines nahm einen zweiten, noch tieferen Zug aus der Zigarette, war aber rücksichtsvoll genug, das Fenster zu öffnen und den Rauch hinauszublasen. Trotzdem sagte sie: »Sie rauchen doch selbst.«

»Gelegentlich«, antwortete Vandermeer. »*Sehr* gelegentlich. Und nur, wenn ich nervös bin.«

»Ach – und jetzt sind Sie das nicht?«

Vandermeer schwieg. Ganz egal, was er geantwortet hätte, es wäre nicht die Wahrheit gewesen. Er fühlte sich … seltsam. Das war in der Tat das einzige Wort, das den Zustand hinter seiner Stirn wenigstens annähernd beschrieb – und gleichzeitig Lichtjahre weit daneben lag. Er war zugleich nervös und von einer fast schon unnatürlichen Ruhe erfüllt, gleichzeitig vollkommen hilflos und in einem Maße siegessicher, das ihn fast erschreckte, parallel und in einem einzigen Gedanken bis ins Innerste verängstigt wie auch so selbstsicher und stark wie nie zuvor im Leben. Was in ihm vorging, verwirrte ihn nicht nur vollkommen, das Gefühl an sich erschreckte ihn wie nichts anderes. Es war vollkommen neu; etwas so Fremdes und Unbekanntes, dass er es nicht einzuordnen vermochte. Und da war noch etwas. Tief in seinem Inneren schien es in einem Prozess des Erwachens begriffen zu sein, ohne dass er auch nur den geringsten Schimmer hatte, um was es sich handelte.

Der Verkehr begann wieder zu fließen. Vandermeer erkannte jetzt den Grund für den Stau: Nicht weit vor ihnen hatte es einen Unfall gegeben. Eine der Spuren war gesperrt, sodass der Fahrzeugstrom auf die zwei verbliebenen Fahrspuren geleitet werden musste; mit dem zu erwartenden Ergebnis. Die beiden Autowracks wurden jedoch genau in diesem Moment von zwei Abschleppwagen mit rotierenden gelben Warnlichtern auf die Standspur gezogen. Ihr Wagen war der erste, für den die Polizei die äußere Überholspur wieder freigab. Ines sah ihn überrascht an, sagte aber nichts und Vandermeer trat das Gaspedal bis zum Boden durch und beschleunigte den Wagen so sehr, dass er die übernächste Abfahrt fast verpasst hätte und hart auf die Bremse treten musste.

Der Stau hatte einen unerwarteten Nebeneffekt: Die Straße, auf die sie einbogen, war nahezu leer. Vandermeer fuhr weiter, ohne die Geschwindigkeit deutlich unter hundert sinken zu lassen, und konnte auf diese Weise endlich eine Theorie überprüfen, über die er nachdachte, seit er im Besitz eines Führerscheins war. Die Ampeln auf den Hauptstraßen waren so eingestellt, dass man mit vorschriftsmäßigen fünfzig Stundenkilometern eine grüne Welle hatte. Er hatte schon immer einmal ausprobieren wollen, ob es auch mit unvorschriftsmäßigen hundert klappte.

Es klappte.

Sie holten einen Teil der verlorenen Zeit wieder ein – wenn auch nicht alles – und Vandermeer begann wieder ein wenig mehr Hoffnung zu schöpfen, dass Bergholz noch auf ihn wartete.

»Wenn Sie weiter so schnell fahren, müssen wir doch noch mit der Polizei sprechen«, sagte Ines.

»Dazu müssten sie uns erst einmal kriegen«, antwortete Vandermeer. »Der Wagen ist ziemlich schnell.«

»Und ziemlich teuer«, fügte Ines hinzu. »Verdient man als Journalist so gut?«

»Er gehört mir nicht.«

»Wer um alles in der Welt verleiht ein Hunderttausend-Mark-Auto?«, fragte Ines.

Vandermeer fuhr unmerklich zusammen. Der kriminelle Teil seines Ichs hatte einen guten Geschmack, das musste man ihm lassen. »Jemand *hat* es getan«, beharrte er. Es war nicht nötig, dass Ines *alles* wusste. »Ich weiß, worauf Sie hinauswollen, aber es bleibt dabei: Ich bin weder beim Geheimdienst noch bei irgendeiner anderen Organisation, die sich auf ihre Fahnen geschrieben hat, die Welt zu retten. Ich bin nur ein kleiner, harmloser Journalist, der in etwas hineingeraten ist, das ihm allmählich über den Kopf wächst.«

»Für einen harmlosen Journalisten haben Sie eine gute Rechte«, sagte Ines. »Wassili wird die nächsten sechs Monate jedes Mal an Sie denken, wenn er sich die Nase putzt. Mussten Sie so fest zuschlagen?«

»Wieso? Tut er Ihnen Leid?«

»Nein«, antwortete Ines ernst. »Aber eigentlich hatte *ich* mir fest vorgenommen, ihm die Nase zu brechen.«

Er vermochte nicht zu sagen, ob sie das ernst meinte oder nicht. Als er nicht antwortete, ging auch sie nicht weiter auf das Thema ein, sondern beschränkte sich darauf, abwechselnd nervöse Blicke aus dem Fenster und eindeutig vorwurfsvolle Blicke auf den Tacho zu werfen. Vandermeer gab ihr im Stillen mehr Recht, als er laut jemals zugegeben hätte. Ein dummer Zufall, eine Polizeistreife, die gerade nichts Besseres zu tun hatte, als hinter einem geparkten Lastwagen zu stehen und auf den nächsten Verkehrssünder zu warten, und sie hatten eine Menge Probleme am Hals.

Und was war überhaupt, dachte er, wenn Bergholz tatsächlich nicht kam? Und wenn Wassili, Michail und möglicherweise sogar Anja verschwunden blieben? Er konnte nicht damit rechnen einfach aus dieser Geschichte wieder herauszukommen. Er hatte einen Wagen gestohlen, war in eine Schießerei verwickelt worden, hatte zumindest am Rande mit einer ausgewachsenen Entführung zu tun und – aber das zählte wahrscheinlich schon gar nicht mehr – gegen mindestens hundert Verkehrsregeln verstoßen. Nein – Bergholz musste einfach da sein. Wenn nicht, konnte er genauso gut gleich nach Essen zurückfahren und nach Wassili suchen.

Der Weg war nicht mehr allzu weit. Der Verkehr nahm wieder zu, wenn auch längst nicht in dem Maße, wie Vandermeer befürchtet hatte. Um ein Haar hätte er sich verfahren; seit die Rheinuferstraße vor vier oder fünf Jahren umgebaut worden war, war er nicht mehr mit dem Wagen hineingefahren und fühlte sich in dem Gewirr von Tunnels, unterirdischen Parkdecks und Ein- und Ausfahrten vollkommen hilflos. Schließlich tat er das einzig Vernünftige: Er parkte den Wagen und sie machten sich zu Fuß auf den Weg. Den Schlüssel ließ er kurzerhand stecken. Auf Ines' irritierte Bemerkung hin zuckte er mit den Schultern und sagte: »Vielleicht habe ich ja Glück und jemand stiehlt ihn noch einmal.«

Sie verließen das Parkdeck über eine schmale, kaum beleuchtete Treppe, auf der es durchdringend nach Urin und Erbrochenem stank. Obwohl sie sich nur wenige Augenblicke in dem kahlen Betongemäuer aufgehalten hatten, atmeten sowohl Ines als auch er erleichtert auf, als sie wieder an die frische Luft traten.

»Und jetzt?«, fragte Ines. Die frische Luft schien ihr nicht ganz so gut zu gefallen wie ihm, denn sie zündete sich schon wieder eine Zigarette an. Die fünfte oder sechste, seit sie die Packung im Handschuhfach des BMW gefunden hatte.

Vandermeer sah sich suchend um. Er war lange nicht mehr hier gewesen und im ersten Moment wusste er nicht genau, wo sie überhaupt waren. Die Treppe hatte sie in ein einfaches, nach drei Seiten offenes Backsteingebäude geführt, das bis auf einen übergroßen Kassenautomaten vollkommen leer war. Zur Rechten erblickten sie nur ein schwarzes, Licht schluckendes Band: den Rhein, dessen Wasser mit der Nacht verschmolzen waren und den Unterschied zwischen Himmel und Erde verwischten. Er konnte nicht sagen, ob die Lichter, die er sah, Sterne waren oder ihre Spiegelungen auf dem Fluss. Hinter den beiden anderen Ausgängen erwartete sie das genaue Gegenteil: die grellen, vielfarbigen Neonschilder der zahllosen Bars, Cafés, Diskotheken und Kneipen, die diesem Teil der Stadt ihren ganz besonderen Ruf verliehen hatten.

»Dorthin.« Er deutete nach links. »Glaube ich.«

»Sie *glauben*?«

Vandermeer zuckte unglücklich mit den Schultern. »Ich war lange nicht mehr hier. Es hat sich viel verändert.«

»Hoffentlich zum Guten«, murmelte Ines. Sie erklärte ihm nicht, was sie damit meinte, aber die nervösen Blicke, die sie unentwegt nach rechts und links warf, während sie ihm folgte, ließen ihn erkennen, dass sie sich in dieser Umgebung nicht besonders wohl fühlte. Wahrscheinlich hatte sie eine Menge Dinge über die Altstadt gehört, die zum allergrößten Teil nicht stimmten.

Vandermeer ging ein wenig schneller, als nötig gewesen wäre, um eine Selbstsicherheit zu demonstrieren, die er gar nicht hatte. Er war nämlich absolut *nicht* sicher, dass sie auf dem richtigen Weg waren. Bergholz und er hatten zusammengerechnet mindestens ein Jahr in dem Nachtcafé verbracht, aber das letzte Mal war mehr als zehn Jahre her und seitdem hatte sich hier wirklich eine Menge verändert; um nicht zu sagen: alles. Er glaubte zwar die Straße wiederzuerkennen, erinnerte sich aber an nicht eines der Lokale. Wo früher eine gemütliche Bierkneipe gewesen war, befand sich jetzt eine Pizzeria. Der Nachtclub, in dem sie manchmal gewesen hatten (nicht oft, weil sie sich die Preise nicht leisten konnten), war einer Diskothek gewichen, aus der monotone Techno-Musik auf die Straße drang. In den Räumen ihrer ehemaligen Frittenbude befand sich nun eine Peepshow und dort, wo vor zehn Jahren eine Diskothek gewesen war, protzten jetzt die hell erleuchteten Schaufenster eines Juweliergeschäftes. Es war seltsam, dachte er. Er lebte in dieser Stadt. Er arbeitete hier, jeden Tag. Und trotzdem war ihm noch nie so deutlich wie jetzt aufgefallen, wie sehr sie sich Tag für Tag veränderte.

Wie sehr wirklich, das fiel ihm erst auf, als sie das Ende der Straße erreichten und er ziemlich ratlos stehen blieb.

»Was ist los?«, fragte Ines. »Sagen Sie nicht, dass wir uns verlaufen haben.«

Vandermeer drehte sich auf dem Absatz herum und sah den Weg zurück, den sie gekommen waren. »Ich weiß nicht«, murmelte er. »Es ist wirklich ... lange her.«

Ines verdrehte die Augen. »Das darf nicht wahr sein«, stöhnte sie. »Da schlittere ich einmal in meinem Leben in eine echte Kriminalgeschichte hinein und statt auf James Bond treffe ich auf den Rosaroten Panther! Das kann auch nur mir passieren!«

Vandermeer sah sie irritiert an. Ihr plötzlicher Stimmungsumschwung überraschte ihn so sehr, dass er nicht einmal beleidigt war. Er fragte sich nur, warum sie mit einem Mal so aggressiv war – und ihn augenscheinlich ganz bewusst zu beleidigen versuchte. Immerhin hatte er ihr das Leben gerettet und dabei so nebenher sein eigenes riskiert. Wenigstens konnte man das so sehen, wenn man wollte.

»Es ist hier«, beharrte er. »Jedenfalls war es das. Jetzt ...«

Dann erkannte er das Gebäude endlich wieder und im gleichen Moment wunderte es ihn auch nicht mehr, dass er beim ersten Mal einfach daran vorbeigelaufen war. Das kleine, ganz bewusst ein wenig schmuddelig belassene Künstlercafé, in dem Bergholz und er so viele Nächte gesessen und in endlosen Diskussionen alle Probleme der Weltgeschichte gelöst hatten, war ebenso verschwunden wie der Schnellimbiss und die Bierkneipe, die es flankiert hatten. An ihrer Stelle erhob sich jetzt die Techno-Disco, an der sie vorbeigekommen waren.

»Dort«, sagte er.

»*Dieser* Laden?« Ines blickte ihn zweifelnd an.

»Wieso nicht? Glauben Sie, er passt nicht zu mir?«

»Kein bisschen«, antwortete Ines offen. *Das* kam ihm allerdings eher vor wie ein Kompliment.

»Damals war der Laden noch ein wenig ... anders«, gestand er. »Aber es ist der richtige. Ich bin ganz sicher.« Er ging los, bevor sie Atem zu einer weiteren verletzenden Bemerkung holen konnte.

Die Diskothek war größer, als es auf den ersten Blick den Anschein gehabt hatte. Sie schien nicht nur die beiden benachbarten Lokale verschlungen zu haben, denn der stampfende Techno-Rhythmus kam nicht nur aus der Tür, sondern drang auch durch die Wände des Nachbarhauses. Als er den Kopf drehte, sah er, dass die Fenster von innen mit schwarzer Pappe verklebt waren.

Ines holte ihn ein, kurz bevor er den Eingang erreichte und noch einmal stehen blieb. Die Idee, dort hineinzugehen, gefiel ihm immer weniger. Einen Moment lang klammerte er sich an die

Hoffnung, dass es Bergholz genauso ergangen sein könnte wie ihm und er irgendwo in der Nähe stand und auf ihn wartete. Er sah sich dreimal hintereinander aufmerksam auf der Straße um und erblickte alle möglichen schrägen Gestalten, aber keinen Bergholz. Er war entweder dort drinnen oder nicht da.
»Wollen Sie hier warten?«, fragte er.
Ines riss die Augen auf. »Sind Sie verrückt? Sehen Sie sich die Typen da drüben an.« Sie deutete schräg über die Straße auf eine Gruppe von vier oder fünf schrill aussehenden, aber vermutlich vollkommen harmlosen Punkern, die im Kreis beisammen standen, Bier tranken und etwas kreisen ließen, das er in einem Anflug von Naivität für eine gewöhnliche Zigarette hielt. »Schlimmer kann es da drinnen auch nicht sein.«

Vandermeer hätte sie sowieso nicht allein hier draußen auf der Straße zurückgelassen. Eigentlich hatte er die Frage nur gestellt, um für sich noch ein paar Sekunden zu gewinnen, bevor er diesen Schuppen betrat. Er wollte dort nicht hinein, auf gar keinen Fall, und wenn der Papst persönlich dort drinnen auf ihn warten sollte. Für die Dauer eines Gedankens war er versucht auf diese innere Stimme zu hören, aber dann beging er den Fehler logisch darüber nachzudenken. Er hatte widerwillig anerkannt, dass er in den letzten Tagen ein paar Dinge erlebt hatte, die er nicht auf Anhieb erklären konnte. Aber *Vorahnungen* gehörten ganz eindeutig nicht dazu.

Sie betraten die Diskothek. Die Musik schien absurderweise leiser zu werden, als er den ledergesäumten Vorhang zur Seite schlug, der die Stelle der Tür einnahm, und im gleichen Moment verschwand auch die allerletzte Ähnlichkeit zwischen dem Gebäude, das hier einmal gestanden hatte, und dem, was es jetzt war. Vor ihnen lag ein kleiner, mit blauen, grünen und roten Metallfolien tapezierter Raum, der von so grellem Neonlicht erfüllt war, dass Vandermeer instinktiv blinzelte. Es gab keine Garderobe oder Kasse, sondern nur einen verchromten Hocker, der ungefähr so einladend aussah wie ein Zahnarztstuhl, und eine weitere, ebenfalls mit spiegelnder Metallfolie bespannte Tür auf der gegenüberliegenden Seite. In der Wand daneben befand sich ein Klingelknopf von der Größe einer Untertasse. Die Stelle des guten alten Spions nahm ein winziges Videoauge über dem Klingelknopf ein.

»Gemütlich«, sagte Ines. Sie wies mit einer Kopfbewegung auf die Kamera. »Hoffentlich kommen wir durch die Gesichtskontrolle.«

Vandermeer trat an die Tür und legte die flache Hand auf den Klingelknopf. Auch er war nicht sicher, dass man sie überhaupt hereinließ – weder er noch Ines hatten das entsprechende Alter oder Aussehen, um zum typischen Publikum einer Techno-Disco zu gehören. Aber wenn die Tür sich für ihn nicht öffnete, dann konnte sie sich auch für Bergholz nicht geöffnet haben.

10

Die Tür öffnete sich, kaum dass er die Hand vom Klingelknopf genommen und mit einem Gefühl leisen Schreckens registriert hatte, dass sie einen blutigen Abdruck darauf hinterlassen hatte. Ein leises elektrisches Summen erklang. Die Tür sprang mit einem Ruck fünf Zentimeter weit auf und dann schlug, mit einer Verzögerung von einer halben Sekunde, die Musik über ihnen zusammen, die er eben noch vermisst hatte. Er begriff schlagartig, warum es hier draußen im Vorraum so leise war. Das Innere der Diskothek musste mit Schall ungefähr dasselbe tun, was ein Neutronenstern mit Lichtwellen tat. Der hämmernde Lärm schlug mit solcher Gewalt über ihnen zusammen, dass Ines das Gesicht verzog und er selbst gerade noch den Impuls unterdrücken konnte, die Hände auf die Ohren zu legen. Ines sagte irgendetwas, aber er sah nur, dass sie ihre Lippen bewegte. Vandermeer antwortete auf die gleiche Art, nur konsequenter – er bewegte tatsächlich nur die Lippen, zuckte dann mit den Schultern und trat durch die Tür.

Falls die Musik noch lauter wurde, so bemerkte er es nicht mehr, weil sie sich ohnehin schon einige Dezibel über der Schmerzgrenze bewegte, aber der Raum, in den er trat, kam ihm im ersten Augenblick wie die Hightech-Version von Dantes Inferno vor. In der allerersten Sekunde erkannte er nichts als flackerndes stroboskopisches Licht, zuckende gelbe, rote und grüne Blitze im Takt der Musik, in denen sich formlose Schatten bewegten, die Seelen der Verdammten, die sich im Fegefeuer wanden. Er konnte nicht erkennen, wie groß der Raum war, aber sie mussten die Zwischenwände aus dem halben Block herausgerissen haben; allein die verchromte Theke, die sich zur Linken erstreckte, musste zweimal so lang sein, wie das ganze Café damals gewesen war.

»Wirklich gemütlich! Ich bewundere Ihren Geschmack!« Ines war so nahe an ihn herangetreten, dass ihr Haar seine Wange kitzelte. Trotzdem musste sie schreien, damit er ihre Worte verstand. Er ersparte es sich, ihr zu antworten.

Mittlerweile hatten die meisten seiner Sinnesorgane wohl den ersten Schock überwunden, denn er konnte seine Umgebung jetzt wenigstens schemenhaft erkennen. Hinter der endlos langen Theke bewegten sich ein halbes Dutzend junger Männer und Frauen, ausnahmslos in eng sitzendes schwarzes Leder gekleidet und die meisten mit kurz geschnittenem schwarzem Haar. Die Gleichförmigkeit ihres Aussehens und das zuckende Licht schienen ihnen jede Menschlichkeit zu nehmen und sie in bizarre Roboter mit abgehackten Bewegungen und bodenlosen Löchern an Stelle von Augen zu verwandeln. Vandermeer wusste, dass dieser Effekt beabsichtigt war, aber dieses Wissen änderte nicht das Geringste an seiner unheimlichen Wirkung. Der einzig lebende Mensch, den es hier drinnen zu geben schien, saß unmittelbar neben ihnen hinter der Theke und starrte mit gerunzelter Stirn abwechselnd in ihre Richtung und auf einen kleinen Schwarzweißmonitor in der Wand, der das Bild der Videokamera draußen im Vorraum zeigte. Ines hatte mit ihrer Vermutung gar nicht einmal so falsch gelegen. Sie waren ganz eindeutig *nicht* durch die Gesichtskontrolle gekommen. Nicht dieser Bulle von Türsteher hatte sie eingelassen, sondern ein elektrisches Schloss mit Fehlfunktion. So etwas widerfuhr Geräten, die ihm zu nahe kamen, in letzter Zeit öfter.

Angriff war in diesem Fall eindeutig die beste Verteidigung, entschied Vandermeer. Er trat an die Theke heran, beugte sich hinüber und schrie so laut er konnte, um die Musik zu überbrüllen: »Wir sind hier mit einem Freund verabredet! Ist er schon da?«

Der Bursche starrte ihn an, als überlege er ernsthaft, ob Vandermeer die Mühe wert war, sich seinetwegen hinter der Theke hervorzubewegen und ihn rauszuwerfen. Vandermeer nahm ihm die Entscheidung ab, indem er in die Jackentasche griff und einen Geldschein herausnahm. Erst als er ihn vor sich auf die Theke legte, stellte er fast entsetzt fest, dass es ein Fünfziger war, aber da war es zu spät.

Wenigstens war dieses schmerzhafte Opfer nicht ganz umsonst. Der Rausschmeißer strich den Geldschein ein und sein Gesichtsausdruck wechselte von feindselig zu irgendetwas zwischen Gleichgültigkeit und Verachtung.

»Bei mir hat niemand gefragt«, antwortete er.

»Dann warten wir. Gibt es hier irgendeinen Platz, an dem es ein bisschen leiser ist?« Er musste so laut schreien, dass sein Hals schmerzte, und er sagte sich selbst, dass es wahrscheinlich eine ziemlich dumme Frage war. Zu seiner Überraschung deutete der Bursche jedoch mit der Hand nach oben. Als Vandermeer der Geste mit Blicken folgte, entdeckte er eine schmale Galerie, die auf halber Höhe die gesamte Diskothek umgab. Offenbar hatte man nicht nur die Trennwände zu den benachbarten Gebäuden durchgebrochen, um diesen einzigen großen Raum zu schaffen, sondern auch die Zwischendecke zum nächsten Stockwerk. Der stehen gebliebene Rest war gerade breit genug, um einer Reihe kleiner Glastische mit jeweils zwei Stühlen Platz zu bieten. Vandermeer bezweifelte, dass es dort oben spürbar leiser war als hier, aber zumindest hatten sie von dort aus einen guten Überblick über den Raum.

»Wenn unser Freund kommt, schicken Sie ihn hoch!« Das waren nun wirklich die letzten Worte, zu denen er seine Stimmbänder in der Lautstärke zwingen konnte, die nötig war, um überhaupt verstanden zu werden, aber der Rausschmeißer nickte und wandte seine Konzentration dann seinem Monitor zu. Vandermeer vermutete, dass er das Programm für äußerst abwechslungsreich hielt.

Er suchte nach der Treppe, die nach oben führte, entdeckte sie fast zu seinem Entsetzen genau auf der anderen Seite der Tanzfläche und ergriff Ines am Arm. Wenn sie sich hier drinnen verloren, konnte es eine Million Jahre dauern, bis sie sich wiederfanden.

Es war jedoch gar nicht so schlimm, wie er erwartet hatte. Das stroboskopische Licht, der Rauch und vor allem die sonderbaren, abgehackten Bewegungen der Tanzenden hatten die Tanzfläche überfüllter aussehen lassen, als sie war. Sie fanden den Weg zwischen den zuckenden Gestalten hindurch, ohne angerempelt oder gar niedergetrampelt zu werden, und vermutlich nahm noch nicht einmal jemand von ihnen Notiz. Vandermeer sah sich nicht besonders aufmerksam um, aber ihm entging trotzdem nicht, dass sich nicht wenige der zumeist jugendlichen Gäste in einer Art Trance zu befinden schienen. Zum Teil lag es sicher an der Wirkung des Lichtes: Das rasend schnelle Flackern, mit dem sich Augenblicke grellbunter Helligkeit mit solchen absoluter Finsternis jagten, zerhackte alle Bewegungen zu erstarrten Momentaufnahmen, als bewegten sie sich durch ein lebensgroßes dreidimensionales Daumenkino und ein noch größerer Teil seines Unbehagens kam wahrscheinlich von der Musik, die ihm mittlerweile tatsächlich körperlich zu schaffen machte. Aber wahrscheinlich waren auch Drogen im Spiel. Es hatte nichts mit Vorurteilen zu tun. Vandermeer wusste aus erster Hand, dass Ecstasy und andere Designer-Drogen einfach zu diesen Techno-Discos gehörten. Es war ihm gleich und im Moment war es ihm sogar recht. Je weniger Aufsehen sie erregten, desto besser.

Die Treppe, die nach oben führte, war so schmal, dass sie nur hintereinander gehen konnten, und die Galerie, zu der sie hinaufführte, schien auch nicht sehr viel breiter zu sein. Vandermeer steuerte einen freien Tisch an, von dem aus er die Theke und den Bereich vor dem Eingang im Auge behalten konnte, und setzte sich. Erstaunlicherweise war es hier oben tatsächlich weitaus leiser als unten, obwohl sich die Galerie fast auf einer Höhe mit den Lautsprecherboxen befand, die die Größe von ausgewachsenen Kühltruhen hatten. Leiser, nicht etwas leise. Sie mussten immer noch sehr laut sprechen, um sich miteinander zu verständigen, aber wenigstens nicht mehr schreien.

Ines hatte sich kaum gesetzt, als eine Kellnerin an ihrem Tisch erschien. Sie sah aus wie eine der Roboterfrauen unten hinter der Theke, hautenges schwarzes Leder und schwarz gefärbtes Haar. Sie sagte kein Wort, sondern blickte Vandermeer nur fragend an, bis er zwei Finger hob. Dann verschwand sie ebenso schnell und fast gespenstisch, wie sie erschienen war.

»Was haben Sie bestellt?«, fragte Ines.

»Keine Ahnung«, gestand Vandermeer. »Dasselbe wie alle hier, nehme ich an.«

»Einen Gehörschaden?«

Vandermeer lachte, ihm selbst kam die Musik mittlerweile schon gar nicht mehr so laut vor wie am Anfang. Entweder begann er sich daran zu gewöhnen oder er wurde wirklich langsam taub.

»Ist das eigentlich noch immer dieselbe Platte wie vorhin oder klingt sie nur genauso?«, fragte Ines.

»Ich schätze, sie haben nur eine«, antwortete Vandermeer. Es war ein Scherz, aber nur zur Hälfte. Der Trick an diesen Techno-Partys war gerade der immer gleichbleibende, stampfende Rhythmus der Musik. Wenn man ihm, noch dazu in der entsprechenden Lautstärke, lange genug ausgesetzt war, entfaltete er von ganz allein eine psychedelische Wirkung, die es mit so manchen der Drogen aufnehmen konnte, die in Vandermeers Jugend in Mode gewesen waren.

»Glauben Sie wirklich, dass Ihr Freund *hierher* kommt?«, fragte Ines.

»Ganz bestimmt«, antwortete Vandermeer. *Wenn er nicht jetzt schon in einem Flugzeug nach Timbuktistan sitzt, um sich im Auftrag der Regierung mit eigenen Augen davon zu überzeugen, dass keine Schrauben aus deutschem Edelstahl in einen kommunistischen Traktor eingebaut werden.* »Er wird eine Weile brauchen, um uns zu finden. Wahrscheinlich fällt es ihm genauso schwer wie mir zu glauben, was er sieht.«

»Sie haben dem Mann am Eingang nicht einmal beschrieben, wie er aussieht.«

»Das ist auch nicht nötig«, sagte Vandermeer überzeugt. »Er erkennt ihn garantiert. Ist Ihnen nicht aufgefallen, wie der Bursche *uns* angestarrt hat? Wahrscheinlich könnte selbst der Älteste von denen da unten leicht unser Sohn oder unsere Tochter sein.«

Das war übertrieben. Eine Menge der Gäste, auf die sie hinabsahen, war tatsächlich sehr jung; jünger vermutlich, als hier drinnen im wahrsten Sinne des Wortes die Polizei erlaubte. Aber längst nicht alle. Etliche der Gestalten, die sich im zuckenden Licht der Disco-Scheinwerfer auf der Tanzfläche bewegten, waren durchaus in ihrem Alter.

»Und wie lange warten wir hier?«

Vandermeer hatte nicht die geringste Ahnung. Er wollte auch nicht darüber nachdenken, denn das wäre zugleich der erste Schritt zu dem Eingeständnis, dass er mit seiner Weisheit am Ende war, wenn Bergholz nicht kam. Er zuckte mit den Achseln.

»Eine halbe Stunde. Er kommt schon.«

»Was macht Sie da so sicher?«

»Vielleicht einfach der Umstand, dass ich es will«, antwortete

Vandermeer gereizt. »Sie wissen doch, dass immer ein Wunder geschieht, wenn ich es wirklich brauche.«

Ines zog eine Grimasse, die er nicht genau deuten konnte. »Warum lassen Sie dann nicht ein kleines Wunder geschehen und bringen diesen verdammten Radau zum Schweigen?«

Und für eine halbe Sekunde war Vandermeer tatsächlich in Versuchung, es zu tun. Er war fast sicher, dass er es konnte. Und selbst wenn nicht, was hatte er zu verlieren? Er musste es sich nur fest genug wünschen.

Aber er tat es nicht. Nicht aus Angst, dass es nicht funktionieren würde. Er hatte Angst davor, *dass* es funktionierte.

Die Kellnerin kam und brachte seine Bestellung: nichts Aufregenderes als zwei Flaschen Bier ohne Gläser. Vandermeer bezahlte, gab ein großzügiges Trinkgeld, das die Roboterfrau ohne die mindeste Regung einstrich, und drehte sich auf seinem Stuhl herum, sodass er nicht mehr direkt in Ines' Richtung sah, sondern der Tanzfläche vier Meter unter ihnen zugewandt war.

Von hier oben aus betrachtet bot die Diskothek einen gleichermaßen futuristischen wie bizarren Anblick. Irgendetwas schien mit dem Song passiert zu sein: Entweder hatte er seinen Rhythmus geändert oder etwas in Vandermeer hatte sich bereits daran gewöhnt. Die Musik kam ihm jetzt nicht mehr so unnatürlich und falsch vor wie noch vor Augenblicken. Ganz im Gegenteil war plötzlich etwas ... seltsam Vertrautes darin.

Nein, *vertraut* war das falsche Wort. Er kannte diese Song ganz bestimmt nicht – er hatte sich nie mit diesem Techno-Müll anfreunden können. Seine Abneigung dagegen ging so weit, dass er das Radio ausschaltete, wenn sie Techno spielten. In diesem Stück aber war etwas, worauf er reagierte. Er begann die Melodie mitzusummen; nicht den stampfenden Takt der Computermusik, sondern etwas, das darin verborgen war wie eine Melodie, die unter der Oberfläche des Hörbaren mitschwang, ohne diese jemals zu durchbrechen. Und er bemerkte noch etwas anderes, geradezu Unheimliches: Mit einem Mal schienen selbst die Bewegungen der Tanzenden unter ihnen mit dieser unhörbaren Musik zu korrespondieren. Sie bewegten sich nicht mehr im Rhythmus der hämmernden Lautsprechermusik, sondern schienen zu einem Muster gegenläufiger Kreise und Symbole zu werden, wie Teile einer gewaltigen, komplizierten Maschine, die sich einem undurchschaubaren, aber eindeutig vorhandenen Muster folgend bewegten. Vandermeer fragte sich, was geschehen würde, wenn diese Maschine ihre Arbeit vollendet hatte.

Er blinzelte. Der unheimliche Effekt verschwand und unter ihm tobte plötzlich wieder ein Chaos aus zuckenden Lichtblitzen und schattenhaften Körpern, die sich wie in Krämpfen zu winden schienen. Der einzige ruhende Pol in diesem Durcheinander war eine groß gewachsene, massige Gestalt in einem hellen Trenchcoat, die an derselben Stelle stand, an der Ines und er vorhin stehen geblieben waren, und mit dem Türsteher sprach. Bergholz.

»Ist das Ihr Bekannter?«, fragte Ines.

Vandermeer nickte, obwohl er selbst noch mit zusammengekniffenen Augen versuchte, das Gesicht der Gestalt an der Tür zu identifizieren. Der Mann dort unten hatte graues Haar und das hatte Bergholz nicht gehabt. Aber es war fünf Jahre her, dass sie sich das letzte Mal gesehen hatten. Außerdem – wer sollte es sonst sein?

Es war Bergholz. Er überquerte die Tanzfläche mit gesenktem Blick und leicht vorgebeugten Schultern, sodass Vandermeer sein Gesicht immer noch nicht sehen konnte, aber er erkannte eindeutig seine Art sich zu bewegen.

Bergholz verschwand im toten Winkel unter der Galerie und es schien Ewigkeiten zu dauern, bis er oben wieder auftauchte. Vandermeer winkte ihm zu, stand halb auf und zog einen Stuhl vom Nachbartisch heran. Bergholz kam mit schnellen Schritten näher und stockte nur einmal kurz, als er sah, dass Vandermeer nicht allein am Tisch saß.

Er hatte sich tatsächlich verändert, seit sie sich das letzte Mal gesehen hatten, stellte Vandermeer fest; viel stärker, als er nach gerade einmal fünf Jahren erwartet hatte. Sein Haar war dunkelgrau geworden und hatte nur hier und da noch einen Streifen des kräftig glänzenden Schwarz, um das Vandermeer ihn im Stillen immer beneidet hatte. Er musste mindestens zwanzig Kilo zugelegt haben, was ihn aber nicht fett, sondern eher noch imposanter erscheinen ließ, und in seinem Gesicht war eine Anzahl tief eingegrabener Linien, die es vor fünf Jahren noch nicht gegeben hatte. Vielleicht hatte er doch mehr getan, als sich um verchromte Schrauben zu kümmern.

Bergholz trat an den Tisch, nickte Ines flüchtig zu und sah dann mit schräg gehaltenem Kopf auf Vandermeer herab. »Ich hätte es mir denken können«, sagte er. »Bist du in zehn Jahren eigentlich ein einziges Mal pünktlich zu einer Verabredung erschienen? Warum zum Teufel hast du nicht auf mich gewartet?«

»Warst du in meiner Wohnung?«, fragte Vandermeer. Bergholz nickte und Vandermeer fuhr fort: »Dann weißt du, warum. Setz dich. Wir haben eine Menge zu bereden.«

»Stimmt. Aber nicht hier.« Bergholz warf einen – wie Vandermeer fand – nervösen Blick zum Eingang, der sicher Anlass zu gewissen unangenehmen Spekulationen gegeben hätte, hätte Vandermeer länger darüber nachgedacht, zog sich aber dann trotzdem den Stuhl heran, den Vandermeer vom Nebentisch genommen hatte. Die zierliche Metallkonstruktion ächzte hörbar unter seinem Gewicht, als er sich darauf niederließ.

»So, und jetzt erklär mir mal mit wenigen, leicht verständlichen Worten, wie du es geschafft hast, dich in diese Geschichte hineinzumanövrieren.«

»Ich habe das Glück gepachtet, das weißt du doch«, antwortete Vandermeer mit einem säuerlichen Grinsen. Er schüttelte den Kopf. »Ich habe keine Ahnung. Ich weiß nicht einmal, was für eine Geschichte es ist.«

»Eine größere, als du ahnst. Und ich hätte gerne gewusst, wie tief du drinsteckst.« Bergholz drehte den Kopf und warf Ines einen langen, abschätzenden Blick zu. Zumindest Vandermeer fand ihn abschätzend. Auf Ines musste er wohl eher einschüchternd wirken, denn sie wurde plötzlich sichtbar nervöser und versuchte auf ihrem Stuhl unauffällig ein Stück weit von ihm wegzurücken.

»Du kannst ganz offen sein«, sagte er. »Ines hatte bereits das Vergnügen, Wassili kennen zu lernen.«

»So kann man es auch nennen«, sagte Ines.

Die Auskunft schien Bergholz zu genügen. Er wandte sich wieder zu Vandermeer um und bedachte ihn mit einem Stirnrunzeln, das ihn noch einmal um zehn Jahre älter zu machen schien. »Also – was habt ihr mit diesem Wassili zu tun?« Er hob die Hand, als Vandermeer antworten wollte. »Und sag mir jetzt nicht wieder, du hättest keine Ahnung. Dieser Wassili ist ein ganz übler Bursche.«

»Aber genau so ist es!«, protestierte Vandermeer. Er war verstört und er war ziemlich wütend. Das Gespräch entwickelte sich nicht so, wie er erwartet hatte. Er hatte nicht damit gerechnet, dass Bergholz ihm um den Hals fallen und mit großem Hallo ihr Wiedersehen feiern würde. Aber er hatte auch nicht damit gerechnet, dass er ihm mit etwas begegnete, von dem er noch nicht genau wusste, ob es nur Nervosität oder schon Misstrauen war. »Ich habe wirklich keine Ahnung!«

»Du scheinst vor allem keine Ahnung zu haben, wie tief du schon in dieser Geschichte drinsteckst«, antwortete Bergholz düster. »Du hast deine Wohnung doch gesehen. Sei froh, dass du nicht zu Hause warst. Sonst müssten wir dich jetzt vielleicht auch vom Boden aufsammeln und wieder zusammensetzen.«

»Warum erzählst du mir nicht einfach, wer Wassili wirklich ist?«, fragte Vandermeer. Er tauschte einen raschen Blick mit Ines. Sie sah so verständnislos aus, wie er sich fühlte. »Ist es so, wie du vermutet hast? Die Russen-Mafia?«

Bergholz schüttelte den Kopf. »Schlimmer.«

»Schlimmer?« Vandermeer riss die Augen auf. Was um alles in der Welt konnte denn schlimmer sein als die berüchtigte Russen-Mafia?

»Du bist mein Freund, Hendrick«, sagte Bergholz mit einem Ernst, der Vandermeer einen eisigen Schauer über den Rücken jagte. »Und einzig deshalb habe ich dich noch nicht verhaftet.«

»Danke«, sagte Vandermeer säuerlich. »Muss ich dir jetzt die Füße küssen oder reicht eine Anzeigenkampagne in der Zeitung?«

»Du wirst kein Wort von alledem in deiner Zeitung veröffentlichen«, antwortete Bergholz. »Und auch sonst nirgendwo. Habt ihr ausgetrunken?«

Er deutete mit dem Kopf zu der Bierflasche vor Vandermeer. Der griff danach, führte die Bewegung aber nicht zu Ende, sondern zog die Hand wieder zurück und stand mit einem Ruck auf. Bergholz erhob sich ebenfalls, machte aber zugleich eine besänftigende Geste und zog mit der anderen Hand ein Funkgerät aus der Manteltasche.

»Nicht so schnell«, sagte er. »Ich habe einen Mann draußen vor der Tür postiert. Nur für alle Fälle.«

»Für ... alle Fälle?«, wiederholte Vandermeer stockend. In seiner Kehle saß plötzlich ein bitterer Kloß. Er starrte Bergholz an, während dieser eine Taste auf seinem Funkgerät drückte und ungeduldig auf eine Antwort wartete. Es gab zwei Möglichkeiten: Entweder Bergholz war im Laufe der letzten fünf Jahre noch paranoider geworden als er oder die Situation war noch sehr viel ernster, als sie bisher trotz allem angenommen hatten.

»Aber ... Wassili ist in Essen«, murmelte Ines verstört.

Bergholz ließ sein Funkgerät sinken und starrte sie an. »Essen?« Dann fuhr er mit einem so heftigen Ruck zu Vandermeer herum, dass die beiden Bierflaschen auf dem Tisch umfielen. »Sag nicht, dass ihr etwas mit der Schießerei im Western Star zu tun habt!«

»Woher weißt du davon?«, fragte Vandermeer verwirrt.

Bergholz' Antwort bestand aus einem gemurmelten Fluch und einer noch ruckhafteren Bewegung, mit der er das Funkgerät ans Ohr riss. Er drückte so fest auf die Knöpfe, dass das Blut aus seinen Fingern wich.

»Was ist in Essen passiert?«, fragte Ines aufgeregt. »Was ist mit meiner Schwester?«

»Ihre Schwester?« Bergholz ließ den Apparat sinken. »Die junge Frau, die sie bei sich hatten?«

»Ja! Was ist mit ihr?!«

»Ich weiß es nicht«, antwortete Bergholz. »Sie haben sie in einen Wagen gezerrt und sind mit ihr davongerast – nachdem sie zwei Polizisten und einen Hotelangestellten niedergeschossen haben. Und ihr beide wollt mir immer noch erzählen, ihr hättet von nichts eine Ahnung? Verdammt, warum funktioniert dieses Mistding nicht?«

Der letzte Satz galt dem Funkgerät, das er jetzt in der linken Hand hielt, während er mit der rechten scheinbar wahllos auf sämtliche Knöpfe und Tasten drückte.

Vandermeer sah nervös zum Eingang. »Vielleicht ... ist hier drinnen zu viel Elektronik«, sagte er schleppend.

»Vielleicht.« Bergholz überlegte eine Sekunde, dann steckte er das Funkgerät wieder ein und deutete mit dem Kinn auf die Tanzfläche hinab. »Wir gehen hinten raus. Falls dieses Irrenhaus einen Hinterausgang hat. Kommt.«

Im Kielwasser von Bergholz, der wie ein Schlachtschiff über die Galerie pflügte, näherten sie sich der eisernen Wendeltreppe. Als Vandermeer die erste Drehung halb hinter sich hatte, sah er noch einmal zur Tür und schrie auf.

Unmittelbar vor dem Eingang stand Michail. Der KGB-Killer überragte die wogende Menge auf der Tanzfläche wie ein Mähdrescher das Kornfeld, das er gleich niedermähen würde, und er schien nicht annähernd die gleichen Schwierigkeiten zu haben wie vorhin Vandermeer, seine Augen auf das zuckende Licht umzustellen, denn sein Blick bohrte sich durch den ganzen Raum hindurch direkt in den Vandermeers.

Etwas geschah. Vandermeer wusste nicht, was es war, aber er hatte das Gefühl schon einmal kennen gelernt; vorhin im Hotel, als er vor Michail geflohen war: das Gefühl, dass sich tief in ihm ein immer stärker werdender, unerträglicher Druck aufbaute, als zerre etwas Unsichtbares, Uraltes an seinen Ketten. Nur dass es diesmal ungleich schneller geschah und mit der Wucht einer Explosion: Die Zeit schien stehen zu bleiben. Michail, das hektisch flackernde Licht, die zuckenden Körper auf der Tanzfläche, Ines und Bergholz vor ihm, selbst die Bilder auf dem Schwarzweißmonitor des Türstehers hinter Michail, das alles erstarrte für einen zeitlosen Augenblick, als wäre die gesamte Schöpfung nichts als ein perfekt gemachter Film, den jemand urplötzlich angehalten hatte. Alle seine Sinne schienen auf einmal mit übernatürlicher Schärfe und einer niemals zuvor gekannten Klarheit zu arbeiten. Er sah den entschlossenen Ausdruck auf Michails Gesicht, das erstarrte, aber trotzdem mörderische Funkeln in seinen Augen und seine Hand, die halb erhoben und auf dem Weg zur Jackentasche war, vermutlich um eine Waffe zu ziehen.

Dann erlosch der Zauber. Die Musik hämmerte weiter, die Gestalten auf der Tanzfläche bewegten sich wieder und Michail führte seine Bewegung zu Ende und zog tatsächlich eine Waffe aus dem Jackett.

Er schoss sofort. Der Knall ging im Lärm der Diskothek vollkommen unter, aber Vandermeer sah, wie Bergholz plötzlich zurücktaumelte und halb gegen Ines fiel, die dicht hinter ihm stand. Er konnte jedoch nicht schwer verletzt worden sein, denn er griff sofort nach dem verchromten Treppengeländer, um sich wieder in die Höhe zu ziehen, und riss gleichzeitig mit der anderen Hand seine eigene Waffe hervor. Er schoss jedoch nicht zurück, vermutlich aus Angst, einen unbeteiligten Diskothekbesucher zu treffen, sondern federte nur kurz in den Knien ein und flankte über das Treppengeländer. Die Bewegung kam keinen Sekundenbruchteil zu früh: Michail hatte wesentlich weniger Hemmungen als er, denn er schoss ein zweites Mal. Vandermeer sah, wie die Kugel Funken sprühend von der Metallstufe unmittelbar vor Ines' Füßen abprallte. Nur einen Lidschlag später begann eine der Gestalten unten auf der Tanzfläche zu torkeln und brach in die Knie.

Vandermeer erwachte endlich aus seiner Erstarrung. Noch während Bergholz sich unter ihm abrollte (Vandermeer registrierte fast beiläufig, dass sich auf seinem linken Oberarm langsam ein hässlicher roter Fleck zu bilden begann) und mit einer behänden Bewegung wieder auf die Füße kam, stürmte er los, packte Ines bei den Schultern und stieß sie so rasch die Treppe hinab, dass sie gestürzt wäre, hätte er sie nicht gleichzeitig festgehalten. Blindlings drehte er sich nach rechts, obwohl er keine Ahnung hatte, in welcher Richtung der Notausgang lag. Falls es das vorschriftsmäßige Leuchtschild überhaupt gab, dann ging es im Lichtgewitter der Scheinwerfer hoffnungslos unter.

Von Bergholz war nichts mehr zu sehen, ebenso wenig wie von Michail. Beide mussten zwischen den Tanzenden verschwunden sein und für einen Moment sah Vandermeer das bizarre Bild vor sich, wie die beiden wie unheimliche Raubfische durch einen Teich voller Karpfen aufeinander zuschossen, um mitten darin aufeinander zu prallen und sich einen titanischen Zweikampf zu liefern.

Natürlich war das nicht sehr realistisch. Wahrscheinlicher war, dass sie sich in dem Gewühl gar nicht finden würden. Dann stolperte er über etwas und als er den Blick senkte, sah er etwas, das höchst real und *wirklich* bizarr war: Vor ihm lag eine verkrümmte Gestalt in einer langsam größer werdenden Blutlache; der junge Mann, den Michails Querschläger getroffen hatte. So unglaublich es schien, bisher hatte noch niemand von ihm Notiz genommen! Er lag in einer verkrümmten Fötal-Haltung zwischen den Tanzenden, stöhnte und bewegte dann und wann einen Arm oder ein Bein. Einige der Tanzenden stießen gegen ihn oder mussten gar über ihn hinwegsteigen oder traten in die glitzernde Blutlache, in der er lag, aber niemand schien auch nur zu bemerken, was da buchstäblich unter ihren Augen geschah. Oder es war ihnen egal.

Vandermeer nicht. Nichts war so kostbar wie Zeit, aber er konnte diesen Jungen nicht einfach da liegen und verbluten lassen. Es war seine Schuld, dass ihn die Kugel getroffen hatte. Seit einigen Tagen konnte er nicht nur Wunder wirken, sondern schien auch Unheil zu verbreiten wie eine üble Krankheit.

Er ließ Ines' Hand los, sank neben dem Jungen auf die Knie und musste sich eingestehen, dass er nicht die geringste Ahnung hatte, was er tun sollte. Sein Beruf brachte es mit sich, dass er schon oft Zeuge von Verletzungen und Gewalt geworden war, aber er hatte noch nie wirklich etwas *tun* müssen.

Der Junge blutete stark. Er trug nur ein dünnes weißes T-Shirt über einem muskelbepackten Oberkörper, auf den Vandermeer normalerweise unverblümt neidisch gewesen wäre. Heute zog er seinen eigenen, nicht annähernd so muskulösen Körper vor, denn der hatte kein fast faustgroßes Loch über dem Magen, aus dem das Blut so heftig hervorquoll, dass es aussah wie ein kleiner, pumpender Springbrunnen. Der Aufprall auf das Treppengeländer musste die Kugel stark deformiert haben, sodass sie seinen Körper nicht durchschlagen, dafür aber eine umso schrecklichere Wunde gerissen hatte.

Vielleicht war sie nicht tief, dachte Vandermeer verzweifelt. Vielleicht war sie nur groß, aber nicht tief genug, um ihn umzubringen.

Aber das würde sie. Die Wunde blutete immer heftiger. Das T-Shirt des Jungen war jetzt fast nur noch rot, kaum noch weiß, und er glaubte regelrecht zu spüren, wie das Leben aus seinem Körper wich. Der Junge war dabei, unter seinen Händen zu verbluten.

»O mein Gott!«, entfuhr es Ines. Sie hatte sich neben dem Jungen in die Hocke sinken lassen und starrte abwechselnd ihn und Vandermeer an. Ihr Gesicht war totenbleich, ihre Augen groß und fast schwarz vor Entsetzen. »Er ... er stirbt! Tun Sie doch etwas! *So tun Sie doch etwas, um Himmels willen!*«

Aber was denn nur?! Er konnte ... Dinge zerstören. Dinge geschehen lassen. Aber doch keine Wunden heilen! Was sollte er denn tun? Vielleicht die Hand auf die Wunde legen und darum beten, dass sie sich schloss?

»*So tun Sie doch etwas!*«, schrie Ines. Sie klang jetzt eindeutig hysterisch und Vandermeer legte ohne darüber nachzudenken die gespreizten Finger der linken Hand auf die furchtbare Verletzung im Bauch des Jungen, schloss die Augen und konzentrierte sich auf nichts anderes als auf das, was er fühlte. Nicht darauf die Blutung zu stoppen oder die Wunde wie durch Zauberei verschwinden zu lassen. Nichts davon konnte er. Die Kugel war in den Körper des Jungen eingedrungen, hatte seine Knochen und sein Gewebe zerfetzt, Arterien zerrissen. Er konnte die Zeit nicht zurückdrehen und er konnte nicht ungeschehen machen, was geschehen war. Bei dem Kampf Physik gegen Magie stand der Sieger von vornherein fest. Er konzentrierte sich nur auf das, was er fühlte, obwohl es unbeschreiblich ekelhaft war: Er spürte das zerrissene, aufgeworfene Fleisch der Wundränder, das warme, klebrige Blut, mit dem das rasend hämmernde Herz des Jungen noch immer das Leben aus seinem Körper herauspumpte, und darunter etwas Hartes, Kleines, vielleicht ein Stück der zerschmetterten Rippen, vielleicht die Kugel.

Und dann spürte er, wie der Blutstrom versiegte. Die klebrige Wärme floss weiter unter seiner Hand hervor, aber sie wurde jetzt nicht mehr zwischen seinen Fingern hindurchgepresst. Das Leben hatte aufgehört, aus dem Körper des Jungen herauszuschießen.

Vandermeer zog langsam die Hand zurück. Die furchtbare Verletzung war noch immer da. Das Wunder ging nicht so weit, sie verschwinden zu lassen; die Physik hatte sich geschlagen gegeben, aber nicht ihre Gültigkeit verloren. Wahrscheinlich hatte sie sich sogar auf seine Seite geschlagen: ein Krampf, der die zerrissene Arterie schloss, einer von jenen Eins-zu-einer-Million-Zufällen, die manchmal vorkamen. Was zählte, war das Ergebnis. Die Blutung hatte aufgehört. Der Junge würde vielleicht überleben.

Er wollte aufstehen, aber er konnte es nicht. Alle seine Muskeln waren verkrampft und für einige Sekunden weigerte sich sein gesamter Körper seinen Befehlen zu gehorchen. Erst als Ines ihn am Arm ergriff und in die Höhe zog, fiel die Lähmung von ihm ab.

Ein spitzer Schrei erklang. Vandermeer sah auf und blickte in das schreckensbleiche Gesicht eines höchstens achtzehnjährigen Mädchens mit grün gefärbtem Haar, das seine blutigen Hände anstarrte, dann den verwundeten Jungen am Boden. Der Schrei des Mädchens pflanzte sich fort. Rings um sie herum hörten die Tanzenden endlich auf, sich im stampfenden Takt der Musik zu bewegen. Zwei, drei weitere Schreie erschallten, aber die meisten starrten einfach nur ungläubig oder entsetzt in seine Richtung. Sehr viel mehr schreckgeweitete Augenpaare starrten seine blutigen Hände an als den stöhnenden Jungen am Boden.

»Er hat ihn umgebracht!«, schrie jemand.

Daraufhin brach auf der Tanzfläche endgültig eine Panik aus.

Männer und Frauen stürzten kopflos davon, rissen sich gegenseitig von den Füßen oder prallten gegen andere, die sich immer noch im Takt der Musik bewegten. Vandermeer stolperte, jetzt mehr von Ines gezogen als aus eigener Kraft, rückwärts von der Tanzfläche herunter und prallte so heftig gegen das Treppengeländer, dass ein greller Schmerz durch seine Nieren schoss.

Für einen Moment wurde ihm schwarz vor Augen. Alles drehte sich um ihn und er musste sich am Treppengeländer fest klammern, um nicht hinzufallen.

Es war nicht nur der Schmerz in seinen Nieren. Er fühlte sich ausgelaugt und leer, als hätte er einen Teil seiner eigenen Lebensenergie geopfert, um den Jungen zu retten. Er konnte nicht mehr richtig denken. Sein Gesichtsfeld trübte sich, Farben und Umrisse flossen ineinander, wie um etwas Neues zu bilden, das er aber nicht wirklich erkennen konnte. Er begriff, dass er kurz davor stand das Bewusstsein zu verlieren; was wahrscheinlich seinem Todesurteil gleichkam.

Ines ergriff ihn am Arm und zerrte ihn mit einer einzigen Bewegung zugleich von der Treppe fort und in die Wirklichkeit zurück. Ihre Lippen bewegten sich. Sie schrie etwas, das er nicht verstand, aber ihr ausgestreckter Arm deutete heftig gestikulierend auf einen Punkt nicht weit von ihnen entfernt. Als Vandermeer hinsah, erkannte er eine schmale, mit spiegelnder Metallfolie tapezierte Tür, über der ein kleines Leuchtschild angebracht war: ein gelber Pfeil, der auf ein rennendes Strichmännchen deutete. Der Notausgang. Halb von Ines gezogen, halb aus eigener Kraft taumelte er darauf zu, prallte gegen den Türrahmen und sah, wie Ines die Klinke herunterdrückte und vergeblich daran rüttelte. Die Tür war abgeschlossen.

»Die Tür!«, schrie Ines. »Das Schloss! Öffnen Sie es!«

Wie kam sie darauf, dass er es konnte? Er hatte kaum noch genug Kraft, um zu stehen.

Ines rüttelte erneut an der Tür, stieß einen überraschten Schrei aus und hätte fast das Gleichgewicht verloren, als sie urplötzlich aufschwang und sie selbst mit einem ungeschickten Schritt in den dahinter liegenden Raum stolperte. Vandermeer folgte ihr taumelnd, prallte gegen den Türrahmen und sah noch einmal zurück.

Der Anblick, der sich ihm bot, hätte aus einem Alptraum stammen können.

Auf der Tanzfläche war niemand mehr, der sich im Takt der Musik bewegte. Die meisten Gäste waren in Panik geflohen und versuchten alle zugleich durch den einzigen Ausgang zu fliehen, die anderen waren erschrocken an die Wände zurückgewichen und starrten die beiden Männer an, die in der Mitte der leeren Tanzfläche standen.

Im allerersten Moment sah es so aus, als führten sie selbst eine Art bizarren Tanz auf. Die Musik hämmerte noch immer mit unverminderter Lautstärke aus den Boxen unter der Decke und auch das stroboskopische Licht flackerte weiter. Vielleicht war der Diskjockey ebenfalls geflohen oder hatte einfach vergessen, seine Anlage abzuschalten.

Michail und Bergholz standen sich hoch aufgerichtet gegenüber und hatten einander bei den Handgelenken gepackt. Beide waren bewaffnet und versuchten mit aller Kraft ihre Revolver auf das Gesicht des jeweils anderen zu richten, aber keiner schien dem anderen deutlich überlegen zu sein. Michail war fast einen Kopf größer als Bergholz und um Etliches breitschultriger, aber Bergholz glich diesen Nachteil durch größere Behändigkeit und mehr Tempo aus. Trotzdem glaubte Vandermeer nicht, dass der Kampf noch lange dauern würde. Auch wenn es ihm subjektiv vorgekommen war wie eine Ewigkeit, waren doch höchstens zwei oder drei Minuten vergangen, seit Michail auf sie geschossen hatte. Der Kampf würde wahrscheinlich nur noch Augenblicke dauern und Vandermeer wusste, dass sein Ausgang feststand. Bergholz würde den Russen noch einige Momente lang aufhalten, aber am Ende würde Michail ihn niederringen. Und wahrscheinlich umbringen. Das durfte nicht geschehen.

Einer der Disco-Scheinwerfer unmittelbar über den Kämpfenden explodierte und überschüttete Bergholz und den Russen mit einem Schauer gelb und blau glühender Funken und ein langer, gezackter Glassplitter traf Michails Gesicht und schlitzte es vom linken Ohr bis zum Kinnwinkel auf. Michail brüllte, warf den Kopf in den Nacken und ließ Bergholz' Handgelenk los.

Bergholz versetzte ihm einen Stoß, der ihn einen halben Schritt zurücktaumeln ließ, holte aus und schlug ihm den Lauf seiner Pistole quer über die Stirn. Michail machte noch einen weiteren, halben Schritt nach hinten und brach wie ein gefällter Baum zusammen. Noch in derselben Sekunde wirbelte Bergholz herum, entdeckte Vandermeer unter der Tür und rannte mit Riesenschritten und wehendem Mantel auf ihn zu. »*Lauft!*«, brüllte er.

Warum brachte er die Sache nicht zu Ende, dachte Vandermeer, und gab Michail den Rest? Er musste doch Handschellen bei sich haben oder so etwas! Oder er konnte sich einfach auf die Brust des Russen hocken und ihm seine Pistole in den Hals bohren, sobald er die Augen öffnete!

Stattdessen brüllte er nur noch einmal: »*Lauf!* Hendrick, du musst hier raus!«

Es war noch nicht vorbei. Vandermeer spürte es. Bergholz war halb wahnsinnig vor Angst und es war keine Angst vor Michail oder den anderen Russen, sondern vor etwas gänzlich anderem – und viel, viel Schlimmerem.

Irgendetwas geschah mit dem Licht. Aus dem roten, grünen und gelben Flackern wurde plötzlich ein intensiver, violettblauer Schein, der alle Farben verschluckte und die Diskothek vollends in die Szenerie eines Alptraums verwandelte und gleichzeitig veränderte sich die Musik. Der hämmernde Rhythmus und die Lautstärke blieben gleich, aber aus den Lautsprechern drang jetzt nicht mehr der dröhnende Techno-Beat, sondern das indianische Stück, das er von Wassilis CD kannte. *Was ging hier vor?*

Bergholz hatte ihn erreicht, packte ihn am Arm und stieß ihn so grob durch die Tür, dass er gegen die Wand auf der anderen Seite prallte. Seine rechte Hand schlug gegen den nackten Beton und explodierte in einer Supernova aus grellweißem Schmerz, der sein Bewusstsein für eine halbe Sekunde einfach auslöschte und ihn schreien ließ. Seine Hand blutete jetzt so stark, dass er hören konnte, wie es zu Boden tropfte.

Bergholz packte ihn bei den Schultern und schüttelte ihn so heftig, dass seine Zähne aufeinanderschlugen. »Kämpfe dagegen an!«, schrie er. »*Du musst dagegen ankämpfen, Hendrick! Es darf keine Gewalt über dich erlangen!*«

Vandermeer verstand nicht einmal, wovon er sprach. Aber der reine Klang seiner Stimme und die Berührung halfen ihm noch einmal den Schmerz niederzukämpfen und ins Bewusstsein zurückzufinden. Der verwaschene Farbfleck vor seinem Gesicht gerann wieder zu Bergholz' vertrauten Zügen. Was ihm nicht vertraut war, war die Angst darin; ein Entsetzen, wie er es noch nie in den Augen keines anderen Menschen gesehen hatte.

»Schon gut«, murmelte er. »Es ... geht wieder.«

Bergholz sah in zweifelnd an, hörte aber wenigstens auf ihn zu schütteln und trat einen halben Schritt zurück. »Los jetzt«, befahl er. »Wir müssen hier raus. Ich erkläre dir alles später.«

Vandermeer presste stöhnend den rechten Arm gegen den Leib und machte einen taumelnden Schritt. Seine Hand schmerzte so grässlich, dass er sie sich ohne zu zögern selbst abgehackt hätte, hätte er eine Axt gehabt, und er wagte es nicht sie anzusehen. Die Spannung in ihm hatte die Grenzen des Vorstellbaren hinter sich gelassen und stieg immer weiter. Da war etwas, unter dieser Spannung; etwas Düsteres und Böses, etwas mit Zähnen und Schuppen, das mit immer größerer Wut an den unsichtbaren Ketten zerrte, die es hielten. War es das, wovor Bergholz solche Angst hatte?

Seine Kräfte verließen ihn, als er den zweiten Schritt tat. Bergholz fing ihn auf, als hätte er damit gerechnet, legte sich seinen linken Arm um die Schulter und ging los. Vandermeer versuchte ihm zu helfen, indem er wenigstens einen Fuß vor den anderen setzte, aber nicht einmal dazu reichte seine Kraft. Er kämpfte mit aller Gewalt darum bei Bewusstsein zu bleiben. Das Ungeheuer zerrte weiter an seinen Ketten und es würde nicht damit aufhören, wenn er ohnmächtig wurde.

Er begann zu halluzinieren, wenigstens das begriff er noch. Da war nichts Fremdes oder gar Übersinnliches in ihm. Er besaß keine Zauberkräfte und er hatte auch dem Jungen dort draußen auf der Tanzfläche nicht das Leben gerettet, indem er ihm die Hand auflegte. Sein Verstand gab allmählich unter der Belastung nach, das war alles. Er war nicht für solche Abenteuer geschaffen.

Bergholz schleifte ihn wie einen nassen Sack neben sich her, bis sie das Ende des Ganges erreicht hatten. Der Hinterausgang der Diskothek bestand aus einer rostigen Stahltür, die mit einer genauso rostigen, aber dennoch äußerst massiven Kette mit einem gewaltigen Vorhängeschloss gesichert war. Die Angst des Diskothekenbesitzers vor Zechprellern schien weitaus größer zu sein als die vor der Bauaufsicht.

Ines zerrte verzweifelt an der Kette. Bergholz lehnte Vandermeer behutsam gegen die Wand, war mit einem Schritt bei ihr und riss sie unsanft zurück. Gleichzeitig griff er in die Manteltasche, zog seine Pistole und feuerte aus allernächster Nähe auf das Schloss. Er drückte dreimal hintereinander ab, bevor sich die Kette löste und zu Boden fiel.

Noch bevor sie aufprallte, krachte ein vierter Schuss.

Bergholz erstarrte. Eine Sekunde lang stand er vollkommen reglos da, während sich auf dem Rücken seines hellen Trenchcoats rasch ein dunkler, nass glänzender Fleck bildete. Er ließ die Pistole fallen, hob langsam die Arme und legte beide Handflächen gegen die Tür. Ihres Haltes beraubt, schwang sie nach außen und Bergholz kippte mit ausgestreckten Armen nach vorne und fiel auf das Gesicht. Er rührte sich nicht mehr.

Etwas in Vandermeer zerbrach, noch während er sich herumdrehte und Michail ansah, der mit blutüberströmtem Gesicht am Ende des Ganges erschienen war. Die Ketten zerrissen. Das Ungeheuer war frei. Seine Klauen gruben blutige Spuren in Vandermeers Seele, als er sich zum Sprung spannte.

Michail kam langsam näher. In dem flackernden violettblauen Licht, das aus der Diskothek drang, schien er sich von einem Menschen in ein bizarres Sciencefiction-Geschöpf aus einer fremden Dimension zu verwandeln, das nicht wirklich ging, sondern sich zusammen mit dem flackernden Licht auflöste und wieder erschien, während es näher kam, ohne sich wirklich zu bewegen. Die Pistole in seiner Hand richtete sich für einen Moment auf ihn, schwenkte dann mit zwei, drei von Sekundenbruchteilen der Finsternis getrennten Rucken herum und zielte auf Ines. Sein Finger begann sich um den Ab-zug zu krümmen.

»Nein!«, sagte Vandermeer.

Michail erstarrte. Ein Ausdruck, der irgendwo zwischen Verblüffung und Schrecken angesiedelt war, erschien auf seinem Gesicht. Er versuchte die Hand mit der Waffe weiter zu bewegen, aber es gelang ihm nicht. Vandermeer konnte sehen, wie sich die gewaltigen Muskeln an seinem Unterarm spannten, doch die Hand mit der Pistole, der Waffe, mit der er Bergholz erschossen hatte, schien von einer unsichtbaren, viel gewaltigeren Kraft fest gehalten zu werden. Dann, unendlich langsam, bewegte sie sich doch. Aber nicht mehr auf Ines zu, sondern wieder in die entgegengesetzte Richtung: zurück und nach oben.

Aus der Verblüffung in Michails Gesicht wurde Furcht, dann nackte Panik. Er hob die andere Hand, umklammerte sein Handgelenk und versuchte die Hand mit der Pistole fest zu halten. Vandermeer konnte sehen, dass er seine ganze, gewaltige Kraft aufbot. Seine Schultern verkrampften sich. Die Muskeln an seinem Hals traten wie dünne, gespannte Drahtseile durch die Haut und die Anstrengung ließ die Schnittwunde in seinem Gesicht heftiger bluten. Seine Augen traten vor Anstrengung aus den Höhlen.

Michails rechte Hand bewegte sich weiter. Er kämpfte gegen sich selbst, aber seine rechte Hand war stärker als die linke. Michail stöhnte vor Anstrengung. Seine Knie begannen zu zittern. Auf seinen Lippen erschien schaumiger Speichel, aber seine Hand bewegte sich immer noch weiter, Millimeter für Millimeter nur, aber unaufhaltsam. Der Lauf seiner Pistole deutete jetzt fast auf sein Gesicht.

Michail brüllte vor Anstrengung und Furcht, spreizte die Beine, mobilisierte noch einmal all seine Kräfte und versuchte seine eigene Hand, die ihn töten wollte, herunterzudrücken.

Vandermeer konnte hören, wie sein Handgelenk brach. Michails Schrei wurde zu einem gepeinigten Kreischen, das den Laut beinahe verschluckte. Vandermeer hörte ihn trotzdem: ein grässliches, knirschendes Geräusch, nicht das typische, trockene Knacken wie das Zerbrechen eines trockenen Astes, sondern ein Laut, als stampfe ein Stiefelabsatz in feinen Kies.

Der Russe schrie wie am Spieß. Sein Jackenärmel färbte sich rot und die Hand begann wild hin und her zu pendeln, als wäre ein Kugellager darin, statt eines Gelenkes. Trotzdem ließ sie die Pistole nicht los. Der Lauf der Waffe kreiste wild, deutete abwechselnd auf die Decke, auf Michails Gesicht, auf den Boden und die Wände und pendelte ein- oder zweimal sogar in Vandermeers Richtung.

Dann drückte er ab. Die Mündungsflamme versengte sein Gesicht und löschte das Flackern in seinem linken Auge aus und die Kugel riss einen blutigen Graben in seine Wange und nahm noch den größten Teil seines Ohres mit sich, ehe sie sich zwei Meter hinter ihm in die Wand stanzte. Der Rückstoß schmetterte seine Hand so weit nach hinten, dass es Vandermeer nicht einmal mehr überrascht hätte, wäre sie abgerissen. Aber seine Finger ließen die Waffe immer noch nicht los. Sein Arm pendelte weiter, schleuderte die nutzlose Hand an seinem Ende wild im Kreis, bis sie wieder auf sein Gesicht zielen würde.

»Das reicht jetzt, Herr Vandermeer«, sagte eine Stimme hinter ihm. Gleichzeitig erschallte ein sonderbarer, zischender Laut. Vandermeer fuhr auf der Stelle herum und blickte in Ines' Gesicht.

Sie stand nur einen halben Schritt hinter ihm und hatte die Hand in einer überraschten, nicht ganz zu Ende geführten Bewegung zum Hals gehoben. Dort, wo ihre Finger die Haut berührt hätten, steckte etwas in ihrem Fleisch, das wie eine drei Zentimeter lange, verchromte Injektionsspritze mit einem bunten Federbusch am hinteren Ende aussah. Sie wankte. Ihre Hand sank kraftlos wieder herab und ihr Blick begann sich zu verschleiern. Haltlos kippte sie gegen die Wand, sank halb daran entlang zu Boden und versuchte sich mit den Fingernägeln in den nackten Beton zu krallen, bevor sie endgültig die Kräfte verließen. Sie fiel zur Seite und schlug so hart mit der Stirn auf den Zementfußboden, dass ihr vermutlich allein der Aufprall das Bewusstsein geraubt hätte. Fast im selben Augenblick erschallte hinter Vandermeer das Geräusch eines zweiten, viel schwereren Aufpralls, als die unsichtbare Kraft Michail endlich losließ und er zusammenbrach.

Vandermeer sah nicht einmal hin. Aus brennenden Augen starrte er Wassili an, der hinter ihm in der Tür erschienen war. Er stand breitbeinig über Bergholz' Leiche und zielte mit einer sonderbaren Waffe auf ihn, die wie eine plumpe Pistole mit viel zu dickem Lauf aussah.

»Sie!«, flüsterte Vandermeer. Rote Wut verschleierte seinen Blick. Er vergaß Michail. Der hatte auf Bergholz geschossen, aber der eigentlich Schuldige war Wassili. Sein Blick saugte sich an der Waffe in Wassilis Hand fest und er stellte sich vor, wie …

»Das funktioniert bei mir nicht, mein Freund«, sagte Wassili lächelnd. »Aber wie sagt man so schön: Besser ist besser.«

Er drückte ab.

Das helle Zischen erklang erneut und Vandermeer spürte einen leisen Schlag gegen den Hals. Sonst nichts. Er hatte Schmerz erwartet, mindestens so etwas wie einen Wespenstich, aber das Betäubungsmittel schien so schnell zu wirken, dass es seine Schmerznerven lähmte, noch bevor sie ihre Nachricht an das Gehirn weitermelden konnten.

Das war der letzte Gedanke, den er klar formuliert zu Ende dachte. Er verlor das Bewusstsein, noch bevor seine Knie unter ihm nachgaben und er zu Boden fiel.

Drittes Buch
GULAG

1

Der Raum hatte keine Fenster und es war sehr viel Zeit vergangen, das war alles, was er *wirklich* wusste. Er war vor einer Weile aufgewacht – vielleicht vor einer Stunde, vielleicht vor zwanzig Minuten, er wusste es nicht – und hatte die Augen nur einmal kurz geöffnet, um sich umzusehen.

Diesen Versuch hatte er nicht wiederholt. Womit auch immer Wassili ihn betäubt hatte, das Zeug hatte ekelhafte Nebenwirkungen: Sein Kopf schmerzte rasend, ein dröhnendes Hämmern im Takt seines Herzschlags, das zu greller Agonie explodierte, sobald Licht an seine Augen gelangte. Er hatte noch zwei-, dreimal versucht die Lider zu heben, aber der Schmerz, mit dem das Licht in seine Netzhäute stach, hatte nicht nachgelassen, sondern schien im Gegenteil immer schlimmer zu werden. Immerhin wusste er, dass er sich in einem nahezu leeren, fensterlosen Raum mit weiß gestrichenen Wänden befand; wahrscheinlich einem Keller. Er lag auf einer unbequemen Liege, die bei jeder noch so kleinen Bewegung unter ihm wackelte und quietschte – wahrscheinlich ein Campingbett oder so etwas – und er spürte einfach, dass er lange besinnungslos gewesen war; wirklich *lange*.

Wenigstens lebte er noch.

Vandermeer vermied es tunlichst, *darüber* allzu lange nachzudenken – den Gedanken bis zu seinem konsequenten Ende weiterzuverfolgen hätte ihn zu der Frage führen können, ob es wirklich *Glück* war, noch am Leben zu sein, und auf die Antwort war er im Moment nicht besonders versessen –, aber er fragte sich doch, was Wassili mit ihm vorhatte. Natürlich kannte er einen

Teil der Antwort: Er würde wissen wollen, wo sein Stein war. Die interessantere Frage war, was er anstellen würde, um es herauszubekommen. Und wie lange es dauern würde, bis es Vandermeer gelang ihn davon zu überzeugen, dass er es tatsächlich nicht wusste.

Vandermeer machte sich nichts vor: Wassili würde ihn töten, so oder so. Er konnte es sich nicht leisten, ihn am Leben zu lassen. Die Frage war nur, wie unangenehm sein Tod sein würde.

Er versuchte erneut die Augen zu öffnen. Sofort bohrten sich dünne, grelle Schmerzpfeile durch seine Netzhäute bis zu einem Punkt zwei Zentimeter über seiner Nasenwurzel und seine Kopfschmerzen explodierten regelrecht, aber diesmal biss er die Zähne zusammen und zwang sich es zu ertragen. Der Schmerz trieb ihm die Tränen in die Augen und obwohl er den Kopf keinen Millimeter bewegte, begann sich das ganze Zimmer langsam entgegen dem Uhrzeigersinn um ihn herum zu drehen. Er zwang sich es weiter auszuhalten und nach ein paar Augenblicken wurde es tatsächlich besser. Der Schmerz verschwand nicht, sank aber auf ein Maß herab, das er aushalten konnte – auch wenn er das früher noch nicht einmal für möglich gehalten hätte.

Als Nächstes versuchte er sich aufzusetzen. Das klappte nicht. Er konnte den Kopf um wenige Zentimeter heben, doch danach wurde das rasende Hämmern in seinem Schädel einfach zu schlimm. Das Zimmer drehte sich immer noch um ihn und zu allem Überfluss gesellte sich nun auch noch das ekelhafte Gefühl dazu, dass das ganze Bett unter ihm hin und her schwankte. Wenn es so weiter ging, dachte er, würde sich Wassili gar nicht die Mühe machen müssen ihn zu foltern. Es reichte vollkommen, wenn er damit drohte ihn so hier liegen zu lassen.

Wahrscheinlich brauchte er einfach nur Zeit. Was er spürte, waren zweifellos die Nachwirkungen des Betäubungsmittels, mit dem Wassili Ines und ihn ausgeschaltet hatte. Es musste ein wirkliches Teufelszeug gewesen sein; Vandermeer konnte sich nicht erinnern, jemals von einem Betäubungsmittel gehört zu haben, das innerhalb einer einzigen Sekunde wirkte. Aber das Zeug hatte bestimmt auch keine Freigabe vom Bundesgesundheitsministerium bekommen ...

Langeweile. Er dachte an die Reportage über Entführungsopfer, die er einmal gemacht hatte: Langeweile, so hatte er herausgefunden, gehörte zu den größten Problemen einer länger andauernden Gefangenschaft. Natürlich war er noch nicht einmal annähernd lange genug wach, um diese ganz besondere Art der Folter kennen zu lernen, aber er begriff trotzdem, was das eigentlich Tückische daran war: nicht, dass man nichts zu tun hatte. Man hatte entschieden zu viel Zeit zum Grübeln. Er hatte genug, worüber er nachdenken konnte, aber er war nicht besonders wild darauf, es auch zu tun. Ganz egal, womit sich seine Gedanken beschäftigten – Wassili, Ines, seine eigene Situation, Michail, Anja, dem Stein, Bergholz –, das Ergebnis, zu dem er gelangte, war niemals auch nur annähernd so, dass es ihn motiviert hätte, weiter über irgendeines dieser Themen nachzudenken. Oder, um es etwas simpler auszudrücken: Er war fast krank vor Angst.

Nachdem er sich vor noch nicht allzu langer Zeit selbst davon überzeugt hatte, wie raffiniert und cool er doch war, fiel ihm das Eingeständnis, im Grunde seines Herzens wohl doch ein erbärmlicher Feigling zu sein, überraschend leicht. Vielleicht, weil er es immer gewusst hatte oder auch …

Nein, auch das war nicht unbedingt das richtige Thema, um ihn abzulenken. Er versuchte etwas ganz Simples: Er rekapitulierte die Primzahlen: eins, drei, fünf, sieben, elf … Als er bei siebenhundertdreiunddreißig angekommen war, hörte er das Geräusch eines Schlüssels. Die Tür wurde geöffnet und Wassili trat ein.

»Ich dachte schon, Sie werden überhaupt nicht mehr wach«, sagte er in – wie Vandermeer fand – unangemessen fröhlichem Ton. »Wissen Sie eigentlich, wie lange Sie geschlafen haben?«

»Wieso haben?«, murmelte Vandermeer. »Ich schlafe noch. Alptraum.« Das Sprechen bereitete ihm Mühe, sodass er den Telegrammstil vorzog.

Wassili lachte, baute sich grätschbeinig vor ihm auf und verschränkte die Hände hinter dem Rücken. Seine ganze Gestalt schien leicht hin und her zu wanken. »Ich weiß, dass es eine dumme Frage ist«, sagte er, »aber was macht Ihr Kopf?«

Vandermeer starrte ihn böse an. Wenigstens versuchte er es, aber als Ergebnis begann Wassili nur noch breiter zu grinsen. Vandermeer löste nun die Hand vom Bettgestell und tastete behutsam nach seinen Schläfen. Sie waren druckempfindlich, aber seine Kopfschmerzen wurden wenigstens nicht schlimmer. »Zu Risiken und Nebenwirkungen verklagen Sie Ihren Arzt und schlagen Sie Ihren Apotheker«, murmelte er.

Wassili blinzelte. »Was?«

»Nichts«, stöhnte Vandermeer. »Sie sehen nicht viel deutsches Fernsehen, wie?«

»Dazu fehlt mir leider die Zeit, fürchte ich«, antwortete Wassili.

»Das dachte ich mir.« Vandermeer nahm die Hand herunter. »Sie sind zu sehr damit beschäftigt Leute zu kidnappen, vermute ich.«

Wassili lächelte weiter, aber es wirkte plötzlich ein wenig verkniffen. Ganz sicher war Vandermeer allerdings nicht. Er hatte immer noch leichte Sehstörungen und auch sein Schwindelgefühl besserte sich nicht. Ganz im Gegenteil: Er hatte jetzt das Gefühl, dass der ganze Raum hin und her schwankte.

»Wie es aussieht, geht es Ihnen schon besser«, sagte Wassili. »Die Kopfschmerzen sind schlimm, ich weiß, aber sie vergehen von selbst. Es kann allerdings eine Weile dauern. Wenn Sie wollen, gebe ich Ihnen eine Spritze.«

Sein erster Impuls war Wassili ausführlich zu erklären, wohin er sich seine Spritze schieben konnte, und zwar ganz langsam. Aber seine Kopfschmerzen waren wirklich schlimm. Wortlos streckte er den linken Arm aus. Manchmal hatte es Vorteile, sich selbst einzugestehen, dass man ein Feigling war.

Während sich der Russe auf sonderbar umständlich anmutende Art auf der Stelle herumdrehte und auf die Bettkante sinken ließ, fiel Vandermeer zum ersten Mal auf, dass er selbst nicht mehr seine eigene Kleidung trug. Statt des ramponierten Anzugs hatte er jetzt ein grobes hellblaues Leinenhemd und verwaschene Jeans an. Seine Füße waren nackt und er fühlte, dass er keine Unterwäsche trug. Wie lange zum Teufel war er bewusstlos gewesen?

Wassili krempelte seinen Ärmel hoch, zog eine Spritze aus der Jackentasche und stieß sie ohne viel Federlesens in seine Vene; gekonnt, aber alles andere als sanft. Von Desinfektion schien er noch nie etwas gehört zu haben. Vandermeer sagte jedoch nichts dazu. Er hatte das Gefühl, dass er sich über eine Infektion im Moment die allerwenigsten Gedanken machen musste.

»So, das müsste helfen.« Wassili zog die Nadel aus Vandermeers Arm und blickte so zufrieden auf die Einstichstelle wie ein Künstler, der ein besonders gelungenes Bild bewunderte. Das Muster war auch wirklich interessant, dachte Vandermeer. Seine Armbeuge war grün und blau und er sah auf Anhieb mindestens vier weitere rote Punkte. Diese Spritze war nicht die erste, die er bekam. »In ein paar Minuten fühlen Sie sich besser.«

»Herzlichen Dank«, murmelte Vandermeer. Es sollte sarkastisch klingen, das klappte aber nicht.

Wassili stand auf und ließ die Spritze achtlos in die Jackentasche gleiten. »Ich lasse Ihnen etwas zu essen bringen. Danach komme ich zurück und wir können ein wenig reden.« Er ging zur Tür, öffnete sie und sah noch einmal zu Vandermeer zurück. »Kann ich sonst noch irgendetwas für Sie tun?«

»Ja«, antwortete Vandermeer. »Werfen Sie sich vor den nächsten Zug.«

Das schien Wassili nicht besonders komisch zu finden. Er runzelte die Stirn und setzte zu einer Antwort an, schüttelte aber dann nur den Kopf und ging. Die Tür fiel mit einem dumpfen Laut hinter ihm zu, doch Vandermeer wartete vergeblich auf das Geräusch des Schlüssels. Im ersten Moment dachte er, Wassili hätte es einfach vergessen, und das Wort FLUCHT flammte in roter Leuchtschrift hinter seiner Stirn auf. Dann wurde ihm klar, dass es auch noch eine andere Erklärung dafür geben konnte, dass Wassili ihn nicht einschloss, und *die* gefiel ihm ganz und gar nicht.

Die Spritze wirkte tatsächlich sehr schnell. Das Hämmern zwischen seinen Schläfen nahm zusehends ab. Es verschwand nicht vollkommen, wurde aber innerhalb von zehn Minuten zu einem nur noch unangenehmen, nicht mehr schmerzhaften Druck. Was sich nicht besserte, war das Schwindelgefühl. Er musste noch immer vorsichtig sein, wenn er sich bewegte, und als er sich schließlich behutsam aufsetzte, hatte er das Gefühl, dass das ganze Bett unter ihm schwankte.

Er schloss für eine Sekunde die Augen, dann nahm er den zweiten Teil seines Abenteuers in Angriff und drehte den Kopf nach rechts und links, um sein Gefängnis einer genaueren Inspektion zu unterziehen. Viel gab es allerdings nicht zu sehen. Der Raum maß ungefähr fünf mal fünf Schritte und war bis auf das Campingbett und einem zusammenklappbaren Tisch der gleichen Bauart vollkommen leer. Kein Fenster, kein Waschbecken, keine Toilette. Wenn er in diesem Gefängnis länger als ein paar Stunden zubringen musste, würde er ein Problem bekommen. Wände, Fußboden und Decke bestanden sonderbarerweise aus Metall, das in einem schmutzigen Weiß gestrichen war, und er war auch nicht mehr sicher, ob das dumpfe Dröhnen zwischen seinen Schläfen wirklich nur aus seinem Schädel kam. Es klang eher wie das Arbeitsgeräusch großer Maschinen. Das hier war kein normaler Keller. Wahrscheinlich war er in einer Fabrikhalle oder so etwas.

Die Tür wurde geöffnet. Ein breitschultriger Kerl mit südländischem Gesicht und Drei-Tage-Bart kam herein und balancierte mit einem Tablett zum Tisch, auf dem eine silberne Thermoskanne, ein Becher und ein Teller mit belegten Broten standen. Er bewegte sich auf die gleiche grätschbeinige Art wie Wassili zuvor, aber es dauerte noch eine geschlagene Minute, bis Vandermeer begriff, was all diese Beobachtungen wirklich bedeuteten. Irgendjemand musste bei ihm wohl auf der Leitung gestanden haben. Er war nicht in einer Fabrikhalle. Er war auf einem Schiff.

Vandermeer gönnte sich zehn Sekunden, in denen er sich in Gedanken mit allen möglichen Schimpfworten belegte, da er das so Offensichtliche nicht sofort gesehen zu haben. Das war immer noch besser, als darüber nachzudenken, was diese Entdeckung bedeutete ...

Er stand auf, ging mit vorsichtigen kleinen Schritten um das Bett herum und stellte fest, dass das Gehen auf dem schwankenden Untergrund nicht halb so schwer war, wie er erwartet hatte. Als sehr viel schwieriger erwies es sich dann schon, sich Kaffee aus der Thermoskanne einzugießen, ohne die Hälfte zu verschütten.

Die Brote sahen nicht besonders appetitlich aus; die Butter war zu dick und die Wurst von einer Sorte, die er nicht mochte. Aber schon der bloße Anblick weckte seinen Hunger; einen wahren Heißhunger, als hätte er nicht mehrere Stunden, sondern *Tage* nichts gegessen.

Wahrscheinlich kam das der Wahrheit ziemlich nahe, dachte er, während er die Brote regelrecht in sich hineinstopfte. Er konnte gar nicht so schnell kauen, wie sein Magen nach Nahrung schrie. Er hatte sofort nach dem Aufwachen gespürt, dass sehr viel Zeit vergangen war. Dazu kamen die Blutergüsse an seinem Arm und die mehr oder minder frischen Einstiche. Und die Tatsache, dass er sich an Bord eines Schiffes befand. Die Erkenntnis, die daraus resultierte, war so klar wie erschreckend: Die Russen hatten ihn wahrscheinlich tagelang bewusstlos gehalten, während sie ihn an Bord dieses Schiffes geschafft und damit außer Landes gebracht hatten. Wozu, war nicht besonders schwer zu erraten.

Ihm wurde übel, während er die letzte Scheibe Brot verschlang. Nach wahrscheinlich mehreren Tagen, die er gehungert hatte, protestierte sein Magen gegen die ungewohnte feste Nahrung. Trotzdem kaute er genauso hastig wie bisher weiter und spülte mit einem gewaltigen Schluck Kaffee nach. Sein Magen protestierte immer heftiger. An Stelle der Übelkeit bekam er nun Magenkrämpfe, aber das war nicht schlimm. So spürte er wenigstens seinen Hunger nicht mehr und mit den Schmerzen kam er besser klar als mit der Übelkeit.

Was er vorhin schon geargwöhnt hatte, schien sich nun zu bewahrheiten: Offensichtlich wurde er beobachtet, auch wenn er sich beim besten Willen nicht erklären konnte, wie; es gab keinen Spion in der Tür und die Wände waren vollkommen glatt, keine Videokamera, kein Spiegel. Trotzdem kam Wassili herein, kaum dass er den letzten Bissen heruntergeschluckt hatte.

Er hatte sich umgezogen. Statt des altmodischen Anzugs trug er nun eine grobe Baumwollhose und ein Hemd der gleichen Art wie Vandermeer – und übrigens auch wie der Mann, der das Essen gebracht hatte, wie ihm im Nachhinein auffiel. Vielleicht die hier an Bord übliche Kleidung. »Sie haben sich standesgemäß angezogen«, sagte er.

»Nur bequemer«, antwortete Wassili. »Wir sind an einem Ort, an dem es nicht unbedingt notwendig ist, streng auf die Etikette zu achten.«

Vandermeers Magenschmerzen machten es ihm unmöglich, so schlagfertig zu antworten, wie er es gerne gehabt hätte. Er fragte nur: »Was für ein Schiff ist das hier?«

»Sie haben es gemerkt?«

»In der allerersten Sekunde«, behauptete Vandermeer. Er rutschte auf der Liege herum, bis er Wassili das Gesicht zuwandte, wobei er trotz der quälenden Krämpfe in seinem Bauch versuchte möglichst aufrecht zu sitzen. Der Russe musste nicht unbedingt merken, wie mies er sich fühlte.

»Fühlen Sie sich imstande mit mir zu reden?«, fragte Wassili. »Oder soll ich später wiederkommen? Vielleicht möchten Sie ein wenig schlafen?«

Nachdem er mindestens zwei oder drei Tage ununterbrochen geschlafen hatte, wenn nicht mehr, erschien Vandermeer dieser

Vorschlag im ersten Moment geradezu absurd. Aber er musste zugeben, dass er tatsächlich ein wenig müde war. Bewusstlosigkeit und Schlaf waren offensichtlich nicht dasselbe.

»Was ist mit den Frauen?«, fragte er.

»Sie meinen Anja und ihre kratzbürstige Schwester?«

»Nein«, maulte Vandermeer. »Ich rede von Claudia Schiffer und Naomi Campbell. Wen zum Teufel glauben Sie, dass ich meine?«

Wassili lächelte flüchtig. »Es geht ihnen gut. Sie befinden sich ebenfalls hier auf dem Schiff. Wenn Sie möchten, können Sie sie sehen. Später«, fügte er hinzu, als Vandermeer sofort eine Bewegung machte, um aufzustehen.

»Sie müssen völlig wahnsinnig sein«, sagte Vandermeer. »Sie entführen drei Bürger eines fremden Landes, lassen Ihren Gorilla Feuer legen und unschuldige Menschen ermorden – und das alles nur wegen eines *Steines*.«

»Sie hatten versprochen mir zu sagen, wo er ist«, erinnerte Wassili.

»Und Sie hatten mir versprochen sich vor den nächsten Zug zu werfen«, antwortete Vandermeer.

Wassili antwortete nicht. Er hatte sich wohl entschlossen, nicht auf seine Provokation zu reagieren, sondern ihn sich einfach austoben zu lassen. Eine Taktik, die – wie Vandermeer verärgert eingestehen musste – wahrscheinlich recht erfolgversprechend war.

»Also – was haben Sie jetzt mit mir vor?«, fragte er.

Wassili zuckte mit den Schultern. »Ich habe mich noch nicht endgültig entschieden«, gestand er. »Ich dachte daran, Ihnen zuerst alle Fingernägel der linken Hand herausreißen zu lassen. Nur, um Sie entsprechend vorzubereiten. Danach wollte ich anfangen Ihnen Fragen zu stellen.«

Vandermeer verzog die Lippen zu einem geringschätzigen Lächeln. Aber er konnte nicht verhindern, dass er instinktiv die linke Hand zur Faust ballte und ihm ein eisiger Schauer über den Rücken lief. Er glaubte nicht wirklich, dass Wassili seine Drohung wahrmachen würde. Aber das Wissen, dass er es *könnte*, war fast genauso schlimm.

»Was wollen Sie von mir?«, fragte er noch einmal. Er bemühte sich sehr viel ruhiger zu sprechen, was ihm auch gelang. Zugleich verriet seine Stimme aber auch sehr viel mehr von seinen wirklichen Gefühlen, als ihm recht war. »Wenn Sie mich wirklich nur hierher gebracht haben, um aus mir herauszuprügeln, wo dieser verdammte Stein ist, dann haben Sie sich die Mühe umsonst gemacht. Ich weiß es nicht und das ist die Wahrheit.«

»Das glaube ich Ihnen« antwortete Wassili. »Dieser dumme Uhrmacher hat ihn weggegeben.«

»Das ... wussten Sie?«, fragte Vandermeer fassungslos.

»Es gibt nicht viele Menschen, die imstande sind, etwas vor Michail geheim zu halten«, sagte Wassili. »Jedenfalls nicht lange.«

»Aber warum ... warum dann all das?«, stammelte Vandermeer. Er hatte Mühe klar zu denken. Die ganze Ungeheuerlichkeit dessen, was Wassili ihm gerade erzählt hatte, kam ihm nur langsam zu Bewusstsein. »Das Feuer und ... der Einbruch bei mir ... die Entführung ...«

»Wie ich Ihnen bereits sagte«, antwortete Wassili achselzuckend. »Michail gehört zu den Menschen, die ihren Beruf lieben. Er übertreibt gerne.«

»Es war alles umsonst?«, murmelte Vandermeer ungläubig. »Sie haben die ganze Zeit *gewusst*, dass ich den Stein nicht habe?«

»Es ging niemals um diesen Stein«, sagte Wassili. »Er ist vollkommen wertlos.«

»Worum dann?«

»Um Sie, Herr Vandermeer«, antwortete Wassili ernst.

»Um ... mich?« Vandermeer blinzelte. »Sie ... Sie wollen mir allen Ernstes erzählen, Sie ... hätten all das nur angestellt, um *mich* in Ihre Gewalt zu bekommen.«

»Es war leider notwendig.«

»Sie hätten mich einfach anrufen können«, sagte Vandermeer mit zitternder Stimme. »Mich unter irgendeinem Vorwand in eine Falle locken. Es wäre absolut nicht nötig gewesen ...«

»Es war unumgänglich es genau so zu tun, wie es geschehen ist«, unterbrach ihn Wassili. »Ich bedaure die Umstände selbst am meisten. Ich verabscheue Gewalt, Herr Vandermeer, auch wenn Sie mir das wahrscheinlich nicht glauben. Aber manche Dinge sind nun einmal leider unvermeidlich.«

»Sie meinen, es war leider notwendig ein paar Leute umzubringen, eine Schießerei in einer vollbesetzten Diskothek anzufangen und einen halben Straßenzug niederzubrennen«, sagte Vandermeer. Diesmal gelang ihm der sarkastische Ton. »Ja, das verstehe ich.«

»Vielleicht sollte ich wirklich später wiederkommen«, sagte Wassili. Er machte tatsächlich Anstalten zu gehen, aber Vandermeer hob rasch die Hand.
»Bleiben Sie hier«, sagte er. »Seit wann sind Sie so zart besaitet?«
»Sie haben ein falsches Bild von mir«, behauptete Wassili. Vandermeer fand es selbst geradezu absurd – aber der Russe klang tatsächlich verletzt. »Ich versichere Ihnen, dass mir alles, was geschehen ist, unendlich Leid tut. Ich bedauere es zutiefst.«
»Mir kommen gleich die Tränen«, antwortete Vandermeer. »Nebenbei: Wie geht es Ihrer Nase?«
Wassili starrte ihn geschlagene fünf Sekunden lang durchdringend an. Dann drehte er sich wortlos um und ging.
Diesmal schloss er die Tür hinter sich ab.

Es war ein billiger Triumph gewesen, der nicht besonders lange anhielt. Vandermeer begann seine eigenen Worte bereits zu bedauern, noch bevor das Geräusch des Schlüssels ganz verklungen war. Und er bekam ausreichend Zeit und Gelegenheit, sie noch viel mehr zu bedauern. Gute zwei Tage, um genau zu sein.
Eine Stunde, nachdem Wassili gegangen war, kam der Matrose zurück, der ihm das Essen gebracht hatte. Er brachte eine chemische Toilette und nahm das Tablett wieder mit. Vandermeer versuchte vergeblich den Mann in ein Gespräch zu verwickeln; entweder verstand er ihn nicht oder er hatte strikten Befehl nicht mit ihm zu reden.
Dabei blieb es.
Er bekam dreimal zu essen und schlief ebenso oft, glaubte allerdings nicht, dass in dieser Zeit auch drei Tage vergingen; vielmehr schien es sich wohl noch um eine Nebenwirkung der Medikamente zu handeln, die Wassili ihm verabreicht hatte, denn er war praktisch ununterbrochen müde. Selbst in den Zeiten, in denen er wach war, dämmerte er mehr in einer Art sanftem Trancezustand dahin, als dass er wirklich bei Bewusstsein gewesen wäre. Er konnte sich hinterher nicht mehr genau daran erinnern, worüber er in dieser Zeit nachgedacht hatte – *dafür* war er allerdings eher dankbar. Worüber auch immer er hätte nachdenken können, es wäre bestimmt nichts Angenehmes gewesen.
Seinem ersten Erwachen folgte ein zweites, sehr viel mühsameres. Später sollte er erfahren, dass tatsächlich nicht einmal

zwölf Stunden vergangen waren, seit er das erste Mal die Augen aufgeschlagen und in Wassilis Gesicht geblickt hatte, denn als der Russe jetzt ein zweites Mal zu ihm kam, hatte er das Gefühl, mindestens ebenso viel Zeit in seinem Gefängnis verbracht zu haben wie der Graf von Monte Christo. Es war eine der Phasen, in denen er auf dem schmalen Grat zwischen Schlaf und Wachsein balancierte, und nicht einmal das Bewusstsein, dass Wassili anwesend war, vermochte ihn zu wecken. Der Russe richtete das Wort an ihn, aber Vandermeer verstand nicht, was er sagte. Die Worte drangen zwar in sein Bewusstsein, aber sie ergaben keinen Sinn, ja, sie schienen nicht einmal russisch zu klingen, geschweige denn deutsch. Außerdem kam ihm Wassilis Gesicht sonderbar deformiert vor, als hätte jemand seinen Kopf genommen und kräftig in die Länge gezogen.

Auf einer sehr tiefen Ebene seines Bewusstseins begriff Vandermeer, dass das, was er spürte, die Wirkung eines Medikamentes mit stark halluzinogener Nebenwirkung war. Aber es half nicht. Problem erkannt hieß in diesem Moment leider noch lange nicht Problem gebannt. Ganz im Gegenteil: Während Wassili zurücktrat und zwei Matrosen Platz machte, die Vandermeer zwischen sich nahmen und wie einen nassen Sack einfach mitschleiften, schossen ihm plötzlich die wildesten Geschichten durch den Kopf, die er über den KGB und die Russen-Mafia gehört hatte, Geschichten, die von unangenehmen Worten wie Gehirnwäsche, Folter, Verschleppung, Arbeitslager und Bewusstseinsveränderung nur so wimmelten. Wahrscheinlich war das meiste davon übertrieben, aber wie er sein Glück in den letzten Tagen kannte, erwischte er den kleinen Kern an Wahrheit, den ja angeblich jede Legende enthielt.

Trotz allem versuchte er wenigstens Eindrücke von seiner Umgebung wahrzunehmen. Es gab allerdings nicht viel zu sehen: Die beiden Matrosen schleiften ihn durch einen Gang, der fast ebenso leer und schmucklos war wie die Kammer, in der er erwacht war, und eine kurze Treppe hinunter. Das Maschinengeräusch war hier deutlicher zu hören und die Luft roch sehr intensiv nach Dieselöl und heißen Maschinen.

Der Raum, in den er gebracht wurde, unterschied sich jedoch vollkommen von seiner bisherigen Umgebung. Es war eine kleine, fast schon behaglich eingerichtete Kabine mit einem Tisch und Stühlen, einem schmalen Bett und vor allem einem Bullauge in der Wand gegenüber der Tür, durch das er allerdings nicht mehr erkennen konnte als die Unendlichkeit eines grauen Meeres, auf dem vereinzelte weiße Schaumkronen tanzten. Es gab zwei Möglichkeiten: Entweder sie befanden sich tatsächlich auf hoher See oder die Kajüte lag auf der der Küste abgewandten Seite des Schiffes. Solange er keinen eindeutigen Beweis für das Gegenteil hatte, zog er es vor an die zweite Möglichkeit zu glauben.

Die beiden Matrosen bugsierten ihn schnell, aber ohne unnötig grob zu sein, auf einen der freien Stühle am Tisch und verließen dann zu Vandermeers Überraschung ohne ein weiteres Wort die Kabine. Wassili blieb zurück und nahm Vandermeer gegenüber am Tisch Platz. Eine Zeit lang sah er ihn einfach nur an und wartete ganz offensichtlich darauf, dass Vandermeer von sich aus etwas sagte. Schließlich stand er auf, ging zur Tür und wechselte ein paar Worte auf Russisch mit jemandem, der draußen vor der Kabine stand. Als er zurückkam, lag ein so offenes Lächeln auf seinem Gesicht, dass Vandermeer für einen Moment wirklich Mühe hatte es mit dem Mann zu identifizieren, der für den Tod von mindestens drei unschuldigen Menschen verantwortlich war; wobei die Betonung eindeutig auf dem Wort *mindestens* lag.

»Es wird Ihnen gleich besser gehen«, sagte er. »Ich lasse etwas bringen, das Ihnen hilft.«

»Und was?«, fragte Vandermeer. »Wieder eine Spritze?«

Wassili überging die Frage. »Fühlen Sie sich in der Lage mit mir zu reden?«, fragte er.

Vandermeer war nicht sicher. Die Kajüte drehte sich noch immer sanft vor seinen Augen, was ganz bestimmt nicht *nur* daran lag, dass sich das Schiff auf den Wellen bewegte, und wenn er nicht Acht gab, dann machten sich seine Gedanken selbständig und begannen auf sonderbaren Wegen zu wandeln. Er machte eine Bewegung, die zwischen einem Nicken, einem Kopfschütteln und einem Achselzucken angesiedelt war. Wo genau, wusste er selbst nicht. Doch als Wassili zum Sprechen ansetzte, erklärte er rasch: »Ich sage kein Wort, bevor ich nicht mit den beiden Frauen gesprochen habe.«

Wassili seufzte. »Ich habe mich schon gefragt, wann Sie diese Forderung stellen werden.«

»Dann wissen Sie ja auch bestimmt eine Antwort darauf«, maulte Vandermeer.

Zwischen Wassilis nur angedeuteten Augenbrauen entstand eine tiefe Falte, deren genaue Bedeutung Vandermeer nicht erriet. »Welche von beiden möchten Sie sehen?«, fragte er. »Die, in die Sie verknallt sind und die nichts von Ihnen wissen will, oder die, die Sie anhimmelt, an der Sie aber dummerweise nicht besonders interessiert sind?«

Es dauerte ungefähr eine Sekunde, bis Vandermeers Gedanken dem verworrenen Kurs dieses Satzes gefolgt waren. »Woher wissen Sie das?«

»Ich kann Gedanken lesen«, behauptete Wassili.

»Wie praktisch«, antwortete Vandermeer. »Dann können wir uns das ganze lästige Reden ja sparen. Sie wissen ja bestimmt ohnehin schon alles.«

»Es geht nicht um das, was *ich* weiß«, antwortete Wassili. »Es geht um Sie, Hendrick.«

»Seit wann sind wir per Du?«, fragte Vandermeer scharf.

Der Russe zog eine Grimasse. »Ganz wie Sie wollen«, sagte er. Es klang enttäuscht. »Ich dachte nur, es wäre einfacher. Wir werden wahrscheinlich eine ziemlich lange Zeit zusammen verbringen. Es ist für uns beide leichter, wenn wir versuchen das Beste daraus zu machen.«

»Bilden Sie sich nichts ein«, sagte Vandermeer übellaunig. »Ich werde Sie auf gar keinen Fall heiraten.«

»Wie ich sehe, geht es Ihnen ja bereits besser«, sagte Wassili. Bevor er weiterreden konnte, klopfte es an der Tür. Wassili rief ein einzelnes Wort in seiner Muttersprache, woraufhin sie geöffnet wurde und derselbe Matrose hereinkam, der Vandermeer bisher das Essen gebracht hatte. Er trug auch jetzt wieder ein Tablett, auf dem sich aber nur eine Kaffeekanne und zwei große, schon etwas zerschrammte Emailbecher befanden. Auf einen Wink Wassilis hin schenkte er ein, setzte die beiden henkellosen Tassen nebst der Kanne auf den Tisch und klemmte sich das Tablett unter den Arm, als er ging. Vandermeer sah ihm stirnrunzelnd nach.

»Der Mann ist gut«, sagte er.

»Eine richtige Perle«, bestätigte Wassili. »Wir wüssten gar nicht, was wir ohne ihn täten. In der Mannschaft tobt seit Jahren ein Streit, was wichtiger ist, um das Schiff einsatzbereit zu halten: sein Kaffee oder Dieselöl.«

»Könnten Sie ihn mir ausleihen?«, fragte Vandermeer. »Ich

bräuchte eine fähige Kraft, die meine Wohnung wieder aufräumt. Als ich das letzte Mal da war, war es ziemlich unordentlich.«

Wassili ging nicht auf die Spitze ein. Er griff lächelnd nach seinem Becher, hob ihn mit spitzen Fingern in die Höhe und blies hinein. »Trinken Sie«, sagte er. »Er ist wirklich gut.«

Nachdem Vandermeer selbst von dem Kaffee probiert hatte, konnte er nicht widersprechen. Er war bitter und viel zu stark für seinen Geschmack, aber Vandermeer konnte regelrecht spüren, wie sich das Koffein in seinem Kreislauf ausbreitete und die Müdigkeit vertrieb. »Ist das Ihr altes russisches Wundermittel?«

»*Da*«, antwortete Wassili. »Glauben Sie mir, manchmal sind die alten Dinge die besten. Schmeckt er Ihnen?«

»Nein«, antwortete Vandermeer wahrheitsgemäß.

»Wirklich nicht?« Wassili wirkte ehrlich enttäuscht. »Oder schon aus purer Opposition?«

Vandermeer lag eine spöttische Antwort auf der Zunge, aber dann überlegte er es sich doch anders und setzte die halb geleerte Tasse mit einem so heftigen Ruck auf den Tisch zurück, dass Tropfen des schwarzen Gebräus über die ganze Platte spritzten. »Haben wir jetzt genug Smalltalk gehabt?«, fragte er.

Der Russe blickte vorwurfsvoll. »Manchmal fällt es mir schwer, mit all den Amerikanismen in Ihrer Sprache zurechtzukommen«, sagte er. »Warum machen Sie das? Ihre Sprache ist so schön und …«

»Kommen Sie zur Sache«, unterbrach ihn Vandermeer. Ein ganz kleines bisschen wunderte er sich über sich selbst. Im gleichen Maße, in dem das Gefühl bleierner Schwere aus seinen Gliedern wich, klärte sich auch sein Denken. Was ihm am allerdeutlichsten zu Bewusstsein kam, war der Umstand, wie absurd diese ganze Situation im Grunde war: Wassili hatte ihn entführt. Er hatte einen seiner besten Freunde und eine ihm nicht bekannte Anzahl vollkommen unbeteiligter Menschen töten lassen und sie saßen hier und tranken Kaffee!

»Ich bin nicht Ihr Feind, Herr Vandermeer«, sagte Wassili. »Ich weiß, dass das in Ihren Ohren … seltsam klingen muss, aber ich stehe ganz und gar auf Ihrer Seite. Niemand bedauert die unglückseligen Begleitumstände, unter denen wir uns kennen gelernt haben, mehr als ich, bitte glauben Sie mir das.«

»Sie irren sich«, antwortete Vandermeer. Wassili blickte fragend und Vandermeer fuhr fort: »Es klingt nicht seltsam. Es klingt total bescheuert.«

»Sie fragen sich bestimmt, warum Sie hier sind.« Wassili nippte an seinem Kaffee.
»Weil Sie ohne mich nicht mehr leben können?«
»Weil wir alle bald ohne Sie nicht mehr leben können«, sagte Wassili ungerührt. »Ohne Sie und ein paar andere.«
»Wie meinen Sie das?«
Wassili trank seinen Kaffee aus und stellte die Tasse auf den Tisch, wobei er pedantisch darauf achtete, sie nicht auf einen der Kaffeespritzer zu setzen, die Vandermeer darauf hinterlassen hatte. Vandermeer fragte sich, ob Wassili im Innersten trotz seines immer leicht schlampig erscheinenden Äußeren ein Pedant war. »Später. Was wir zu besprechen haben, ist ... nicht so einfach.«
»Versuchen Sie es«, sagte Vandermeer. »Ich bin ein gelehriger Schüler. Fangen wir damit an, dass Sie mir sagen, wo Ines und Anja sind. Oder mich besser gleich mit ihnen reden lassen.«
»Ich sagte Ihnen gerade schon ...«
»... gar nichts«, fiel ihm Vandermeer scharf ins Wort. »Genau genommen haben Sie gar nichts gesagt, Wassili. Sie haben eine Menge geredet, aber nichts gesagt. An Ihnen ist ein Politiker verloren gegangen.«
Wassili lächelte weiter, aber es wirkte jetzt nicht mehr ganz echt, fand Vandermeer. Vielleicht war seine gesamte selbstzufriedene Überlegenheit nur geschauspielert. Nein, nicht vielleicht. Wahrscheinlich. Je länger er Wassili gegenübersaß, desto sicherer war er, dass der Russe unter der aufgesetzten Ruhe mindestens so nervös war wie er selbst und mindestens ebenso große Angst hatte. Sicher nicht vor ihm ... aber wovor dann?
»Sie können mit ihnen reden«, antwortete Wassili. »Aber zuvor möchte ich Sie um etwas bitten. Es wäre sehr freundlich, wenn Sie mir bei einem Experiment zur Verfügung stehen würden.«
»Wollen Sie herausfinden, wie viel Schmerzen ein Mensch ertragen kann?«
»Wollen Sie herausfinden, wie weit Sie mich provozieren können?« Wassili lächelte immer noch, aber er gab sich jetzt nicht einmal mehr Mühe, es überzeugend zu tun. Möglicherweise war es besser, wenn er den Bogen nicht überspannte.
»Habe ich eine Wahl?«, fragte er.
Wassili verneinte. Einen Moment später nickte er. »Sie haben die Wahl, es schnell und bequem hinter sich zu bringen oder es

ein wenig hinauszuzögern und uns allen viel Mühsal zu bereiten«, sagte er. »*Diese* Wahl haben Sie. Eine andere allerdings nicht, fürchte ich.«

Streng genommen gab es noch eine dritte Möglichkeit, überlegte Vandermeer. Sie waren allein. Draußen vor der Tür stand zwar mit Sicherheit irgendein muskelbepackter Matrose, aber hier drinnen waren sie allein. Er war ziemlich sicher, dass es ihm gelingen würde aufzuspringen und Wassili zu überwältigen, noch bevor dieser einen Hilferuf ausstoßen konnte. Und selbst wenn nicht – er bezweifelte, dass irgendjemand ihn angreifen würde, wenn er Wassili im Schwitzkasten hatte und Zeige- und Mittelfinger in dessen Augen bohrte. Der Gedanke gefiel ihm. Ein gekidnappter Kidnapper ... das hatte etwas.

»Bevor Sie irgendetwas tun, das wir beide möglicherweise bedauern müssten, denken Sie bitte daran, dass sich die beiden jungen Frauen an Bord befinden«, sagte Wassili.

»Sie können wirklich Gedanken lesen, wie?«, fragte Vandermeer.

»Das ist nicht besonders schwer. Sie stehen Ihnen deutlich im Gesicht geschrieben.« Wassili stand auf, ging zu einem der Schränke und nahm einen flachen Aktenkoffer aus Aluminium heraus. Der Art nach zu schließen, wie er mit ihm umging, musste der Koffer sehr schwer sein. Mit einiger Mühe legte er ihn auf den Tisch, ging noch einmal zum Schrank und nahm einen tragbaren CD-Player heraus. Vandermeer sah mit wachsender Verwirrung zu, wie er das Gerät einschaltete und ein sonderbar dickes, zweifarbig isoliertes Kabel an den Diodenausgang anschloss. Er ging noch einmal zum Schrank und nahm eine CD heraus. Vandermeer erkannte das Cover, es war En Trance, die CD, die er ihm während der Messe geschenkt hatte. Mit umständlichen Bewegungen legte er die CD ein und drückte den Startknopf. Die CD begann sich zu drehen, aber Vandermeer hörte keine Musik. Offenbar verfügte das Gerät nicht über einen eingebauten Lautsprecher.

»Ist das Ihr Experiment?«, fragte Vandermeer. Der Klang seiner eigenen Stimme gefiel ihm nicht. Aus irgendeinem Grund machten ihn Wassilis Vorbereitungen nervös.

Der Russe antwortete mit einem flüchtigen Verziehen des Gesichts, das Vandermeer nicht zu deuten imstande war, und klappte den Deckel des Aluminiumkoffers hoch. Er enthielt keine

Akten oder schmutzigen Socken, sondern war mit elektronischen Gerätschaften, Skalen, Lämpchen, Zeigern und zigarettenschachtelgroßen Monitoren vollgestopft. Trotzdem machte das Ganze keinen sehr professionellen Eindruck, sondern erinnerte Vandermeer eher an ein Versatzstück aus einem Sciencefiction-Film der Fünfzigerjahre. Wenigstens wusste er jetzt, wieso der Koffer so schwer war.

»Was ... ist das?«, fragte er misstrauisch.

»Wie ich bereits sagte«, antwortete Wassili, »nur ein harmloses Experiment.« Er öffnete ein Fach im Kofferdeckel und zog etwas heraus, das ganz und gar nicht *harmlos* aussah, zumindest nicht für Vandermeers Geschmack: einen doppelt fingerbreiten silberfarbenen Metallreif, der mittels eines dicken Spiralkabels mit dem Koffer verbunden war.

»Sie erwarten doch nicht etwa, dass ich das aufsetze?«, fragte Vandermeer. Seine Stimme klang ein wenig hysterisch, selbst in seinen eigenen Ohren. Größe und Form des Reifs ließen keinen Zweifel daran, dass er dazu da war, auf Stirn und Schläfen getragen zu werden. Der Gedanke gefiel ihm nicht. *Ü-ber-haupt* nicht.

»Warum nicht?«, fragte Wassili. »Es tut nicht weh. Ehrenwort. Ein kurzer Stromstoß und Ihr Gehirn wird in Sekundenbruchteilen von zweihundertfünfzigtausend Volt gegrillt. Garantiert schmerzlos.«

»Habe ich Ihnen schon gesagt, dass ich Ihren Humor Scheiße finde?«, fragte Vandermeer.

»Mehrmals«, antwortete Wassili. »Wenn auch nicht unbedingt mit genau diesen Worten und in dieser abenteuerlichen grammatikalischen Konstruktion. Für einen Mann, der vom geschriebenen Wort lebt, haben Sie eine sehr schlampige Art zu reden, Herr Vandermeer.« Er reichte Vandermeer den Metallring. »Bitte setzen Sie ihn auf«, sagte er. »Fest andrücken, wenn es geht.«

Vandermeer rührte keinen Finger, um nach dem schmalen Metallreif zu greifen, sondern starrte ihn mit einem Gesichtsausdruck an, als hielte Wassili ihm eine haarige Tarantel entgegen, die mit den Beinen zappelte und darauf wartete, ihre Giftzähne in sein Fleisch zu graben. »Was ist das?«, fragte er.

»Es ist wirklich harmlos«, antwortete Wassili. »Ein Gerät, um Ihre Hirnströme zu messen. Alpha- und Betawellen und der ganze Kram. Sie wissen schon.«

»Nein«, sagte Vandermeer. »Ich weiß *nicht*.« Er sah Wassili –

wenigstens hoffte er es – herausfordernd an und fuhr nach zwei oder drei Sekunden Pause fort: »Was soll das alles hier? Sagen Sie mir zum Teufel nochmal endlich, was hier gespielt wird!«

»Aber ich bin doch dabei«, behauptete der Russe. »Nur ist es bedeutend einfacher, wenn ich es Ihnen zeige, statt Sie mit stundenlangen Erklärungen zu langweilen.« Er sah Vandermeer erwartungsvoll an, aber dieser tat ihm nicht den Gefallen, nach dem silbernen Stirnband zu greifen. Natürlich war ihm klar, dass er keinen Stromschlag bekommen würde, wenn er es anlegte. Trotzdem hatte er fast Angst vor dem Reif – davor, was er *bedeutete*.

Als er auch nach etlichen weiteren Sekunden noch immer keine Anstalten machte zu tun, was Wassili von ihm erwartete, schüttelte der Russe ein paarmal den Kopf, seufzte ergeben und streifte das Stirnband selbst über. Seine Finger legten rasch hintereinander ein paar Schalter um und erweckten die technischen Innereien des Koffers zum Leben: Zeiger begannen sich auf Skalen zu bewegen, auf einem winzigen Monitor erschien ein grüner Leuchtpunkt, der hektisch auf und ab hüpfte, und mindestens ein Dutzend grüner und roter Leuchtdioden begannen zu glühen.

»Sehen Sie?«, sagte Wassili. »Nichts passiert. Dieses Gerät tut nichts anderes, als die Intensität Ihres Stirn-Shakras zu messen.«

»Wie?«, fragte Vandermeer überrascht. Nach allem, was in den letzten Tagen geschehen war, hatte er *diesen* Blödsinn schon fast vergessen gehabt.

»Ihr Shakra«, antwortete Wassili geduldig. »In der taoistischen Lehre ...«

»Ich weiß, was das Wort bedeutet«, unterbrach ihn Vandermeer. »Aber Sie haben mich doch nicht hierher gebracht, um schon wieder mit diesem pseudoesoterischen Firlefanz anzufangen!«

»Es ist nicht Pseudo und es ist auch kein Firlefanz«, sagte Wassili ernst. »Ich muss mich ein wenig wundern, Herr Vandermeer. Nach allem, was Sie in den letzten Tagen erlebt haben – und was Sie selbst *getan* haben! –, sollten selbst Sie allmählich eingestehen, dass nicht alles, woran Sie bisher nicht geglaubt haben, deshalb auch automatisch nicht wahr ist.«

Vandermeer fragte sich, ob Wassili sich deshalb manchmal so geschraubt ausdrückte, weil er nicht in seiner Muttersprache redete. Er antwortete nicht. Aber als der Russe nach einigen weiteren Sekunden das Stirnband abnahm und es ihm hinhielt, griff er schließlich doch danach und streifte es über. Das Metall fühlte sich angenehm kühl auf der Haut an und nicht annähernd so hart, wie seine silbrige Farbe erwarten ließ.

Wassilis Finger huschten so geschickt wie die Hände eines Klavierspielers über die verschiedenen Schalter und Tasten im Inneren des Koffers. Vandermeer konnte von seinem Platz aus nur einen Teil der Anzeigeinstrumente einsehen und was er sah, ergab für ihn nicht den mindesten Sinn. Der Russe jedoch wirkte höchst zufrieden. Vielleicht ein bisschen überrascht.

»Nun?«, fragte Vandermeer nach einer Weile.

»Erstaunlich«, sagte Wassili. »Sie haben ein außergewöhnlich stark entwickeltes Shakra, Herr Vandermeer. Ich habe so etwas selten zuvor gesehen. Kein Wunder.«

»Was ist kein Wunder?« Vandermeer wollte den Reif abstreifen, doch Wassili hob rasch die Hand und machte eine abwehrende Geste.

»Nur einen Moment noch, bitte«, sagte er. »Das ist wirklich unglaublich. Und Sie sind sicher, dass Sie nie zuvor irgendetwas Außergewöhnliches an sich bemerkt haben? Sie haben niemals Träume gehabt, die wahr wurden? Ahnungen? Außergewöhnliches Glück beim Spiel? Oder ein besonderes Talent im Umgang mit Menschen?«

»Ich bin manchmal etwas unvorsichtig in der Wahl meiner Bekanntschaften«, antwortete Vandermeer. »Wenn wir einmal viel Zeit haben, dann erzähle ich Ihnen, was mir passiert ist, als ich mich das letzte Mal von einem netten alten Mann zum Essen habe einladen lassen.«

Sein Sarkasmus prallte wirkungslos von Wassili ab. Vielleicht verstand er ihn auch gar nicht. Mit einer fast hektischen Kopfbewegung auf das blinkende und summende Kofferinnere und in eindeutig aufgeregtem Ton fuhr der Russe fort: »Sie gehören zu den Menschen, denen immer alles gelingt, nicht wahr? Vielleicht nicht alles, aber doch viel. Die besonders gut mit Menschen umgehen können. Ein ... wie nennt man das in Ihrer Sprache ... ein Sonntagskind?«

Vandermeer sah ihn nur an. Was Wassili sagte, war extrem vereinfacht, und zumindest in den letzten Tagen stimmte es ganz und gar nicht mehr – aber im Großen und Ganzen hatte er durchaus Recht.

Nachdem er endlich eingesehen hatte, dass er keine Antwort bekommen würde, versenkte sich Wassili wieder in das Studium seiner Instrumente. Nach einer Weile und ohne Vandermeer anzusehen, sagte er: »Denken Sie an etwas Angenehmes.« Seine Finger berührten einen Schalter und kurz hintereinander drei oder vier Tasten, dann runzelte er die Stirn. »Etwas Angenehmes, habe ich gesagt.«

»Ich stelle mir gerade vor, wie Sie mit einem Strick um den Hals an einem Ast hängen«, antwortete Vandermeer ernsthaft. »Das ist eine durchaus angenehme Vorstellung.«

Wassili blickte ihn vorwurfsvoll an. »Sie sind nicht sonderlich kooperativ.«

»Das habe ich auch nie behauptet.«

Wassili schlug mit einem Knall den Kofferdeckel zu. »Ganz wie Sie wollen«, sagte er ungehalten. »Es geht auch anders. Ich habe sehr viel Zeit, wissen Sie? Wir werden noch eine gute Woche unterwegs sein. Wenn Sie es vorziehen in dieser Zeit in Ihrer Kabine zu sitzen und zu schmollen, soll es mir recht sein.«

Er wirkte mehr enttäuscht als wirklich wütend und sein jäher Stimmungswandel überraschte Vandermeer total. Vielleicht war es aber gar kein Stimmungswandel. Er hatte die Nervosität, die sich hinter Wassilis aufgesetzter Ruhe und seinem nicht besonders originellen Humor verbarg, im Grunde die ganze Zeit über gespürt und er fragte sich erneut, wovor Wassili eigentlich Angst hatte. Vor ihm wohl kaum.

»Sie haben Recht«, sagte er. »Meistens bekomme ich, was ich will. Aber das hat nichts mit Glück zu tun. Und selbst wenn, könnte man es kaum elektronisch messen.«

»Wenn Sie meinen.« Wassili klappte den Kofferdeckel wieder auf und studierte offensichtlich fasziniert Ausschläge der Zeiger und Leuchtpunkte. Vandermeer sagte all dies natürlich nichts. Er war nicht einmal sicher, ob es *Wassili* etwas sagte oder ob der Russe ihm schlichtweg irgendeinen Hokuspokus vormachte, um ihn zu beeindrucken.

»Meinen Sie nicht, dass es allmählich an der Zeit wäre mir zu erklären, was wir hier eigentlich tun?«, fragte er nach einer Weile.

»Selbstverständlich«, antwortete Wassili, ohne von seinen Skalen aufzusehen. »Lassen Sie mich vorher nur noch eine Frage stellen, Herr Vandermeer. Glauben Sie an Zauberei?«

2

»Und was hast du geantwortet?«, fragte Ines zwei Stunden später und eine Etage tiefer in den metallenen, vom monotonen Stampfen der Dieselmotoren und durchdringendem Ölgeruch erfüllten Eingeweiden des Schiffes. Die Kabine, die sie sich mit ihrer Schwester teilte, war wenig größer als die Vandermeers, doch weitaus behaglicher eingerichtet. Es gab ein richtiges Bett, einen richtigen Tisch und richtige, sogar einigermaßen bequeme Stühle. Auf einem Schränkchen neben der Tür stand sogar ein Fernseher, der allerdings nur weißes Rauschen und schemenhafte Umrisse zeigte. Vielleicht schirmte die Metallmasse des Schiffes die Antenne ab, vielleicht waren sie auch so weit auf hoher See, dass einfach kein Sender mehr hereinzubekommen war.

»Was soll ich schon geantwortet haben?«, fragte Vandermeer – größtenteils, um Zeit zu gewinnen. Trotz der zwei Stunden, die seit seinem Gespräch mit dem Russen vergangen waren, schlugen seine Gedanken noch immer Purzelbäume. Noch am Morgen hatte er geglaubt, dass ihn nichts mehr erschüttern konnte, aber Wassili und sein Aluminiumkoffer hatten ihn eines Besseren belehrt.

»Natürlich nicht«, hatte er gesagt – mit einer Überzeugung, die zwar in seiner Stimme mitschwang, die er aber tief in sich nicht wirklich empfand. Wassili hatte auch nicht sofort reagiert, sondern nur vielsagend die Stirn gerunzelt und weitere Tasten und Knöpfe auf seinem Apparat gedrückt; anschließend hatte er ein Paar winziger Kopfhörer an den CD-Walkman angeschlossen und Vandermeer mit einer entsprechenden Geste aufgefordert sie aufzusetzen.

»Natürlich nicht«, sagte er, als er an Ines' Gesichtsausdruck ablas, dass ihr sein Achselzucken als Antwort nicht ausreiche; und wie auch? »Sehe ich vielleicht aus wie David Copperfield oder wie Houdini?«

»Nein«, antwortete Ines. »Aber ich glaube auch nicht, dass er *diese* Art von Zauberei gemeint hat. Sie drückte ihre Zigarette in den Aschenbecher, der zwischen ihr und Vandermeer auf dem Tisch stand, und zündete sich praktisch in der gleichen Bewegung eine neue an. Der Anzahl der Kippen nach zu urteilen, dachte Vandermeer, mussten sie und ihre Schwester die vergangenen Tage mit nichts weiter als Rauchen verbracht haben. Er zuckte nur mit den Schultern. Was Wassili *wirklich* gemeint hatte, war ... nein. Er wollte nicht darüber nachdenken. Er weigerte sich einfach. Über das nachzudenken, was Wassili ihm im Plauderton erzählt hatte, hieße ihm mehr Gewicht zu geben, als ihm zustand. Als es haben *durfte*, verdammt nochmal!

Er schwieg wieder einige Sekunden; eine ganze Reihe von Sekunden, um genau zu sein, denn die Zeit reichte Ines, um ihre Zigarette mehr als zur Hälfte aufzurauchen, ehe sie sagte: »Unsere Unterhaltung gestaltet sich ein wenig einseitig, findest du nicht?«

Vandermeer konnte sich nicht genau erinnern, wann sie endgültig zum vertraulichen »Du« übergegangen waren, aber es bereitete ihm seltsamerweise Unbehagen. Dabei hatte er nichts gegen sie – ganz im Gegenteil. Er fand sie sehr sympathisch, sehr nett und äußerst unterhaltsam – aber mehr auch nicht. Vielleicht lag es an dem, was Wassili gesagt hatte: *Die, die Sie mögen und die nichts von Ihnen wissen will, oder die, die scharf auf Sie ist und von der Sie nichts wissen wollen?* Er hatte über die Worte nachgedacht, obwohl sie ihn gleichzeitig geärgert hatten – aber es war ihm bisher nicht gelungen sie einfach als das abzutun, was sie wahrscheinlich waren: eines von Wassilis Wortspielereien, mit denen er seine Kenntnisse der deutschen Sprache demonstrierte. Sie wirkten nach. Es gelang ihm nicht, Ines anzusehen, ohne dass er die Worte des Russen wieder hörte.

»Ja«, antwortete er mit einer neuerlichen Verzögerung. Ines runzelte die Stirn und legte den Kopf auf die Seite, weshalb er mit einem total misslungenen Lächeln hinzufügte: »Ich ... bin wohl ein bisschen durcheinander.«

»Weil du nicht an Zauberei glaubst.«

»Weil ich nicht an Zauberei glaube«, bestätigte er.

»Und wie würden Sie das nennen, was in den letzten Tagen vor Ihrer ... *Abreise* geschehen ist?«, hatte Wassili gefragt, während er zugleich am Lautstärkeregler des Walkmans drehte, sodass Vandermeer seine Worte auch durch die verpoppten Ethno-Klänge des dritten Tracks von En Trance hindurch noch deutlich verstehen konnte. »Eine Kette von unglaublichen Zufällen?«

»Wovon reden Sie?«

Wassili hatte auf eine wissende Art gelächelt und anschließend bei jedem Punkt, den er aufzählte, einen Finger gehoben. »Von Krankenwagen, die aus dem Nichts auftauchen, um gewisse unliebsame Verfolger anzufahren. Von Feuerwehrwagen, die genau im richtigen Moment erscheinen, um Ihnen mit ihrem Sirenengeheul einen Weg durch den Feierabendverkehr zu bahnen. Von Zigaretten, die sich im Handschuhfach materialisieren. Von explodierenden Disco-Scheinwerfern und Aufzügen, die genau im richtigen Moment stecken bleiben.«

»Woher wusste er das mit den Zigaretten?«, fragte er. Ines blickte automatisch auf ihre Zigarettenpackung und verstand sichtlich nicht, was er meinte.

»Die Zigaretten im BMW«, sagte er. »Er kann das nur von dir wissen.«

Sie nickte. »Er hat mich gefragt«, sagte sie.

»Wonach?«

»Nach allem Außergewöhnlichen«, antwortete Ines. Ihre Stimme klang eine Spur schärfer als noch vor Augenblicken. »Hätte ich dich vorher um Erlaubnis fragen sollen? Ich meine: Ich habe ihm auch von dem angeschossenen Jungen erzählt, den du gerettet hast.«

Das war auch der letzte Punkt in Wassilis Aufzählung gewesen, nachdem er mittlerweile alle Finger in die Höhe gereckt hatte und Vandermeer bereits überlegte, ob er vielleicht gleich die Schuhe ausziehen und die Zehen zu Hilfe nehmen würde. »Alles nur Zufall? Das glauben Sie doch selbst nicht.«

Vandermeer hatte ihn so zornig angestarrt, wie es ihm möglich war, aber auch ehrlich empört. »Sie wissen offensichtlich über so gut wie jeden Schritt Bescheid, den ich getan habe.«

»Nicht so gut wie«, hatte ihn Wassili fröhlich verbessert. »Über buchstäblich jeden, Herr Vandermeer. Ich habe Sie ununterbrochen beobachten lassen. Ich hoffe aufrichtig, dass Sie mir diese kleine Indiskretion verzeihen, aber es war leider unumgänglich. Sie werden bald verstehen, warum.«

Es hatte eine geraume Weile gedauert, bis Vandermeer die volle Konsequenz dessen, was Wassili ihm gerade gesagt hatte, zu Bewusstsein kam. Entschieden länger, als der bloße Gedanke brauchte, um verarbeitet und begriffen zu werden. Vielleicht weil das, was er bedeutete, einfach zu ungeheuerlich schien, um wahr sein zu dürfen.

»Es war alles nur Theater«, sagte er leise zu Ines, in einem Ton,

der irgendwo zwischen Bitterkeit und purem Zorn schwankte.
»Die ganzen drei Tage, verstehst du?«

»Nein«, sagte Ines.

»Sie haben mich die ganze Zeit über beobachtet«, erklärte Vandermeer. Seine linke Hand kroch über den Tisch und schloss sich in einer unbewussten, aber auch seiner Kontrolle entzogenen Bewegung um Ines' Zigarettenschachtel, als bräuchte er irgendetwas, das er an Stelle von Wassilis Kehle zerquetschen konnte. »In jeder einzelnen Minute.«

»Moment mal!« Ines beugte sich über den Tisch und nahm ihm die Zigarettenschachtel weg, ehe er sie vollends ruinieren konnte. »Du willst damit sagen, sie ...«

»... hätten mich in jeder Sekunde schnappen können, ja«, beendete Vandermeer den Satz. »Von dem Moment an, in dem ich die Messe verlassen habe.«

»Das glaube ich nicht!«, sagte Ines impulsiv.

Vandermeer hatte es auch nicht geglaubt – bis Wassili ihm einen detaillierten Bericht vorgelegt hatte, in dem buchstäblich jeder einzelne Schritt protokolliert war, den er in diesen drei Tagen gemacht hatte. Er hatte Details darin wiedergefunden, die er selbst schon längst vergessen hatte. Von einigen Dingen hatte er nicht einmal *gewusst*.

»Aber wozu das alles?«

»Nennen Sie es einen Test«, hatte Wassili geantwortet; mit einem beiläufigen Achselzucken und offensichtlich zu einem Großteil darauf konzentriert, an seinen Knöpfen und Schaltern herumzufummeln – von denen Vandermeer mittlerweile fast sicher war, dass sie zu rein gar nichts dienten. Seine Stimme verriet jedoch eine weit größere Anspannung.

»Einen *Test?!*« Ines' Stimme klang fast genauso schockiert, wie die Vandermeers geklungen haben musste. Er nickte.

»Er wollte sehen, wie ich in einer Extremsituation reagiere«, sagte er gepresst. »Wie eine Ratte in einem Glaslabyrinth, weißt du? Man könnte sie jederzeit herausholen, aber es macht mehr Spaß dabei zuzusehen, wie oft sie vor eine Wand läuft und sich die Schnauze blutig rennt, ehe sie endlich den Ausgang findet.« Er ballte die nunmehr leere Hand zur Faust und schlug damit so wuchtig auf die Tischplatte, dass der Aschenbecher einen Teil seines Inhaltes über den Tisch verstreute. Ines blickte vorwurfsvoll.

»Aber ... aber es sind Menschen gestorben!«, sagte sie fassungslos. »Wir wären um ein Haar umgebracht worden! Und deinen Freund *haben* sie getötet!«

Es war schon erstaunlich, dachte Vandermeer, wie sehr Ines' Worte seinen eigenen glichen, mit denen er auf Wassilis Eröffnungen reagiert hatte; bis hin zu ihrem Tonfall. Aber vielleicht reagierten Menschen in vergleichbaren Extremsituationen auch vergleichbar; vollkommen anders, aber sehr ähnlich.

»Was das angeht«, hatte Wassili geantwortet, so kann ich Sie beruhigen, Herr Vandermeer. Nach den letzten Informationen, die ich vor unserer Abreise einholte, ist Major Bergholz am Leben. Schwer verletzt, aber außer Gefahr.« Ein durchaus echt wirkender, betrübter Ausdruck hatte sich auf seinem Gesicht ausgebreitet. »Ich will ganz offen sein, Herr Vandermeer. Die ganze Geschichte ist am Schluss ... sagen wir: etwas aus dem Ruder gelaufen.«

»Hat Ihre Laborratte nicht so reagiert, wie sie sollte?«

»Sie waren nicht das Problem, Hendrick«, hatte Wassili geantwortet. »Michail. Michail war das Problem.«

»Ach?«

»Es war mein Fehler.«

»Haben Sie ihm zu viel rohes Fleisch zu essen gegeben?«

»Ich hätte mich genauer informieren sollen, was damals zwischen Ihnen vorgefallen ist«, hatte Wassili geantwortet, mittlerweile offenbar entschlossen, Vandermeers Spitzfindigkeiten einfach zu ignorieren. »Ich fürchte, ich habe mich zu sehr auf Sie konzentriert und Michail zu wenig Beachtung geschenkt. Es war nicht geplant, irgendjemanden zu töten, bitte glauben Sie mir. Weder diesen bedauernswerten Juwelier und seine Angestellte noch Ihren Freund. Das ist einer der Nachteile, wenn man gezwungen ist mit Leuten wie Michail zu arbeiten. Sie sind sehr nützlich, aber nur bis zu einem gewissen Punkt berechenbar.«

Seine Worte hatten sehr überzeugend geklungen, aber gerade das war das Schlimme daran. Spätestens seit diesem Moment war Vandermeer nicht mehr sicher, vor wem er mehr Abscheu empfand: vor Michail, der im Grunde nicht mehr als ein menschlicher Pitbull war, oder vor Wassili.

»Das ... das ist ungeheuerlich!«, murmelte Ines. »Und er hat dir nicht einmal gesagt, warum?«

»Warum was?« Vandermeer war plötzlich beinahe dankbar,

dass Ines seine Erinnerung an das Gespräch mit Wassili unterbrach.

»Warum er dich nun entführt hat«, antwortete Ines gereizt. »Und uns, so ganz nebenbei.«

»Nein.« Das entsprach nur zum Teil der Wahrheit. Wassili hatte nicht *direkt* gesagt, warum Vandermeer und die beiden Frauen wirklich hier auf dem Schiff waren, aber er hatte eine ganze Menge anderer Dinge gesagt und noch mehr Fragen gestellt, die Grund genug zu allen nur denkbaren (und ein paar eigentlich *un*denkbaren) Spekulationen boten. Er zuckte nur noch einmal mit den Schultern. Während seiner Unterhaltung mit Wassili hatte er so viele Vielleichts und Möglicherweises gehört, dass er wahrlich keine Lust verspürte, selbst noch ein paar hinzuzufügen.

Natürlich würde das Ines als Antwort nicht ausreichen, aber zu seiner Verwunderung bohrte sie nicht weiter, sondern sog nur hektisch an ihrer Zigarette und paffte eine graublaue Rauchwolke in seine Richtung. Um sich abzulenken, sah Vandermeer zum Fernseher hin. Das Bild war noch immer kein Bild, sondern ein Schneesturm, in dem sich Eisbären bewegten, und zu hören war nur ein monotones Rauschen. Nach einer Weile stand er auf und begann erfolglos an der Antenne zu drehen. Er bekam sogar ein paarmal ein schemenhaftes Bild, das aber immer sofort wieder verschwand, wenn er die Antenne losließ.

»Das ist zwecklos«, sagte Ines. »Anja und ich haben schon Stunden an dem Ding herumgefummelt. Ich frage mich, wozu Wassili es uns überhaupt hingestellt hat.«

»Wo ist sie überhaupt?«, fragte Vandermeer.

»Wer? Anja?«

»Wohnt hier sonst noch jemand?«, fragte Vandermeer gereizt. Er versetzte der Antenne einen so zornigen Stoß, dass der ganze Apparat zu wackeln begann. Als er damit aufhörte, stabilisierte sich das Bild. Schneegestöber und Streifen gerannen zu einem blassen, aber nahezu störungsfreien Werbespot für japanische Autos und aus dem zischenden Rauschen wurden die letzten Takte von *California Dreaming*. Ines starrte den Apparat aus weit aufgerissenen Augen an.

»Technik«, sagte Vandermeer. »Der natürliche Feind der Frauen.«

Ines war noch immer so verblüfft, dass sie auch dazu nichts sagte, sondern nur weiter abwechselnd ihn und den Fernseher

anstarrte, auf dem mittlerweile ein Spot für Neckermann-Flugreisen lief; in Vandermeers Augen der pure Hohn.
»Duschen«, sagte sie schließlich.
»Was?«
»Anja«, antwortete Ines. »Du hast gefragt, wo sie ist. Sie ist duschen gegangen. Das ist so ziemlich die einzige Abwechslung hier. Bisher«, fügte sie mit einem schrägen Seitenblick auf den Fernseher hinzu.
Vandermeer überging sowohl ihre letzte Bemerkung als auch ihren Blick. Wer immer behauptet hatte, dass es nichts half, die Augen vor der Wahrheit zu verschließen, hatte keine Ahnung.
»Ihr scheint ein richtiges Luxusapartment zu haben«, sagte er. »Fernseher, Dusche ... irgendetwas mache ich falsch.«
»Es gibt nur eine einzige Dusche an Bord«, antwortete Ines mit einem schiefen Grinsen. »Zwei Etagen höher, direkt neben den Mannschaftsunterkünften. Jedes Mal, wenn eine von uns duschen will, stellt Wassili einen drei Meter großen Russen als Wache vor die Tür.«
»Ist er vertrauenswürdig?«
Ines zuckte mit den Schultern. »Ich glaube, er ist schwul.«
»Dann sollte *ich* vielleicht nicht duschen«, meinte Vandermeer. Im Stillen fragte er sich, was zum Teufel sie hier eigentlich taten. Hatten sie tatsächlich nichts Besseres zu tun, als sich die Zeit mit Smalltalk zu vertreiben?
Die ehrliche Antwort auf diese Frage hätte »nein« gelautet – sie hatten tatsächlich nichts Besseres zu tun. *Alles* war besser als über das nachzudenken, was Wassili ihm am Ende ihres Gespräches erzählt hatte.
Das Geräusch des Schlüssels erklang genau in dem Moment, in dem das Schweigen zwischen ihnen peinlich zu werden begann. In einem Punkt ähnelte das Luxusapartment der beiden Frauen seiner eigenen, spartanischen Unterkunft: Die Tür hatte keinen Griff auf der Innenseite, dafür aber auf der anderen ein äußerst massives Schloss.
Ines' Zwillingsschwester kam herein und für geschlagene zehn Sekunden saß Vandermeer einfach wie gelähmt da und starrte sie an.
Es war das erste Mal, dass er die beiden Schwestern zusammen sah, und obwohl er gewusst hatte, was ihn erwartete, war es ein Schock. Es war nicht das erste Mal, dass er Zwillinge sah; nicht

einmal das erste Mal, dass er *eineiige* Zwillinge sah – aber er hatte noch nie *so etwas* gesehen. Ines und Anja ähnelten sich nicht wie das sprichwörtliche Ei dem anderen.

Sie waren *identisch*.

Obwohl sie vollkommen unterschiedlich gekleidet waren – Ines in Rock und Bluse, Anja in Jeans und einem für die hier an Bord herrschenden Temperaturen eigentlich zu dünnen T-Shirt –, Ines das Haar offen trug und Anja ein Handtuch zu einem Turban um den Kopf geschlungen hatte, waren sie sich so ähnlich, als betrachte er zwei Abzüge eines einzigen Negativs. Jede Linie in ihren Gesichtern, jede winzige Falte, jede noch so kleine Unregelmäßigkeit der Haut, selbst Augenbrauen und Wimpern, alles schien absolut gleich, als hätten sie nicht nur die gleichen Erbanlagen mitbekommen, sondern als hätte das Leben auch die gleichen Spuren in ihre Gesichter gegraben; auch wenn sie noch nicht sehr tief und nicht sehr zahlreich waren. Und diese frappierende Ähnlichkeit beschränkte sich keineswegs nur auf ihr Aussehen. Sie ging weiter; viel, viel weiter und viel tiefer. Anjas Art sich zu bewegen war haargenau die gleiche wie die ihrer Schwester: Körpersprache, Gestik, selbst der Blick, den sie ihm zuwarf, hätte aus Ines' Augen stammen können. Als sie sprach, bemerkte er ohne große Überraschung, dass es ihm mit geschlossenen Augen unmöglich gewesen wäre zu sagen, wer nun gerade mit ihm redete.

Oder vielleicht doch, denn die Ähnlichkeit zwischen den beiden Schwestern endete schlagartig mit dem, *was* Anja sagte: »Machen Sie den Mund zu, bevor Fliegen reinkommen.«

»Hal...lo«, antwortete Vandermeer schleppend. »Wie ... wie geht es Ihnen?« Das war nicht besonders originell. Genau genommen war es sogar ziemlich einfallslos – aber es war auch zugleich das Einzige, was ihm einfiel. Er war wie vor den Kopf geschlagen. Statt innerlich bei Anjas Anblick zu jubilieren, wie er es erwartet hatte, fühlte er sich wie gelähmt. *Die, die nichts von Ihnen wissen will* ... Wassili, du verdammtes Arschloch!

Anja streifte ihn mit einem eisigen Blick, ging, ohne ihn einer Antwort zu würdigen, an ihm vorbei und ließ sich auf ihr Bett fallen. Sie verschränkte die Hände hinter dem Kopf und starrte die Decke an. Demonstrativ.

Vandermeer warf einen Hilfe suchenden Blick in Ines' Richtung. Sie hob nur die Schultern, drehte sich aber nach einer wei-

teren Sekunde doch zu ihrer Schwester herum und sagte: »Hendrick hat den Fernseher repariert.«
»Prima«, antwortete Anja, ohne den Blick von der weiß lackierten Metalldecke über ihrem Kopf zu wenden.
Ines zuckte abermals mit den Schultern und warf ihm einen Ich-habe-es-versucht-Blick zu. Seltsamerweise hatte er zugleich das Gefühl, dass es ihr nicht annähernd so Leid tat, wie ihr Blick glauben machen wollte.
Die Tür wurde abermals geöffnet und Wassili kam herein, wie immer von einem stämmigen Matrosen in der hier an Bord offenbar üblichen Einheitskleidung und mit grimmigem Gesichtsausdruck begleitet. Für einen Mann, der angeblich so sehr darauf erpicht war sein Vertrauen zu erringen, dachte Vandermeer, ging er eigentlich ein bisschen zu sehr auf Nummer Sicher.
»So, meine Kinder«, sagte er fröhlich. »Die Besuchszeit ist zu Ende.«
Er blickte auffordernd in Vandermeers Richtung, der es aber vorzog so zu tun, als verstünde er nicht. Ganz im Gegenteil griff er provozierend langsam über den Tisch, nahm sich eine von Ines' Zigaretten und setzte sie umständlich in Brand. Wassilis Blick wurde vorwurfsvoll.
»Warum setzen Sie sich nicht zu uns?«, fragte Vandermeer. »Wir könnten ein wenig plaudern. Über alte Zeiten reden. Oder zusammen fernsehen. Im Moment läuft allerdings nur Werbung, fürchte ich.«
Der Russe blickte mit deutlicher Überraschung auf den Bildschirm. »Das ist immer noch besser als das staatliche Fernsehen bei uns zu Hause«, seufzte er. »Ich muss wohl nicht fragen, wer das Gerät repariert hat?«
»Ich bin passionierter Heimwerker«, sagte Vandermeer. »Im Ernst – es gibt nichts, was ich nicht verbessern könnte. Warum lassen Sie mich nicht eines Ihrer Beiboote überholen?«
»Sehr komisch«, antwortete Wassili. »Kommen Sie, Vandermeer ... Entschuldigung: *Herr* Vandermeer. Ich möchte Sie mit jemandem bekannt machen. Sie können später zurückkommen und mit den beiden jungen Damen zu Abend essen. Vielleicht geselle ich mich ja sogar dazu. Wissen Sie: Mein Fernseher funktioniert nämlich auch nicht.« Er zögerte eine Sekunde, dann fügte er mit einem fast verlegen wirkenden Grinsen hinzu: »Sie könnten nicht zufällig einen Blick ...?«

Das Schiff musste weitaus größer sein, als er bisher angenommen hatte, denn Wassili führte ihn durch ein wahres Labyrinth von Treppen und weiß gestrichenen Gängen in einen Teil, der weitaus wohnlicher eingerichtet war als das, was Vandermeer bisher kennen gelernt hatte; einschließlich Wassilis Kabine selbst. Allerdings hatte er das Gefühl, dass sie nicht unbedingt auf direktem Weg dorthin gegangen waren, und kaum hatte er diesen Gedanken klar formuliert gedacht, da wusste er auch, warum: Offensichtlich wollte Wassili nicht, dass sie über das Deck oder auch nur an einem Bullauge vorbeikamen. Dafür konnte es nur eine Erklärung geben. Ein einziger Blick *nicht* aufs offene Meer hinaus hätte ihm sofort verraten, wo sie sich befanden; oder dass eine Möglichkeit zur Flucht in der Nähe war.

Vandermeer versuchte sich die plötzliche Erregung, in die ihn dieser Gedanke versetzte, nicht allzu deutlich anmerken zu lassen. Dass er mit dem Russen zähneknirschend eine Art Burgfrieden geschlossen hatte, bedeutete noch lange nicht, dass er nicht mit einem Teil seines Bewusstseins in jeder Sekunde an Flucht dachte. Und die Umstände, die sich Wassili machte, bewiesen, dass er sich darüber durchaus im Klaren war. Er musste wieder an den Scherz denken, den Wassili gemacht hatte, als er behauptete Gedanken lesen zu können. Es war nicht das erste Mal, dass ihm diese Worte wieder durch den Sinn gingen – und er war jedes Mal weniger sicher, dass es tatsächlich nur ein Scherz gewesen war ...

»Für einen Fischtrawler ist das Schiff ziemlich groß«, sagte er nach einiger Zeit.

»Wie kommen Sie darauf, dass es ein Fisch...« Wassili stockte, sah ihn stirnrunzelnd an und schüttelte dann den Kopf. »Ihr Europäer und eure James-Bond-Filmkultur«, seufzte er. »Wir haben nur in den seltensten Fällen umgebaute Fischtrawler zu Spionagezwecken eingesetzt. Eigentlich nie ... allerhöchstens, um die Aufmerksamkeit von den *echten* Spionageschiffen abzulenken.« Er deutete mit einer Kopfbewegung den zwar fensterlosen, aber hell erleuchteten Gang hinab, in dem sie sich befanden. Der Teppich auf dem Boden hatte eindeutig schon bessere Zeiten gesehen, war aber noch immer ansehnlich. An den Wänden hingen in Messing gerahmte Bilder und wenige, aber mit offenkundiger Sorgfalt ausgesuchte nautische Instrumente. »Das hier war einmal ein Passagierschiff ... als es noch so etwas wie die UdSSR gab. Nach dem Zusammenbruch musste die Werft Konkurs anmelden und wir konnten es günstig erstehen.«

»Erstehen?« Vandermeer runzelte übertrieben die Stirn. »Ich dachte immer, der KGB würde einfach requirieren, was er braucht.«

»Wir sind nicht der KGB«, seufzte Wassili.

Vandermeer warf einen bezeichnenden Blick über die Schulter zurück auf den Matrosen, der ihnen schweigend, aber so beharrlich wie ein Schatten in drei Schritten Abstand folgte. »Und Michail?«

»Den haben wir tatsächlich requiriert, sozusagen.« Wassili grinste, wurde aber dann schlagartig wieder ernst und bedeutete Vandermeer mit einer Geste stehen zu bleiben. In der gleichen Bewegung deutete er auf die Tür vor ihnen.

»Wir sind da. Aber bevor ich Ihnen Haiko vorstelle, möchte ich Ihnen noch etwas sagen.«

Vandermeer sah nervös von der Tür zu Wassilis Gesicht und wieder zurück. Der Russe wirkte mit einem Mal sehr ernst; auf eine Weise, die ihn alarmierte. Was lag hinter dieser Tür? Wassilis private Folterkammer?

»Ich kann mir ungefähr vorstellen, wie Sie sich fühlen«, sagte Wassili. »Aber glauben Sie mir, es ist alles ganz, ganz anders. Sie haben gerade selbst den KGB erwähnt, aber das alles hier hat nichts mit Spionage zu tun, nicht einmal mit Politik.«

»Womit dann?«, wollte Vandermeer wissen, aber natürlich bekam er keine Antwort. Wassili schüttelte nur den Kopf, legte die Hand auf die Türklinke und drückte sie herunter. Der Bewohner der Kabine dahinter musste entweder ein Gefangener wie Vandermeer und die Frauen sein oder Wassili hielt nicht besonders viel von Höflichkeit.

Das Allererste, was Vandermeer interessierte, war allerdings das Bullauge. Doch er erlebte eine Enttäuschung. Die Kabine besaß gleich zwei der großen, runden Aussichtsfenster, doch sie waren mit schweren roten Samtgardinen verhangen, durch die nur ein schwacher Schimmer von Tageslicht drang. Was er von der Einrichtung der Kabine erkennen konnte, war gediegen, aber so, wie man es von einem russischen Passagierschiff erwartete. Er erkannte die schemenhaften Umrisse einer Kommode, von Tisch, Stühlen und einem breiten Bett, aber es war so dunkel, dass er sich automatisch fragte, wie der Bewohner dieser Kabine klarkam, ohne ständig irgendwo anzustoßen.

Wassili trat hinter ihm ein und schloss die Tür, wodurch es noch dunkler wurde. Vandermeer sah ihn an und wartete darauf, dass er irgendetwas sagte, aber der Russe stand einfach nur da und blickte mit unbewegtem Gesichtsausdruck in die Dunkelheit, die das hintere Drittel der Kabine erfüllte. Irgendetwas war dort und Vandermeer hatte das fast sichere Gefühl, dass Wassili von einer fast panischen Angst vor dem erfüllt war, was sich in dieser Dunkelheit verbarg.

Konzentriert blickte er in die gleiche Richtung. Er sah einen Schatten, zweifellos den eines Menschen, der dort in der Dunkelheit stand und sie beobachtete. Und plötzlich erging es ihm wie Wassili: Ohne dass er einen konkreten Grund dafür angeben konnte, verspürte er ein fast körperliches Unbehagen, das rasch zunahm und beinahe an Furcht grenzte.

Der schweigende Schatten entpuppte sich jedoch nicht als Drache oder Dämon, sondern als alter, leicht nach vorne gebeugt gehender Mann. Sein von weißen Strähnen durchzogenes graues Haar war zu einem kunstvollen Zopf geflochten, der bis in die Mitte seines Rückens herabfiel, und er trug auffällige Kleidung: ein dunkelrotes Kosakenhemd, das über und über mit goldfarbenen Stickereien bedeckt war, und eine schwarze Wollhose, auf der sich – wenn auch weitaus sparsamer – das gleiche Muster wiederholte. Die Hose war an den Waden weiter und offensichtlich so geschnitten, dass sie zu kurzen Schaftstiefeln passte, aber der Mann trug dazu nur abgewetzte Pantoffeln, in denen seine nackten Füße steckten. Als er sich bewegte, klimperte es leise, denn er trug eine Anzahl von dünnen Metallringen und -ketten um Handgelenke und Hals.

»Haiko«, sagte Wassili. Vandermeer sah ihn fragend an und Wassili deutete mit einer seltsam unfertig wirkenden Geste auf den Alten und wiederholte: »Das ist Haiko. Er erwartet uns.«

Der alte Mann kam näher. Er bewegte sich nur langsam, doch Vandermeer hatte das Gefühl, dass das nicht an seinem Alter lag. Er *war* alt; möglicherweise der älteste Mensch, dem Vandermeer jemals begegnet war, doch er wirkte nicht im Mindesten gebrechlich. Vielmehr bewegte er sich mit einer Art bedächtiger Ruhe, als wisse er um etwas, das ihnen allen verborgen war, oder als habe er irgendwann im Laufe seines langen Lebens begriffen, wie wenig Sinn Hast machte. Er sagte etwas in einer Sprache, die Vandermeer nicht verstand, und Wassili antwortete im selben Dialekt. Vandermeer glaubte nicht, dass es Russisch war. Er achtete jedoch weniger auf die Worte als auf den Ton, in dem Wassili mit Haiko sprach. Wenn ihn sein Gefühl nicht vollends im Stich ließ, dann hatte Wassili einen Heidenrespekt vor dem alten Mann.

Während die beiden redeten – Vandermeer zweifelte keine Sekunde lang daran, dass sie über ihn sprachen –, sah Haiko ihn unentwegt an. Es gelang Vandermeer nicht, seinem Blick länger als einige Sekunden lang standzuhalten. Zum Teil lag das vielleicht einfach an Haikos Gesicht, das eher einer zerklüfteten Landschaft als einem menschlichen Antlitz glich. Wäre er Haiko in einer anderen, besser beleuchteten Umgebung begegnet, dann wäre er beim Anblick seines Gesichts zumindest erschrocken, wenn nicht entsetzt gewesen. So legte das Dämmerlicht einen barmherzigen Schleier über seine Züge, weshalb Vandermeer mehr von seinem Gegenüber erriet, als er wirklich sah. Doch schon das wenige, was er erkennen konnte, reichte, um ihm ein Frösteln über den Rücken laufen zu lassen.

Haikos Gesicht musste irgendwann vor langer Zeit einmal mit extremer Hitze in Berührung gekommen sein. Seine Haut war verbrannt und zu einem großen Teil zu steinhartem Narbengewebe zusammengeschrumpft, das sich zusammen mit den Linien und Furchen, die das Alter hineingegraben hatte, gleich einer bizarren Tätowierung bis weit über seine Stirn hinaufzog. Das Unheimlichste daran aber waren eindeutig die Augen. Sie waren groß und trotz ihres unübersehbaren Alters auf eine beunruhigende Weise wach. Die Jahre hatten einen leichten Schleier darauf hinterlassen, der ihren Blick jedoch nicht wirklich zu trüben schien. Vandermeer hatte das Gefühl, dass ihr Blick unmittelbar durch ihn hindurch ging. Was immer diese Augen sahen, es war mehr als die Oberfläche der Dinge.

Plötzlich wurde er sich der Tatsache bewusst, dass er Haiko anstarrte. Obwohl der Alte seiner Musterung ohne irgendeine Reaktion standhielt, senkte er hastig den Blick und bewegte verlegen die Hände hin und her.

»Er möchte wissen, wie Sie sich fühlen«, sagte Wassili plötzlich. »Er spürt eine große Erregung, die von Ihnen ausgeht. Und große Furcht.«

»Das muss ein Irrtum sein«, antwortete Vandermeer sarkastisch. »Ich fühle mich phantastisch. Eine Kreuzfahrt auf einem Luxusliner, zusammen mit guten Freunden und noch dazu ganz umsonst – was will man mehr?«

Wassili schoss einen ärgerlichen Blick in seine Richtung ab. »Ihr Spott ist ganz und gar unangebracht, Herr Vandermeer«, sagte er. »Haiko wird Ihnen alles erklären, was Sie wissen wollen. Deshalb sind wir hier. Aber bitte behandeln Sie ihn mit etwas Respekt. Wenn schon aus keinem anderen Grund, dann um seines Alters willen.«

Das waren Worte, über die Vandermeer normalerweise einfach gelacht hätte. Er hatte nie verstanden, warum jemand Anrecht auf mehr Respekt als ein anderer haben sollte, nur weil er zufällig ein paar Jahrzehnte früher geboren worden war. Rücksicht, sicher – aber Respekt? Seiner Meinung nach konnte man sich Respekt nur verdienen, nicht einfach erringen, indem man abwartete, dass die Zeit verging. Hier jedoch, in diesem Raum, den vielleicht einfach nur das Dämmerlicht in einen seltsamen Zwischenbereich auf der Trennlinie zwischen Wirklichkeit und etwas anderem verwandelt hatte, bekamen diese Worte ein sonderbares Gewicht, als wäre tatsächlich etwas von dem Geist, dem sie entsprachen, zusammen mit Haiko hier erschienen. Er glaubte immer noch nicht, dass er wirklich Respekt vor dem Alten empfand – und wie auch, er kannte ihn ja überhaupt nicht –, aber etwas *war* da, etwas Unsichtbares, das den alten Mann wie eine fühlbare Aura umgab, ohne dass er es richtig einordnen konnte. Beinahe zu seiner eigenen Überraschung hörte er sich sagen:

»Entschuldigung. Ich wollte ihn nicht beleidigen. Sagen Sie ihm, dass es mir gut geht, ich mich aber frage, warum …«

»Haiko versteht Ihre Sprache«, unterbrach ihn Wassili. »Er zieht es nur vor in seiner Muttersprache zu antworten.«

Jetzt war Vandermeer vollends überrascht. Er sah Haiko noch einmal und aufmerksamer an, doch es blieb dabei: Was vom Gesicht des alten Mannes noch als menschliches Antlitz zu erkennen war, hätte genau wie der Rest seiner Erscheinung geradewegs aus einem Roman von Tolstoi entsprungen sein können. Wer erwartete schon, dass ein russischer Feldarbeiter des achtzehnten Jahrhunderts *Deutsch* sprach?

Nachdem er seine Überraschung überwunden hatte, sagte er: »Es geht mir gut. Aber ich möchte jetzt endlich wissen, warum ich hier bin. Haben Sie mich entführen lassen?«

Eigentlich kannte er die Antwort auf seine eigene Frage. Es war unübersehbar, wer von den beiden, Wassili und Haiko, das Sagen hatte. Er verstand nur immer weniger, warum. Obwohl ihm der Gedanke selbst fast grotesk erschien, überlegte er einen Moment, ob er in Haiko vielleicht so etwas wie dem Paten einer russischen Mafia-Familie gegenüberstand.

»Wie ich Ihnen bereits sagte, war das leider unumgänglich«, antwortete Wassili, bevor Haiko etwas sagen konnte, und in leicht verärgertem Ton. Haiko fügte etwas in seiner sonderbaren Muttersprache hinzu und Wassili übersetzte: »Er bittet Sie aufrichtig um Entschuldigung für die Unannehmlichkeiten, die Sie erleiden mussten. Möchten Sie eine Tasse Tee?«

Vandermeer zuckte zur Antwort nur mit den Schultern. Die gesamte Situation wurde immer grotesker. Er begann sich zu fragen, ob er sich vielleicht in die Dekoration einer Kafka-Inszenierung verirrt hatte.

Haiko drehte sich um und ging zum Tisch. Als Vandermeer ihm folgte und zusammen mit Wassili dem Alten gegenüber Platz nahm, sah er, dass darauf bereits drei Teegläser mit Messinggriffen sowie eine ziselierte Zuckerschale standen. Haikos Einladungen waren offensichtlich nicht von der Art, die man ablehnen konnte. Als glatter Stilbruch stand zwischen all diesen Utensilien jedoch ein moderner, kabelloser Wasserkocher statt des erwarteten Samowars. Vandermeer sah mit amüsiertem Erstaunen zu, wie Haiko drei Aufgussbeutel mit Pfefferminztee in die Gläser tat und kochendes Wasser einschenkte.

»Das ist nicht unbedingt traditionell«, sagte er spöttisch.

Haiko antwortete mit einem leisen Lachen und einem einzelnen Wort und Wassili übersetzte: »Manche Traditionen sind gut und wichtig. Andere Traditionen sind einfach nur Traditionen. Man braucht sie nicht.«

»Hat er das gesagt?«, erkundigte sich Vandermeer.

Wassili nickte. »Sinngemäß. Das ist der Grund, aus dem er seine Sprache vorzieht. Sie ist präziser als Ihre.«

»Seine Sprache? Welche ist es?«

»*Seine* Sprache«, antwortete Wassili.

Vandermeer war nicht sicher, ob er Wassilis Worte tatsächlich so verstand, wie er glaubte. Aber eigentlich wollte er es auch nicht wissen. Nach einer Weile griff er nach einem der Teegläser, angelte den Aufgussbeutel heraus und probierte von dem brühheißen Getränk. Da er sehr selten Pfefferminztee trank, empfand er den Geschmack als doppelt intensiv und sehr angenehm. Obwohl der Tee fast noch zu heiß war, um ihn zu trinken, leerte er das Glas zur Hälfte, ehe er es auf den Tisch zurückstellte und Wassili und Haiko nacheinander auffordernd ansah.

»Also?«

»Also was?«, fragte Wassili.

»Ich warte«, antwortete Vandermeer mit einer Geduld, die ihn fast selbst überraschte. »Wir haben uns begrüßt und vorgestellt und jetzt haben wir zusammen Tee getrunken. Was kommt als Nächstes? Müssen wir uns noch die Pulsadern aufschneiden und unser Blut vermischen oder darf ich jetzt endlich erfahren, warum ich hier bin?«

»Aus dem einzigen Grund, der Sinn macht, Hendrick Vandermeer«, antwortete Haiko langsam und mit einem sonderbar harten Akzent, aber trotzdem gut verständlich. »Um die Welt zu retten.«

»Natürlich«, antwortete Vandermeer. »Was denn sonst? Bitte entschuldigen Sie die dumme Frage.«

»Vandermeer!«, sagte Wassili scharf. »Ich bitte mir etwas mehr Respekt aus!«

»Entschuldigung«, sagte Vandermeer noch einmal. Diesmal waren die Worte ernst gemeint. »Aber haben Sie es nicht ... eine Nummer kleiner? Ich meine, ich ... bin nur ein kleiner Sensationsreporter. Normalerweise berichte ich über junge Katzen, die von der Feuerwehr aus Bäumen gerettet werden, oder von Kinderbanden, die sich auf Skateboard-Diebstähle spezialisiert haben. Sie müssen mich verwechseln. Der Journalist, den Sie brauchen, trägt einen blauen Strampelanzug mit einem großen S auf der Brust.«

Wassilis Gesichtsausdruck verdüsterte sich noch weiter, doch auf Haikos Zügen erschien etwas, das einem Lächeln wohl so nahe kam, wie es den verbrannten Muskeln in seinem Gesicht nur möglich war. Er sagte etwas, jetzt wieder in seiner Muttersprache, und Wassili schluckte die wütende Antwort, die ihm sichtlich auf der Zunge lag, mit einer ebenso sichtbaren Anstrengung herunter. »Ihre Reaktion ist ... verständlich«, sagte er gepresst. »Aber glauben Sie mir, wir meinen es ernst. Hier steht viel mehr auf dem Spiel, als Sie sich vorstellen können. Wir hätten all das sicher nicht getan, wenn es nicht unumgänglich gewesen wäre.«

»Weil Sie ein so guter Mensch sind«, sagte Vandermeer.

»Weil es *dumm* wäre«, antwortete Wassili gereizt. »Ich gehe prinzipiell kein Risiko ein, das nicht nötig ist.« Er wandte sich übergangslos an Haiko und sprach praktisch ohne Unterbrechung und in dessen Muttersprache weiter. Haiko antwortete, wie gewohnt leiser und sehr viel knapper.

Vandermeers Laune sank noch tiefer. Man musste weder ein guter Menschenkenner sein noch die Sprache des Russen verstehen, um zu erkennen, dass die beiden über ihn redeten. Er hasste es, wenn man in seiner Gegenwart über ihn sprach, als wäre er nicht da oder einfach nur ein Teil des Inventars.

»Haiko möchte Ihr Gesicht kennen lernen«, sagte Wassili plötzlich. »Haben Sie etwas dagegen?«

Sein Gesicht kennen lernen? Was zum Teufel sollte das jetzt wieder bedeuten?

Haiko musste sein verständnisloses Schweigen wohl als Zustimmung werten, denn er wartete seine Antwort nicht ab, sondern streckte plötzlich die Hand aus und begann mit den Fingerspitzen über Vandermeers Gesicht zu tasten. Im allerersten Moment schrak er vor der Berührung zurück, aber dann fing er Wassilis Blick auf, der beinahe beschwörend geworden war, und beherrschte sich. Haikos Fingerspitzen wanderten weiter und begannen sein Gesicht zu erkunden; sie ertasteten sein Kinn, Mundwinkel und Lippen, glitten weiter über seine Wange, die Nase und die Stirn und zeichneten schließlich die Form seiner Augen nach. Seine Berührung war sonderbar; unangenehm und prickelnd zugleich – wäre ihm der Gedanke nicht peinlich und grotesk zugleich erschienen, hätte er gesagt, dass sie etwas fast Erotisches hatte. Die Haut an Haikos Fingerspitzen musste vor langer Zeit ebenfalls einmal mit Feuer in Berührung gekommen sein, denn sie war hart und rau wie Sandpapier und so heiß, als hätte er Fieber. Und erst jetzt, nach endlosen Sekunden, begriff Vandermeer.

»O Gott«, murmelte er. »Er ist blind!«

Wassili deutete ein Nicken an, während der Blick von Haikos Augen, die nichts und zugleich doch so tief in sein Innerstes sahen, weiter unverwandt auf Vandermeers Gesicht gerichtet blieb. Mit einem Mal war es ganz eindeutig: die Dunkelheit hier drinnen, die vorsichtige Art, auf die sich Haiko bewegte, und die schon übertrieben wirkende Präzision, mit der jedes Teil in diesem Raum an seinem Platz stand. Der Russe hatte sich seine eigene kleine Welt geschaffen, in der er sich ganz genau auskannte. Und er war gut darin. Selbst jetzt, als Vandermeer die Wahrheit kannte, fiel es ihm noch schwer sich zu vergegenwärtigen, dass er einem blinden Mann gegenübersaß.

»Du bist sehr jung«, sagte Haiko nach einer Weile. Seine Stimme klang ein wenig überrascht.

Vandermeer war eigentlich nicht der Meinung, dass er noch *sehr* jung war; er hatte die dreißig schon seit einer geraumen Weile hinter sich und kam allmählich in das Alter, in dem man sich nicht mehr ganz so unsterblich und unverwundbar fühlte wie vielleicht noch mit Mitte zwanzig. Doch er widersprach nicht. Im Vergleich mit Haiko war wohl jedermann *sehr* jung.

»Warum erzählen Sie mir nicht endlich, was das alles soll?«, fragte er hilflos.

»Sie werden alles erfahren«, sagte Wassili. »Noch heute, das verspreche ich Ihnen. Aber nun lassen Sie Haiko seine Arbeit tun.«

Seine Arbeit tun, wiederholte Vandermeer in Gedanken. Das klang nicht gut. Das klang ganz und gar nicht gut. Es versetzte ihn geradezu in Panik. Trotzdem blieb er stocksteif und ohne mit der Wimper zu zucken sitzen, während Haiko sich erneut vorbeugte und sein Gesicht einer zweiten, viel eingehenderen Musterung unterzog, bei der er diesmal beide Hände zu Hilfe nahm. Die Berührung war fast noch unheimlicher als die vorherige. Obwohl Haikos Fingerspitzen eher die Konsistenz von Holz zu haben schienen, hatte er das Gefühl, als liefen tausend Ameisen über seine Haut. Und irgendwie schienen sie ... viel tiefer zu tasten. Sie erkundeten sein Gesicht, aber sie suchten etwas, das weit dahinter lag, so unendlich tief in ihm drin, dass er von dessen Existenz bisher selbst noch nichts geahnt hatte. Und was immer es war, es schien auf Haikos Tasten zu antworten, als kräuselten plötzlich Wellen die Oberfläche eines schwarzen Sees tief am Grunde seiner Seele. Noch weiter darunter, tief vergraben im schwarzen Schlamm, den eine Million Jahre Evolution am Grunde dieses Sees abgeladen hatten, regte sich etwas. Etwas, das er nicht kannte und auch um nichts auf der Welt kennen lernen wollte.

Lass es keine Gewalt über dich erlangen! Er wusste nicht, warum ihm Bergholz' letzte Worte ausgerechnet jetzt einfielen, aber er hörte sie plötzlich wieder so deutlich, dass er fast den Kopf gedreht hätte, um sich davon zu überzeugen, dass Bergholz nicht hinter ihm stand. Und plötzlich begriff er, dass er diesem gesichtslosen *Ding* schon einmal gegenübergestanden hatte. Das Monstrum hatte seine Krallen schon einmal aus dem Schlamm gezogen und sich ans Tageslicht erhoben, in jener Nacht in der Diskothek, als er mit der bloßen Kraft seines Willens den verwundeten Jungen gerettet hatte und um ein Haar Michail getötet hätte.

Natürlich war das der pure Blödsinn. Der logische Teil seines Verstandes sagte ihm, dass er Unsinn dachte. In ihm war so wenig ein Monster wie in Haiko oder Wassili; alles, was sich zugetragen hatte, würde letzten Endes eine natürliche Erklärung finden, auch wenn sie sich noch so phantastisch anhören mochte. Doch das war nur der eine Teil von ihm. Da war noch eine andere Stimme, leise, flüsternd, aber so hartnäckig und von einer solchen Wahrhaftigkeit erfüllt, dass es ihm einfach nicht mehr gelang sie zu ignorieren und diese Stimme erzählte von anderen Dingen, von dunkleren, verbotenen Dingen, die schon alt gewesen waren, als es noch keine Menschen auf der Welt gab, und die noch jung sein würden, wenn das Leben auf diesem kleinen Planeten schon seit Äonen erloschen war.

Lass es keine Gewalt über dich erlangen.

Es war konkret Bergholz' Stimme, die ihm half den Weg in die Wirklichkeit zurückzufinden, denn obwohl es vielleicht die Stimme eines toten Mannes war (er war nicht sicher, ob er Wassilis Behauptung glauben konnte, dass Bergholz noch am Leben war), gehörte sie doch zu einer Welt, die er kannte, einer Welt der Dinge und des Greifbaren, in der er sich so gut auskannte wie Haiko in seiner perfekt organisierten ewigen Dunkelheit oder Michail in seinem Universum aus Gewalt und Verstohlenheit. Er begriff im allerletzten Moment, dass er nicht nur das schwarze Ungeheuer am Grunde seiner Seele fürchten musste. Er hatte eine Tür in seinem Inneren aufgestoßen. Vielleicht nicht *er*. Vielleicht hatte Haiko sie für ihn geöffnet. Es spielte keine Rolle. Er durfte auf keinen Fall durch diese Tür hindurchtreten. Die Länder dahinter waren dunkel, unerforscht und voll namenloser Gefahren. Wenn er sie betrat, würde er sich darin verirren und vielleicht nie mehr den Rückweg finden, und die Worte aus seiner Erinnerung halfen ihm der Verlockung dieser unbekannten

Welt zu widerstehen und sich noch einmal herumzudrehen und in die entgegengesetzte Richtung zu gehen. Mit einem Ruck öffnete er die Augen und sah ihn Haikos Gesicht und für einen kurzen Moment, vielleicht nicht mehr als eine Sekunde und doch mehr als eine Ewigkeit, wusste er, dass diese Augen ihn sahen. Vielleicht nicht so, wie Wassili, er und alle anderen sahen, aber Haiko erblickte in diesem Moment mehr als Dunkelheit. Und schließlich war es Haiko, der den Blick senkte und endlich, mit einer Verzögerung von vielleicht zwei oder drei Sekunden, auch die Hände zurückzog und Vandermeers Gesicht freigab.

Vandermeer atmete erleichtert auf. Plötzlich erschienen ihm all die sonderbaren Gedanken und Gefühle, die ihn gerade geplagt hatten, als das, was sie letztendlich auch waren: Unsinn. Da war nichts in ihm. Wenn überhaupt, dann war es etwas, das Haiko getan hatte. Vielleicht verfügte der Alte über irgendeine Art von hypnotischen Kräften.

»Ja«, sagte Haiko. Erst als er weitersprach, wurde Vandermeer klar, dass es kein zufälliger Gleichklang war, sondern er wieder zum Deutschen übergewechselt war. »Er ist es. Der, den wir gesucht haben.«

»Was soll das heißen?«, fragte Vandermeer.

Wassili ignorierte ihn. »Bist du sicher?«, fragte er Haiko auf Deutsch.

»Ja. Die Kraft ist in ihm. So stark wie in keinem anderen bisher. Vielleicht stärker als in der Frau.«

»Kraft?« Vandermeer sah von einem zum anderen. »Wenn mir einer von euch beiden jetzt gleich erzählt, dass mein Vater in Wahrheit Darth Vader heißt und ich der Erbe eines gewaltigen Sternenreiches bin, spiele ich nicht mehr mit euch.« Er versuchte zu lachen, aber es misslang ebenso gründlich wie der Scherz, den Haiko und vermutlich auch Wassili wahrscheinlich sowieso nicht verstanden.

Vandermeer wartete geschlagene zehn Sekunden auf eine Antwort, dann wandte er sich direkt an Wassili und fragte: »Was bedeutet das?«

»Aber das wissen Sie doch im Grunde schon längst«, antwortete Wassili.

»Ich weiß überhaupt nichts!« Vandermeer war kurz davor den Russen anzuschreien. Wahrscheinlich hielt allein Haikos Gegenwart ihn noch davon ab.

»Sie werden alles erfahren.« Wassili stand auf. »Ich muss mich nun um … einige andere Dinge kümmern. Doch ich möchte Sie und die beiden reizenden jungen Damen gern heute Abend in meinem Quartier zum Essen einladen. Dort werde ich alle Ihre Fragen beantworten.«

»Brauchen Sie noch Zeit, um sich ein paar phantastische Ausreden einfallen zu lassen?«, fragte Vandermeer. »Ich könnte Ihnen ein paar originelle Sciencefiction-Romane empfehlen.«

Wassili zog eine Grimasse, doch Haiko lächelte plötzlich sanft und fragte: »Warum bist du so zornig? Lausche in dich hinein und du wirst erkennen, was du bist.«

»Ach, und was soll das sein?«, fauchte Vandermeer.

»Vielleicht der, der entscheidet«, antwortete Haiko.

Auf dem Weg zurück in seine Gefängniszelle fragte er Wassili: »Wohin fahren wir?«

»Das kann ich Ihnen nicht sagen«, antwortete Wassili. Was für eine Überraschung. Nachdem sie einige weitere Schritte gegangen waren, fügte er jedoch hinzu: »Noch nicht.«

»Das ist wohl Ihre Standardantwort auf jede Frage, wie?«, sagte Vandermeer. Er klang eher nörgelig als wirklich wütend und tatsächlich gelang es ihm nicht, so zornig zu werden, wie er es eigentlich wollte. Sein Besuch bei Haiko hatte ihn weit mehr verunsichert, als er sich eingestehen wollte. Natürlich sagte er sich, dass alles, was er gehört hatte, nicht mehr als blanker Unsinn war. Das Problem war nur, dass es ihm immer schwerer fiel sich selbst zu glauben. Die Ruhe, die er zu verspüren glaubte, war in Wahrheit nicht mehr als Betäubung.

»Ja«, antwortete Wassili. »Aber nicht mehr lange.«

»Was ist an unserem Ziel eigentlich so geheimnisvoll?«, wollte Vandermeer wissen. »Dass Sie uns nicht zu einer Mittelmeerkreuzfahrt eingeladen haben, kann ich mir denken. Sie bringen uns nach Russland, stimmt's?« Wassili schwieg und Vandermeer fügte nach zwei oder drei Sekunden hinzu: »Es hat irgendetwas mit dem Atomunfall letzte Woche zu tun.«

Wassili blieb stehen und sah ihn scharf an. »Es war kein Unfall«, sagte er. »Und ja, Sie haben Recht, wir fahren in meine Heimat. Bitte gedulden Sie sich noch ein wenig, Herr Vandermeer. Die Geschichte, die ich Ihnen zu erzählen habe, ist lang und ich bin zu müde, um sie zweimal zu erzählen. In zwei Stunden lasse ich Sie und die beiden jungen Damen abholen und dann werden Sie alles erfahren.«

»Und wenn ich nicht so lange warten will?«, fragte Vandermeer.

Wassili hob die Schultern. »Dann wird die Wartezeit für Sie umso länger, fürchte ich.« Er wollte weitergehen, doch Vandermeer streckte blitzschnell die Hand aus und packte ihn grob an der Schulter. Er sah aus den Augenwinkeln, wie sich Wassilis Leibwächter spannte, doch der Russe machte eine rasche Handbewegung in seine Richtung.

»Ich bitte Sie, Hendrick«, sagte er. »Ihre Reaktion ist verständlich, aber einer guten Kommunikation nicht unbedingt zuträglich. Gewalt ist öfter eine Lösung, als die meisten Menschen wahrhaben wollen. Aber in diesem Falle ganz und gar nicht.«

»Vielleicht könnte ich Sie auf andere Weise zwingen«, sagte Vandermeer trotzig. Trotzdem nahm er die Hand herunter und warf einen raschen nervösen Blick in Richtung des Matrosen. Er war nicht näher gekommen, sondern hielt die gleichen drei oder vier Schritte Abstand wie die ganze Zeit über, aber seine Haltung blieb angespannt.

»Nicht vielleicht«, sagte Wassili. »Sie könnten es sogar ganz bestimmt, wenn Sie nur bereit wären endlich die Wahrheit zu akzeptieren. Doch ich muss Sie warnen. Versuchen Sie nicht Ihre neu entdeckten Kräfte zu nutzen, bevor Sie gelernt haben damit umzugehen.«

»Ich nehme an, dass Sie es mir beibringen werden«, sagte Vandermeer höhnisch.

»Sofern es in meiner Macht liegt, ja«, antwortete Wassili. Er sah auf die Uhr und obwohl er sich Mühe gab, die Bewegung ganz beiläufig aussehen zu lassen, verriet sie Vandermeer doch eine Menge über den Grad seiner Nervosität. Der musste ziemlich hoch sein.

Sie gingen weiter. Vandermeer brannten Millionen Fragen auf der Zunge, aber er beherrschte sich. Er wusste, dass Wassili keine davon beantworten würde. Neben vielen anderen Bereichen war ihm Wassili auch in Sturheit hoffnungslos überlegen. Er konnte ihn möglicherweise nötigen zu reden, aber bestimmt nicht das zu sagen, was er hören wollte. Nicht zum ersten Mal dachte er, dass an Wassili ein Politiker verloren gegangen war.

Zu seiner Enttäuschung wurde er nicht zu Anja und Ines

zurückgebracht, sondern in den kahlen Raum, in dem er erwacht war. Wassili trat zurück, während der Matrose die Tür aufschloss, und machte eine eindeutige Geste. Vandermeer machte einen Schritt an ihm vorbei, blieb aber dann stehen, ohne ganz in den Raum zu treten. »Wie wäre es mit einem etwas bequemeren Zimmer?«, fragte er. »Ich schätze, *das* wäre der Kommunikation zwischen uns ganz besonders förderlich.«

»Später«, antwortete Wassili.

Vandermeer seufzte. »Wieso überrascht mich diese Antwort nicht?«

Wassili wiederholte seine einladende Geste mit deutlich mehr Ungeduld und Vandermeer machte einen weiteren Schritt. Die Tür fiel hinter ihm zu und wurde abgeschlossen, kaum dass er die Bewegung zu Ende gebracht hatte. Wassili schien es wirklich verdammt eilig zu haben.

Vandermeer fragte sich nur, warum. Sie waren auf einem Schiff und Schiffsreisen hatten eigentlich immer eines gemeinsam, ganz gleich, ob man sie freiwillig antrat oder unter Zwang, so wie er: Sie dauerten *lange*. Es gab an Bord eines Schiffes relativ wenig, das in Hast erledigt werden musste.

Aber es gab auch eigentlich keinen Grund, jemanden in einer Kabine ohne Fenster einzusperren. Es sei denn den, auf den er vorhin schon einmal gekommen war. Es musste irgendwo in der Nähe etwas geben, das sie auf gar keinen Fall sehen durften.

Vandermeer ging zu seinem unbequemen Bett, legte sich darauf und verschränkte die Hände hinter dem Kopf, um die weiß gestrichene Decke über sich anzustarren. Hinter seiner Stirn wirbelten die Gedanken so durcheinander, dass er fast Mühe hatte, sich an seinen eigenen Namen zu erinnern. Das alles war zu viel und in zu kurzer Zeit. Er wusste nicht mehr, was Wahrheit war und was Lüge, und er wusste trotz allem verdammt nochmal immer noch nicht, was Wassili und dieser unheimliche Alte eigentlich von ihm *wollten!*

Lass es keine Gewalt über dich erlangen!

Es musste einen Grund haben, dass Bergholz ihm ausgerechnet diese Worte zugeschrien hatte. Und er war sehr sicher, dass er gesagt hatte: Lass *es* keine Gewalt über dich erlangen. Nicht *sie*. *Es*.

Unglücklicherweise hatte er immer noch keine Ahnung, was Bergholz gemeint hatte.

Irgendetwas änderte sich. Im allerersten Moment konnte Vandermeer nicht sagen, was es war, nur *dass* sich etwas verändert hatte. Vorsichtig setzte er sich auf, drehte den Kopf nach rechts und links und sah sich in seiner Kabine um. Natürlich hatte sich nichts verändert: Die Wände waren so weiß gestrichen und langweilig wie zuvor. Dann endlich begriff er: Das Maschinengeräusch klang anders. Das gleichmäßige Stampfen der Dieselmotoren klang jetzt leiser und auch das sachte Zittern des Bodens gehorchte einem anderen Rhythmus. Das Schiff fuhr eindeutig langsamer.

Vandermeer stand auf, ging zur Tür und streckte die Hand nach der Klinke aus, ehe ihm einfiel, dass ja gar keine da war.

Wenigstens war das bis vor ein paar Sekunden noch so gewesen.

Jetzt berührten seine Finger kaltes, abgegriffenes Metall. Mehr noch. Die Klinke bewegte sich unter seiner Hand nach unten und die Tür sprang mit einem leisen Klicken auf.

Vandermeer zog die Hand mit einer so erschrockenen Bewegung zurück, als hätte er weiß glühendes Eisen berührt, nicht zerschrammtes Messing, trat automatisch einen Schritt zurück und starrte aus aufgerissenen Augen die Türklinke an. Was er sah, war unmöglich. Diese Türklinke war gerade noch nicht da gewesen. Er *wusste* es, verdammt nochmal!

Sein Herz begann zu jagen und für einen Moment wurde ihm vor Aufregung schwindelig, so sehr, dass er einen dünnen, aber sehr schmerzhaften Stich zwischen den Augen verspürte.

Er beachtete es nicht. Rings um ihn herum hätte in diesem Moment die Welt untergehen können, ohne dass er es bemerkt hätte. Sein Gesichtsfeld hatte sich auf einen scharf abgegrenzten Kreisausschnitt der Welt zusammengezogen, in dessen Mitte die Türklinke war, ein harmloses Stück Messing, *das es einfach nicht geben durfte!*

Er hatte weit phantastischere Dinge erlebt in den letzten Tagen und doch war diese Türklinke etwas Besonderes. Für alles andere, den Brand, den stecken gebliebenen Aufzug und den Feuerwehrwagen, ja selbst für die wundersame Errettung des angeschossenen Jungen in der Disco, gab es eine Erklärung, vielleicht eine an den Haaren herbeigezogene, durch und durch phantastische Erklärung, etwas aus der Zufallsklasse Eins-zu-einer-Million, aber es *gab* eine Erklärung.

Für diese Türklinke nicht. Er *wusste*, dass sie gerade noch nicht da gewesen war.

Das hieß: *Eine* Erklärung gab es natürlich, aber an die *wollte* er nicht glauben, wenigstens jetzt noch nicht. Sie lautete: Er hatte endgültig den Verstand verloren.

Vandermeers Hände begannen immer heftiger zu zittern. Der Schmerz zwei Zentimeter über seiner Nasenwurzel wurde für einen Moment so stark, dass er ihm die Tränen in die Augen trieb, dann erlosch er übergangslos und im selben Moment klärte sich auch der Strudel hinter seinen Schläfen. Die Panik, die jeden Ansatz klaren Denkens für Augenblicke einfach unmöglich gemacht hatte, zog sich zurück wie die letzte Woge einer Sturmflut, die einen leer gefegten Strand und eine trügerische Ruhe zurückließ.

Es *musste* eine Erklärung geben. Und natürlich gab es sie. Sie war so simpel, dass er sofort darauf gekommen wäre, hätte er sich nicht von Wassilis dummem Gerede in einen Zustand der Hysterie versetzen lassen, in dem er einfach nicht mehr zu klarem Denken fähig war. Wassili hatte ja deutlich genug gemacht, dass er sich darum bemühte sein Vertrauen zu erringen. Eine Tür, die sich nur von einer Seite öffnen ließ, war einem solchen Vorhaben nicht unbedingt zuträglich. Wahrscheinlich hatte er die Klinke anbringen lassen, während er bei den Frauen und anschließend bei Haiko gewesen war. Ja, dachte Vandermeer nervös. So musste es gewesen sein. So *war* es gewesen. Diese Türklinke war nicht einfach aus dem Nichts aufgetaucht, sondern von einem russischen Seemann in blauem Hemd und Jeans angebracht worden.

Tief in sich (um ehrlich zu sein: nicht annähernd so tief, wie er sich einzureden versuchte) wusste er, dass das nicht stimmte. Aber es war leichter diese Erklärung zu akzeptieren. Ganz egal, warum, die Tür *war* nun einmal offen und er würde diese Gelegenheit nicht ungenutzt verstreichen lassen.

Vorsichtig öffnete er die Tür weiter, streckte den Kopf durch den Spalt und sah nach rechts und links. Der Gang war in beiden Richtungen leer. Links gab es eine Treppe, an deren oberem Ende Tageslicht schimmerte, aber von dort aus hörte er auch gedämpfte Stimmen. Also wandte er sich nach rechts, in die gleiche Richtung, in die Wassili ihn geführt hatte, als er ihn zu Ines und Anja brachte. Am Ende des Ganges bewegte er sich jedoch nicht nach links, sondern in die entgegengesetzte Richtung, ohne besonderen Grund; einfach aus einem Gefühl heraus. Nach einigen Schritten gelangte er an eine massive Metalltür, die mit einem überdimensionalen Riegel gesichert war. So leise es ging (was nicht besonders leise war) schob er ihn zurück, stemmte beide Füße gegen den Boden und zog die Tür mit einiger Anstrengung auf. Sie bewegte sich so schwerfällig wie die Panzertür eines Banktresors. Dahinter kam jedoch kein mit Gold gefülltes Gewölbe zum Vorschein, sondern nur die Fortsetzung des Ganges, in dem er stand; wenn auch in einem ungleich heruntergekommeneren Zustand. Das Motorengeräusch war hier viel lauter. Der Gang musste zum Maschinenraum führen. Im Grunde gab es für ihn dort unten nichts Interessantes zu sehen. Aber er glaubte hinter der nächsten Gangbiegung ein blasses Schimmern von Tageslicht wahrzunehmen und das *wollte* er sehen. Nach einem letzten sichernden Blick über die Schulter schlüpfte er vollends durch die Tür und zog sie hinter sich zu; jedoch nicht ganz. Wenn der Riegel versehentlich einrastete, dann war er möglicherweise hier drinnen gefangen.

Das Maschinengeräusch war jetzt sehr viel lauter und der Geruch nach Diesel und heißem Maschinenöl so intensiv, dass er sich besorgt fragte, ob Wassili nachher nicht sofort riechen würde, wo er gewesen war. Aber er hatte nicht vor, lange hier zu bleiben. Ein Blick aus dem Fenster, mehr wollte er nicht. Er ging in Richtung des Tageslichts, trat um die Gangbiegung und sah in weiteren drei oder vier Metern Entfernung endlich ein rundes Bullauge.

Im allerersten Moment erlebte er eine Enttäuschung, als er herantrat. Er sah zwar in einiger Entfernung eine Küstenlinie, mehr aber auch nicht: einen braungrau gefleckten, unregelmäßigen Strich auf dem Horizont in unmöglich zu schätzender Entfernung. Es konnten ebenso gut fünf wie fünf*zig* Kilometer sein. Immerhin waren sie nicht dabei den Atlantischen Ozean zu überqueren. Er hätte diesen Verrückten auch zugetraut, schnurgerade zum Bermuda-Dreieck zu fahren, um dort nach Spuren kleiner grüner Männchen zu suchen oder Ausschau nach einer Zeitfalte zu halten.

Vandermeer verzog abschätzig die Lippen. Die Vorstellung war zwar ganz lustig, half ihm aber leider nicht im Geringsten weiter. Wenn er wenigstens irgendeinen Anhaltspunkt hätte, um herauszufinden, wo sie waren!

Seine Kopfschmerzen kamen zurück, nicht annähernd so heftig wie vorhin, aber doch schlimm genug, dass er für einen Moment die Augen schloss und die schmerzende Stelle zwei Zentimeter über seiner Nasenwurzel massierte. Als er die Augen wieder öffnete, hatte die Küstenlinie hinter dem Meer begonnen nach links aus dem kleinen Ausschnitt der Welt herauszuwandern, den er durch das Bullauge erkennen konnte. Das Schiff hatte seinen Kurs geändert und beschrieb einen Bogen.

Es dauerte nicht lange und er erkannte eine zweite Küste und je länger er sie betrachtete, desto mehr Einzelheiten unterschied er. Auf beiden Seiten der Meerenge schien eine Stadt zu liegen, über die große Entfernung nur als Konglomerat ineinander fließender Schatten und Umrisse zu erkennen. Etwas wie ein rauchiger Faden schien die beiden Landteile miteinander zu verbinden.

Etwas hinter Vandermeers Stirn machte deutlich hörbar »Klick« und dann wusste er, was er sah. Der unterbrochene Schatten über dem Wasser war die Brücke über den Bosporus. Sie befanden sich nicht auf dem Weg ins Bermuda-Dreieck, sondern im Mittelmeer. Die geteilte Stadt dort vorne war Istanbul. Kein Wunder, dass Wassili um jeden Preis hatte verhindern wollen, dass er herausfand, wo sie waren!

Er hatte gesehen, was er sehen wollte; außerdem waren seine Kopfschmerzen mittlerweile so heftig geworden, dass ihm das Licht in den Augen weh tat. Er trat vom Fenster zurück und wandte sich um und im gleichen Moment änderte sich das Maschinengeräusch erneut, ebenso wie das sanfte Zittern des Bodens. Es war nicht unbedingt ein Ruck, der durch den Boden ging – vielmehr schien das ganze Schiff in eine Art unwillige Bewegung zu geraten, als wäre es für einen Moment unschlüssig, in welche Richtung es sich fortbewegen sollte. Ein Blick zum Fenster zurück zeigte ihm, dass das tatsächlich der Fall war: Der Bosporus hatte aufgehört nach links durch das Bullauge zu wandern und bewegte sich nun in die entgegengesetzte Richtung. Offenbar war dem Kapitän die Kursänderung aufgefallen und er machte sie gerade rückgängig. Vandermeer fragte sich, warum er den Bogen überhaupt gefahren war.

Die Antwort war ganz einfach: weil *er* es sich gewünscht hatte.

Vandermeer schüttelte den Kopf über seine eigenen Gedanken, drehte sich endgültig herum und machte sich auf den Rückweg.

Er hielt es für besser, wenn Wassili nichts von seinem kleinen Ausflug erfuhr.

Er war nicht einmal mehr besonders überrascht, als er wieder in seine Gefängniszelle trat und feststellte, dass die Türklinke verschwunden war.

3

Wassili hatte seine Geduld auf eine harte Probe gestellt. Vandermeer besaß keine Uhr, sodass er nicht genau sagen konnte, wie viel Zeit vergangen war, doch es musste weit über eine Stunde sein, ehe der Russe endlich in Begleitung zweier Seeleute erschien und ihn abholte. Das Schiff hatte in dieser Zeit mindestens noch zweimal Kurs und Geschwindigkeit gewechselt, wie er an den veränderten Vibrationen des Bodens und dem lauter werdenden Maschinengeräusch bemerkt hatte, und während er dem Russen durch die metallenen Gänge folgte, glaubte er etwas wie eine allgemeine Unruhe zu spüren, die von dem ganzen Schiff Besitz ergriffen hatte. Die Stimmen, die manchmal von weither an sein Ohr drangen, schienen ihm aufgeregter und nervöser als bisher und das sachte Schaukeln des Bodens hatte noch immer nicht in seine gewohnte Regelmäßigkeit zurückgefunden. Auch Wassili erschien ihm nervöser als sonst. Seine Bewegungen waren ein wenig verspannt und manchmal sah er sich fast ängstlich um, als befänden sie sich nicht auf einem Schiff, das unter seinem Kommando stand, sondern auf feindlichem Gebiet. Vandermeer ersparte sich jedoch jede entsprechende Frage; davon abgesehen, dass er sowieso keine Antwort bekommen hätte, war er nicht einmal ganz sicher, ob nicht ein Großteil dessen, was er zu spüren glaubte, aus ihm selbst kam. Er war nicht unbedingt in Bestform, sowohl physisch als auch psychisch. Seine Kopfschmerzen waren zurückgekommen, nicht quälend, aber ausgesprochen lästig, er war immer noch müde und darüber hinaus verwirrter denn je. Obwohl er seit seinem Erwachen an diesem Morgen mehr Informationen bekommen hatte als in den Tagen seit dem Beginn dieser irrsinnigen Geschichte, hatte er das Gefühl immer weniger zu verstehen. Außerdem war das meiste von dem, was er gehört hatte, einfach grotesk. Zauberei, uraltes Wissen, das Ende der Menschheit ... das war einfach lächerlich.

Wassili führte ihn auf dem gleichen umständlichen Weg wie beim ersten Mal in den vorderen Teil des Schiffes. Vandermeer hätte ihm sagen können, dass die Mühe vergebens war, sparte es sich jedoch; zum einen erfüllte es ihn mit einem Gefühl gehässiger Schadenfreude, dass Wassilis kleines Versteckspiel völlig umsonst war, und zum anderen musste Wassili nicht alles wissen. Wenn er sich solche Mühe gab, ihn über ihre genaue Position im Unklaren zu lassen, hatte er mit Sicherheit einen triftigen Grund dafür.

Vandermeer hatte sogar eine ungefähre Ahnung, wie dieser Grund aussah. Die diplomatischen Beziehungen zwischen der Türkei und dem, was von der UdSSR übrig geblieben war, waren alles andere als gut und sie befanden sich auf einem russischen Schiff, das sich gerade anschickte, durch den Bosporus zu fahren. Möglicherweise ließ sich ja Kapital aus diesem Umstand schlagen ...

Er war so sehr in seine Gedanken versunken gewesen, dass er gar nicht registrierte, wie Wassili stehen blieb. Erst als einer seiner beiden Begleiter Vandermeer mit einem schnellen Schritt einholte und die Hand auf seine Schulter legte, fuhr er zusammen, blieb stehen und sah sich fast erschrocken um. Wassili blickte kopfschüttelnd, aber auch mit der Andeutung eines Lächelns in seine Richtung und wies zugleich auf die Tür, vor der er stehen geblieben war. Es dauerte noch einmal eine Sekunde, bis Vandermeer sie wiedererkannte: Sie standen vor Haikos Kabine.

»Aber ich dachte ...«

»Dass wir zusammen zu Abend essen.« Wassili nickte. »Das werden wir auch. Nur eine kleine Änderung meiner Pläne. Es war ... meine Schuld, fürchte ich. Ich habe so sehr von Ihren beiden entzückenden Begleiterinnen geschwärmt, dass Haiko darauf bestanden hat sie kennen zu lernen. Ich hoffe, Sie können mir noch einmal verzeihen.«

»Ich denke darüber nach«, versprach Vandermeer.

Wassili schüttelte den Kopf. »Kaum. Nach diesem Gespräch werden Sie über anderes nachdenken müssen, glauben Sie mir.«

Nicht, dass Vandermeer das noch in irgendeiner Form ernst nahm – aber Wassilis Worte ärgerten ihn mehr, als sie sollten. Dass der Russe einen übermäßigen Hang zum Dramatischen besaß, hatte er schon längst begriffen. Aber allmählich begann Wassili ihm damit einfach auf die Nerven zu gehen. Er verzog die Lippen zu einem Lächeln, das keines war, und Wassili zuckte mit den Schultern und öffnete die Tür.

Als er hinter dem Russen eintrat, erlebte Vandermeer eine Überraschung. Die Kabine hatte sich radikal verändert. Im ersten Moment war er nicht einmal sicher, ob es wirklich derselbe Raum war, sodass er instinktiv im Schritt verhielt und einen Blick über die Schulter in den Gang zurück warf. Doch es war der richtige Raum.

Anders als bei seinem ersten Besuch hier war die Kabine jetzt fast taghell erleuchtet und Vandermeer sah, dass sie sehr viel größer war, als er geglaubt hatte. Schatten und Zwielicht hatten ihm eine räumliche Enge vorgegaukelt, die es ganz und gar nicht gab. Abmessungen und Möblierung der Kabine hätten jeder Luxussuite in einem Vier-Sterne-Hotel zur Ehre gereicht. Er korrigierte seine Meinung über russische Luxuspassagierschiffe um ein gehöriges Stück nach oben – das hier schien einmal so etwas wie das sowjetische Gegenstück zur *Queen Mary* gewesen sein. An den Wänden hingen kostbar gerahmte Spiegel und kleinere, geschickt angestrahlte Bilder – zumeist Ikonen, wie er beiläufig registrierte – und für die Möbel hätte vermutlich jeder Antiquitätenhändler seine Seele verkauft. Die Beleuchtung stellte eine Mischung aus hypermodern und klassisch dar: Kleine Halogenstrahler erhellten Bilder und wenige, aber erlesene Kunstgegenstände, doch über dem Tisch hing ein Kristall-Lüster, der aus einem russischen Zarenpalast des vergangenen Jahrhunderts hätte stammen können.

Vandermeer blinzelte. Er wusste selbst, wie verrückt dieser Gedanke klang – aber er war beinahe sicher, dass die Kabine vorhin *nicht* so ausgesehen hatte ...

»Kommen Sie, Hendrick«, sagte Wassili aufgeräumt. »Nehmen Sie Platz.«

Er deutete mit einer wedelnden Handbewegung auf den Tisch, an dem bereits Haiko und die beiden Frauen saßen.

»Wenn Sie mich noch einmal *Hendrick* nennen, hexe ich Ihnen eine lange Nase an und Sie sehen aus wie Pinocchio«, drohte Vandermeer. Wassili lachte, aber Vandermeer hatte zugleich den Eindruck, dass er ein ganz kleines bisschen erschrocken aussah. Gleichzeitig wurden seine Kopfschmerzen schlimmer. Er konnte den Impuls gerade noch unterdrücken, die Hand an die Stirn zu heben, senkte den Blick und ging schneller an Wassili vorbei zum Tisch, als nötig gewesen wäre. Er war *sicher*, dass sich die Kabine verändert hatte.

Die Tafel war festlich gedeckt. Das Geschirr stammte *eindeutig* aus einem russischen Zarenpalast und neben dem offenbar unverzichtbaren Samowar stand eine kostbare Kristallkaraffe mit Rotwein. Dies alles hier erinnerte ihn an ... Womit hatte er Haiko vorhin verglichen? Mit dem Paten einer russischen Mafia-Familie? So ungefähr jedenfalls hätte er sich *dessen* Wohnzimmer vorgestellt ...

»Unsinn«, murmelte er.

»Ganz genau«, sagte Ines. »Ich freue mich auch dich wiederzusehen.«

Anja warf ihm einen eisigen Blick zu und schwieg, aber Wassili, der gerade im Begriff war sich zu setzen, verharrte für einen Moment mitten in der Bewegung und ließ seinen Blick durch den Raum schweifen. Er runzelte die Stirn und zuckte dann mit den Schultern, als hätte er sich in Gedanken eine Frage gestellt und sie gleich darauf wieder verworfen. Er sah jedoch weiter sehr nachdenklich aus, während er die begonnene Bewegung zu Ende führte und sich auf den freien Platz zwischen Ines und Anja sinken ließ.

Der Anblick, der sich Vandermeer dadurch bot, war ausgesprochen seltsam. Wassili wirkte zwischen den beiden jungen Frauen eindeutig älter und gebrechlicher, als er war, und dazu kam, dass die Ähnlichkeit zwischen den Schwestern noch zugenommen zu haben schien. Offensichtlich hatten Wassilis Schläger versäumt, ausreichende Kleider zum Wechseln für ihre unfreiwilligen Gäste einzupacken, denn beide trugen nun die hier allgegenwärtigen Jeans und blauen Baumwollhemden – allerdings standen sie ihnen ungleich besser als den russischen Matrosen. Selbst Vandermeer hätte nun nicht mehr sagen können, wer wer war, hätte Ines ihn nicht mit einem leicht spöttischen Blick unter halb gesenkten Lidern hinweg gemustert und Anja sich nicht alle Mühe gegeben ihn zu ignorieren. Nach allem, was geschehen war, konnte er ihre Reaktion durchaus verstehen, aber sie schmerzte trotzdem. Er wünschte sich, sie ...

»Tun Sie es nicht, Herr Vandermeer«, sagte Wassili.

Vandermeer blinzelte. »Was?«

»Man sollte vorsichtig sein mit dem, was man sich wünscht«, antwortete Wassili. »Man könnte es bekommen.«

Vandermeers Augen wurden schmal. »Ich dachte, Sie hätten nur einen Scherz gemacht, als Sie behauptet haben, Sie könnten meine Gedanken lesen«, sagte er.

»Habe ich auch«, behauptete Wassili. »Man kann Ihnen ansehen, was Sie gerade denken.«

Zumindest Ines konnte es ganz offensichtlich nicht, denn ihr Blick wanderte vollkommen verständnislos zwischen Wassili und Vandermeer hin und her. Sowohl der Russe als auch Vandermeer ignorierten sie jedoch und verbrachten die nächsten Sekunden mit dem vergeblichen Versuch einander niederzustarren. Schließlich war es Vandermeer, der wegsah; nicht weil er das Gefühl hatte, das stumme Duell zu verlieren, sondern weil ihm dieses Spielchen einfach zu blöd wurde.

Ihm fiel noch ein Unterschied zu vorhin auf: Die Vorhänge vor den Bullaugen waren zurückgezogen. Er hatte es im ersten Moment nicht bemerkt, weil der Tag mittlerweile einer fast vollkommenen Dunkelheit gewichen war. Statt hinaus auf die türkische Küste blickte er in einen schwarzen, Farben fressenden Spiegel, auf dem sich ihre Gestalten wie die Abbilder verzerrter Gespenster widerspiegelten.

Genau in dem Moment, in dem das Schweigen die Grenze zwischen *unbehaglich* und *peinlich* zu überschreiten drohte, räusperte sich Ines übertrieben und sagte: »Ich möchte nicht unhöflich sein, aber ...« Sie machte eine Geste auf das kostbare Geschirr. »Sprachen Sie nicht von einer Einladung zum Essen?«

»Wir warten noch auf einen Gast«, antwortete Wassili. »Ich muss mich entschuldigen. Es gab ein paar ... unvorhersehbare Umstände«, er warf Vandermeer einen durchdringenden Blick zu, »die meinen Zeitplan etwas in Unordnung gebracht haben.«

»Wieso?«, fragte Vandermeer. »Kochen Sie selbst?«

»Das möchte ich Ihnen denn doch nicht antun«, erwiderte Wassili schmunzelnd. »Ich hatte Ihnen doch versprochen, auf körperliche Folter zu verzichten.«

Vandermeer war nicht sicher, ob er darüber lachen sollte. Trotz Wassilis Bemühungen und seiner ununterbrochenen gegenteiligen Versicherungen wurde die Atmosphäre zwischen ihnen zusehends gespannter. Vandermeer hatte ein immer heftiger werdendes Gefühl von etwas Kommendem, Unangenehmem.

Wassili hatte ihm an diesem Tag eine Menge erstaunlicher Dinge erzählt und trotzdem hatte er das Gefühl, dass das Wichtigste (oder Schlimmste?) erst noch kam.

Er wollte sich mit einer entsprechenden Frage an Haiko wenden, der die ganze Zeit über scheinbar unbeteiligt dasaß und aus seinen erloschenen Augen ins Leere blickte, als an der Tür geklopft wurde. Wassili drehte sich halb in seinem Stuhl herum, kam aber nicht dazu,»Herein« zu rufen, denn die Tür wurde geöffnet und zwei Personen betraten die Kabine. Vandermeer erschrak bis ins Mark, als er Michails hünenhafte Gestalt erkannte, und dann noch einmal und womöglich noch mehr, als er sah, in welchem Zustand der Russe war. Michails rechter Arm war vom Handrücken bis zum Ellbogen hinauf eingegipst und hing in einer schwarzen Schlinge. Der Russe ging deutlich nach vorne gebeugt und wirkte verspannt, als bereite ihm jeder Schritt Schmerzen. Den schlimmsten Anblick bot sein Gesicht. Die linke Hälfte war unförmig angeschwollen und rot entzündet. Eine zwei Finger breite, dunkelrot verschorfte Narbe zog sich schräg über seine Wange, streifte den Augenwinkel und endete dort, wo zuvor sein Ohr gewesen war; jetzt prangte darauf nur ein rotes Etwas aus geronnenem Blut und dunkel entzündetem Fleisch, größer als das abgerissene Ohr. Das Auge war zugeschwollen, auf eine Art, die Vandermeer zweifeln ließ, ob es sich jemals wieder öffnen würde. Er wich Vandermeers Blick aus, als er den Raum betrat, aber Vandermeer sah trotzdem das Glitzern in seinem einen, offenen Auge. Er war nur nicht sicher, was es war: Wut, ein düsteres Versprechen, Furcht oder vielleicht eine Mischung aus alldem.

Mit einiger Mühe riss er sich vom Anblick von Michails verheertem Gesicht los und konzentrierte sich auf die zweite Person, die mit ihm hereingekommen war. Es handelte sich um eine junge Frau mit schmalem Gesicht, rotem Haar und einem bitteren Zug um den Mund, der zu tief eingegraben schien, um seinen Ursprung erst in den Ereignissen zu haben, die zu ihrem Hiersein geführt haben mochten. An einem Umstand zweifelte Vandermeer keinen Sekundenbruchteil, obwohl es gar keinen äußeren Hinweis darauf gab: Die junge Frau war ebenso wenig freiwillig hier wie er und die Zwillinge. Vandermeer war fast ein wenig verblüfft, wie sicher er sich dieser Tatsache war. Vielleicht erkannten sich Gefangene gegenseitig, wenn sie einander trafen. Er warf der jungen Frau ein flüchtiges Lächeln zur Begrüßung zu, aber sie ignorierte es. Ihr Blick blieb für eine Sekunde auf den Gesichtern aller Anwesenden hängen, während sie zum Tisch ging und sich setzte, aber auf ihrem Gesicht – das nicht im herkömmlichen Sinne schön war, aber auch nicht unattraktiv – war nicht die geringste Regung zu erkennen.

Wassili wartete, bis Michail die Tür geschlossen und ebenfalls am Tisch Platz genommen hatte, dann räusperte er sich übertrieben und deutete zuerst auf Michail, dann auf die junge Frau.

»Damit wären wir wohl vollzählig. Michail kennen Sie ja bereits. Und diese entzückende junge Dame ist Gwynneth McLeash.«

»Sind Sie Engländerin?«, erkundigte sich Ines. Anja blickte die Rothaarige nur schweigend an; sicherlich nicht feindselig, aber doch mit einer gewissen Distanz, was angesichts der Umstände vielleicht nur vernünftig war, Vandermeer aber trotzdem irritierte. So ähnlich sich die Zwillingsschwestern auch äußerlich sein mochten, fielen ihm doch immer mehr Unterschiede in ihren Charakteren auf.

»Erinn«, antwortete Gwynneth. Ines zog fragend die Brauen hoch und Wassili fügte mit einer erklärenden Geste hinzu:

»Das ist der alte Name für Irland. Sie sollten die gute Gwen niemals Engländerin nennen. In diesem Punkt ist sie ein wenig eigen.«

»Excuse me«, sagte Ines.

»Schon gut«, antwortete Gwynneth, zur allgemeinen Überraschung mit deutlichem Akzent, aber trotzdem verständlich. »Sie können deutsch reden. Ich verstehe Ihre Sprache.«

»Was für ein Zufall«, sagte Anja.

»Keineswegs«, sagte Wassili. »Ich habe ein wenig darauf geachtet, unsere Gruppe auch unter Aspekten einer möglichst einfachen Kommunikation zusammenzustellen. Ich zweifle nicht daran, dass Sie alle des Englischen mächtig sind, aber leider trifft dies nicht auf Haiko zu. Er beherrscht ein wenig von Ihrer Sprache, doch kein Englisch.«

»Haben sie Sie auch entführt?«, fragte Vandermeer geradeheraus.

»Nein.« Die junge Irin starrte geschlagene drei oder vier Sekunden lang in Wassilis Gesicht, ehe sie fortfuhr: »Ich bin … freiwillig hier.«

Die spürbare Pause in ihren Worten wäre gar nicht nötig gewesen, um Vandermeer begreifen zu lassen, dass sie log. Wenn zwischen Wassili und ihm eine angespannte Stimmung herrschte, so musste man für das, was zwischen Gwynneth und ihm vorging, wahrscheinlich ein neues Wort erfinden. Er beließ es dabei – für den Moment. Stattdessen wandte er sich direkt an Wassili und sah ihn auffordernd an.

»Ah ja, ich verstehe«, sagte Wassili. »Ich hatte Ihnen ein paar Erklärungen versprochen. Michail.«

Der einäugige Gorilla stand mit einem übertrieben heftigen Ruck auf und verschwand mit raschen Schritten im Nebenraum. Obwohl er die Tür offen ließ, konnte Vandermeer nicht erkennen, was er tat, aber nach einem Augenblick begann es dahinter lautstark zu scheppern.

»Es redet sich besser beim Essen«, erklärte Wassili. »Michail ist ein talentierter Kellner, Sie werden sehen, nur im Moment leider etwas gehandikapt.« Er warf Vandermeer bei diesen Worten einen bezeichnenden Blick zu, den dieser aber ignorierte. Ines jedoch stand nach einer weiteren Sekunde des Zögerns auf und folgte Michail. Nach wenigen Augenblicken kamen beide gemeinsam zurück; Ines mit einem gewaltigen, dampfenden Suppentopf bewaffnet, Michail mit der dazugehörigen Kelle. Vandermeer runzelte flüchtig die Stirn. Der Größe des Suppentopfes nach zu schließen musste sein Inhalt ausreichen, um die gesamte Besatzung des Schiffes satt zu bekommen, und das für mehrere Tage.

Während Ines sich wieder setzte und Michail ihre Teller füllte, schenkte Wassili Rotwein aus einer Kristallkaraffe ein und wartete darauf, dass auch Michail sich setzte. Dann hob er sein Glas und prostete ihnen zu. Mit Ausnahme Anjas, die das Glas nicht anrührte, erwiderten alle den Gruß, wenn auch eher zaghaft.

Vandermeer kostete seine Suppe und zog überrascht die Brauen hoch. »Hühnerbrühe?«

»Sie mögen sie nicht?« Wassili klang plötzlich wie ein besorgter Oberkellner. Er sah auch beinahe so aus.

»Doch, doch«, versicherte Vandermeer hastig. »Ich hatte nur mit etwas anderem gerechnet. Borschtsch … oder so etwas.«

»Hätten Sie das lieber gehabt?«, fragte Wassili ernst. Haiko lachte leise und Vandermeer beendete das ohnehin unsinnige Gespräch mit einem Achselzucken. Es gab wirklich Wichtigeres, über das sie reden mussten. Außerdem schmeckte die Suppe ausgezeichnet. Über das Totschlagen von Leuten hinaus schien Michail doch noch über das eine oder andere verborgene Talent zu verfügen.

Auf einen entsprechenden Blick Wassilis hin stand Michail noch einmal auf und ging zum Schrank. Etwas klickte und eine Sekunde später erfüllten die ersten Töne einer mittlerweile nicht nur Vandermeer wohlbekannten Melodie den Raum.

Vandermeer verzog das Gesicht, als hätte er unversehens ein Stück Stacheldraht in seiner Suppe gefunden. »Hatten Sie nicht versprochen auf körperliche Folter zu verzichten?«

»Es gibt einen Grund«, antwortete Wassili, der sonderbar ernst blieb. »Ich spiele diese Musik nicht deshalb ununterbrochen, weil sie mir so gut gefällt. Michail, bitte.«

Michail, der gerade zum dritten Mal vergeblich versuchte, einen Löffel Suppe zum Mund zu führen, ließ die Hand wieder sinken und stand auf. Zwar mit einiger Mühe, aber dafür, dass er nur eine Hand zur Verfügung hatte, erstaunlich geschickt wuchtete er Wassilis metallenen Aktenkoffer auf den Tisch und klappte ihn auf. Seine Finger huschten mit der gleichen unerwarteten Behändigkeit über Tasten und Schalter und erweckten das elektronische Innenleben des Koffers zu blinkender Aktivität. Vandermeer fiel sofort auf, dass der Rhythmus der blinkenden LCD-Anzeigen nicht so willkürlich war, wie er beim ersten Mal angenommen hatte. Vielmehr gab es einen deutlichen Zusammenhang mit dem leicht verpoppten russisch-orthodoxen Musikstück, das jetzt aus den Lautsprechern drang.

»Sensationell«, sagte Anja. »Eine tragbare Diskothek.«

»Keineswegs, meine Liebe«, widersprach Wassili. Er legte seinen Löffel aus der Hand, tupfte sich mit einer Serviette über die Lippen und deutete zuerst auf den kleinen Monitor, der im Kofferdeckel eingebaut war, dann auf die Stereoanlage im Schrank. »Vielmehr setzt dieses kleine Wunderwerk, das – wie ich gestehe – nicht aus russischer, sondern aus fernöstlicher Produktion stammt, akustische Schwingungen in optisch sichtbare Impulse um, wobei sie die Musik auf das Wesentliche reduziert.«

»Also doch eine tragbare Lichtorgel.« Diesmal kam die Bemerkung von Ines. Im Gegensatz zu ihrer Schwester lächelte sie jedoch, als sie dies sagte, und irgendwie klangen ihre Worte auch nicht annähernd so abfällig. Wassili lächelte zurück und sagte:

»Nun, ganz Unrecht haben Sie damit nicht einmal. Aber ich will auf etwas Bestimmtes hinaus. Geben Sie Acht.«

Er nickte Michail zu. Diesmal stand der Russe jedoch nicht auf, sondern ließ lediglich seinen Löffel sinken und griff nach der Fernbedienung, die er mitgebracht und neben seinen Teller gelegt hatte. Als er eine Taste darauf drückte, stoppte die Musik. Einen Augenblick später begann das nächste Musikstück, eine irisch angehauchte Volksweise, die dem ersten Stück trotz aller Unterschiede auf eine schwer in Worte zu fassende Art ähnelte. Ganz instinktiv sah Vandermeer zu Gwynneth hin. Sie gab sich Mühe, weiterhin den Gesichtsausdruck einer steinernen Sphinx zur Schau zu stellen, aber irgendwo tief hinter ihren Augen war doch etwas, das Vandermeer vielleicht mehr spürte als sah, das aber da war.

Wassili gab Michail einen weiteren Wink, aber auch das nächste Stück änderte den blinkenden Tanz auf der LCD-Anzeige nicht. Dafür begann sich Vandermeer mit jedem Moment unbehaglicher zu fühlen. Die Musik übte eine Wirkung auf ihn aus, die allein damit, dass sie ihm nicht besonders gefiel, längst nicht mehr zu erklären war.

»Was soll das?«, fragte Anja stirnrunzelnd. »Sie hatten uns eine Erklärung versprochen, keine kleine Hausmusik.«

Wassili ignorierte sie. Sein durchdringender Blick war abwechselnd auf Vandermeers und Gwynneth' Gesicht gerichtet und es war etwas ... Suchendes darin, das Vandermeer nicht gefiel.

»Schalten Sie ... aus«, sagte Gwynneth. Sie hatte sich ausgezeichnet in der Gewalt. Ihr Gesicht blieb ausdruckslos und ihr Akzent machte es schwer, irgendetwas aus ihrer Stimme herauszuhören. Aber der Wein in dem Glas, das sie noch immer in der rechten Hand hielt, zitterte ganz leicht und in ihren Augen war etwas, das Vandermeer erschreckte.

Wassili machte eine entsprechende Handbewegung und Michail zielte mit seiner Fernbedienung auf den CD-Player und brachte die Musik zum Verstummen. Gwynneth atmete sichtbar auf, doch die Entspannung, auf die Vandermeer wartete, kam nicht. Dafür meldeten sich seine Kopfschmerzen wieder und das schlimmer denn je.

»Sehen Sie«, begann Wassili, »es ist kein Zufall, dass diese Musik so auf Sie wirkt.«

»Tut sie das denn?«, fragte Vandermeer. Seine Stimme klang nicht einmal in seinen eigenen Ohren überzeugend.

»Das tut sie«, behauptete Wassili. »Ebenso wie auf Gwynneth. Nicht wahr, meine Liebe?« Er prostete Gwynneth mit dem Suppenlöffel zu und aß weiter. »Es ist keine ...«, er suchte nach Worten, »... herkömmliche Musik, wissen Sie?«
»Sondern was?«, erkundigte sich Ines.
»Magitscheskij Put«, sagte Haiko. »Es ist Magitscheskij Put.«
»Aha«, sagte Ines.
»Der magische Weg«, übersetzte Wassili. »Das wäre die ... sagen wir: sinngemäße Übersetzung.« Er warf einen raschen Blick in Haikos Richtung, als warte er auf irgendeine Art der Zustimmung. Als nichts geschah, fuhr er fort: »Aber das ist weit mehr als nur Musik.«
Vandermeer ließ seinen Löffel mit einer so heftigen Bewegung in den Teller zurücksinken, dass sich einige Spritzer Suppe auf der Tischdecke verteilten. »Es reicht«, sagte er gereizt. »Fangen Sie nicht schon wieder an. Ich kann diesen Unsinn nicht mehr hören!«
»Warum?«, fragte Wassili gelassen. Von allen am Tisch schien er der Einzige zu sein, den Vandermeers plötzlicher – und eigentlich vollkommen unmotivierter – Zornesausbruch nicht überraschte. »Sie vor allem sollten eigentlich am besten wissen, worüber ich rede.« Er löffelte einige Sekunden lang weiter seine Suppe; dann ließ er den Löffel sinken, blickte stirnrunzelnd in seinen Teller und zuckte schließlich mit den Schultern. Vandermeers Kopfschmerzen wurden schlimmer.
»Es hat einen Grund, dass ich ausgerechnet diese Musik bevorzuge, um unsere ...«, Wassili suchte einen Moment nach Worten, »... *Testpersonen* auszuwählen. Sie hat eine ganz bestimmte Wirkung.«
»Das ist nun wirklich nicht neu«, sagte Anja. »Dass Musik auf Menschen wirkt, ist nicht unbedingt eine sensationelle Entdeckung.«
Wassili aß mit sichtbarem Genuss weiter. »Richtig«, sagte er. »Haben Sie schon einmal von den Anasazi gehört, meine Liebe?«
Ines und Vandermeer nickten, während Anja nur den Kopf schüttelte. Wassili fuhr fort: »Dieser Indianerstamm lebte bis Ende des vergangenen Jahrhunderts in Neu-Mexiko. Eines Tages war er verschwunden, sozusagen von einer Minute auf die andere. Das Pueblo, in dem die Indianer lebten, war leer. Auf den Feuerstellen schmorte noch verbranntes Essen, Dinge des tägli-

chen Bedarfs lagen herum, als wären sie einfach fallen gelassen worden, Haustiere zerrten hungrig an ihren Stricken ... es war, als wäre der ganze Stamm einfach ... weggegangen. Von einem Augenblick auf den anderen.«

»Lassen sie mich raten«, sagte Vandermeer. »Russische Geheimagenten haben sie entführt.«

»Sehr witzig«, sagte Wassili. »Die Musik, die Sie gehört haben, stammt jedenfalls von diesem Volk. Es ist das einzige überlieferte Musikstück der Anasazi, das uns bekannt ist. Dasselbe gilt für die anderen Titel, die sie auf der CD finden – sie haben alle eine Gemeinsamkeit.«

»Sie klingen ähnlich«, sagte Ines.

Wassili nickte, sagte aber zugleich: »Das meine ich nicht. Es ist ... aber warum machen wir es uns nicht einfacher? Michail, wärst du so freundlich ...?«

Michail stand auf, ging zur Stereoanlage und wechselte die CD. Während er zum Tisch zurückging und die Hand nach der Fernbedienung ausstreckte, sagte Wassili: »Was Sie jetzt hören werden, ist die Kopie einer fast sechzig Jahre alten Tonbandaufzeichnung, die wir in den Archiven des KGB gefunden haben. Bitte entschuldigen Sie also die mangelhafte Tonqualität.«

Er gab Michail einen Wink. Der Russe hob die Fernbedienung und aus den Lautsprechern drang eine Reihe von Störgeräuschen, dann eine dunkle, mit starkem russischem Akzent sprechende Stimme:

... stieß ich kurz nach Beginn meiner Mission auf erste Hinweise. Offenbar besteht ein Zusammenhang nicht nur zwischen den beiden erwähnten, sondern überdies zu weiteren Vorfällen in verschiedenen Ländern. Alle diese Zwischenfälle betreffen das spurlose Verschwinden einzelner Menschen oder sogar ganzer Bevölkerungsgruppen. Und noch etwas haben diese Fälle gemeinsam: Es verschwanden immer nur die Menschen. Die Behausungen blieben jedesmal unversehrt zurück. Wie meine Recherchen ergaben, weist das musikalische Kulturgut der betroffenen Gegenden bestimmte Parallelen auf. In einigen Fällen lassen sich die Melodien von scheinbar sehr unterschiedlichen Liedern sogar auf eine gemeinsame Basis zurückführen ...

Vandermeer hörte – wie alle anderen – mit einer Mischung aus Faszination und wachsender Verwirrung zu, aber ihm fiel auch fast sofort etwas auf, das allen anderen verborgen zu bleiben schien. Er zweifelte nicht daran, dass Wassili die Wahrheit sagte und dieses Tondokument tatsächlich so alt war, wie er behauptete. Was ihnen diese sonderbar angenehm klingende Stimme aus der Vergangenheit erzählte, lief zusammengefasst auf Folgendes hinaus: Die Untersuchungen des russischen Geheimdienstes hatten ergeben, dass im Laufe der Jahrhunderte immer wieder kleine oder auch größere Gruppen von Menschen einfach verschwunden waren – wie im Falle der Anasazi von einem Augenblick auf den anderen und unter anscheinend höchst dramatischen Begleitumständen, aber manchmal auch in aller Stille und fast unbemerkt von ihrer Umgebung. Und in allen Fällen – zumindest in denen, von denen das Band berichtete – hatten diese Volksgruppen, Familien, Stämme oder wie immer man sie nennen wollte, eine ganz eigene Art von Musik gehabt. Das alles klang mehr oder weniger überzeugend, auf jeden Fall aber unheimlich. Vandermeer fragte sich nur eines: Wenn dieses Band tatsächlich vor sechzig Jahren im Auftrag des damaligen russischen Geheimdienstes aufgenommen worden war, wieso war der Text dann auf *Deutsch* – wenn auch mit unverkennbar russischem Akzent – gesprochen worden?

Weil wir ihn sonst nicht verstanden hätten.

Die Antwort erschien so klar hinter seiner Stirn, dass es keinen Zweifel daran gab. Natürlich war das vollkommener Unsinn. Aber das waren Feuerwehrwagen, die genau im richtigen Moment auftauchten, wie auf Kommando stecken bleibende Aufzüge und Türklinken, die aus dem Nichts erschienen und wieder verschwanden, schließlich auch …

Als die Aufnahme endete, sagte Wassili: »Ich muss wohl kaum noch erwähnen, dass Professor Kamarow nie wieder gesehen wurde, nachdem er dieses Band aufgenommen hatte.«

Niemand antwortete. Eine sehr sonderbare Stimmung hatte sich in der Kabine ausgebreitet, während alle der Stimme des seit sechzig Jahren verschollenen Professors lauschten; etwas, das Vandermeer nicht wirklich zu fassen vermochte, das aber da war, wie ein Schatten dicht am Rande des Wahrnehmbaren, der immer sofort verschwand, wenn man versuchte ihn genauer zu erkennen. Und was immer es war, es war nichts Angenehmes.

»Warum ... erzählen Sie uns das alles?«, fragte Ines stockend.

»Damit Sie begreifen, wovon wir hier sprechen«, antwortete Wassili. Er war mit einem Mal sehr ernst. »Ich bin nicht Ihr Feind. Weder Ihrer noch der der anderen. Ich weiß, das klingt ... seltsam, nach allem, was geschehen ist. Aber wir sind in einer Situation, in der nichts so kostbar ist wie Zeit, und ich konnte nicht wählerisch in der Wahl meiner Mittel sein.«

»Entführung und Mord?«, fragte Anja.

Wassili warf einen raschen Blick in Michails Richtung. »Manchmal fällt es schwer mit alten Gewohnheiten zu brechen«, sagte er.

»Zum Beispiel mit der, ununterbrochen zu reden, ohne wirklich etwas zu sagen?«, fragte Vandermeer.

»Wahrscheinlich wissen Sie, dass der russische Geheimdienst seit langer Zeit aufwändige Forschungen auf dem Gebiet übersinnlicher Phänomene betreibt«, fuhr Wassili unbeeindruckt fort. »Telepathie, Levitation, Präkognition ... all diese Dinge ...«

»Kennen wir aus Büchern und Sciencefiction-Filmen«, unterbrach ihn Anja. »Aber Sie wollen uns doch nicht wirklich erzählen ...«

»Dass es sie gibt?« Diesmal unterbrach Wassili sie. Er schüttelte heftig den Kopf. »Sie enttäuschen mich, meine Liebe. Ich dachte, dass gerade Sie und Ihre Schwester solchen Dingen etwas ... sagen wir: aufgeschlossener gegenüberstehen. Denken Sie wirklich, dass sich der Geheimdienst einer ganzen Nation mehr als ein halbes Jahrhundert mit *Unsinn* beschäftigt?«

»Haben Geheimdienste jemals etwas anderes getan?«

»Worauf wollen Sie hinaus?«, fragte Anja, ehe Wassili auf Ines' Frage antworten konnte.

»Darauf, dass es mehr Dinge gibt, als die Wissenschaft zugibt«, antwortete Wassili. »Nennen Sie es Magie, wenn Sie wollen. Es hat immer schon Menschen gegeben, die über besondere Fähigkeiten verfügten. Gwynneth hier gehört dazu – ebenso wie Herr Vandermeer. Und Haiko.«

»Dann sollte ich vielleicht ein Flugzeug in die USA nehmen und David Copperfield Konkurrenz machen«, schlug Vandermeer vor.

»Warum weigern Sie sich so hartnäckig das Offensichtliche zuzugeben?«, fragte Wassili. »Haiko und ich sind seit fast einem Jahrzehnt auf der Suche nach Menschen wie Ihnen, doch wir sind in all dieser Zeit niemals auf jemanden wie Sie oder Gwynneth gestoßen. Sie verfügen über eine besondere Gabe, Hendrick. Und Sie wissen es!«

»Aber ich ...«

»Sehen Sie sich Michail an!«, unterbrach ihn Wassili mit einer entsprechenden Handbewegung. »Wie viele Beweise brauchen Sie noch? Dieser Mann ist sein Leben lang dazu ausgebildet worden zu töten! Er ist eine lebende Kampfmaschine, die all die großartigen Kung-Fu-Helden aus Ihren Hollywood-Filmen zum Frühstück verspeisen könnte, glauben Sie mir! Und jetzt sehen Sie sich an, was Sie mit ihm gemacht haben – nicht mit Gewalt. Nicht mit irgendwelchen Tricks. Nur, weil Sie es *wollten*!«

»Ich habe mich nur gewehrt«, sagte Vandermeer nervös.

»Niemand macht Ihnen einen Vorwurf«, wiegelte Wassili ab. »Nicht einmal Michail. Was ihm zugestoßen ist, ist sein normales Berufsrisiko. Aber verstehen Sie doch! Sie hätten ihn fast umgebracht, nur indem Sie ihn *angesehen* haben! Können Sie sich vorstellen, was Sie mit dieser Kraft anfangen könnten, wenn Ihnen jemand beibringen würde sie richtig zu nutzen?«

Vandermeer antwortete nicht gleich. Sein Kopf schmerzte mittlerweile fast unerträglich. Er wollte nur noch raus hier, ganz egal, wie.

»Er hat Recht, Herr Vandermeer«, sagte Gwynneth. »Wehren Sie sich nicht dagegen. Akzeptieren Sie, was Sie sind. Die Macht, über die Sie verfügen, ist kein Fluch, sondern ein Geschenk.«

»Akzeptieren?«, fragte Vandermeer. »So wie Sie?«

Gwynneth sah ihn nur an. Sie schwieg.

»Sie sind doch ebenso wenig freiwillig hier wie wir alle«, sagte Vandermeer. »Womit hat er Sie erpresst?«

»Das tut nichts zur Sache«, sagte Wassili rasch. »Gwynneth hat jedenfalls akzeptiert, was sie ist.«

»Ein Entführungsopfer?«, schlug Vandermeer vor.

»Eine Auserwählte«, sagte Haiko, »Jemand wie du, Vandermeer.«

»Auserwählt.« Der Schmerz zwischen Vandermeers Augen wurde immer schlimmer. Er hatte das Gefühl, sein Schädel würde auseinander brechen. »Wozu? Und erzählen Sie mir nicht wieder, wir sollten die Welt retten.«

»Und wenn es so wäre?«

»Wäre es mir egal«, antwortete Vandermeer; was in diesem Moment durchaus der Wahrheit entsprach. Die Welt interessierte ihn nicht. Er wollte nur, dass seine Kopfschmerzen aufhörten.

»Ich werde Ihnen die Geschichte zu Ende erzählen«, sagte Wassili. »Sie dauert jetzt seit fast einem Jahrhundert an, doch sie ist schnell erzählt. Wir, die Leute, die mit uns zusammenarbeiten und die, von denen wir diese Aufgabe übernommen haben, sind davon überzeugt, dass es Dinge wie Magie und Zauberei tatsächlich gibt. Wir wissen es. Wir erleben den Beweis jeden Tag neu. Es gab immer Menschen, die über außergewöhnliche Fähigkeiten verfügen. In früheren Zeiten wurden sie als Heilige und Zauberer verehrt oder auf dem Scheiterhaufen verbrannt, heute arbeiten sie als Showstars oder auch als Kriminelle. Die meisten von ihnen wissen nicht einmal etwas von ihrer Begabung. Haiko, ich und die anderen haben es uns zur Aufgabe gemacht, diese Menschen zu finden und ihnen zu helfen ihre Kräfte zu entwickeln und sinnvoll einzusetzen.«

»Natürlich nur zum Nutzen der Menschheit«, sagte Vandermeer spöttisch.

»Keineswegs«, erwiderte Wassili. »Sie würden mir kaum glauben, wenn ich behauptete, dass die sowjetische Regierung nicht ganz handfeste und eigennützige Zwecke verfolgte, als sie Hunderte ihrer besten Köpfe über Jahrzehnte hinweg auf dieses Thema ansetzte, nicht wahr? Unsere Pläne unterscheiden sich jedoch in einigen Punkten von denen der ehemaligen Sowjetregierung.«

»Und in welchen?«, fragte Anja.

»Wir haben keinerlei politische Ambitionen«, antwortete Wassili. »Wir sind … Suchende. Forscher, die einem Geheimnis auf die Spur gekommen sind, das seinen Ursprung zufällig auf dem Territorium der ehemaligen Sowjetunion hat. Wäre es anders, dann säßen wir jetzt vielleicht in einem Flugzeug, das sich auf dem Weg in die USA befindet, und mein Name wäre Smith oder Johnson. Zweifellos würde das vieles vereinfachen. Aber mein Name ist nun einmal nicht Smith oder Johnson und wir sind nicht auf dem Weg nach Amerika, sondern zu einem Hafen im Schwarzen Meer. Von dort aus werden wir zu einem Ort weiterreisen, an dem Sie andere Menschen mit Ihrem Talent treffen werden.«

»Ob ich will oder nicht«, vermutete Vandermeer.

»Ob Sie wollen oder nicht«, bestätigte Wassili. Nach einer

Sekunde und in leicht ungeduldigem Tonfall fügte er hinzu: »Wir haben keine Wahl.«

»Wieso?«

»Weil wir Ogdy finden müssen«, sagte Haiko, ehe Wassili antworten konnte. »Wir müssen ihn besänftigen. Sein Zorn wächst. Wenn niemand ihn besänftigt, dann wird sein Feuer vielleicht die ganze Welt verbrennen.«

»Das klingt ... etwas dramatischer, als es vielleicht ist«, sagte Wassili rasch.

»Ogdy?«, fragte Anja. »Was ist das?«

»Der Gott des Feuers und des Donners«, antwortete Haiko. »Er ist auf die Erde herabgestiegen, um die Menschen zu richten. Und der Tag der Entscheidung ist nahe.«

Anjas Gesichtsausdruck blieb unbewegt, aber Ines sah so entsetzt aus, dass Wassili sich wohl genötigt sah, abermals beruhigend die Hände zu heben und zu beteuern: »Wie gesagt: Es klingt vielleicht etwas dramatischer, als es in Wirklichkeit ist.«

Haiko sagte etwas in seiner eigenen, für Vandermeer und die anderen unverständlichen Sprache und Wassili antwortete im gleichen Dialekt; in nicht annähernd so scharfem Ton wie der Alte, aber trotzdem energisch. Der Disput ging eine kleine Weile hin und her, dann zuckte Wassili mit den Schultern und drehte sich wieder zu Ines um. »In einem Punkt hat er allerdings Recht: Unsere Mission ist von allergrößter Wichtigkeit.«

»Für Sie?«

»Auch«, gestand Wassili. Er lächelte fast verlegen. »Warum sollte ich leugnen, dass wir auch durchaus eigennützige Ziele verfolgen?«

»Weil Sie ein so edler Mensch sind?«, schlug Vandermeer vor.

Wassili ignorierte ihn. »Es ist nichts Verwerfliches daran, etwas für die Allgemeinheit zu tun und auch selbst davon zu profitieren«, fuhr er ungerührt fort. »Das ist das große Problem mit eurer westlichen Art zu denken: Ihr fallt von einem Extrem ins andere. Entweder ist man Kapitalist durch und durch und geht im wahrsten Sinne des Wortes über Leichen, um seinen Profit zu machen, oder man muss ein Heiliger sein und darf nichts tun, wovon man selbst etwas hat. Ist Ihnen schon einmal der Gedanke gekommen, dass es auch so etwas wie einen goldenen Mittelweg dazwischen geben könnte?«

»Zitieren Sie gleich aus Marx' *Kapital*?«, fragte Vandermeer.

»Nicht einmal annähernd«, antwortete Wassili ernst. »Ich hasse die Kommunisten. Bevor sie kamen, lag in unserem Land sicher vieles im Argen. Manches war entsetzlich, das allermeiste nicht gut. Aber sie haben alles nur noch viel schlimmer gemacht. Sie haben unser Land um hundert Jahre in die Vergangenheit katapultiert.«

Dieses Eingeständnis kam mit solcher Vehemenz, dass Vandermeer nicht den mindesten Zweifel an der Aufrichtigkeit von Wassilis Worten hatte. Natürlich war sein Einwurf der reine Unsinn gewesen. Ihm war einfach danach zu stänkern und Wassili erschien ihm das einzig lohnende Opfer. Was dabei herauskommen konnte, wenn man sich mit Michail anlegte, hatte er am eigenen Leib erfahren und Haiko war trotz allem noch viel zu undurchsichtig, als dass er sich wirklich bereits eine Meinung über ihn hätte bilden können. Wassili hingegen erschien ihm geradezu prädestiniert, um als Zielscheibe seiner schlechten Laune zu dienen. Er gab sich ja auch alle Mühe, dieser Rolle gerecht zu werden.

Was nichts daran änderte, dass sein letzter Schuss nach hinten losgegangen war. Wassili machte ein Gesicht, als wäre ihm seine Äußerung sehr unangenehm. Trotzdem musste man nicht Gedanken lesen können, um zu erkennen, dass sie ihm zumindest bei Ines und Anja eine Menge Sympathie eingebracht hatten.

Es klopfte. Wassili rief ein einzelnes russisches Wort, die Tür wurde geöffnet und ein Matrose trat ein. Mit zwei raschen Schritten war er bei ihm, beugte sich vor und flüsterte ihm etwas ins Ohr. Wassili runzelte sichtlich unangenehm berührt die Stirn, überlegte einen Moment und antwortete dann mit einem einzelnen Wort. Der Matrose ging und Wassili wandte sich mit einem durchdringenden Blick an Vandermeer.

»Probleme?«, fragte Vandermeer.

»Keine, die sich nicht lösen ließen«, antwortete Wassili in sonderbarem Ton. »Sagen Sie, Hendrick ... ist es möglich, dass Sie ein wenig unartig waren?«

»Ich verstehe überhaupt nicht, wovon Sie reden«, behauptete Vandermeer. Das war im Moment sogar die Wahrheit. Er verstand allmählich gar nichts mehr. Sein Schädel schien auseinander bersten zu wollen. Er konnte den Impuls nicht mehr unterdrücken, die Hand zu heben und mit den Fingerspitzen die Stelle zwischen seinen Augen zu massieren.

»Sie haben uns noch immer nicht die ganze Geschichte erzählt«, erinnerte Anja. »Was haben wir beziehungsweise Hendrick und Gwynneth mit all diesen verschwundenen Leuten zu tun?«

»Nichts«, antwortete Wassili. »Nicht direkt jedenfalls.« Er legte eine winzige Kunstpause ein, in der er die Ellbogen präzise rechts und links von seinem Teller auf der Tischplatte aufstützte, die Finger ineinander verschränkte und das Kinn darauf stützte. »Ich habe diese Musik nur als Beispiel erwähnt – zum einen, weil es sehr anschaulich ist, zum anderen, um Ihnen etwas zu demonstrieren.«

Er deutete auf den Aktenkoffer, in dessen aufgeklapptem Deckel noch immer ein grüner Leuchtpunkt die Silhouette eines zerklüfteten Gebirges nachzeichnete, obwohl die dazugehörige Musik längst verstummt war. »Sehen Sie.«

»Und?«, fragte Vandermeer. »Wir wissen mittlerweile, dass Sie in der Lage sind, Töne sichtbar zu machen. Eine grandiose Leistung.«

»Das ist nicht mehr das Klangschema der Musik«, sagte Wassili.

»Aber es sieht ...«

»Genauso aus, ich weiß«, unterbrach ihn Wassili. »Das war es, was ich Ihnen zeigen wollte. Erinnern Sie sich an heute Vormittag, als ich Sie an diesen Apparat angeschlossen habe? Ich habe Ihre Alphawellen aufgezeichnet, Herr Vandermeer, Ihre Gehirnströme. Ihr Muster ist mit dem Diagramm der Musik identisch. Das von Gwynneth übrigens auch. Und dasselbe trifft auf eine ganze Anzahl von Männern und Frauen zu, denen ich in den letzten Jahren begegnet bin. Allerdings«, schränkte er nach einer kleinen Pause ein, »ist mir nur selten eine derart präzise Übereinstimmung untergekommen. Natürlich müssen wir mehr und genauere Tests machen, für die uns im Moment weder die Zeit noch die notwendige technische Ausrüstung zur Verfügung steht, aber ich bin trotzdem jetzt schon sicher, dass das Ergebnis dasselbe sein wird. Erinnern Sie sich an den Tag, an dem wir uns kennen gelernt haben? Was ich Ihnen über die Shakren erzählt habe?«

»Ungern«, knurrte Vandermeer. *Sein* Shakra schmerzte mittlerweile so unerträglich, dass seine Augen zu tränen begannen.

»Aber es gibt sie«, beharrte Wassili. »Wenn Sie unbedingt auf einer wissenschaftlichen Erklärung beharren, dann nennen Sie sie meinetwegen Energiezentren. Man kann ihre Existenz beweisen.« Er deutete auf den Monitor. »Auch die Schmerzen, die Sie im Moment haben, haben ihren Ursprung dort.«

»Woher wollen Sie wissen, ob mir etwas weh tut und was?«, murmelte Vandermeer. Er kam sich bei diesen Worten selbst lächerlich vor und Wassili kommentierte sie auch nur mit einem müden Lächeln.

»Es sitzt genau über Ihrer Nasenwurzel«, sagte er. »Zwischen den Augen. Dort, wo die Spitze eines gleichschenkeligen Dreiecks wäre. Die Buddhisten nennen es sogar so: das dritte Auge. Viele Religionen halten es für den Sitz der Seele. Die Wissenschaftler nennen es die Zirbeldrüse. Ihre genaue Funktion ist nicht bekannt, aber man weiß, dass sie gewisse Enzyme und Hormone produziert, die einen großen Einfluss auf unser körperliches und seelisches Wohlbefinden haben. Ich persönlich neige zu einer anderen Theorie.«

»Wieso?«, fragte Anja.

Wassili lächelte. »Weil die wissenschaftliche Erklärung so ... unbefriedigend ist. Sie ist desillusionierend und sie wirft mehr Fragen auf, als sie beantwortet. Ich glaube, dass es sich um unsere Verbindung zur Welt des Spirituellen handelt.«

Vandermeer wollte auffahren, doch Wassili fuhr rasch und mit einer besänftigenden Geste fort: »Ich weiß, Sie halten nichts davon. Wählen Sie sich ein anderes Wort, wenn es Ihnen lieber ist. Vielleicht sind Sie dem Thema einfach zu nahe, als dass Sie an Magie und Zauberei glauben können – obwohl Sie ihr Wirken in den letzten Tagen am eigenen Leib verspürt haben. Ist Ihnen der Begriff ›Parapsychologie‹ lieber?«

Ganz bestimmt nicht, dachte Vandermeer. Er hatte über diesen Psi-Quatsch weiß Gott genug gelesen und gehört, um sich eine Meinung darüber zu bilden. Er sagte nichts.

»Warum wehren Sie sich so dagegen die Wahrheit zu akzeptieren?«, fragte Gwynneth.

Vandermeer sah sie nur feindselig an und schwieg weiter. Er hätte ihre Frage beantworten können, aber das hätte zwangsläufig bedeutet, sie auch für sich selbst zu beantworten, und davor schrak er zurück wie vor einer heißen Herdplatte. Sich der Wahrheit zu stellen hieße, dieser finstern, dräuenden Macht gegenüberzutreten, die wie ein lauernder Krake tief unter seinem

Bewusstsein verborgen wartete. Er spürte, wie sie sich bereits jetzt wieder zu regen begann, nur dadurch, dass er *über* sie nachdachte, nicht einmal *an* sie dachte. Die simple Wahrheit war ...

»Sie haben Angst davor«, sagte Gwynneth.

»Unsinn«, murmelte Vandermeer, doch natürlich hatte sie Recht. Er hatte Angst davor, Angst wie vor nichts anderem auf der Welt. Er hatte dieses Ding einmal entfesselt und er hätte um ein Haar einen Menschen umgebracht.

»Sie können Gwynneth nicht belügen, Herr Vandermeer«, sagte Wassili. »Das kann niemand. Und sie weiß, wovon sie spricht.«

»Ich kann Sie verstehen«, sagte Gwynneth. »Mir ging es nicht anders als Ihnen, als ich begriff, über welche Macht ich verfüge. Jeder erschrickt, wenn er das erste Mal mit ihr in Berührung kommt.«

»Ich ... ich weiß nicht, was geschehen wird, wenn es Gewalt über mich erlangt«, sagte Vandermeer zögernd. »Es macht mir Angst.«

»Das muss es nicht«, behauptete Gwynneth. »Es ist nichts Fremdes oder Falsches. Es ist in allen von uns, in jedem Menschen. Die Kraft, die Sie spüren, ist die Urkraft der Schöpfung. Sie ist in jedem Menschen, in jedem Tier, in jeder Pflanze, jedem Stein ... es ist die Kraft, die unser gesamtes Universum erschaffen hat und aus der es besteht.«

»Aber es ist so ... zerstörerisch«, sagte Vandermeer.

»Nein«, beharrte Gwynneth. »Sie ist weder gut noch böse, sondern vollkommen neutral. Es kommt darauf an, was wir damit anfangen.«

Sie streckte die Hand nach einem Messer aus und hielt es in die Höhe. »Sie können es benutzen, um zu töten, Hendrick. Aber auch, um einen Menschen zu heilen.«

Das klang überzeugend, aber er hatte gespürt, wie destruktiv und wild diese Gewalt war, die in seinem Inneren darauf wartete, entfesselt zu werden. *Er* hätte Michail um ein Haar umgebracht. Aber er hatte auch mit der gleichen Leichtigkeit einem anderen Menschen das Leben gerettet.

»Zerstören ist immer leichter als erschaffen«, sagte Gwynneth. »Es liegt nur an Ihnen, wie Sie diese Gabe nutzen.«

Im Grunde änderte das nichts, dachte Vandermeer. Vielleicht war diese furchtbare Kraft, die er in seinem Inneren spürte, tatsächlich so neutral, wie Gwynneth behauptete, und es lag nur an ihm, was er damit machte. Aber er wusste nicht, wie weit er sich selbst trauen konnte. Was hatte sie gesagt: Zerstören ist immer leichter als erschaffen? O ja, damit hatte sie Recht.

»Sie verstehen eine Menge von ... solchen Dingen«, sagte er.

»Gwynneth ist die Tochter eines Druiden«, sagte Wassili. »Eines der Lieder, die Sie gerade gehört haben, stammt von ihrem Volk. Ihr Urgroßvater hat es komponiert.«

»Sagten Sie nicht, sie wären alle verschwunden?«, fragte Anja.

»Das sind sie«, antwortete Gwynneth. »Mein Großvater hat sie fortgebracht, auf die Tir Nan Og. Die andere Welt, die jenseits der Wirklichkeit liegt. Einige wenige blieben zurück, um anderen den Weg zu weisen.«

»Die Tir Nan Og?« Ines runzelte die Stirn. »Das ist ... eine irische Legende, nicht wahr? So etwas wie ... das Paradies, die ewigen Jagdgründe, die ...«

»Jede Kultur hat eine andere Bezeichnung dafür, aber der Gedanke an eine andere und meist bessere Welt zieht sich durch alle Zeiten und alle Religionen, ja«, unterbrach sie Wassili. »Ich kann und will nicht spekulieren, was es ist – eine andere Dimension, ein anderer Planet, eine andere Zeit ... aber es existiert. Wir haben den Beweis dafür gefunden.«

Vandermeers Schädel drohte auseinander zu platzen. Seine Augen füllten sich mit Tränen, sodass er Wassili nur noch verschwommen erkennen konnte. »Was ... soll das heißen?«, fragte er stockend.

»Es gibt diesen Ort, Hendrick«, sagte Wassili noch einmal und mit sonderbar leiser, fast beschwörender Stimme. »Wir wissen nicht, was er ist, aber wir haben den Beweis für seine Existenz. Und wir haben noch mehr. Der Ort, an den wir gehen werden ... Ogdy ...« Er warf einen raschen, fast ängstlichen Blick in Haikos Richtung, als erwarte er eine ganz bestimmte Reaktion auf seine Worte, die jedoch nicht kam. »... der Punkt irgendwo in Sibirien, zu dem Gwynneth, Sie und einige andere uns begleiten werden, ist das Tor dorthin.«

4

Er war nicht einmal sehr enttäuscht, als Michail ihn nach dem Essen in seine eigene Kabine zurückbrachte. Obwohl er insgeheim gehofft hatte, den Rest des Tages mit Anja und ihrer Schwester verbringen zu können, war er nicht böse, dass Wassili nicht Wort hielt. Zum ersten Mal seit langer Zeit *wollte* er allein sein, um über so vieles nachzudenken. Zugleich hatte er beinahe Angst davor, zu viele Antworten zu finden.

Aber er konnte auch nicht mehr zurück. Ohne dass er es selbst bemerkt hatte, hatte ihn Gwynneth mit wenigen Worten dazu gebracht eine Grenze zu überschreiten, jenseits derer es kein Leugnen des Offensichtlichen mehr gab. Das Problem war vielmehr, dass er das alles einfach nicht glauben *wollte.* Er hatte sich zeit seines Lebens gegen all diese Dinge gewehrt: Parapsychologie, Esoterik, Karma, Spiritismus – es gab tausend Worte für ein und dasselbe: Unsinn. Wenn er einen Menschen kannte, der mit beiden Beinen fest auf der Erde stand, dann er selbst. Und ausgerechnet er sollte ein Zauberer sein, ein Nachkomme der alten Druiden, Schamanen oder wie immer man es nennen wollte? Das war grotesk.

Das Maschinengeräusch änderte sich und gleichzeitig hörte der Boden auf sich zu bewegen. Vandermeer richtete sich halb auf seiner Liege auf und runzelte die Stirn. Zu seiner Enttäuschung hatte die Tür nicht wieder wie durch Zauberei (Ha, ha!) eine Klinke bekommen, aber es war auch so klar, dass das Schiff seine Fahrt verlangsamt, vielleicht sogar angehalten hatte. Vandermeer wusste nicht, wie schnell der Frachter lief, aber da das Abendessen alles in allem schätzungsweise zwei Stunden gedauert hatte, mussten sie den Bosporus und damit die Durchfahrt ins Schwarze Meer mittlerweile erreicht haben.

Warum aber hielten sie an? Wassili hatte sehr deutlich gemacht, dass für sie im Moment nichts so kostbar war wie Zeit.

Schritte näherten sich, dann wurde die Tür geöffnet und der riesige Matrose mit dem Schnauzbart gab ihm einen Wink mit ihm zu kommen.

»Was ist passiert?«, fragte Vandermeer. »Gibt es irgendwelche Probleme?«

Der Matrose sah ihn nur verständnislos an und wiederholte seine auffordernde Handbewegung. Vandermeer schwang die

Beine von der Liege, stand auf und verließ den Raum. Auf dem Weg nach oben trafen sie Anja und Ines, die sich in Begleitung zweier weiterer Matrosen befanden. Ines sah ihn fragend an, aber Vandermeer hob nur stumm die Schultern. Er hatte ebenso wenig eine Ahnung wie sie oder ihre Schwester, was hier vorging. Irgendetwas lief nicht nach Plan, so viel war klar.

Als sie die Treppe zur Brücke hinaufgingen, verstummte das Maschinengeräusch. Der Boden hörte endgültig auf zu zittern. Aber es wurde trotzdem nicht still. Vandermeer hörte entfernte, undeutliche Stimmen und die typischen Geräusche eines Hafens, die einzeln kaum zu identifizieren waren, in ihrer Gesamtheit jedoch ein unverwechselbares Bild ergaben. Sie hatten nicht nur die Maschinen gestoppt, sie hatten angelegt.

Mehr noch: Wassili hatte das Versteckspiel endgültig aufgegeben, denn die Matrosen führten sie diesmal nicht in ein weiteres fensterloses Zimmer, sondern direkt auf die Brücke, wo Vandermeer seine Vermutung bestätigt fand. Durch die großen Fenster, die sich um drei Seiten des mit Technik bis zum Bersten vollgestopften Raumes zogen, konnte man tatsächlich auf einen zwar nächtlichen, aber trotzdem beinahe taghell erleuchteten Hafen hinaussehen. Auf der linken Seite erstreckte sich eine schier endlose Reihe von Schiffen der unterschiedlichsten Größe, dahinter erhob sich ein schwarzes, in der Mitte geteiltes Gebirge, das mit buchstäblich Millionen winziger leuchtender Sterne übersät war. Es war ein beeindruckender Anblick, zugleich aber auch höchst verwirrend. Vandermeer hatte sich Istanbul bei Nacht vollkommen anders vorgestellt.

»Was ist das?«, fragte Ines. Sie war hinter ihm auf die Brücke gekommen und machte große Augen.

»Konstantinopel«, antwortete Vandermeer.

»Was?«

»Der historische Name für Istanbul.« Anjas Stimme klang auf eine quengelige Art ungeduldig. Sie streifte Vandermeer mit einem kühlen Blick, während sie sich an ihm vorbeidrängte und ans Steuerpult trat; genauer gesagt an das, was Vandermeer für das Steuerpult hielt. Es gab hier drinnen kein Steuerrad, wie es jedermann auf der Brücke eines Schiffes erwartete, sondern nur eine Unmenge fernöstlicher Elektronik. Im Gegensatz zum Rest des Schiffes schien die Brücke nicht aus dem vergangenen, sondern aus einem zukünftigen Jahrhundert zu stammen. Vandermeer wäre kaum noch überrascht gewesen, über der Tür ein Schild mit der Aufschrift NCC 1701 ENTERPRISE zu entdecken.

»Wir wissen, dass Sie ein Lexikon besitzen, Herr Vandermeer«, fuhr Anja fort, ohne den Blick vom Panorama der Stadt zu wenden.

Vandermeer presste die Lippen zu einem schmalen Strich zusammen. Es waren nicht so sehr ihre *Worte*, die ihn verletzten, sondern eher die Feindseligkeit, die er dahinter spürte. Offensichtlich machte sie ihn immer noch für das verantwortlich, was ihrer Schwester und ihr zugestoßen war.

»Das weiß ich selbst«, erwiderte Ines, wobei sie die Worte ihrer Schwester, die Vandermeer galten, einfach ignorierte. »Aber was *tun* wir hier?«

»Ein Hafen am Schwarzen Meer ...« Anja hob die Schultern.

»Aber es ist trotzdem nicht unser Ziel.« Wassili betrat die Brücke, gefolgt von Gwynneth, Michail und zwei weiteren Matrosen. Hinter ihm trat ein hochgewachsener, überschlanker Orientale in einer beigefarbenen Uniform ein. Trotz der überraschenden Größe des Raumes wurde es allmählich eng.

Wassili ging mit schnellen Schritten bis in die Mitte des Raumes und drehte sich herum. Gleichzeitig deutete er mit der Rechten auf den Türken. »Darf ich vorstellen: Hauptmann Khemal von der türkischen Zollbehörde.«

»Und wer sind Sie?«, fragte Khemal. Er sprach gebrochenes, aber verständliches Deutsch. Vielleicht hatte ihn Wassili darum gebeten, wahrscheinlich aber hatte er einfach in der gleichen Sprache geantwortet, in der der Russe das Gespräch begonnen hatte.

Wassili stellte alle Anwesenden der Reihe nach vor. »Hauptmann Khemal hat um diese ... äh ... kleine Versammlung gebeten«, schloss er. »Auch, wenn ich nicht genau verstehe, warum.«

Khemal ignorierte sowohl die Frage als auch Wassilis missbilligenden Tonfall. Er stand stocksteif und so kerzengerade da, als hätte er den berühmten Besenstiel verschluckt, und hatte die Hände hinter dem Rücken verschränkt. Sein Gesicht war vollkommen unbewegt, aber der Blick seiner dunklen Augen glitt ununterbrochen von einem zum anderen. Vandermeer hatte selten einen Menschen getroffen, der ihm auf Anhieb so unsympathisch gewesen wäre wie Khemal.

Aber das überraschte ihn nicht. Khemal entsprach so sehr dem

Klischee des herrschsüchtigen, grausamen türkischen Polizisten, das man aus tausend amerikanischen Filmen kannte, dass es schon fast absurd war. Als hätte er ihn ... sich ausgedacht, dachte Vandermeer. Oder ihn sich herbeigewünscht. Der Mann roch nach Ärger, aber er schien auch genau das richtige Kaliber zu haben, um selbst Wassili ein wenig Kopfschmerzen zu bereiten.

»Ihre Papiere, bitte«, sagte Khemal.

»Die haben wir ...«, begann Vandermeer, wurde aber rasch von Wassili unterbrochen.

»Die Pässe unserer Gäste befinden sich im Safe, in meiner Kajüte. Michail, wärst du bitte so freundlich sie zu holen?«

Michail hatte die Brücke nicht betreten, sondern war draußen auf dem Gang stehen geblieben. Als er sich herumdrehte, um Wassilis Befehl auszuführen, sah Vandermeer, dass Khemal nicht allein gekommen war. Draußen auf dem Gang standen mindestens noch ein halbes Dutzend Männer in den gleichen khakifarbenen Sommeruniformen. Zwei von ihnen folgten Michail.

»Das sind jetzt alle, die sich an Bord befinden?«, fragte Khemal.

Wassili nickte. »Sieben Besatzungsmitglieder, ich selbst und mein Assistent sowie Herr Vandermeer und seine Begleiterinnen, ja.«

Und was war mit Haiko?, dachte Vandermeer. Wassili blinzelte, sah für eine halbe Sekunde und auf eine sehr unangenehme Art überrascht in seine Richtung und fügte dann hastig hinzu: »Es gibt noch einen weiteren Passagier. Sie finden ihn im vorderen Teil des Schiffes, in einer der Passagierkabinen. Er ist blind und sehr alt. Ich bitte Sie ihm die Mühe zu ersparen hier herauf zu kommen. Michail wird Ihnen seinen Pass aushändigen.«

Khemal überlegte eine Sekunde, dann gab er einen Befehl in seiner Muttersprache und zwei weitere Männer drehten sich draußen herum und gingen. Zurück blieben immer noch mindestens vier Gestalten mit dunklen Gesichtern und Maschinenpistolen. Vandermeers Gefühl hatte ihn nicht getrogen. Irgendetwas stimmte hier nicht. Khemal war mit einer kleinen Armee an Bord gekommen.

»Vielleicht ... wären Sie jetzt so freundlich, uns den Grund für Ihre überraschende Inspektion mitzuteilen, Hauptmann Khemal«, sagte Wassili. *Er* hatte sich perfekt in der Gewalt, aber es hätte des kaum merklichen Stockens in seinen Worten nicht einmal bedurft, um Vandermeer seine Nervosität fühlen zu lassen. »Sie haben die Schiffspapiere geprüft und ich versichere Ihnen ...«

Khemal brachte ihn mit einer Geste zum Verstummen, ohne ihn dabei auch nur eines Blickes zu würdigen. Als er auch noch die andere Hand hinter dem Rücken hervornahm, sah Vandermeer, dass er tatsächlich einen kurzen Gummiknüppel darin trug. Der Mann kam ihm mit jeder Sekunde unechter vor. Hätte er sich eine Figur wie ihn ausgedacht, die im richtigen Moment auftauchte, um Wassili das Leben schwer zu machen, sie hätte genau so ausgesehen wie Khemal. Sein Unterbewusstsein schien einen starken Hang zu Klischees zu haben. Im Grunde fehlte jetzt nur noch, dass Khemal auf den Zehenspitzen wippte und sich mit dem Gummiknüppel in die Handfläche schlug.

Stattdessen begann der Türke mit langsamen, präzise gleich großen Schritten im Raum auf und ab zu gehen, wobei er vor jedem einzelnen Mann innehielt, um ihm einen Moment ins Gesicht zu sehen.

Wassili bewegte sich fast unmerklich an Vandermeers Seite und flüsterte: »Das war nicht besonders klug von Ihnen, Hendrick. Clever, aber nicht klug. Aber darüber reden wir später.«

»Was meinen Sie überhaupt?«, fragte Vandermeer. Er sprach ebenso leise wie Wassili; trotzdem schien Khemal die Worte gehört zu haben, denn er hielt für einen Moment darin inne, die stumme Parade der Matrosen abzugehen, und sah stirnrunzelnd in seine Richtung. Vandermeer senkte hastig den Blick. Khemal war nicht nur unsympathisch, er hatte etwas an sich, das ihm Angst machte. Nach einigen Sekunden setzte Khemal seine Inspektion fort.

»Sie werden jetzt mitspielen, Hendrick«, sagte Wassili. »Wenn nicht, befehle ich Michail Anja zu töten.«

Khemal hatte mittlerweile die Reihe der Matrosen abgeschritten und blieb vor Anja stehen. Sie hielt seinem Blick gelassen stand, aber Vandermeer war nicht sicher, dass sie das sollte. Wenn Khemal tatsächlich seinem Unterbewusstsein entsprungen und die Essenz aller Klischees und Vorurteile war, die sich ein halbes Leben lang darin angesammelt hatten, dann war er gewiss niemand, der sich von einer emanzipierten jungen Frau beeindrucken ließ.

»Wer sind Sie?«, fragte Khemal.

»Die junge Dame ist Herrn Vandermeers Assistentin«, sagte Wassili. »Wenn Sie Fragen haben, wenden Sie sich an ihn. Er vertritt die Investorengruppe, die dieses Schiff gekauft hat.«

Khemal wandte für einen Moment den Kopf, maß Wassili mit einem fast verächtlichen Blick und drehte sich dann wieder zu Anja um. »Stimmt das?«

»Wenn er es sagt«, antwortete Anja.

Khemal seufzte, ergriff den Gummiknüppel mit beiden Händen hinter dem Rücken und begann nun tatsächlich auf den Zehen zu wippen. »Sie sind ...«

»Lassen Sie sie in Ruhe, verdammt nochmal«, sagte Vandermeer. »Wassili hat Recht. Anja ist meine Sekretärin. Wenn Sie Fragen haben, stellen Sie sie mir.«

Khemal fuhr auf dem Absatz herum. In seinen Augen blitzte es auf, aber sein Gesicht blieb unbewegt. Der Mann strahlte eine Feindseligkeit aus, die man fast riechen konnte. Was hatte Wassili gestern zu ihm gesagt? Man sollte vorsichtig sein mit dem, was man sich wünscht. Man könnte es bekommen.

»Ganz wie Sie wünschen, Herr ...«

»Vandermeer«, antwortete Vandermeer.

»Vandermeer.« Khemal überlegte. »Das ist kein deutscher Name.«

»Michail holt meinen Pass«, antwortete Vandermeer. »Sie mögen keine Deutschen?«

»Ich mag keine Ausländer, die hierher kommen und glauben unsere Gesetze mit Füßen treten zu können«, erwiderte Khemal. »Gleich welcher Nationalität.«

Vandermeer tauschte einen überraschten Blick mit Wassili, aber der Russe zuckte nur mit den Schultern. Offenbar wusste er ebenso wenig wie er, was Khemal überhaupt meinte.

»Wer sind diese ... Investoren, die Sie vertreten, Herr Vandermeer?«, fragte Khemal.

Vandermeer beherrschte sich, um nicht in Wassilis Richtung zu sehen, doch er konnte den beschwörenden Blick des Russen geradezu spüren. Seine Gedanken rasten. Er hatte nicht einmal eine *Ahnung*, was Wassili dem Türken erzählt hatte! Es half nichts – er musste improvisieren.

»Ich glaube nicht, dass ich Ihnen das sagen muss«, sagte er. Er konnte sehen, wie Ines ein wenig blasser wurde. Khemal war niemand, bei dem ein solcher Ton angebracht zu sein schien. Vandermeer glaubte allerdings nicht, dass irgendeine Form von Höflichkeit die Sache verbessert hätte.

»Nein, das müssen Sie nicht«, antwortete Khemal. »Aber es wäre höflich, es zu tun. Vielleicht auch klüger.«

»Hauptmann Khemal«, sagte Wassili. »Ich bitte Sie! Es gibt keinen Grund feindselig zu sein. Herr Vandermeer und seine Begleiter vertreten ein Konsortium privater Investoren, das dieses Schiff erwerben möchte, um es zu einem modernen Kreuzfahrtschiff umzubauen. Das hat weder etwas mit Ihrem Land noch mit Ihren Gesetzen zu tun, die wir im Übrigen nicht verletzt haben. Ich muss Sie daher noch einmal bitten mir den Grund Ihres Hierseins mitzuteilen.«

Khemal sah die ganze Zeit, in der Wassili sprach, nicht einmal in seine Richtung, sondern blickte weiter Vandermeer an. Es war nicht schwer zu erraten, was bei diesem Anblick in ihm vorging. Vandermeer sah nach allem aus, nur nicht nach jemandem, der eine Gruppe millionenschwerer Investoren vertrat.

Schließlich antwortete Khemal doch. »Es gibt keinen ... Grund, Herr Wassili. Nennen Sie es ein Gefühl.«

»Ein Gefühl?« Wassili ächzte. »Und deshalb bringen Sie unser Schiff auf und zwingen uns in den Hafen einzulaufen? Das grenzt an Piraterie.«

»Keineswegs«, antwortete Khemal gelassen. Wassilis Worte schienen ihn mehr zu amüsieren als zu ärgern. Die Taktik des Russen war auch so falsch, wie sie nur sein konnte. Vandermeer hatte nicht geglaubt den Tag zu erleben, an dem dies geschah, aber Khemal hatte es tatsächlich geschafft ihn aus dem Konzept zu bringen. »Sie und Ihr Schiff befinden sich in türkischen Hoheitsgewässern. Ich habe jedes Recht an Bord zu kommen.«

Michail kam zurück und gab Wassili ein halbes Dutzend Reisepässe, von denen Vandermeer einen überrascht als seinen eigenen wiedererkannte. Er war hundertprozentig sicher, ihn nicht bei sich gehabt zu haben, als er zu der Verabredung mit Wassili ins Hotel gegangen war. Wassili reichte die Pässe an Khemal weiter, der sie nur flüchtig durchblätterte, aber nicht sofort zurückgab.

»Sie wollen dieses Schiff also überführen«, sagte er. »Wohin?«

Die Frage war an niemanden direkt gerichtet und sowohl Wassili als auch Vandermeer zögerten einen Sekundenbruchteil zu lange mit der Antwort. »Nach Novorossiysk«, sagte Wassili schließlich. »Das Schiff wird in der dortigen Werft umgebaut. Aber das steht alles in den Papieren, die Sie gesehen haben.«

Khemal schloss die linke Hand ein wenig fester um das halbe Dutzend Pässe. Er lächelte, aber diese Mimik bewirkte bei ihm das genaue Gegenteil dessen, was ein Lächeln eigentlich bewirken sollte. »Welche Fracht befindet sich an Bord?«, fragte er.

»Die, die in den Papieren steht«, antwortete Wassili. »Keine.«

»Sie haben nichts dagegen, wenn sich meine Männer davon überzeugen?«

Wassili wollte antworten, aber Vandermeer kam ihm zuvor. »Wir haben in der Tat etwas dagegen«, sagte er. »Unser Zeitplan ist ziemlich eng. Wir können es uns nicht leisten auch nur einige Stunden zu verlieren.«

Khemal sah ihn nur an. Er schwieg. Dafür wurde Wassili immer nervöser. Er sagte nichts, aber er blickte so demonstrativ zuerst in Michails Richtung, dann zu Anja, dass selbst Khemal die Stirn runzelte und die beiden nacheinander ansah.

»Ich verstehe nicht ganz, was das alles soll«, fuhr Vandermeer fort. »Es spielt keine Rolle, ob und welche Fracht wir an Bord haben. Wir hatten nicht vor türkisches Territorium zu betreten.«

Khemal schwieg noch immer, aber in seinen Augen war jetzt etwas, das vorher nicht da gewesen war.

»Haben Sie eine Ahnung, was eine Stunde Werftzeit kostet?«, fuhr Vandermeer fort. Er bemühte sich jetzt absichtlich um einen überheblichen Ton, der das nervöse Flackern in Wassilis Augen zu einem Ausdruck blanker Panik werden ließ. »Ich glaube kaum. Verstehen Sie mich nicht falsch, Khemal – ich will Ihnen nicht drohen. Aber Sie könnten etwas in Gang setzen, dessen Sie nicht mehr Herr werden. Die Zeit in der Werft ist fest gebucht. Jeder Tag, den dieses Schiff später dort ankommt, kostet meine Auftraggeber mehr, als Sie in einem Jahr verdienen. Und ich schwöre Ihnen, dass wir Sie für jeden Pfennig haftbar machen werden.«

»Sind Sie wahnsinnig?«, keuchte Wassili.

»Keineswegs«, antwortete Vandermeer. »Aber ich habe keine Lust mich von einem größenwahnsinnigen Dorfpolizisten herumschubsen zu lassen.«

Wassili sog hörbar Luft ein, aber nur für einen Augenblick. Dann dämmerte allmähliches Begreifen in seinem Blick auf. »Damit kommen Sie nicht durch, Vandermeer«, sagte er.

»Vielleicht doch«, antwortete Vandermeer.

»Ich fürchte, Ihr Geschäftsfreund hat Recht«, meinte Khemal. Natürlich wusste er nicht, wovon Vandermeer und Wassili überhaupt sprachen. »Wir haben in diesem Land keine Angst vor Ihrem *Geld*, Herr Vandermeer. Und wir lassen uns nicht einschüchtern.«

»Wenigstens sind Sie lernfähig«, erwiderte Vandermeer. »Wenn auch ein wenig hinter der Zeit zurück. Methoden wie die, die Sie anzuwenden scheinen, sind bei uns schon vor fünfzig Jahren wieder abgeschafft worden.«

Er hatte durchaus die Möglichkeit einkalkuliert, dass Khemal nun von seinem Gummiknüppel Gebrauch machte, aber der Zollbeamte verzog nur geringschätzig die Lippen. Und ließ den Stapel Reisepässe mit einer schnellen Bewegung in der Jackentasche verschwinden.

»Ich fürchte, ich muss das Schiff nun doch einer gründlicheren Untersuchung unterziehen«, sagte er. »Und Sie und Ihre Begleiter muss ich bitten mit mir zu kommen.«

»Warum?«, fragte Vandermeer.

»Routine«, erwiderte Khemal lächelnd. »Entgegen der allgemeinen Auffassung ist die Türkei kein Land, in dem man es mit den Gesetzen nicht so genau nimmt. Dieses Schiff könnte gestohlen sein. Ihre Papiere könnten gefälscht sein. Vielleicht nutzt einer Ihrer Matrosen die günstige Gelegenheit zum Schmuggeln ... Wer will das sagen?«

»Sie reden Unsinn, Khemal, und das wissen Sie«, sagte Vandermeer.

»Wir werden all das überprüfen, seien Sie sicher«, sagte Khemal. »Sollten sich Ihre Angaben als richtig erweisen, können Sie Ihre Reise selbstverständlich fortsetzen.«

»Und wann wird das sein?«, fragte Wassili. Seine Stimme bebte vor Zorn, aber der wutsprühende Blick seiner Augen ging in Vandermeers Richtung.

»Das kann ich nicht sagen«, antwortete Khemal. »Sicher bald. Vielleicht schon in zwei, drei Tagen.«

»Drei Tage?«, keuchte Wassili.

»Das ist ein großes Schiff und ich habe nur sehr wenige Männer«, sagte Khemal. »Es wird eine Weile in Anspruch nehmen, es gründlich zu durchsuchen.«

»Es wird genau so lange dauern, wie ich brauche, um ein Telefongespräch zu führen«, sagte Vandermeer. »Danach werden Sie von Glück reden, wenn Sie noch irgendwo in Anatolien Schafe zählen dürfen.«

Diesmal *machte* Khemal von seinem Gummiknüppel Gebrauch.

Er kam noch auf dem Weg vom Schiff hinunter wieder zu sich. Zwei von Khemals Männern hatten ihn unter den Achseln ergriffen und schleiften ihn so unsanft zwischen sich das Fallreep hinab, dass seine Knöchel und Schienbeine auf jeder Stufe aufschlugen und allein der Schmerz reichte, um ihn wieder aufzuwecken. Ungeschickt versuchte er einen Schritt zu machen, brachte damit aber um ein Haar nicht nur sich, sondern auch die beiden Männer, die ihn in die Mitte genommen hatten, aus dem Gleichgewicht. Immerhin waren sie anschließend etwas vorsichtiger.

Khemal hatte ihm, ohne es zu wissen, einen Gefallen getan. Dort, wo ihn der Gummiknüppel getroffen hatte, schmerzte Vandermeers Gesicht höllisch und wahrscheinlich würde er spätestens morgen früh aussehen wie Quasimodo, aber der grausame Schmerz zwischen seinen Augen war erloschen. Er spürte noch eine leichte Benommenheit, zugleich aber auch so etwas wie eine Befreiung, die weit über den bloßen körperlichen Schmerz hinausging. Offensichtlich war sein drittes Auge nicht so spirituell, dass es nicht auf Prügel reagierte.

Am Kai standen drei Wagen bereit, in die Khemals Männer die Gefangenen hineinbugsierten. Vandermeer wurde zusammen mit Anja, ihrer Schwester, Gwynneth und zwei Matrosen in einen Wagen gepfercht, der allenfalls für die Hälfte der Personen bequem Platz geboten hätte. Trotzdem schienen sie noch nicht vollzählig zu sein, denn obwohl die Türen hinter ihm geschlossen und hörbar verriegelt wurden, fuhren sie noch nicht los.

»Mein Gott! Was ist mit deinem Gesicht?« Ines beugte sich vor, hob sein Kinn mit den Fingerspitzen an und betrachtete seine linke Wange. Sie sah regelrecht entsetzt aus. »Dieser ... dieser brutale Mistkerl!«

»Schon gut«, murmelte Vandermeer. »Es sieht schlimmer aus, als es ist.« Vorsichtig drückte er Ines' Hand zur Seite; nicht, weil ihm ihre Hilfe unangenehm war, sondern weil die Berührung verdammt *weh* tat. Trotzdem musste er gestehen, dass es ein sonderbar wohl tuendes Gefühl war, dass sich jemand um ihn kümmerte. Auch wenn es der falsche Jemand war.

»Das hoffe ich«, sagte Ines. »Dieser verdammte Kerl hätte dir die Nase brechen können.«

So, wie sich sein Gesicht anfühlte, hatte er das vermutlich sogar getan, dachte Vandermeer. Sein linkes Auge begann sich allmählich zu schließen und das Sprechen bereitete ihm Mühe, weil seine Lippen aufgeplatzt waren und die Haut unter dem eingetrockneten Blut spannte. »Wahrscheinlich sehe ich jetzt aus wie Michail«, sagte er.

»Das ist nicht komisch«, sagte Ines.

»Wieso nicht?«, fügte ihre Schwester hinzu. »Lass ihn ruhig seine Witze machen. Über den letzten hat Khemal sich doch köstlich amüsiert.«

Ines drehte mit einem Ruck den Kopf und funkelte ihre Schwester an. »Wie kannst du nur so unsensibel sein? Er wollte uns nur helfen!«

»O ja, danke«, erwiderte Anja böse. »Eine famose Hilfe. Ich wollte schon immer einmal wissen, wie ein türkisches Frauengefängnis von innen aussieht.«

»Das werden Sie nicht, keine Sorge«, murmelte Vandermeer. Er verbarg das Gesicht in den Händen und biss die Zähne zusammen, als er spürte, wie heiß seine Haut war. Der Schmerz hielt sich in Grenzen, aber seine Nase fühlte sich tatsächlich an, als wäre sie gebrochen.

»Natürlich nicht«, sagte Anja spöttisch. »Wahrscheinlich werden sie uns in einem Vier-Sterne-Hotel unterbringen. Verdammt, was glauben Sie eigentlich, wie lange es dauert, bis Khemal herausfindet, dass Wassilis Geschichte von A bis Z erlogen ist?«

Vandermeer nahm die Hände herunter und sah sie für die Dauer von zwei oder drei Herzschlägen nachdenklich an, ehe er antwortete: »Nicht viel länger, als er braucht, um herauszufinden, dass wir in Deutschland als Entführungsopfer gesucht werden.«

Anja sagte nichts, aber ihre Augen wurden groß. Schließlich stotterte sie: »Dann ... dann haben Sie das ...«

»Natürlich hat er es geplant!«, sagte Ines wütend. »Er wollte, dass wir verhaftet werden, begreifst du das immer noch nicht?«

»Ist das wahr?«, fragte Anja. Vandermeer nickte.

»Mir war es von Anfang an klar«, sagte Ines.

»Es war die einzige Chance zu entkommen«, bestätigte Vandermeer. Er nahm den pochenden Schmerz seiner Wange in Kauf und zwang sich zu einem schiefen Grinsen. »Ich gebe zu, ich habe vielleicht einen übertriebenen Hang zur Dramatik, aber ich konnte der Versuchung nicht widerstehen. Oder hatten Sie große Lust ihn nach Sibirien zu begleiten?«

»Aber warum haben Sie es Khemal nicht einfach *gesagt*?«, wunderte sich Anja. »Ines hat Recht. Er hätte Sie umbringen können.«

Vandermeer suchte in ihrem Gesicht vergeblich nach Spuren eines schlechten Gewissens oder wenigstens von Verlegenheit. Sie bedauerte ihre Worte von gerade nicht. Sie war einfach nur verwirrt.

»Weil Wassili gedroht hat Sie umzubringen, wenn ich das tue«, antwortete Vandermeer ernst.

»Das ... das glaube ich nicht«, murmelte Anja.

»Weil Wassili ein so guter Mensch ist?«

»Es passt nicht zu ihm.«

Vandermeer lachte. »Ebenso wenig wie Entführung und Brandstiftung?« Er schüttelte den Kopf. »Sie glauben diesen ganzen Unsinn doch nicht etwa, den er erzählt hat?«

»Hört auf«, mischte sich Gwynneth ein. »Ihr habt beide Recht.« Sie deutete auf Vandermeer, dann auf Anja. »Was er erzählt hat, ist wahr. Aber er würde auch keine Sekunde zögern zu töten, um sein Ziel zu erreichen. Er ist ein böser Mann.«

»Sie müssen es ja wissen«, sagte Anja, doch Gwynneth blieb ernst.

»Ich weiß es«, bestätigte sie. »Glauben Sie mir. Wir sind in Gefahr, solange er lebt. Und nicht nur wir.«

»Es ist vorbei«, sagte Vandermeer. »Keine Angst. Er kann uns nichts mehr tun. Und Ihnen auch nicht. Sobald ich mit Khemal gesprochen habe, sind wir frei. Spätestens in vierundzwanzig Stunden sitzen wir in einem Flugzeug nach Hause. Und Sie können zurück nach Irland.«

Was er sagte, war mehr Zweckoptimismus als Überzeugung. Khemal würde ihm glauben müssen, über kurz oder lang, aber das würde kaum in ein paar Stunden der Fall sein. Er hatte das Gefühl, dass die Geister, die er gerufen hatte, nicht so schnell wieder gehen würden, wie sie gekommen waren.

»Sie irren sich«, sagte Gwynneth. »Wassili wird niemals zulassen, dass wir ihm entkommen. Sie haben keine Vorstellung, über welche Macht dieser Mann verfügt.«

»Nein«, antwortete Vandermeer. »Und ich will es auch gar nicht wissen. Sie überschätzen ihn, Gwynneth. Das hier ist vielleicht nicht Frankfurt, aber auch nicht die Steinzeit. Sie werden mich telefonieren lassen müssen. Ein einziger Anruf in Deutschland reicht und wir sind frei.«

»Jetzt überschätzen *Sie* sich«, sagte Anja. »Sie sind nicht James Bond.«

»Nein. Aber Journalist. Vielleicht kein guter, aber Journalist. Ein einziger Anruf in der Redaktion und es wimmelt hier morgen von Reportern und Kamerateams. Nicht einmal Wassili würde es wagen, uns vor den Augen der gesamten Welt zu kidnappen.«

»Ich wette, Sie machen auch noch eine große Story daraus«, sagte Anja kopfschüttelnd.

»Glauben Sie, ich verschenke die Geschichte meines Lebens?«, fragte Vandermeer. »Außerdem ist es wahrscheinlich unsere einzige Chance. Gwynneth hat vielleicht Recht, vielleicht nicht. Aber ich hätte kein gutes Gefühl dabei, mich in eine Lufthansa-Maschine zu setzen und in der Touristenklasse nach Hause zu fliegen, solange ich damit rechnen muss, dass Michail im Gepäckfach sitzt und mit einer Pistole auf meine Kniescheibe zielt.«

Die Tür wurde geöffnet und zwei Zollbeamte stießen einen weiteren Matrosen herein. Einen Augenblick später wurde der Motor angelassen und sie fuhren los.

»Interessiert es Sie eigentlich gar nicht, was Wassili und seine Leute in der Taiga gefunden haben?«, fragte Gwynneth plötzlich.

»Brennend«, antwortete Vandermeer. »Und ich werde es auch sehen, das schwöre ich Ihnen. Aber ich ziehe es vor aus freien Stücken dorthin zu reisen – und vor allem als freier Mann.«

»Das werden sie nicht zulassen.«

»Wir werden sehen«, erwiderte Vandermeer. »Unterschätzen Sie nicht die Macht der Presse.«

Gwynneth sagte nichts dazu, aber sie sah ihn mit einem Ausdruck von Trauer in den Augen an, den Vandermeer nicht verstand. Natürlich hatte sie Angst. Jeder hier drinnen wusste, dass sie nicht ganz so elegant und problemlos aus der Geschichte herauskommen würden, wie er gerade so vollmundig behauptet hatte. Khemal würde ihn nicht einfach telefonieren lassen und dann den roten Teppich ausrollen. Vandermeer war nicht einmal sicher, dass er zum letzten Mal mit seinem Gummiknüppel

Bekanntschaft gemacht hatte. Seltsamerweise erschreckte ihn der Gedanke gar nicht. Sein Gesicht tat immer noch höllisch weh, aber dieser Schmerz hatte etwas auf eine perverse Weise Erregendes; eine Blessur aus einer Schlacht, die er vielleicht nicht gewonnen, aber wenigstens überlebt hatte.

Für eine Weile kehrte ein unangenehmes Schweigen in dem überfüllten Wageninneren ein, dann hörte Vandermeer ein Seufzen und als er aufsah und in Gwynneth' Gesicht blickte, erkannte er, dass sie zu einem Entschluss gekommen war.

»Was ist los?«, fragte er.

Gwynneth antwortete nicht. Sie schloss die Augen und er konnte sehen, wie sich ein Ausdruck höchster Konzentration auf ihrem Gesicht ausbreitete. Vandermeer sah sie einige Momente lang verwirrt und fragend an. *Irgendetwas ...* geschah. Er konnte es spüren. Er wusste nicht, was, aber es war so deutlich, dass selbst Ines und Anja – vielleicht nur durch seinen Blick aufmerksam geworden – in Gwynneth' Richtung sahen und zumindest Anja sichtbar nervös wurde.

Vandermeer stand auf, so weit das bei der Enge des vorhandenen Raumes überhaupt möglich war, ging nach vorne und versuchte einen Blick durch das winzige vergitterte Fenster in die Fahrerkabine zu werfen. Die Scheibe war so schmutzig, dass er kaum etwas sah; dafür musste der Beifahrer ihn umso deutlicher gesehen haben, denn eine halbe Sekunde später klatschte eine Hand gegen die Scheibe. Vandermeer fuhr erschrocken zurück, kämpfte mit wild rudernden Armen um sein Gleichgewicht und fand an etwas Halt, das sich verdächtig nach einem Gesicht mit einem Schnauzbart und buschigen Augenbrauen anfühlte. Ein wütender Ruf erschallte, doch noch bevor Vandermeer die Hand zurückziehen konnte, drang aus der Fahrerkabine ein dumpfer Knall heraus und der Wagen begann zu schleudern, sodass Vandermeer vollends das Gleichgewicht verlor und hilflos in den Schoß des Mannes stürzte, an dessen Gesicht er sich gerade festgeklammert hatte.

Der Wagen schleuderte weiter, prallte mit dem sonderbar dumpfen Geräusch von zerberstendem Metall und dem hellen Splittern von Glas gegen ein Hindernis und kippte auf die Seite. Aus der Fahrerkabine drangen ein gellender Schrei und ein rotes und orangefarbenes Flackern und die Luft war plötzlich von beißendem Gummigestank erfüllt. Alles ging rasend schnell und scheinbar gleichzeitig: Der Transporter prallte erneut gegen ein Hindernis und überschlug sich. Vandermeer und die anderen wurden von den Sitzen und in die Höhe gerissen und stürzten wild durcheinander, während der Wagen auf das Dach prallte, wie ein flach über das Wasser geworfener Stein wieder hochsprang und dann mit vernichtender Wucht auf die Seite fiel. Vandermeer wurde gegen das Dach geschleudert, das plötzlich die Seitenwand bildete, prallte ab und stürzte gegen die Hecktür, die unter der Belastung endgültig nachgab und aus den Angeln gerissen wurde. Zusammen mit Gwynneth und einem der russischen Matrosen wurde er regelrecht ins Freie katapultiert, während der Wagen weiterschlitterte, eingehüllt in einen Funkenregen und sich wie ein zu groß geratener Kreisel immer noch drehend.

Der Aufprall war nicht so hart, wie Vandermeer befürchtet hatte. Er schlitterte ein Stück weit über nasses Kopfsteinpflaster und riss sich dabei Hände und Knie auf, verletzte sich aber nicht schwer und er verlor auch nicht das Bewusstsein. Noch bevor der Transporter ganz zur Ruhe gekommen war, sprang er bereits wieder hoch und rannte auf den Wagen zu.

Er sah aus den Augenwinkeln, dass auch Gwynneth und der Matrose, der mit ihnen hinausgeschleudert worden war, ohne schwere Verletzungen davongekommen zu sein schienen, denn beide richteten sich bereits mühsam wieder auf. Der Anblick des Wagens jedoch versetzte ihn fast in Panik: Der Transporter lag auf der Seite, wie ein gestrandetes Schiff am Ende einer gut zwanzig Meter langen Spur aus Glassplittern, Trümmerstücken und ausgelaufener Flüssigkeit. Eines der Vorderräder war abgebrochen und rollte direkt auf Vandermeer zu, sodass er ihm mit einer hastigen Bewegung ausweichen musste, und aus der Fahrerkabine züngelten Flammen. Vandermeer war nicht sicher, aber er glaubte eine dunkle Gestalt zu erkennen, die sich in den Flammen hinter der geborstenen Scheibe bewegte.

»Ines!«, brüllte er. »Anja!« Er musste das Autowrack halb umrunden, um an die aufgerissene Hecktür zu gelangen; kaum mehr als eine Sekunde, die für ihn aber zur Ewigkeit wurde. Er sah jedes winzige Detail des zerstörten Wagens hundertmal deutlicher, als er es wollte. Der letzte Aufprall war so heftig gewesen, dass die gesamte Karosserie des Transporters geborsten war. Aus dem Motorraum tropfte eine Flüssigkeit, die er im ersten Moment für Wasser hielt, bis ihm der unverkennbare Geruch von Benzin in die Nase stieg.

Eine der beiden Schwestern kam ihm entgegengetorkelt, als er den Wagen umrundet hatte. Er konnte nicht genau sagen, welche, denn ihr Gesicht war blutverschmiert, er vermutete jedoch, dass es Anja war, denn als er nach ihr greifen wollte, schlug sie seine Hand zur Seite und stolperte aus eigener Kraft weiter.

Er fand Ines und zwei weitere Matrosen noch im Wagen. Der Aufprall hatte sie übereinander geworfen und mindestens einer der Männer war bewusstlos, wenn nicht tot, denn er lag schlaff quer über Ines' Beinen, sodass sie sich nicht aus eigener Kraft befreien konnte. Vandermeer griff unter ihre Achseln und zerrte mit aller Kraft. Ines keuchte vor Schmerz, stemmte aber trotzdem die Hände gegen den Boden und drückte selbst zu. Gemeinsam mit ihr gelang es Vandermeer, sie aus dem Wagen zu ziehen und auf die Füße zu stellen.

»Bist du verletzt?«, fragte er.

Ines schüttelte den Kopf. »Nein«, sagte sie. »Aber da ... da ist noch jemand drin.«

Vandermeer führte sie hastig ein paar Schritte weit fort, sah aber trotzdem zum Wagen zurück. Einer der Matrosen hatte das Wrack mittlerweile aus eigener Kraft verlassen, aber der zweite regte sich noch immer nicht. Vielleicht war er tot, dachte Vandermeer. Er sollte zum Wagen zurücklaufen und nachsehen, aber die Flammen schlugen mittlerweile fast meterhoch aus dem Führerhaus und der Benzingeruch wurde immer durchdringender. Der Wagen würde in wenigen Augenblicken explodieren. Vielleicht war der Mann ja tot. Aber vielleicht auch nicht.

Ihm blieb keine Zeit mehr, die Risiken gegeneinander abzuwägen. Hastig schob er Ines ein weiteres Stück von sich und dem brennenden Wagen fort, raffte all seinen Mut zusammen und rannte los.

Die Hitze war viel schlimmer, als er erwartet hatte. Er bekam kaum noch Luft und er verstand nicht mehr, wieso nicht allein die Hitze das ausgelaufene Benzin explodieren ließ. Mit angehaltenem Atem erreichte er den bewusstlosen Matrosen, wälzte ihn auf den Rücken und schlug ihm zweimal mit der flachen Hand ins Gesicht. Er musste den Mann irgendwie wach bekommen. Der Matrose war viel größer als er und mit Sicherheit dreißig Kilo schwerer. Seine Kraft würde einfach nicht ausreichen, um ihn in den wenigen Sekunden, die ihm noch blieben, aus dem Wagen zu zerren.

Das Wunder geschah. Trotz der immer schneller ansteigenden Hitze und der wirbelnden Funken fing das Benzin nicht Feuer und der Matrose öffnete nach Vandermeers zweiter Ohrfeige die Augen und sah verständnislos zu ihm hoch. Vandermeer versuchte sich seinen Arm über die Schulter zu legen und ihn hochzuziehen, aber der Mann war einfach zu schwer.

»Helfen Sie mir!«, keuchte Vandermeer. »Ich schaffe es nicht allein. Schnell! Hier fliegt gleich alles in die Luft!«

Er bezweifelte, dass der Mann seine Worte verstand, aber er musste die Panik hören, die in seiner Stimme mitschwang. Noch immer benommen, aber sehr schnell stemmte er sich in die Höhe, schrie vor Schmerz und wäre sofort wieder zusammengebrochen, hätte Vandermeer ihn nicht aufgefangen. Auch Vandermeer hätte um ein Haar aufgeschrien, als er das Bein des Matrosen sah. Sein Unterschenkel war an zwei Stellen gebrochen. Schon der bloße Anblick drehte ihm fast den Magen herum. Die Schmerzen mussten unerträglich sein.

Dann sah er etwas, das noch viel schlimmer war: Unter dem Heck des Wagen breitete sich eine rasch größer werdende, schillernde Lache aus, die dem Geruch nach zu schließen aus einer Mischung aus Wasser, Öl und ausgelaufenem Benzin bestand. Auf ihrer Oberfläche kräuselte sich Dampf. Die Hitze war so extrem, dass sie Blasen schlug. Sie bewegten sich nicht auf, sondern *in* einem Pulverfass.

Der Matrose wimmerte vor Qual, als Vandermeer loslief, aber er hatte auch begriffen, in welcher Gefahr sie schwebten. Er bemühte sich das verletzte Bein nicht zu belasten, half Vandermeer aber nach Kräften, von dem brennenden Wrack wegzutaumeln. Es platschte hörbar, als sie durch die Pfütze aus Benzin und Wasser stolperten. Vandermeer hielt den Atem an, als ein Funkenschauer auf sie herabregnete, aber wie durch ein Wunder erloschen sie allesamt, ehe sie das Benzin trafen. Noch ein paar Sekunden, dachte Vandermeer verzweifelt. Sie brauchten vielleicht noch drei, vier Sekunden, bis sie in Sicherheit waren. Drei oder vier Ewigkeiten. Er hörte Ines schreien. Irgendwo heulte eine Sirene. Funken senkten sich brennend auf seine Haut und sein Haar. Das ausgelaufene Benzin zischte und begann Blasen zu werfen. Noch zwei Schritte. Durch einen Schleier aus Tränen sah er, wie Ines auf ihn zuzurennen begann und von ihrer Schwester zurückgerissen wurde. Noch ein Schritt. Das Sirenengeheul kam näher. Die Windschutzscheibe des Wagens verwandelte sich in einen Vulkan aus glühenden Glasscherben und Flammen. Noch ein halber Schritt.

Der Wagen explodierte.

Für einen Sekundenbruchteil löschte eine grelle Lichtflut hinter Vandermeer alle Farben aus, verwandelte die Welt in ein krasses Schwarzweißgemälde mit scharf abgegrenzten Konturen und schwarzen Abgründen zwischen grellweißen Flächen und warf seinen Schatten und den des Matrosen riesenhaft und verzerrt auf die gegenüberliegende Wand. Dann holte die Druckwelle sie ein, riss alles im Umkreis von zehn Metern von den Füßen und zertrümmerte auf der doppelten Distanz sämtliche Fensterscheiben. Vandermeer und der Russe wurden zu Boden geschleudert. Eine Walze aus glühend heißer Luft raste über Vandermeer hinweg, versengte seinen Rücken und seine Haare und dämpfte seinen Schrei zu einem halb erstickten Keuchen. Rings um sie herum regneten zerborstenes Glas und Flammen vom Himmel. Vandermeer schlug die Hände über den Kopf, um sich vor den scharfkantigen Splittern zu schützen, und hielt instinktiv den Atem an, bis die Hitzewelle über ihn hinweggefegt war.

Als er die Hände wieder herunternahm, hatte er im allerersten Moment das Gefühl blind und taub zu sein. In seinen Ohren war ein schrilles, misstönendes Klingeln und er sah nur flackernde Lichtblitze und graue Nebelfetzen. Nach einem Augenblick gerann das Bild zum Anblick einer heruntergekommenen, mit Trümmern und brennenden Benzinspritzern übersäten Straße.

Vandermeer richtete sich benommen auf. Sein Gesicht und seine Hände bluteten und er fühlte, dass auch sein Rücken mit zahlreichen mehr oder weniger tiefen Schnittwunden übersät war, beachtete es aber kaum. Rasch beugte er sich zu dem Matrosen nieder, der unmittelbar neben ihm zu Boden gestürzt war. Der Mann hatte wieder das Bewusstsein verloren, war aber noch am Leben. Vandermeer drehte ihn mühsam in eine etwas bequemere Lage und winkte einen der anderen Matrosen herbei.

»Sie!«, sagte er. »Kümmern Sie sich um ihn!« Er wusste nicht, ob der Mann ihn verstand, aber die Geste, mit der er seine Worte begleitete, war eindeutig genug. Der Mann kniete neben seinem bewusstlosen Kameraden nieder und begann sich mit routinierten Bewegungen an seinem Bein zu schaffen zu machen.

»Vandermeer!« Er sah hoch und blickte direkt in Gwynneth' Gesicht. »Wir müssen weg oder es war alles umsonst!« Ihre Hand wedelte aufgeregt nach links. Vandermeer sah in dieselbe Richtung. Er erkannte nichts außer Schatten und zuckendem Feuerschein. Dann wurde ihm klar, dass er das Klingeln in seinen Ohren immer noch hörte – nur dass es kein Klingeln war, sondern das Schrillen einer Polizeisirene, das rasch näher kam.

Er nickte wortlos, wandte sich um und prallte mitten in der Bewegung zurück, als ihm der dritte Matrose den Weg vertrat. Der Mann sah reichlich mitgenommen aus, aber auch auf eine grimmige Art entschlossen. Seine Hände waren blutig, doch trotzdem zu Fäusten geballt.

»Tu das nicht, mein Freund«, sagte Vandermeer. »Wenn du uns aufzuhalten versuchst, könnte etwas passieren, das wir beide bedauern.«

Seine Stimme klang eher müde als drohend, aber die Worte zeigten trotzdem Wirkung: Der Mann wich tatsächlich einen halben Schritt vor ihm zurück. Nicht weit genug, um ihn vorbeizulassen, aber weit genug, um Vandermeer begreifen zu lassen, dass er Angst hatte. Möglicherweise hatte sich an Bord des Schiffes herumgesprochen, was Michail zugestoßen war.

Was hatte er zu verlieren? Vandermeer trat mit einem energischen Schritt auf ihn zu, hob die Arme und machte: »Buh!«

Das Ergebnis übertraf seine kühnsten Erwartungen. Der Matrose fuhr auf der Stelle herum und rannte weg, so schnell er nur konnte.

Von allen hier war Vandermeer vielleicht am meisten überrascht. Er blieb einige Sekunden lang einfach in der gleichen, erstarrten Haltung stehen und starrte dem rennenden Matrosen hinterher, bis Gwynneth ihn an der Schulter ergriff und fast mit Gewalt mit sich zog.

5

Sie stürmten einfach blindlings davon. Das Sirenengeheul war bereits unangenehm nahe und aus der Ferne näherten sich weitere heulende Polizeisirenen; außerdem glaubte Vandermeer nun auch aufgeregte Stimmen zu hören, die wild durcheinander riefen und schrien. Die Gegend, in der sie sich befanden, war gottlob keine Wohngegend, aber sie war auch nicht menschenleer. In wenigen Augenblicken würde es hier nicht nur von Polizei und Khemals Leuten wimmeln, sondern auch von Neugierigen.

So schnell sie konnten, rannten sie zur nächsten Querstraße, bogen nach links ab, dann blieb Gwynneth stehen. »Besser, wenn wir nicht rennen«, sagte sie. »Wir erregen auch so schon genug Aufsehen.«

Niemand widersprach. Selbst Vandermeer nickte nur, obwohl er sich zugleich selbst fragte, wieso ausgerechnet das neueste Mitglied ihrer kleinen Gruppe so selbstverständlich das Kommando übernommen hatte. Gleichzeitig war er aber auch erleichtert.

»Wir brauchen ein Versteck«, sagte Gwynneth. »Irgendetwas, wo wir uns verkriechen können, bis sich die Aufregung gelegt hat.«

»Warum fragen Sie nicht Superman?«, schlug Anja spöttisch vor. »Das war wirklich eine Meisterleistung gerade! Mein Gott, ich wusste, dass Sie ein Trottel sind, aber *damit* hätte nicht einmal ich gerechnet!«

»Es hat funktioniert, oder?«, verteidigte sich Vandermeer. »Ich schätze, Michail hat eine Menge schlimmer Lügen über mich verbreitet.«

»Das meine ich nicht«, antwortete Anja. Sie blieb stehen und sah ihn kopfschüttelnd an. »Wie konnten Sie nur so dumm sein und in ein brennendes Auto klettern! Eine Sekunde später und Sie wären jetzt tot!«

»Hätte ich den Mann verbrennen lassen sollen?«

»Er hätte es umgekehrt getan!«, behauptete Anja.

»Vielleicht. Vielleicht aber auch nicht. Und selbst wenn, dann ist das vielleicht der Unterschied zwischen denen und mir.«

»Wie edel«, sagte Anja. »Ich muss mich entschuldigen. Offenbar habe ich mich in Ihnen getäuscht. Sie sind nicht Superman, sondern Robin Hood.«

»Das reicht jetzt«, mischte sich Gwynneth ein. »Dazu ist im Moment wirklich keine Zeit. Versuchen wir es dort vorne.« Sie wies auf ein lang gestrecktes Gebäude am Ende der Straße, das zahlreiche Türen, aber kein einziges Fenster hatte; vielleicht ein Lagerschuppen, von denen es hier am Hafen eine Menge geben musste. Eine gute Wahl, wenn auch nach Vandermeers Geschmack ein wenig zu nahe am Unfallort. Er widersprach jedoch nicht. Das Sirenengeheul und die Stimmen waren hinter ihnen zurückgeblieben, aber längst nicht so weit, wie Vandermeer sich gewünscht hätte.

Sie hatten abermals Glück. Die beiden ersten Türen, an denen sie rüttelten, waren fest verschlossen, aber der Riegel der dritten zerbröselte unter Vandermeers Händen zu Moder und Spänen. Mit einiger Anstrengung schob er die Schiebetür ein Stück weiter auf, quetschte Kopf und Schultern hindurch und spähte ins Innere des Gebäudes.

»Was siehst du?«, fragte Ines.

»Nichts«, antwortete Vandermeer. »Keine russischen Agenten, keine türkischen Zollbeamten.« Er schob sich ächzend weiter durch den Türspalt. Die Dunkelheit hier drinnen war nicht so vollkommen, wie er im allerersten Moment angenommen hatte. Er erkannte nur vage Umrisse, die seine Vermutung aber zu bestätigen schienen. Es war ein Lagerhaus, sehr groß und so gut wie leer. »Genau das, was wir brauchen. Kommt rein.«

Er trat einen weiteren Schritt zur Seite. Die beiden Schwestern und Gwynneth zwängten sich hintereinander durch den Spalt, ehe sie die Tür mit vereinten Kräften wieder schlossen, was sich als sehr viel schwieriger herausstellte als das Öffnen.

Die Anstrengung war zu viel für ihn. Für einen Moment wurde ihm übel, sodass er die Augen schloss und Kopf und Schultern gegen die Tür lehnte. Außerdem waren seine Kopfschmerzen zurückgekehrt, nicht so schlimm wie am Abend, aber schlimm genug.

Als er die Augen wieder öffnete, sah er direkt in Ines' Gesicht. »Alles in Ordnung?«, fragte sie.

Er verzichtete mit Rücksicht auf seine Kopfschmerzen darauf zu nicken. »Es geht schon wieder«, sagte er. »Keine Sorge. Ich bin in Ordnung.«

»Na wunderbar«, sagte Anja. »Dann ist ja alles bestens. Vorausgesetzt, irgendeiner von euch erklärt mir jetzt endlich, was zum Teufel wir hier überhaupt *tun*.«

»Wir sind auf der Flucht«, antwortete Vandermeer. »So nennt man das, glaube ich, wenn man vor jemandem davonläuft, der einem etwas Böses antun will.«

Sein Spott schien Anjas Ärger nur noch zu schüren. »Aber

warum denn überhaupt? Warum sind wir nicht einfach dageblieben?«

»Weil in dem Wagen dort hinten zwei tote türkische Polizisten liegen«, sagte Gwynneth ernst.

»Aber das war ein Unfall!«, protestierte Anja.

»Ich fürchte, Hauptmann Khemal könnte das etwas anders sehen«, sagte Gwynneth. »Aber Sie können natürlich gerne zu ihm zurückgehen und ihm alles erklären. Vielleicht glaubt er Ihnen ja.«

Anja sah irritiert von Gwynneth zu Vandermeer und wieder zurück. »Soll ... soll das heißen, dass wir jetzt nicht nur von diesem verrückten Russen gejagt werden, sondern auch noch von der türkischen Polizei?«, fragte sie.

»Ja«, antwortete Gwynneth unverblümt. »Aber keine Sorge. Ich weiß, wie wir hier herauskommen.«

»Sagen Sie nicht, Sie kennen sich zufällig im Hafen von Istanbul aus«, sagte Anja misstrauisch.

»Leider nicht. Aber ich habe Freunde hier. Sie leben drüben auf der anderen Seite der Brücke. Ich bin sicher, dass sie hierher kommen und uns helfen, wenn es mir irgendwie gelingt sie zu benachrichtigen.«

»Wissen Sie ihre Telefonnummer?«, fragte Vandermeer.

»Ich weiß nicht einmal, ob sie Telefon haben«, gestand Gwynneth. »Davon abgesehen würde es uns vermutlich nicht viel nutzen. Ich glaube nicht, dass es hier ein Telefon gibt.«

»Na wunderbar«, sagte Anja übellaunig. »Haben Sie noch mehr schlechte Neuigkeiten?«

»Im Moment nicht«, antwortete Gwynneth kühl. »Aber ich kann mir gerne noch etwas einfallen lassen.«

»Bitte hört auf«, sagte Ines. »Ich finde unsere Lage schon schlimm genug, auch ohne dass wir uns streiten.«

Damit fasste sie präzise in Worte, was Vandermeer dachte. Er war dem kurzen Disput zwischen Gwynneth und Ines' Schwester mit wachsender Verwirrung gefolgt. Die beiden Frauen schienen plötzlich wie ausgetauscht. Anjas Gereiztheit entsprang wohl zum allergrößten Teil nichts anderem als Angst, aber Gwynneth schien ... eine vollkommen andere zu sein. Natürlich kannte er sie nicht lange genug, um sich ein Urteil über sie bilden zu können, aber die Frau, die nun vor ihm stand, hatte nichts mehr mit der wortkargen, sanften Gwynneth zu tun, die er in

Haikos Kabine kennen gelernt hatte. Die Tochter eines Druiden? Eher die von Rambo und Red Sonja.

»Da oben scheint es eine Art Büro zu geben.« Ines hob die Hand und deutete tiefer in die Halle hinein. Sie musste weit schärfere Augen als Vandermeer haben, denn er konnte trotz aller Anstrengung nur ein paar verschwommene Schatten ausmachen, die sich mit sehr viel Phantasie vielleicht als eine Treppe interpretieren ließen.

»Warum seht ihr nicht nach?«, schlug Gwynneth vor. »Vielleicht gibt es da oben ja ein Telefon.«

»Und bestimmt ganze Heerscharen von Ratten und Spinnen«, fügte Anja hinzu. »Aber wir sehen nach und lassen euch zwei Superhelden allein. Komm mit, Ines.«

Sie drehte sich auf dem Absatz herum und verschwand in der Dunkelheit. Ines warf Vandermeer einen fast flehenden Blick zu, folgte ihrer Schwester dann aber hastig.

»Warum haben Sie das getan?«, fragte Vandermeer, als Ines außer Hörweite war.

»Was?«

»Ich glaube, das wissen Sie ganz gut«, antwortete Vandermeer. »Wieso haben Sie einen Streit provoziert? Anja hat nur Angst, das ist alles.«

»Vielleicht ist es mir lieber, sie streitet sich mit mir als mit Ihnen« antwortete Gwynneth. Ganz plötzlich, von einer Sekunde auf die andere, schien sie sich wieder in den Menschen zurückzuverwandeln, der sie an Bord des Schiffes gewesen war, als hätte sie nur eine Rolle gespielt; perfekt, aber trotzdem nur eine Rolle.

»Sie haben gelogen«, sagte Vandermeer. »Sie haben keine Freunde hier in Istanbul, die uns helfen werden.«

»Es gibt immer jemanden, der einem hilft«, antwortete Gwynneth. »Man muss nur die richtigen Fragen stellen.«

»Ich weiß nicht, ob das klug war«, sagte Vandermeer. »Sie werden die Wahrheit schnell herausfinden.«

»Was hätte ich sagen sollen? Dass wir in einer ziemlich üblen Lage sind? Ihre Freundin hat Recht, ist Ihnen das schon einmal in den Sinn gekommen? Wir haben es jetzt nicht mehr nur mit Wassili zu tun, sondern auch mit Ihrem Freund Khemal. Ich weiß nicht genau, wer schlimmer ist.« Sie schwieg eine Sekunde, dann fügte sie mit einem sonderbaren Lächeln hinzu: »Was wir brauchen, ist ein Wunder.«

»So wie ein Unfall im richtigen Moment?«, fragte Vandermeer. Er rechnete fast damit, dass Gwynneth einfach leugnen würde auch nur zu wissen, wovon er sprach. Für zwei oder drei Sekunden versuchte sie es sogar, aber der Ausdruck gespielter Verwirrung auf ihrem Gesicht hätte nicht einmal ein Kind überzeugt. Nach einem Augenblick verwandelte er sich in Betroffenheit. Sie senkte den Blick. »Es ... war nicht meine Absicht«, sagte sie leise. »Ich wollte nicht, dass jemand verletzt wird oder gar getötet. Ich habe ... die Kontrolle verloren.«

»Zerstören ist leichter als erschaffen.« Vandermeer zitierte absichtlich nicht nur ihre eigenen Worte, sondern auch ihren Tonfall. Seine Worte taten ihm im gleichen Moment auch schon wieder Leid, denn Gwynneth fuhr so heftig zusammen, als hätte sie einen Schlag bekommen, aber es war zu spät sie zurückzunehmen.

»Entschuldigung«, sagte er. »Es tut mir Leid.«

»Das muss es nicht«, antwortete sie, ohne ihm in die Augen zu sehen. »Sie haben Recht. Ich hätte wissen müssen, was geschieht. Wenn nicht ich, wer sonst?«

Das Klirren von Glas drang an ihr Ohr, eine Sekunde später erklang ein Fluch und dann die Stimme Anjas oder Ines': »Kommt her! Hier oben ist etwas!«

Diesmal fuhr Vandermeer zusammen und zog eine Grimasse. Er hätte sich gewünscht, Ines wäre etwas leiser gewesen. Wenn draußen vor der Lagerhalle jemand war, dann musste er sie hören. »Gehen wir zu ihnen«, sagte er, »bevor sie die halbe Stadt zusammenschreien.«

Obwohl er noch immer fast gar nichts sah, war es nicht besonders schwer die Zwillinge zu finden. Die Lagerhalle war so gut wie leer und der Lärm, den Anja und Ines machten, hielt lange genug an, um ihnen den Weg zu weisen. Aus den Schatten, die er vorhin gesehen hatte, wurde tatsächlich eine Treppe, die an der Schmalseite der Halle in die Höhe führte, wenn auch ohne die Spur eines Geländers und mit so ausgetretenen Stufen, dass er beinahe froh war sie nicht genau erkennen zu können. Sie führte zu einer Reihe blinder Scheiben hinauf, an deren Ende sich eine zerbrochene Glastür befand; das Klirren, das sie gehört hatten.

»Wenn ihr wollt, dass man uns noch auf der anderen Seite des Bosporus hört, dann macht so weiter«, sagte er. Er bekam keine Antwort, aber der Lärm nahm zumindest um einige Dezibel ab.

Vandermeer trat durch die zerbrochene Glastür und fand sich in einem kleinen Büro wieder, das um Etliches besser erleuchtet war als die Halle; auf der gegenüberliegenden Seite lagen zwei große Fenster. Die Scheiben des einen waren so verdreckt, als hätte jemand sie mattgrau lackiert, das zweite hatte kein Glas. Durch die Öffnung strömte nicht nur kühle Nachtluft, sondern auch genug Licht, dass er seine Umgebung hinlänglich erkennen konnte. Sie bot nicht viele Überraschungen: ein kleines, hoffnungslos vollgestopftes Büro, das aussah, als wäre es seit zehn Jahren nicht mehr benutzt worden.

Anja war dabei, mit immer hektischer werdenden Bewegungen die verstreuten Papiere und Akten auf dem Schreibtisch zu durchwühlen, während Ines am Fenster stand und hinaussah. Der Anblick war so unheimlich, dass Vandermeer für eine Sekunde mitten im Schritt innehielt und sie einfach nur anstarrte: Der Wagen schien immer noch zu brennen. Vielleicht hatte das Feuer auch weiter um sich gegriffen. Von der Straße drang ein dunkelrotes, unheimliches Glühen herauf, das Ines' Konturen wie mit dünnen, leuchtend roten Linien nachzeichnete.

Hinter ihm erklang ein gedämpftes Keuchen. Vandermeer fuhr erschrocken herum, sah in Gwynneth' Gesicht und erblickte einen Ausdruck abgrundtiefen Erschreckens darauf. Rasch drehte er sich wieder herum und ließ seinen Blick durch den Raum schweifen, darauf gefasst irgendeine Gefahr zu entdecken, die ihm bisher entgangen war. Aber da war nichts. Nur ein Raum voller zwanzig Jahre alten Staubs und Akten.

Dann drehte sich Ines vom Fenster weg und aus ihrem feuerumrahmten Schattenriss wurde wieder ein normaler Schatten. Gwynneth' Entsetzen verwandelte sich in Erleichterung, dann in etwas, das Vandermeer nicht deuten konnte. Er fragte sich, was sie gesehen hatte.

»Ist alles in Ordnung?«, fragte er.

»Sicher.« Gwynneth lächelte nervös. »Ich dachte nur, ich hätte ... etwas gesehen.« Sie trat mit einem überhastet wirkenden Schritt an Vandermeer vorbei und sah Anja an. »Wonach suchen Sie?«

»Nach einem Telefon.« Anja schleuderte wütend einen Stapel Papier zu Boden und trat hastig einen Schritt zurück, als eine gewaltige Staubwolke aufquoll. »Oder irgendetwas anderem, das uns weiterhilft.«

»Können Sie Türkisch?«, erkundigte sich Gwynneth.

»Klar«, erwiderte Anja gereizt. »Ebenso fließend wie Palästinensisch, Chinesisch und vier verschiedene Navaho-Dialekte.«

»Dann hat es relativ wenig Sinn, ein solches Chaos zu veranstalten«, sagte Gwynneth.

Anja funkelte sie an. »Sind Sie besorgt, dass ich hier etwas durcheinander bringen könnte?«

»Wir hinterlassen Spuren«, antwortete Gwynneth. »Das ist nicht gut.«

Vandermeer war es müde dem Streit zuzuhören, aber er versuchte auch nicht mehr schlichtend einzugreifen. Vielleicht brauchten die beiden einfach ein Ventil, um mit der Anspannung fertig zu werden. Statt sich weiter einzumischen und damit vielleicht den Zorn beider auf sich zu ziehen, ging er zu Ines hinüber und trat neben ihr an das zerbrochene Fenster. Nur ein kleines Stück entfernt – sehr viel näher, als er gehofft hatte! – loderte roter Feuerschein zwischen den Häusern, aber er sah auch ein zuckendes rotes und blaues Licht. Gedämpftes, aber sehr aufgeregtes Stimmengewirr drang an sein Ohr.

»Weißt du eigentlich, ob türkische Feuerwehrwagen rote oder blaue Lichter haben?«, fragte Ines plötzlich.

Vandermeer hob die Schultern. »Keine Ahnung ... warum?«

»Ich frage mich nur, ob das da die Feuerwehr ist oder Khemals Leute.« Sie seufzte tief. Wahrscheinlich, ohne dass es ihr selbst bewusst wurde, rückte sie ein Stück näher an Vandermeer heran und lehnte den Kopf an seine Schulter. »Wir kommen hier nicht wieder raus.«

»Unsinn«, murmelte Vandermeer. Aber es war nur ein Reflex. Der verzweifelte Ton ihrer Stimme war zu intensiv, um ihm überzeugend widersprechen zu können. Trotzdem fuhr er fort: »In ein paar Stunden ist alles vorbei.«

»Du meinst, weil uns Gwynneth' *Freunde* helfen werden?« Ines schüttelte den Kopf. Vandermeer spürte, wie sich ihr Haar an seiner Wange rieb. Es kitzelte. »Sie existieren doch gar nicht.«

»Woher weißt du das?«

»Sie ist keine sehr überzeugende Lügnerin«, antwortete Ines. »Aber der Versuch war gut gemeint.«

Vandermeer verrenkte sich fast den Hals, um zu Gwynneth und Anja zurücksehen zu können. »Deine Schwester scheint das etwas anders zu sehen.«

»Anja ist nicht so«, sagte Ines.

»So?«

»So, wie ... wie sie seit ein paar Tagen ist«, antwortete Ines unbeholfen. »Du darfst sie nicht falsch beurteilen. Sie ist sonst ganz anders. Viel fröhlicher und nicht so reizbar. Sie hat einfach nur Angst.«

»Erstaunlich«, murmelte Vandermeer.

»Was? Dass sie Angst hat?«

»Dass du sie immer noch verteidigst«, erwiderte Vandermeer. Es hatte keinen Sinn mehr, es nicht zugeben zu wollen: Ines und ihre Schwester mussten die Tatsachen ebenso deutlich erkannt haben wie Wassili. Von den beiden Frauen war es eindeutig Anja, die Vandermeer interessierte, trotz der unverhohlenen Feindseligkeit, die sie ihm entgegenbrachte, und es war ebenso eindeutig Ines, die sich umgekehrt zu Vandermeer hingezogen fühlte. Die Situation hätte die beiden jungen Frauen instinktiv zu Konkurrentinnen machen müssen, aber Ines verhielt sich ganz und gar nicht so.

»Sie ist meine Schwester.« Ines' erstaunter Ton machte ihm klar, dass er zumindest in ihren Ohren etwas ziemlich Dummes gesagt hatte.

»Das ist nicht zu übersehen«, sagte Vandermeer. »Aber ich habe noch nie zwei Menschen getroffen, die sich äußerlich so ähneln und zugleich so verschieden sind.«

»Normalerweise ist sie nicht so«, behauptete Ines wieder. »Sie hat Angst, das ist alles.«

»Wir kommen hier raus«, versprach Vandermeer. »Ich muss nur ...«

Er verstummte mitten im Wort und auf seinem Gesicht erschien ein Ausdruck so fassungsloser Verblüffung, dass Ines den Kopf von seiner Schulter nahm und zwei Schritte von ihm abrückte, um ihm besser ins Gesicht sehen zu können. »Was hast du?«, fragte sie besorgt.

»Nichts«, murmelte Vandermeer. »Ich frage mich nur, ob ich mittlerweile vollkommen verblödet bin. Mein Gott, die Lösung ist doch ganz einfach!«

»Sie zaubern eine fliegende Untertasse herbei, die uns nach Hause beamt?« Er hatte laut genug gesprochen, damit auch Anja und Gwynneth ihn hören konnten. Anjas beißender Spott überraschte ihn mittlerweile nicht mehr, aber Gwynneth sah schon wieder auf diese unerklärliche Weise erschrocken aus.

»Nein«, antwortete er. »Ich suche mir ein Telefon und rufe die deutsche Botschaft an. Warum bin ich eigentlich nicht gleich darauf gekommen?«

»Weil es zu einfach gewesen wäre?«, schlug Anja vor.

Gwynneth sah regelrecht entsetzt aus. Allmählich bekam Vandermeer das Gefühl, dass sie beinahe Angst davor hatte, gerettet zu werden.

»Bleibt nur noch das Problem ein Telefon zu finden«, fuhr Anja fort, als er nicht antwortete. Plötzlich verschwand die Häme aus ihrer Stimme. Sie wirkte sehr ernst und sehr konzentriert. »Und ein Telefonbuch, das wir auch lesen können! Hier gibt es jedenfalls keins.«

»Dann lasst uns von hier verschwinden«, fügte Ines aufgeregt hinzu.

Vandermeer hob besänftigend die Hände. »Nicht so schnell. Im Moment wäre es nicht besonders klug, nach draußen zu gehen. Ich schlage vor, wir warten ein paar Stunden ab, bis sich die Aufregung gelegt hat. Morgen früh gehen wir los und suchen uns ein Telefon.«

»Einfach so, als wäre nichts passiert? Die halbe türkische Polizei hat wahrscheinlich mittlerweile unsere Beschreibung.«

»Istanbul wimmelt von ausländischen Touristen«, sagte Vandermeer und Anja fügte hinzu:

»... die alle in Jeans und blaue Baumwollhemden gekleidet sind. Prima Idee.«

»Sie meinen, wir brauchen andere Sachen?« Plötzlich grinste Vandermeer. Auf diesen Einwand hatte er beinahe gewartet. »Kein Problem. Das hier ist ein Lagerhaus, oder? Wollen wir wetten, dass wir in irgendeiner der Kisten passende Kleider für uns finden?«

Es funktionierte nicht. Zwei oder drei Stunden später hatten sie das Lagerhaus von einem Ende zum anderen durchsucht, so weit das bei dem schlechten Licht überhaupt möglich war. Es war zwar beinahe leer, aber durch seine enorme Größe ergaben auch die wenigen Kisten und Ballen am Ende eine zweistellige Zahl. Die meisten waren in einem Zustand, als hätte man sie vor zwanzig Jahren hier abgestellt und einfach vergessen.

Keine einzige Kiste enthielt Kleider. Sie hatten alles Mögliche gefunden: billiges Plastikspielzeug aus Taiwan, vergoldete Marienstatuen aus Gips, eine ganze Kiste voll Zellophanbeutelchen mit verdorbenen Gewürzen, nachgemachte Ikonen, deren bedruckte Oberflächen die Farbe verloren hatten, als wären sie von einer sonderbaren Krankheit befallen, zigarettenschachtelgroße Transistorradios, wellig verzogene Vinyl-Schallplatten in ausgebleichten Covern, einmal sogar eine Kiste mit schreiend bunt bestickten Schnabelschuhen, die niemand tragen konnte, die sich aber bestimmt ganz hervorragend auf einem Bücherregal oder einem Kaminsims machten, und als Krönung einen Karton voller Mausefallen – aber nichts, was einem Kleidungsstück auch nur *ähnelte*.

Vandermeer war der Verzweiflung nahe, als Ines und Anja – vollkommen verdreckt, erschöpft und mit abgebrochenen Fingernägeln und frustrierten Gesichtern – in das winzige Büro am oberen Ende der Treppe zurückkehrten. Er selbst hatte sich nur während der ersten halben Stunde an der Suchaktion beteiligt und es dann vorgezogen wieder hier heraufzugehen und auf andere Weise mitzuhelfen.

Ohne Erfolg. Er hatte es versucht. Bei Gott, und *wie* er es versucht hatte! Er hatte sich eine Kiste voller Kleider herbeigewünscht wie niemals zuvor etwas im Leben! Es wäre ihm ganz gleich gewesen, was: T-Shirts, Bermudas, seinetwegen auch Abendkleider oder eine Kollektion goldbestickter Saris. Nichts von alledem hatte funktioniert. Das einzige Ergebnis seiner Anstrengungen war, dass seine Kopfschmerzen zurückkehrten, schlimmer und quälender denn je.

»So viel also zu dieser famosen Idee«, sagte Anja, während sie sich erschöpft auf einen Stapel alter Zeitschriften sinken ließ und den Kopf auf die Knie bettete. »Haben Sie noch mehr davon?«

»Ich habe es versucht!«, verteidigte sich Vandermeer. »Ich weiß auch nicht, warum es nicht funktioniert hat!«

»Vielleicht haben Sie die letzte Folge von *Der kleine Zauberer* im Fernsehen verpasst«, murmelte Anja müde.

Diesmal tat ihr Spott weh. Vielleicht, weil Vandermeer einfach nicht begriff, warum er versagt hatte. Wieso waren die gleichen Kräfte, die es ihm ermöglicht hatten, eine komplette Einheit des türkischen Zolls einfach *herbeizuwünschen*, nicht in der Lage, so etwas Simples wie einen Karton mit fünf T-Shirts und einem halben Dutzend Hosen herbeizuschaffen?

»So funktioniert das nicht«, sagte Gwynneth leise.

Anja hob den Kopf und sah sie an. »Was?«

»Die Macht«, antwortete Gwynneth. »Sie lässt sich nicht zwingen.«

»Die *Macht?*« Anja lachte. »Sind wir jetzt im Krieg der Sterne? Ich meine – würde es helfen, wenn ich mir spitze Ohren anklebe und sage: Möge die Macht mit dir sein?«

Gwynneth blieb ruhig. »Ich weiß nicht, wovon Sie reden«, sagte sie. »Wenn Ihnen das Wort nicht gefällt, wählen Sie ein anderes.«

»Hokuspokus?«, schlug Anja vor.

»Sie lässt sich nicht zwingen«, sagte Gwynneth ungerührt. »Sie haben nicht zugehört, was Wassili erzählt hat.«

»Sie dafür umso intensiver, wie?«, fragte Anja. »Sie müssen wirklich große Stücke auf ihn halten. Warum gehen Sie nicht einfach zu ihm zurück, wenn Sie ihn so lieben?«

Gwynneth fuhr leicht zusammen. Anjas Worte hatten sie getroffen, das konnte man deutlich sehen. »Wassili ist ein Ungeheuer«, sagte sie. »Ein Dämon, der noch tausendmal schlimmer ist, als Sie glauben. Aber er hat Recht mit dem, was er Ihnen erzählt hat. Die Welt ist nicht so einfach aufgebaut, wie Sie glauben. Sie besteht nicht nur aus Atomen und Energiefeldern. Nichts in diesem Universum geht je verloren und nichts ist sinnlos, weil alles eins ist. Die Macht, von der Wassili gesprochen hat, existiert. Sie durchdringt alles und sie ist in jedem von uns. Auch in Ihnen.«

»Amen«, sagte Anja.

Gwynneth resignierte. Anja wollte sie nicht verstehen. Vielleicht, weil sie tief in sich spürte, dass Gwynneth Recht hatte. Und vielleicht, weil es ihr in diesem Punkt nicht anders erging als Vandermeer: Sie hatte Angst es zuzugeben.

»Seien Sie nicht enttäuscht«, sagte Gwynneth, nun wieder an Vandermeer gewandt. »Ich habe mein ganzes Leben lang versucht diese Kraft zu verstehen und selbst ich beginne gerade erst zu ahnen, was sie bedeuten mag. Wie sollten Sie es da besser wissen?«

Vandermeer war ein wenig irritiert. Die Worte hätten vielleicht besser gewirkt, wären sie aus dem Mund einer neunzigjährigen

Schamanin gekommen, die in einem vom ewigen Eis eingeschlossenen Tempel in Tibet lebte. Hier, in dieser Umgebung und aus dem Mund einer Frau, die jünger war als er, wirkten sie ... nun, vielleicht nicht lächerlich, aber doch seltsam.

Außerdem hatte sie Unrecht. Er wusste zwar immer noch nicht, welcher Natur diese sonderbare ... *Macht* war, von der Wassili und jetzt auch Gwynneth ununterbrochen redeten, aber er wusste zumindest, wie sie funktionierte; genauer gesagt: wie sie *nicht* funktionierte. Er war ganz offensichtlich nicht in der Lage bewusst Wunder zu wirken. Sie geschahen einfach im passenden Moment, oder auch nicht.

»Sie meinen also, dass ... dass jeder von uns über diese ... diese Zauberkräfte verfügt?«, fragte Ines erregt.

Gwynneth lächelte. »Nein. Die Kraft, von der ich spreche, die kosmische Urgewalt der Schöpfung, steckt in jedem von uns. Sie durchdringt alles und sie war immer und wird immer sein. Viele von uns spüren sie, ohne wirklich zu wissen, was sie ist. Doch nur sehr wenige Menschen vermögen sich ihrer zu bedienen. Menschen wie Hendrick.«

»Und Sie?«

»Und ich«, bestätigte Gwynneth nach kurzem Zögern. Anja sah hoch, runzelte für einen Moment die Stirn und ließ den Kopf dann wieder auf die Knie sinken. »Viele zerbrechen an dem, was sie in sich entdecken. Vielleicht die meisten.«

»Dann zerbrechen Sie doch einfach Wassili«, sagte Anja müde. »Am besten in ganz kleine Stücke.«

Vandermeer kam zu dem Schluss, dass es wohl das Beste war, sie einfach zu ignorieren; ebenso wie alles, was sie sagte. »Wie lange kennen Sie Wassili schon?«, fragte er.

»Nicht sehr lange.« Gwynneth überlegte einen Moment. »Vielleicht sechs Monate oder weniger. Er kam zu mir und bat mich ihm bei seiner Suche zu helfen.«

»Seiner Suche? Wonach?«

»Das hat er nie gesagt«, erwiderte Gwynneth. »Ich glaube sogar, er weiß es selbst nicht genau. Sie haben irgendetwas gefunden, an jenem Ort, zu dem er uns bringen wollte, aber sie wissen selbst nicht, was es ist.«

»Das klang gestern Abend aber ein bisschen anders«, warf Ines ein.

»Vermutungen«, antwortete Gwynneth überzeugt. »Wassili ist

wie die meisten. Sie sind seit einem Jahrhundert einem Geheimnis auf der Spur, das sich nicht lösen lässt. Sie spüren, dass dort etwas ist, und sie spüren sogar, dass es etwas Gewaltiges und unvorstellbar Altes ist. Aber sie versuchen das Rätsel mit ihrer Technik zu lösen, mit Logik und Computern, und wenn das alles nichts hilft, mit Gewalt.« Sie schüttelte den Kopf. »Als ob sich die Schönheit eines Sonnenunterganges in eine mathematische Gleichung fassen ließe!«

Vandermeer sah sie aufmerksam an, während sie sprach, aber er hatte trotzdem Mühe ihr zu folgen. Ihre Worte hatten etwas in ihm ausgelöst, einen Gedankengang, den er schon einmal begonnen und nicht zu Ende geführt hatte. Es war ... verwirrend. Er hatte das Gefühl, im Grunde längst alle Informationen zu besitzen, die er brauchte. Jetzt musste er sie nur noch in die richtige Reihenfolge bringen und eine Frage daraus formulieren, die vielleicht schon ihre eigene Antwort beinhaltete. Ein uraltes Geheimnis, das seit hundert Jahren darauf wartete gelüftet zu werden ... ein verbotener Ort, irgendwo in der Unendlichkeit der sibirischen Steppe ... ein mythischer Gott, der vom Himmel stieg und mit seinem Feuer die Welt verzehrte ... Es war ...

»Sie sind auf dem falschen Weg«, fuhr Gwynneth fort. Der Klang ihrer Stimme schnitt wie ein Messer in Vandermeers Gedanken und er kappte ihn auch ebenso schnell und unwiderruflich. Um ein Haar hätte er aufgestöhnt. Er hatte die Antwort gehabt! Sie hatte vor ihm gelegen, sicht- und greifbar! Jetzt war sie fort. In seinem Kopf war nur noch ein wirres Durcheinander, mit dem es irgendwie so war wie mit der unheimlichen Macht, die in ihm heranwuchs: Je mehr er versuchte, die Antwort zurückzuzwingen, desto mehr entzog sie sich ihm. »Ich habe mir angehört, was er zu sagen hatte, und entschieden, dass ich ihm nicht helfen werde.«

»Aber Sie sind trotzdem hier«, sagte Ines. »Wieso?«

Diesmal dauerte es länger, bis Gwynneth antwortete. Ihre Stimme war leiser geworden und in ihren Augen loderte ein dumpfer Schmerz, den vielleicht Ines' Frage wachgerufen hatte. »Aus dem gleichen Grund wie wir alle«, sagte sie. »Er hat mich gezwungen.«

»Sie?«, fragte Anja spöttisch. »Eine echte keltische Druidin? Wie kann man die Bewahrerin der göttlichen Allmacht zu etwas zwingen, das sie nicht will?«

»Ich möchte nicht darüber reden«, sagte Gwynneth ruhig. »Bitte akzeptieren Sie das.«

»Alles, was Sie wollen«, seufzte Anja. »Hat jemand zufällig eine Zigarette dabei? Ich würde meine rechte Hand dafür geben!«

Vandermeer griff ohne nachzudenken in die Schreibtischschublade, nahm eine Packung Camel und ein Einwegfeuerzeug heraus und reichte sie ihr. Erst als Anja die Hand danach ausstreckte, begriff er und im gleichen Moment auch sie, was er gerade getan hatte.

»He!«, sagte Anja. »Mit dem Trick können Sie glatt im Zirkus auftreten.«

Vandermeer schwieg. Er war zutiefst bestürzt. »Das ... das ist schon einmal passiert«, murmelte er. Er wandte sich an Ines. »Erinnerst du dich? Im Wagen?«

»Die Zigaretten lagen im Handschuhfach«, sagte sie. »Und?«

»Aber es war nicht mein Wagen! Ich hatte ihn eine halbe Stunde zuvor gestohlen.«

»Ich bin entsetzt«, sagte Anja, während sie die Zigarettenpackung aufriss und mit zitternden Fingern eine Camel in Brand setzte. »Also doch Robin Hood. Gut, dass Sie den Wagen eines Rauchers gestohlen haben.«

Ines wirkte plötzlich sehr nachdenklich. »Es ... es scheint nur zu funktionieren, wenn du dich nicht darauf konzentrierst«, sagte sie.

»Vielleicht sollten wir uns dann Kleider aus Zigarettenpackungen machen«, schlug ihre Schwester vor. »Wir könnten uns als wandernde Reklametafeln verkleiden und an der türkischen Polizei vorbeischleichen.«

Vandermeer ignorierte sie weiter, obwohl es ihm immer schwerer fiel. Offensichtlich besaß auch Anja ein besonderes Talent – nämlich das, ihn mit wenigen gezielten Worten auf die Palme zu bringen.

»Oder in einer Ausnahmesituation«, fügte er hinzu. »Zum Beispiel, wenn ich Todesangst habe.« Das Benzin hätte explodieren müssen. Er hatte *gesehen*, wie die Funken hineingefallen waren. Aber sie waren einfach erloschen.

»Also da könnte ich behilflich sein«, sagte Anja. »Wenn Sie mir ein Messer geben oder eine Pistole ...«

Ines funkelte ihre Schwester an. »Findest du, das ist der richtige Moment, dumme Witze zu machen?«

»Wer sagt, dass ich Witze mache?«, erwiderte Anja.
»Hört auf!«, sagte Gwynneth alarmiert. »Jemand kommt!«
Tatsächlich hörte auch Vandermeer in diesem Moment Geräusche, die aus der Lagerhalle heraufdrangen: das Klappern von Metall und ein schweres Knirschen und Schleifen, das er einen Augenblick später als das Geräusch derselben Schiebetür identifizierte, durch die sie selbst hereingekommen waren. Er stieß sich rasch von der Schreibtischkante ab, gab Anja einen Wink, die Zigarette zu löschen, und ging zur Tür.

Die Schiebetür wurde sehr viel schneller und weiter geöffnet, als sie es vorhin getan hatten, und der Strahl einer starken Taschenlampe fiel durch den Spalt. Einen Moment lang irrte er mit hektischen Sprüngen durch den Raum und für die gleiche Zeitspanne klammerte sich Vandermeer noch an die winzige Hoffnung, dass die Männer es bei einem flüchtigen Blick in die Halle belassen und weiterziehen würden. Dann blieb der Lichtstrahl an einer aufgerissenen Kiste hängen. Eine Sekunde später hörte er aufgeregte Stimmen. Er verstand die Worte nicht, aber das war auch nicht nötig.

So schnell er konnte trat er von der Tür zurück und eilte zu dem zerbrochenen Fenster.

»Was ist los?«, fragte Anja. Er konnte hören, wie sie aufstand.

»Bleibt von der Tür weg!«, sagte er hastig. »Ich weiß nicht, wer es ist. Vielleicht die Polizei oder ein paar Nachtwächter, die ihre Runde drehen. Sie haben etwas gemerkt.«

Er beugte sich so weit vor, wie er konnte, und sah nach unten. Das Büro lag knappe drei Meter über der Straße; ein Sprung, den er sich unter normalen Umständen durchaus zugetraut hätte, ebenso wie den Frauen. Aber sie konnten sich keinen verstauchten Knöchel oder auch nur einen Schmerzensschrei leisten.

»Ich nehme nicht an, dass es so etwas wie eine Feuerleiter gibt?« Anja war mit einem raschen Schritt neben ihm und beugte sich so weit vor, dass er fast damit rechnete, sie das Gleichgewicht verlieren und kopfüber in die Tiefe stürzen zu sehen. »Kein Problem«, sagte sie dann.

»Was?«

»Dort hinunterzuklettern.«

»Sind Sie sicher?« Die Wände der Lagerhalle bestanden tatsächlich aus mit mehr gutem Willen als Können zusammengenagelten Brettern. Unter normalen Umständen war es wohl wirklich kein Problem, drei Meter weit daran hinunterzuklettern. Leider waren die Umstände nicht unbedingt normal ...

Anja würdigte ihn nicht einmal einer Antwort. Sie maß ihn nur mit einem verächtlichen Blick, drehte sich mit einer erstaunlich entschlossenen Bewegung herum und begann so geschickt in die Tiefe zu klettern, dass Vandermeer erstaunt die Augen aufriss. Sie benötigte weniger als zwanzig Sekunden, um die Straße zu erreichen.

»Worauf warten Sie?«, rief sie von unten herauf. »Dass ich ein Sprungtuch aufspanne?«

Vandermeer trat vom Fenster zurück und winkte Ines zu sich heran. Sie sah nicht annähernd so entschlossen aus wie ihre Schwester, sondern im Gegenteil ziemlich nervös. »Keine Angst«, sagte er. »Es ist nicht tief. Augen zu und durch.«

Er ersparte es sich und ihr, seinen Worten noch ein aufmunterndes Lächeln hinzuzufügen, sondern ging rasch wieder zur Tür. Unten in der Halle hatten sich dem ersten Scheinwerferstrahl mittlerweile mindestens zwei weitere hinzugesellt und er hörte jetzt auch die Stimmen von mindestens ebenso vielen Männern. Sie gaben sich keine Mühe leise zu sein.

»Polizei?« Gwynneth trat nahezu lautlos an seine Seite und wich rasch wieder einen halben Schritt zurück, als er sie durch eine hastige Bewegung warnte, der zerbrochenen Tür nicht zu nahe zu kommen. Die Lichtstrahlen irrten unter ihnen weiter scheinbar ziellos durch den Raum, aber früher oder später würden die Männer natürlich die Treppe entdecken und dann mussten sie hier heraufkommen. Gwynneth hatte mit ihrer Warnung eindeutig Recht gehabt: Sie hätten nicht so viele Spuren hinterlassen sollen.

Hinter ihm erschallte ein erschrockenes Keuchen. Vandermeer fuhr herum und sah Ines in einer fast komisch aussehenden Haltung im Fenster hängen: Sie hatte beide Hände mit aller Kraft in den Rahmen gekrallt und ihr Gesicht war vor Anstrengung und Angst zu einer Grimasse verzerrt. Vandermeer fluchte leise. Offenbar gab es doch mehr Unterschiede zwischen den beiden Zwillingsschwestern, als er wusste.

»Helfen Sie ihr!«, sagte Gwynneth. »Schnell! Ich passe hier auf! Und sie soll leise sein!«

Vandermeer war nicht wohl dabei, Gwynneth hier zurückzulassen, aber er sah ein, dass sie Recht hatte: Ines' Haltung war so verkrampft, dass es nur noch eine Frage von Sekunden sein konnte, bis sie die Kräfte verließen. So schnell er konnte, eilte er zu ihr, ergriff ihre Handgelenke und versuchte sie wieder ein Stück weit in die Höhe zu ziehen. Es war sinnlos. Ines hing wie festgenagelt im Fenster. Jeder einzelne Muskel in ihrem Körper musste verkrampft sein.

»Lass los!«, sagte er. »Keine Angst, ich halte dich fest. Versuch dich irgendwo mit den Füßen abzustützen!«

Er war nicht sicher, ob Ines seine Worte überhaupt hörte. Sie war immer noch vollkommen verkrampft und ihre Kiefer waren so fest aufeinander gepresst, dass er glaubte ihre Zähne knirschen zu hören.

»Beeilt euch!«, flüsterte Gwynneth. »Ich glaube, sie kommen hierher!«

Vandermeers Gedanken rasten. Er hätte Ines' Hände mit Gewalt von ihrem Halt losreißen können, aber er fürchtete, dass sie dann ganz abrutschen und in die Tiefe stürzen würde. So verkrampft, wie sie war, konnte sie sich dabei durchaus schwer verletzen.

»Also gut«, sagte er. »Dann anders. Halt dich noch einen Moment fest!« Er warf einen hastigen Blick über die Schulter zurück und was er dabei sah, spornte ihn zu noch größerer Eile an: Gwynneth hatte sich in den toten Winkel neben der Tür an die Wand gepresst und versuchte dem Lichtstrahl auszuweichen, der vom unteren Ende der Treppe zu ihr herauftastete. Vandermeer glaubte nicht, dass die Männer unten in der Halle sie entdeckt hatten – aber was sie gar nicht übersehen konnten, das war die zerbrochene Glastür. Sie *würden* heraufkommen.

So schnell er konnte, kletterte er an Ines vorbei, suchte mit den Schuhspitzen nach einem halbwegs sicheren Halt zwischen den aufgequollenen Brettern der Wandverkleidung und hielt sich mit der Linken am Fensterrahmen fest. Mit dem anderen Arm umschlang er Ines' Taille und presste sie mit aller Kraft an sich.

»Okay«, sagte er. »Lass jetzt los. Ich habe dich.«

Ines begann am ganzen Leib zu zittern, ließ aber trotzdem nicht los. Ihr linker Fuß hatte Halt in einem fingerbreiten Spalt gefunden, der andere fuhr ununterbrochen scharrend über die Wand.

»Lass jetzt los!«, sagte Vandermeer. »Du musst keine Angst haben.«

»Ich ... ich kann nicht«, stammelte Ines. »Wir werden abstürzen.«

»Das werden wir nicht!«, behauptete Vandermeer. Und selbst wenn – ihre Füße befanden sich weniger als zwei Meter über dem Boden. Ein rascher Blick nach unten hielt ihn jedoch davon ab, *das* laut auszusprechen. Zwei Meter waren eine enorme Entfernung, wenn sie *unter* einem lagen.

»Bitte, Ines!«, sagte er beinahe verzweifelt. »Lass los! Sie sind gleich da! Sie werden Gwynneth kriegen und uns auch!«

»Ich ... ich versuche es«, stammelte Ines. Sie zitterte immer heftiger. Zugleich fühlte sich ihr Körper so verkrampft an, dass er das Gefühl hatte, ein Stück Holz an sich zu pressen.«

»Was tut ihr da oben eigentlich?«, fragte Anja von der Straße her. »Macht er dir einen Heiratsantrag? Verdammt, Ines, komm endlich da runter!«

»Also gut.« Sie ließ los, ohne Vorwarnung und mit beiden Händen, und nur einen winzigen Augenblick später auch mit dem Fuß. Vandermeer keuchte vor Anstrengung und Schmerz, als plötzlich Ines' volles Körpergewicht an seiner linken Hand zerrte, mit der er sich am Fensterrahmen fest hielt. Um ein Haar hätte er sie fallen gelassen. Im buchstäblich allerletzten Augenblick schlang Ines beide Arme um seinen Hals und klammerte sich fest. Sie fiel nicht, schnürte Vandermeer aber so gründlich die Luft ab, dass er für einen Moment nur bunte Sterne sah.

Schließlich fielen sie doch. Seine Kraft reichte nicht, sein eigenes und ihr Körpergewicht mit nur einer Hand zu halten. Das morsche Holz des Fensterrahmens gab unter der Belastung nach und er hatte nicht mehr genug Kraft, um nachzugreifen. Irgendwie gelang es ihm zwar, ihren Sturz in einen ungeschickten Sprung zu verwandeln, aber der Aufprall war trotzdem furchtbar. Er hatte das Gefühl regelrecht in den Boden hineingestanzt zu werden. Seine Hüftgelenke wurden mit einem einzigen Schlag bis zu seinen Schultern hinaufgeprügelt und im gleichen Moment schien ein Vorschlaghammer sein Rückgrat zu treffen und in kleine Stücke zu zerbröseln. Er hätte gellend aufgeschrien, hätte er die Luft dazu gehabt. So ließ er nur Ines los, stürzte nach vorne und fiel unsanft zuerst auf alle Viere, dann aufs Gesicht.

Als er wieder klar sehen konnte, mussten ein paar Sekunden vergangen sein, denn Ines kniete neben ihm und sah mit einer

Mischung aus Angst und schlechtem Gewissen auf ihn herab.
»Bist du verletzt?«, fragte sie.

»Keine Ahnung.« Vandermeer richtete sich unbeholfen auf und biss die Zähne zusammen, als ein scharfer Schmerz durch seine Handgelenke schoss. Zu allem Überfluß schien er sie sich verprellt zu haben, als er versucht hatte seinen Sturz aufzufangen. Er brauchte zwei Anläufe, um auf die Füße zu kommen.

Sein erster Blick galt dem Fenster über ihnen. Von Gwynneth war keine Spur zu entdecken, aber dafür sah er etwas anderes, das ihn zutiefst erschreckte: Für einen kurzen Moment tastete ein weißes Licht von innen über das Glas, erreichte die zerbrochene Scheibe und fiel als halbierter grellweißer Strahl hindurch, ehe er weiterwanderte. In der nächsten Sekunde erschallte ein gellender Schrei und dann begannen mehrere wütende Stimmen durcheinander zu brüllen. Eine davon gehörte Gwynneth.

»Sie haben sie!«, keuchte Ines. »Mein Gott, wir müssen etwas tun!«

Es gab nichts, was sie tun konnten, dachte Vandermeer. Alles war viel zu schnell gegangen und jetzt blieb einfach keine Zeit mehr Gwynneth zu helfen. Sie war irgendwo dort oben, drei Meter entfernt und damit unerreichbar weit weg und selbst wenn es anders gewesen wäre – er wäre niemals mit drei oder womöglich noch mehr Männern fertig geworden, die aller Wahrscheinlichkeit nach auch noch bewaffnet waren. Plötzlich fühlte er sich entsetzlich hilflos.

Das Schreien über ihnen hielt an, aber irgendetwas ... stimmte nicht. Weiße Lichtfinger tanzten hektisch über die Fensterscheiben und irgendetwas Neues mischte sich in den Klang der durcheinander brüllenden Stimmen. Angst?

»Was ist da los?«, fragte Anja. Sie klang alarmiert. »Was tun sie?«

Die Lichter tanzten hektischer hin und her. Vandermeer hörte das Klirren von zerbrechendem Glas, dann ein dumpfes Poltern, als würde ein schweres Möbelstück umgeworfen und plötzlich glühte hinter den gesprungenen Fensterscheiben ein düsteres, unheimliches rotes Licht auf. Ein gellender, unvorstellbar gequälter Schrei erklang, dann explodierte in der Lagerhalle etwas mit einem dumpfen Knall. Sämtliche Fensterscheiben zerbarsten. Ein Regen aus glühenden Holzsplittern und Glas prasselte auf die Straße hinunter und zwang Vandermeer und die beiden Frauen sich hastig ein paar Schritte weit zurückzuziehen.

Der ersten Explosion folgte fast unmittelbar eine zweite, noch heftigere. Aus den zerborstenen Fenstern schossen Flammen und noch mehr glühendes Holz und Glas. Ein Teil des Wellblechdachs der Lagerhalle wurde davongeschleudert und flog fort, einen Schweif aus Myriaden winziger rot glühender Funken hinter sich herziehend wie ein fallender Stern. Eine halbe Sekunde bevor die dritte und heftigste Explosion die Lagerhalle endgültig in Brand setzte, erschien eine geduckte Gestalt in einem der zerborstenen Fenster, sprang mit einem gewagten Satz auf die Straße hinunter, versuchte mit einer Rolle wieder auf die Füße zu kommen und fiel auf Hände und Knie herab. Es war Gwynneth.

Vandermeer war mit ein paar hastigen Schritten bei ihr, riss sie in die Höhe und zerrte sie so schnell von dem brennenden Gebäude weg, dass sie um ein Haar schon wieder das Gleichgewicht verloren hätte. Beinahe unbewusst registrierte er, wie heiß sich ihre Haut anfühlte. Heißer als selbst bei Fieber.

So schnell das Inferno im Haus ausgebrochen war, so rasch sanken die Flammen auch wieder in sich zusammen. Der lodernde Schlund über ihnen erlosch und selbst der Feuerschein, der durch das zerborstene Dach hinausdrang, nahm so rasch ab wie bei einer Gasflamme, die allmählich heruntergedreht wurde. Er erlosch nicht ganz. Im Inneren des Gebäudes brannte es weiter und wahrscheinlich würde es ein Raub der Flammen werden, aber es war jetzt nur noch ein ganz normales Feuer, während das, was gerade geschehen war ...

Er sah in Gwynneth' Gesicht und las die Antwort im gleichen Moment in ihren Augen, in dem sich ihr Blick verschleierte und sie bewusstlos in seinen Armen zusammenbrach.

6

Es war nicht besonders schwierig gewesen, ein neues Versteck zu finden. Offensichtlich hatte Khemal das Schiff in einen Teil des Hafens bringen lassen, in dem es mehr leer stehende Gebäude gab als solche, die noch benutzt wurden. Ihr neuer Unterschlupf war eine Mischung aus beidem: eine Lagerhalle, die sich in kaum besserem Zustand befand als die erste, aber zumindest teilweise noch benutzt zu werden schien. Die eine

Hälfte des weitläufigen Raumes war mit bis unter die Decke reichenden Regalen vollgestopft, die zum allergrößten Teil mit braunen Jutesäcken vollgestopft waren. Es war zu dunkel, um Einzelheiten zu erkennen, aber in der Luft lag ein intensiver Kaffeegeruch. Es gab auch hier ein Büro auf halber Höhe des Raumes, dessen Fenster allerdings sauber geputzt waren, sodass man von dort oben aus zweifellos die gesamte Halle überblicken konnte. Mit ziemlicher Sicherheit, dachte Vandermeer, gab es in diesem Büro auch ein funktionierendes Telefon. Trotzdem lehnte er ab, als Ines vorschlug dort hinauf zu gehen. Sie hatten sich einmal selbst in eine Falle hineinmanövriert, aus der sie um ein Haar nicht mehr herausgekommen wären. Für seinen Geschmack einmal zu viel.

Während Anja an der Tür zurückblieb, um nach eventuellen Verfolgern Ausschau zu halten, trugen Ines und er Gwynneth zu einer Palette mit Kaffeesäcken, auf der sie sie vorsichtig abluden.

»Was ist mit ihr?«, fragte Ines verstört. »Sie glüht ja! Sie hat Fieber!«

Vandermeer versuchte Gwynneth in eine einigermaßen bequeme Lage zu betten, was aber auf dem unebenen Grund fast unmöglich war. Außerdem hatte Ines Recht: Gwynneth glühte tatsächlich. Ihre Haut war so heiß, dass es beinahe weh tat sie anzufassen. Das war kein normales Fieber. Ihre Körpertemperatur musste fünfzig oder sechzig Grad betragen.

»Was ist das nur?«, fragte Ines verstört. »Das ... das ist doch völlig unmöglich! Sie müsste tot sein! Niemand hätte dieses Feuer überleben können!«

Es sei denn, er wäre ein Teil davon, dachte Vandermeer. Wie hatte er nur so blind sein können? Er hatte aus Haikos Mund *gehört*, dass er nicht der einzige Passagier war, der über ein besonderes Talent verfügte.

Aber das ...

Anja kam zurück. Sie warf nur einen flüchtigen Blick auf Gwynneth, dann drehte sie sich wortlos herum und verschwand mit schnellen Schritten in Richtung der Treppe, die zum Büro hinaufführte. Vandermeer wollte sie zurückhalten, aber Ines fiel ihm mit einer raschen Bewegung in den Arm und schüttelte den Kopf. »Lass sie«, sagte sie. »Sie weiß schon, was sie tut.«

Das bezweifelte Vandermeer nicht – aber vielleicht war es gerade das, was ihm Sorgen machte. Von allen hier war er anscheinend der Einzige, der *nicht* genau wusste, was er tun sollte. Er fühlte sich noch immer auf die gleiche Art hilflos und verloren wie vorhin vor der brennenden Halle; und im Grunde schon eher. Die Dinge glitten ihm immer schneller aus den Händen. Seine letzte bewusste Entscheidung hatte dazu geführt, dass er Bekanntschaft mit Khemals Gummiknüppel machte; ein Risiko, das er ganz bewusst eingegangen war, ja, sogar provoziert hatte. Seit dem Moment, in dem er wieder zu sich gekommen war, war so ziemlich alles schief gegangen, was nur schief gehen konnte. Er wusste sogar, warum: Er begann die Kontrolle zu verlieren.

»Ich möchte mich bei dir entschuldigen«, sagte Ines plötzlich.

Vandermeer sah sie verständnislos an. »Wofür?«

»Vorhin, am ... am Fenster«, antwortete Ines stockend. »Es tut mir Leid. Ich habe einfach die Nerven verloren.«

»Das wäre wahrscheinlich jedem passiert«, antwortete Vandermeer, aber Ines schüttelte heftig den Kopf.

»Anja nicht«, antwortete sie. »Ich ... bin einfach hysterisch geworden. Ich dachte, ich schaffe es, aber dann ... dann konnte ich einfach nicht weiter. Ich war wie gelähmt.«

»Es ist schon gut«, antwortete Vandermeer in beruhigendem Tonfall. »Es war meine Schuld. Als ich gesehen habe, dass deine Schwester es schafft, habe ich ganz automatisch angenommen, dass du es auch könntest. Mein Fehler.« *Und nicht der erste*, fügte er in Gedanken hinzu. Laut sagte er: »Es ist ja noch einmal gut gegangen.«

»Aber es hätte nicht passieren dürfen!«, beharrte Ines. In ihrer Stimme war ein Ton, der Vandermeer nicht gefiel. Sie zitterte ganz leicht und es war ein schriller Klang darin, den es gerade noch nicht gegeben hatte. Er begriff, dass sie kurz davor stand, tatsächlich hysterisch zu werden. Angesichts ihrer Lage war diese Reaktion fast normal. Menschen, die sich in extremen Situationen befanden, reagierten oft mit einer gewissen Verzögerung darauf, dann aber manchmal umso heftiger. Unglücklicherweise war das so ziemlich das Letzte, was sie im Moment gebrauchen konnten.

»Jetzt beruhige dich bitte«, sagte er. »Es ist nichts passiert. Und du hast jedes Recht der Welt, Angst zu haben. Die habe ich auch. Wahrscheinlich mehr als du.« Er trat auf sie zu, schloss sie flüchtig in die Arme und wollte sich praktisch in der gleichen Bewegung schon wieder von ihr lösen, aber Ines hielt ihn mit erstaunlicher Kraft fest, sodass er schon deutlich mehr als nur sanfte Gewalt hätte anwenden müssen, um sich aus ihrer Umarmung zu lösen. Da er das nicht wollte, blieb er einfach reglos stehen, aber er erwiderte ihre Umarmung auch nicht.

»Störe ich?« Anja war zurück. Sie hatte ein Glas Wasser geholt, es aber so voll gemacht, dass sie es mit beiden Händen halten musste, um nichts zu verschütten. Ihre Schwester löste sich hastig aus Vandermeers Armen und sah plötzlich sehr verlegen aus – was sie aber trotzdem nicht daran hinderte, Anja einen so wütenden Blick zuzuwerfen, dass Vandermeer seine Meinung über die Ähnlichkeit zwischen den beiden noch einmal revidierte.

Anja runzelte spöttisch die Stirn, beugte sich über Gwynneth und träufelte ihr vorsichtig einige Tropfen Wasser ins Gesicht. Gwynneth öffnete sofort die Augen; Vandermeer vermutete, dass sie schon nicht mehr richtig ohnmächtig gewesen war, sondern mehr benommen. Er wusste ja nicht, was sie dort drinnen in der Halle *wirklich* getan hatte, aber was immer es gewesen war, hatte sie offensichtlich zu Tode erschöpft.

Vielleicht war es aber auch mehr. Gwynneth' Blick war verschleiert, als sie die Augen öffnete. Damit hatte er gerechnet. Doch die Trübung ging auch nicht fort, als Anja ihr half sich auf die Ellbogen hochzustemmen, und das Glas an ihre Lippen setzte. Gwynneth verzog das Gesicht – vermutlich war das Wasser warm – trank aber mit so gierigen Schlucken, dass das Glas nach wenigen Augenblicken geleert war.

»Mehr«, krächzte sie. Ihre Stimme war kaum verständlich. So ungefähr, dachte Vandermeer schaudernd, musste die Stimme eines Menschen klingen, der drei Tage lang ohne einen Tropfen Wasser durch die Wüste geirrt war. Anja ging sofort, um das Glas wieder aufzufüllen, während Gwynneth sich mit der Zunge über die Lippen fuhr, um auch noch den letzten Tropfen kostbarer Flüssigkeit aufzulecken. Vandermeer streckte vorsichtig die Hand aus und berührte ihren Unterarm. Ihre Haut fühlte sich noch immer so heiß an wie zuvor, aber erst jetzt fiel ihm auf, dass es eine trockene Hitze war. Ihr Arm fühlte sich nicht an wie der Arm eines Menschen, der hohes Fieber hatte, sondern wie ein Stock, der mit heißem Sandpapier überzogen war. Gwynneth war vollkommen ausgedörrt.

»Was ist nur mit ihr los?«, murmelte Ines. Vandermeer hätte es ihr – vielleicht – beantworten können; er hatte so eine ungefähre Ahnung und er war sogar sicher, dass er damit der Wahrheit ziemlich nahe kam. Gleichzeitig war diese Wahrheit so phantastisch, dass er es einfach nicht über sich brachte sie auszusprechen.

An seiner Stelle antwortete Gwynneth. »Es ... geht schon wieder«, sagte sie. »Ich brauche nur ... ein bisschen Wasser.« Ihre Stimme klang flach; als wäre ihr Körper zwar hier, sie selbst aber weit, weit fort.

»Anja holt es schon«, sagte Ines. »Sind Sie ... in Ordnung?«

Gwynneth versuchte sich weiter aufzusetzen, aber ihre Kraft reichte nicht. Ihre Arme knickten unter dem Gewicht ihres Körpers weg, sodass Vandermeer hastig zugreifen musste, um sie aufzufangen. Gwynneth' Haut war so heiß, dass er es selbst durch ihre Kleidung hindurch spüren konnte.

»Sie sind tot«, murmelte sie. »Sie ... sie sind alle tot. Ich habe sie umgebracht.«

»Sie hätten sich um ein Haar *selbst* umgebracht«, antwortete Vandermeer ernst. »Es ist alles in Ordnung. Keine Angst. Es ist vorbei.«

Ines' Blick wanderte verständnislos zwischen ihren Gesichtern hin und her. Plötzlich wurden ihre Augen rund. »Sie?«, flüsterte sie. »Das ... das war ... *sie?*«

»Tot«, flüsterte Gwynneth. Ihre Schultern bebten. Vandermeer war sicher, dass sie geweint hätte, hätte sie Tränen gehabt. »Ich habe sie ... getötet. Ich wollte das nicht, aber ... es war stärker als ich.«

Lass es keine Gewalt über dich erlangen!, hatte Bergholz gesagt. Plötzlich schienen diese Worte einen ganz neuen, noch viel Furcht einflößenderen Klang zu bekommen.

»Sie?«, murmelte Ines wieder. »Aber ... dann waren das im Wagen ... auch Sie? Es war kein Unfall?«

»Doch!«, widersprach Vandermeer. »Es war ein Unfall!« Nicht in dem Sinn, in dem Ines das Wort benutzt hatte, aber es *war* ein Unfall gewesen. Die Vorstellung, dass Gwynneth absichtlich einen Menschen tötete, war einfach absurd. Außerdem war ihr eigener Anblick der beste Beweis, dass sie das, was geschehen war, ganz bestimmt nicht beabsichtigt hatte. Er sprach es nicht aus, um Ines nicht zu beunruhigen, aber er war sicher, dass Gwynneth um ein Haar gestorben wäre.

Anja kam zurück, diesmal nicht mit einem Glas, sondern mit einer ganzen Karaffe voll Wasser, die mindestens einen Liter fassen musste. Gwynneth riss sie ihr regelrecht aus der Hand und leerte sie bis auf den letzten Tropfen, aber Vandermeer hatte das Gefühl, dass ihr Durst danach immer noch nicht vollkommen gestillt war. Ihr Stoffwechsel musste im Moment auf dem Niveau eines Hochofens laufen.

Von weit her drang das Geräusch einer Sirene in die Halle. Ines eilte zur Tür, warf nur einen flüchtigen Blick nach draußen und kam mit schnellen Schritten zurück. Sie sah besorgt aus. »Die Feuerwehr«, sagte sie. »Ich kann nichts Genaues erkennen, aber ich schätze, der ganze Schuppen steht mittlerweile in Flammen.«

»Khemal wird sich freuen«, fügte Anja hinzu. »Ich schätze, er wird einen zweiten Notizblock brauchen, um alles aufzuschreiben, was er uns mittlerweile anhängen kann.« Sie machte eine entschiedene Bewegung. »Wir können hier nicht bleiben.«

»Aber wir können auch nicht raus.« Ines machte eine Kopfbewegung zum Eingang. Das Sirengeheul kam jetzt rasch näher und es hörte sich eindeutig nach mehr als einem Wagen an. Sie hatten beide Recht, dachte Vandermeer besorgt. Sie konnten nicht hier bleiben, aber sie konnten sich auch nicht hinaus auf die Straße trauen. Khemals Männer würden eine Treibjagd auf sie veranstalten.

»Wenn wir gehen, dann jetzt«, sagte er. »Bevor eine Hundertschaft türkischer Polizei hier auftaucht.«

Niemand rührte sich, aber nach zwei oder drei Sekunden unangenehmen Schweigens sagte Anja: »Es gibt doch noch ein Problem.«

»Ach?«, machte Ines spöttisch. »Tatsächlich?«

»Ich kenne diesen Hafen nicht«, sagte Anja ungerührt, »aber *die* Häfen, die ich kenne, sind alle zollfreier Bezirk.«

»Du willst billige Zigaretten und Parfüm kaufen«, vermutete Ines.

»Ich will damit sagen, dass wir wahrscheinlich nicht so mir nichts, dir nichts hier herausspazieren können«, antwortete Anja. »Wahrscheinlich ist dieses ganze Viertel abgesperrt. Zäune, Patrouillen mit Hunden ... Gittertore und Passkontrollen ... wer weiß, was sonst noch.«

Wieder kehrte für Sekunden ein unangenehm lastendes Schweigen ein, das selbst von dem rasch zunehmenden Lärm von draußen nur noch zu unterstrichen werden schien. Dann sagte Gwynneth: »Das Schiff.«

Anja sah sie fast erschrocken an. »Welches *Schiff?*«

»Unseres«, sagte Vandermeer an Gwynneth' Stelle. »Wassilis Schiff. Sie hat Recht. Dort werden sie uns zuallerletzt suchen.« Innerlich sträubten sich ihm bei dieser Vorstellung aber fast die Haare. Natürlich hatte Gwynneth Recht – der aufgebrachte Frachter war mit Sicherheit der letzte Ort im Umkreis von hundert Kilometern, an dem Khemal sie vermuten würde. Aber er bezweifelte, dass es ihnen überhaupt gelingen würde an Bord zu kommen.

»Wir kommen ja nicht einmal hier raus«, sagte Ines. »Sie werden uns festnehmen, sobald sie uns sehen.«

»Es gibt einen Hinterausgang«, sagte Anja. »Oben, im Büro. Keine Sorge«, fügte sie hastig hinzu, als sie Ines' erschrockenen Gesichtsausdruck registrierte, »*mit* einer Feuertreppe.« Sie wandte sich an Gwynneth. »Schaffen Sie das?«

»Ich glaube schon.« Gwynneth stemmte sich umständlich in die Höhe, hielt noch einmal einen Moment inne, um Kraft zu sammeln, und stand dann ganz auf; ein wenig wackelig, aber sie stand.

»Dann nichts wie weg hier«, sagte Vandermeer. »Bevor wir wieder Besuch bekommen.« Seine Stimme klang weitaus entschlossener, als er in Wirklichkeit war. Aber er hatte eine fast panische Angst davor, noch einmal die Kontrolle über alles zu verlieren. Die Dinge hatten angefangen ihm aus den Händen zu gleiten und das Ergebnis wäre um ein Haar eine Katastrophe gewesen. Das durfte nicht noch einmal geschehen. Er war nicht sicher, dass sie das nächste Mal überleben würden.

Das Schiff wiederzufinden war kein Problem. Es war Vandermeer weiter vorgekommen, doch sie hatten sich nur wenige hundert Meter vom Kai entfernt gehabt, als der Unfall geschah, und der ehemalige Stolz der sowjetischen Handelsmarine überragte die flachen Lagerschuppen und Silos in diesem Teil des Hafens wie ein gestrandeter Eisberg eine flache Dünenkette. Sie hatten die Lagerhalle über die Feuertreppe auf der Rückseite verlassen und sich dem Wasser auf einigen Umwegen genähert; trotzdem hatten sie kaum zehn Minuten gebraucht.

Damit hörte ihre Glückssträhne – wenn man es denn so nennen

wollte – aber auch schon wieder auf. Sie konnten nicht an Bord. Das Schiff war taghell erleuchtet. Hinter sämtlichen Bullaugen und Fenstern brannte Licht und Vandermeer entdeckte allein an Deck mindestens sieben oder acht Männer in den khakifarbenen Sommeruniformen des türkischen Zolls. Zwei weitere bewaffnete Posten standen am Fuß des Fallreeps. Khemal hatte sein Versprechen augenblicklich in die Tat umgesetzt und ließ das Schiff offenbar Millimeter für Millimeter durchsuchen. Vandermeer glaubte nicht, dass sie irgendetwas finden würden, aber dieses Schiff fiel als Beförderungsmittel für Wassili ebenso aus wie als Versteck für sie.

»Und jetzt?«, fragte Anja. Sie maß Gwynneth mit einem schrägen Blick. »Haben Sie noch mehr von diesen tollen Ideen?«

Vandermeer brachte sie mit einer ärgerlichen Geste zum Schweigen. Er gab sich selbst viel mehr die Schuld als Gwynneth. Es war ziemlich naiv gewesen anzunehmen, dass Khemal das Schiff unbewacht zurücklassen würde.

»Wartet hier«, sagte er. »Ich bin gleich zurück.«

»Wo willst du hin?«, fragte Ines.

Vandermeer antwortete schon deshalb nicht, weil er es gar nicht wusste. Er beließ es bei einem, wie er zumindest hoffte, aufmunternden Lächeln, bedeutete ihnen noch einmal durch eine Geste, sich nicht von der Stelle zu rühren, und trat aus der schmalen Seitenstraße heraus, in deren Schatten sie Schutz gesucht hatten. Sein Entschluss tat ihm schon fast wieder Leid. Er war kein Held. Das kribbelnde Action-Gefühl, das ihm beim ersten Mal die Kraft gegeben hatte, sich nicht nur mit Wassili und seinem Schläger anzulegen, sondern diese Konfrontation auch noch halbwegs glimpflich zu überstehen, wollte sich nicht mehr einstellen. Ganz im Gegenteil – er kam sich verloren und hilflos vor und für einen Moment *wusste* er einfach, dass auch dieser Alleingang nur in einer weiteren Katastrophe enden konnte.

Es war hier draußen nur wenig heller als in der Gasse, in der die Frauen zurückgeblieben waren. Vom Schiff her fiel ein wenig Licht auf den Kai und es gab sogar eine regelmäßige Reihe altmodischer Gaslaternen, die aber bis auf wenige Ausnahmen allesamt ausgefallen zu sein schienen. Vielleicht hatte sich auch nur niemand mehr die Mühe gemacht sie anzuzünden; jedenfalls war es hier so dunkel, dass die beiden Männer am Fuß des Fallreeps ihn wahrscheinlich auch dann nicht gesehen hatten, wenn sie ihren Befehlen aufmerksamer nachgekommen wären, statt beieinander zu stehen, sich zu unterhalten und zu rauchen. Trotzdem hatte er das Gefühl, sich genau im Zentrum eines Zehntausend-Watt-Scheinwerferstrahles zu befinden, mit einer Neonschrift auf der Stirn und rotierenden Blinklichtern auf den Schultern.

Vandermeer schüttelte die Vorstellung hastig ab, wandte sich nach links und ging mit erzwungen ruhigen Schritten los. Wenn die Männer ihn überhaupt sahen, dann allerhöchstens als Schatten, aber er sollte vielleicht mit seinen Gedanken ein bisschen vorsichtiger sein. Möglicherweise war sein Unterbewusstsein nicht besonders wählerisch, wenn es um die Wünsche ging, die es ihm erfüllte.

Er hatte vor bis zum Ende des Kais zu gehen, das vielleicht einen halben Kilometer entfernt war, kam jedoch nur ein paar Dutzend Schritte weit. Das Sirenengeheul hinter ihnen hatte zugenommen, ohne sich wesentlich zu nähern, doch das misstönende Heulen und der allgemeine Lärm der Löscharbeiten waren laut genug, um das Motorengeräusch vor ihm zu übertönen. Im buchstäblich allerletzten Moment registrierte er, dass sich ihm ein Fahrzeug näherte, machte einen hastigen Schritt zur Seite und duckte sich in den Schatten einer kaum meterbreiten Gasse, die zwischen zwei Lagerhallen hindurchführte. Etwas rauschte mit dem Geräusch von Gummi auf nassem Kopfsteinpflaster an seinem Versteck vorüber. Vandermeer blieb einen Moment mit angehaltenem Atem und klopfendem Herzen stehen, ehe er auch nur wagte, den Kopf aus seinem Versteck herauszustrecken und dem Wagen nachzublicken. Aus dem fast formlosen Schatten wurden die Konturen eines offenen Jeeps, als der Fahrer auf die Bremse trat und die Rücklichter aufleuchteten. Hatten sie ihn entdeckt?

Der Wagen hielt jedoch nicht an, sondern rollte trotz aufleuchtender Bremslichter weiter und kam unmittelbar neben den Posten zum Stehen, die den Zugang zum Schiff bewachten. Vandermeer sah, wie einer der beiden Passagiere ausstieg, während der andere im Wagen zurückblieb. Einen Augenblick später flammte ein Feuerzeug auf. Anscheinend sahen die Zollbeamten ihre hauptsächliche Aufgabe darin, geschmuggelte Zigaretten zu vernichten. Vandermeer war es nur recht. Der Jeep parkte unangenehm nahe der Seitenstraße, in der Gwynneth und die Zwillinge zurückgeblieben waren. Er hoffte, dass sie die Nerven behielten.

Dasselbe galt allerdings auch für ihn. Er war nervöser, als er sich eingestehen wollte. Der Zwischenfall mit dem Wagen hatte ihm gezeigt, wie dünn das Eis war, auf dem er sich bewegte. Wäre er noch eine einzige Sekunde länger unaufmerksam gewesen, wäre er den Männern unmittelbar in die Arme gelaufen.

Als könnte er ihn damit auf der Stelle fest bannen, starrte er den Jeep noch zwei oder drei Sekunden lang mit höchster Konzentration an, ehe er sich herumdrehte und seinen Weg fortsetzte. Er war jetzt sehr viel vorsichtiger. Wo dieser eine Wagen hergekommen war, konnte es noch mehr geben.

Es gab sie.

Mehr davon, als ihm recht war.

Die Reihe der Lagerhallen und Schuppen zog sich noch gute zwei- oder dreihundert Schritte weit dahin. Der Kai auf der anderen Seite war ihm von weitem verlassen vorgekommen, aber dieser Eindruck resultierte vor allem aus der kolossalen Silhouette des ehemaligen Kreuzfahrtschiffes, neben dem alles andere zu einem Nichts zu schrumpfen schien. Jetzt sah er, dass dieser Eindruck täuschte: Auf dem Wasser dümpelten gleich Dutzende kleinerer und mittelgroßer Schiffe, zum größten Teil wohl Fischerboote, obwohl er da nicht ganz sicher war. Die Mauer war an dieser Stelle sehr hoch; vermutlich war der Kai ursprünglich nicht dazu gedacht gewesen, kleinen Schiffen als Anlegeplatz zu dienen.

Zu diesem Eindruck passte auch der riesige, halbrunde Platz, zu dem sich die Straße vor ihm weitete, nachdem er das Ende der Schuppenreihe erreicht hatte.

Er war voller Wagen.

Vandermeer starrte fassungslos auf mehr als ein Dutzend Jeeps und Kastenwagen, aus dem mindestens eine Hundertschaft uniformierter Männer quoll. Khemal machte Ernst. Offenbar hatte er vor, diesen ganzen Teil des Hafens abzusperren und Gebäude für Gebäude durchsuchen zu lassen.

Und das war nicht einmal das Schlimmste.

Nicht sehr weit entfernt von Vandermeers Versteck standen Khemal, Wassili und Michail friedlich beieinander und plauschten. Man hätte meinen können, sie wären uralte Skatbrüder, nicht ein Hauptmann der Zollfahndung mit seinen Gefangenen, die er vor kaum zwei Stunden mit vorgehaltener Waffe hatte abführen lassen.

Vandermeer hatte genug gesehen. Hastig zog er sich rückwärts gehend ein paar Schritte weit zurück, ehe er sich herumdrehte und so schnell losging, wie er es gerade noch konnte, ohne wirklich zu rennen. Alle paar Schritte warf er einen Blick über die Schulter zurück, aber es tauchten keine weiteren Streifen mehr auf, bis er zu den Frauen zurückkam.

»Das hat ja ewig gedauert!«, begrüßte ihn Anja. »Wo zum Teufel waren Sie? Wir dachten schon, Sie wären zu Fuß nach Hause gegangen!«

Vandermeer war allerhöchstens fünf Minuten weggewesen, wahrscheinlich weniger. »Wir sind in Schwierigkeiten«, sagte er.

»Ach?«, machte Anja. »Tatsächlich?«

»Khemal?«, vermutete Gwynneth.

»Er fährt schweres Geschütz auf«, bestätigte Vandermeer. »Es sieht so aus, als hätte er jeden Mann aufgeboten, den er kriegen kann. Sie riegeln das ganze Gebiet ab.«

»Aber warum denn?«, fragte Ines verwirrt. »Wir haben doch gar nichts getan!«

»Wir haben drei seiner Leute gegrillt, Schwesterherz«, verbesserte sie Anja. »Er wird nicht unbedingt erfreut sein uns wiederzusehen.«

Vandermeer sah, wie sich Gwynneth' Gesicht umwölkte, und er war fast sicher, dass Anja diese Formulierung absichtlich gewählt hatte, um sie zu verletzen. »Und das ist noch nicht einmal alles«, sagte er hastig. »Das Schlimmste kommt noch.«

»Was kann denn noch schlimmer sein?«, fragte Ines.

»Wassili«, antwortete Vandermeer. »Ich konnte nicht verstehen, was sie geredet haben, aber es sah ganz so aus, als ob sie gerade dabei wären Brüderschaft zu trinken.«

»Wassili?«, fragte Ines ungläubig. »Und Khemal?«

»Ich habe euch gesagt, dieser Mann ist ein Dämon«, sagte Gwynneth düster. »Seine Macht ist unvorstellbar.«

»Aber vor zwei Stunden hätte Khemal ihn noch fast über Bord werfen lassen!«

»Ein einziger Anruf und Wassili befiehlt über eine Armee, wenn er das will«, behauptete Gwynneth.

»Und was tun wir jetzt?«, fragte Anja. »Auf das Schiff kommen wir nicht.«

»Vielleicht nicht auf dieses«, erwiderte Vandermeer. »Weiter unten am Kai liegen Dutzende von Booten. Sie können sie unmöglich alle durchsuchen.«

»Und wenn doch?«, fragte Anja.

»Zerbrechen wir uns den Kopf darüber, wenn es so weit ist«, unterbrach sie Vandermeer. »Los jetzt. Ich gehe vor. Bleibt im Schatten.« Er war ganz und gar nicht davon überzeugt, wirklich die richtige Entscheidung zu treffen. Möglicherweise liefen sie Khemals Männern direkt in die Arme. Aber alles war besser, als einfach weiter hier herumzustehen und darauf zu warten, dass etwas geschah.

Sie gingen ungefähr bis zu der Stelle zurück, an der Vandermeer dem Jeep ausgewichen war. Für seinen Geschmack waren sie dem Schiff und damit den Wachtposten noch entschieden zu nahe. Wenn einer der Männer an Deck auch nur einen zufälligen Blick nach unten warf, musste er sie zwangsläufig sehen. Er wagte es allerdings auch nicht, sich dem Platz und damit Khemals kleiner Armee noch weiter zu nähern. »Wartet hier. Ich bin gleich zurück.«

Er huschte geduckt zum Kai, presste sich – es war albern, aber er hatte trotzdem das Gefühl, in Deckung zu sein – an eine der erloschenen Gaslaternen und ließ seinen Blick über die Reihe nebeneinander liegender Boote gleiten. Eines erschien ihm so gut wie das andere – oder so schlecht. Einige waren zu klein, um als Versteck zu dienen, nicht mehr als offene Boote, die gerade Platz für den Motor und die Netze boten; einige andere waren in einem Zustand, in dem es nicht angeraten schien, auch nur einen Fuß darauf zu setzen. Seine Wahl fiel auf ein knapp zehn Meter langes Fischerboot mit einem übergroßen Kajütenaufbau. Es war länger als die meisten anderen Schiffe in Sichtweite, lag jedoch ein gutes Stück tiefer im Wasser. Bis auf das mit Netzen, Werkzeugen und allem möglichen anderen Krempel übersäte Deck hinunter war es ein Sprung von gut anderthalb Metern.

Er winkte die anderen herbei und versuchte ihnen gleichzeitig mit Gesten begreiflich zu machen, dass sie einzeln kommen sollten. Zu seiner Überraschung funktionierte es sogar: Gwynneth huschte als Erste aus dem Schatten des Lagerhauses hervor, war mit wenigen schnellen Schritten an seiner Seite und sprang auf das Fischerboot hinunter, ohne auch nur in der Bewegung innezuhalten. Anja folgte ihr wenige Augenblicke später und fast ebenso schnell, nur Ines zögerte.

»Da ... hinunter?«, fragte sie stockend.

Der türkische Zoll nahm ihnen die Entscheidung ab. Am anderen Ende der Schuppenreihe erschien ein Scheinwerferpaar und Ines' Angst vor Khemal war eindeutig größer als die vor dem Sprung in die Tiefe. Fast gleichzeitig mit Vandermeer sprang sie auf das Fischerboot hinunter. Sie kam sogar besser auf als er: Sie fiel zwar, landete jedoch auf einem Stapel alter Netze, der ihren Aufprall sanft abfederte, während Vandermeer das Gefühl hatte, aus hundert Metern Höhe auf Beton zu stürzen. Für einen Moment wurde ihm schwarz vor Augen und er musste mit aller Macht darum kämpfen, nicht das Bewusstsein zu verlieren. Als sich der Wirbel aus tanzenden Sternen und schwarzen Schleiern vor seinen Augen lichtete, fuhr ein Jeep in langsamer Geschwindigkeit am Kai über ihnen entlang. Der Strahl eines starken Scheinwerfers glitt über die Häuserfront auf de anderen Seite. Manchmal stoppte der Wagen, damit der Scheinwerferstrahl die Lücke zwischen zwei Gebäuden oder einen Torbogen ausleuchten konnte.

Vandermeer wartete, bis der Wagen weitergefahren war, dann richtete er sich benommen auf.

»Bist du verletzt?«, fragte Ines.

»Nur mein Stolz«, murmelte Vandermeer. Das war die Wahrheit. Allmählich kam er sich vor wie einer jener Filmhelden, die von einer Bredouille in die andere stolperten und am Schluss in angesengter Unterwäsche und mit geschwärztem Gesicht dastanden. Urkomisch, wenn man es auf der Leinwand sah, aber ganz und gar nicht witzig, wenn man diese Rolle in Wirklichkeit spielte.

Er ignorierte Ines' hilfreich ausgestreckte Hand, rappelte sich aus eigener Kraft hoch und humpelte zu Anja hinüber, die sich ungeschickt und mit immer fahriger werdenden Bewegungen an der Kajütentür zu schaffen machte. Vandermeer scheuchte sie mit einer Kopfbewegung zur Seite, nahm kurz Anlauf und rammte die Schulter gegen die Tür. Er hatte nicht mehr den Nerv, jetzt auch noch seine Talente als Einbrecher auf die Probe zu stellen.

Die Tür tat ihm nicht den Gefallen, kinogerecht aus den Angeln zu fliegen, aber das morsche Holz ächzte so unter seinem

Anprall, dass es nur noch eines wuchtigen Tritts bedurfte, um sie endgültig aufzusprengen. Die Treppe dahinter war so steil, dass er um ein Haar kopfüber hinuntergestürzt wäre. Der energische Sprung, mit dem er die drei Stufen hinter sich brachte, hatte nichts mit Sportlichkeit zu tun, sondern war seine einzige Chance nicht zu stürzen.

Die Kajüte war tatsächlich so groß, wie es von außen den Anschein gehabt hatte, aber wie das Deck so hoffnungslos vollgestopft, dass sie zu viert kaum Platz darin fanden. Vandermeer hatte sich selbst immer für den unordentlichsten Menschen gehalten, den er kannte, aber gegen den Besitzer dieses Bootes war er ein absoluter Pedant.

»Gemütlich«, sagte Anja. »Doch – eine eindeutige Verbesserung nach unserer letzten Unterkunft.« Sie zog die aufgesprengte Tür hinter sich ins Schloss und versuchte sie fest zu klemmen, so gut es ging. »Was tun wir als Nächstes? Überlegen, was wir dem Besitzer dieses Schiffes erzählen, wenn er zurückkommt?«

Ines verdrehte die Augen. Offensichtlich ging ihr das ständige Nörgeln ihrer Schwester mittlerweile genauso auf die Nerven wie Vandermeer. Sie ignorierte es allerdings auch ebenso wie er. Sie half Gwynneth die steile Holztreppe hinunter und führte sie zu dem einzigen freien Sitzplatz, den es in dem unvorstellbaren Chaos gab, einer schmalen Koje, die halb in die Seitenwand eingebaut war. Gwynneth setzte sich mit einer sonderbar schweren Bewegung und ließ die Arme auf die Oberschenkel und die Schultern nach vorne sinken.

Vandermeer war besorgt. Gwynneth hatte sich bis jetzt gut gehalten, sodass er angenommen hatte, sie hätte den Schwächeanfall endgültig überwunden. Vielleicht hatte er sie überschätzt.

»Sie hat Recht«, murmelte Gwynneth, ohne aufzusehen. »Wir können nicht hier bleiben.«

»Aber wir können auch nicht weg«, widersprach Vandermeer. »Nicht im Moment. Und nicht, solange Sie so schwach sind.« Er sah Ines an. »Schau mal, ob es auf dieser Müllkippe etwas zu trinken gibt.«

Anja warf ihnen vom oberen Ende der Treppe aus einen missbilligenden Blick zu, ohne jedoch irgendeinen Kommentar abzugeben. Sie hatte die Tür nicht ganz geschlossen. Die meiste Zeit war sie damit beschäftigt, durch den Spalt nach draußen zu blicken, obwohl die Tür zum Heck hin aufging. Von ihrem Standpunkt aus war absolut nichts zu sehen – abgesehen von den Lichtreflexen der Stadt, die sich auf dem Wasser spiegelten.

Während Ines die Kajüte nach etwas Trinkbarem durchsuchte, begann sich auch Vandermeer umzusehen – wenn er ehrlich war, nur um überhaupt etwas zu tun und nicht einfach herumzustehen. Er würde hier nichts finden, was ihnen weiterhalf. Die Kabine diente dem Besitzer des Schiffes offenbar nicht nur als Schlaf- und Aufenthaltsraum, sondern auch als Lager, Reparaturwerkstatt, Mülleimer, Kartenraum, Küche und – dem Geruch nach zu urteilen – zumindest dann und wann auch als Toilette. Auf dem Tisch lagen in wüster Unordnung alte Illustrierte und Zeitungen, zerknitterte Karten, mindestens drei oder vier überquellende Aschenbecher und ein mottenzerfressener Schal, ein schartiges Messer neben einer halbvollen Flasche mit Orangensaft, deren Inhalt bereits Schimmel angesetzt hatte, und ein zerbeultes Essgeschirr aus Aluminium, eine abgewetzte leere Aktentasche und eine kleine Blechdose mit braunem Kandiszucker ... die Aufzählung hätte sich beinahe beliebig fortsetzen lassen: Irgendwie musste der Besitzer dieses Bootes die Grundprinzipien der Physik außer Kraft gesetzt haben, nach denen in einen Raum nicht mehr hineinpasste, als Platz darin war. Vandermeer fragte sich, warum er diese nobelpreisverdächtige Erfindung nur dazu nutzte, sein privates Abfallproblem zu lösen.

»Nichts«, sagte Ines enttäuscht. »Nicht einmal ein Schluck Wasser.« Sie ging zu Gwynneth, setzte sich neben sie auf die Kante der Koje und beugte sich vor, um ihr ins Gesicht zu sehen. »Aber den braucht sie auch nicht. Sie schläft.«

Vandermeer half ihr Gwynneth behutsam auf das schmuddelige Bett zu legen. Sie glühte nicht mehr ganz so sehr wie vorhin, aber ihre Haut war immer noch heiß. Sie hatte hohes Fieber. Wenn sie aufwachte, würde sie entsetzlichen Durst haben. Er hoffte, dass sie wenigstens einige Stunden Ruhe fand.

»Sie hat immer noch Fieber«, sagte Ines besorgt. »Wir können sie nicht einfach so liegen lassen.«

»Stimmt«, sagte Anja vom oberen Ende der Treppe her. »Rufen wir doch einen Krankenwagen.«

Ines wollte auffahren. Vandermeer legte ihr rasch die Hand auf den Unterarm und sie schluckte die scharfe Antwort herunter, die ihr auf der Zunge lag. Nachdem er Gwynneth berührt hatte, kam ihm Ines' Haut schon sonderbar kühl und glatt vor, fest wie die einer Marmorstatue, nicht wie die eines lebenden Menschen, aber auch angenehm. Er ließ die Hand länger auf ihrem Arm liegen, als nötig gewesen wäre. Erst als er ihren Blick registrierte, zog er sie hastig wieder zurück. Er wollte nicht, dass sie irgendwelche falschen Schlüsse zog. Ines sah ihn noch eine halbe Sekunde lang an, dann senkte sie verlegen den Blick.

»Was ist nur mit ihr los?« Er war sicher, dass sie das nur fragte, um ihre Verlegenheit zu überspielen. Sie kannte die Antwort so gut wie er oder wie ihre Schwester. Keiner von ihnen wusste, *wie* Gwynneth es gemacht hatte, aber sie alle wussten, *was* sie getan hatte.

»Das kann ich dir sagen«, antwortete Anja. »Sie hat uns ganz tief in die Scheiße hineingeritten. *Das* hat sie getan!«

»Anja, hör endlich auf«, sagte Ines müde.

»Womit?«, fragte Anja. »Die Wahrheit zu sagen? Aber selbstverständlich. Und entschuldige bitte, wenn ich mich darüber beschwere, dass wir hier auf einem stinkenden Fischkutter festsitzen, von der halben türkischen Polizei wegen Mordes gesucht werden und wahrscheinlich den Rest unseres Lebens in einem anatolischen Frauengefängnis verbringen dürfen – falls uns nicht vorher ein verrückter mongolischer Schamane erwischt und nach Sibirien verschleppt, um uns seinem Feuergott zu opfern!« Plötzlich schrie sie fast: »Verdammt nochmal, was erwartest du eigentlich? Ich habe nicht darum gebeten, mit dieser ... dieser Freak-Show durch das Land zu ziehen!«

Vielleicht musste ihre Erregung einfach raus, dachte Vandermeer. Auch er hatte das Gefühl, den Druck nicht mehr lange zu ertragen. »Es ist nicht Gwynneth' Schuld«, sagte er. »Und auch nicht meine.«

»Natürlich nicht«, antwortete Anja spöttisch. »Wahrscheinlich ist es meine.« Womit sie der Wahrheit nach Vandermeers Meinung sogar recht nahe kam. Hätten sie und ihre Schwester sich nicht auf dieses alberne Bäumchen-wechsle-dich-Spiel mit ihm eingelassen, dann wären sie wahrscheinlich nie in diese Geschichte hineingezogen worden. Laut sagte er jedoch:

»Niemand ist schuld. Manche Dinge passieren einfach.«

»Wie tröstlich«, murrte Anja. Aber sie klang jetzt eigentlich nur noch müde; allenfalls auf eine resignierende Art trotzig.

»Bitte hör auf«, sagte Ines noch einmal. »Und komm von der Tür weg. Was tust du da oben eigentlich noch?«

»Ich passe auf, dass uns niemand überrascht«, antwortete Anja. »Außerdem ist die Luft hier oben besser.« Das entsprach vermutlich der Wahrheit. Die Kajüte stank unerträglich nach altem Fisch, kaltem Zigarettenrauch und Urin. Wenn sie tatsächlich die ganze Nacht hier verbrachten, würden sie morgen früh alle rasende Kopfschmerzen haben. Wenigstens brauchten sie sich keine Sorgen darüber zu machen, dass Khemal Hunde einsetzte, um ihre Spur zu verfolgen, dachte Vandermeer sarkastisch. Kein Hund würde sich diesem Kahn auch nur auf zwanzig Meter nähern, ohne tot umzufallen.

»Wir sollten ein bisschen schlafen«, schlug er vor.

»Schlafen?«, ächzte Anja. »Jetzt?«

»Warum nicht?«, fragte ihre Schwester. »Er hat völlig Recht. Wir können im Moment sowieso nichts tun. Und morgen früh sollten wir ausgeruht sein.«

»Um was zu tun?«, fragte Anja.

»Vielleicht, um ein paar konstruktive Vorschläge zu machen, statt nur herumzumeckern«, antwortete Vandermeer, in schärferem Ton, als er eigentlich beabsichtigt hatte. »Das könnte helfen.«

»Gute Idee«, antwortete sie. »Warum fangen Sie nicht damit an? Bisher habe ich von Ihnen nur gehört, was wir alles *nicht* können.«

Sie hatte Recht, dachte Vandermeer betrübt. Seit sie das Schiff verlassen hatten, war alles, aber auch wirklich *alles* schief gegangen. Und er wusste sogar, woran das lag. Er hatte aufgehört den Ablauf der Geschehnisse zu bestimmen. Es wurde Zeit, dass er sich bemühte die Initiative zurückzuerlangen.

»Wir sollten wirklich ein paar Stunden schlafen«, sagte er. »Vielleicht fällt uns etwas ein, wenn wir einen klaren Kopf bekommen.« Er ging zum Tisch, fegte ihn mit einer einzigen Armbewegung leer und ließ sich auf die dazugehörige Bank sinken, nachdem er damit genauso verfahren war.

»Sie wollen tatsächlich jetzt *schlafen*?«, fragte Anja ungläubig.

»Warum nicht?« Vandermeer legte die Arme auf den Tisch und versuchte den Kopf darauf zu betten. Eine mehr als unbequeme Haltung, aber immer noch das Beste, was er hier vermutlich finden würde. »Wenn Sie nicht müde sind, dann übernehmen Sie doch einfach die erste Wache. Wecken Sie mich in zwei Stunden oder später.«

»He!«, protestierte Anja. »Und was soll ich tun, wenn jemand kommt?«

»Rufen Sie die Polizei«, schlug Vandermeer vor. Und schlief ein, noch bevor er Anjas empörte Antwort hören konnte.

7

Als er erwachte, war es hell in der Kabine. Jemand rüttelte so heftig an seiner Schulter, dass sein Kopf hin und her rollte, was auf der rauen Tischplatte ziemlich unangenehm war, und er hatte Recht gehabt: Er *hatte* rasende Kopfschmerzen und in seinem Mund war ein so widerwärtiger Geschmack, als wäre er während der Nacht in einem Anfall von Somnambulismus aufgestanden und hätte das, was vorher auf dem Tisch gelegen hatte, verspeist.

»Hendrick! Wach auf! Sie ist weg!«

Das Rütteln an seiner Schulter hielt an. Sein Kopf rollte noch heftiger hin und her, glitt vollends von seinen zusammengefalteten Händen herunter und knallte mit solcher Wucht auf die Tischplatte, dass er nunmehr schlagartig wach wurde. Vandermeer richtete sich mit einem Ruck hoch, schmetterte mit seinem Hinterkopf gegen die Kabinenwand und fluchte unbeherrscht.

»Wer ist weg?«, fragte er dann. Nicht, dass das irgendetwas bedeutete: Sein Verstand hatte die Worte zwar registriert und reagierte sogar mit der passenden Gegenfrage, aber das war wenig mehr als ein Reflex. Er war zwar wach, aber noch nicht so sehr, dass er damit etwas anfangen konnte. Er hatte auch Mühe, das Gesicht zu identifizieren, das in den trüben Schleiern vor seinem Blick schwamm. Da die Auswahl nicht besonders groß war, konnte es nur Ines oder Anja sein, aber er wusste nicht, wer von den beiden es war.

»Gwynneth. Sie ist nicht mehr da! Verdammt, wach endlich auf!«

Ines. Es musste Ines sein, weil sie ihn beim Vornamen genannt hatte. Anja würde sich eher die Zunge abbeißen, als das zu tun. Vandermeer war fast stolz auf diesen logischen Gedankengang, der ...

»*Was?!*«

Er erwachte sozusagen zum zweiten Mal, aber jetzt schlagartig und mit kristallener Klarheit. Müdigkeit und Kopfschmerzen waren wie weggeblasen. Er sprang hoch, wich mit einer geschickten Bewegung der niedrigen Kabinendecke über seinem Kopf aus und starrte die Koje auf der anderen Seite an. Sie war leer.

»Was ist passiert?«, fragte er. Noch bevor Ines Gelegenheit zum Antworten hatte, trat er um den Tisch herum und auf ihre Schwester zu. Sie stand auf der ersten Treppenstufe und blickte abwechselnd durch die halb geöffnete Tür hinaus und zurück zu der verlassenen Koje. »Wieso haben Sie mich nicht geweckt? Wie spät ist es überhaupt und wieso ist Gwynneth nicht mehr da?«

»Welche Frage soll ich zuerst beantworten?«, gab Anja zurück. Vandermeer holte hörbar Luft und Anja sagte, etwas leiser und den Blick starr nach draußen gerichtet: »Ich bin eingeschlafen.«

»Hier?« Aber warum nicht? Vermutlich hatte sie auf der Treppe besser geschlafen als er. Sein Nacken und seine Schultern fühlten sich so steif an, dass er wahrscheinlich tagelang Schmerzen haben würde.

»Ja, hier!«, antwortete Anja.

»Und wie konnte sie dann ...«

»... an mir vorbeikommen, ohne dass ich es merke? Woher zum Teufel soll ich das wissen? Vielleicht hat sie mich mit einem Voodoo-Zauber belegt.«

Vandermeers Gedanken rasten. Er hätte es wissen müssen. Selbst ein Blinder hätte sehen können, dass mit Gwynneth etwas nicht in Ordnung war! Aber wie hatte er damit rechnen können, dass sie mitten in der Nacht aufstehen und sich einfach davonschleichen würde!

»Habt ihr eine Ahnung, wie lange sie schon weg ist?«

Ines schüttelte nur stumm den Kopf. Anja würdigte ihn nicht einmal eines Blickes. Sie starrte weiter wortlos durch die Tür, ging dann plötzlich mit zwei raschen Schritten die Treppe hinauf und verschwand an Deck, bevor er auch nur eine Bewegung machen konnte, um sie zurückzuhalten.

»Verdammt!«, sagte Vandermeer.

»Es ist nicht ihre Schuld.« Ines legte die Hand auf seinen Arm. »Ich wäre auch eingeschlafen, an ihrer Stelle. Wenn überhaupt jemand, dann bin ich schuld. Immerhin habe ich im selben Bett gelegen und es nicht gemerkt.«

Er schüttelte ihre Hand ab. »Das meine ich nicht. Niemand ist schuld. Aber ich habe das Gefühl langsam durchzudrehen! Geht denn jetzt alles schief?«

»Schreit noch ein bisschen lauter, dann müssen wir uns um nichts mehr Sorgen machen.« Anja steckte den Kopf durch die Tür und machte eine auffordernde Geste. »Hier oben ist alles ruhig. Aber ich schlage vor, dass wir Frühstück und Zähneputzen heute ausfallen lassen und so schnell wie möglich von hier verschwinden.«

Vandermeers erster Blick galt dem Kreuzfahrtschiff, kaum dass er neben Anja auf das Deck hinausgetreten war. Er erschrak, als er sah, wie nahe sie ihm trotz allem waren; nicht einmal annähernd so weit entfernt, wie er in der Nacht angenommen hatte. Dann drehte er sich rasch herum und sah über den Kai. Da das Boot gute anderthalb Meter tiefer lag, ragte er gerade mit Kopf und Schultern über die Mauer, sodass er den Hafen aus einer wackeligen Froschperspektive heraus betrachtete. Vielleicht war das aber auch gut so. Sie waren nicht mehr allein. Fast zu seiner Verwunderung konnte er zwar nirgendwo mehr eine Uniform entdecken – selbst die Posten am Fallreep waren verschwunden –, aber dieser Teil des Hafens war nicht halb so ausgestorben, wie er angenommen hatte. Obwohl die Sonne gerade erst aufgegangen sein konnte, herrschte bereits ein emsiges Treiben und Kommen und Gehen. In den meisten Gebäuden, die sie in der Nacht für vor zwanzig Jahren aufgegebene Ruinen gehalten hatten, wurde bereits gearbeitet: Lastwagen, aber auch Esels- und Ochsenkarren fuhren an oder ab, Männer schleppten Kisten oder schoben beladene Sackkarren vor sich her und zu seinem nicht geringen Erschrecken sah er, dass auch auf einige der benachbarten Boote bereits das Leben zurückgekehrt war. Noch hatte niemand von ihnen Notiz genommen, aber das würde gewiss nicht mehr lange so bleiben. Anja hatte Recht: Sie sollten machen, dass sie hier wegkamen.

Ohne noch länger zu zögern, griff er nach der Oberkante der Kaimauer, zog sich hinauf und kletterte mit einer Leichtigkeit, die ihn selbst überraschte, nach oben. Anja folgte ihm auf die gleiche Weise, doch Ines hatte wie erwartet Schwierigkeiten: Obwohl sie ihr mit vereinten Kräften halfen, brauchte sie drei Anläufe, um von Bord des Schiffes zu kommen.

Und natürlich blieb ihre ungewöhnliche Morgengymnastik nicht unbemerkt. Einige Männer, die nicht weit entfernt einen

Lastwagen entluden, unterbrachen ihre Arbeit und sahen misstrauisch in ihre Richtung und noch während sich Ines umständlich aufrichtete, trat ein vielleicht fünfzigjähriger Mann, den seine Kleidung eindeutig als Fischer identifizierte, mit energischen Schritten auf ihn zu und sprach ihn auf Türkisch an. Vandermeer verstand nicht, was er sagte, aber die Worte hörten sich nicht besonders freundlich an. Er betete, dass es nicht der Besitzer des Schiffes war, von dem sie kamen. Aber dafür sah er eigentlich zu sauber aus.

Er warf Ines einen fast beschwörenden Blick zu, wandte sich vollends zu dem Mann um und zwang das freundlichste Lächeln auf sein Gesicht, zu dem er im Moment fähig war. »Guten Morgen«, sagte er. »Sind Sie der Eigentümer dieses Bootes?«

Der Mann legte den Kopf schräg, sah ihn einen Moment lang durchdringend an und fuhr dann fort, ihn mit einem Schwall unverständlicher türkischer Vokabeln zu überschütten. Vandermeer ließ ihn zehn Sekunden reden, dann unterbrach er ihn mit einer besänftigenden Geste. »Es tut mir Leid. Ich spreche Ihre Sprache leider nicht. Sprechen Sie zufällig deutsch? *Do you speak english?*«

»*Aleman?*«, fragte der Fischer.

»Richtig«, bestätigte Vandermeer. »Alle Mann *Aleman*.«

Der Türke sah ihn verständnislos an, dann machte er eine eindeutige Geste mit der linken Hand, die nicht besonders freundlich ausdrückte: *rührt euch nicht von der Stelle*, und ging zu den Männern an dem Gemüselaster. Sie hatten ihre Arbeit mittlerweile vollkommen eingestellt und sahen mit einer Mischung aus Neugier und Misstrauen zu ihnen hin.

»Was soll der Unsinn?«, fragte Anja.

»Still«, schnappte Vandermeer. »Spielt einfach mit.«

Der Fischer hatte den Wagen mittlerweile erreicht und wechselte einige Worte mit einem der Arbeiter. Daraufhin setzten sich nicht nur die beiden, sondern die ganze Gruppe in Bewegung und zehn Sekunden später sahen sich Vandermeer und die beiden Frauen von gleich fünf finster dreinblickenden Gestalten umringt. Der, den der Fischer angesprochen hatte, sagte:

»Sie sind Deutsch?«

Vandermeer tat so, als atme er erleichtert auf. »Sie sprechen unsere Sprache? Wunderbar, dann …«

»Was hatten Sie auf dem Schiff zu suchen?«

»Wir wollten nur …«, begann Ines.

Vandermeer brachte sie mit einer hastigen Geste zum Schweigen. Er deutete auf den Fischer. »Ist er der Besitzer?«

»Nein. Aber er kennt ihn. Mehmet möchte wissen, was Sie auf dem Boot wollten.«

»Es mieten«, antwortete Vandermeer. Es war das Erste, was ihm einfiel. Anscheinend aber nicht unbedingt das Überzeugendste.

»Mieten?« Der Gesichtsausdruck des Hafenarbeiters wurde noch misstrauischer.

»Man hat uns gesagt, es wäre zu vermieten«, behauptete Vandermeer. »Deshalb sind wir hierher gekommen, um es uns anzusehen.«

Anja starrte ihn an, als zweifele sie an seinem Verstand. Der Türke auch – allerdings zweifelte *er* offensichtlich mehr an seiner Aufrichtigkeit.

»Hier sind keine Boote zu vermieten«, antwortete er. »Wer hat Ihnen das gesagt?«

»Der Mann im Hotel«, improvisierte Vandermeer. »Wir sind Touristen, verstehen Sie? Meine Frau und meine Schwägerin möchten gerne eine Bootsfahrt machen und der Mann am Empfang sagte, sein Bruder hätte ein kleines Fischerboot, das er manchmal an Touristen vermietet!«

Das klang nicht überzeugend. Schlimmer noch: Sie sahen nicht aus wie Touristen. Ihre uniforme Kleidung wäre ja vielleicht noch durchgegangen, aber ihre Jeans und Baumwollhemden waren vollkommen zerfetzt und angesengt und nach der Nacht auf dem Boot stanken sie wahrscheinlich wie tote Fische, die eine Woche in der Sonne gelegen hatten.

»Welches Hotel?«, fragte der Arbeiter.

»Das Mata Hari«, antwortete Ines. Sie sah Vandermeer an und zog eine Grimasse. »Komm jetzt, Hendrick. Dieser Kahn ist ein schwimmender Mülleimer. Ich werde ganz bestimmt nicht damit hinausfahren. Wahrscheinlich geht er unter, wenn ihn die erste Welle trifft. Dem Kerl im Hotel werde ich etwas erzählen!«

»Vielleicht ... ist es ja eine Verwechslung«, sagte Vandermeer. In Gedanken zog er seinen Hut vor Ines. Sie log sehr viel überzeugender als er. Während er sicher war, dass man ihm seine Nervosität überdeutlich ansah, hätte Ines' gespielte Entrüstung beinahe selbst ihn überzeugt. Eine solche Kaltblütigkeit hätte er allenfalls ihrer Schwester zugetraut, niemals Ines.

»Das hier ist doch Pier sechsundvierzig, oder?«, fuhr er mit einer Geste auf das Boot hinter ihnen fort. »Das weiße Fischerboot gleich neben dem Kreuzfahrtschiff.«

»Nicht Pier sechsundvierzig«, antwortete der Türke.

»Nicht?«, vergewisserte sich Vandermeer. Er machte ein zorniges Gesicht. »Dann hat uns dieser dämliche Taxifahrer zum falschen Pier gebracht!« Er sah auf Ines herab. »Siehst du, Schatz? Es war gar nicht die Schuld des Portiers. Kommt. Vielleicht finden wir das richtige Boot ja noch.«

Sie gingen los. Die Männer, die sie umringten, wichen nur zögernd zur Seite und Vandermeer konnte die misstrauischen Blicke, die sie ihnen nachwarfen, beinahe körperlich spüren.

»Sie haben uns kein Wort geglaubt«, sagte Anja, kaum dass sie außer Hörweite waren.

»Natürlich nicht«, antwortete Vandermeer.

»Ich wundere mich nur, dass sie uns gehen lassen«, sagte Ines.

Ihre Schwester lachte. »Warum sollten sie uns aufhalten? Sie werden kaum annehmen, dass wir den Kahn stehlen wollten. Für *so* dumm halten sie wahrscheinlich nicht einmal deutsche Touristen.«

Vielleicht aber doch. Sie hatten nämlich kaum zwei weitere Schritte gemacht, als ihnen der Hafenarbeiter nachrief: »He! Deutschmann! Warte!«

Vandermeer wartete nicht. Etwas in der Stimme des Mannes klang so deutlich nach Ärger, dass er nicht einmal erwog das Gespräch fortzusetzen.

Ihr Weg hatte sie bis auf zwei Schritte an den Gemüselaster herangeführt. Die Fahrertür stand offen. Vandermeer sah, dass der Zündschlüssel steckte und fasste einen blitzschnellen Entschluss.

»Lauft!«, brüllte er. Gleichzeitig ergriff er Ines' Handgelenk, sprintete los und sprang mit einem fast verzweifelten Satz ins Führerhaus des LKW. Um ein Haar hätte er es nicht geschafft, weil er versuchte Ines in der gleichen Bewegung mit sich zu ziehen, aber er fand mit der anderen Hand am Lenkrad Halt, hievte sich unter Aufbietung aller Kräfte auf den Sitz und schaffte es sogar irgendwie, Ines nicht nur mit sich hineinzuzerren, sondern auch die Tür zuzuschlagen und den Knopf herunterzudrücken.

Beinahe hätte Anja es auch geschafft. Während Vandermeer mit fliegenden Fingern nach dem Zündschlüssel griff und ihn herumdrehte, riss sie die Tür auf der Beifahrerseite auf und kletterte auf den Sitz. Als sie die Tür schließen wollte, packte eine schwielige Hand ihren Oberarm und schloss sich mit solcher Kraft darum, dass sie vor Schmerz aufschrie. Ein schnauzbärtiges Gesicht mit dunklen, vor Zorn funkelnden Augen erschien neben ihrer rechten Schulter.

Vandermeer ließ mit einem Fluch den Zündschlüssel los, beugte sich zur Seite und versetzte dem Mann einen Fausthieb auf die Nase. Der Schlag war nicht besonders fest. Wahrscheinlich überraschte er den Angreifer mehr, als er ihm wirklich weh tat. Trotzdem lockerte sich sein Griff weit genug, dass Anja ihren Arm losreißen konnte. Sie versetzte ihm einen Stoß mit beiden Händen vor die Brust. Der Mann kippte mit einem überraschten Schrei nach hinten und riss einen zweiten Mann mit sich, der ihm gerade zu Hilfe kommen wollte. Anja schlug die Tür mit einem Knall ins Schloss und verriegelte sie.

»*Fahr los!*«, schrie sie.

Nichts, was Vandermeer lieber getan hätte. Aber er konnte diesen gottverdammten Zündschlüssel drehen, so oft er wollte, nichts geschah. Der Motor gab nicht den leisesten Muckser von sich. Dafür brach rings um den Wagen ein wahrer Höllenlärm los. Die Männer hatten den Wagen umringt, hämmerten mit den Fäusten gegen die Türen und versuchten daran heraufzuklettern und Vandermeer sah aus den Augenwinkeln, dass von überall her weitere Männer herbeigelaufen kamen. In ein paar Augenblicken würden sie von einer ganzen Armee umringt sein.

Ein seltsames Gefühl begann sich in ihm breit zu machen. Ein Teil von ihm schien vollkommen losgelöst von seinem Körper und den Ereignissen zu sein, nichts als ein neutraler Beobachter, der sich selbst über die Schulter sah und sich fast amüsiert fragte, was zum Teufel er hier überhaupt *tat*, während er gleichzeitig immer hektischer am Zündschlüssel drehte und wahllos auf alle Pedale trat, die er fand. Nichts. Nichts!

»Das ist ein Diesel, du Idiot!«, schrie Anja plötzlich.

Vandermeer ließ den Zündschlüssel los. Eine geschlagene Sekunde lang starrte er den Starthebel an, der deutlich sichtbar unmittelbar vor ihm aus dem Armaturenbrett ragte, dann erwachte er endlich aus seiner Erstarrung, schaltete die Zündung wieder ein und zog den Hebel. Der Motor machte klappernde Geräusche, drehte sich mahlend ein paarmal und sprang an. Vandermeer schrie triumphierend auf, hämmerte den Gang hinein und gab

Gas und der Motor ging aus. Der Wagen rollte ungefähr einen halben Meter weit, ehe er mit einem Ruck wieder zum Stehen kam.

Die Erschütterung hatte zwei oder drei der Männer abgeworfen, die sich an der Karosserie fest klammerten, aber einer hing immer noch an der Tür auf Anjas Seite und Vandermeer sah im Rückspiegel, wie ein anderer von hinten auf die Ladefläche zu klettern begann.

Als wäre all dies noch nicht genug, tauchte aus einem Lagerschuppen vor ihnen ein Gabelstapler auf, der in raschem Tempo herankam. Wahrscheinlich hatte der Fahrer gesehen, was geschah, und wollte ihnen mit seinem Gefährt den Weg verstellen. Während er näher kam, fuhr er die Gabeln hoch.

Vandermeer drückte den Starthebel nach unten, zählte in Gedanken bis drei und zog ihn noch einmal. Diesmal sprang der Motor sofort an und er blieb auch an, als Vandermeer den Gang hineinprügelte und das Gaspedal durchtrat. Der LKW setzte sich mit aufheulendem Motor in Bewegung – und einer Beschleunigung, die in genauem Gegensatz zu der Lärmentwicklung zu stehen schien. Die legitimen Besitzer des Wagens hatten sie längst wieder eingeholt. Auch auf Ines' Seite erschien ein wutverzerrtes Gesicht. Ines stieß einen Schrei aus und schlug mit der flachen Hand gegen die Scheibe, wobei sie Vandermeer – immerhin saß sie sozusagen auf seinem Schoß – einen schmerzhaften Schlag mit dem Ellbogen gegen das Kinn versetzte, und der Mann ließ vor lauter Schrecken seinen Halt los und plumpste auf die Straße zurück.

Aber das half nicht viel. Vandermeer warf einen raschen Blick in beide Spiegel und sah, dass sich eine ganze Traube von Männern an der Karosserie des Wagens fest klammerte – viel mehr als die vier, die ursprünglich daran gearbeitet hatten. Außerdem turnte der Bursche hinten auf der Ladefläche mit geradezu affenartiger Geschicklichkeit näher. Er hielt eine Brechstange oder irgendein anderes Werkzeug in der Hand und er sah durchaus kräftig – und vor allem wütend – genug aus, mit einem einzigen Hieb die kleine Heckscheibe zu zertrümmern; und Vandermeers Hinterkopf gleich dazu.

Vandermeer machte eine ruckartige Bewegung am Lenkrad. Der Wagen schlingerte leicht und der Bursche fiel auf die Nase und verschwand für einen Augenblick unter Kohlköpfen und Selleriestangen, rappelte sich aber sofort wieder hoch.

Der LKW kam einfach nicht auf Touren. Die Tachonadel zitterte hektisch, bewegte sich aber kaum sichtbar höher, obwohl der Motor heulte, als wollte er jeden Moment auseinander fliegen. Anscheinend hatten sie den langsamsten Wagen diesseits des Bosporus erwischt.

Dafür kam der Gabelstapler immer schneller heran. Die beiden stählernen Zinken hatten jetzt die Höhe des Führerhauses erreicht. Wenn sie die Scheibe nicht zerschmetterten, mussten sie das dünne Blech darunter und das Armaturenbrett durchschlagen und Vandermeer oder Anja oder auch beide wie zu groß geratene Schmetterlinge an die Rückseite der Fahrerkabine spießen.

Er versuchte den Punkt abzuschätzen, an dem sie zusammenstoßen würden. Noch zehn Meter, vielleicht zwölf, eine oder zwei Sekunden. Im buchstäblich allerletzten Moment riss er das Lenkrad herum, sodass die beiden stählernen Dornen das Führerhaus um Haaresbreite verfehlten.

Theoretisch.

In der Praxis musste der Fahrer des Gabelstaplers sein Manöver vorausgeahnt haben oder er verfügte über geradezu unglaubliche Reaktionen. Das Fahrzeug schwenkte um genau die gleiche Distanz herum, die auch der LKW seinen Kurs änderte, und die beiden Metallspitzen trafen die Windschutzscheibe exakt in der Höhe von Vandermeers Brust.

Glas splitterte. Ines schrie so gellend auf, dass es in Vandermeers Ohren schmerzte. Der LKW erbebte, als wäre er von Thors Hammer getroffen worden, und kam schlagartig zum Stehen, doch die Windschutzscheibe zerbrach nicht.

Das Glas überzog sich zuerst mit einem Spinnennetz aus unzähligen Rissen und Sprüngen und wurde dann zur Gänze milchig und Vandermeer konnte sehen, wie sich die Gabeln – drei Zentimeter dicker, gehärteter Stahl, dazu ausgelegt, ein Gewicht von mehreren Tonnen zu tragen! – wie dünne Holzspäne durchbogen und dann an zahllosen Stellen gleichzeitig brachen. Die Gabeln wurden regelrecht pulverisiert und die furchtbare Wucht des Aufpralls pflanzte sich noch weiter fort, ergriff den Gabelstapler wie eine unsichtbare Hand und schleuderte ihn einfach davon. Eine halbe Sekunde, ehe er gegen die Wand eines Lagerschuppens prallte und sie glatt durchschlug wie eine Gewehrkugel ein Blatt Papier, wurde der Fahrer aus dem Sattel gerissen und flog im hohen Bogen davon.

Der Motor ging wieder aus. Der Wagen schüttelte sich noch einmal und die Windschutzscheibe brach endgültig auseinander und verwandelte sich in eine Fontäne aus Millionen rechteckiger Glastrümmer, die sich in ihren Schoß ergoss. Vandermeer bemerkte es nicht einmal.

Er saß wie betäubt da. Seine Hände umklammerten das Lenkrad mit aller Kraft. Von draußen drangen Schreie und Lärm herein, Männer hasteten vorüber und rannten mit weit ausgreifenden Schritten heran, aber Vandermeer starrte weiter aus ungläubig aufgerissenen Augen auf die Wand, die der Stapler durchbrochen hatte. Es war wie eine Szene aus einem Comic, in dem der Roadrunner wieder einmal in die Schlucht gestürzt war und seine Umrisse in den Boden gestanzt hatte. Der Stapler war mit solcher Wucht durch die Wand gebrochen, dass man seine Umrisse mit einiger Phantasie in dem Holz wiedererkennen konnte. Aber der Anblick war ganz und gar nicht komisch. Nicht im Allermindesten. Ganz im Gegenteil erfüllte er Vandermeer mit einem Entsetzen, das mit Worten kaum zu beschreiben war. Es war, als habe sich der Boden unter ihm aufgetan und er stürze in einen endlosen Spalt, unter dem nichts als brodelnder Wahnsinn war. Die Zeit schien stehen zu bleiben. Alle Bewegungen erstarrten, als hätte ein geheimnisvoller Zauberer die Luft zu Glas erstarren lassen, in dem die ganze Szenerie nun für die Ewigkeit konserviert war.

Anja legte die Hand auf seinen Arm und die Berührung brach den Bann. Die Zeit lief wieder mit normaler Geschwindigkeit weiter. Vandermeer sah, wie sich der Fahrer des Gabelstaplers benommen aufzurichten begann; trotz des furchtbaren Anpralls war er offenbar unversehrt davongekommen. Der Zusammenstoß hatte aber auch sämtliche Männer abgeschüttelt, die sich an den Wagen fest geklammert hatten. Selbst der blinde Passagier auf der Ladefläche war verschwunden.

Vandermeer startete den Motor von neuem und fuhr los.

Diesmal versuchte niemand mehr sie aufzuhalten.

8

»Ich fasse es einfach nicht!« Anja pflückte mit spitzen Fingern Glastrümmer aus ihrem Haar und ihren Kleidern, die sie einzeln und mit präzisen Bewegungen durch die zerbrochene Windschutzscheibe hinausschnippte. »Sind wir wirklich um die halbe Welt gereist, nur um hier um ein Haar von einer Bande aufgebrachter Dockarbeiter gelyncht zu werden?«

Vandermeer sah nervös in den Rückspiegel. Sie waren nur einmal abgebogen und ein kurzes Stück gefahren, dann hatte er angehalten, damit Ines über ihn hinwegklettern und sich auf den freien Platz zwischen ihm und ihrer Schwester quetschen konnte. Es wurde allmählich eng im Führerhaus, aber Vandermeer hatte auch nicht vor, noch sehr weit mit diesem Wagen zu fahren. Er war viel zu langsam und einfach zu auffällig für ein Fluchtfahrzeug.

»Was sollte dieser Irrsinn überhaupt?«, fuhr Anja fort. »Wollen Sie jetzt eine neue Karriere als Autodieb starten?«

»Sie hätten uns nicht gehen lassen.« Ines versuchte vergeblich in eine Position zu rutschen, in der sie weder ihre Schwester noch ihn behinderte, trotzdem aber halbwegs bequem saß.

»Aber sie hätten uns auch nicht in Stücke gerissen«, antwortete Anja. »Hätten sie uns gerade erwischt ...«

»Haben sie aber nicht.« Vandermeer legte den Gang ein und fuhr los. Im Rückspiegel tauchten bereits wieder die ersten Verfolger auf, ein halbes Dutzend Männer, zwei von ihnen mit Brechstangen oder Latten bewaffnet, das konnte er auf die große Entfernung nicht genau erkennen. Sie rannten, wenn auch nicht annähernd so schnell, wie sie es gekonnt hätten. Vandermeer war fast sicher, dass die meisten es nicht wagen würden, dem Wagen wirklich nahe zu kommen; nicht nach dem, was gerade passiert war. Seine Neugier war allerdings nicht groß genug, um es auszuprobieren.

»Wie konnte das passieren?« Anja las eine Handvoll Glasscherben auf und betrachtete sie kopfschüttelnd. »Was ist das? Irgendein neuartiges Super-Panzerglas oder einfach deutsche Wertarbeit?«

Sie saßen tatsächlich in einem betagten Mercedes, aber Vandermeer konnte über den Scherz nicht einmal lächeln. Ganz im Gegenteil. Er wurde fast zornig. Keiner von ihnen hatte den Zwischenfall bisher erwähnt und so lange niemand das Gegenteil aussprach, konnte er sich wenigstens noch *einreden*, dass es Zufall gewesen war; eine physikalische Eins-zu-einer-Million-Chance, dass es eine Erklärung gab. Vielleicht hatte die Glasscheibe ja ähnlich reagiert wie ein Ei, das aus einem ganz bestimmten Winkel heraus auch so gut wie unzerstörbar war, und die Stahldornen des Staplers besaßen umgekehrt eine Achillesferse, an der sie bei der geringsten Belastung zerbrachen. Unmöglich und nicht wahr, aber er hatte es sich wenigstens *einreden* können. Anjas Frage nahm ihm auch noch diese letzte Möglichkeit. Eine Sekunde lang hasste er sie dafür.

Er gab etwas mehr Gas, bog wahllos erneut ab und hielt nach einer Stelle Ausschau, an der sie den Wagen möglichst unauffällig verlassen konnten. Sie würden damit nicht aus dem Hafengebiet herauskommen, ob es die Straßensperren und Zäune nun gab, von denen Anja gesprochen hatte, oder nicht. Irgendeiner der Männer, die gerade Zeuge des unglaublichen Schauspiels geworden waren, würde früher oder später nach einem Telefon greifen und die Geschichte melden.

Plötzlich trat er so hart auf die Bremse, dass Ines und Anja nach vorne geschleudert wurden und um ein Haar vom Sitz heruntergerutscht wären. »Sind Sie verrückt geworden?«, empörte sich Anja. »Was ist denn jetzt schon wieder?«

Statt ihre Frage zu beantworten, deutete Vandermeer mit einer Kopfbewegung nach vorne. Vor ihnen lag die Ruine des abgebrannten Lagerhauses. Wie Vandermeer vermutet hatte, war es zur Gänze ein Raub der Flammen geworden. Das Feuer hatte auch die beiden angrenzenden Gebäude stark in Mitleidenschaft gezogen, sie aber nicht so gründlich vernichtet wie den Schuppen, in dem sie Unterschlupf gesucht hatten. Das Lagerhaus war praktisch ausradiert. Nur ein rechteckiges Areal voll staubfeiner weißer Asche war übrig geblieben, aus der nur hier und da ein verkohlter Balken oder ein Stück verbogenes Metall ragten; als hätten hier Höllengluten getobt, die mit einem normalen Feuer kaum mehr etwas gemein hatten. Aus den Ruinen der benachbarten Gebäude stieg hier und da noch Rauch, der sich in der nahezu unbewegten Luft zu schwarzen, fast gleichmäßig angeordneten Säulen formte, über der Brandstätte selbst aber lag nur ein feiner, grauer Dunst; mikroskopische Aschepartikel, die so leicht waren, dass sie vielleicht noch Stunden brauchen würden, um sich ganz zu senken.

Inmitten dieser apokalyptischen Szenerie stand eine Gestalt in Jeans und einem blauen Baumwollhemd.

»Gwynneth!«, sagte Ines fassungslos. »Aber was …?!«

Vandermeer sah in den Rückspiegel – die Straße hinter ihnen war leer, aber er hatte keine blasse Ahnung, wie lange das noch so bleiben würde – und tastete gleichzeitig nach dem Türgriff.

»Was haben Sie vor?«, keuchte Anja entsetzt. »Sie wollen doch nicht aussteigen? Sind Sie wahnsinnig?!« Sie versuchte ihn zurückzuhalten, aber ihre Schwester saß ihr im Weg. Bevor sie sich weit genug zur Seite gebeugt hatte, hatte Vandermeer die Tür bereits geöffnet und war aus dem Wagen gesprungen. Anja rief ihm irgendetwas hinterher, das er gar nicht verstehen wollte.

Obwohl der Wagen keine Frontscheibe mehr hatte, fiel ihm der intensive Brandgeruch in der Luft erst auf, nachdem er im Freien war. Etwas daran war … seltsam. Vollkommen anders, als er erwartet hatte. Das brennende Haus in Düsseldorf hatte anders gerochen, eigentlich *jeder* Brand, bei dem er je gewesen war. Die Luft hier roch … heißer. Holz, Metall, Glas und andere Werkstoffe, ja selbst das Erdreich hatten hier nicht nur gebrannt, sondern waren regelrecht ausgeglüht.

Als wäre ein zorniger Gott vom Himmel gestiegen, um mit seinem Feuer die Erde zu verbrennen.

Er stieg über ein verkohltes Brett und mit einem weit ausgreifenden Schritt über eine Pfütze aus schmierigem Löschwasser. Als er die eigentliche Ruine betrat, wirbelte die Asche hoch wie feiner Mehlstaub. Instinktiv ging er langsamer, um nicht noch mehr davon aufzuwirbeln und vielleicht husten zu müssen. Zweimal rief er Gwynneth' Namen, bevor er sie erreichte, aber sie reagierte erst, als er die Hand auf ihre Schulter legte, und drehte sich herum.

Vandermeer erschrak, als er in Gwynneth' Gesicht sah. Es wirkte übernächtigt und müde, aber so sahen sie vermutlich alle aus. Gwynneth jedoch wirkte um zehn Jahre gealtert. Nicht wirklich äußerlich. Ihre Haut wirkte unter dem Schmutz und der Müdigkeit, die die vergangene Nacht zurückgelassen hatten, so glatt und jugendlich wie die von Ines oder seine eigene. Es war eine andere Art von Müdigkeit, die er an ihr spürte, eine Erschöpfung, die nicht nur körperlich war, sondern viel tiefer ging, als hätte das Feuer, das sie gestern Abend entfacht hatte, auch in ihr etwas ausbrennen lassen. Ihre Augen sahen ihn an und zweifellos erkannte sie ihn auch und trotzdem schienen sie ohne Leben zu sein.

»Gwynneth?«, fragte er. Sie antwortete nicht.

»Es ist sinnlos, wenn Sie hier stehen«, sagte er leise. »Das macht sie nicht wieder lebendig.«

Auf der Straße hinter ihnen ertönte ein abgehacktes Hupen. Vandermeer sah über die Schulter zurück und erkannte, dass es Anja war, die genau in diesem Moment ein zweites Mal auf die Hupe drückte und gleichzeitig unwirsch mit der anderen Hand gestikulierte. Ihre Ungeduld hatte jedoch einen Grund. Ein gutes halbes Dutzend Gründe, um genau zu sein. Entgegen seiner Hoffnung hatten die Männer die Verfolgung nicht aufgegeben. Sie waren weniger geworden, bewegten sich dafür aber jetzt weit schneller – vor allem, als sie Gwynneth und ihn in der niedergebrannten Halle entdeckten. Der Zauber des Wagens würde sie hier draußen nicht schützen. Vandermeer wusste mit zweifelsfreier Sicherheit, dass sie Gwynneth und ihn töten würden, wenn sie sie außerhalb des LKW fassten. Angst war eine wirkungsvolle Waffe, aber ihre Wirkung konnte auch blitzartig ins Gegenteil umschlagen.

»Wir können hier nicht bleiben«, sagte er eindringlich. Gwynneth reagierte immer noch nicht. Sie sah ihn an, schien aber zugleich ins Leere zu starren. Die Männer waren vielleicht noch fünfzig Meter entfernt und er sah aus den Augenwinkeln, dass sie ihr Tempo noch gesteigert hatten. Wie lange würden sie brauchen, um sie zu erreichen? Zehn Sekunden?

Trotzdem zwang er sich so ruhig weiterzusprechen, wie er konnte. »Es macht die Männer nicht wieder lebendig, wenn Sie sich umbringen lassen, Gwynneth.«

Anja drückte erneut auf die Hupe. Als das nichts nutzte, rutschte sie mit einer entschlossenen Bewegung vollends hinter das Steuer. Das Getriebe krachte, als wollte es jeden Moment auseinander fliegen, als sie den Gang einlegte und losfuhr. Der Wagen setzte sich brummend in Bewegung, schaukelte über Trümmer und verkohltes Holz hinweg und begann eine gewaltige weiße Staubwolke aufzuwirbeln, als sie ihn direkt in die Ruine hineinlenkte. Schon nach einer Sekunde waren die Verfolger hinter einem wirbelnden weißen Vorhang verschwunden.

Vandermeer sah ein, dass mit Gwynneth im Moment nicht zu reden war. Entschlossen ergriff er sie am Arm und zerrte sie einfach hinter sich her, als er dem Lastwagen entgegenlief. Sie machte keine Anstalten ihm irgendwie zu helfen, aber er war im Grunde schon damit zufrieden, dass sie sich nicht auch noch wehrte.

Asche und Staub wirbelten in immer dichteren Wolken hoch. Vandermeer hustete. Seine Augen begannen zu tränen. Er konnte den Wagen nur noch als verschwommenen Schatten irgendwo vor ihnen erkennen und er war ziemlich sicher, dass es Anja am Steuer kaum besser erging. Instinktiv wich er ein Stück zur Seite aus, damit sie Gwynneth und ihn nicht aus Versehen über den Haufen fuhr.

Um ein Haar wäre es trotzdem geschehen. Im letzten Augenblick sah er einen gewaltigen Schatten vor sich auftauchen, steppte nach links und riss Gwynneth mit einem fast schon brutalen Ruck mit sich.

Ines stieß die Beifahrertür auf und griff nach unten, um Gwynneth zu sich in den Wagen zu ziehen. Der LKW hielt nicht an. Er wurde nicht einmal merklich langsamer, sodass Gwynneth alle Mühe hatte, ins Führerhaus hinaufzuklettern. Irgendwie gelang es ihr trotzdem, aber für einen vierten Passagier reichte der Platz einfach nicht mehr – Vandermeer stellte den linken Fuß auf das Trittbrett, klammerte sich mit der Rechten an der offenen Beifahrertür fest und betete, dass Anja nicht gegen ein Hindernis fuhr, sodass die Tür zuklappte und ihn wie eine überdimensionale Mausefalle zermalmte.

Der Wagen erreichte die Rückseite des niedergebrannten Gebäudes, rollte hüpfend und schaukelnd wieder auf die Straße hinaus und wäre um ein Haar tatsächlich gegen die gegenüberliegende Wand geprallt. Im letzten Augenblick registrierte Anja die Gefahr und riss das Steuerrad herum. Der Wagen schleuderte, stellte sich beinahe quer und fand schaukelnd auf seinen Weg zurück. Die Tür flog weiter auf, sodass Vandermeer zu einem absurden Spagat gezwungen wurde, wollte er seinen Halt nicht loslassen und dabei das Risiko eingehen, abgeworfen zu werden. Einen Augenblick später flog sie mit ebenso großer Wucht zu und Vandermeer landete nun tatsächlich auf Gwynneth, die ihrerseits halb über Ines gestürzt war. Das Ergebnis war ein unglaubliches Durcheinander, aus dem er sich nur mit Mühe wieder halbwegs befreien konnte.

»Anhalten!«, befahl er. »Verdammt nochmal, halt an!«

Anja trat tatsächlich auf die Bremse, wenn auch viel zu hart, sodass Vandermeer schon wieder gegen das Armaturenbrett geschleudert wurde. Er zweifelte keine Sekunde daran, dass das Absicht war. »Was soll das?«, schnappte er. »Wollen Sie uns umbringen? Verstehen Sie das vielleicht unter *unauffällig?*«

»Das verstehe ich unter *am Leben bleiben*«, antwortete Anja. »Falls Sie es noch nicht gemerkt haben: Die Jungs sind nicht gerade erfreut darüber, dass wir ihren Wagen geklaut haben.«

Es hatte nicht besonders viel Sinn die Diskussion fortzuführen. Da es einfacher war, als erneut über Ines oder Gwynneth auf der anderen Seite hinwegzuklettern, ließ er sich kurzerhand durch die offene Frontscheibe nach draußen gleiten, war mit zwei raschen Schritten um den Wagen herum und riss die Fahrertür auf.

»Rüber!«, sagte er barsch. »Ich fahre!«

Anja funkelte trotzig auf ihn herab, doch er gab ihr gar keine Gelegenheit zum Widerspruch, sondern kletterte in den Wagen und schob sie einfach zur Seite. Noch während er mit der linken Hand die Tür zuwarf, trat er das Gaspedal durch.

Ein Blick in den Rückspiegel zeigte ihm jedoch, dass von ihren Verfolgern nichts mehr zu sehen war. Falls sie wirklich so dumm gewesen waren, ihnen in die Staubwolke hinein zu folgen, dann irrten sie jetzt wahrscheinlich halb blind und mühsam um Atem ringend darin herum. Wahrscheinlich aber hatten sie aufgegeben.

Viel größere Sorgen machte Vandermeer die Staubwolke selbst. Sie hatte mittlerweile gewaltige Dimensionen angenommen und sie wuchs immer noch. Der gewaltige, brodelnde weiße Pilz musste buchstäblich kilometerweit zu sehen sein – und er sah im Rückspiegel, dass auch ihr Wagen eine Schleppe der pulverfeinen weißen Asche hinter sich herzog, die nicht nur gleich tonnenweise auf die Ladefläche heruntergeregnet zu sein schien, sondern auch Gwynneth, ihn selbst und die Zwillinge bedeckte. Sie waren nicht *auffällig*. Für das, was sie waren, musste man ein neues Wort erfinden!

»Wir müssen diesen verdammten Wagen loswerden!«, sagte er.

»Gute Idee«, ächzte Anja. »Ich schlage einen größeren vor!«

Trotz allem stahl sich ein flüchtiges Lächeln auf Vandermeers Gesicht. Die drei Frauen saßen praktisch aufeinander auf dem Beifahrersitz. Wahrscheinlich bekamen sie kaum noch Luft.

Er trat das Gaspedal bis zum Boden durch, wodurch der Wagen zwar um Etliches lauter, aber kaum schneller wurde, kurbelte wild am Lenkrad und bog in eine Seitenstraße ein. Auch hier herrschte bereits ein emsiges Treiben. Für die Geschwindigkeit, mit der sie fuhren, war die Straße sowohl zu schmal als auch entschieden zu belebt. Es gelang ihm irgendwie, niemanden über den Haufen zu fahren, aber etliche Männer konnten sich nur noch durch einen verzweifelten Sprung in Sicherheit bringen und sie ließen nicht nur eine Schleppe aus weißer Asche zurück, sondern auch eine Kielspur aus Flüchen, Verwüstungen und drohend geschüttelten Fäusten.

Trotzdem nahm Vandermeer das Tempo nicht zurück. Erst ganz kurz bevor sie um die nächste Biegung schlingerten, trat er hart auf die Bremse. Der LKW schüttelte sich. Ines, Gwynneth und Anja wurden erneut durcheinander geworfen und er konnte hören, wie sie einen Teil ihrer Ladung verloren. Aber als sie in die nächste Straße einbogen, fuhren sie nur noch mit normalem Tempo dahin. Einige Männer unterbrachen ihre Arbeit und sahen ihnen nach, doch das lag jetzt wahrscheinlich nur noch an dem weißen Staub, der dem Wagen immer noch in dünner werdenden Schleiern hinterherwehte – und natürlich an dem durch und durch komischen Anblick, den die drei jungen Frauen auf dem Beifahrersitz boten. Vandermeer bezweifelte allerdings, dass sie der Situation irgendetwas Spaßiges abgewinnen konnten. Trotzdem bog er noch zweimal ab, ehe er es wagte den Wagen an den rechten Straßenrand zu lenken und anzuhalten. Hustend und immer noch in eine wirbelnde Aschewolke eingehüllt, kletterten die drei Frauen aus dem Wagen, während Vandermeer auf der anderen Seite ausstieg und sich aufmerksam auf der Straße umsah.

Ihre Umgebung hatte sich merklich verändert. Statt heruntergekommener Lagerschuppen und Silos erblickte er nun eine Reihe Wohnhäuser, alt und zum Teil in kaum besserem Zustand. Viele Fenster waren ohne Glas und nur die allerwenigsten Gebäude schienen jemals einen Anstrich gehabt zu haben. Aber er sah nicht nur Hafenarbeiter und Lastwagen, die gerade be- oder entladen wurden, sondern auch Frauen, ein paar spielende Kinder, die neugierig zu ihnen herübergafften, und zwei unglaublich alte Männer, die auf wackeligen Stühlen vor einem Haus saßen und Backgammon spielten, oder wie immer sie es hier nannten. Dies war eindeutig keine Gegend, die man in einem Hochglanzprospekt der türkischen Fremdenverkehrsbehörden finden würde, aber es war eine ganz normale *Wohn*gegend. Sie waren aus dem Hafen heraus. Anja hatte sich geirrt. Es gab keinen Zaun oder irgendeine andere sichtbare Grenze.

Natürlich fielen sie auch hier auf. Die Kinder waren nicht die Einzigen, die sie mit unverblümter Neugier anstarrten. Niemand hier würde lange nachdenken müssen, um sich an die vier Europäer zu erinnern, die aus einem demolierten Mercedes-Transporter gestiegen waren und aussahen, als wären sie frisch paniert worden.

Er ging um den Wagen herum. Anja lehnte an der Beifahrertür und hustete krampfhaft und ununterbrochen, ihre Schwester und Gwynneth waren dabei, sich die Asche aus den Kleidern zu klopfen, so gut es ging. Besonders gut ging es nicht. Sie produzierten eine Menge weißen Staub, ohne dabei im Geringsten sauberer zu werden.

Vandermeer trat auf Gwynneth zu und berührte sie an der Schulter. »Ist alles in Ordnung mit Ihnen?«, fragte er.

Nein, antwortete ihr Blick. *Nichts ist in Ordnung. Und das wird es auch nie wieder sein.* Aber zu seinem Erstaunen lächelte sie sogar und sagte: »Ich bin okay. Nur ein bisschen durcheinander gerüttelt.«

»Und du?« Vandermeer wandte sich an Ines.

»Eine Mark für jeden blauen Fleck, den ich morgen haben werde, und wir können alle erster Klasse nach Hause fliegen«, antwortete sie. »Aber sonst fehlt mir nichts, glaube ich.«

»Gut«, sagte Vandermeer erleichtert. »Wenigstens etwas.«

»Danke, mir ist auch nichts passiert«, sagte Anja. Sie hustete noch immer. »Eure Sorge ist wirklich rührend, aber vollkommen überflüssig.«

»Ich bin nicht besorgt«, antwortete Vandermeer. »Jetzt nicht mehr, wo Sie nicht mehr am Steuer sitzen. Woher haben Sie Ihren Führerschein? Aus dem Versandhaus?«

»Führerschein?« Anja wischte sich mit dem Handrücken den Staub aus den Augen und blinzelte. »Was für einen Führerschein?«

Vielleicht war es klüger das Thema zu wechseln. »Wir müssen hier weg«, sagte er. »Sie werden keine zehn Minuten brauchen, um den Wagen zu finden. Er ist zu auffällig.«

Anja lachte, aber es ging in ein Husten über. »Witzbold«, sagte sie mühsam. »In unserem Aufzug fallen wir überall auf.«

Was natürlich voll und ganz den Tatsachen entsprach. Während er mit Anja redete, hatte Vandermeer ebenfalls versucht den ärgsten Schmutz aus seinen Kleidern zu entfernen, allerdings nur mit höchst mäßigem Erfolg. Außerdem klebte ihnen das Zeug in den Haaren, auf der Haut und überhaupt überall. Sie brauchten nicht nur frische Kleider, sondern vor allem ein Bad, oder sie würden überall auffallen, ganz egal, wohin sie gingen.

»Verschwinden wir erst einmal von hier«, sagte er. »Vielleicht finden wir einen Brunnen oder irgendetwas anderes, wo wir uns waschen können.«

Anja nickte, legte die Faust auf die Lippen und kämpfte ein neuerliches Husten nieder, trat aber trotzdem vom Wagen zurück und wollte losgehen, doch ihre Schwester machte eine abwehrende Geste. »Wartet.«

»Was ist denn noch?«, fragte Vandermeer.

»Wir brauchen Geld«, antwortete Ines. »Wir müssen neue Kleider besorgen und irgendwo telefonieren. Vielleicht für ein Taxi.«

»Und?«, fragte Anja. »Wo soll das herkommen?«

Ines beachtete sie gar nicht, sondern sah weiter starr Vandermeer an. »Vielleicht hat der Fahrer ja seine Brieftasche im Wagen gelassen«, sagte sie. »Es wäre ja immerhin möglich, oder?«

»Ich bezweifle, dass er so etwas wie eine Brieftasche hat«, sagte Anja. »Und wenn, dann wird er wohl kaum so freundlich gewesen sein, sie …«

»Warum siehst du nicht einfach nach?«, unterbrach Ines sie. Anja verdrehte die Augen, schüttelte aber dann mit einem resignierenden Laut den Kopf und stieg noch einmal in den Wagen hinauf. Als sie zwei Sekunden später zurückkam, trug sie nicht nur einen Ausdruck fassungsloser Verblüffung im Gesicht, sondern auch eine fast neue, prall gefüllte Brieftasche in der rechten Hand.

»Ich wusste, dass es funktioniert!«, sagte Ines triumphierend.

»So? Woher?« Vandermeer starrte die Brieftasche an, die Anja im Wagen gefunden hatte. Sie glänzte vor Sauberkeit. Keine Spur von Staub oder Asche, aber als Anja sie aufklappte, sah er, dass sie ein ganzes Bündel Geldscheine enthielt. Und es waren nicht etwa türkische Lira, sondern bankfrische US-Dollar. Vandermeer schätzte, dass es mindestens fünfhundert sein mussten, wahrscheinlich mehr. Vielleicht war er einfach zu erschöpft, um noch Erstaunen zu empfinden.

»Weil ich ziemlich enttäuscht gewesen wäre, wenn sich dein Talent darin erschöpft hätte, Zigaretten aus dem Nichts auftauchen zu lassen«, antwortete Ines. »Reicht das für ein Taxi und saubere Kleider?«

»Dreimal.« Anja klappte die Brieftasche mit einem Knall zu, schob sie unter den Gürtel und sah Vandermeer auf eine schwer einzuordnende Art und Weise, auf jeden Fall aber sehr irritiert an.

»Dann fehlt uns jetzt eigentlich nur noch ein bisschen fließendes Wasser«, sagte sie.

Vandermeer deutete die Straße hinab. »Kein Problem«, sagte er. »Hinter der nächsten Kreuzung ist ein Brunnen, an dem wir uns waschen können. Wollen wir wetten?«

Niemand hatte dagegengehalten, weil allen klar war, dass er gewonnen hätte. Keine zehn Minuten später bewegten sie sich, zwar bis auf die Unterwäsche durchnässt, aber halbwegs sauber, weiter vom Hafen weg. Sie fielen natürlich noch immer auf. Selbst in einer Stadt wie Istanbul musste ein abendländischer Tourist in Begleitung von gleich drei Frauen, die noch dazu alle identisch gekleidet waren, ein gewisses Aufsehen erregen. Aber im Grunde machte sich Vandermeer darüber gar keine Sorgen. Er wusste einfach, dass niemand hierher kommen würde, um sich nach ihnen zu erkundigen. Die unheimliche Glückssträhne, die ihm offenbar auf Abruf zur Verfügung stand, hatte eine andere Qualität angenommen. Er wusste, dass er diese Kraft weniger denn je bewusst einsetzen, geschweige denn beherrschen konnte, aber die Anlässe, bei denen sie ihn ganz von sich aus unterstützte, schienen immer geringfügiger zu werden.

Vielleicht war das sein spezielles Talent. Wassili hatte es ja angedeutet und Gwynneth hatte in der Nacht auf furchtbare Weise demonstriert, dass sich die ... Macht (Vandermeer sträubte sich selbst in Gedanken noch immer, dieses Wort zu benutzen, aber er fand auch kein besseres) bei jedem auf andere Weise manifestierte. Möglicherweise war es bei ihm einfach so, dass er Glück hatte, wann immer er es wirklich brauchte. Er hoffte, dass es so war, denn er konnte sich eine ganze Menge anderer, weit weniger angenehmer Alternativen vorstellen. Das, was Gwynneth gestern Nacht getan hatte ...

Noch einen Tag zuvor hatte sie mit großer Überzeugung behauptet, diese Macht sei ein Geschenk, kein Fluch, aber er war sicher, dass sie ihre Meinung inzwischen gründlich geändert hatte.

Gwynneth war nicht mehr dieselbe. Seit sie den Wagen stehen gelassen hatten, gab sie sich zwar alle Mühe, möglichst gelassen und den Umständen angemessen ruhig zu erscheinen, aber sie spielte diese Rolle mit wenig Überzeugung. Irgendetwas ging in ihr vor. Es hatte am vergangenen Abend begonnen, als sie in den Wagen der Polizisten eingestiegen waren, und es war noch nicht zu Ende. Vandermeer fragte sich, was am Schluss dieser Entwicklung stehen würde und ob es vielleicht einen Grund gab sich davor zu fürchten.

»Mir ist kalt«, sagte Ines plötzlich. »Ein Königreich für einen Kaffee!«

Vandermeer erging es nicht besser als ihr und den beiden anderen wohl auch nicht. Er sah auf die Uhr. Es war fast sieben. Die Sonne stand bereits am Himmel und versprach mit grellem Licht einen heißen Tag, aber noch war es nur ein Versprechen, dem die Nachtkälte ein erbittertes Rückzugsgefecht lieferte. Außerdem waren sie bis auf die Haut durchnässt und hatten so ganz nebenbei eine Nacht hinter sich, die das Letzte von ihnen gefordert hatte; sowohl körperlich als auch psychisch.

»Warum bittest du deinen Freund nicht einfach, uns ein türkisches Kaffeehaus herbeizuzaubern?«, fragte Anja spöttisch.

Und warum richtete sie diese Worte nicht direkt an ihn, statt auf dem Umweg über Ines?, dachte Vandermeer verärgert. Ganz allmählich begann er auch den letzten Rest von Verständnis für Anjas Feindseligkeit zu verlieren. Nicht nur, weil sie einfach nicht mehr gerechtfertigt war, sondern mehr noch, weil er immer deutlicher fühlte, dass sie nicht *echt* war. Die Vorstellung, dass Anjas Gefühle ihm gegenüber die ihrer Schwester erreichen würden, war zwar wahrscheinlich reines Wunschdenken, aber er spürte auf der anderen Seite auch deutlich, dass sie ihm längst nicht mehr die alleinige Schuld an ihrer Situation gab. Konnte es sein, dass sie … Angst um ihn hatte?

Der Gedanke war zu frustrierend, um ihn weiter zu verfolgen. In bewusst heiterem Ton sagte er: »Dazu braucht es keine Zauberei. Wir sind bereits an drei oder vier vorbeigekommen.«

Das war glatt gelogen, verfehlte aber seine Wirkung nicht. »Und Sie haben nichts gesagt?«, empörte sich Anja.

»Ich halte es für keine gute Idee, wenn wir so, wie wir sind, in ein Gasthaus gehen«, antwortete er.

»Ach? Und ich kann mich nicht erinnern, dass wir abgestimmt hätten, um Sie zum Anführer zu bestimmen«, sagte Anja spitz.

»Das ist auch nicht nötig.« Vandermeer grinste. »Wir sind hier in der Türkei. Hier gelten noch Zucht und Ordnung und die guten alten Werte. Hier bestimmen die Männer und die Frauen haben zu gehorchen!«

Anja starrte ihn an. Sie sah fast entsetzt aus, ein Ausdruck, der auch dann nicht ganz von ihrem Gesicht verschwand, als Vandermeer lachte und in verändertem Tonfall fortfuhr: »Im Ernst: Ich bin dafür, dass wir uns ein Hotel suchen und erst einmal gründlich ausschlafen. Aber zuallererst brauchen wir andere Kleider. So sind wir einfach zu auffällig.«

»Und woher?«

Dazu bedurfte es nun wirklich keiner Zauberei. Vandermeer hatte allein in den letzten fünf Minuten mindestens ein halbes Dutzend kleiner Läden entdeckt, in denen sie alles bekommen hätten, was sie brauchten – vorausgesetzt, sie wären geöffnet gewesen. Er hatte keine Ahnung, wann die Geschäfte in diesem Teil der Stadt öffneten, aber allzu lange konnte es nicht mehr dauern. Bis dahin mussten sie einfach auf ihr Glück vertrauen.

»Warum nehmen wir nicht einfach ein Taxi und fahren zur deutschen Botschaft?«, fragte Ines.

Vandermeer hob die Schultern. »Weil Wassili wahrscheinlich genau das von uns erwartet«, sagte er.

»Und Khemal auch«, fügte Anja hinzu – vollkommen überflüssigerweise, wie Vandermeer fand.

»Wir gehen zur Botschaft«, fuhr er fort. »Aber nicht sofort. Lasst uns erst einmal einen klaren Kopf bekommen – und vor allem herausfinden, was überhaupt los ist. Die Botschaft wird uns kaum helfen, wenn sie wirklich glauben, dass wir die beiden Männer im Wagen auf dem Gewissen haben. Es nutzt nicht viel, wenn wir Wassili entkommen und eine halbe Stunde später an Khemal ausgeliefert werden.«

»Und ... wenn es so ist?«, fragte Ines. Sie klang, als wäre sie ein ganz kleines bisschen in Panik.

»Finden wir auch eine Lösung«, versprach Vandermeer, mit einer Überzeugung, die er in Wahrheit nicht einmal andeutungsweise empfand. Wenn man sie tatsächlich für den Tod der Beamten verantwortlich machte, dann hatten sie ein Problem. Die deutsche Botschaft würde den Teufel tun und einen diplomatischen Zwischenfall riskieren, um ein paar gesuchte Mörder zu schützen. Im Gegenteil. Sie würden sie schneller ausliefern, als Khemal ihre Namen buchstabieren konnte.

»Und ... und was ist mit Ihren Leuten?« Ines wandte sich an Gwynneth.

»Erinn hat keine Botschaft in diesem Land«, antwortete Gwynneth.

»Erinn vielleicht nicht, aber wie wäre es mit der Republik Irland?«, schlug Anja vor. Sie verzog die Lippen. »Nein? Auch nicht. Und was ist mit dem magischen Zirkel? Der internationalen Druidenvereinigung oder der Hexengewerkschaft?«

Gwynneth sagte nichts dazu, sondern erwiderte Anjas spöttischen Blick nur so lange schweigend, bis diese wegsah. Sie sah nicht verletzt aus, nicht einmal verärgert, ja, Vandermeer bezweifelte sogar, dass sie den Sarkasmus in Anjas Worten überhaupt verstanden hatte. Erneut fragte er sich, was hinter der Stirn der jungen Irin wirklich vorging, und erneut kam er zu dem Schluss, dass er es eigentlich gar nicht wissen wollte.

Sie überquerten die Straße, bogen wahllos nach rechts ab und Anja blieb unvermittelt stehen und deutete auf einen Wagen auf der anderen Seite. »Was ist das da?«, fragte sie. »Ein Fehler oder eine Ausgeburt der Rechtschreibreform?«

Vandermeer grinste. Auf der gegenüberliegenden Straßenseite parkte ein verbeulter dunkelbrauner Mercedes, auf dessen Dach ein – ausgeschaltetes – gelbes Leuchtschild »TAKSI« verkündete. »Auf jeden Fall das, was wir brauchen«, sagte er. »Kommt.«

Der Fahrer schlief mit offenem Mund auf dem zurückgeklappten Beifahrersitz. Als Vandermeer gegen die Scheibe klopfte, schmatzte er im Schlaf, verschränkte die Arme vor der Brust und drehte sich auf die Seite. Vandermeer klopfte energischer und produzierte damit ein weiteres lautstarkes Schmatzen, sonst aber nichts. Anja eilte um den Wagen herum und öffnete die Fahrertür. Als der gewünschte Erfolg auch weiter ausblieb, drückte sie kurz entschlossen auf die Hupe. Ein lang gezogenes Blöken erschallte, das wahrscheinlich noch bis zum Hafen hinunter zu hören war, und der Taxifahrer fuhr mit einer so erschrockenen Bewegung hoch, dass er mit der Stirn gegen den Fensterholm knallte und prompt wieder zurückfiel.

»Taxi?«, fragte Anja lächelnd.

Der Mann richtete sich benommen ein zweites Mal auf und starrte Anja an. Er sah nicht so aus, als ob er verstünde, was sie von ihm wollte.

»Taxi?«, fragte Anja noch einmal. »Ich meine: Sind Sie frei? Oder sprechen Sie sogar zufällig unsere Sprache?«

Der Fahrer glotzte sie einfach weiter an, sodass Vandermeer schließlich die Hand hob und ein drittes Mal gegen die Scheibe klopfte. Der Kopf des Mannes flog mit einem Ruck herum. Eine halbe Sekunde lang sah er regelrecht erschrocken aus, vielleicht auch enttäuscht, dass sein frühmorgendlicher Fahrgast nicht alleine gekommen war, dann bemerkte er eine Bewegung hinter Vandermeer und ...

Nein. Es gelang Vandermeer nicht, seinen Gesichtsausdruck in Worte zu fassen, als er Ines hinter ihm erblickte. Geschlagene drei Sekunden lang starrte er sie einfach nur an, ohne zu blinzeln, ja, ohne auch nur eine Miene zu verziehen (und Vandermeer hätte gewettet, auch ohne zu atmen), dann drehte er ganz langsam wieder den Kopf und sah abermals zu Anja hoch, die noch immer zu ihm hereinlächelte, und Vandermeer wäre nicht im Mindesten überrascht gewesen, wenn er auf der Stelle in Ohnmacht gefallen wäre.

Das geschah nicht.

Aber es verging noch eine geraume Weile, bis er seine Fassung wenigstens so weit zurückgewonnen hatte, dass sie zu ihm in den Wagen steigen und ihm mit Händen und Füßen begreiflich machen konnten, wohin sie wollten.

Etwas weniger als eine Stunde danach traten sie aus einem von zahllosen winzigen Läden, die den Basar flankierten, zu dem sie der Taxifahrer gebracht hatte – wenigstens vermutete Vandermeer, dass *Basar* die zutreffende Bezeichnung war; ganz sicher war er nicht. Der Taxifahrer hatte praktisch ununterbrochen geredet, nachdem er seinen Schrecken erst einmal überwunden hatte, aber natürlich hatten sie kein Wort verstanden. Wenn Vandermeer daran dachte, wie ihr letzter Versuch mit dem Einheimischen zu kommunizieren geendet hatte, war das vielleicht nicht das Schlechteste, was ihnen passieren konnte. Natürlich würde sich auch dieser Taxifahrer an sie erinnern – *er* ganz besonders –, aber das ließ sich nicht ändern und es war, so weit dies in Vandermeers Macht stand, das letzte Risiko, das sie eingehen würden.

Sie hatten in zwei verschiedenen Geschäften eingekauft, um nicht aufzufallen – Anja und er in dem einen, Ines und Gwynneth in einem anderen. Er hätte Ines' Gesellschaft der ihrer Schwester vorgezogen, doch Anja und Gwynneth stellten zumindest im Moment eine Kombination dar, die er für noch viel gefährlicher hielt. Gwynneth hatte sich noch immer nicht wieder gefangen.

Als Vandermeer an Anjas Seite aus dem Geschäft heraustrat, hätte vermutlich selbst Wassili Mühe gehabt sie auf Anhieb wiederzuerkennen. Vandermeer hatte seine Jeans gegen knielange, gemusterte Bermuda-Shorts eingetauscht und dazu ein schreiend buntes Hemd mit kurzen Ärmeln erstanden, das so geschmacklos war, dass man ihm den reichen amerikanischen Pauschaltouristen schon auf hundert Meter ansah; dazu eine Sonnenbrille und einen albernen Strohhut – solange er nicht gezwungen war, in einen Spiegel zu sehen, dachte er, war alles in Ordnung.

Auch Anja hatte ihre äußere Erscheinung vollkommen verändert, war dabei aber um einiges geschmackvoller vorgegangen als er. Sie trug ein weißes Kleid mit großem Blumenmuster, dazu hochhackige Schuhe, Sonnenbrille und ein verändertes Make-up. Ihr Haar hatte sie hochgesteckt und mit einem zu ihrem Kleid passenden Kopftuch getarnt. Sie sah so radikal anders aus als bisher, dass Vandermeer einfach ein paar Sekunden stehen blieb und sie anstarrte.

»Ist was?«, fragte Anja. »Habe ich plötzlich zwei Köpfe oder so was?«

»Nein«, antwortete Vandermeer rasch. »Nur ... anders. Erstaunlich.«

»Erstaunlich gut oder erstaunlich schlecht?«

Die Wahrheit hätte gelautet: nicht unbedingt besser. In diesem Aufzug hätte sie auch in einem deutschen Heimatfilm aus den frühen sechziger Jahren auftreten können und Vandermeer hatte nie auf Nostalgie gestanden. Aber er sagte: »Wassili wird Sie jedenfalls nicht wiedererkennen.«

Anja schwieg ein paar Sekunden, dann sagte sie mit sonderbarer Betonung: »Da wäre ich nicht so sicher.«

Er blinzelte. »Wieso?«

An Stelle einer Antwort deutete Anja mit einer Kopfbewegung

zur anderen Straßenseite. Vandermeer drehte sich herum und sah in die bezeichnete Richtung.

Ines und Gwynneth waren drüben aus dem Geschäft herausgetreten, in dem sie eingekauft hatten. Gwynneth hatte ihre zerschlissenen Jeans gegen eine identische, aber neue Hose getauscht und dazu eine weiße Bluse und einen gleichfarbigen Hut mit breiter Krempe erstanden. Ines trug ein weißes Kleid mit großem Blumenmuster, dazu hochhackige Schuhe und Sonnenbrille. Das Haar hatte sie hochgesteckt und mit einem zu ihrem Kleid passenden Kopftuch getarnt.

»Das ist …«, begann er verdattert.

»Erstaunlich, nicht wahr?«, sagte Anja. Er fand, dass sie auf unpassende Art amüsiert klang.

»Ihr habt euch abgesprochen!«, behauptete Vandermeer.

»Kein Wort. Aber ich bin auch nicht sehr überrascht, wenn ich ehrlich sein soll. So was passiert uns dauernd.« Sie lachte und setzte sich in Richtung ihrer Schwester in Bewegung, sodass Vandermeer ihr folgen musste. Seine Verwirrung wuchs noch mehr, als sie Ines erreichten. Die Kleider, die die beiden Schwestern ausgesucht hatten, ähnelten sich nicht einfach. Sie waren vollkommen gleich.

»So viel zum Thema ›unauffällig‹«, sagte Anja spöttisch. »Nur gut, dass wir keine Konkurrentinnen sind, sonst müsste ich jetzt auf offener Straße eine Szene machen, dass du das gleiche Modellkleid trägst wie ich.«

Sie konnte es nicht lassen, dachte Vandermeer. Die Spitze war eindeutig in seine Richtung gezielt. Er ignorierte sie, fragte sich aber besorgt, wie lange er das wohl noch konnte. »Suchen wir uns eine Unterkunft«, sagte er.

»Wir sind an einem Hotel vorbeigekommen«, sagte Gwynneth. »Nur ein kleines Stück die Straße hinab.«

»Sie meinen nicht die Bruchbude mit der roten Laterne über der Tür?«, fragte Anja.

Vandermeer hatte das Hotel ebenfalls gesehen und er gab Anja im Stillen Recht. Das Etablissement war bestenfalls ein Stundenhotel – aber vielleicht gerade deshalb genau das, was sie suchten. Ein Mann, der mit gleich drei Frauen aufs Zimmer ging, würde selbst dort auffallen; aber nicht annähernd so sehr wie in einem normalen Hotel. Trotzdem schüttelte er nach einem Moment des Überlegens den Kopf.

»Lasst uns noch ein Stück gehen«, sagte er. »Hier ist es zu auffällig.«
»Nur ein paar Kilometer?«, vermutete Anja. »So fünfzehn oder zwanzig?«
»Fünfzehn oder zwanzig *Minuten* dürften reichen«, sagte Vandermeer ruhig. »Denken Sie an den Taxifahrer.«
»Der arme Kerl sucht wahrscheinlich noch immer nach der versteckten Kamera«, bestätigte Ines.
»Auf jeden Fall *erinnert* er sich an uns«, sagte Vandermeer. »Keine Sorge. Ich bin auch nicht mehr in der Stimmung für einen langen Spaziergang.« Das war stark untertrieben. Seine Nackenmuskeln und sein Rücken schmerzten von der unbequemen Haltung, in der er geschlafen hatte, und seine Glieder fühlten sich an wie mit Blei gefüllt. Sie alle brauchten dringend ein paar Stunden Schlaf. Nicht nur, um sich besser zu fühlen. Die Gefahr Fehler zu begehen wuchs mit jeder Stunde, die sie weiter ohne Erholung auf den Beinen waren.

Anja machte sich keine Mühe, ihre Missbilligung zu verhehlen, aber sie widersprach auch nicht, als sich Vandermeer nicht in die Richtung wandte, in der das von Gwynneth entdeckte Hotel lag, sondern genau in die entgegengesetzte.

Sie mussten sich nicht anstrengen, um die Touristen zu mimen, die auf Sightseeing-Tour waren. Sie alle vier waren mittlerweile einfach zu müde, um noch mehr als gemächlich dahinzuschlendern, und so wurden aus den zwanzig Minuten, von denen Vandermeer gesprochen hatte, eine und schließlich anderthalb Stunden. Vandermeer hatte nicht die leiseste Ahnung, wo sie waren; möglicherweise Kilometer von der Stelle entfernt, von der sie aufgebrochen waren, vielleicht hatten sie sich auch im Kreis bewegt. Es spielte auch keine Rolle. Er war mittlerweile ziemlich sicher, dass niemand mehr ihre Spur aufnehmen würde. Die Touristensaison hatte begonnen. Mit Ausnahme einiger Kinder, die ihnen grölend nachliefen, um ihnen irgendetwas zu verkaufen oder sie vielleicht auch einfach nur anzubetteln, nahm niemand Notiz von ihnen.

Und sei es nur, weil Vandermeer es nicht *wollte*.

»Wir sind jetzt mittlerweile an vier Hotels vorübergelaufen«, sagte Anja irgendwann. »Gibt es irgendeinen Grund so weiterzumachen?«

Es waren mindestens dreimal so viele gewesen, dachte Vander-

meer. Aber er sparte es sich, sie zu verbessern. Sie hatte ja Recht.
»Also gut«, sagte er. »Suchen wir uns ein Dach über den Kopf.«
Und ein Bett, fügte er in Gedanken hinzu, um mindestens zweiundsiebzig Stunden durchzuschlafen.

9

Eines der beiden Hotels, in denen sie sich eingemietet hatten, hieß tatsächlich Mata Hari, der Name, den Ines am Morgen rein willkürlich gewählt hatte, als sie mit den Dockarbeiter sprachen; ein weiterer in einer mittlerweile scheinbar endlosen Kette von Zufällen, an die Vandermeer schon längst nicht mehr glaubte. Den des anderen konnte er nicht aussprechen, aber das Mata Hari machte seinem Namen alle Ehre: Sowohl das Foyer als auch das Zimmer, das er sich mit Anja teilte, schienen nur aus Plüsch, Teppichen, imitierten Edelhölzern und Brokatdecken zu bestehen. Nichts von all diesem Prunk war echt. Das Hotel sah nicht so aus, wie sich ein typischer westlicher Tourist ein türkisches Hotel vorstellte – es sah allenfalls so aus, wie sich in der Vorstellung seiner Betreiber westliche Touristen ein türkisches Hotel vorstellen mochten.

Vielleicht sollte man noch eins draufsetzen, dachte Vandermeer. Genau genommen sah das Mata Hari aus, wie *er* sich vorgestellt hatte, wie sich ein typischer türkischer Nachtklubbesitzer vorstellte, wie der typische deutsche Tourist ...

Er brach den Gedanken ab, ehe er sich vollends das Gehirn verknotete. Das Spielchen ließ sich fast beliebig fortsetzen, aber es ging auch einfacher. Zum Beispiel so, wie Anja das Hotel bezeichnet hatte, während der Boy sie auf ihr Zimmer führte: ein Puff. Sie war der Wahrheit damit ziemlich nahe gekommen. Der Portier hatte nicht einmal eine Spur von Überraschung gezeigt, als Vandermeer ein Zimmer nur für den Rest des Tages verlangt hatte, und niemand hatte auch nur fragend die Augenbrauen hochgezogen, als die beiden Gäste ganz ohne Gepäck nach oben gingen. Jetzt, nach zwar nicht zweiundsiebzig, aber immerhin neun Stunden tiefen, erquickenden Schlafes, saßen sie in der Mischung aus Restaurant und Nachtbar, die fast die gesamte untere Etage des Mata Hari einnahm, und warteten auf Ines und

Gwynneth. Vandermeer und Anja waren ausnahmsweise einmal derselben Meinung gewesen, nämlich der, dass es zu gefährlich gewesen wäre, alle vier ins selbe Hotel zu gehen, und so hatten sie die einmal gewählte Aufteilung beibehalten, sich aber für acht Uhr zum Abendessen hier verabredet.

»Was ist so komisch?«, fragte Anja plötzlich.

»Komisch?«

»Sie grinsen wie ein Honigkuchenpferd.«

»Ich versuche mir nur vorzustellen, wie Sie noch vor vierundzwanzig Stunden auf diese Vorstellung reagiert hätten.«

»Welche Vorstellung?«, fragte Anja misstrauisch.

»Mit mir in ein solches Hotel zu gehen«, antwortete Vandermeer amüsiert. »Und noch dazu im selben Bett mit mir zu schlafen.«

»Sehr witzig«, erwiderte Anja. »Bilden Sie sich nichts ein. Ich habe diese Aufteilung schon nach zehn Sekunden bedauert. Sie schnarchen wie eine Kettensäge.«

Er bezweifelte, dass sie irgendetwas davon gehört hatte, selbst wenn er tatsächlich geschnarcht hatte – was er ebenfalls bezweifelte. Als er, keine drei Minuten nachdem sie das Zimmer betreten hatten, aus dem Bad gekommen war, hatte Anja bereits auf dem überdimensionalen Himmelbett gelegen und wie ein Stein geschlafen und sie war auch nicht wach geworden, als er vor einer Stunde aufgestanden und nicht besonders leise aus dem Zimmer gegangen war. Vandermeer ersparte es sich, irgendetwas davon zu erwähnen.

Der Kellner kam. Vandermeer bestellte den vierten Kaffee für sich – die Tassen, die sie hier servierten, fassten wenig mehr als einen Fingerhut und er hatte vergeblich versucht dem Burschen begreiflich zu machen, dass er eine *normale* Portion haben wollte – und dasselbe für Anja. Sie sah aus, als könnte sie einen starken Kaffee gebrauchen. Sie war erst vor zehn Minuten heruntergekommen, genau in dem Augenblick, in dem sich Vandermeer entschlossen hatte, den Pagen hinaufzuschicken, um sie wecken zu lassen. Aber weder die neun Stunden Schlaf noch das frische Make-up konnten die Spuren ganz verdecken, die die Müdigkeit in ihrem Gesicht zurückgelassen hatte.

Vandermeer vermutete, dass auch er nicht viel besser aussah. Während ihrer verzweifelten Flucht mit dem Lastwagen hatte er noch einmal einen Hauch desselben prickelnden Gefühls verspürt, das er auch während des Kampfes im Hotel und später in der Diskothek empfunden hatte; wenn auch erst im Nachhinein und nicht annähernd so intensiv. Aber was er damals – vielleicht – noch für Abenteuerlust gehalten hatte, wertete er jetzt eher als eine ganz normale Reaktion seiner Körperchemie. Er war kein geborener Abenteurer, so wenig wie Anja oder ihre Schwester. Sie alle würden wahrscheinlich Wochen brauchen, um sich von den Anstrengungen der letzten beiden Tage zu erholen. Das nächste Mal, wenn er Lust auf ein Abenteuer hatte, würde er es sich für zwanzig Mark Eintritt kaufen; zusammen mit einem bequemen Kinosessel und einer Riesenportion Popcorn.

»Fühlen Sie sich besser?«, fragte er.

»Ganz hervorragend«, antwortete Anja. »Vor allem, nachdem ich die hämischen Blicke des Portiers gesehen habe. Was zum Teufel haben Sie dem Burschen erzählt?«

»Nichts«, antwortete Vandermeer wahrheitsgemäß. »Er wird sich eben so seine Gedanken machen, warum wir beide noch so müde aussehen, nachdem wir den ganzen Tag im Zimmer waren. Immerhin – ein nettes Mädchen wie Sie und ein so gut aussehender Bursche wie ich ...«

Er grinste so breit, wie er nur konnte. Anja starrte ihn an und versuchte ihrerseits so zornig wie möglich auszusehen, aber irgendwie wollte es ihr einfach nicht gelingen. Nach ein paar Sekunden lächelte auch sie, ein bisschen verkrampft und fast widerwillig, aber sie lächelte.

»Sie sind ein komischer Kerl, Vandermeer«, sagte sie.

»Hendrick.«

»Ein blöder Name«, sagte sie ehrlich.

»Finde ich auch. Aber leider der einzige, den ich habe.«

»Und wie nennen Ihre Freunde Sie?«, fragte Anja.

»Vandermeer«, gestand er. »Manchmal auch Idiot oder Knalltüte.« Er seufzte. »Wenn das alles hier vorbei ist, werde ich eine Namensänderung beantragen. Ich denke an ... Lassen Sie mich überlegen. Wie wäre es mit Jones?«

»Und Ihre Martinis trinken Sie hinterher nur noch geschüttelt, nicht gerührt«, vermutete Anja.

»Ich hasse Martinis«, gestand Vandermeer.

Er hätte gerne noch weiter mit ihr herumgealbert. Obwohl ihr Lachen noch immer ein ganz kleines bisschen verkrampft klang, spürte er doch, dass er auf dem richtigen Weg war. Immerhin hatte sie ihn gestern um diese Zeit noch aus tiefstem Herzen verachtet und vorgestern vermutlich mit der gleichen Inbrunst gehasst. Keine schlechte Entwicklung, wenn man bedachte, wie wenig Zeit seither vergangen war; und die äußeren Umstände. Doch in diesem Moment ging die Tür auf und Gwynneth und Ines kamen herein. Beide sahen ein bisschen irritiert aus, fand Vandermeer; in Ines' Fall schon eindeutig mehr als nur *ein bisschen*. Aber das war kein Wunder. Er vermutete, dass er auch nicht anders ausgesehen hatte, als er hier hereingekommen war.

Er hob die Hand, winkte Ines zu und bedeutete in der gleichen Geste dem Kellner, zwei weitere Gedecke aufzutragen. Wenn die beiden auch nur halb so hungrig waren wie er, mussten sie *sehr* hungrig sein. Während sie näher kamen, fiel ihm auf, dass Ines ihr Haar jetzt vollkommen anders trug als am Morgen: Sie hatte es zurückgekämmt und ihr Kopftuch zusammengedreht und zum Stirnband zweckentfremdet. Es sah ... ungewöhnlich aus, aber nicht schlecht. Vermutlich hätte es noch viel besser ausgesehen, wäre Anja nicht vorhin vor dem Spiegel auf die gleiche Idee gekommen. Vandermeer seufzte unmerklich, enthielt sich aber jeden Kommentars. Es gab anscheinend Dinge, die sich einfach nicht ändern ließen.

»Gemütlich«, sagte Ines, als sie heran war und sich einen Stuhl zurückschob. »In welchem Reiseführer steht dieses Etablissement?«

»In einem von denen, die an Autobahntankstellen verkauft werden und auf abwaschbarem Papier gedruckt sind«, antwortete Anja. »Du solltest erst einmal unser Zimmer sehen.«

Ines setzte sich. »Hier werden sie jedenfalls bestimmt nicht nach uns suchen«, sagte sie. »Habt ihr schon bestellt?«

»Nein. Aber wenn wir es nicht bald tun, falle ich tot um.« Anja griff demonstrativ nach der in schlecht imitiertes Krokoleder eingefassten Speisekarte und klappte sie auf. »Wie ist euer Hotel?«

Ines hob die Schultern. »Islamisch«, sagte sie.

»Islamisch?«

»Du hättest die Blicke des Portiers sehen sollen, als ich ein Doppelzimmer für den Rest des Tages haben wollte«, sagte Ines. »Aber wir haben es bekommen. Ich fürchte nur, es war ziemlich teuer. Viel Geld ist nicht mehr übrig. Also sei so gut und nimm nicht das Teuerste von der Speisekarte.«

»Oh, da mache ich mir gar keine Sorgen.« Anja ließ für einen

Moment die Karte sinken, lächelte Vandermeer an und tätschelte seine Hand. »Falls wir knapp bei Kasse sind, wird unser Houdini uns bestimmt ein neues Säckchen mit Goldmünzen herbeizaubern.«

Vandermeer war so überrascht, dass er ganz instinktiv die Hand zurückzog. Es war das erste Mal, seit sie heruntergekommen war, dass Anjas Spott wieder diesen verletzenden Unterton hatte – aber er fragte sich plötzlich, ob die Feindseligkeit, die er spürte, tatsächlich ihm galt oder ob Anja ... eifersüchtig auf ihre Schwester war? Unmöglich.

Aus irgendeinem Grund machte ihn die Vorstellung verlegen. Hastig griff auch er nach der Speisekarte, klappte sie auf und tat so, als ob er sie lesen könnte. Das Einzige, was er entziffern konnte, waren allerdings die Preise, die in US-Dollar angegeben waren. Ines hatte Recht. Sie mussten Acht geben, um mit ihrer zusammengeschmolzenen Barschaft auszukommen. Es wäre nicht nur reichlich unangenehm, sondern auch ziemlich blöd, wenn sie nach allem, was sie überstanden hatten, wegen Zechprellerei verhaftet würden.

Er winkte den Kellner herbei und bestellte etwas, das sie sich leisten konnten und von dem er zumindest hoffte, dass es genießbar war. Der Mann notierte ihre Bestellung und ging, allerdings nicht, ohne einen höchst irritierten Blick auf Ines und Anja zu werfen. Vielleicht, dachte Vandermeer, sollten sie aus der Not eine Tugend machen und eine der beiden Schwestern immer verstecken, damit man sie nur für eine Person hielt.

Nachdem sie wieder allein waren, wandte sich Vandermeer an Gwynneth und fragte: »Wie geht es Ihnen?«

»Gut«, antwortete Gwynneth; eine Spur zu schnell nach Vandermeers Geschmack und mit einem Lächeln, das ein bisschen zu überzeugend wirkte. »Ein paar Stunden Schlaf wirken manchmal Wunder. Sie hatten völlig Recht: Es wäre sinnlos gewesen, weiter einfach durch die Stadt zu irren.«

»Ich habe immer Recht«, behauptete Vandermeer. »Außer in den wenigen Fällen, in denen ich mich irre.« Er wartete eine Sekunde lang vergeblich darauf, dass sie lachte oder überhaupt reagierte, zuckte mit den Schultern und fuhr in leicht verändertem Ton fort: »Aber ich habe auch eine gute Nachricht. Wenigstens denke ich, dass es eine gute Nachricht ist.«

»Die Flut hat Wassilis Leiche angespült«, vermutete Anja.

»So gut nun auch wieder nicht«, antwortete Vandermeer.
»Aber ich war nicht ganz untätig. Ich habe zwei, drei Telefonate geführt, bevor Sie heruntergekommen sind.«
»Mit der Botschaft?«
»Nein. Mit zwei Zeitungen und dem hiesigen Büro der dpa.«
»Und was hast du herausgefunden?«
Vandermeer sah aus den Augenwinkeln, dass Ines fast unmerklich zusammenfuhr, als ihre Schwester ihn so selbstverständlich duzte. Auch er war ein wenig überrascht – wenn auch eher angenehm. »Ich habe mich erkundigt«, sagte er, »ob sie irgendetwas über den Zwischenfall im Hafen wissen. Nichts.«
»Nichts? Was heißt das: nichts?«
»Dass sie von nichts wissen. Weder von dem Unfall gestern Abend noch von dem Feuer oder der Geschichte heute Morgen. Komisch, nicht?«
»Vielleicht ... vielleicht passiert so etwas hier ja öfter«, sagte Anja zögernd.
»Ein Unfall, bei dem gleich zwei Zollbeamte ums Leben kommen?«, fragte Vandermeer zweifelnd. »Und eine Stunde später keine fünfhundert Meter entfernt ein Feuer mit drei weiteren Toten? Kaum. Ich meine, wir sind hier nicht in Düsseldorf, wo jeder Verkehrsunfall eine Meldung wert ist, oder in den USA, wo sie den nationalen Notstand ausrufen, wenn ein Kind von einer Schaukel fällt, aber fünf Tote in einer Nacht müssten selbst den hiesigen Agenturen eine Meldung wert sein.«
Er vermied es absichtlich Gwynneth bei diesen Worten anzusehen. Ihm war klar, wie schmerzhaft die Erinnerung an die vergangene Nacht gerade für sie sein musste, aber früher oder später mussten sie darüber reden.
»Und was bedeutet das?«, fragte Ines.
»Dass jemand den Daumen auf die Geschichte hält«, antwortete Anja, bevor Vandermeer es konnte. »Irgendjemand möchte die ganze Geschichte möglichst diskret behandeln.«
»Wassili?«
»Hendricks Freund Khemal bestimmt nicht«, antwortete Anja überzeugt.
»Er ist nicht mein Freund!«
Anja lächelte. »Also gut. Dein *Nicht*-Freund Khemal also. Ich vermute, er schmiedet schon an den Nägeln, mit denen er uns ans Kreuz schlagen wird.«

»Auf jeden Fall ist es eine gute Nachricht«, beharrte Vandermeer, getreu dem Motto, dass es manchmal voll und ganz ausreichte, sich etwas nur lange genug einzureden, um am Ende selbst daran zu glauben. »Ich habe nicht bei der Botschaft angerufen, um keine schlafenden Hunde zu wecken. Meinetwegen haltet mich für paranoid, aber ich traue Wassili durchaus zu, dass er die Telefone abhören lässt. Trotzdem denke ich, dass sich unsere Chancen verbessert haben.«

»Denkst du, so«, sagte Anja. »Und wenn du falsch denkst?«

»Bin ich der Erste, der es herausfindet«, antwortete er. »Ich fahre zur Botschaft, wenn wir gegessen haben. Allein.« Er brauchte keine telepathischen Fähigkeiten, um zu erkennen, dass keine der drei Frauen von diesem Vorschlag begeistert war. »Es ist die einzige Möglichkeit, um wirklich sicherzugehen.«

»Sicher?«, fragte Anja. »Wovor?«

»Dass es keine Falle ist«, antwortete Vandermeer. »Falls Wassili oder die türkische Polizei die Botschaft beobachten, reicht es vollkommen aus, wenn sie mich schnappen. Es gibt keinen Grund, weshalb wir alle ihnen in die Arme laufen sollten. Ihr wartet einfach hier. Wenn ich durchkomme und das Botschaftspersonal davon überzeugen kann, dass ich weder die Reinkarnation von Jack the Ripper noch ein krankhafter Pyromane bin, lasse ich euch nach ein paar Stunden abholen.«

»Und wenn nicht?«, fragte Ines.

»Seid ihr ebenfalls in Sicherheit«, behauptete Vandermeer. »Wassili will mich. Nicht dich oder deine Schwester.«

»Den Eindruck hatte ich vor ein paar Tagen aber nicht«, sagte Anja.

»Er hat euch mitgenommen, weil die Gelegenheit günstig war«, beharrte Vandermeer. Er hatte nicht vor, sich auf eine Diskussion einzulassen. Sein Entschluss stand fest. Alles, was passiert war, war eine Sache zwischen Wassili und ihm; Ines und ihre Schwester waren schon viel zu tief darin verwickelt. »Im Grunde geht es ihm nur um mich. Er wird bestimmt kein großes Risiko mehr eingehen, wenn er mich erst einmal hat. Wenn ihr in zwei oder drei Stunden nichts von mir hört, dann versucht irgendwie die Nacht zu überstehen und geht morgen zur Botschaft. Sie werden euch helfen. Dazu sind sie schließlich da.«

»Wie edel«, spöttelte Anja. »Der große Held opfert sich für seine Weibchen. Überschätzt du dich nicht ein bisschen?«

Zur Abwechslung war es jetzt einmal Ines, die die Situation nüchterner, aber auch durchaus realistischer betrachtete. »Das klingt nicht besonders ... professionell«, sagte sie.

»Stimmt«, bestätigte Vandermeer. »Aber meine Erfahrungen im Entführtwerden halten sich auch in Grenzen.« Er schüttelte den Kopf. »Wir sind hier nicht in einem Hollywoodfilm, in dem immer im richtigen Moment etwas Unerwartetes passiert. Ich fürchte, in der Realität sind die Möglichkeiten, aus einer solchen Situation herauszukommen, ziemlich beschränkt.«

»Wir könnten versuchen die Stadt zu verlassen«, sagte Ines.

»Ohne Geld und ohne Papiere?«, antwortete Vandermeer. »Kaum. Wir kämen nicht einmal über die Brücke. Und selbst wenn: Es ist ein ziemlich weiter Weg bis zur griechischen Grenze. Ganz davon zu schweigen, dass Khemal unsere Pässe hat.«

»Entschuldigt mich bitte einen Moment«, sagte Gwynneth. Sie schob umständlich ihren Stuhl zurück, stand auf und ging. Vandermeer hatte das Gefühl, dass sie aus irgendeinem Grund nervös war, konnte es aber nicht genau definieren. Doch es schien nicht nur ihm allein so zu gehen. Auch Anja sah der Irin nachdenklich hinterher.

»Wo geht sie hin?«, fragte sie.

»Was denkst du wohl?«, erwiderte Ines.

»Wenn ich das wüsste, würde ich nicht fragen«, erwiderte ihre Schwester in einem Ton, dessen Schärfe Vandermeer vollkommen überraschte. Dann fügte sie etwas hinzu, das ihn noch mehr erstaunte: »Ich traue ihr nicht.«

»Du kannst sie nicht leiden«, behauptete Ines.

»Ja.« Anja stand ebenfalls auf. »Aber das ist ja so ungefähr dasselbe, oder?«

»Und wo gehst du jetzt hin?«, wollte Ines wissen.

Anja schenkte ihr ein zuckersüßes Lächeln. »Was denkst du wohl?«, fragte sie, haargenau im gleichen Ton wie ihre Schwester gerade. »Ich pudere mir nur rasch die Nase. Entschuldigt mich, ihr beiden. Und heiratet nicht, bevor ich zurück bin.«

Vandermeer blickte ihr kopfschüttelnd nach. Noch vor einer Viertelstunde hatte er geglaubt das Eis zwischen ihnen endlich gebrochen zu haben, aber nun war er wieder so weit wie gestern oder am Tag davor. Er sprach den Gedanken laut aus: »Ich werde einfach nicht schlau aus ihr.«

»Wer wird das schon«, seufzte Ines.

»Ich dachte, du?«

»Ich?« Ines lachte, sehr kurz und schrill. »Ganz bestimmt nicht.«

»Aber ich dachte ...«

»... dass wir uns in allem ähneln wie ein Ei dem anderen?« Sie schüttelte so heftig den Kopf, dass ihre Haare flogen, und zündete sich eine Zigarette an. »Wir sehen vielleicht gleich aus, aber wir sind es nicht. Es gibt ein paar Dinge, in denen wir uns grundlegend unterscheiden. Eine ganze Menge Dinge, wenn ich es mir recht überlege.«

Dieses Eingeständnis traf Vandermeer ziemlich überraschend. Natürlich hatte auch er längst begriffen, dass es Unterschiede zwischen Ines und ihrer Schwester gab. Gewaltige Unterschiede sogar. Aber noch vor ein paar Tagen ...

»Bisher hast du das Gegenteil behauptet«, sagte er.

Ines sog hektisch an ihrer Zigarette und wich seinem Blick aus. »Jeder hat eben so seine kleinen Geheimnisse«, sagte sie.

Und bisher waren sie auch noch keine Konkurrentinnen gewesen, dachte Vandermeer. Nicht wirklich. Er hatte keinen großen Hehl daraus gemacht, dass er sich weit mehr für Anja interessierte als für ihre Schwester, aber bis zum heutigen Morgen schien Ines diesen Umstand ziemlich gut verkraftet zu haben. Jetzt ...

Die Antwort war so klar, dass er sich verblüfft fragte, wieso er sie nicht sofort erkannt hatte.

»Das stimmt nicht«, sagte er. »Ihr seid euch sogar ähnlicher, als du zugibst.«

Ines antwortete nicht. Sie rauchte heftig und sah überallhin, nur nicht in seine Richtung.

»Liest du ihre Gedanken oder spürst du nur, was sie fühlt?«, fragte er.

»Blödsinn!«

»Nein. Kein Blödsinn.« Er hätte überrascht sein sollen und wenn er es recht bedachte, sogar ein bisschen wütend oder wenigstens verärgert, aber alles, was er empfand, war eine anhaltende Verblüffung. »Allmählich verstehe ich, warum Wassili euch mitgenommen hat.«

»Du hast es doch selbst gesagt: als Zugabe.«

»Ja, aber als höchst willkommene«, erwiderte Vandermeer. Er schüttelte den Kopf, immer noch maßlos verblüfft. »Ich habe von solchen Fällen gehört, aber ich habe es für übertrieben gehalten. Wie ist das? Hast du wirklich Schmerzen, wenn sie zum Zahnarzt geht ...«

»... und Bauchkrämpfe, wenn Anja ihre Tage hat?«, unterbrach ihn Ines. Sie nickte, schüttelte aber praktisch auch in der gleichen Bewegung den Kopf. »Was dachtest du? Wenn ich sie ärgern will, schlage ich mit der Faust in einen Nagel. Manchmal kaue ich auch auf Glasscherben, damit sie Zahnschmerzen hat.« Sie schüttelte heftig den Kopf und stampfte ihre Zigarette so fest in den Aschenbecher, dass die Funken flogen. »Wenn es so einfach wäre!«

»Wie ist es dann?«

»Alles andere als komisch, das kann ich dir versichern!«, antwortete Ines scharf. Er wusste immer noch nicht genau, worüber sie wirklich sprach, aber an einem bestand kein Zweifel: Was immer es war, sie hatte zeit ihres Lebens gekämpft, ohne auch nur einen Etappensieg zu erringen. Nach endlosen Sekunden und nachdem sie eine weitere Zigarette in Brand gesetzt hatte, ohne mehr als einmal daran zu ziehen, fuhr sie mit etwas leiserer, aber noch immer zitternder Stimme fort:

»Wenn es nur die Zahnschmerzen wären oder die Blinddarmentzündung, die wir beide bekommen. Von solchen Fällen haben wir auch gehört. Irgendwie ... erwartet sogar jeder, dass es uns auch so geht. Manchmal wünschte ich nur, dass es so wäre.«

»Und wie ist es?«, fragte Vandermeer leise. Er spürte, wie sehr sie unter dem litt, was er mit seiner Frage geweckt hatte, und es tat ihm sehr Leid. Einen Moment lang überlegte er das Thema zu wechseln. Doch welchen Zweck hätte das schon? Es hätte ihren Schmerz nur verdoppelt, das Gespräch zu verschieben.

»Anders«, murmelte sie. »Schlimmer. Ich ... fühle, was sie fühlt.« Sie legte die Hand auf die Brust. »Es ist hier drinnen. Immer.«

»Als wärt ihr wirklich eins«, vermutete Vandermeer.

»Nein. Vielleicht wäre das leichter. Aber es ist eben nicht so. Wir sind verschieden, aber gerade das macht es so schlimm.«

»Das verstehe ich nicht«, sagte Vandermeer.

Sie lachte. Es klang sehr traurig. »Wie denn auch? Hast du schon einmal eine Frau geliebt?«

»Natürlich«, antwortete er. Er wollte hinzufügen: *wenigstens habe ich es geglaubt*, aber eine innere Stimme hielt ihn davon ab.

»Dann versuch dir vorzustellen, wie es ist, wenn du sie gleichzeitig verabscheut hättest – oder sie dir vollkommen gleich gewesen wäre. Weißt du, wie das ist, wenn man immer zugleich glücklich und unglücklich ist? Himmelhoch jauchzend und zu Tode betrübt? Nicht nacheinander. Gleichzeitig! Du kannst tun, was du willst. Du siehst einen Film, der dir gefällt, aber gleichzeitig ist da etwas in dir, das sich zu Tode langweilt oder sich abgestoßen fühlt. Du liest ein Buch, das dich interessiert und das du im gleichen Moment am liebsten gegen die Wand werfen möchtest. Du triffst einen Menschen, der dir zutiefst unsympathisch ist. Der dich regelrecht anwidert. Aber du fühlst dich gleichzeitig auch zu ihm hingezogen.«

»Du redest nicht zufällig von mir?«, fragte Vandermeer. Es sollte ein Scherz sein, um Ines aufzuheitern, aber sie blieb vollkommen ernst.

»Es funktioniert auch umgekehrt«, sagte sie.

»Ich verstehe«, sagte Vandermeer. Ines' Blick machte ihm klar, wie sehr sie das bezweifelte, und natürlich hatte sie Recht damit. Er war ziemlich sicher, dass niemand, der es nicht selbst erlebt hatte, wirklich verstehen konnte, wovon Ines sprach.

Eines verstand er jedoch noch viel weniger: »Aber wenn ihr nun einen Menschen trefft, der euch beiden ... sympathisch ist?«

»Keine Geheimnisse«, sagte Ines leise. »Wenn ich einen Wunsch frei hätte, Hendrick, nur einen einzigen Wunsch in meinem ganzen Leben, dann wäre es der, etwas für mich ganz allein zu haben.«

»Ich kann dich beruhigen, wenn es das ist, wovor du Angst hast«, sagte er. »Es ist nichts passiert. Wir haben nur geschlafen, mehr nicht.«

»Ich weiß«, antwortete Ines. »Wäre es anders gewesen, hätte ich es wahrscheinlich vor dir gewusst.«

In ihrer Stimme war ein Ausdruck so tiefer Trauer, dass Vandermeer plötzlich das heftige Bedürfnis verspürte, sie einfach in die Arme zu schließen und fest zu halten, und um ein Haar hätte er es sogar getan. Was ihn letzten Endes davon abhielt, war ein Gedanke, der ihm vielleicht eine schwache Ahnung davon vermittelte, was Ines ihm gerade zu erklären versucht hatte: die plötzliche Erkenntnis, dass er nicht nur sie umarmt hätte. Ihre Schwester hätte es im gleichen Moment gespürt, in dem er es tat.

»Wie weit ... geht diese Verbindung zwischen euch?«, fragte er stockend.

»Du meinst, was passiert wäre, wenn du mich an dem Abend, an dem wir uns mit Wassili getroffen haben, ins Bett bekommen hättest?«

Genau das hatte er gemeint, aber es war ihm peinlich, dass sie die Frage so offen aussprach. Er schüttelte den Kopf, was Ines aber einfach ignorierte. »Wir teilen alles miteinander«, sagte sie bitter. »Aber ich bekomme nicht unbedingt einen Orgasmus, wenn sie mit einem Mann schläft. Im Gegenteil. Es ist eher so, als ... als würde man vergewaltigt. Nur dass du nichts dagegen tun kannst. Niemand rührt dich an. Aber das macht es beinahe noch schlimmer.«

Vandermeer war zutiefst betroffen und auf eine Weise berührt, die er selbst noch nicht ganz verstand. In dieser Zeit der Wunder, in die er hineingestolpert – nein: hineingestoßen worden – war, hätte ihn das, was er gerade erfahren hatte, eigentlich kaum mehr erschüttern dürfen, aber das genaue Gegenteil war der Fall. Etwas in ihm war in Bewegung gekommen und er hatte selbst noch keine Ahnung, womit es enden würde. Vielleicht hatten Wassili, Gwynneth und Haiko ja Recht, dachte er. Vielleicht war das, was er spürte, ja tatsächlich in jedem Menschen.

Aber vielleicht waren auch die, die dieses Talent niemals entdeckten, die Glücklicheren.

Was nutzte es, der einzig Sehende in einer Welt der Blinden zu sein, wenn das Einzige, was es zu sehen gab, die Hölle war?

Anja kam zurück. Sie näherte sich dem Tisch mit schnellen, fast stampfenden Schritten und ihr Gesichtsausdruck schwankte zwischen Überraschung und einer Art gerechtem Zorn, was Vandermeer zu der Vermutung Anlass gab, dass sie ganz genau wusste, dass Ines ihm ihr kleines Geheimnis verraten hatte, und entsprechend erbost darüber war. Ines warf ihm jedoch einen raschen, beinahe beschwörenden Blick zu, der ihn davon abhielt, eine entsprechende Bemerkung zu machen, und Anja hatte den Tisch noch nicht einmal erreicht, als sie sagte: »Sie hat telefoniert.«

»Wer?«, fragte Vandermeer verwirrt.

»Deine Freundin, die Voodoo-Priesterin«, erwiderte Anja zornig. Sie ließ sich mit einer so heftigen Bewegung auf ihren Stuhl fallen, dass die Gäste am Nachbartisch irritiert aufsahen, und fügte in nur wenig gemäßigterem Ton hinzu: »Ich wusste, dass wir ihr nicht trauen können.«

»Immer mit der Ruhe«, sagte Vandermeer rasch. »Es ist noch kein Verbrechen zu telefonieren. Das habe ich gerade auch getan.«

»Du hast aber nicht behauptet, niemanden in dieser Stadt zu kennen!«, erwiderte Anja heftig. »Wir sollten von hier verschwinden, so lange wir es noch können.«

»Jetzt mach aber mal einen Punkt!«, sagte ihre Schwester. »Worauf willst du hinaus? Dass sie uns verrät?«

»Das ist Unsinn«, pflichtete ihr Vandermeer bei. »Sie hätte keinen Grund so etwas zu tun. Sie hasst Wassili mindestens so sehr wie ich.«

»Das *sagt* sie, ja«, sagte Anja.

»Ohne sie wären wir aber nicht hier«, widersprach Vandermeer. »Du vergisst anscheinend, dass sie uns die Flucht überhaupt erst ermöglicht hat.«

Das war ein Argument, gegen das Anja zumindest auf Anhieb nicht viel sagen konnte. Aber sie wäre nicht sie gewesen, wenn sie so leicht aufgegeben hätte. »Dann frag sie doch, wo sie heute Morgen war, als sie vom Schiff abgehauen ist!«, sagte sie trotzig.

»Jedenfalls nicht bei Wassili«, antwortete ihre Schwester heftig. »Sonst wären wir jetzt kaum hier, oder?«

»Fragen wir sie selbst«, sagte Vandermeer. »Aber lass mich reden – bitte.« Er deutete zur Tür. Gwynneth hatte das Restaurant betreten und steuerte auf sie zu, aber im allerersten Moment war Vandermeer fast froh, dass Anja mit dem Rücken zur Tür saß und Gwynneth' Gesicht nicht sehen konnte. Hätte er es nicht besser gewusst, hätte er jeden Eid geschworen, dass sie wie das personifizierte schlechte Gewissen aussah. In ihrem Blick war etwas Gehetztes, das sie eher wie ein waidwundes flüchtendes Tier aussehen ließ.

Aber er wusste es besser. Schließlich kannte er den Grund für den Schmerz in ihren Augen. Doch das konnte er nicht laut aussprechen, denn dieses Geheimnis ging nur Gwynneth und ihn etwas an. Und im Grunde nicht einmal ihn.

»Bitte«, sagte er noch einmal, an Anjas Adresse gerichtet.

Sie starrte ihn trotzig an, zuckte mit den Schultern und nickte schließlich widerwillig, doch Gwynneth hatte sich noch nicht einmal ganz gesetzt, als sie in scharfem Ton fragte: »Wen haben Sie angerufen?«

»Angerufen?« Gwynneth blinzelte überrascht. Nein, dachte Vandermeer. Nicht überrascht. Sie sah eindeutig *ertappt* aus, wenn auch auf eine Weise, als hätte sie damit gerechnet.

»Stellen Sie sich nicht dumm!«, sagte Anja. Sie ignorierte Vandermeers beschwörenden Blick ebenso wie den entsetzten Gesichtsausdruck ihrer Schwester. »Die Telefonzelle hat eine Glastür, wissen Sie? Das ist das Zeug, durch das man durchsehen kann!«

»Ich ... habe nicht telefoniert«, sagte Gwynneth stockend.

»Dann haben Sie die Telefonzelle nur mit der Toilette verwechselt«, sagte Anja böse. »Der nächste Benutzer wird sich freuen.«

»Ich wollte telefonieren«, antwortete Gwynneth. »Aber ich habe es nicht getan.«

»Mit wem?«

»Mit niemandem«, sagte Gwynneth. »Ich ... habe nur nachgesehen, ob es nicht vielleicht doch eine Botschaft meines Heimatlandes in der Stadt gibt. Aber ich habe nichts gefunden. Das Telefonbuch ist auf Türkisch. Ich kann es nicht lesen.«

»Warum?«, fragte Anja. Die Antwort reichte ihr ganz und gar nicht – ebenso wenig, wie sie Vandermeer reichte, wenn er ehrlich war. Gwynneth fand ihre Fassung rasch wieder, aber irgendetwas daran störte ihn.

»Weil mir Hendricks Plan genauso wenig gefällt wie Ihnen«, antwortete sie. »Es ist zu gefährlich. Ich bin sicher, dass Wassili die deutsche Botschaft überwachen lässt. Er wird ihm direkt in die Arme laufen, wenn er dorthin geht. Es ist sicherer, wenn wir ... zu einem anderen Ort gehen.«

»Zu einer Botschaft, die es nicht gibt?«

»Ich weiß nicht, ob es sie gibt«, erwiderte Gwynneth. »Aber Germany und Ireland sind sicher nicht die einzigen Staaten, die eine Vertretung in dieser Stadt haben. Alles ist besser als das. Wassili müsste mehr als dumm sein, wenn er sich nicht an fünf Fingern abzählen kann, was wir vorhaben.«

Das klang überzeugend, dachte Vandermeer – vielleicht sogar eine Spur *zu* überzeugend. Gwynneth hatte ihre Fassung vollkommen wiedergefunden und sprach nun wieder auf die gleiche ruhig überlegene Art, gegen die Anja auch gestern Abend schon nicht angekommen war. Er übrigens auch nicht.

Trotzdem sah er ihr deutlich an, dass ihr Misstrauen nicht besänftigt war. Und auch wenn er sich dagegen zu wehren versuchte, ihm erging es nicht besser. Vielleicht hatte ihn Anja mit ihrem Misstrauen einfach nur angesteckt.

Aber vielleicht …

… hatte sie tatsächlich Wassili angerufen, um ihm zu verraten, wo sie waren?

Lächerlich!

Lächerlich und grotesk. Er konnte sich keinen noch so absurden Grund vorstellen, aus dem sie das tun sollte. Keinen einzigen.

Und es sollte auch noch ungefähr eine Stunde dauern, bis er begriff, dass es durchaus noch immer Dinge gab, die er sich nicht vorstellen konnte …

Während des Essens sprachen sie über alles Mögliche, nur nicht über ihre Situation und alles, was damit zusammenhing. Smalltalk, dachte Vandermeer, auch wenn es weder der richtige Zeitpunkt noch die richtige Umgebung dafür zu sein schien. Die Stimmung war angespannt bis nervös. Vandermeer sah mehrmals in kurzer Zeit auf die Uhr, bis der Kellner endlich kam und das bestellte Essen brachte. Wäre er nicht so hungrig gewesen, dass ihm schon beim bloßen Anblick der Speisen leicht flau im Magen wurde, hätte er auf das Essen verzichtet und sich gleich ins nächste Taxi gesetzt.

Andererseits musste er zugeben, dass Gwynneth' Worte nicht ohne Wirkung geblieben waren. Die Leichtigkeit, mit der sie am Morgen trotz allem entkommen waren, hatte ihn fast in eine Art Euphorie versetzt; vielleicht gerade weil ihre Flucht unter so dramatischen Umständen verlaufen war, hatte ein Teil von ihm wieder angefangen sich unbesiegbar zu fühlen. Aber dieser Euphorie war rasch eine umso tiefere Erschütterung gefolgt, als ihm klar wurde, wie Recht Gwynneth hatte: Wassili musste schon mehr als nur dumm sein, wenn er nicht wenigstens einen Mann vor der Botschaft postierte. Es würde nicht leicht werden. Insofern war er nicht böse, dass das Essen noch eine Weile auf sich warten ließ.

Zumindest war es gut, wenn er bedachte, dass sie es praktisch auf gut Glück bestellt hatten: Eine ganze Armee von Kellnern begann einen schier endlosen Strom von Tellern, Schüsseln, Schalen und Tabletts aufzutragen, sodass sich Vandermeer schon nach wenigen Augenblick fragte, ob sie bei der Bestellung vielleicht doch einen entscheidenden Fehler gemacht hatten.

Das Restaurant füllte sich allmählich, aber sie blieben die einzigen Touristen. Die meisten Gäste betrachteten sie mit einer Mischung aus Misstrauen und Überraschung und so lange es der Platz zuließ, blieb der Tisch in ihrer unmittelbaren Nachbarschaft auch leer. Auf der kleinen Bühne im Hintergrund des Raumes begann eine Band ihre Instrumente aufzubauen, aber sie beeilten sich nicht besonders; mit ein bisschen Glück, dachte Vandermeer, war er mit dem Essen fertig, ehe sie anfingen, sodass ihm das Schlimmste erspart blieb.

Er machte eine entsprechende Bemerkung, woraufhin Anja demonstrativ das Gesicht verzog. »Alles, nur nicht wieder Wassilis Leib- und Magenplatte«, sagte sie.

»En Trance?«, fragte Ines. »Ich weiß nicht, was du hast. Mir gefällt sie.«

»Mich macht sie nervös«, erwiderte Anja.

»Was seine Theorie beweist«, beharrte Ines. »Diese Musik übt eine gewisse Wirkung auf die aus, die sie hören.«

»Musik muss nicht magisch sein, um einem auf die Nerven zu gehen«, versetzte Anja. Sie spießte ein Stück Schafskäse auf und wandte sich mit einem fragenden Blick an Gwynneth. »Aber das sehen Sie wahrscheinlich anders.«

»Ich weiß nichts davon«, sagte Gwynneth.

»Ich dachte, Ihr Großvater hätte eines der Stücke komponiert«, sagte Anja.

»Niemand hat sie *komponiert*«, antwortete Gwynneth betont. »Es sind uralte Weisen, die von Generation zu Generation weitergegeben werden. Mein Urgroßvater hat sie niedergeschrieben, das war alles.«

»Und danach ist er auf Nimmerwiedersehen ins Nirwana verschwunden«, sagte Anja spöttisch. »Vielleicht hätte er es besser nicht tun sollen.«

Gwynneth antwortete nicht, wofür Vandermeer ihr im Stillen dankbar war. Anja war auf Streit aus, das war klar. Vielleicht war das ihre Auffassung davon, jemanden aus der Reserve zu locken. Vandermeer bezweifelte allerdings, dass ihr das gelingen würde. Gwynneth war nicht mehr dieselbe wie gestern. Das würde sie nie wieder sein. Aber sie hatte sowohl ihre Ruhe als auch die unerschütterliche Selbstsicherheit zurückgewonnen. Er glaubte nicht, dass irgendetwas, das Anja sagte oder tat, Gwynneth wirklich aus der Ruhe bringen konnte.

Seine Hoffnung erfüllte sich nicht. Sie waren noch nicht einmal bei der Nachspeise angekommen, als drei in schwarze, vor zehn Jahren aus der Mode gekommene Anzüge gekleidete Männer das Restaurant betraten und auf die Bühne zusteuerten.

»Ups!«, sagte Vandermeer. »Ich fürchte, damit ist der gemütliche Teil zu Ende. Ich sollte gehen.«

»Überleg es dir noch einmal«, sagte Anja. »So ungern ich es zugebe, aber in diesem Punkt hat unsere Voodoo-Queen Recht: Es könnte eine Falle sein.«

Nicht, dass er sich das nicht selbst schon hundertmal gesagt hätte. Trotzdem: »Ich fürchte, es gibt nur einen Weg, um das herauszufinden«, sagte er. Gleichzeitig warf er einen nervösen Blick zur Bühne hin. Die drei Musiker hatten Platz genommen und griffen nach ihren Instrumenten. Als die Band jedoch zu spielen begann, erlebten sie eine Überraschung. Die Musik klang exotisch und zumindest in ihren europäischen Ohren ein bisschen schräg, aber sie hatte zugleich einen mitreißenden Rhythmus und die Band war gnädig genug, nicht zu singen.

Sie hörten eine ganze Weile schweigend zu. Vandermeer kämpfte sich tapfer durch die Nachspeise – irgendetwas zwar Schmackhaftes, aber auch so Klebrig-Süßes, dass er das Gefühl hatte, die Zähne nicht mehr auseinander zu bekommen – und überlegte gerade, wie er dem Kellner begreiflich machen konnte, dass er diesmal eine *normale* Tasse Kaffee haben wollte, als Ines sagte: »Anscheinend finden viele die Musik der Band doch scheußlicher, als ich geglaubt hatte.«

Vandermeer sah sie fragend an.

»Jedenfalls scheint sie den meisten Gästen nicht zu gefallen«, fuhr Ines mit einer entsprechenden Geste fort. »Sie gehen.«

Tatsächlich hatte sich ein Teil der Tische geleert und gerade, als Vandermeer aufsah, erhoben sich wieder zwei Männer und gingen. Sie gaben sich Mühe, möglichst unbefangen zu erscheinen, aber einer der beiden konnte einen raschen, nervösen Blick in ihre Richtung nicht unterdrücken.

Irgendetwas stimmt nicht, dachte Vandermeer. Er sah erst Gwynneth an, dann Anja. Gwynneth nippte an einem Glas Wasser, während Anja plötzlich sehr alarmiert aussah. Dann geschah etwas, das nicht nur Vandermeer, sondern auch Anja und ihre Schwester wie elektrisiert zusammenfahren ließ.

Die Musik änderte sich. Melodie und Takt blieben gleich, es

war nichts wirklich *Greifbares*, das sich veränderte, und doch war von einer Sekunde auf die andere etwas vollkommen Neues und zugleich auf unheimliche Weise Vertrautes darin; das gleiche, nicht greifbare ... *Etwas*, das auch auf Wassilis CD war.

»Irgendwas stimmt hier nicht!« Anja setzte sich kerzengerade auf. »Wir müssen raus!«

»Nein.« Gwynneth' Stimme war sehr ruhig und leise; kaum mehr als ein Murmeln. Aber es war auch etwas darin, das Vandermeer alarmierte.

Er sah auf und in ihre Richtung und was er in ihrem Gesicht las, das erschreckte ihn noch mehr. *Irgendetwas ... stimmte hier nicht* war nicht der richtige Ausdruck. Etwas ...

geschah ...

»Nein?«, vergewisserte er sich. »Was soll das heißen?«

Gwynneth sah auf. Ihre Augen waren auf eine erschreckende Weise zugleich leer und von einer glasharten Entschlossenheit erfüllt. »Es ist zu spät«, sagte sie. »Bitte verzeiht mir.«

»Zu spät?«, fragte Ines.

»Wozu?«, fügte ihre Schwester hinzu.

»Es ist zu spät«, sagte Gwynneth noch einmal. »Es tut mir Leid.« Sie hatte das Glas auf den Tisch gestellt, aber ihre Hände umklammerten es immer noch. Und plötzlich geschah etwas Unglaubliches: Das Wasser in ihrem Glas begann zu beben. Im allerersten Moment glaubte Vandermeer noch, dass es das Zittern ihrer Hände war, das sich auf das Glas und die Flüssigkeit darin auswirkte. Aber das war es nicht. Ganz im Gegenteil: Ihre Hände hielten das Glas so fest, dass er nicht weiter erstaunt gewesen wäre, es unter ihren Fingern zu Splittern zerbersten zu sehen. Sie presste das Glas mit aller Gewalt auf den Tisch. Trotzdem zitterte das Wasser darin immer heftiger.

Dann begann es zu kochen.

Blasen erschienen aus dem Nichts und stiegen an seine Oberfläche, um zu zerplatzen, erst wenige, dann immer mehr und mehr, bis seine Oberfläche sprudelte und brodelte. Grauer Dampf kräuselte sich in tosenden Schwaden aus dem Glas. Es musste mittlerweile heiß genug sein, um Gwynneth' Finger zu verbrennen, aber sie schien nicht in der Lage es loszulassen.

»Was ... um Gottes willen ... was *tun* Sie da?«, keuchte Ines.

Zwei weitere Gäste standen auf und verließen den Raum und noch bevor sich die Tür hinter ihnen schloss, traten Michail, Wassili und Hauptmann Khemal in Begleitung zweier uniformierter Männer ein, die mit Maschinenpistolen bewaffnet waren. Ines' Augen wurden groß und ihr Gesicht verlor jegliche Farbe, während Anja – zumindest im ersten Moment – nicht die mindeste Regung zeigte. Seiner eigenen Reaktion war sich Vandermeer in diesem Moment nicht bewusst.

»Miststück!«, sagte Anja. »Ich wusste, dass du uns verrätst. Ich *wusste* es!«

Die Worte galten Gwynneth. Die Irin sah nicht einmal auf, sondern starrte weiter ins Leere, aber das Wasser in ihrem Glas hatte den Siedepunkt mittlerweile überschritten. Es gelang ihr endlich es loszulassen. Als sie die Hände zurückzog, sah er, dass ihre Haut verbrannt war und sie Blasen auf den Handflächen und Fingerspitzen hatte.

Wassili und seine Begleiter kamen langsam näher. Die Musik hatte aufgehört zu spielen, setzte aber wieder ein, als Khemal eine entsprechende Handbewegung machte.

»Es tut mir Leid«, sagte Gwynneth. »Aber ich hatte keine andere Wahl.« Sie versuchte nicht einmal sich zu verteidigen. Ihr Gesicht war purer Schmerz, der allerdings nichts mit ihren verbrannten Händen zu tun hatte. Plötzlich ging ein so heftiger Ruck durch ihre Gestalt, dass der gesamte Tisch zitterte. Das Wasser in dem Glas vor ihr verwandelte sich schlagartig in Dampf, im gleichen Moment explodierte das Glas und zerstob in einem Scherbenregen, der nur wie durch ein Wunder niemanden verletzte.

»Beeindruckend«, sagte Wassili. Er trat hinter Gwynneth' Stuhl, hob die Hände, wie um sie ihr auf die Schultern zu legen, überlegte es sich aber im letzten Moment doch anders und sagte nur noch einmal: »Wirklich beeindruckend, meine Liebe. Wenn auch natürlich nichts gegen das, was Sie uns gestern Nacht geboten haben. Wirklich schade, dass ich nicht dabei war, um ihre Demonstration gebührend zu bewundern.«

»Verdammtes Miststück!«, sagte Anja noch einmal. Sie schien Wassili nicht einmal zur Kenntnis zu nehmen, sondern starrte unverwandt Gwynneth an. »Ich habe vom ersten Moment an gespürt, dass wir ihr nicht trauen können!«

»Bitte, meine Liebe, urteilen Sie nicht vorschnell«, sagte Wassili kopfschüttelnd. »Gwynneth trifft keine Schuld. Ich versichere Ihnen, dass Sie an ihrer Stelle nicht anders gehandelt hätten.« Er wandte sich an Vandermeer. »Sie sehen nicht gut aus, Herr Vandermeer, wenn Sie mir die Bemerkung gestatten. Ich hoffe doch, dass Ihr kleiner Landurlaub nicht zu anstrengend war. Unsere Reise geht nämlich noch weiter und ich fürchte, der anstrengendste Teil ist noch nicht vorbei.«

Vandermeer starrte ihn an. Er versuchte seine Worte zu ignorieren und konzentrierte sich mit aller Macht auf Wassilis Gesicht. Der Russe war ein alter Mann, zumindest von seinem eigenen Standpunkt aus, und dem äußeren Anschein nach noch dazu nicht besonders gut in Form. Die Anstrengungen der letzten Tage mussten an seinen Kräften gezehrt haben. In seinem Alter konnte man leicht einen Herzinfarkt bekommen, selbst ohne Vorwarnung; oder einen Schlaganfall. Er versuchte sich Wassilis Gesicht vorzustellen, wie es plötzlich rot anlief, seine Augen aus den Höhlen quollen und sein weit aufgerissener Mund vergeblich nach Luft schnappte, während seine Hände sich über dem Herzen verkrampften, als könnten sie den grausamen Schmerz einfach herausreißen. Er konzentrierte sich mit aller Macht auf dieses Bild. Es war alles, was noch zählte.

Wassili hob die Hand, massierte seine linke Brustseite und strich sich dann in einer scheinbar unbewussten Geste über den Kehlkopf. Eine Sekunde lang sah er stirnrunzelnd und sehr nachdenklich auf Vandermeer herab. Dann lächelte er.

»Ein netter Versuch, Herr Vandermeer. Aber ich habe Ihnen schon einmal gesagt: Das funktioniert bei mir nicht.«

»Genug jetzt!«, mischte sich Khemal ein. »Herr Vandermeer, meine Damen – würden Sie mich bitte begleiten?« Gleichzeitig winkte er seine Männer heran. Einer von ihnen nahm direkt zwischen ihm und Wassili Aufstellung. Der Lauf seiner Maschinenpistole deutete genau auf Vandermeers Gesicht. Der andere blieb zwei Schritte hinter und ein Stück neben Khemal, sodass er die ganze Szenerie überblicken konnte, ohne sich bewegen zu müssen. Selbst wenn es Vandermeer gelungen wäre, irgendwie aus dem Schussfeld des ersten Soldaten zu kommen, wäre er ihm direkt vor den Gewehrlauf gesprungen.

»Ich hoffe, Sie machen keine Schwierigkeiten«, fuhr Khemal fort. »Sie wollen doch sicher nicht, dass noch mehr Unbeteiligte zu Schaden kommen.«

Anja setzte zu einer Antwort an, doch Vandermeer kam ihr zuvor: »Nein. Wir geben auf, Hauptmann Khemal. Und ich gebe alles zu.«

Er stand auf, warf Anja einen beinahe beschwörenden Blick zu und trat rasch um den Tisch herum. Zwei Schritte vor Khemal blieb er stehen, hielt ihm die Arme entgegen und legte die zu Fäusten geballten Hände gegeneinander. »Verhaften Sie mich.«

»Das wird nicht nötig sein«, sagte Wassili rasch. »Warum so dramatisch? Wir wollen doch kein unnötiges Aufsehen, oder?«

Khemal schwieg eine Sekunde. Dann fragte er: »*Was* geben Sie zu, Herr Vandermeer?«

»Alles«, antwortete Vandermeer. »*Ich* habe die beiden Männer gestern Abend im Wagen getötet. Und ich bin auch für den Tod der drei Männer im Lagerhaus verantwortlich. Es ist allein meine Schuld. Die Frauen können nichts dafür. Ich habe sie gezwungen mich zu begleiten.«

Es gelang ihm immer noch nicht, auf Khemals Gesicht irgendeine Reaktion abzulesen, aber Wassili sah plötzlich noch wütender aus als am vergangenen Abend, als er ihn praktisch auf die gleiche Weise schon einmal ausgetrickst hatte. »Ich hoffe doch, Sie fallen nicht noch einmal darauf herein, Hauptmann«, sagte er. »Dieser Mann lügt.«

»Ach?«, sagte Khemal. »Aber warum sollte er das tun? Niemand gibt zu, fünf Menschen ermordet zu haben, wenn er diese Verbrechen nicht wirklich begangen hat. Also warum sollte er es tun?«

»Weil er verrückt ist«, antwortete Wassili heftig.

»Das wird sich zeigen«, erwiderte Khemal.

»Khemal!« Wassili schrie fast. »Ich warne Sie! Ihre Vorgesetzten haben Ihnen gesagt, wer ich bin! Gestern Nacht wussten Sie es nicht besser, aber wenn Sie mir noch einmal in die Quere kommen, werden Sie die Konsequenzen tragen müssen!«

Tatsächlich sah Khemal einen Moment lang unentschlossen aus. Vandermeer wusste natürlich nicht, *was* Khemals Vorgesetzte ihm gesagt hatten, aber er vermutete, dass Wassili das stärkste Geschütz aufgefahren hatte, das er besaß. Andererseits hatte er Khemal ziemlich in die Zwickmühle gebracht. Obwohl das Lokal längst nicht mehr so voll war wie noch vor zehn Minuten, hatten mindestens ein Dutzend Zeugen gehört, wie Vandermeer den Mord an den Zollbeamten zugab.

»Was ist jetzt?«, fragte er. »Verhaften Sie mich oder ziehen Sie lieber den Schwanz ein?«

Khemals Augen sprühten kaltes Feuer in seine Richtung. Mit

einer erzwungen ruhigen Bewegung senkte er die Hand an den Gürtel, zog seine Pistole aus dem Holster und richtete sie auf Vandermeer. Es klickte hörbar, als er den Sicherungshebel zurückschob.

Er hatte es übertrieben. Ganz plötzlich, aber mit schrecklicher Gewissheit, begriff Vandermeer, dass er den Bogen überspannt hatte. Khemal würde ihn töten, hier und jetzt. Er hätte wissen müssen, dass bei einem Mann wie Khemal Begriffe wie Ehre und Stolz mehr zählten als Gehorsam oder Furcht.

Wassili seufzte. »Schade«, sagte er. »Und ich hatte so sehr gehofft, dass es nicht so enden muss. Michail?«

Michail zog eine Pistole mit Schalldämpfer aus der Schlinge heraus, in der er seinen rechten Arm trug, setzte sie an Khemals Hinterkopf und drückte ab. Noch während Khemal nach vorne kippte und auf dem Tisch zusammenbrach, über den ein Teil seiner Stirn und ein etwas kleinerer Teil seines Gehirns gespritzt waren, schwenkte Michail seine Waffe herum und schoss dem ersten Soldaten zweimal hintereinander in den Rücken. Er traf, aber der Mann hatte einen Sekundenbruchteil zu früh reagiert. Die Kugel traf nicht sein Herz, sondern fügte ihm nur eine Fleischwunde in der Schulter zu, als er sich bewegte. Schreiend taumelte der Mann zurück und riss seine Maschinenpistole in die Höhe. Michail schoss ihm zweimal hintereinander in den Hals. Der Soldat war zweifellos tot, noch bevor er zu Boden stürzte, doch sein Finger krümmte sich noch in einem letzten Reflex um den Abzug seiner Waffe. Die Maschinenpistole stieß eine hämmernde Salve aus, während der Mann nach hinten kippte. Zwei oder drei Geschosse trafen Khemals leblosen Körper, der vor ihnen auf dem Tisch zusammengebrochen war, einige weitere ließen Miniaturvulkane aus Speiseresten, Glas- und Holzsplittern aus dem Tisch explodieren, ehe die Geschossgarbe weiterraste, mit dumpfen Geräuschen eine schnurgerade Reihe rauchender runder Löcher in den Boden stanzte und schließlich über die Bühne am anderen Ende des Raumes fegte. Musikinstrumente zerbarsten. Ein Querschläger raste jaulend davon und ein gequälter Aufschrei verriet, dass mindestens eines der Geschosse doch noch ein Opfer gefordert hatte. Dann endlich polterte die Waffe zu Boden und hörte auf Kugeln zu spucken. Von dem Moment an, in dem Wassili Michails Namen ausgesprochen hatte, bis jetzt war nicht sehr viel mehr als eine Sekunde vergangen.

Wassili schüttelte den Kopf. »Das war keine sehr saubere Arbeit, Michail. Ich hoffe doch, das ist dir klar.« Ohne spürbare Unterbrechung und in vollkommen unverändertem, beinahe gelangweilten Ton wandte er sich wieder an Vandermeer. »Herr Vandermeer. Meine Damen?«

Vandermeer hätte sich nicht einmal rühren können, wenn er es gewollt hätte. Er war vollkommen paralysiert. Einige der Geschosse hatten ihn nur so knapp verfehlt, dass er ihren Luftzug gespürt hatte. Er war sogar zu erschrocken, um Angst zu empfinden.

»Vandermeer!«, sagte Wassili. »Bitte!«

»Sie ... Sie haben sie erschossen«, stammelte Vandermeer. »Mein Gott! Mein Gott, Sie ... Sie haben sie einfach erschossen! Sie haben sie umgebracht!«

»O nein, mein Freund«, sagte Wassili ernst. »Michail hat sie vielleicht erschossen, aber umgebracht haben Sie diese Männer. Sie ganz allein.«

Die Tür flog auf. Ein Soldat mit erhobenem Gewehr stürmte herein. Michail erschoss ihn, bückte sich ohne besondere Hast nach der Maschinenpistole von einem der Toten und jagte noch aus der Hocke heraus eine drei Sekunden lange Salve durch die Tür, die hinter dem Mann wieder ins Schloss gefallen war.

Was Vandermeer am meisten entsetzte, war die vollkommene Kälte, mit der Michail zu Werk ging. Michails Gesicht blieb unbewegt. Seine Bewegungen waren schnell, aber trotzdem vollkommen ruhig und dabei so präzise und sparsam wie die eines Chirurgen, der eine Operation am offenen Herzen vornimmt. Es war so, wie Wassili behauptet hatte, dachte Vandermeer. Für Michail war das Töten ein Beruf, etwas, das er bis zur Perfektion gelernt hatte und so genau und unbeteiligt ausführte wie eine Maschine.

Michail warf die Maschinenpistole zu Boden, hob seine eigene Waffe wieder auf und lud sie geschickt nach. Dann war er mit zwei, drei raschen Schritten an der Tür, sprengte sie mit einem Tritt auf und huschte geduckt hinaus. Einen Augenblick später erschallte ein Schrei, gefolgt von zwei Schüssen.

»Wie viele Männer hat Khemal dort draußen?«, fragte Vandermeer leise.

»Ich fürchte, jetzt keine mehr«, antwortete Wassili. »Aber es wird nicht lange dauern, bis Verstärkung eintrifft. Wenn Sie also keinen Wert darauf legen, Ihr Gewissen mit dem Tode weiterer Unbeteiligter zu belasten, sollten Sie mir jetzt wirklich folgen.«

Plötzlich hielt auch er eine Pistole in der Hand. Vandermeer konnte sich nicht erinnern, dass er sie gezogen hatte, aber die Mündung deutete genau zwischen seine Augen. »*Bitte!*«

»Erschießen Sie mich doch!«, sagte Vandermeer trotzig.

Wassili seufzte. Seine Pistole ruckte ein winziges Stückchen herum, ehe er abdrückte. Die Kugel riss eine blutige Furche in Anjas rechten Bizeps und zertrümmerte einen Spiegel am anderen Ende des Raumes. Anja gab keinen Laut von sich, sondern senkte nur den Kopf und blickte auf den heftig blutenden Streifschuss an ihrem Arm, aber sie begann plötzlich am ganzen Leib zu zittern.

»Ich muss Sie warnen, Herr Vandermeer«, sagte Wassili. »Ich bin kein sehr guter Schütze. Das nächste Mal könnte ich sie schwer verletzen oder gar töten. Möchten Sie das?«

Ein eisiger Blick in Wassilis Augen machte Vandermeer klar, wie bitter ernst der Russe diese Worte meinte. Da war noch etwas: Wassili hatte vor irgendetwas mindestens ebensolche Angst wie er selbst, aber möglicherweise machte ihn das in diesem Augenblick nur noch gefährlicher. Er würde ihm nichts tun, aber er würde nicht zögern, eine der beiden Frauen zu erschießen, um seinen Willen durchzusetzen. Vandermeer resignierte und stand auf.

Anja zitterte immer noch am ganzen Leib. Ihre Schwester hatte ihr Haarband gelöst und wollte es als improvisierten Verband um ihren Arm wickeln, doch Wassili winkte hastig ab. »Dazu ist jetzt keine Zeit«, sagte er. »Schnell!«

Trotzdem gab er ihnen mit einer Geste zu verstehen, einen Moment zu warten, als sie den Ausgang erreichten. Die Waffe in beiden Händen haltend, bewegte er sich in einer komplizierten Drehung durch die Tür und sah sich blitzschnell nach allen Seiten um, ehe er ihnen hastig zuwinkte.

Vandermeer verließ den Raum als Letzter und nicht ohne noch einen raschen Blick in die Runde geworfen zu haben.

Das Restaurant hatte sich in ein Schlachtfeld verwandelt. Außer Khemal und den drei toten Soldaten gab es mindestens noch ein weiteres Opfer. Einer der Musiker war auf der Bühne zusammengesunken. Sein Kopf lag in einer gewaltigen und immer noch weiter anwachsenden Blutlache. Die übrigen Gäste hatten sich zu Boden geworfen oder Schutz hinter umgestürzten Tischen und Stühlen gesucht, sodass er nicht sagen konnte, ob es noch mehr Opfer gab.

Unmittelbar hinter der Tür lag ein weiterer toter Soldat. Seinem Zustand nach zu urteilen musste Michail ihn mit der MPi-Salve erwischt haben, die er durch die Tür gefeuert hatte. Das letzte Opfer schließlich war der Portier. Er war über seiner Theke zusammengesunken, von den zwei Schüssen getroffen, die sie gehört hatten. Er war unbewaffnet. Vandermeer fragte sich, warum Michail ihn getötet hatte. Selbst mit einer Waffe hätte dieser alte Mann kaum eine Gefahr für ihn dargestellt.

»Schnell!«, drängte Wassili. Er gestikulierte mit seiner Waffe zum Ausgang. Er wirkte jetzt eindeutig nervös. Vandermeer setzte sich gehorsam in Bewegung. Er lauschte angestrengt auf eine Sirene oder irgendein anderes verräterisches Geräusch, das Wassilis geradezu explosiv angestiegene Hast erklärt hätte, hörte aber nichts. Vielleicht wusste Wassili etwas, das sie nicht wussten.

Das Entsetzen war immer noch nicht vorüber. Unmittelbar vor dem Mata Hari parkten zwei Wagen mit laufenden Motoren und eingeschalteten Scheinwerfern. In einem saßen zwei von Khemals Männern. Michail hatte sie beide erschossen. Als sie sich dem Wagen näherten, war er gerade dabei, den einen auf die Straße hinauszuzerren. Den anderen beförderte er ins Freie, indem er einfach hinter das Steuer rutschte und den leblosen Körper mit der Schulter aus der Fahrertür stieß.

Wassili bugsierte Ines, Anja, Gwynneth und Vandermeer unter heftigem Gestikulieren und Herumfuchteln mit seiner Waffe auf die Rückbank des Jeeps. Es war so eng, dass sie praktisch aufeinander saßen. Vandermeer fragte sich, warum sie nicht den anderen, viel größeren Wagen nahmen, bekam die Antwort aber, kaum dass Wassili auf den Sitz neben Michail geschlüpft war und die Tür zugeschlagen hatte. Michail fuhr los und schaltete einen Augenblick später Blaulicht und Sirene des Streifenwagens ein; nach Vandermeers Meinung die beste Methode, ihre Verfolger wieder auf ihre Spur zu bringen. Zugleich fegte das zuckende Blaulicht aber auch die Straße vor ihnen leer.

Wäre es anders gewesen, hätten sie wahrscheinlich keine Chance gehabt, auch nur den ersten Kilometer zu überleben.

10

Michail fuhr wie ein Wahnsinniger. Obwohl er nur eine Hand zur Verfügung hatte, jagte er den Wagen mindestens doppelt so schnell durch den abendlichen Verkehr, wie es sich Vandermeer mit zwei gesunden Händen zugetraut hätte. Die Sirene fegte die Straße vor ihnen leer, aber nicht schnell genug: An der dritten oder vierten Kreuzung, über die sie preschten, rammten sie einen anderen Wagen, dessen Fahrer nicht schnell genug ausweichen konnte. Glas und Metall zerbarsten. Einer der Scheinwerfer ging aus und Wassili wurde so heftig gegen die Tür geschleudert, dass Vandermeer einen Moment lang hoffte, er hätte sich den Schädel daran eingeschlagen. Er zog sich allerdings nur eine Beule und eine kleine, wenn auch heftig blutende Platzwunde über dem linken Auge zu.

Auch die drei Frauen und er wurden auf dem Rücksitz durcheinander geworfen. Vandermeer japste nach Luft, als sich ein Ellbogen in seinen Solarplexus grub, und spürte zugleich, wie er mit seinem Gewicht Ines den Atem abschnürte. Während er umständlich versuchte irgendwie in eine Stellung zu rutschen, in der er selbst atmen konnte, ohne zugleich eine der drei Frauen zu zerquetschen, brachte Michail den schleudernden Jeep wieder in seine Gewalt und gab noch mehr Gas.

Vandermeer warf einen Blick auf den Tachometer, und bedauerte es sofort. Die rote Nadel hatte die Hundert-Kilometer-Marke überschritten und kletterte weiter. Dabei nahm der Verkehr rings um sie herum immer schneller zu. Hatte das Mata Hari noch in einer Straße gelegen, die selbst Touristen wohl lieber zu Fuß erkundeten (falls sie nicht klug genug waren, sie ganz zu meiden), so rasten sie jetzt über eine vierspurig ausgebaute Straße mit unangenehm vielen Ampeln, die ausnahmslos Rot zu zeigen schienen und die Michail ausnahmslos ignorierte. Auf beiden Seiten erstreckten sich jetzt Läden mit hell erleuchteten Schaufenstern, Hotels, Nachtbars und vollbesetzten Straßencafés.

Michail ließ sich von alldem nicht irritieren, sondern gab im Gegenteil immer noch mehr Gas. Sie jagten jetzt mit hundertvierzig dahin, und wahrscheinlich wäre er noch schneller gefahren, hätte der Wagen mehr hergegeben.

Trotzdem waren sie nicht schnell genug.

Sie hatten die zehnte oder zwölfte Ampel hinter sich gelassen und Vandermeer hatte aufgehört zu zählen, wie viele Wagen ihnen mit kreischenden Reifen ausgewichen oder hinter ihnen in ein anderes Fahrzeug hineingeschlittert waren, als im Rückspiegel ein zuckendes blaues Licht auftauchte und – so unglaublich es angesichts ihrer eigenen Geschwindigkeit schien – rasch näher kam. Wassili fluchte, machte Michail mit einer Kopfbewegung auf den Verfolger aufmerksam und kurbelte die Scheibe auf seiner Seite herunter. Als er seine Waffe hob und sich ungeschickt hinauszulehnen versuchte, um auf ihren Verfolger zu schießen, schlug ihm Vandermeer wuchtig vor den Arm. Wassili ließ die Pistole los. Sie verschwand in der Dunkelheit.

»Das war nicht besonders klug von Ihnen, Herr Vandermeer!«, sagte Wassili zornig.

»Ich wollte nur verhindern, dass Sie einen Unschuldigen verletzen«, antwortete Vandermeer. »Sie haben doch selbst gesagt, Sie sind ein schlechter Schütze.«

»Ich versuche unser aller Leben zu retten, Sie Narr!«, herrschte ihn Wassili an. »Was glauben Sie, was sie mit uns machen werden, wenn sie uns jetzt erwischen?«

»Michail den Führerschein wegnehmen?«, vermutete Vandermeer.

Der andere Wagen war näher gekommen und setzte zum Überholen an. Michail riss das Steuer herum, um ihn abzudrängen, aber ihr Verfolger wich dem Manöver mühelos aus. Beide Wagen gerieten dadurch auf die Gegenfahrbahn. Bremsen und Reifen kreischten, als ihnen die entgegenkommenden Fahrzeuge mit verzweifelten Manövern auszuweichen versuchten, und wieder splitterten hinter ihnen Glas und Metall. Und wieder kamen sie wie durch ein Wunder selbst unversehrt davon. Michail ließ den Wagen auf die rechte Fahrspur zurückschleudern, wobei er einen Kleinlaster abdrängte, der den Bürgersteig hinaufsprang und Funken sprühend an der Hauswand zum Stehen kam, aber ihr Verfolger machte auch dieses Manöver mit und setzte schon wieder zum Überholen an. Michail versuchte erneut ihn zu rammen. Der andere Wagen wich in einem riskanten Bogen aus, beschleunigte ruckartig noch mehr und war plötzlich neben ihnen. Eine durch Lautsprecher verstärkte Stimme schrie etwas, das Vandermeer nicht verstand, und er hatte einen flüchtigen Eindruck von schwarzem Haar, einem wutverzerrten Gesicht, vielleicht auch von einer Waffe, die auf sie deutete.

»Halten Sie an!«, kreischte Ines. »Sie bringen uns ja um!«
Wieder ging alles rasend schnell.

Michail schlug mit dem linken Ellbogen die Scheibe neben sich ein, ohne das Lenkrad loszulassen, aber er hatte auch die rechte Hand aus der Schlinge genommen und in den Schoß gelegt. Sie war eingegipst, doch der Verband ließ seine Finger frei. Er versuchte damit ungeschickt die Pistole zu greifen, die ebenfalls in seinem Schoß lag.

Auch der Mann im Wagen neben ihnen war bewaffnet. Die beiden Fahrzeuge rasten mit annähernd hundertfünfzig Stundenkilometern dahin, aber zwischen ihnen war kaum genug Platz, um eine Hand dazwischen zu halten. Der Mann in dem anderen Wagen fuchtelte drohend mit einem großkalibrigen Gewehr herum und schrie unentwegt auf Michail ein. Schließlich hatte er es geschafft, seine Waffe so herumzudrehen, dass die Mündung nicht nur auf Michails Gesicht deutete, sondern sich tatsächlich *in* ihrem Wagen befand.

Michail ließ das Lenkrad nun doch los, packte den Gewehrlauf und zerrte ihn mit einem Ruck zu sich heran; gleichzeitig stieß er ihn nach vorne und oben, weg von seinem Gesicht.

Er und der türkische Polizist schossen gleichzeitig.

Das Krachen der großkalibrigen Schrotflinte war im Inneren des Wagens so laut, dass Vandermeer glaubte, seine Trommelfelle müssten platzen. Eine Lanze aus orangerotem Feuer stach an Michails Gesicht vorbei und riss ein mehr als kopfgroßes Loch ins Dach des Jeeps.

Im Vergleich zu dem Höllenlärm, den die Schrotflinte machte, waren die Schüsse aus Michails Pistole so gut wie lautlos. Aber ihre Wirkung war ungleich verheerender.

Die Geschosse durchschlugen die Tür neben Michails Oberschenkel, hinterließen drei runde, lächerlich klein wirkende Löcher in dem anderen Streifenwagen und töteten dessen Beifahrer auf der Stelle. Mindestens eines der Geschosse durchschlug seinen Körper und traf den Mann hinter dem Steuer. Vandermeer sah, wie der Fahrer nach vorne sank. Der Streifenwagen schleuderte, war plötzlich hinter ihnen und stellte sich quer; eine Zehntelsekunde später wurde er in die Luft gewirbelt, überschlug sich drei-, vier-, fünfmal und krachte in die hell erleuchteten Schaufenster eines Modegeschäftes auf der anderen Straßenseite. Noch bevor das Geschäft außer Sicht kam, explodierte er. Eine brodelnde Wolke aus Flammen und Rauch und hundert Kilometer schnellen tödlichen Geschossen aus Glas und Metall barst aus der Fassade bis weit über die Straßenmitte hinaus. Vandermeer sah noch, wie mindestens vier oder fünf weitere Fahrzeuge zusammenstießen, dann war die Unfallstelle außer Sicht.

Wassili atmete hörbar aus. »Fahr langsamer, Michail«, sagte er. »Und schalt die Sirene aus. Wir brauchen sie nicht mehr.« Umständlich drehte er sich auf dem Beifahrersitz herum und fragte: »Ist jemand verletzt? Ich hoffe doch nicht.«

»Sie Monster«, sagte Anja. »Sie verdammtes Ungeheuer!«

»Ungewöhnliche Situationen verlangen nun einmal nach ungewöhnlichen Lösungen«, antwortete Wassili. »Nebenbei – es ist nicht meine Schuld, dass es so weit kommen musste. Wären Sie an Bord unseres Schiffes geblieben, wäre nichts von alledem hier passiert.«

»Monster!«, sagte Anja noch einmal. Ihre Stimme bebte. Sie hatte die Hand noch immer gegen den Bizeps gepresst und vielleicht war die Wunde doch schlimmer, als Vandermeer im ersten Moment geglaubt hatte, denn zwischen ihren Fingern quoll dunkelrotes Blut hervor. Als Ines jedoch nach ihrem Arm greifen wollte, um ihr zu helfen, machte sie nur eine unwillige Bewegung. Sie starrte weiter Wassili an.

»Sie Unmensch!«, sagte sie. »Ist Ihnen ein Menschenleben denn gar nichts wert? Warum lassen Sie nicht gleich eine Atombombe auf diese Stadt fallen?«

Es war seltsam – aber als Vandermeer in Wassilis Augen sah, erkannte er, dass Anjas Worte ihn wirklich trafen. Und trotzdem antwortete er: »Wäre es nötig, dann würde ich selbst das tun, glauben Sie mir.«

Anja keuchte. »Sie ...!«

»Sie haben Recht«, unterbrach sie Wassili. »Es gibt nichts Kostbareres als ein Menschenleben und niemand hat das Recht, auch nur eines davon einfach auszulöschen.«

»Und warum tun Sie es trotzdem?«

»Weil einfach zu viel auf dem Spiel steht«, antwortete Wassili ernst. »Sie ahnen ja nicht, wie viel.«

»Dann sagen Sie es uns endlich!«, brüllte Ines.

»Bald«, antwortete Wassili. »Ich verspreche Ihnen, sehr bald. Noch heute. Sobald wir in Sicherheit sind.«

Aber das war noch lange nicht der Fall. Selbst Vandermeer hatte in diesem Moment das Gefühl, dass sie das Schlimmste jetzt hinter sich hatten. Aber er täuschte sich.
In Wahrheit hatte es noch nicht einmal richtig begonnen.

Sie fuhren zum Hafen zurück, ohne noch einmal aufgehalten zu werden. Eine Zeit lang war Vandermeer fest davon überzeugt, dass Wassilis Einfluss tatsächlich so weit ging, dass er es wagen konnte, einfach auf das Passagierschiff zurückzukehren und ihre Fahrt fortzusetzen, als wäre nichts geschehen. Aber bald wurde ihm klar, dass sie einen anderen Teil des Hafens ansteuerten. Die Schiffe an den Kais, an denen sie vorbeifuhren, waren größer und in weitaus besserem Zustand als die einfachen Fischerboote und Kutter, die sie gestern Abend gesehen hatten. Als sie schließlich anhielten und Wassili ihnen mit einer Geste zu verstehen gab, dass sie aussteigen konnten, geschah dies an einem Landungssteg, an dem nur wenige, aber ausgesucht große und kostspielige Jachten und Schnellboote lagen.

Wassili bedeutete ihnen mit einer Handbewegung zurückzutreten. Während sie seinem Befehl nachkamen, beugte sich Michail noch einmal in den Wagen, klemmte das Gaspedal mit irgendetwas fest und rammte den Gang hinein. Der Wagen machte einen Satz, schoss mit aufheulendem Motor über den Steg und streifte die Flanke eines Motorbootes, ehe er mit einem gewaltigen Klatschen ins Wasser fiel und versank. Der Motor erstarb sofort, aber die Scheinwerfer brannten noch erstaunlich lange Zeit weiter, ehe auch sie erloschen.

Vandermeer blickte kopfschüttelnd auf die demolierte Jacht. Sie schaukelte so wild auf dem Wasser, dass er nicht überrascht gewesen wäre, sie kentern zu sehen. Ihre linke Seite war von oben bis unten aufgerissen. Ein Totalschaden, vermutete er.

»Ist das Ihre Auffassung davon, wie man keine Spuren hinterlässt?«, fragte er spöttisch.

Wassili verzog das Gesicht. »Habe ich schon erwähnt, dass Michail manchmal etwas ... übereifrig ist?«

»Mehrmals«, sagte Vandermeer. »Aber es fällt mir schwer zu glauben. Er ist so ein lieber Kerl.« Er drehte sich herum und ging zu Anja und den beiden anderen Frauen hinüber. Ines hatte ihren Willen mittlerweile durchgesetzt und war dabei Anjas Arm zu verarzten; allerdings mit sehr viel mehr gutem Willen als fachlichem Geschick, doch ihre Schwester biss die Zähne zusammen und ließ die Prozedur klaglos über sich ergehen.

Vandermeer sah schweigend zu, doch Wassili, der ihm gefolgt war, schüttelte den Kopf und sagte: »Das sieht nicht gut aus. Wir werden uns darum kümmern, sobald wir auf dem Schiff sind.«

Anja sagte nichts dazu, aber sie sah Wassili so vernichtend an, dass der Russe sich nach einigen Sekunden räusperte und in fast verlegenem Ton hinzufügte: »Ich möchte mich bei Ihnen entschuldigen. Es tut mir wirklich Leid. Ich hoffe, Sie glauben mir.«

»Jedes Wort«, knurrte Anja.

Wassili begann verlegen von einem Bein auf das andere zu treten. »Ich hatte nicht vor Sie zu verletzen.«

»Sicher nicht«, sagte Anja. »Lassen Sie mich raten – Sie haben auf meinen Kopf gezielt.«

»Ich hatte vor vorbeizuschießen«, beteuerte Wassili. »Wie ich bereits sagte: Ich bin kein besonders guter Schütze.«

»Und jetzt haben Sie ein schlechtes Gewissen«, vermutete Anja. »Sie haben mein ehrliches Mitgefühl.« Und damit zog sie blitzartig das Knie an und rammte es Wassili zwischen die Beine.

Der Russe quiekte wie ein abgestochenes Schwein, fiel auf die Knie herab und wäre ganz nach vorne gefallen, hätte er sich nicht im letzten Moment mit einer Hand abgestützt. Michail war mit einem einzigen Schritt bei ihnen und hob die Hand, um Anja niederzuschlagen, doch Wassili hielt ihn mit einem keuchenden Laut zurück.

»Nicht!«, sagte er mühsam. »Es ist ... schon in ... in Ordnung.« Er hatte Mühe zu sprechen. So fest, wie Anja zugetreten hatte, wunderte sich Vandermeer fast, dass er überhaupt noch bei Bewusstsein war. Er versuchte in die Höhe zu kommen, schaffte es nicht und streckte die Hand aus, um sich von Michail auf die Füße helfen zu lassen. Er war kreidebleich.

»Das war nicht besonders nett von Ihnen, meine Liebe«, sagte er mühsam. »Aber vielleicht ist es auch mein Fehler. Ich muss wohl erst noch lernen, mit euch emanzipierten westlichen Frauen umzugehen.«

»Kein Problem«, sagte Anja böse. »Wenn Sie Unterricht brauchen, melden Sie sich bei mir.«

»Übertreiben Sie es nicht«, sagte Wassili ernst. Er schüttelte Michails Hand ab. »Sie hatten das bei mir gut, aber jetzt sind wir quitt. Überspannen Sie den Bogen nicht. Und nun kommen Sie. Wir haben nicht die ganze Nacht Zeit.«

Er drehte sich mit schmerzverzerrtem Gesicht herum. Michail wollte ihn stützen, aber Wassili schlug wütend nach seiner Hand und humpelte mit kleinen Schritten und stark nach vorne gebeugt los.

Ihr Ziel war ein Schiff ganz am Ende des Landungssteges; eine weiße, schnittige Jacht, die Vandermeer auf mindestens zwanzig Meter und ungefähr halb so viele Millionen schätzte. Der Name an ihrem Bug war unentzifferbar, aber eindeutig türkisch.

»Wem gehört das Schiff?«, fragte Anja. »Ich meine: Was ist mit seinem Besitzer? Lebt er noch oder haben Sie ihn bereits an die Fische verfüttert?«

»Sagte ich schon, dass Sie es nicht übertreiben sollen?«, fragte Wassili.

Anja setzte zu einer Antwort an, aber Vandermeer legte ihr rasch die Hand auf den unversehrten Arm. »Halt endlich den Mund!«, zischte er. »Was soll das? Willst du, dass er dich wirklich umbringt?«

»Aber das tut er doch sowieso«, antwortete Anja. »Oder glaubst du, dass er auch nur einen von uns am Leben lässt, wenn er erst einmal hat, was er will?«

Darauf fiel Vandermeer keine Antwort ein.

Die Jacht war noch weitaus geräumiger, als es von außen den Anschein gehabt hatte. Obwohl sie unbeleuchtet und scheinbar verlassen am Steg lag, wurden sie von einem guten halben Dutzend Männer erwartet: der Besatzung des Passagierschiffes, mit dem sie hergekommen waren. Vandermeer erkannte zwei der Männer als dieselben wieder, die am vergangenen Abend mit ihnen im Wagen gewesen waren. Den Mann mit dem gebrochenen Bein, dem er das Leben gerettet hatte, sah er nicht. Vielleicht hielt er sich irgendwo unter Deck auf. Vandermeer vermutete allerdings eher, dass Wassili ihn *entsorgt* hatte. Ganz egal, was der Russe auch behauptete, Vandermeer war mittlerweile sicher, dass ihm ein Menschenleben nicht mehr wert war als der Schmutz unter seinen Fingernägeln.

Sie wurden voneinander getrennt, aber das überraschte ihn nicht. Gwynneth, Anja und Ines wurden in Kabinen geführt, von denen es an Bord eine unbegrenzte Anzahl zu geben schien, er selbst musste Wassili auf die Brücke folgen. Sie war wesentlich kleiner als die des Passagierschiffes, aber noch moderner ausgestattet, sodass er eher das Gefühl hatte, sich in der Schaltzentrale eines Rechenzentrums zu befinden als auf einem Schiff. Michail stieß ihn grob auf einen Stuhl und machte ihm mit pantomimischen Gesten klar, was ihm widerfahren würde, wenn er auch nur zu heftig blinzelte. Zwei Matrosen begannen das elektronische Gehirn des Schiffes zum Leben zu erwecken, während Wassili selbst für gute zehn Minuten verschwand. Als er zurückkehrte, hatte er sich umgezogen und offenbar auch geduscht. Vandermeer fiel auf, dass er noch immer leicht humpelte. Wahrscheinlich würde er tagelang Schmerzen beim Gehen haben. Vandermeer empfand seltsamerweise kaum Schadenfreude, aber auch keinen Hauch von Mitleid.

»Einen Augenblick noch«, sagte Wassili, als er hereinkam. Er ging an ihm vorbei, nahm vor etwas Platz, von dem Vandermeer nicht sicher war, ob es sich um ein Funkgerät oder die Kontrollen eines Warp-Antriebs handelte, und schaltete es ein.

Er bekam bereits nach wenigen Sekunden Kontakt. Vandermeer verstand nichts von dem, was er ins Mikrofon sprach oder was aus dem futuristisch aussehenden Lautsprecher als Antwort kam, denn die Unterhaltung fand auf Russisch statt. Aber er vermutete, dass Wassili mit einem anderen Schiff gesprochen hatte, das außerhalb der türkischen Hoheitsgewässer auf sie wartete. Als Wassili das Funkgerät ausschaltete und sich zu ihm herumdrehte, fragte er:

»Werden sie pünktlich am Treffpunkt sein?«

»Sie?« Wassili legte fragend den Kopf schräg.

»Das Schiff, mit dessen Kapitän Sie gerade gesprochen haben.« Vandermeer machte eine Geste, die nicht nur die Brücke und ihre Besatzung, sondern die ganze Jacht einschloss. »Sie haben doch nicht vor, mit diesem Ding über das Schwarze Meer bis nach Novorossiysk zu schippern.«

Wassili lächelte. »Das wäre kein Problem. Dieses Schiff ist durchaus hochseetüchtig und Sie wären erstaunt, wie schnell es sein kann.« Er seufzte. »Aber Sie haben Recht. Wir werden nur etwa eine Stunde an Bord bleiben und dann auf ein … anderes Transportmittel umsteigen.«

»Haben Sie immer noch Angst verfolgt zu werden?«

Wassili verneinte. »Kaum. Ich gebe zu, dass selbst ich im

Moment einige Mühe hätte, den türkischen Behörden den Grund für unseren ... etwas spektakulären Aufbruch zu erklären. Aber bis sie wissen, wo wir sind, sind wir längst nicht mehr da, wo sie glauben, dass wir sind. Trotzdem: Vorsicht ist die Mutter des Porzellanladens ... oder wie sagt man bei Ihnen?«

Vandermeer war ziemlich sicher, dass er ganz genau wusste, wie das Sprichwort wirklich lautete. Er tat ihm nicht den Gefallen, die Lippen auch nur zu einem Lächeln zu verziehen. »Wohin fahren wir?«, fragte er.

»Nach Novorossiysk«, antwortete Wassili. »Aber das wissen Sie doch bereits.«

»Und von da aus weiter nach Sibirien«, vermutete Vandermeer.

»Genauer gesagt, in die Tunguska. In ein ganz bestimmtes, unzugängliches Tal.«

Wassili blinzelte. Vielleicht zum ersten Mal, seit Vandermeer ihn kennen gelernt hatte, sah er ehrlich erschüttert aus. »Woher ... woher wissen Sie das?«, fragte er stockend. »Hat Haiko es Ihnen ...?«

»Sie«, verbesserte ihn Vandermeer. »Sie haben es mir gesagt.«

»Ich?!«

»Vielleicht nicht direkt – aber Sie haben mir alles gesagt, was ich wissen muss. Ein uraltes Geheimnis, das seit fast hundert Jahren darauf wartet gelüftet zu werden. Ein Gott, der vom Himmel gekommen ist, um mit seinem Feuer die Erde zu verbrennen. Eine Kraft, die nicht von dieser Welt stammt ... Haben Sie schon einmal darüber nachgedacht, die Geschichte an Steven Spielberg zu verkaufen? Er würde Ihnen eine Menge Geld dafür zahlen.«

»Ich verstehe nicht, wieso Sie noch scherzen können, wenn Sie die Wahrheit kennen«, sagte Wassili.

»Kenne ich sie denn?«, fragte Vandermeer. »Es sind nicht hundert Jahre, aber auf den Tag genau neunzig, nicht wahr? Oder halt: Es *waren* auf den Tag genau neunzig, als Ihre Leute die Atombombe über der Taiga gezündet haben.«

»Es war keine Atombombe«, sagte Wassili leise.

»Was dann?«, fragte Vandermeer. »Dasselbe wie damals? Ein Meteor?«

Eine Sekunde lang sah Wassili vollkommen verwirrt aus, aber dann machte sich ein Ausdruck unübersehbarer Erleichterung auf seinen Zügen breit. Er atmete hörbar ein. »Sie haben mich erschreckt, Herr Vandermeer«, sagte er. »Für einen kurzen Moment dachte ich wirklich, Sie wüssten, wovon Sie reden.«

»Ich weiß es«, behauptete Vandermeer. »Ich rede von der Tunguska. Dem Meteor, der 1908 dort heruntergekommen ist.«

»Es war kein Meteor«, antwortete Wassili.

»Was sonst?« Vandermeer versuchte fordernd zu klingen, aber er spürte selbst, dass es misslang. »Ein Raumschiff vom Mars, das notlanden musste? Ein Brocken Antimaterie? Ein Besucher aus einer anderen Dimension? Oder Haikos Feuergott?«

»Vielleicht irgendetwas davon. Möglicherweise auch etwas anderes, das wir uns nicht einmal vorzustellen vermögen.« Wassili seufzte tief. »Wir haben nicht die geringste Ahnung, Herr Vandermeer.«

»Ach?«, schnappte Vandermeer. »Sie wissen es nicht? Und warum haben Sie mich und die anderen dann hierher geschleppt?«

»Gerade, weil wir es nicht wissen«, antwortete Wassili. »Und weil wir gehofft hatten, dass Sie es uns sagen können.«

»Tunguska?« Ines sprach das Wort auf eine ganz bestimmte, nachdenkliche Art und Weise aus, als wäre sie sicher, dass schon sein Klang allein eine Bedeutung enthielt, die alle Fragen beantwortete, wenn sie nur fähig wäre sie zu greifen. »Was soll das sein? *Tundra* habe ich schon einmal gehört, aber Tugunska ...« Sie blickte fragend ihre Schwester an, dann Vandermeer. »Bist du sicher?«

»Tunguska«, verbesserte sie Vandermeer und nickte. »Ich bin eigentlich erstaunt, dass ihr noch nie davon gehört habt. Es ist eine Gegend in der sibirischen Taiga. Ziemlich weit im Osten, selbst für russische Verhältnisse, und ziemlich einsam, sogar für sibirische Begriffe.«

»Und was ist daran so Besonderes?«, wollte Ines wissen.

Anja sagte nichts. Seit Vandermeer in die Kabine gekommen war, die sich die beiden Schwestern teilten, schien sie wieder in ihre alte Einsilbigkeit zurückgefallen zu sein, wahrscheinlich aber aus anderen Gründen als bisher. Sie trug einen frischen und diesmal offenbar sehr sachkundig angelegten Verband um den linken Oberarm, aber sie war leichenblass und ihr Blick wirkte immer dann, wenn sie sich nicht konzentrierte, leicht verschleiert. Vandermeer vermutete, dass sie ziemlich schlimme Schmerzen hatte.

»Im Grunde nichts«, antwortete er mit einiger Verzögerung. »Abgesehen davon natürlich, dass es genau die Gegend ist, in der es letzte Woche den großen Knall gegeben hat.« Letzte Woche? Mein Gott, war es tatsächlich erst eine Woche her, seit alles begonnen hatte? Ihm kam es vor, als seien Jahre vergangen!

»Die russische Atombombe.«

»Wassili behauptet, es sei keine Bombe gewesen.«

»Was sonst?«

Er zuckte mit den Schultern. »Vielleicht dasselbe wie damals?«

»Damals?«

»Es ist schon einmal passiert«, antwortete Vandermeer. »Vor ziemlich genau neunzig Jahren und an ziemlich genau derselben Stelle. Ich weiß auch nicht viel darüber. Nur, was man eben über solche Dinge aufschnappt. Irgendwann im Sommer des Jahres 1908 ist dort irgendetwas explodiert. Etwas verdammt Großes.«

»Das klingt ja ungeheuer konkret«, sagte Anja. Auch ihre Sprache klang schleppend, aber immerhin fand sie bereits wieder in ihren gewohnten Ton zurück.

»Sehr viel *Konkretes* gibt es auch nicht zu berichten«, antwortete Vandermeer. »Es geschah am helllichten Tage. Ohne Vorwarnung. Ein Blitz, ein Krach, und etliche tausend Quadratkilometer Wald wurden zu Streichhölzern verwandelt.«

»Sagtest du: Tausende?«, vergewisserte sich Ines.

Er nickte. »Die Explosion muss die drei- oder vierfache Wucht einer Hiroshima-Bombe gehabt haben«, bestätigte er. »Noch in tausend Kilometern Entfernung bebte die Erde. Der Lichtblitz soll angeblich bis Belgien und Frankreich sichtbar gewesen sein.«

»Ein Meteor«, vermutete Anja.

»Das denken die meisten Wissenschaftler auch, die sich damit befasst haben«, sagte Vandermeer. »Aber nicht alle. So weit ich weiß, gibt es ein paar sehr grundlegende Unterschiede zwischen der Wirkung eines Meteoriteneinschlages und beispielsweise der einer Kernwaffenexplosion. Das meiste bleibt sich gleich: die Druck- und Hitzewelle, die Flächenbrände, die Erdbeben. Aber eben nicht alles. Und das Komische an dieser Geschichte ist, dass die *Tatsachen* viel mehr auf die Explosion einer Kernwaffe hinweisen als auf einen Meteoriteneinschlag.«

»Wenn man die Kleinigkeit außer Acht lässt, dass es 1908 in Russland noch keine Atomwaffen gab«, sagte Anja.

»Oder sonstwo auf der Welt«, fügte Vandermeer hinzu.

»Was sind das für Unterschiede?«, wollte Ines wissen.

»Bin ich Kernphysiker?«, fragte Vandermeer. »Ein paar kann ich mir denken. Das unsichtbare Feuer zum Beispiel, von dem die Eingeborenen in der Gegend berichteten. Viele von denen, die die Explosion überlebten, sind in den Jahren danach gestorben, angeblich vom unsichtbaren Feuer ihres Gottes verbrannt. Es wurden mehr tote als lebende Kinder geboren und es gab eine Menge Missbildungen. Angeblich sollen einige Jahre lang seltsame Pflanzen in der Gegend gewachsen sein.«

»Radioaktive Strahlung.«

»Schwarzer Regen«, bestätigte Vandermeer. »Fall-out – genau wie später in Hiroshima und Nagasaki. Es gab wochenlang seltsame Lichterscheinungen am Himmel, und zwar auf der gesamten nördlichen Hemisphäre. Und sie haben den Meteor nie gefunden.«

»Vielleicht ist er verdampft«, sagte Anja. »Und wer sagt überhaupt, dass er nicht aus einem radioaktiven Material bestanden hat, das für die Strahlung verantwortlich war?«

»Wie gesagt: Ich bin kein Kernphysiker«, antwortete Vandermeer, allerdings in weit gemäßigterem Ton als das erste Mal. »Aber so viel ich weiß, gibt es ein paar grundlegende Unterschiede zwischen natürlicher Radioaktivität und solcher, die bei der Explosion einer Kernwaffe entsteht. Tatsache ist jedenfalls, dass damals in Sibirien etwas geschehen ist, wofür es bis heute keine zufriedenstellende Erklärung gibt.«

»Für jemanden, der nicht viel über eine Sache weiß, weißt du ziemlich viel darüber, finde ich«, sagte Anja.

Vandermeer hob nur die Schultern. Das allermeiste von dem, was er gerade erzählt hatte, hatte er selbst erst vor zehn Minuten von Wassili erfahren. Sehr viel mehr allerdings auch nicht. Wenn er etwas über Wassili gelernt hatte, dann das, dass der Russe prinzipiell nicht viel mehr preisgab, als sein Gegenüber ohnehin schon wusste.

»Sie haben erst zwanzig Jahre später eine Expedition hingeschickt«, fuhr er fort. »Angeblich sah es immer noch aus wie kurz nach dem Jüngsten Gericht. Sie haben wohl nicht viel gefunden und mehr Fragen als Antworten mit nach Hause gebracht.«

»Aber was zum Teufel hat das alles mit uns zu tun?«, fragte Anja. Mit einem bösen Blick in Richtung der Tür fügte sie hinzu: »Oder mit Gwynneth?«

»*Das* hat er mit nicht verraten«, antwortete Vandermeer. »Aber ich vermute, dass sie nach all der Zeit vielleicht doch noch etwas gefunden haben.«

»Etwas?«

»Etwas«, bestätigte Vandermeer. »Genau das ist das Wort, das Wassili gebraucht hat. Etwas.«

»Und dieses ... *Etwas* ...«, begann Ines nachdenklich.

»... scheint ihnen verdammt großes Kopfzerbrechen zu bereiten«, führte ihre Schwester den Satz zu Ende.

»Oder es ist verdammt gefährlich«, schloss Vandermeer.

»Aber was soll es denn sein?«, murmelte Anja. »Sie werden kaum überall auf der Welt Menschen entführen, ein schon mehr als mittleres Vermögen ausgeben und einen kleinen Krieg mit einer fremden Nation beginnen, nur um einen Stein auszu...«

Sie brach mitten im Wort ab. Die Benommenheit war aus ihrem Gesicht verschwunden und machte nun einem sehr nachdenklichen Ausdruck Platz. »Vielleicht doch.«

»Vielleicht doch – *was*?«, fragte Ines.

»Der Stein«, antwortete Anja halblaut. »Überlegt mal. Alles hat mit diesem Stein angefangen. Diesem komischen Kristall, an dem du dir die Finger verbrannt hast.«

Vandermeer schwieg; nicht weil er ihren Worten nicht glaubte, sondern weil die Erklärung einfach zu einleuchtend klang. Dahm hatte gesagt, dass er einen Stein wie diesen noch nie zuvor gesehen hatte, und Dahm war jemand, der sich mit Steinen halbwegs auskannte. Und Wassili hatte auch vor Mord und Brandstiftung nicht zurückgeschreckt, um ihn zurückzubekommen. Anja hatte Recht: Alles hatte mit diesem Stein angefangen. Trotzdem schüttelte er nach einem Augenblick den Kopf.

»Sie brauchten uns nicht, um diesen Stein zu bergen«, sagte er. »Sie haben ihn bereits.«

»Aber vielleicht, um ihn zu *benutzen*«, beharrte Anja. Nachdem sie die Idee einmal entwickelt hatte, hielt sie offenbar hartnäckig daran fest. Und warum auch nicht, dachte Vandermeer. Er verstand ja selbst nicht so genau, warum er sich genauso hartnäckig dagegen wehrte. »Nehmen wir einfach mal an, all dieser Unsinn von Magie und Zauberei, den er verzapft hatte, wäre wahr. Nehmen wir weiter an, selbst unsere Voodoo-Queen hätte Recht und es gäbe Menschen, die über ... besondere Kräfte verfügen. Was, wenn dieser Stein in der Lage wäre, diese Kräfte zu wecken oder vielleicht auch zu verstärken?«

»Und?«, fragte Ines verständnislos.

»Und?«, wiederholte ihre Schwester. »Bist du so dumm oder tust du nur so? Du hast doch *gesehen*, wozu Winnie das Hexchen fähig ist.«

»Ich dachte, du glaubst nicht daran?«, fragte Ines.

Anja ignorierte ihre Antwort und fuhr fort: »Stell dir eine Nation vor, die über *solche* Soldaten verfügt«, sagte sie. »Eine Armee von ... von Zauberern! Sie wäre unbesiegbar!«

»Eine hübsche Idee«, sagte Vandermeer. »Sie hat nur einen kleinen Schönheitsfehler.«

»Und welchen?«

»Ich habe da so die eine oder andere Vorstellung, gegen wen sich diese Armee als Erstes wenden würde«, sagte er.

Anja wischte seinen Einwand mit einer Handbewegung zur Seite. »Wir sind auch hier, oder? Und wir haben ihnen genug Schwierigkeiten gemacht«, antwortete Anja stur. »Und es gibt Mittel und Wege, Menschen gefügig zu machen.«

Das war eine Möglichkeit, an die Vandermeer auch schon gedacht hatte und die ihn weit mehr erschreckte, als er zugeben wollte. Trotzdem fiel es ihm schwer daran zu glauben, dass sie tatsächlich auf dem Weg in ein Umerziehungslager waren. Es hätte allem widersprochen, was Wassili bisher gesagt hatte, und auch das war etwas, was er über Wassili herausgefunden hatte: So sehr der Russe auch mit Informationen geizte, so wenig log er direkt, wenn es nicht unumgänglich war.

Andererseits: Jemandem zu verheimlichen, dass am Ziel seiner Reise eine Gehirnwäsche auf ihn wartete, gehörte durchaus in die Kategorie *unumgänglich*.

»Ich glaube nicht, dass es so einfach ist«, sagte er.

»Einfach?« Anja riss ungläubig Mund und Augen auf. »Was ist hier *einfach*?«

»Die Erklärung«, antwortete er. Wahrscheinlich hatte Anja zum Teil Recht. Es *hatte* etwas mit diesem Stein zu tun. Schließlich hatte er die unvorstellbare, düstere Kraft gespürt, die diesen vermeintlich harmlosen Kristall erfüllte. Aber das war nicht die ganze Antwort. Das Geheimnis, das sie erwartete, war ungleich größer. »Da muss ... noch etwas sein.«

»Und was, bitte?«, Anja verzog die Lippen. »Vielleicht ein abgestürztes UFO?«

»Und wenn es so wäre?« Er wusste, dass es nicht so war. Aber sie mussten einfach alle Möglichkeiten durchdiskutieren, auch wenn sie noch so abwegig erschienen.

»Quatsch!«, sagte Anja.

»Auch nicht mehr als ein Meteor, der Menschen magische Kräfte verleiht«, erwiderte Ines. Sie betonte das Wort »magisch« so übermäßig, dass Vandermeer überrascht die Stirn runzelte. Er hatte bisher angenommen, dass Ines seinen unheimlichen Fähigkeiten viel aufgeschlossener gegenüberstand. Aber vielleicht war es nur so, dass ihre Schwester ihren Zweifeln deutlichen Ausdruck verlieh.

»Dieses wilde Herumraten hat einfach keinen Sinn«, sagte er. »Wir müssen Wassili irgendwie zwingen uns die Wahrheit zu sagen.«

»Wassili und die Wahrheit?« Anja lachte. »Ich kann mir nicht helfen, aber irgendwie passen diese beiden Worte nicht zusammen.«

»Vielleicht ... vielleicht geschieht ja etwas, dass ihn *zwingt* die Wahrheit zu sagen«, sagte Ines zögernd. Sie sah Vandermeer bei diesen Worten fast hoffnungsvoll an, doch er konnte nur den Kopf schütteln.

»Ich kann es nicht bewusst steuern«, sagte er.

»Hast du es denn überhaupt schon versucht?«, fragte Anja.

»Ja«, antwortete Vandermeer. »Und selbst wenn ich es könnte ... ich würde es wahrscheinlich nicht tun.«

»Weil du immer schon einmal nach Sibirien wolltest.«

»Weil ich nicht weiß, was passieren würde«, antwortete Vandermeer mit großem Ernst. »Denkt an gestern Nacht. Und an vorhin.«

»Aber das war doch nicht deine Schuld!«, protestierte Anja.

Das stimmte nicht. Wassili hatte es gesagt und so furchtbar der Gedanke ihm auch erschien, der Stachel saß zu tief in seinem Fleisch, um ihn herauszuziehen: Es war ein Quäntchen Wahrheit in seinen Worten gewesen. Michail hatte die Waffe benutzt und später den Wagen gefahren. Und trotzdem war es fast, als hätte *er* all diese Leute getötet. Nichts von all diesem Schrecklichen wäre geschehen, wenn Khemal nicht am Abend zuvor auf ihrem Schiff aufgetaucht wäre. Und Khemal wäre nicht gekommen, hätte er nicht *gewollt*, dass er erschien. Noch ein Punkt, in dem Wassili die Wahrheit gesagt hatte: Man sollte sehr vorsichtig sein mit dem, was man sich wünschte. Es konnte sein, dass man es bekam.

»Es ist sowieso zu spät«, fügte er hinzu. »Die Frist ist fast vorbei. Wir steigen bald auf ein anderes Schiff um.« Er hob rasch beide Hände. »Fragt mich nicht, warum und auf welches. Ich habe nicht die geringste Ahnung.«

Die Tür wurde geöffnet und Michail steckte sein verunstaltetes Gesicht herein. »Wassili will euch sehen«, sagte er.

»Aber wir ihn nicht«, sagte Anja patzig, beeilte sich aber trotzdem aufzustehen und um den Tisch herumzugehen, bevor Michail hereinkommen und seiner Forderung Nachdruck verleihen konnte.

Sie verließen die Kabine und gingen durch einen schmalen Mittelgang zur Kommandobrücke hinauf. Wassili war allein in dem mit Elektronik vollgestopften Raum. Das Deckenlicht war ausgeschaltet, aber es gab zahllose Instrumentenbeleuchtungen, Bildschirme und beleuchtete Skalen, sodass es trotzdem fast taghell hier drinnen war. Wassili stand über ein Radargerät gebeugt. Das grüne Licht bestrahlte sein Gesicht von unten und verlieh ihm etwas Dämonisches. Außerdem ließ es ihn um mindestens zehn Jahre älter aussehen, als er wirklich war. Als sie hereinkamen, fuhr er auf dem Absatz herum, deutete anklagend auf den Radarschirm und fragte: »Haben Sie etwas damit zu tun?«

Vandermeer begriff nicht einmal, was er meinte, wenigstens nicht, bis er mit drei raschen Schritten an Wassilis Seite war und einen Blick auf den Radarschirm warf. Der kreisende Lichtstrahl brach sich an gleich zwei winzigen leuchtenden Punkten. Einer war noch relativ weit am Rande des Schirms und schien sich nicht zu bewegen. Der andere war der Mitte bereits viel näher und er bewegte sich schnell.

»Wir bekommen Besuch?«, fragte er.

»Ich frage Sie noch einmal: Haben Sie etwas damit zu tun?«, fragte Wassili scharf. »Wenn ja, dann …«

»Nein«, unterbrach ihn Vandermeer. »Ich habe nichts damit zu tun.«

Wassilis Blick wurde bohrend und Vandermeer fügte hinzu: »Sie haben Recht, wissen Sie? Es hat schon zu viele Tote gegeben.«

»Dann haben wir ein Problem«, sagte Wassili düster. Er überlegte eine Sekunde, dann sagte er ein paar Worte zu Michail. Der KGB-Killer verließ wortlos die Brücke.
»Was ist denn los?«, fragte Anja.
Wassili deutete auf den Radarschirm, dann auf das Funkgerät.
»Wir kriegen Gesellschaft. Sie versuchen schon die ganze Zeit uns anzufunken.«
»Die Türken?«
»Vermutlich«, sagte Wassili. Er deutete auf den äußeren Punkt auf dem Leuchtschirm. »Darum mache ich mir keine Sorgen«, sagte er. »Wahrscheinlich ein Schnellboot der Küstenwache. Wir könnten ihm vermutlich trotzdem davonfahren. Aber das andere muss ein Flugzeug sein. Vielleicht ein Hubschrauber. Er ist in spätestens zwei Minuten hier. Ich verstehe nicht, wie sie uns so schnell finden konnten.«
»Vielleicht sind sie doch nicht so dumm, wie Sie gehofft haben«, sagte Anja.
Wassili machte ein zorniges Geräusch. Sein Humor hielt sich im Moment ganz offenbar in ziemlich engen Grenzen.
»Wahrscheinlich haben wir doch ein bisschen zu viel Porzellan zerschlagen, als wir aufgebrochen sind«, sagte Vandermeer rasch. »Was wollen Sie tun?«
»Ich habe keine Ahnung«, gestand Wassili. »Es kommt darauf an, was *sie* tun.«
»Sind wir noch in türkischen Hoheitsgewässern?«, fragte Ines.
Wassili lachte. »Ich glaube nicht, dass sie darauf Rücksicht nehmen«, sagte er. »Ich an ihrer Stelle täte es nicht.«
Er starrte den näher kommenden Leuchtpunkt auf dem Radarschirm an, dann hob er den Blick und sah nach Süden. Vandermeer sah in dieselbe Richtung. Der Himmel war wolkenlos und sehr klar. Einer der zahllosen Sterne hinter ihnen leuchtete besonders hell und schien sich zu bewegen.
»Kommen Sie«, sagte Wassili. Ohne auf ihre Reaktion zu warten, verließ er die Brücke und eilte die kurze Treppe zum Deck hinunter.

11

Als sie ins Freie hinaustraten, war der Stern heller geworden und er bewegte sich jetzt eindeutig auf sie zu.

»Ein Helikopter«, sagte Wassili.

Vandermeer betete insgeheim, dass er Recht hatte. Nach allem, was in Istanbul geschehen war, wäre er kein bisschen überrascht gewesen, wenn das türkische Militär gleich ein Kampfflugzeug hinter ihnen her geschickt hätte, um sie auf den Grund des Meeres zu bomben.

Hastig verscheuchte er den Gedanken. Er sollte wirklich allmählich anfangen darauf zu achten, was er sich wünschte.

Das Licht am Himmel wuchs immer rascher heran und dann hörten sie auch das typische schwere »Flapp-Flapp-Flapp« eines Helikopters. Eines sehr großen Helikopters, der kaum zehn Meter über der Wasseroberfläche heranjagte, in geringem Abstand an der Jacht vorbeischoss und dann mit einem gewagten Manöver abbremste. Gleichzeitig drehte er auf der Stelle, begann um weitere zehn oder zwölf Meter zu steigen und passte seine Geschwindigkeit rückwärts fliegend dem Tempo der Jacht an. Der Pilot musste ein wahrer Artist sein. Wahrscheinlich war er mit dem Fahrer des Streifenwagens verwandt, der sie verfolgt hatte.

Wassili blinzelte und hob schützend die Hand über die Augen, als sich der starke Scheinwerfer des Hubschraubers unmittelbar auf ihn richtete. Eine Sekunde später brüllte eine verzerrte Lautsprecherstimme vom Himmel zu ihnen herab; zuerst auf Türkisch, danach und ohne Pause in schlechtem Englisch:

»*Stop! Stop your engines, or we open fire!*«

Es war keine leere Drohung. Der Helikopter sackte mit einem Ruck drei oder vier Meter durch. Vandermeer duckte sich instinktiv. Er wusste nicht, was schlimmer war: der künstliche Orkan der Rotoren, der sie fast von den Füßen riss, oder der Höllenlärm, der wie eine akustische Flutwelle über sie hereinbrach und seinen Schädel zum Platzen zu bringen schien. Unter dem Bug des Hubschraubers blitzte es auf. Die großen Panoramascheiben der Brücke über ihren Köpfen platzten in einem Scherbenregen auseinander, im Inneren des Raumes stoben Funken und grelle Kurzschlüsse auf. Anja und Ines schrien ebenso gellend wie Vandermeer, aber der infernalische Lärm des Hubschraubers verschluckte jeden anderen Laut. Auch Vandermeer brüllte irgendetwas, das niemand hörte, gleichzeitig riss er die Arme in die Höhe und winkte dem Hubschrauber hektisch zu.

Die Bordkanone des Helikopters feuerte nicht weiter, aber in der offenen Seitentür erschienen zwei Männer, die mit Maschinenpistolen auf sie zielten.

»Hört auf!«, brüllte Wassili. »Stellt das Feuer ein! Wir drehen bei, aber das geht nicht, wenn ihr jeden erschießt, der die Brücke betritt!«

Es war schlichtweg unmöglich, dass die Männer oben im Hubschrauber seine Worte verstanden, aber vielleicht war der Pilot ja von sich aus auf denselben Gedanken gekommen. Die Maschine stieg wieder ein kleines Stück in die Höhe und entfernte sich zugleich ein wenig; aber nicht, um ihnen Vertrauen zu signalisieren, sondern wohl eher, um den beiden Männern in ihrer Tür ein besseres Schussfeld zu gewähren. Der Lärm nahm ein wenig ab. Er bewegte sich noch immer dicht unterhalb der Schmerzgrenze, machte aber zumindest nicht mehr jede Verständigung unmöglich.

»*Passt auf!*«, brüllte Wassili. »*Geht in Deckung!*«

Vandermeer vermutete natürlich, dass er sie vor dem Hubschrauber warnen wollte. Sie hatten keine Garantie, dass die Besatzung nicht kurzerhand das Feuer eröffnete und die Jacht in Stücke schoss. Das kompromisslose Vorgehen der Hubschrauberbesatzung schockierte Vandermeer, aber es gab ihm auch Anlass zu der Frage, wie breit die Spur der Zerstörung *wirklich* sein mochte, die sie bei ihrer Flucht hinterlassen hatten. Die Männer dort oben mussten vor Wut halb von Sinnen sein.

Erst als er sich herumdrehte und sich Michail gegenüber sah, erkannte er seinen Irrtum.

Michail stand gebeugt im Kajütenaufgang, sodass er den Hubschrauber sehen konnte, selbst aber durch Wassili und den Schatten der Aufbauten geschützt war. Er hatte ein mehr als anderthalb Meter langes, armdickes Rohr auf der Schulter aufgelegt und visierte durch eine seitlich daran angebrachte Nachtsichtoptik den Hubschrauber an.

»*Jetzt!*«, brüllte Wassili und ließ sich zur Seite fallen. Im selben Moment riss Michail den Abzug des Raketenwerfers durch. Das Geschoss raste in stumpfem Winkel auf den Hubschrauber zu, durchschlug die Kanzel und explodierte im Cockpit.

Es war ein bizarrer, durch und durch surrealer Anblick. Für den Bruchteil einer Sekunde schien der gesamte Hubschrauber wie unter einem inneren, kalten Feuer zu erglühen; dann blähte er sich auf wie ein Ballon, der in Bruchteilen von Sekunden fast auf das Doppelte seiner ursprünglichen Größe anwuchs, ehe er sich schließlich in einen brüllenden Feuerball verwandelte, der Hitze, Flammen und glühende Trümmerstücke in weitem Umkreis in das Meer schleuderte.

Die Druckwelle riss jedermann an Deck von den Füßen. Trümmer und brennender Treibstoff prasselten auf das Schiff herab und setzten einen Teil der Decksplanken in Brand. Das Wrack des Helikopters stürzte zwanzig Meter entfernt ins Meer und ließ eine gewaltige Wassersäule aufspritzen. Als sie auf dem Schiff aufschlug, riss sie Vandermeer und alle anderen ein zweites Mal von den Füßen.

Er wurde einfach davongespült. Vandermeer schnappte verzweifelt nach Luft, schluckte aber nur einen Mund voll eiskaltes, salzig schmeckendes Meerwasser, während er hilflos über das Deck schlitterte. Blindlings griff er um sich, bekam irgendetwas zu fassen und klammerte sich mit aller Kraft fest. Er bekam immer noch keine Luft. Seine Lungen schrien nach Sauerstoff. Die Flut spülte Trümmerstücke über ihn hinweg, die mit der Wucht von Faustschlägen auf seinen Rücken und seine Beine einhämmerten. Noch ein paar Augenblicke und er würde den Druck einfach nicht mehr aushalten und tödliches Meerwasser atmen.

Gerade als er glaubte, es wäre so weit, war das Wasser über ihn hinweg und er konnte atmen. Vandermeer richtete sich mit einem Ruck auf, rang keuchend nach Luft und versuchte gleichzeitig irgendetwas zu erkennen. Die Jacht schaukelte noch immer wie ein Korken wild auf den Wellen und eine Sekunde lang war er vollkommen sicher, dass er der Einzige war, den die Flutwelle nicht vom Schiff heruntergerissen hatte. Aber dann richteten sich auch Anja und Ines ganz in seiner Nähe keuchend und qualvoll würgend wieder auf und nur einen Augenblick später erhob sich auch Wassili, nur einen Schritt entfernt. Michail war von der Flutwelle in den Kajütenabgang hineingespült worden und die Treppe hinabgestürzt, das hatte er aus den Augenwinkeln gesehen. Vielleicht hatten sie ja Glück und er hatte sich den Hals gebrochen.

Trotz allem hatten die Wassermassen die Flammen nicht

gelöscht. Ein Teil des Hecks brannte und auch hinter den zerschossenen Scheiben der Brücke flackerte rotes Licht.

»Wir verlieren Tempo!«, keuchte Wassili. »Auf die Brücke!«

Auf einer tieferen, fast hysterischen Ebene seines Bewusstseins fragte sich Vandermeer, warum zum Teufel er auch nur *in Erwägung* zog dem Russen zu gehorchen, statt zu ihm zu gehen und ihn mit einem Tritt endgültig über Bord zu befördern oder ihm kurzerhand den Schädel einzuschlagen.

Aber er tat nichts dergleichen. Stattdessen sah er sich selbst – und auch Ines und Anja! – beinahe fassungslos dabei zu, wie er aufsprang und mit halb ausgebreiteten Armen über das schwankende Deck in die Richtung balancierte, in die Wassili deutete. Vielleicht war es so, dass Menschen in Extremsituationen einfach auf jemanden warteten, der ihnen sagte, was sie tun sollten, vielleicht war es auch schlicht und einfach der Wunsch, in die vermeintliche Sicherheit des Schiffes zu kommen.

Während er dicht hinter Wassili die Treppe hinaufpolterte, schrie er: »Sie sind wahnsinnig, Wassili! Warum haben Sie das getan? Jetzt werden sie ein Kampfflugzeug schicken und uns bombardieren!«

»Nicht, wenn ich es verhindern kann«, knurrte Wassili. »Helfen Sie mir!«

Sie erreichten die Brücke – oder das, was davon übrig geblieben war. Das Feuer beschränkte sich auf einen kleinen Bereich neben der Tür, aber die MPi-Salve hatte weitaus mehr Schaden angerichtet, als Vandermeer geglaubt hatte. Die meisten Instrumente und Computer waren tot, nur noch qualmende Trümmerhaufen, die allenfalls noch Schrottwert besaßen. Wassili begann ungehemmt in seiner Muttersprache zu fluchen, als er ans Radargerät trat und sah, dass der Leuchtschirm erloschen war. Auch die Steuerkonsole bestand nur noch aus totem Metall und Glas. Wassili versetzte ihr einen Faustschlag und fuhr mit einer zornigen Bewegung herum.

»Hoffentlich sind wir wenigstens noch auf dem richtigen Kurs«, murmelte er.

»Auf welchem Kurs?«

»Zu unserem Treffpunkt«, antwortete Wassili. »Verdammt, wir machen kaum noch Fahrt!«

»Falls Sie es noch nicht gemerkt haben«, sagte Anja von der Tür her, »wir haben noch ein Problem. Das Schiff brennt.«

Wassili sah nur flüchtig aus dem Fenster und winkte ab. »Keine Sorge«, sagte er. »Wenn wir den Treffpunkt verpassen, werden wir nicht mehr lange genug leben, um uns darüber Sorgen machen zu müssen.« Er starrte einen Moment ins Leere, dann wandte er sich direkt an Anja. »Gehen Sie unter Deck und holen Sie Haiko«, sagte er. »Er ist in der Kapitänskajüte, ganz am Ende des Ganges. Und Ihre Schwester soll sich um Gwynneth kümmern.«

Anja wollte widersprechen, aber Wassili schnitt ihr das Wort ab. »*Jetzt!*«

Wahrscheinlich war sie es einfach ihrem Stolz schuldig, ihn noch eine Sekunde lang anzufunkeln, aber dann drehte sie sich um und verschwand mit schnellen Schritten. Ines folgte ihr. Wassili trat wieder an den Radarschirm und blickte auf das geborstene Glas hinab. In seinem Gesicht arbeitete es, aber er sagte kein Wort.

»Wie lange noch?«, fragte Vandermeer leise.

Wassili hob die Schultern. »Wenn sie ihr Tempo beibehalten … zehn Minuten. Oder weniger. Ich weiß nicht, ob der Hubschrauber noch Gelegenheit hatte, um Hilfe zu funken. Ich glaube es nicht, aber … man kann nie wissen.«

»Es ist ein Schiff der Küstenwache, nicht?«, fragte Vandermeer.

Wassili zuckte erneut mit den Schultern. »Vermutlich.«

»Und ebenso vermutlich bewaffnet«, fügte Vandermeer hinzu. »Verdammt nochmal, was haben Sie sich nur dabei gedacht? Mussten Sie unbedingt einen Krieg anfangen?«

»Wenn Sie es genau wissen wollen, ja«, antwortete Wassili. »Aber ich schlage vor, wir warten zehn Minuten ab. Sollten wir dann noch am Leben sein, können Sie mir Vorwürfe machen, so viele und so lange Sie wollen.«

»Sind es die Steine?«, fragte Vandermeer.

Wassili sah ihn verständnislos an.

»Es sind die Steine, nicht wahr?«, fuhr Vandermeer fort. »Das ist es, was Sie in der Tunguska gefunden haben. Sie wirken wie ein Katalysator. Sie verstärken die Kräfte der … *Begabten*.«

»Eine interessante Theorie«, sagte Wassili.

Vandermeer wurde zornig. »Das ist jetzt nicht der Moment für Ihre Ich-weiß-etwas-das-du-nicht-weißt-Spielchen! Geben Sie mir so ein verdammtes Ding und erklären Sie mir, wie es funktioniert! Vielleicht kann ich etwas tun!«

»Eine wirklich interessante Theorie«, sagte Wassili noch einmal. »Aber so funktioniert es nicht. Ich wollte, es wäre so einfach.« Er ging zum Funkgerät, schaltete es ein, wieder aus und noch einmal ein und schüttelte resignierend den Kopf. »Kleine Ursache, große Wirkung«, sagte er. »Das war ein Blattschuss, wie er im Buche steht. Der Pilot wäre stolz darauf – wenn er es noch sehen könnte, heißt das.«

»Anja hat Recht, wissen Sie?«, sagte Vandermeer tonlos. »Sie *sind* ein Monster.«

»Falsch«, verbesserte ihn Wassili. »*Sie* hatten Recht, Hendrick. Ich führe tatsächlich einen Krieg. Seit mehr als vierzig Jahren. Und ich fürchte, ich bin dabei ihn zu verlieren.«

Vandermeer sah ihn sehr aufmerksam an, aber er hütete sich irgendetwas zu sagen. Wassilis Stimme war leiser geworden und was immer er in diesem Moment auch sah, es war nicht das, worauf sein Blick gerichtet war. Zum allerersten Mal, dachte Vandermeer, war er sehr nahe daran, endlich die *ganze* Geschichte zu erfahren, Wassilis wirkliches Geheimnis, das trotz allem noch immer unter einem Wust von Andeutungen, Rätseln und bewussten Irreführungen verborgen war.

Aber der Moment verging, ohne dass Wassili weitersprach, und als er aufsah, war der sonderbare Ausdruck aus seinen Augen verschwunden.

Plötzlich entdeckte Vandermeer einen winzigen Lichtpunkt draußen auf dem Meer. Wie gerade bei dem Helikopter war er im ersten Moment nicht sicher, ob es vielleicht nicht nur die Spiegelung eines Sternes auf der Wasseroberfläche war, aber auch dieser Lichtpunkt wuchs schnell heran und er zielte zu genau auf sie, als dass es wirklich ein Zufall sein konnte. Vandermeer sagte nichts, aber sein Blick verriet ihn. Nach zwei oder drei Sekunden drehte sich Wassili herum und sah konzentriert in dieselbe Richtung. Dann ging er zu einem Wandschrank, nahm einen Feldstecher heraus und setzte ihn an. Im nächsten Moment fuhr er heftig zusammen. »Verdammt!«

»Was ist?«, fragte Vandermeer besorgt. »Ein Schnellboot?« Es musste ein Schnellboot sein, so rasch, wie es näher kam. Wassili schüttelte jedoch den Kopf und reichte ihm das Glas. Vandermeer setzte es ungeschickt an.

Im ersten Moment hatte er Mühe, den auf und ab hüpfenden Stern auf dem Horizont wiederzufinden. Aber als es ihm gelang, konnte er Wassilis Ausruf nur zu gut verstehen. Auch er hatte plötzlich das Gefühl eine eisige Hand zu spüren, die sich nach seinem Herzen ausstreckte.

Es war kein Schnellboot. Was er – und wohl auch Wassili – für ein Patrouillenboot der türkischen Küstenwache gehalten hatte, das war ein ausgewachsener Zerstörer, fünfzig Meter lang, erschreckend schnell, mit drei mächtigen Zwillingsgeschützen, Raketen- und Torpedowerfern und wahrscheinlich mit einer unbekannten Anzahl weiterer Waffen ausgerüstet. Er hielt mit voller Fahrt auf sie zu. Vandermeer schätzte, dass er in spätestens einer Minute in Schussweite sein würde.

Langsam reichte er Wassili den Feldstecher zurück. Der Russe nahm ihn entgegen, setzte ihn aber nicht an, sondern blickte weiter mit steinernem Gesicht in die Richtung, aus der sich der flackernde Lichtpunkt näherte.

»Wir ... wir könnten uns ergeben«, sagte Vandermeer stockend.

Wassili nickte. »Wenn wir ein Funkgerät hätten, könnten wir das«, sagte er. »Aber ich bezweifle, dass das etwas ändern würde. Sie kommen nicht, um Gefangene zu machen.«

»Vielleicht ... vielleicht wissen sie ja nicht, was passiert ist«, sagte Vandermeer fast verzweifelt. »Es ist viel zu schnell gegangen. Der Pilot hatte gar keine Zeit mehr SOS zu funken.«

»Wahrscheinlich nicht«, bestätigte Wassili. »Nur, dass sie garantiert die Explosion gesehen haben. Und den Rest weden sie sich zusammenreimen können. Wir ...«

Ein dumpfer doppelter Knall wehte über das Meer zu ihnen heran. Einen Augenblick später hörten sie ein rasend schnell näher kommendes Heulen und keine fünfhundert Meter entfernt stiegen zwei gewaltige Wassersäulen aus dem Meer.

»Raus hier!«, befahl Wassili.

Der ersten Salve folgte keine zweite. Vielleicht war es tatsächlich nur ein Warnschuss gewesen, wahrscheinlicher aber war, dass der Kapitän einfach ein Stück näher heran wollte, um einen sicheren Schuss anzubringen. In diesem Punkt hatte Wassili Recht: Auch Vandermeer *wusste* einfach, dass das Schiff nicht gekommen war, um Gefangene zu machen.

»Haben wir ein Rettungsboot?«, fragte er, während er hinter Wassili die Treppe hinunterpolterte.

»Ja«, antwortete Wassili. »Aber es reicht nicht für alle.« Außerdem würde es nichts nützen, fügte Vandermeer in Gedanken hinzu. In einem winzigen Motorboot standen ihre Chancen eher noch schlechter, dem türkischen Zerstörer zu entkommen.

Das Deck war voller Menschen, als sie aus der Tür stolperten; Wassilis Matrosen, aber auch Michail (ohne Raketenwerfer) und Anja, die Haiko unsanft hinter sich herzerrte. Vandermeer sah sich wild um, vermisste Ines und Gwynneth und sah sie praktisch im selben Moment hinter sich aus der Tür stolpern. Mit zwei hastigen Schritten war er bei ihnen, ergriff Gwynneth am Arm und deutete mit der freien Hand über das Meer. Aus dem Lichtpunkt war ein Umriss geworden, der rasch heranwuchs.

»Ein türkisches Kriegsschiff!«, keuchte er. »Sie feuern! Können Sie etwas tun?«

Gwynneth starrte ihn an. Sie sagte nichts, aber auch Ines und Wassili blickten Vandermeer verwirrt an und erst in diesem Moment wurde ihm überhaupt klar, was er gerade gesagt hatte.

Wassili lächelte. »Es ist eine schmale Grenze zwischen der Angst, Unschuldige zu verletzen, und dem Wunsch, selbst am Leben zu bleiben, nicht wahr?«

Der Zerstörer feuerte erneut. Auch diese Salve verfehlte die Jacht, doch diesmal lagen die Einschläge so nahe, dass sich das Schiff spürbar auf die Seite legte und sie alle erneut von einem Wasserschwall durchnässt wurden.

»Winken!«, schrie Anja. Sie riss ihr Kopftuch herunter und schwenkte es mit hektischen Bewegungen hoch über den Kopf. »Winkt mit irgendetwas! Vielleicht sehen sie es!«

Zwei oder drei Matrosen begannen tatsächlich weiße Tücher oder auch einfach nur Stoff-Fetzen zu schwenken, einige auch vollkommen sinnlos zu schreien.

Die Antwort bestand aus einer weiteren Salve der Schiffsgeschütze.

Vandermeer wusste, dass sie treffen würden, noch bevor es geschah.

Kaum einen Meter hinter dem Heck barst eine gewaltige Wassersäule aus dem Meer und praktisch im selben Sekundenbruchteil flog die Brücke mitsamt einem Großteil der Heckaufbauten in einer brodelnden Feuerwolke auseinander.

Der Lärm war unvorstellbar. Vandermeer wurde von der Druckwelle von den Füßen gerissen und über das Deck geschleudert, aber er konnte an nichts anderes denken als daran, die Hände gegen die Ohren zu schlagen und vor Schmerz zu brüllen.

Irgendetwas bohrte sich in seine Wunde und er spürte, wie Flammen über seinen Rücken strichen und ihn versengten. Hilflos schlitterte er weiter, prallte mit grausamer Wucht gegen ein Hindernis und kam immer noch nicht zur Ruhe. Eine brennende Gestalt taumelte an ihm vorüber, kippte schreiend und mit wild rudernden Armen ins Leere und stürzte ins Wasser und er fühlte, wie sich das ganze Schiff unter ihnen hob und dann mit vernichtender Wucht ins Wasser zurückfiel.

Vandermeer richtete sich benommen auf Hände und Knie auf. Sein Bein schmerzte und seine Ohren klingelten und dröhnten noch immer so laut, dass er kaum etwas anderes hörte. Blut lief über sein Gesicht. Mit klopfendem Herzen sah er sich nach Anja und Ines um. Beide richteten sich im selben Augenblick ebenfalls auf, benommen, aber anscheinend unverletzt. Zu seiner Erleichterung entdeckte er auch Gwynneth, nur ein paar Schritte entfernt. Sie hockte auf den Knien und hielt sich den Kopf, aber als er zu ihr kroch und die Hand ausstreckte, wehrte sie ab.

»In Ordnung«, sagte sie. »Mir ist nichts passiert. Nur ein Kratzer.«

Wie es schien, hatten sie – die meisten jedenfalls – noch einmal Glück gehabt. Rings um ihn herum richteten sich die Männer unsicher wieder auf. Nur ein Einziger machte sich noch die Mühe, dem herannahenden Kriegsschiff zuzuwinken.

Beinahe zu Vandermeers Überraschung feuerten die Schiffsgeschütze nicht mehr – aber das war auch im Grunde nicht mehr nötig. Das hintere Drittel der Jacht stand in hellen Flammen und das Schiff hatte schon deutlich Schlagseite. Sie hatten ihnen bereits den Fangschuss verpasst. Die Jacht sank.

Trotzdem verringerte der Zerstörer seine Geschwindigkeit nicht, sondern pflügte weiter mit vollem Tempo heran. »Sie werden uns rammen!«, murmelte Vandermeer. »Großer Gott, sie … sie werden uns einfach in zwei Teile schneiden. Gwynneth! Bitte!«

Vielleicht war es der verzweifelte Ton seiner Stimme, der Gwynneth schließlich doch reagieren ließ. Sie sah auf, starrte dem herannahenden Kriegsschiff entgegen und für einen kurzen Moment glaubte Vandermeer tatsächlich noch einmal dieses unheimliche, kalte Feuer tief am Grunde ihrer Augen aufglühen zu sehen. Irgendetwas … bildete sich. Erwachte und gewann an Kraft.

Und erlosch. Die Anspannung wich schlagartig aus Gwynneth' Gestalt. Ihre Schultern sanken nach vorne und sie schloss mit einem Seufzer, der sich fast wie ein kleiner Schrei anhörte, die Augen. »Nein«, flüsterte sie. »Nicht noch einmal. Es ist schon einmal zu oft geschehen.«

Wollen Sie lieber sterben? wollte Vandermeer fragen – nein: sie *anbrüllen*. Sie und wir alle dazu?!

Aber er sagte nichts. Er kannte die Antwort. Stattdessen sagte er leise: »Dann beantworten Sie mir eine Frage, Gwynneth, ehe es vorbei ist. Warum haben Sie uns verraten? Womit erpresst er Sie?«

Gwynneth öffnete die Augen und sah dem herannahenden Kriegsschiff entgegen. Vandermeer schätzte, dass ihnen noch zwei Minuten blieben. Vielleicht weniger. »Ich habe ein Kind«, sagte sie. »Einen Sohn. Er ist drei Jahre alt.«

»Wassili?«, fragte Vandermeer leise.

»Er wird ihn töten, wenn ich nicht tue, was er von mir verlangt. Er lässt ihn auf jeden Fall umbringen, selbst wenn ich ihn vorher töte.«

Und das war vielleicht das Schrecklichste, dachte Vandermeer. Denn es bedeutete, dass alles, was Gwynneth getan hatte, umsonst gewesen war. Im selben Moment, in dem das Schiff heran war und sie alle und damit auch Wassili starben, war auch das Schicksal ihres Sohnes besiegelt.

Das Schiff zitterte stärker. Von seinem brennenden Heck fielen Trümmerstücke ins Wasser und versanken und das Deck neigte sich mehr und mehr. Selbst wenn der Zerstörer sie nicht rammte oder mit seinen Bordwaffen in Stücke schoss, würde es in wenigen Augenblicken einfach auseinander brechen.

Er sah auf und blickte zu Ines und Anja hinüber. Die beiden jungen Frauen saßen eng umschlungen nur ein kleines Stück von ihm entfernt und starrten den Zerstörer an und Vandermeer fragte sich, ob sie in diesen letzten Augenblicken vielleicht Trost in der Gemeinsamkeit fanden, unter der Ines zeit ihres Lebens so sehr gelitten hatte. Er hoffte, dass es so war.

Das Schiff jagte weiter heran. An seinem Bug flammte ein starker Scheinwerfer auf, dessen Strahl wie eine suchende Hand über das Wasser tastete, die brennende Jacht traf und ihr Deck in gleißende Helligkeit tauchte. Der messerscharfe Bug des Zerstörers war allerhöchstens noch einen Kilometer entfernt. Weniger als eine Minute. Vandermeer fragte sich, ob es schnell gehen würde. Vielleicht ein kurzer Schlag und dann das große Vergessen. Vielleicht aber auch ein Sturz ins eisige Wasser und dann ein endloser Todeskampf.

Die Jacht zitterte immer heftiger, wie ein tödlich verwundetes Tier, das das nahende Ende spürte und sich noch einmal mit aller Kraft gegen das Unvermeidliche stemmte. Plötzlich begann das Wasser unmittelbar neben ihnen zu brodeln und dann stieg ein kolossaler, ungeheuer großer Schatten aus den Fluten empor. Eine Sturzflut eisigen Salzwassers ergoss sich von seinen Flanken herab und überspülte das Deck und die Jacht wurde von einer neuerlichen, noch heftigeren Erschütterung getroffen und einfach zur Seite gedrückt.

Vandermeer klammerte sich instinktiv an der Reling fest, während der Schatten neben ihnen immer weiter in die Höhe wuchs, ein Leviathan, der vom Grunde des Meeres emporgestiegen war und die Jacht und selbst den Zerstörer zu einem lächerlichen Nichts degradierte. Ein winziger Teil von ihm begriff vielleicht, was geschehen war, aber der weitaus größere war zu nichts anderem fähig, als das schwarze kolossale Gebilde anzustarren, das neben ihnen aus der schäumenden Meeresoberfläche brach und sich wie ein Berg aus Stahl schützend zwischen die Jacht und den Zerstörer legte. Zum ersten Mal im Leben begriff er *wirklich*, warum man den Ausstieg eines U-Bootes *Turm* nannte. Es *war* ein Turm, zehn, vielleicht fünfzehn Meter hoch und so massig wie ein Haus. Die Stabilisierungsflossen an seinem oberen Ende waren groß genug, um einem kleinen Flugzeug als Tragflächen zu dienen.

»*Schnell!*«, brüllte Wassili. »*An Deck!*« Er sprang hoch, rannte mit weit ausgebreiteten Armen über das schwankende Deck und versuchte tatsächlich mit einem Satz auf das Unterseeboot zu gelangen. Natürlich schaffte er es nicht. Er sprang zu kurz, fiel ins Wasser und tauchte unter, kam aber schon eine Sekunde später wieder an die Oberfläche. Irgendwie gelang es ihm sich am Rumpf des U-Bootes fest zu klammern, sodass er mit aus dem Wasser gezogen wurde, als es weiter auftauchte. Gleichzeitig trieb die Druckwelle die brennende Jacht weiter vom U-Boot weg, sodass an einen Sprung hinüber nicht mehr zu denken war.

Vandermeer hätte ihn sowieso nicht riskiert. Er verspürte wenig Lust, dasselbe Risiko wie Wassili einzugehen und möglicherweise zwischen der Jacht und dem U-Boot zerquetscht zu werden. Außerdem war die Gefahr keineswegs vorüber. Vielleicht waren sie im Moment hier sogar sicherer als drüben bei Wassili. Der Zerstörer stampfte noch immer mit unverminderter Geschwindigkeit heran. Sein Steuermann versuchte zwar den Kurs zu ändern, aber das Schiff war keine Motorjacht, die praktisch auf der Stelle drehen konnte. Der Kapitän des Unterseebootes war ein unvorstellbares Risiko eingegangen, sein eigenes Schiff als Schutzschild für sie zu benutzen. Wenn der Zerstörer das U-Boot rammte, würden beide Schiffe untergehen.

Auf dem Deck des U-Bootes flog eine Klappe auf und Männer stürmten ins Freie. Zwei oder drei von ihnen eilten zu Wassili, um ihn aus dem Wasser zu ziehen, die anderen begannen Seile und Rettungsrings zu der Jacht herüberzuwerfen, verfehlten sie aber ausnahmslos.

Der Zerstörer war fast heran. Das U-Boot war mittlerweile weit genug aufgetaucht, um ihn zum größten Teil vor Vandermeers Blicken zu verbergen; er sah nur noch den hoch aufragenden Bug, einen Teil der Deckaufbauten und die Geschütztürme sowie eine Anzahl dunkler Gestalten, die in panischer Hast davonrannten, um dem bevorstehenden Anprall zu entgehen. Das Schiff zielte jetzt nicht mehr genau auf das U-Boot. Sein Bug schwenkte immer rascher herum, aber er schien gleichzeitig auch immer rascher näher zu kommen und die pure Angst steigerte seine Dimensionen scheinbar ins Gigantische, ließ ihn zu einem Berg aus Stahl werden, der mit der Geschwindigkeit eines D-Zuges herandonnerte.

Und das Unfassbare geschah. Der Zerstörer rammte das Unterseeboot nicht, aber er glitt so dicht an ihm vorbei, dass Vandermeer sich einbildete, das Kreischen von Metall zu hören. Seine Bugwelle überspülte das Deck des U-Bootes und riss ein paar Männer von den Füßen und die Erschütterung pflanzte sich noch weiter fort, traf die Jacht und ließ sie noch weiter vom Tauchboot wegtreiben. Von ihrem Heck lösten sich weitere Trümmer und fielen ins Meer und plötzlich spürte Vandermeer ein dumpfes, lang anhaltendes Zittern, das auch nicht nachließ, sondern im Gegenteil immer stärker und stärker wurde.

Dann zerbrach das Schiff. Es hatte nichts Majestätisches oder Dramatisches an sich. Die Jacht brach einfach mit einem Knall wie ein trockener Ast, den jemand über das Knie geschlagen hatte, in zwei Teile. Vandermeer wurde in die Höhe gerissen, verlor den Halt an der Reling und flog in hohem Bogen ins Wasser.

Der Aufprall war grausam hart und obwohl er bereits bis auf die Haut durchnässt war, traf ihn die Kälte des Meeres wie ein Schock. Er sank zwei, drei Meter tief, ehe es ihm auch nur gelang, den schlimmsten Schreck zu überwinden und unbeholfen mit Armen und Beinen zu rudern, und selbst dann sank er noch ein kleines Stück weiter. Das Salzwasser brannte entsetzlich in seinen Augen, seine Lungen schienen unter dem Druck explodieren zu wollen, weil er es versäumt hatte Atem zu holen, während er durch die Luft gewirbelt worden war, und die Kälte schien auch noch das letzte bisschen Kraft aus seinen Gliedern zu saugen. Rings um ihn herum versanken brennende Trümmerstücke im Meer.

Vandermeer war der Bewusstlosigkeit nahe, als er endlich wieder an die Wasseroberfläche kam. Keuchend atmete er ein, ging sofort wieder unter und arbeitete sich mit verzweifelten Schwimmbewegungen erneut an die Oberfläche. Diesmal schaffte er es etwas mehr Luft zu schnappen, aber er spürte auch, dass seine Kräfte immer mehr erlahmten. Er würde sich in dem aufgewühlten, eisigen Wasser nur noch Sekunden halten können.

Irgendetwas trieb auf ihn zu und Vandermeer klammerte sich blindlings daran fest. Rings um ihn herum schien das Wasser zu kochen. Er hörte Lärm und gellende Schreie und durch seine geschlossenen Lider drang flackernder roter Feuerschein, aber er war für mindestens zwei oder drei Minuten zu nichts anderem fähig, als sich mit seinem letzten bisschen Kraft an das Trümmerstück zu klammern und keuchend ein- und auszuatmen.

Als es ihm endlich wieder gelang die Augen zu öffnen, stellte er fest, dass er mindestens hundert Meter von dem U-Boot weg getrieben worden war und sich rasch weiter davon entfernte. Er war nicht allein. Das Meer rings um ihn herum war voller Trümmer, von denen viele brannten, und er sah auch ein paar Gestalten, die sich wie er an Wrackteile klammerten oder verzweifelt die Arme in die Luft schwenkten. Ines, Anja und Gwynneth konnte er nirgendwo entdecken.

Seit seinem Sturz ins Wasser musste mehr Zeit vergangen sein, als er gespürt hatte. Das, oder die Besatzung des Unterseebootes hatte unvorstellbar schnell reagiert. Vom Turm des U-Bootes aus strich ein starker Scheinwerferstrahl über das Wasser und suchte nach Überlebenden und die Männer hatten bereits zwei Schlauchboote zu Wasser gelassen und waren gerade dabei, ein drittes fertig zu machen.

Aber auch der Zerstörer kam bereits von neuem näher. Er war jetzt wieder weiter entfernt, ungefähr am Scheitelpunkt der Bahn, auf den ihn sein verzweifeltes Ausweichmanöver gebracht hatte, doch der türkische Kapitän schien noch immer entschlossen, seinen Auftrag auszuführen und die Besatzung der Jacht zur Strecke zu bringen. Der Scheinwerfer an seinem Bug war wieder aufgeflammt, tastete mit hektischen Bewegungen über das Wasser und ergriff Kopf und Schultern einer Gestalt, die darauf trieb.

Ein Maschinengewehr hämmerte los. Eine schnurgerade Kette hoch aufspritzender Explosionen raste auf den schwimmenden Matrosen zu, traf ihn mit unglaublicher Präzision und riss ihn regelrecht in Stücke, ehe sie abbrach. Sekunden später wanderte der Scheinwerferstrahl weiter und suchte nach einem neuen Opfer.

Bevor er es fand, begann eine Lautsprecherstimme etwas vom Turm des U-Bootes herabzubrüllen, zuerst auf Russisch, unmittelbar darauf auf Türkisch. Vandermeer sah, wie sich dicht unter der Turmspitze eine Luke öffnete, in der der Lauf einer Waffe erschien.

Die Antwort erfolgte prompt. Der Scheinwerferstrahl schwenkte mit einem Ruck herum, erfasste eines der Schlauchboote und wieder begann das MG zu feuern. Die Geschoss-Salve steppte durch das Wasser auf das Schlauchboot zu und brach ab, allerhöchstens eine Sekunde, bevor sie es erreicht hätte.

Die Bedeutung dieser Botschaft war klar. Der Kommandant des Zerstörers hatte nicht vor seine Opfer entkommen zu lassen, ebenso wenig wie er sich durch das U-Boot einschüchtern ließ. Es war ein gewagtes Spiel, aber eines mit guter Aussicht auf Erfolg. Allein seine Größe ließ Vandermeer ziemlich sicher sein, dass es sich bei dem Unterseeboot um eines jener russischen Kriegsschiffe handelte, deren Zerstörungskraft auch bei ihren westlichen Gegenspielern gefürchtet war. Aber die Karten in dieser Partie waren ungleich verteilt. Getaucht war das U-Boot wahrscheinlich in der Lage, es mit einer ganzen Flotte von Kriegsschiffen aufzunehmen, aber in seinem jetzigen Zustand war es verwundbar und praktisch waffenlos.

Wenigstens glaubte Vandermeer das.

Eine Sekunde verging, dann noch eine – und dann öffneten sich die Tore der Hölle, um den türkischen Zerstörer zu verschlingen.

Dicht unter der Turmspitze des U-Bootes loderte ein roter, wabernder Lichtschein, der sich plötzlich zu einem grell leuchtenden Faden bündelte und die Distanz zu dem Zerstörer übersprang. Er traf mit unvorstellbarer Präzision den Geschützturm, verwandelte ihn schon mit der ersten flüchtigen Berührung in einen glühenden Trümmerhaufen und glitt weiter. Ein schrilles, quälend *lautes* Geräusch erklang, vollkommen anders und misstönender als die Geräusche von Laserschüssen, wie sie Vandermeer aus dem Kino kannte. Es erinnerte mehr an das Kreischen einer Trennscheibe, die durch Metall schnitt.

Nur, dass die Wirkung tausendmal schlimmer war.

Der Laserstrahl wanderte schnell und mit computergesteuerter Gnadenlosigkeit über das Deck des Zerstörers. Das rote Licht ließ Metall verdampfen und schnitt durch handstarke Panzerplatten wie ein rot glühendes Messer durch Kerzenwachs. Es war kein permanenter Strahl, wie Vandermeer jetzt erkannte, sondern eine rasend schnelle Folge gebündelter Lichtimpulse. Der Zerstörer wurde regelrecht seziert. Der Laser zerschmolz alle drei Geschütztürme, kappte die Funk- und Radarantennen und trennte die beiden Raketenlaffetten von Bug und Heck des Schiffes, ehe er weiter wanderte, die Brücke traf und schließlich – wie ein Skalpell, das von der Hand eines geschickten Chirurgen geführt wurde, der ganz genau wusste, wo er zu schneiden hatte – über die Flanke des Schiffes nach unten wanderte. Im Inneren des Zerstörers erfolgten mehrere dumpfe Explosionen. Die Brücke hatte sich in einen Flammen speienden Vulkan verwandelt und dort, wo die Waffen des Schiffes gewesen waren, hatte der Stahl zu kochen begonnen und brannte ebenfalls.

Das rote Licht setzte sein Vernichtungswerk unbeirrt fort und es ging unglaublich schnell. Der Zerstörer wurde regelrecht in der Mitte durchgeschnitten. Wie die viel kleinere Jacht zuvor zerbrach er in zwei Teile, deren kleinerer auf der Stelle sank, während der andere sich mit einer gemächlichen Bewegung auf die Seite legte, ehe er von einer mächtigen Explosion zerrissen wurde.

Obwohl das Unterseeboot annähernd ein halbes Dutzend Schlauchboote ausgesetzt hatte, um die Schiffbrüchigen aus dem Wasser zu fischen, vergingen noch gute zwanzig Minuten, bis

Vandermeer, frierend und in eine Decke gehüllt, an Bord gebracht wurde. Über ihm schloss sich die Turmluke und das Boot nahm bereits Fahrt auf, noch bevor er die Leiter ganz hinuntergeklettert war und Wassili wiedersah. Seine erste Frage galt Ines und ihrer Schwester, die sich jedoch ebenso wie er selbst, Gwynneth, Haiko und Michail wohlbehalten an Bord befanden. Aber er war nicht einmal mehr wirklich überrascht zu erfahren, dass außer ihnen niemand die Katastrophe überlebt hatte.

Viertes Buch
CHARON

1

Vier Tage später und annähernd zweitausend Kilometer weiter nordöstlich fand sich Vandermeer auf der ungepolsterten Sitzbank eines russischen Militärhubschraubers wieder, rieb sich die Augen und fragte sich, wie zum Teufel er in diesen komischen Traum geraten war und – viel wichtiger – was er tun musste, um daraus *aufzuwachen*.

Er fühlte sich miserabel. Jeder einzelne Muskel in seinem Körper schmerzte und in seinem Mund war der grässlichste Geschmack, den er sich nur vorstellen konnte. Hinter seiner Stirn lastete ein dumpfer Druck, der einfach nicht weggehen wollte, und seine Glieder waren schwer wie Blei. Seine Benommenheit war von jener schwer in Worte zu fassenden klebrigen Art, wie sie sich einstellt, wenn man zu lange und in zu unbequemer Haltung geschlafen hat.

Genau das war der Fall. Er hatte sich in dem Unterseeboot in eine winzige Kabine zurückgezogen, um zu schlafen, und war erst vor einigen Stunden wieder wach geworden – soweit man den Zustand, in dem er sich befand, als *wach* bezeichnen konnte. Er hatte die zurückliegenden vier Tage nicht in vollkommener Besinnungslosigkeit verbracht: In seinem Kopf waren Erinnerungen, Bilder, Gesprächsfetzen, größtenteils Geräusche. Es gelang ihm nur nicht, sie in die richtige Reihenfolge zu bringen und ihnen die Bedeutung zuzumessen, die sie haben mochten oder auch nicht. Er vermutete, dass Wassili ihn genau wie das erste Mal unter Drogen gesetzt hatte, um ihn ruhig zu stellen. Aber entweder sein Körper begann sich an das Zeug zu gewöhnen oder Wassili hatte gepfuscht. Statt in tiefer Bewusstlosigkeit hatte er die Reise in einem dumpfen Dämmerzustand verbracht, in dem er letztendlich mehr wahrgenommen hatte, als ihm selbst jetzt schon bewusst war. Alle Erinnerungen waren da. Wenn es ihm nur gelang sie richtig zu sortieren, konnte er wahrscheinlich einen nahezu lückenlosen Bericht der Reise hierher abgeben.

Nur hätte er natürlich nichts davon.

Das U-Boot war Tage unterwegs gewesen und er erinnerte sich vage, danach längere Zeit in einem winzigen, fensterlosen Raum zugebracht zu haben, der nicht besonders gut roch; einem Raum mit Wänden aus Holz und einem Boden, der nicht ununterbrochen unter ihm zitterte und schwankte. Danach war es mit verschiedenen Beförderungsmitteln weitergegangen: zuerst mit einem Wagen, dann endlose, ratternde Stunden lang auf Schienen, dann wieder mit dem Auto und schließlich, seit ungefähr zwei Stunden, wie er schätzte, mit diesem Hubschrauber. Etwa zu dem Zeitpunkt, als er in in die Maschine gesetzt worden war, hatte der betäubende Nebel begonnen seine Gedanken freizugeben. Was nicht hieß, dass er *wach* geworden wäre. Es war die gleiche absurde Situation wie nach seinem ersten Erwachen an Bord des Schiffes: Er hatte tagelang geschlafen und war so müde, dass er alle Mühe hatte, auch nur die Augen offen zu halten. Schlaf war eben nicht gleich Schlaf.

Der Helikopter schwankte leicht, als er in eine Windbö geriet und der Pilot den Kurs korrigierte. Vandermeer hob müde den Kopf, fuhr sich mit den Fingerspitzen beider Hände über die Augen und sah aus dem Fenster. Viel gab es allerdings nicht zu sehen. Der Hubschrauber flog in geringer Höhe über eine eintönige, zum größten Teil aus Wäldern und schneebedeckten Ebenen bestehenden Landschaft, in der nur selten eine Straße und noch seltener eine Ortschaft oder auch nur ein einzeln stehendes Gehöft oder Haus auftauchten. Es war heller Tag, aber die Sonne war hinter einer geschlossenen Wolkendecke verschwunden, aus der beständig Schnee rieselte.

Die Tür zur Pilotenkanzel wurde geöffnet und eine breitschultrige Gestalt trat gebückt hindurch – Michail. Vandermeer erkannte ihn erst nach einer Sekunde. Sein Arm hing nicht mehr in einer Schlinge und er trug eine schwere Pelzjacke, die seine Gestalt noch massiger erscheinen ließ, als sie ohnehin war. Hinter ihm kam Wassili herein. Er war auf die gleiche Weise gekleidet wie Michail und trug eine weitere gleichartige Jacke über dem linken Arm. Während Michail schweigend auf der Bank gegenüber Platz nahm, trat Wassili auf Vandermeer zu und hielt ihm die Jacke hin. Vandermeer hob fragend den Blick. Es war warm in der Kabine. Fast schon zu warm.

»Ziehen Sie das an«, sagte Wassili.

»Ist das ein Befehl?«, fragte Vandermeer.

»Ein guter Rat«, erwiderte Wassili. Er klang ein bisschen ungeduldig. »Wir haben unser Reiseziel fast erreicht. Es ist ziemlich kalt draußen.«

»Und wo ist dieses ... Draußen?«, fragte Vandermeer. Er rührte sich nicht.

»Dort wo wir hingehen«, erwiderte Wassili. Er machte eine auffordernde Geste mit der Jacke. »Ziehen Sie das an und ich zeige es Ihnen.«

Vandermeer resignierte. Er war noch nicht wach genug, um sich mit Wassili zu streiten – und außerdem sah die Landschaft, die unter ihnen vorbeizog, wirklich *kalt* aus. Er stand auf, griff nach der Pelzjacke und begann ungeschickt hineinzuschlüpfen. Seine Bewegungen waren fahrig. Er hatte Mühe seine Arme zu koordinieren. Wassili trat hastig einen Schritt zurück, um sich nicht aus Versehen eine Ohrfeige einzufangen.

»Entschuldigung.«

Wassili winkte ab. »Das vergeht schnell. Eine harmlose Nebenwirkung des Beruhigungsmittels.«

»Ja«, maulte Vandermeer. »Das dachte ich mir schon. Lassen Sie mich raten: Sie haben mich unter Drogen gesetzt, damit mir die Reise nicht zu lang wird.«

»Eher um vor weiteren unangenehmen Überraschungen sicher zu sein«, antwortete Wassili. »An Bord eines getauchten Unterseebootes werde ich immer leicht nervös. Ich wollte nicht das Risiko eingehen, dass wir auf Moby Dick treffen oder plötzlich von einer Riesenkrake attackiert werden.«

»Oder von einem außerirdischen Raumschiff«, fügte Vandermeer hinzu. Er sah Wassili bei diesen Worten aufmerksam an, aber der Russe lächelte nur flüchtig.

»Kommen Sie, Herr Vandermeer«, sagte er. »Ich glaube, Sie haben eine Menge Fragen an mich. Vielleicht kann ich einige davon beantworten.«

»Wie wäre es mit der ...«

»… nach Ihren beiden entzückenden Freundinnen?«, unterbrach ihn Wassili. »Keine Sorge. Sie sind unversehrt. Sie erwarten uns bereits.«

»Haben wir den langsameren Helikopter erwischt?«, fragte Vandermeer.

»Haiko und die Damen wurden auf einem anderen Weg hergebracht«, antwortete Wassili. Er sah mit sichtlicher Ungeduld zu, wie sich Vandermeer weiter mit der Jacke abmühte.

»Wieso?«, fragte Vandermeer. »Brauchten Sie Zeit, um irgendetwas mit mir anzustellen?«

Der Russe verzog das Gesicht. Irgendwo auf dem Weg von Istanbul hierher musste ihm wohl sein Humor verloren gegangen sein. »Um das ein für allemal klarzustellen: Ich *habe* nichts mit Ihnen angestellt und werde auch in Zukunft nichts mit Ihnen anstellen. Ich war leider gezwungen einen kleinen Umweg zu machen und hielt es für besser, Sie in meiner Nähe zu wissen.«

»Bewusstlos.«

»Harmlos«, verbesserte ihn Wassili. »Sie sind gefährlich, Herr Vandermeer. Sie wissen es selbst nicht, aber gerade das macht Sie so gefährlich.«

»Ist es klug mir das zu sagen?«, fragte Vandermeer. Er hatte es endlich geschafft in die Jacke zu schlüpfen und spürte ein Gefühl tiefer Befriedigung.

»Aus diesem Grund habe ich auch gewisse Vorkehrungen getroffen«, fuhr Wassili unbeirrt fort.

Vandermeer hob die Hand an den Mund und tastete mit den Fingerspitzen über seine Lippen. »Ein künstlicher Zahn mit einer Sprengladung, die Sie ferngesteuert zünden können?«

»Ich sehe, Sie wachen allmählich auf«, sagte Wassili. »Nein, ich habe eine etwas … subtilere Möglichkeit gefunden, mich Ihrer Loyalität zu versichern. Sie haben nach den beiden Schwestern gefragt, Herr Vandermeer. Sie befinden sich bereits am Zielpunkt unserer Reise, aber Sie werden nur eine von beiden wiedersehen. Die andere wird Michail Gesellschaft leisten. Sie haben mein Ehrenwort, dass er ihr kein Leid zufügen wird, solange Sie sich kooperativ verhalten.«

»Und wenn nicht, tötet er sie«, vermutete Vandermeer.

»Keineswegs«, antwortete Wassili. »Aber sie wird sich wünschen, er täte es.« Wassili sah ihn noch einen Moment lang durchdringend an, um seinen Worten das gehörige Gewicht zu verleihen, dann erschien wie hingezaubert wieder ein Lächeln auf seinen Zügen. »So, nachdem wir die Abteilung Drohungen und Beleidigungen hinter uns haben, können wir uns vielleicht wieder etwas erfreulicheren Dingen zuwenden. Ich denke, ich habe eine gute Nachricht für Sie.«

»Sie haben Krebs«, vermutete Vandermeer. »Im Endstadium?«

Wassili seufzte, zog es aber vor, nicht darauf zu antworten. »Kommen Sie mit«, sagte er einfach.

Vandermeer folgte ihm durch die schmale Tür in die Pilotenkanzel des Hubschraubers. Sie erwies sich als überraschend groß, aber selbst ein großes Cockpit ist immer noch vergleichsweise *klein*; Wassili und er hatten Mühe, aufrecht hinter den beiden Piloten zu stehen. Die Kanzel war rundum verglast, sodass sie einen freien Blick in drei Richtungen hatten. Die monotone Taiga-Landschaft unter ihnen hatte sich nicht verändert, aber in einiger Entfernung war eine niedrige Hügelkette aufgetaucht, auf die der Helikopter in gerader Linie zuhielt. Dahinter war das stahlblaue Glitzern eines zugefrorenen Flusses zu erkennen.

»Hier?«, fragte Vandermeer.

Wassili nickte nur. Er schwieg, während der Hubschrauber allmählich an Höhe verlor und die Hügelkette näher kam. Als sie die überflogen hatten, kam auf der anderen Seite eine Ansammlung vollkommen unterschiedlicher Gebäude zum Vorschein, die sich in eine lang gezogene Biegung des Flussufers schmiegten. Einige waren alt und in keinem besonders guten Zustand, einfache, mit Holzschindeln oder grauen Ziegeln gedeckte Blockhütten, die nicht nur aussahen, als stammten sie noch aus dem vergangenen Jahrhundert, sondern Vandermeer auch so typisch für diese Landschaft erschienen, als wären sie von einer Reiseagentur eigens für diesen Zweck entworfen.

Der andere, weitaus größere Teil der Gebäude stellte das genaue Gegenteil dar. Bei den meisten handelte es sich um halbrunde, aus Fertigteilen errichtete Metallhallen, aber Vandermeer sah auch eine Anzahl niedriger Baracken und ein großes, kuppelförmiges Gebäude, über das sich ein kompliziertes Antennengewirr erhob. Ganz am Ende der offenbar in aller Hast aus dem Boden gestampften Stadt lag eine riesige sechseckige Halle mit gewaltigen Toren. Dahinter parkten mindestens ein Dutzend Militärlaster, zwei oder drei Räumer und weiteres schweres Gerät, das Vandermeer nicht genau identifizieren konnte, und nicht weit davon entfernt standen gleich drei Hubschrauber; zwei kleine Chopper und einer der riesigen, durch zahllose amerikanische Actionfilme berühmt gewordenen sowjetischen Kampfhubschrauber, die aussahen, als könnten sie vor lauter zusätzlich angebrachten Waffensystemen und -trägern kaum noch fliegen.

Vandermeer warf einen raschen Blick durch die Kanzel nach hinten und stellte fest, dass sie sich in einer gleichartigen Maschine befanden. »Was ist das?«, fragte er.

»Der Ort, an dem alles begonnen hat«, antwortete Wassili. »Wanawara. Früher einmal war es eine kleine Handelsstation, wo sich die wenigen Einheimischen mit Vorräten eindecken konnten oder ihre Felle und das Rentierfleisch gegen andere Waren eintauschten. Kaum dreißig oder vierzig Einwohner. Sie hätten schon eine sehr gute Karte gebraucht, um diesen Ort zu finden.«

»Heute wird man ihn wahrscheinlich auf *gar keiner* Karte mehr finden«, vermutete Vandermeer.

Wassili nickte anerkennend. Bevor er weitersprach, gab er dem Piloten ein Zeichen. Die Maschine verlor an Höhe und Geschwindigkeit und steuerte den Landeplatz der drei anderen Hubschrauber an. Als sie tiefer herunterkamen, sah Vandermeer, dass das gesamte riesige Areal von einem doppelten Maschendrahtzaun umgeben war.

»Heute ist dies die zentrale Kommandostelle des Projekts CHARON«, sagte Wassili.

»Was für ein geschmackvoller Name.«

Wassili lächelte. »Er stammt nicht von mir«, sagte er. »Einer meiner Vorgänger hat ihn gewählt. Ich frage mich, was er wohl sagen würde, wenn er wüsste, wie zutreffend er vielleicht ist.«

Vandermeer machte sich nicht die Mühe, über diese Antwort nachzudenken. Er deutete mit einer Kopfbewegung auf die riesige sechseckige Halle. Je näher sie ihr kamen, desto größer schien sie zu werden. »Ist es da drin?«, fragte er.

Wassili sah ihn vollkommen verständnislos an. »Was?«

»Das Raumschiff«, antwortete Vandermeer.

»Welches ... Raumschiff?«, erwiderte Wassili verwirrt. Er war wirklich ein ausgezeichneter Schauspieler.

»Das UFO. Die fliegende Untertasse oder wie immer Sie das nennen wollen, was Sie hier gefunden haben.«

»Oh«, sagte Wassili. »Ich verstehe. Aber Sie täuschen sich. So einfach ist es nicht, fürchte ich.«
»Hören Sie auf!«, sagte Vandermeer. »Und versuchen Sie nicht mich für dumm zu verkaufen.«
»Aber es handelt sich nicht um ein ...«, begann Wassili.
Vandermeer unterbrach ihn: »Vermutet habe ich so etwas die ganze Zeit über. Was vor neunzig Jahren hier abgestürzt ist, war nichts anderes als ein Raumschiff von einem anderen Planeten. Und Sie haben es gefunden und ausgegraben.«
»Finden Sie nicht selbst, dass das ein bisschen phantastisch klingt?«, fragte Wassili.
»Ungefähr so phantastisch wie ein Unterseeboot mit einem Lasergeschütz, das ein ausgewachsenes Kriegsschiff verdampfen lassen kann, nicht wahr?«, sagte Vandermeer grimmig. »Ich hätte Ihnen vielleicht noch geglaubt, wenn ich Ihr kleines Spielzeug nicht mit eigenen Augen gesehen hätte.«
Eine Sekunde lang sah Wassili regelrecht verblüfft aus, dann lachte er. »Jetzt verstehe ich«, sagte er. Irgendwie, fand Vandermeer, klang er auf unpassende Weise erleichtert. »Sie glauben, wir hätten so etwas wie ein Raumschiff vom Mars gefunden und nun nichts Besseres zu tun, als es nach irgendwelchen überlegenen Waffentechnologien zu durchsuchen. Ich muss Sie enttäuschen. Was Sie fälschlicherweise als Lasergeschütz bezeichnen, ist ganz und gar auf diesem Planeten entwickelt worden. Übrigens schon vor annähernd zehn Jahren.«
»Sie lügen!«, behauptete Vandermeer. »Vor zehn Jahren? Wenn die Rote Armee über solche Waffen verfügt hätte ...«
»... hätte sie die Welt erobert?« Wassili schüttelte lächelnd den Kopf. »Leider verfügt die Gegenseite über ganz ähnliche Geräte. Ich fürchte sogar, dass die Waffentechnologie Ihrer amerikanischen Freunde der unseren auf diesem Gebiet weit voraus ist. Um ehrlich zu sein, haben *sie* sie entwickelt.«
»Und Sie haben sie kopiert.«
»Nicht wir«, antwortete Wassili fröhlich. »Die Japaner. Wir haben sie von ihnen gekauft.«
Das klang so abwegig, dass es einfach wahr sein musste, dachte Vandermeer. Trotzdem gab er noch nicht auf. »Was ist dann in dieser Halle?«, fragte er.
»Nichts, was Sie nicht sehen dürften«, antwortete Wassili, »auch wenn es Sie vielleicht überraschen wird. Ich werde Ihnen

alles zeigen, Herr Vandermeer. Aber nun lassen Sie uns erst einmal aussteigen, damit ich Ihnen Ihr Quartier zeigen kann. Ich bin müde von der langen Reise und ein wenig hungrig. Später zeige ich Ihnen die gesamte Anlage, wenn Sie das wünschen.«

»Alles bis auf das, was ich nicht sehen darf«, vermutete Vandermeer.

»Es gibt auf diesem Gelände keine verschlossenen Türen für Sie«, sagte Wassili. »Keine Geheimnisse mehr.«

Der Helikopter setzte ein Stück abseits der anderen Maschinen zur Landung an. Trotz seiner Größe setzte er sanft wie die sprichwörtliche Feder auf, aber der Sturmwind der Rotoren peitschte den Schnee in weitem Umkreis hoch, sodass Vandermeer kaum etwas von ihrer Umgebung erkennen konnte, als sie ausstiegen.

Eine Woge eisiger Kälte schlug ihm entgegen. Die Rotoren über ihren Köpfen liefen mit einem sirrenden Geräusch nach, das jeden anderen Laut verschluckte. Vandermeer zog die Jacke enger um die Schultern. Plötzlich fror er.

Ein Scheinwerferpaar tauchte aus dem Schneegestöber auf und wurde zu einem offenen Jeep, der direkt auf sie zuhielt. Wassili hob die Hand und brachte den Wagen mit einer Geste zum Stehen. »Kommen Sie. Wir haben geheizte Zimmer und heißen Kaffee.«

Vandermeer ließ sich nicht zweimal bitten. Es war unglaublich kalt und die eisige Luft half ihm kein bisschen, einen klaren Kopf zu bekommen, sondern schien sein Denken ganz im Gegenteil eher zu lähmen. Frierend kletterte er hinter Wassili in den Wagen und nahm auf dem eiskalten Plastiksitz Platz. Michail kletterte als Letzter in den Wagen und sie fuhren los.

Der Hubschrauberlandeplatz und die Maschine, mit der sie gekommen waren, gerieten hinter ihnen außer Sicht, als sie um die riesige Halle bogen und Kurs auf die Fertigteil-Baracken nahmen, die sie von oben gesehen hatten. Der gewaltige Bau kam Vandermeer jetzt noch größer vor als aus der Luft betrachtet und er fragte sich erneut, welches Geheimnis er verbergen mochte. Er hatte mindestens die Größe eines Flugzeughangars. Vandermeer trauerte noch immer seiner UFO-Theorie nach. Alles hätte so wunderbar gepasst. Natürlich bestand noch die Möglichkeit, dass Wassili gelogen hatte – aber warum sollte er das tun? Wenn er ihm eine Frage nicht beantworten wollte, musste er es nicht. Er hatte keinen Grund bei einer Lüge Zuflucht zu suchen.

Während sie sich den Baracken näherten, sah sich Vandermeer neugierig um. Die Anlage war riesig, wirkte aber wie ausgestorben. Er sah nur eine Hand voll dick vermummter Gestalten, die sich hastig durch den Schneefall bewegten.

»Wer hat das alles hier gebaut?«, fragte er. »Das Militär?«

Wassili verneinte. Aus irgendeinem Grund schien ihn die Vorstellung zu amüsieren. »Der Geheimdienst«, antwortete er. »Der Grundstein wurde noch zu Zeiten des letzten Zaren gelegt. Später hat dann der KGB das Projekt übernommen und weitergeführt, aber was Sie hier sehen, ist erst in den letzten drei oder vier Jahren entstanden. Seit wir es übernommen haben«, fügte er mit hörbarem Stolz hinzu.

»Der KGB?«

»Warum nicht?« Wassili hob die Schultern. »Niemand bezweifelt heute mehr ernsthaft, dass es so etwas wie außersinnliche Wahrnehmungen und Psi-Kräfte gibt. Das russische Militär hatte immer ein offenes Ohr für neue Ideen, ebenso wie der KGB. Und die westliche Konkurrenz selbstverständlich auch.«

»Hatten Sie Erfolg?«

»Sie wären erstaunt«, bestätigte Wassili. »Aber wie gesagt: Alles, was Sie hier sehen, ist erst in den letzten Jahren entstanden.«

Sie hatten ihr Ziel erreicht. Der Wagen hielt vor einer lang gestreckten, gelb gestrichenen Baracke und sie stiegen aus. Nach der beißenden Kälte draußen kam Vandermeer die Luft im Inneren des Gebäudes stickig und total überheizt vor; trotzdem atmete er hörbar auf, als Michail die Tür hinter ihnen schloss und das Heulen des Windes aussperrte. Er wollte seine Jacke ausziehen, aber Wassili winkte ab und deutete nach vorne. Vandermeer zuckte mit den Achseln und folgte ihm.

Das Innere der Baracke bot einen ernüchternden Anblick. Vandermeer wusste selbst nicht, was er erwartet hatte, auf keinen Fall aber etwas wie eine deprimierende Krankenhaus-Atmosphäre. Die Wände bestanden aus billigen Kunststoff-Fertigteilen. Hier und da hing ein lieblos gerahmter Kunstdruck an der Wand und neben jeder Tür war ein Schildchen in kyrillischen und lateinischen Buchstaben angebracht. Vandermeer warf im Vorbeigehen einen Blick auf einige dieser Schildchen, ohne sie jedoch entziffern zu können.

Wassili führte ihn zu einem Raum ganz am Ende des langen

Flures, öffnete die Tür und machte eine einladende Geste. Als Vandermeer an ihm vorbeitrat, erlebte er eine Überraschung. Das Zimmer war größer, als er erwartet hatte, und überraschend behaglich eingerichtet. Und es war nicht leer. Ines saß vor einem eingeschalteten Fernseher an der gegenüberliegenden Wand und sah überrascht auf, als sie eintraten. Dann erkannte sie Vandermeer und aus der Überraschung auf ihren Zügen wurde unübersehbare Freude.

»Hendrick!« Sie sprang auf, war mit zwei schnellen Schritten bei ihm und fiel ihm so stürmisch um den Hals, dass er einen Moment lang um sein Gleichgewicht kämpfen musste. »Gott sei Dank, du bist hier. Ich dachte schon, dir wäre etwas passiert!«

»Wie rührend«, sagte Wassili spöttisch. »Ich glaube, ich sollte mich zurückziehen, um das junge Glück nicht länger zu stören.«

Vandermeer machte sich mühsam aus Ines' stürmischer Umarmung frei. »He, he!«, sagte er. »Nicht so schnell! Sie haben mir versprochen ...«

»... Ihnen Rede und Antwort zu stehen, ich weiß.« Wassili hob abwehrend die Hände. »Aber gestehen Sie einem alten Mann eine kleine Verschnaufpause zu. Ich möchte mich lediglich umziehen und ein wenig frisch machen. Und Sie haben sicher eine Menge zu besprechen. Ich schlage vor, wir treffen uns in einer Stunde in der Kantine und essen eine Kleinigkeit zusammen. Dort werden sie auch einige der anderen ... Projektteilnehmer kennen lernen.« Er streckte die Hand nach dem Türgriff aus, zögerte aber noch einmal und deutete auf den Wandschrank. »Dort sind frische Kleider für Sie. Suchen Sie sich etwas Warmes heraus. Wir werden nach dem Essen einen kleinen Ausflug unternehmen.«

Er ging, ehe Vandermeer eine weitere Frage stellen konnte. Vandermeer starrte die hinter ihm geschlossene Tür noch eine Sekunde lang an, ehe er sich wieder zu Ines herumdrehte.

»Wie geht es dir?«, fragte er.

»Gut«, antwortete Ines. »Außer dass ich mich fast zu Tode gelangweilt habe. Sie haben Anja weg gebracht.«

»Ich weiß«, sagte Vandermeer. »Wassili hat es mir gesagt.« Er verschwieg absichtlich, was Wassili ihm noch über Anja erzählt hatte und besonders über das, was sie erwartete, wenn er nicht *kooperativ* war. Stattdessen fügte er in bewusst aufmunterndem Ton hinzu: »Aber keine Angst. Es geht ihr gut. Wie lange bist du schon hier?«

»Seit zwei Tagen«, antwortete Ines. »Sie haben uns mit einem Hubschrauber direkt hierher gebracht. Mit ein paar Zwischenlandungen, aber sehr schnell. Wo bist du die ganze Zeit über gewesen?«

»Wassili wollte nicht auf meine Gesellschaft verzichten«, antwortete Vandermeer. Er ging zum Schrank, öffnete ihn und zog überrascht die Augenbrauen hoch, als er sah, dass er gut genug gefüllt war, um ihn für einen ganzen Monat mit Kleidung zu versorgen. Dann fiel ihm noch etwas auf, das ihn noch mehr überraschte. Der Schrank enthielt nicht nur Kleidung in seiner Größe (wenn auch nicht nach seinem Geschmack), sondern auch eine Anzahl von Blusen und Röcken. Überrascht wandte er sich um und ließ seinen Blick durch den Raum schweifen.

»Sag mal – wessen Zimmer ist das hier?«, fragte er.

Ines hob die Schultern. »Ich habe mich auch schon über die Klamotten gewundert«, sagte sie. »Bisher war es mein Zimmer. Ich schätze, jetzt ist es unseres.« Sie lachte. »Hast du ein Problem damit?«

»Nein«, antwortete Vandermeer hastig. »Ich bin nur ... überrascht, das ist alles. Wassili als Kuppler ... schwer vorstellbar.«

»He, jetzt bild dir nichts ein!«, sagte Ines. »Es gibt hier zwar nur ein Bett, aber soviel ich weiß, schläft ein Gentleman in einem solchen Fall traditionsgemäß in der Badewanne.«

»Wann habe ich je behauptet ein Gentleman zu sein?«, erkundigte sich Vandermeer. Er trat wieder an den Schrank, begann sich aus seiner Jacke zu schälen und suchte – Wassilis Rat befolgend – warme Kleidung heraus. Während er sich umzog, berichtete er Ines mit knappen Worten, wie es ihm in den vergangenen vier Tagen ergangen war.

»Er scheint einen Höllenrespekt vor dir zu haben«, sagte Ines, als er mit seinem kurzen Bericht fertig war.

»Und ich weiß nicht einmal, warum«, fügte Vandermeer hinzu. Er lachte leise. »Weißt du, ich bin nicht einmal sicher, ob ich ihn aufhalten würde, selbst wenn ich es könnte. Ich glaube, ich bin mittlerweile viel zu neugierig zu erfahren, was sich hier wirklich abspielt.«

»Das ist nicht dein Ernst!«, protestierte Ines.

Vandermeer drehte sich zu ihr herum. Nach einem Moment, der gerade eine Winzigkeit zu lang war, um die Glaubwürdigkeit der Bewegung nicht zu untergraben, schüttelte er den Kopf und sagte: »Nein. Natürlich nicht.«

Aber ganz sicher war er nicht einmal selbst. Spätestens seit ihrer Flucht aus Istanbul hatte diese Geschichte eine vollkommen neue Dimension angenommen. Sie hatten es nicht mehr nur mit zwei verrückten alten Männern und einem ausgemusterten KGB-Schläger zu tun, sondern mit etwas ungleich Größerem, und im gleichen Maße war auch seine Ahnung der Größe dieses Geheimnisses angewachsen, dem sie sich näherten.

Ines' Misstrauen war noch nicht besänftigt. »Du ... du glaubst ihm doch nicht wirklich?«, fragte sie. »Ich meine: Du fällst doch nicht etwa auf dieses dumme Gerede vom Schicksal der ganzen Welt und dem großen kosmischen Geheimnis und all diesem Blödsinn herein?«

»Natürlich nicht«, sagte Vandermeer, diesmal weit schneller. Dann fügte er hinzu: »Und wenn er Recht hat?«

Er hob rasch die Hand, als Ines protestieren wollte, und fuhr in verändertem Tonfall fort: »Bitte. Ich weiß, was du sagen willst, und ich stimme dir hundertprozentig zu. Wassili ist ein Verbrecher, ein vollkommen gewissenloses Ungeheuer. Vielleicht ist er sogar verrückt. Aber lass uns das Spiel doch einfach einen Moment mitspielen. Was, wenn dort draußen wirklich etwas ist?«

»Und was?«, fragte Ines. Sie wirkte irritiert, aber vielleicht mehr durch seine Worte als durch das, was er ihr damit begreiflich machen wollte.

»Ich habe nicht die geringste Ahnung«, antwortete er wahrheitsgemäß. »Aber ich glaube, dass dort draußen wirklich etwas ist. Etwas sehr Geheimnisvolles. Und vielleicht sehr Mächtiges.«

»Ich verstehe«, sagte Ines. «Und du willst Wassili helfen, es in die Finger zu kriegen.«

»Vielleicht will ich genau das verhindern«, sagte Vandermeer eindringlich.

»Überschätzt du dich da nicht ein bisschen?«, fragte Ines.

»Vielleicht«, gestand er. »Aber wichtiger ist in diesem Zusammenhang wohl eher, dass mich *Wassili* zu überschätzen scheint.« *Und dass das Leben deiner Schwester davon abhängt, dass ich tue, was er von mir verlangt,* fügte er in Gedanken hinzu. Laut sagte er: »Wir haben nichts zu verlieren, wenn wir uns anhören, was er zu sagen hat.«

Ines überlegte einen Moment, dann zuckte sie mit den Achseln.

»Also gut«, sagte sie. »Aber wenn ich herausfinden sollte, dass du ein falsches Spiel treibst, dann übernachtest du tatsächlich in der Badewanne. Mit dem Gesicht fünf Zentimeter unter Wasser.«

Pünktlich nach Ablauf der angekündigten Stunde holte Wassili Ines und ihn ab. Die Baracke wirkte noch immer nahezu ausgestorben, aber das änderte sich radikal, als sie die Kantine betraten. Der Raum war überraschend groß und hell und er war genau so eingerichtet, wie es die von Wassili gewählte Bezeichnung vermuten ließ: Es gab eine lange, ganz aus Chrom und Glas gefertigte Selbstbedienungstheke, hinter der mehr als ein Dutzend weiß gekleideter Männer und Frauen arbeiteten. Mindestens fünfzig rechteckige Kunststofftische boten der etwa vierfachen Anzahl von Menschen Platz; trotzdem war die Kantine nahezu voll. Vandermeer hielt automatisch nach einem bekannten Gesicht Ausschau, konnte aber weder Gwynneth noch Haiko oder gar Anja entdecken.

»Ich hoffe, Sie verzeihen uns den einfachen Standard dieser Anlage«, sagte Wassili. »Aber wir haben hier eine Menge Personal zu versorgen und Sibirien ist immer noch ziemlich weit entfernt von dem, was man die zivilisierte Welt nennt. Wir müssen buchstäblich jedes Blatt Papier mit dem Hubschrauber einfliegen. Sie würden graue Haare bekommen, wenn Sie wüssten, was hier auch nur eine einzige Tasse Kaffee kostet.«

»Ich habe meine Kreditkarte nicht dabei«, sagte Vandermeer erschrocken.

Wassili lachte. »Aber ich bitte Sie! Selbstverständlich können Sie alles abarbeiten. Wir brauchen immer ein paar kräftige Männer zum Schneeschaufeln!«

»Davon stand in meinem Reiseprospekt nichts!«, protestierte Ines.

»Sie könnten auch Küchendienst leisten.« Wassili nahm ein Tablett vom Stapel und griff in den verchromten Behälter mit dem Besteck. »Es gibt unglaublich viel Geschirr zu spülen, wie Sie ja sehen.«

Ines lachte gequält und griff sich ebenfalls ein Tablett. Vandermeer und sie reihten sich hinter Wassili in die langsam vorrückende Schlange vor der Theke ein. Die Essensauswahl war überraschend groß, wenngleich die Speisen sehr einfach waren. Allein der Anblick erinnerte Vandermeer jedoch wieder daran, dass er seit vier Tagen praktisch nichts gegessen hatte. Er griff ziemlich wahllos zu, bis sein Tablett so hoch gefüllt war, dass Ines überrascht die Brauen hob.

Wassili führte sie zu einem der wenigen freien Tische. Sie nahmen Platz und Vandermeers Hunger meldete sich mit solcher Macht, dass er sich in der nächsten Viertelstunde auf nichts anderes als auf sein Essen konzentrieren konnte. Natürlich schaffte er nicht einmal die Hälfte dessen, was er auf sein Tablett geladen hatte. Trotzdem verzog Wassili anerkennend das Gesicht, als Vandermeer endlich Messer und Gabel sinken ließ und sich mit einem zufriedenen Seufzer zurücklehnte.

»Sie haben einen gesegneten Appetit«, sagte er.

»Ich hatte einiges nachzuholen«, antwortete Vandermeer. »Außerdem redet es sich besser mit vollem Magen, finde ich. Und Sie hatten mir eine Erklärung versprochen.«

»Ja. Dafür wird es nun auch wirklich Zeit.« Wassili sah auf die Armbanduhr; nichts Geringeres als eine Rolex, wie Vandermeer erst jetzt auffiel. Für jemanden mit angeblich so hehren Zielen wie den seinen war er weltlichem Luxus ziemlich wenig abgeneigt. »Das Einfachste dürfte wohl sein, wenn ich es Ihnen zeige«, sagte er. »Wie ich sehe, haben Sie sich ja passende Kleidung herausgesucht, wie ich Ihnen geraten habe.«

»Sie haben auch gesagt, wir würden einige andere Mitglieder des Programms treffen«, sagte Vandermeer. »Ich nehme nicht an, dass Sie die Büfettfrauen gemeint haben.«

»Was ist mit Gwynneth?«, fügte Ines hinzu.

»Es geht ihr gut, keine Sorge«, sagte Wassili. »Aber Sie ist im Moment etwas ... verwirrt. Ich halte es nicht für klug, wenn Sie sie jetzt wiedersehen.«

»Ich bin nicht Anja«, sagte Ines. »Ich bin ihr nicht böse.«

»Obwohl sie Sie verraten hat?«

»Sie hatte keine andere Wahl«, antwortete Ines. »Sie hat mir erzählt, womit Sie sie erpressen. Ich hätte nicht anders gehandelt. Ich verstehe nur nicht«, fügte sie nach einer Sekunde und in nachdenklicherem Ton hinzu, »warum sie uns überhaupt erst zur Flucht verholfen hat, nur um uns anschließend wieder an Sie auszuliefern.«

»Das war meine Schuld«, sagte Vandermeer.

»Deine?«

Er nickte, sah aber Wassili an, als er antwortete, nicht Ines. »Sie konnte nicht riskieren, dass ich Khemal die ganze Geschichte verrate oder mich gar an die Öffentlichkeit wende.«

»Also musste sie dafür sorgen, dass Sie alle wieder in *meine* Obhut gelangten«, bestätigte Wassili. »Ich finde, sie hat dieses Problem elegant gelöst.«

Um den Preis von fünf Menschenleben, dachte Vandermeer. Ob Wassili überhaupt ahnte, was er ihr angetan hatte?

Ein einziger Blick in Wassilis Augen beantwortete die Frage. Er wusste es. Und es war ihm vollkommen egal.

»Ich hatte Sie etwas gefragt«, erinnerte Vandermeer.

»Die beiden anderen werden später zu uns stoßen«, sagte Wassili. »Bitte zügeln Sie Ihre Ungeduld nur noch einige Minuten. Wir haben unterwegs Zeit genug zum Reden.« Er hob die Hand. Vandermeer hätte seinen rechten Arm darauf verwettet, dass Michail gerade noch nicht da gewesen war, doch er erschien wie aus dem Nichts unmittelbar hinter Wassili.

»Michail, sei so freundlich und hole Herrn Vandermeers Jacke. Er wird sie brauchen.«

»Und meine«, sagte Ines.

»Nein.« Wassili machte ein bedauerndes Gesicht. »Ich fürchte, Sie können uns nicht begleiten, meine Liebe.«

Ines protestierte. »Aber …«

»Herr Vandermeer kann Ihnen hinterher gerne alles erzählen«, unterbrach Wassili sie. »Ich habe keine Geheimnisse vor Ihnen, verstehen Sie mich nicht falsch. Es ist nur so, dass der Helikopter nur Platz für fünf Personen bietet.«

»Welcher Helikopter?«, fragte Vandermeer alarmiert.

»Der uns zu unserem Ziel bringen wird«, antwortete Wassili. »Hier hat zwar – zumindest indirekt – alles angefangen, aber die Antworten, die Sie haben möchten, sind noch eine gute Flugstunde entfernt. Ein bisschen weit, um zu Fuß dorthin zu gehen.«

Ines protestierte weiter heftig, aber es nützte natürlich nichts. Als Michail ging, um seine Jacke zu holen, nahm er sie kurzerhand mit und Vandermeer versuchte auch nicht ihn davon abzuhalten – trotz schlechten Gewissens und des ungutes Gefühls, dass er die kommende Nacht vielleicht tatsächlich in der Badewanne verbringen würde. Er war mittlerweile einfach zu neugierig auf das, was Wassili ihm zeigen wollte.

Während sie auf Michails Rückkehr warteten, vertrieb er sich die Zeit, indem er die Kantinenbesucher studierte. In dem großen

Raum herrschte ein ständiges Kommen und Gehen, trotzdem nahm die Anzahl der Besucher nicht merklich ab. Das Lager musste wesentlich mehr Bewohner haben, als er angenommen hatte.

»Was sind das alles für Leute?«, fragte er schließlich. Ihm war aufgefallen, dass überraschend viele Männer russische Militäruniformen trugen, was Wassilis Behauptung widersprach. Und bei einigen Gesichtern war er ziemlich sicher, dass es keine Russen waren.

»Technisches Personal, Computerspezialisten, Piloten, Hilfskräfte ...« Wassili hob die Schultern. »Und bevor Sie fragen: Sie sind ausnahmslos freiwillig hier.«

Vandermeer runzelte die Stirn und Wassili grinste kurz und verbesserte sich: »Nun gut. *Fast* ausnahmslos.«

Vandermeer deutete fragend auf eine Gestalt, die drei Tische entfernt saß. Der Mann trug einen bunt bestickten Mantel und eine schwere Fellmütze und seine Füße steckten in kniehohen Stiefeln aus dem gleichen Material. »Der sieht nicht aus wie ein Computerspezialist«, sagte er.

»Sie würden sich wundern, wie manche dieser Freaks herumlaufen«, antwortete Wassili. »Aber Sie haben natürlich Recht. Bis vor wenigen Jahren war Wanawara noch eine unbedeutende Handelsstation, wie ich Ihnen bereits sagte. Als wir diese Basis erbauten, haben wir den Ureinwohnern ein großzügiges Angebot zur Umsiedlung gemacht. Die meisten haben es angenommen. Aber eine Hand voll von ihnen hat darauf bestanden zu bleiben.«

»Und Sie haben es Ihnen gestattet?«

»Warum nicht? Rechtlich gesehen ist es ihr Land. Sie stören nicht und es gibt immer kleine Arbeiten, die sie verrichten können. Davon abgesehen sind sie sehr genügsam. Drei warme Mahlzeiten am Tag und dann und wann eine Flasche Wodka – mehr verlangen sie nicht.«

»Haben Sie ihnen schon beigebracht Stöcke zu apportieren?«, fragte Vandermeer böse.

»Nein«, antwortete Wassili. »Aber einige von ihnen können bereits Männchen machen. Und wenn man sie streichelt, schnurren sie.« Er lachte, aber seine Augen blieben ernst. »Wollten Sie das hören?«

Die Unterhaltung erlahmte und Vandermeer war regelrecht erleichtert, als Michail einige Augenblicke später kam und seine

Jacke brachte. Ohne ein weiteres Wort verließen sie die Kantine und kurz darauf das Gebäude. Draußen wartete bereits ein Wagen auf sie – zu Vandermeers Erleichterung diesmal einer *mit* einem Verdeck –, der sie zum Helikopter-Landeplatz auf der anderen Seite des Geländes brachte.

2

Sie bestiegen keinen der großen Hind-Hubschrauber, sondern eine der beiden kleineren Maschinen. Entgegen dem, was Wassili gerade Ines gegenüber behauptet hatte, hätte sie durchaus noch Platz für einen weiteren Passagier geboten, zumal Michail draußen im Wagen zurückblieb.

Drei weitere Personen erwarteten sie bereits. Vandermeer war ehrlich erfreut, in einer von ihnen Gwynneth wieder zu erkennen. Sie erwiderte seinen Gruß aber nur flüchtig und auf eine Art, die ihn jedes weitere Wort, das er an sie richten wollte, vergessen ließ. Bei den beiden anderen Passagieren handelte es sich um einen dunkelhäutigen Mann unbestimmbaren Alters und südländischen Einschlags und um ein vielleicht zwölfjähriges Mädchen, das ihn aus großen Augen ansah. Wassili sagte kein Wort, sondern bedeutete Vandermeer nur, auf der Sitzbank Platz zu nehmen und sich anzuschnallen. Kaum hatte er es getan, startete der Pilot den Motor und das Heulen der Rotoren machte jede weitere Unterhaltung unmöglich.

Wassili griff nach oben, löste eine Kombination aus Mikrofon und Kopfhörer von einem Haken an der Decke und streifte sie über, dann reichte er Vandermeer ein zweites, baugleiches Gerät, das dieser ebenfalls aufsetzte.

»Können Sie mich verstehen?« Seine Stimme drang nur verzerrt aus den Kopfhörern. Bei dem Mikrofon schien es sich um eines jener Geräte zu handeln, die sich beim Klang einer menschlichen Stimme selbst einschalteten. Eine hübsche Idee, die noch nie richtig funktioniert hatte; während ihrer gesamten folgenden Unterhaltung wurde ein Teil ihrer Worte einfach verschluckt.

Trotzdem nickte Vandermeer und antwortete mit einer Geste auf ihre beiden unbekannten Begleiter: »Möchten Sie uns nicht vorstellen?«

»Das hätte wenig Sinn«, antwortete Wassili. »Sie sprechen Ihre Sprache nicht.«

»Warum sind sie dann hier?«

»Weil *ich* ihre Sprache spreche«, antwortete Wassili. »Und weil ich es hasse Dinge zweimal zu tun. Der Weg zum Krater hinaus ist entschieden zu weit, um ihn öfter als unbedingt nötig zurückzulegen.«

Vandermeer gab sich für den Moment mit dieser Erklärung zufrieden, auch wenn sie ihn nicht zufrieden *stellte*. Aber er war endgültig zu dem Schluss gekommen, dass er von Wassili am meisten erfuhr, wenn er ihn einfach reden ließ, statt Fragen zu stellen.

Da Wassili schwieg, lehnte sich Vandermeer zurück und sah durch den transparenten Boden nach unten. Der Helikopter flog wesentlich tiefer als die Maschine, mit der sie zum Lager gekommen waren, und auch nicht annähernd so schnell. Die Baumwipfel huschten keine fünfzig Meter unter ihnen dahin und manchmal schien der Schatten ihrer eigenen Maschine so nahe, dass man meinte ihn fast berühren zu können. Die Landschaft unter ihnen veränderte sich ständig, blieb aber trotzdem monoton: Verschneite Wälder wechselten sich mit schneebedeckten Ebenen und zugefrorenen Flussläufen ab, dann folgten wieder Wälder, Ebenen, Flüsse …

»Wird es hier niemals Sommer?«, fragte er.

Wassili schüttelte den Kopf. »Doch. In jedem dritten oder vierten Jahr und nur für ein paar Wochen. Aber dann wird es sehr heiß.«

»Lassen Sie mich raten«, sagte Vandermeer. »Wir sind erst im zweiten Jahr.«

Wassili grinste, aber er sagte nichts und auch Vandermeer führte die sinnlose Unterhaltung nicht fort. Nachdenklich sah er den Mann neben Wassili an. Der Südländer erwiderte seinen Blick ruhig, aber in seinen Augen war etwas, das Vandermeer nicht gefiel. Eine Härte, die ihn fast erschreckte. Wenn es stimmte, dachte er, dass die Augen der Spiegel der menschlichen Seele waren, dann hatte dieser Mann keine. Er hielt dem Blick dieser seltsam leblosen Augen einige Sekunden lang stand, dann drehte er den Kopf und sah lieber Gwynneth an.

Sie hatte die Augen geschlossen und den Kopf gegen die Kabinenwand gelehnt, aber er spürte, dass sie nicht schlief. In ihrem

Gesicht zuckte dann und wann ein Muskel und ihre Hände bewegten sich in ihrem Schoß.

»Was haben Sie mit ihr gemacht?«, fragte er. »Sie unter Drogen gesetzt?«

»Nein«, antwortete Wassili. »Ich fürchte, so einfach ist es nicht. Sie ist so, seit wir an Bord der *Potemkin* gegangen sind.«

»Das Unterseeboot.«

Wassili nickte. »Ich hatte gehofft, dass es sich bessert, aber ...« Er seufzte bedauernd. »Ich fürchte, sie kommt nicht darüber hinweg, was geschehen ist.«

»Wundert Sie das?«, fragte Vandermeer. »Sie hat fünf Männer getötet.«

»Sie hat sich nur verteidigt«, widersprach Wassili. »Und ich glaube nicht, dass sie das wollte. Meiner Ansicht nach war das, was geschehen ist, nur eine Art ... Unfall.«

Vandermeer war ziemlich sicher, dass Wassili damit sogar Recht hatte. Er kannte Gwynneth zwar kaum, aber doch gut genug, um sich nicht einmal *vorstellen* zu können, dass sie auch nur einem Menschen bewusst ein Leid zufügte, geschweige denn ihn umbrachte. Aber er war ebenso sicher, dass Gwynneth das vollkommen anders sah. Die Kräfte, die sie entfesselt hatte, hatten diese Männer getötet und es spielte nicht die geringste Rolle, ob das absichtlich geschehen war oder aus Versehen. Wassili hoffte vergeblich. Sie würde *nie* darüber hinwegkommen.

»Kann sie tatsächlich ... Feuer entfachen, nur mit ihrem bloßen Willen?«, fragte er. Die Frage war vollkommen überflüssig; er hatte es mit eigenen Augen gesehen. Aber er musste es einfach aussprechen, um das Unmögliche glaubhaft zu machen.

Wassili nickte. »Sie könnte jeden von uns flambieren, indem sie ihn einfach nur ansieht«, sagte er.

»Und warum hat sie das dann nicht schon längst mit Ihnen getan?« Vandermeer beantwortete seine eigene Frage nach ein paar Sekunden selbst: »Weil irgendjemand in Irland dann dasselbe mit ihrem Sohn täte.«

Er rechnete nicht damit, dass Wassili darauf antworten würde, und im ersten Moment tat er es auch nicht. Aber dann sah er sehr aufmerksam in Gwynneth' Richtung – fast, als wollte er sich vergewissern, ob sie seine Antwort verstand, was aber vollkommen ausgeschlossen war. In der Kabine herrschte ein solcher Höllenlärm, dass sie trotz der Kopfhörer schreien mussten, um sich zu verständigen.

»Selbstverständlich nicht«, sagte Wassili. »Wofür halten Sie mich?«

»Nicht?«, fragte Vandermeer zweifelnd.

»Das Kind befindet sich im Gewahrsam von einem meiner Männer«, antwortete Wassili. »Aber dem Jungen wird nichts geschehen, ganz gleich, wie diese Geschichte hier ausgeht.«

»Soll das heißen, Sie … Sie haben nur geblufft?«, fragte Vandermeer. »Sie haben nur damit gedroht ihren Sohn zu töten, wenn sie nicht gefügig ist?«

»Ich bin kein Ungeheuer«, antwortete Wassili. »Auch wenn Sie mich dafür halten.«

Es war seltsam – aber Vandermeer glaubte ihm. Nicht, was das Ungeheuer anging. Wenn er jemals einen Menschen getroffen hatte, der diese Bezeichnung verdiente, dann Wassili. Aber was Gwynneth' Sohn anging.

»Und wenn sie es herausfindet?«, fragte er.

»Wie sollte sie?«

»Zum Beispiel, indem ich es ihr sage«, antwortete Vandermeer zornig.

»Warum sollte sie Ihnen glauben?«, erwiderte Wassili ruhig. »Und selbst wenn: Sie könnte niemals sicher sein, dass ich nicht gelogen habe. Außerdem spielt das alles in wenigen Tagen keine Rolle mehr.«

»Wieso?«

»Weil es … fast vorbei ist«, antwortete Wassili zögernd. »Uns bleibt nicht mehr viel Zeit, so oder so. Aber ich glaube, dass wir es schaffen werden. Sie und ich.«

»Was werden wir schaffen?«

Wassili wiegelte ab. »Ich kann es Ihnen viel leichter zeigen als erklären«, sagte er. »Wir sind auch bald da. Sehen Sie?«

Er deutete mit der ausgestreckten Hand nach unten. Vandermeers Blick folgte der Geste und blieb an dem gewundenen Band eines zugefrorenen, nicht allzu breiten Flusses hängen.

»Der Tschambe«, erklärte Wassili. »Sehen Sie die Hügelkette dahinter? Sobald wir sie überflogen haben, werden Sie begreifen, was ich meine.«

Sie brauchten noch gute zehn Minuten, um den Fluss zu erreichen. Vandermeer sagte während dieser Zeit kein Wort mehr, aber sein Herz klopfte immer heftiger und er ballte die Hände im Schoß zu Fäusten, um ihr Zittern zu verbergen. Schließlich überflogen sie die Hügelkette in weniger als zwanzig Metern Höhe. Vandermeer stöhnte vor Entsetzen auf.

Das Land dahinter war verheert. Noch vor zwei Wochen mussten hier dichte Wälder gestanden haben, doch jetzt erblickte er nur schwarz verbrannten, aschebedeckten Boden, aus dem nur hier und da noch der Stumpf eines verkohlten Baumes ragte oder die Reste von Felsen, die zu surreal anmutenden Formen geschmolzen waren.

Die Zerstörung erstreckte sich, so weit der Blick reichte, Dutzende, vielleicht Hunderte von Kilometern weit. Obwohl es immer noch schneite, wirbelten die Rotoren des Helikopters jetzt graue Asche unter ihnen auf, sodass der Pilot die Maschine wieder etwas an Höhe gewinnen ließ. Der Boden musste immer noch heiß sein.

Vandermeer war bis auf den Grund seiner Seele erschüttert; viel mehr, als er sich selbst erklären konnte. Es war nicht das erste Mal, dass er Bilder solch totaler Verwüstung sah. Er hatte Fotos aus Vietnam gesehen, Aufnahmen aus dem Golfkrieg und von den Opfern furchtbarer Terroranschläge, aber nichts davon hatte ihn auch nur annähernd so erschüttert wie das hier. Selbst die Bilder von Hiroshima und Nagasaki, die ungleich schrecklicher gewesen waren, hatten ihn nicht so berührt.

Vielleicht, weil es nur Bilder gewesen waren. Es gab durchaus eine Art von Schrecken, der sich nicht auf Zelluloid oder Magnetband bannen ließ. Die absolute Leblosigkeit der Landschaft unter ihnen, diese vollkommene, unwiderrufliche Auslöschung allen Lebens, war etwas, das man nicht abbilden konnte.

»Großer Gott!«, flüsterte er nach einer Weile.

»Ja«, murmelte Wassili. »Die Frage ist nur, welcher?«

Die Worte waren nicht für Vandermeer bestimmt gewesen. Er war ziemlich sicher, dass sie Wassili im selben Moment, in dem sie ihm herausgerutscht waren, auch schon wieder Leid taten, hütete sich aber, eine entsprechende Frage zu stellen. Stattdessen blickte er schaudernd weiter aus dem Fenster.

Gute zehn Minuten lang flogen sie weiter über das, was einmal ein dichter Urwald gewesen war, dann änderte sich das Bild. Die Zahl der skelettierten Bäume nahm ab, bis sie ganz verschwanden. Im ersten Augenblick dachte Vandermeer, dass das einfach an der Tatsache lag, dass sie sich dem Zentrum der Explosion und somit einem Bereich immer größerer Zerstörung näherten, aber dann erkannte er seinen Irrtum: Unter ihnen lag jetzt kein verbrannter Wald mehr, sondern die zur Härte von Glas geschmolzene Oberfläche eines ehemaligen Sumpfes. Die Temperaturen, die hier geherrscht hatten, überstiegen Vandermeers Vorstellungsvermögen. Er wusste jetzt, dass Wassili die Wahrheit gesagt hatte: Es war keine Atomexplosion gewesen. Keine von Menschenhand geschaffene Waffe war in der Lage, eine solche Verheerung anzurichten. Das Gebiet, über das sie flogen, musste Tausende von Quadratkilometern groß sein. Eine Kernexplosion, die *so etwas* anrichten konnte, hätte die Erde in Stücke gerissen.

Der Hubschrauber wurde langsamer. Vandermeer drehte sich im Sitz herum, um durch die Kanzel einen Blick in Flugrichtung zu werfen. Nicht mehr weit vor ihnen senkte sich der Boden zu einem flachen, wie Glas schimmernden Krater ab. Das Zentrum der Explosion. Sein Durchmesser mochte etwa zwei Kilometer betragen. Angesichts der endlosen Ödnis, über die sie hinweg geflogen waren, erschien es ihm geradezu lächerlich klein.

Der Krater war nicht leer. Genau in seiner Mitte erhob sich ein dunkler, sonderbar formloser Umriss, den Vandermeer im ersten Moment für einen geschmolzenen Felsen hielt. Als der Helikopter daneben aufsetzte, bewegte sich jedoch seine Oberfläche im Luftzug der Rotoren.

»Kommen Sie«, sagte Wassili. »Wir sollten nicht allzu lange hier bleiben. Die Strahlung ist nicht mehr besonders hoch, aber es dürfte auch nicht unbedingt gesund sein, seinen Sommerurlaub hier zu verbringen.«

»Strahlung?«, fragte Vandermeer erschrocken.

Wassili nahm den Kopfhörer ab, sodass der Lärm der auslaufenden Rotoren es Vandermeer unmöglich gemacht hätte, seine Antwort zu verstehen, hätte er geantwortet. Er schwieg aber und sprang mit einem Satz aus dem Helikopter, lief geduckt ein paar Schritte davon und gestikulierte ihnen dann heftig zu, ihm zu folgen.

Vandermeer stieg als Erster aus der Maschine. Er streckte Gwynneth die Hand entgegen, um ihr zu helfen, aber sie ignorierte die Geste und ging einfach an ihm vorbei. Ihr Blick war immer noch leer und selbst ihre Bewegungen waren sonderbar steif, als wäre sie kein lebender Mensch mehr, sondern ein Roboter; fast perfekt, aber eben nur fast.

Auch die beiden anderen Passagiere verließen die Maschine. Sie liefen geduckt zu Wassili hin, aber der Russe gab keinerlei Erklärungen ab, sondern winkte nur abermals hastig mit der Hand, ihm zu folgen, und bewegte sich auf den Umriss in der Kratermitte zu.

Dessen geheimnisvolle Oberfläche entpuppte sich als geflecktes Tarnnetz, das sich über einem bewusst asymmetrisch aufgebauten Metallgerüst spannte. Wassili hob es an. Vandermeer wartete, bis Gwynneth und die beiden anderen darunter verschwunden waren, dann duckte er sich als Letzter hindurch. Sein Herz hämmerte vor Aufregung so stark, dass er fast Mühe hatte zu atmen.

Im ersten Moment sah er jedoch so gut wie nichts. Seine Augen hatten sich an das grelle Schneelicht draußen gewöhnt und das Tarnnetz nahm mehr Helligkeit weg, als er erwartet hatte. Er sah kaum mehr als einen drei oder vier Meter hohen symmetrischen Schatten in der Mitte der künstlichen Höhle, die das Metallgerüst bildete. Aber dann gewöhnten sich seine Augen an das schwache Licht und ...

»Mein Gott!«, flüsterte er. »Was ist *das?!*«

Das Objekt hatte die Form einer perfekten gleichschenkligen Pyramide. Seine Oberfläche schimmerte in einem sonderbaren türkisstichigen Blau und war so glatt, dass sich ihre Gestalten als verzerrte Spiegelbilder darauf abzeichneten. Und irgendetwas ... ging davon aus.

»Was ist das?«, fragte er noch einmal.

Diesmal antwortete Wassili. »Ich weiß es nicht«, sagte er. »Nicht mit Sicherheit wenigstens. Ich habe ein paar Theorien, aber es wäre mir lieber, wenn *Sie* mir sagen, wofür Sie es halten, bevor ich Ihnen meine Überlegungen verrate.« Er machte eine einladende Handbewegung, die allerdings überflüssig gewesen wäre. Vandermeer hatte sich schon von sich aus in Bewegung gesetzt und näherte sich der Pyramide. Keine Macht der Welt hätte ihn davon jetzt noch abhalten können.

Als er näher kam, sah er, dass die Flanken des Pyramidensteins über und über mit kunstvollen Symbolen bedeckt waren. Einige ähnelten Schriftzeichen und Runen, andere stellten fast vertraut wirkende Umrisse dar: eine geflügelte Sphinx, einen sitzenden

Panther, eine ägyptische Sonnenscheibe, vielleicht auch nur Dinge, die diesen ähnelten und die er mit den vertrauten Bildern assoziierte, und wieder andere waren vollkommen fremde, scheinbar sinnlose Symbole. Das Unheimlichste war, dass sich all diese Linien, Bilder und Runen zu *bewegen* schienen. Nicht wirklich. Sie waren fingertief in die kristallharte Oberfläche hineingemeißelt und konnten sich nicht bewegen, aber sie standen auch nicht still, fast als gäbe es plötzlich zwischen Bewegung und Ruhe noch einen dritten, bisher unbekannten Zustand.

Lange Minuten stand er einfach da und blickte die Pyramide an, ehe es ihm gelang, sich so weit von dem phantastischen Anblick zu lösen, dass er zu Gwynneth und den anderen zurücksehen konnte. Ihre Gesichter zeigten vollkommen unterschiedliche Reaktionen. Gwynneth starrte die Pyramide aus leeren Augen an und schien etwas ganz Anderes, Düstereres zu sehen, während das blonde Mädchen das Objekt einfach mit kindlicher Neugier betrachtete. Wassili wirkte sehr gespannt und der Ausdruck auf dem Gesicht des Mannes schließlich war nur noch mit nackter Angst zu beschreiben. Er war bis an den Rand des improvisierten Zeltes zurückgewichen und zitterte am ganzen Leib. Vandermeer wandte sich wieder der Pyramide zu.

Wassili machte eine auffordernde Geste, die er als Spiegelung in der glänzenden Oberfläche des Steins sah. Langsam hob er den Arm, zögerte noch einmal und legte die Handfläche dann fest auf den Stein.

»Fühlen Sie es?«, fragte Wassili. Seine Stimme zitterte.

Ob er es *fühlte?*

Vandermeer hätte fast aufgeschrien. Der Stein war kein Stein. Er war glatt und kalt wie Glas und zugleich so lebendig und anschmiegsam wie lebende Haut. Gleichzeitig war er nichts von alledem. Vandermeer wusste nicht, was er fühlte, aber er wusste plötzlich mit unerschütterlicher Sicherheit, dass es mehr gab als Leben und leblose Materie, mehr als Licht und Dunkelheit. Es war nichts Lebendiges und nichts Totes, was er berührte, sondern etwas, das weit größer war als die Summe dieser beiden Begriffe, etwas unvorstellbar Altes, unvorstellbar Großes und Schönes und zugleich unvorstellbar Gefährliches. Vielleicht war es das, wovon Gwynneth die ganze Zeit über gesprochen hatte. Vielleicht legte er in diesem Moment die Hand auf die Urkraft der Schöpfung selbst. Vielleicht berührte er Gott.

Langsam ließ er die Hand sinken, schloss die Augen und trat einen Schritt zurück, ehe er die Lider wieder hob. Plötzlich fühlte er sich leer, als hätte die flüchtige Berührung dieser schimmernden Pyramide etwas in ihm verbrannt, von dem er vorher noch gar nicht gewusst hatte, dass es da war.

Und das er wiederhaben wollte. Alles in ihm schrie danach, die Hände wieder auf den Stein zu legen, sich mit aller Macht dagegen zu pressen und die Nähe der Kraft, die ihm innewohnte, aufzusaugen. Aber er widerstand der Versuchung. Er wusste nicht, ob er ein zweites Mal die Kraft aufbringen würde sich von ihr zu lösen. Und er hatte Angst, dass er verbrennen würde wie ein Schmetterling, der der Sonne zu nahe gekommen war.

»Sie haben es gespürt«, sagte Wassili. Es war keine Frage. Aber was war das, was er in seiner Stimme hörte? Erleichterung? Oder abgrundtiefe Furcht?

Vandermeer nickte. »Es ist ... ein Tor«, murmelte er. Die Erkenntnis nahm erst in dem Moment in ihm Gestalt an, in dem er die Worte aussprach, aber sie war jenseits allen Zweifels. Es war ein Tor, aber zugleich war es auch viel mehr: ein Siegel, das niemals gebrochen werden durfte.

Niemals.

Auf dem Rückweg zum Helikopter fragte er: »Wie haben Sie das all die Jahre geheim halten können?« Er sprach sehr langsam, fast schleppend und hatte Mühe, die Worte überhaupt herauszubekommen. Die Antwort interessierte ihn nicht. Ebenso gut hätte er fragen können, wie spät es war oder wie das letzte Bundesligaspiel geendet hatte. Aber er brauchte irgendetwas, woran er sich klammern konnte, und sei es noch so profan, irgendeinen winzigen Zipfel der Normalität, der Welt, die er bisher für die einzig reale Wirklichkeit gehalten hatte.

»Die Pyramide, meinen Sie?« Wassili schüttelte den Kopf. »Das mussten wir nicht. Bis vor zwei Wochen lag sie fünfzehn Meter tief unter dem Boden. Wir haben fast vierzig Jahre lang nach ihr gesucht.«

»Und dann haben Sie sie einfach freigesprengt.«

»Selbstverständlich nicht! Es war ...«

»... wieder mal ein Unfall?«, unterbrach ihn Vandermeer. In seiner Stimme war jetzt ein beißender, bewusst verletzen wollender Spott. Er fand nur langsam in die Normalität zurück und so suchte er Zuflucht in dem einzigen Gefühl, das zwischen Wassili und ihm die ganze Zeit über bestanden hatte: Feindseligkeit.

»Dummheit«, antwortete Wassili ernst. »Die übereifrige Tat eines sehr dummen Menschen, der sein Handeln mit dem Leben bezahlt hat. Und leider auch mit dem sehr vieler anderer.«

»Aber wieso hat es niemand gemerkt?« Er meinte nicht nur die Explosion. »Das Lager, all diese Maschinen und Menschen.«

Wassili lachte und blieb stehen, ehe sie den Hubschrauber erreichten, um seine Frage noch zu beantworten. »Wenn Sie Ihre amerikanischen Freunde meinen, so haben sie es natürlich bemerkt. Sie wussten vom ersten Tag an, was wir hier tun.« Er deutete nach oben. »Lächeln Sie, Hendrick. Wir sind im Moment wahrscheinlich auf Hunderten von Bildschirmen zu sehen, lebensgroß und in Farbe. In einem Zeitalter der Spionagesatelliten bleibt nichts mehr geheim, was unter freiem Himmel geschieht.«

»Und niemand hat etwas unternommen?«

»Was denn?«, fragte Wassili achselzuckend. »Sie haben ein paar Spione geschickt, wie wir erwartet hatten. Viel mehr jedoch nicht. Das hier ist immer noch russisches Territorium. Sie könnten schlecht mit einer Invasionsstreitmacht hier landen. Außerdem wusste bis vor wenigen Tagen niemand, welches Geheimnis dieser Boden verbirgt.«

In diesem Punkt täuschte er sich. Vandermeer hatte nicht vergessen, in was für eine Panik Bergholz geraten war, als er ihm von Michail und Wassili erzählt hatte. Und was seine letzten Worte gewesen waren. Er war ziemlich sicher, dass die Geheimdienste der westlichen Welt weit mehr über das Projekt Charon wussten, als Wassili glaubte. Allerdings nutzte ihm das wenig. Wassili hatte Recht: Sie befanden sich im Herzen Russlands.

Sie bestiegen den Hubschrauber und nahmen in der alten Reihenfolge auf den Sitzen Platz. Wassili streifte sich seine Kopfhörer wieder über, bevor die Motoren gestartet wurden, und Vandermeer tat es ihm gleich. Er wollte eigentlich nicht mit Wassili sprechen, aber er hatte Angst den Verstand zu verlieren, wenn er weiter mit sich und seinen Gedanken allein war. Da war etwas, das er Wassili nicht erzählt hatte. Als er den Stein berührte, hatte er noch etwas gefühlt. Etwas in ihm hatte auf das unhörbare Flüstern auf der anderen Seite des Tores geantwortet. Die gleiche namenlose Kraft, die um ein Haar Michail getötet hätte, die den

Jungen in der Disco gerettet und den Gabelstapler aufgehalten hatte, und so vieles mehr. Sie war in ihm. Es war, genau so, wie Gwynneth behauptete, Teil einer Kraft, die alles durchdrang, die in ihm, in ihr, vielleicht in jedem lebenden Wesen auf dieser Welt war. Und er hatte panische Angst davor. Weit davon entfernt, das wahre Sein dieser Kraft auch nur zu erahnen, begriff er doch mit absoluter Klarheit, dass sie nicht da war, um den Menschen zu Diensten zu sein. Vielleicht war es gerade umgekehrt, vielleicht war sie auch einfach nur *da*, aber es war etwas von unvorstellbarer Macht. Damit herumzuspielen konnte nur in einer Katastrophe enden.

»Wie haben Sie die Explosion erklärt?«, fragte er.

Wie vorhin schon einmal warf Wassili einen raschen Blick in Gwynneth' Richtung, ehe er antwortete: »Gar nicht«, sagte er. »Das ist der Vorteil, wenn man auf Schritt und Tritt von der Gegenseite überwacht wird. Man muss seine Unschuld nicht beteuern. Sie wissen, dass wir nichts zu verbergen haben. Und Sie und Ihre Kollegen von der Weltpresse haben uns alle möglichen Erklärungen geliefert. Wir brauchten uns nur eine auszusuchen. Offiziell war es ein Unfall, der sich beim Transport einer SS-20-Rakete ereignete, die verschrottet werden sollte.«

Vandermeer blickte schaudernd nach unten. Sie hatten wieder abgehoben, sodass er den fast zwei Kilometer großen glasierten Krater wieder zur Gänze überblicken konnte. »Und inoffiziell?«

Wassili hob die Schultern. »Einige unserer Wissenschaftler glauben, dass es sich um eine Materie-Antimaterie-Explosion gehandelt hat. Die Energieentwicklung war hundertmal größer als die der stärksten Wasserstoffbombe, die jemals getestet wurde.«

Vandermeer erschrak. »Aber dann ...«

»Ich weiß, was Sie sagen wollen«, fuhr Wassili fort. »Wäre es so gewesen, dann läge jetzt alles zwischen hier und Moskau in Schutt und Asche. Wie Sie selbst gesehen haben, ist das nicht geschehen.«

»Sie haben versucht das Tor zu öffnen.«

»Mit allen uns zur Verfügung stehenden Mitteln«, bestätigte Wassili. Er lachte humorlos. »Wir haben sogar einen unserer ... *Sciencefictionlaser* eingesetzt, um es zu öffnen. Sie haben gesehen, was sie anrichten können. Die Pyramide ist nicht einmal *warm* geworden.«

»Vielleicht hat es ja einen Grund, dass es sich nicht öffnen lässt«, sagte Vandermeer. Er flüsterte es fast nur und er rechnete kaum damit, dass Wassili die Worte über die schlechte Mikrofonverbindung hinweg hörte. Aber er hörte sie und antwortete darauf.

»Wir müssen es öffnen, Hendrick. Sie und ich müssen es öffnen.«

»Warum?«, fragte Vandermeer.

»Weil es schon einmal geschehen ist«, antwortete Wassili. »Und weil jemand den Schaden wieder gutmachen muss, der damals angerichtet wurde. Denn wenn das nicht getan wird, dann wird die Welt, wie wir sie kennen, vielleicht nicht mehr lange existieren.«

3

Zurück im Lager folgte er Wassilis Rat, warf seine Kleider in die Mülltonne und trat unter die Dusche, um sich eine gute halbe Stunde lang gründlich abzuschrubben, bis seine Haut rot war und jeder Quadratzentimeter wie Feuer brannte. Er hatte keine Ahnung, ob das etwas nutzte oder ob es überhaupt notwendig war. Wassili war nicht müde geworden ihm zu versichern, dass es keine nennenswerte Strahlung rings um den Krater gab – und hatte ihm praktisch im gleichen Atemzug ein Röhrchen mit Jodtabletten in die Hand gedrückt, von denen er alle zwei Stunden eine schlucken sollte. Nichts davon hatte irgendwie zu Vandermeers Beruhigung beigetragen.

Ines saß auf den Knien vor dem Videorecorder und wechselte eine Kassette, als er ins Zimmer zurückkam. »Interessantes Programm?«, fragte er.

Sie nickte. »Und wie. Sie haben ein Dutzend deutsch synchronisierter Kassetten hier. Ich glaube, ich kenne sie mittlerweile auswendig. Vor- und rückwärts.« Trotzdem drückte sie den Startknopf des Videorecorders, stemmte sich ächzend in die Höhe und griff nach der Fernbedienung des Fernsehers.

»Dann wird es vielleicht Zeit, Russisch zu lernen.« Vandermeer ging zum Schrank, nahm wahllos ein frisches Hemd heraus und schlüpfte hinein. Der Stoff war grob und scheuerte auf seiner rot gerubbelten Haut. Aber er empfand es nicht als unangenehm. Auf eine seltsam direkte Art gab es ihm das Gefühl am Leben zu sein.

»Was hat Wassili dir denn nun so Geheimnisvolles gezeigt?«, fragte Ines. Sie hatte den Fernseher auf dem Videokanal angeschaltet, sodass der Vorspann über den Bildschirm flimmerte, aber den Ton ganz heruntergedreht. Offenbar kannte sie die Kassette tatsächlich in- und auswendig.

Vandermeer drehte sich herum, schaltete den Fernseher aus und erzählte es ihr. Nicht alles. Er berichtete ihr, was er *gesehen* und was Wassili ihm erzählt hatte. Das andere, viel Wichtigere, jenen Teil der Ereignisse, der sich weit jenseits der Welt des Sicht- und Greifbaren abgespielt hatte, verschwieg er ihr ebenso, wie er ihn Wassili verschwiegen hatte. Anders als bei ihm hatte es bei Ines nichts mit Misstrauen zu tun. Er war nicht sicher, ob er überhaupt jemals mit irgendeinem Menschen über diese Dinge würde reden können, aus der absurden Angst heraus vielleicht, irgendetwas zum Leben zu erwecken, dessen er nicht mehr Herr wurde, ganz einfach indem er darüber *sprach*.

Ines sah ihn vollkommen fassungslos an, nachdem er geendet hatte. »Eine ... eine *Pyramide?*«, wiederholte sie. »Du meinst, sie ... sie haben all das getan, all diese Toten und Verbrechen, all diese Menschen hier, diese gewaltige Anlage, nur weil sie ... weil sie eine *Pyramide* dort draußen im Sumpf entdeckt haben?«

Es klopfte. Ohne eine Antwort abzuwarten, öffnete Haiko die Tür, trat ein und sagte:

»Es ist nicht nur *irgendeine Pyramide*.«

Ines sah irritiert an ihm vorbei auf den Flur hinaus. »Sie haben uns belauscht«, sagte sie vorwurfsvoll.

»Unabsichtlich.« Haiko schloss die Tür hinter sich, kam mit kleinen Schritten und tastend vorgestreckter Hand näher und lächelte dankbar, als Vandermeer ihn am Arm ergriff und zu einem Stuhl führte. »Wenn man blind ist, beginnt man besser zu hören. Türen sind für mich kein Hindernis.«

Vandermeer und Ines tauschten einen bezeichnenden Blick und Haiko fügte mit einem dünnen Lächeln hinzu: »Und manchmal verrät auch ein Schweigen mehr als tausend Worte. Ihr traut mir nicht. Ich kann das verstehen.«

»Nein, nein«, sagte Vandermeer hastig. »So ist es nicht. Wir haben nur ...«

»Ihr misstraut mir und das ist gut so«, beharrte Haiko. Seine Stimme war kräftig und duldete in ihrer Ruhe keinen Widerspruch, aber er selbst kam Vandermeer deutlich schwächer vor als bei ihrem letzten Zusammentreffen. Zum ersten Mal, seit er Haiko kannte, kam er ihm nicht nur alt, sondern auch gebrechlich vor, als hätte irgendetwas die Kraft aus seinem Körper gezogen. Vielleicht war die Reise hierher für ihn einfach zu anstrengend gewesen.

»Ihr dürft niemandem trauen«, fuhr Haiko fort. »Nicht einmal mir, ja, nicht einmal euch selbst. Wassili ist ein böser Mann. Er wird alles tun, um seine Ziele zu erreichen.«

Vandermeer und Ines sahen sich erneut und diesmal sehr überrascht an. »Aber ... aber ich dachte immer, Wassili und Sie wären ...«

»... Verbündete?« Haiko nickte. »Das sind wir. Wir brauchen einander. Das macht uns nicht zu Freunden.«

»Das habe ich auch nicht geglaubt«, sagte Vandermeer hastig. »Aber ...«

»Wassili hat keine Freunde«, sagte Haiko. »Er ist ein schlechter Mensch. Er wird Ihnen Dinge erzählen, die Sie nicht glauben dürfen.«

»Sie meinen, er hat uns angelogen, was die Pyramide und ... und alles andere angeht?«

»Die raffinierteste Lüge ist stets die, die sich unter einer Wahrheit verbirgt«, antwortete Haiko.

»Dann erzählen Sie uns die Wahrheit«, sagte Ines.

»Jetzt ist nicht der Moment dazu«, antwortete Haiko. »Wassili wird gleich zu euch kommen, um euch seine Geschichte zu erzählen. Ihr dürft ihm nicht glauben.« Er griff in die Tasche, zog die zur Faust geballte Rechte wieder heraus und streckte sie Vandermeer entgegen. »Hier. Das wird dir helfen Wahrheit von Lüge zu unterscheiden.«

Vandermeer streckte die Hand aus und Haiko ließ etwas Kleines, Dunkles hineinfallen. Es war ein Stein, einer jener irgendwo zwischen Blau und Violett schwankenden Kristalle, wie er ihn damals von Wassilis Mitarbeiterin bekommen hatte.

»Gib Acht, dass er ihn nicht sieht«, riet Haiko. Er stand umständlich auf und wandte sich in Richtung Tür. Vandermeer wollte ihm helfen, aber es war nicht nötig; Haiko schien sich jeden Schritt eingeprägt zu haben, den er hier drinnen getan hatte. Nicht zum ersten Mal fiel Vandermeer auf, mit welcher beinahe schon unheimlichen Sicherheit sich dieser blinde Mann zu bewegen vermochte. In einer Umgebung, die ihm vertraut war, musste Haiko den Sehenden spielen können, ohne dass seine Behinderung auch nur auffiel.

»Warten Sie!«, sagte er. »Ich ...«

»Nicht jetzt«, unterbrach ihn Haiko. »Ich werde später wiederkommen. Wenn alle schlafen.«

Er ging. Vandermeer drehte sich wieder zu Ines herum, sah dabei aber verwirrt auf den Kristallsplitter auf seiner Handfläche herab. Er fühlte sich weich und fast lebendig an, zugleich aber hart und glatt wie Glas.

»Ist das derselbe, den du in Essen bekommen hast?«, fragte Ines.

Er verneinte. Dieser Splitter hier war kleiner und von etwas anderer Form. Aber er bestand ohne Zweifel aus demselben Material.

»Die Pyramide«, murmelte er. Wie hatte er nur so blind sein können? Er hielt die Lösung buchstäblich in der Hand. »Sie besteht aus demselben Material.«

Ines kam neugierig näher und streckte die Hand nach dem Stein aus, zog die Finger aber im letzten Moment wieder zurück, als hätte sie Angst ihn zu berühren. »Und was ist daran nun so Besonderes?«, fragte sie. »Anjas Theorie?«

»Ich ... weiß nicht«, sagte Vandermeer zögernd. Aber im Grunde glaubte er nicht daran, dass es Wassili um diese Kristalle ging. Er hatte zwar Himmel und Hölle in Bewegung gesetzt, ja, er war selbst vor Mord nicht zurückgeschreckt, um den Kristall wieder in seinen Besitz zu bringen, und trotzdem ...

»Sie können nicht so wertvoll sein«, sagte er. »Überleg doch mal: Wenn das Zeug wirklich so wertvoll wäre, hätte Wassili es kaum einfach so auf der Messe herumliegen lassen. Du weißt, wie viel auf solchen Messen gestohlen wird.«

»Und wie ich das weiß.« Ines zog eine Grimasse.

»Sie müssen zu Dutzenden weggekommen sein. Und trotzdem hat er nur bei diesem einen so einen Aufstand gemacht.«

»Vielleicht war dieser eine Stein etwas ganz Besonderes.«

»Vielleicht«, sagte Vandermeer, schwieg eine Sekunde und sagte etwas leiser: »Und ich weiß sogar, was. Es war der einzige Stein, den *ich* hatte.«

»Aha«, sagte Ines. »Und was sagt uns das?«

Vandermeer schloss die Faust um den Stein und erwartete eine halbe Sekunde lang ernsthaft, dass irgendetwas geschah. Natürlich passierte weiter nichts, als dass eben nichts passierte. Achselzuckend ließ er den Stein in der Hosentasche verschwinden. »Ich weiß es nicht«, sagte er.

Genau wie Haiko gesagt hatte, verging weniger als eine halbe Stunde, bis Michail kam und ihnen mitteilte, dass Wassili Vandermeer sprechen wollte. Er trug einen gefütterten grünen Parka und schwere Handschuhe. An seinen Stiefeln klebte Schnee und als Vandermeer und Ines an ihm vorbei auf den Flur traten, schlug ihnen ein Hauch spürbarer Kälte entgegen, den seine Kleidung ausstrahlte. Er trug den Arm jetzt wieder in einer Schlinge und die Art, wie er ihn hielt, verriet Vandermeer, dass er Schmerzen darin hatte.

Wassili erwartete Ines und ihn am Ausgang. Auch er trug pelzgefütterte Kleidung, Stiefel und Handschuhe. Sein Gesicht war rot vor Kälte und sein Atem erzeugte in der Luft vor seinem Gesicht graue Dampfwölkchen. Als Ines und Vandermeer näher kamen, nahm er zwei pelzgefütterte Jacken von einem Haken an der Wand und hielt sie ihnen hin.

»Gehen wir aus?«, fragte Vandermeer.

»Nur wenn Sie Lust dazu haben«, antwortete Wassili. »Ich dachte, es würde Sie interessieren, die ganze Anlage kennen zu lernen. Und da ich ohnehin drüben im Hangar zu tun habe, können wir so zwei Fliegen mit einer Klappe schlagen ... So sagt man doch bei Ihnen, oder? Außerdem redet es sich bei einem Spaziergang besser.«

Und vor allem ungestörter, dachte Vandermeer. Hatte Wassili etwa Angst abgehört zu werden?

Er nahm die Jacke entgegen, schlüpfte hinein und reichte den zweiten Parka an Ines weiter. »Lass nichts in den Taschen, was du noch brauchst«, sagte er. »Es wäre möglich, dass wir die Sachen hinterher verbrennen müssen.«

»Sehr witzig«, sagte Wassili. »Aber keine Angst. Das Schlimmste, was Sie sich diesmal holen können, ist eine handfeste Erkältung.« Er wartete ungeduldig, bis auch Ines in ihre Jacke geschlüpft war, öffnete die Tür und machte eine fahrige Geste ihm zu folgen.

Es begann zu dämmern, als sie das Gebäude verließen. Der Schneefall hatte ein wenig nachgelassen, aber nicht ganz aufgehört und es war spürbar kälter geworden. Draußen wartete ein Wagen mit laufendem Motor auf sie. Der Fahrersitz war leer. Michail kletterte hinter das Steuer, während Wassili die hintere Tür öffnete und eine übertrieben einladende Geste machte. Ines stieg zögernd ein, warf Michail aber einen so schrägen Blick zu, dass sich Wassili zu einem hastigen Kommentar genötigt fühlte.

»Keine Sorge. Ich habe ihm strengstens verboten, schneller als dreißig zu fahren.«

Ines funkelte ihn nur an und stieg schweigend ein. Als Vandermeer ihm folgte, fing er Michails Blick im Rückspiegel auf. Etwas daran irritierte ihn. Er hatte Feindseligkeit erwartet oder Misstrauen, aber Michail sah eher ... erwartungsvoll aus. Ohne dass er etwas dagegen tun konnte, glitt seine Hand über die Hosentasche und tastete nach dem Stein, der darin war. Selbst durch den dicken Stoff der Hose hindurch fühlte er sich kühl an; als hätte er ein Stück Eis vom Boden aufgehoben und eingesteckt.

Wassili ging um den Wagen herum und stieg auf der anderen Seite ein. Durch seine schwere Jacke behindert drehte er sich umständlich im Sitz herum und sah zu ihnen zurück. Michail fuhr los. »Ich hoffe, es passt Ihnen jetzt«, sagte er. »Ich weiß, es ist alles ein bisschen viel für einen Tag, aber ich kann mir denken, dass Sie vor Neugier platzen, auch den Rest der Geschichte zu erfahren. Er hat Ihnen erzählt, was wir draußen in der Taiga gefunden haben, meine Liebe?«

Die Frage galt Ines, die allerdings nur mit einem knappen Nicken antwortete.

»Gut. Das erspart mir überflüssige Erklärungen. Ich hasse es Dinge mehrmals zu tun.«

Aber offensichtlich nicht, Dinge mehrmals zu sagen, dachte Vandermeer. Wassili kam ihm irgendwie verändert vor. Er konnte nicht genau sagen, worin der Unterschied bestand, aber er war deutlich. Wassili war nervös, doch das war nicht alles. Etwas an seiner ... Ausstrahlung hatte sich verändert. Laut sagte er: »Wohin fahren wir?«

»Zum Hangar. Wo wir unser UFO versteckt haben.« Wassili lachte. »Obwohl ich gestehen muss, dass Sie nahe daran waren. Aber lassen Sie sich überraschen.«

Die Fahrt dauerte kaum zwei Minuten, sodass Vandermeer

ohnehin keine Gelegenheit gefunden hätte, noch viele Fragen zu stellen. Michail lenkte den Wagen in übertrieben weitem Bogen um die Halle herum. Er steuerte keines der großen Tore an, sondern eine schmale Tür dazwischen. Sie wurde von zwei Männern in knöchellangen Mänteln und Fellmützen bewacht. Die beiden Männer waren mit automatischen Gewehren bewaffnet und obwohl sich Vandermeer kaum vorstellen konnte, dass es irgendjemanden in diesem Lager gab, der Wassili nicht kannte, zeigte er einem der beiden einen Ausweis vor, den dieser sehr sorgsam überprüfte, ehe er sie passieren ließ. Der zweite Mann stand ein paar Schritte abseits und hatte beide Hände auf sein Gewehr gelegt. Vandermeer zweifelte nicht daran, dass Michail weniger als eine Sekunde benötigt hätte, um die beiden Männer auszuschalten. Trotzdem: Was immer in dieser Halle war, musste von großem Wert sein.

Wassili gestikulierte ihnen zu, aus dem Wagen zu steigen. Sie folgten ihm, mussten aber noch eine gute Minute in der eisigen Kälte ausharren, bevor der Soldat die Tür geöffnet hatte und sie einließ. Und kaum hatte Vandermeer die Halle betreten, da begriff er schlagartig, was Wassili mit seiner Bemerkung von vorhin gemeint hatte.

Das Gebäude erschien ihm jetzt, als er sich in seinem Inneren befand, noch größer als von außen betrachtet. Die Decke musste sich mindestens dreißig Meter über ihren Köpfen befinden und die Halle war groß genug, um ein komplettes Fußballstadion aufzunehmen. Hunderte von gelben Natriumdampflampen unter der Decke sorgten für fast taghelles, schattenloses Licht. Da es wahrscheinlich unmöglich war, einen Raum von dieser Größe zu heizen, war es hier drinnen ebenso kalt wie draußen, aber sie waren zumindest aus dem schneidenden Wind heraus, der das Schlimmste gewesen war.

»Nun, Herr Vandermeer«, sagte Wassili belustigt. »Wie gefallen Ihnen Ihre UFOs?«

Vandermeer antwortete nicht. Er war viel zu sehr damit beschäftigt, mit offenem Mund dazustehen und die drei gigantischen Fahrzeuge anzustarren, die vor ihnen standen und einen Großteil der Halle ausfüllten. Sie sahen aus wie ins Riesenhafte vergrößerte Luftkissenboote, aber auf den ersten Blick hätten sie tatsächlich auch als UFOs durchgehen können. Die Fahrzeuge ähnelten den Hovercraft-Fähren, wie sie zum Beispiel zwischen

England und dem Kontinent verkehrten, waren aber ungleich größer und von gedrungenerer Form. Farbe und Bewaffnung identifizierten sie eindeutig als Militärfahrzeuge. Über beide Seiten der mit schweren Panzerplatten bedeckten Decksaufbauten erhoben sich die wuchtigen Zylinder gewaltiger Turbinen, deren Dimensionen Vandermeer ahnen ließen, dass diese Giganten trotz ihres plumpen Äußeren alles andere als langsam waren.

»Was ist das?«, fragte Ines staunend.

»Wenn es nach dem Willen einiger Generäle zu Zeiten des Kalten Krieges gegangen wäre – der Alptraum ihrer westlichen Kontrahenten«, sagte Wassili. Seine Stimme zitterte vor Kälte, aber sie klang zugleich auch stolz wie die eines Kindes, das sein neues Spielzeug zeigt. »Es sind Transporter. Luftkissenfahrzeuge, die sich in nahezu jedem Gelände bewegen können. Sie erreichen annähernd hundert Stundenkilometer, sowohl im Wasser als auch an Land. Jedes einzelne dieser Fahrzeuge kann zehn Kampfpanzer oder zweihundert Männer mit voller Ausrüstung transportieren.«

»Unglaublich«, flüsterte Vandermeer. »Und das haben Sie all die Jahre über klammheimlich entwickelt und versteckt?«

»Das und vieles mehr«, bestätigte Wassili. »Ebenso wie unsere Gegner im Westen. Russland mag ein armes Land gewesen sein, zumindest im Vergleich mit den westlichen Industriestaaten, doch seine Arsenale können mit den Ihren spielend mithalten. Und glauben Sie mir: Sie enthalten noch weit unglaublichere und weit schrecklichere Dinge. Wir leben in einem Jahrhundert der Kriege.« Plötzlich lächelte er wieder. »Aber keine Sorge. Zumindest diese drei Fahrzeuge dienen nun einem weitaus friedlicheren Zweck.«

Er ging langsam auf die drei riesigen Hovercrafts zu und Vandermeer und Ines folgten ihm. Die Halle war nicht verlassen. Obwohl es sehr still war, entdeckte er überall hin und her hastende Männer in weißen Kitteln und blauen Arbeitsanzügen. An einem der gewaltigen Fahrzeuge wurde geschweißt, die Ladeklappe eines anderen stand offen, sodass Vandermeer einen Blick hineinwerfen konnte, als sie vorübergingen. Er gewahrte einen ausgewachsenen Bagger und mehrere auf Ketten laufende Schaufellader sowie zwei oder drei kleinere Fahrzeuge, aber nichts, was irgendwie militärisch wirkte. Anscheinend hatte Wassili die Wahrheit gesagt. Andererseits hatte er keine Ahnung, was sich in den beiden anderen Truppentransportern verbarg.

Als sie zwischen zwei der gewaltigen Fahrzeuge hindurchgingen, trat ein Mann im weißen Kittel eines Technikers auf Wassili zu und verwickelte ihn in ein kurzes Gespräch. Vandermeer war nicht böse darüber. Er sah sich unentwegt weiter um und entdeckte in jeder Sekunde etwas Neues. Die drei Hovercrafts waren die mit Abstand größten Fahrzeuge hier drinnen, aber beileibe nicht die einzigen. Auf der anderen Seite der Halle reihten sich weitere, zum Teil sehr große Bau- und Räumungsmaschinen aneinander. Es gab zahlreiche Jeeps und Lastwagen, einige Kettenfahrzeuge und ein gutes Dutzend weiß gestrichener Schneemobile und sogar zwei kleine Hubschrauber, die allerdings nur einem einzigen Passagier Platz boten. Und schließlich entdeckte er doch, was Wassili ihm wohl gerne verschwiegen hätte: Ganz am Ende der Halle standen zwei russische Kampfpanzer und daneben mehrere weitere, mit Planen abgedeckte Fahrzeuge, deren Umrisse jedoch eindeutig ihre Bestimmung verrieten.

»Hat er nicht gerade behauptet, dass das alles jetzt einem viel friedlicheren Zweck dient?«, fragte Ines.

»Ja«, antwortete Vandermeer. »Aber wenn du ihn fragst, wird er garantiert lächeln und sagen: Nur für alle Fälle.«

»Ganz recht, Herr Vandermeer, genau das hätte ich gesagt.« Wassili hatte sein Gespräch mit dem Techniker beendet und Vandermeer hatte laut genug gesprochen, dass er seine Worte verstehen konnte. »Nein, im Ernst: Das da ist nichts als ein Überbleibsel aus der Zeit, als diese Anlage noch vom Geheimdienst geleitet wurde. Diese Panzer sind schon seit Jahren eingemottet und wenn es nach mir geht, wird das auch so bleiben. Vielleicht sollten wir sie für künftige Generationen aufheben. Als eine Art Museum, damit sie niemals vergessen, wozu Menschen fähig sind. Haben Sie genug gesehen?«

»Nein«, antwortete Vandermeer. »Aber warum zeigen Sie uns das alles?«

»Um Ihr Vertrauen zu gewinnen«, antwortete Wassili mit überraschender Offenheit. »Ich habe Ihnen gesagt, dass es keine verschlossenen Türen und keine unbeantworteten Fragen mehr für Sie geben wird. Selbst wenn ich es wollte – mir bleibt gar nicht mehr die Zeit, ein großartiges Lügengebäude aufzubauen. Und es wäre auch sinnlos. An dem Ort, zu dem Sie mich begleiten werden, haben Lügen keinen Bestand.«

Vandermeer dachte an das, was Haiko gesagt hatte: Die geschickteste Lüge ist stets die, die sich hinter der Wahrheit verbirgt. Aber wie sollte er entscheiden, was von dem, was Wassili sagte, Lüge war und was die Wahrheit?

»Folgen Sie mir«, sagte Wassili.

»An den Ort, an dem nur die Wahrheit zählt?«

»Nein«, antwortete Wassili lachend. »Nur in mein Büro. Aber dort ist es wärmer und es gibt heißen Kaffee.«

Beides entsprach der Wahrheit. Wassilis Büro war nicht nur erstaunlich groß und mit einem zumindest für hiesige Verhältnisse geradezu verschwenderischen Luxus eingerichtet, sondern auch behaglich geheizt und als sie eintraten, schlug ihnen der verlockende Duft von frisch aufgebrühtem Kaffee entgegen. Trotzdem erinnerte der Raum Vandermeer im allerersten Moment an ein anderes Büro, mit dem er weit weniger angenehme Erinnerungen verband: Wie das Büro in der Lagerhalle in Istanbul lag es am Ende einer schmalen Metalltreppe auf halber Höhe des Gebäudes. Durch eine Anzahl großer Fenster konnte man auf die Halle hinabsehen.

»Nehmen Sie Platz«, sagte Wassili aufgeräumt. »Den Kaffee mit Zucker?«

»Vier Stück«, antwortete Vandermeer. Er war am Fenster stehen geblieben und sah auf die Halle hinab. Die Techniker und Arbeiter wirkten wie Zwerge, während ihm die drei Hovercrafts immer noch riesig vorkamen.

»Vier?!«

»Aber bitte nicht umrühren«, fügte Vandermeer hinzu. »Sonst wird er zu süß.«

»Sehr witzig«, kommentierte Wassili, ohne dabei besonders amüsiert zu klingen. Vandermeer hörte, wie er Kaffee eingoss und mit Geschirr klapperte, und drehte sich endlich vom Fenster weg.

Ines hatte bereits am Schreibtisch Platz genommen. Trotz der Wärme hier drinnen hatte sie die dicke Jacke nicht ausgezogen. In dem wuchtigen Kleidungsstück und dem für den Schreibtisch viel zu großen Stuhl wirkte sie verloren. Vandermeer sah ihr deutlich an, dass sie sich nicht wohl fühlte. Alles hier schüchterte sie ein, Wassili eingeschlossen. Daran konnte er nichts ändern, aber er hätte sich gewünscht, dass sie wenigstens die Jacke ausgezogen hätte, um sich nachher auf dem Rückweg nicht zu erkälten.

Ines stand auf, schlüpfte aus der Jacke und hängte sie über die Stuhllehne, ehe sie sich wieder setzte.

Währenddessen hatte Wassili drei Tassen auf den Tisch gestellt und beförderte mit einer silbernen Zange vier Stückchen Würfelzucker in die Tasse vor Vandermeers Platz. »Eine grauenhafte Angewohnheit, wenn Sie mir die Bemerkung gestatten«, sagte er. »Sie wissen ja nicht, was Ihnen entgeht. Guter Kaffee muss ebenso heiß wie bitter schmecken, nicht süß.«

Vandermeer setzte sich umständlich, steckte die rechte Hand in die Hosentasche und ergriff den Stein, den er darin trug. Sein Blick fixierte die silberne Zuckerschale, aus der Wassili jetzt sorgsam einen weiteren Würfel herausfischte, den er in seine eigene Tasse fallen ließ. Ines blinzelte, sagte aber zu seiner Erleichterung nichts.

»Sind Sie hungrig?«, fragte Wassili. Er nahm ein zweites Stück Zucker.

Vandermeer dachte an das Kantinenessen vom Nachmittag und schüttelte hastig den Kopf, während sich Wassili einen dritten und vierten Zuckerwürfel in seinen Kaffee tat.

»Gut. Es ist zwar Essenszeit, aber ich werde in der Kantine Bescheid sagen, dass man Ihnen später noch einen kleinen Imbiss aufs Zimmer bringt. Wir haben eine Menge zu besprechen.«

Fünf, sechs, sieben, acht ... nach dem neunten Stück ließ Vandermeers Hand den Kristall und sein Blick die Zuckerschale los. Er hatte herausgefunden, was er wissen wollte – und außerdem sollte Wassili wenigstens noch die Chance haben seinen Kaffee umzurühren.

»Haben Sie sich von unserem kleinen Ausflug heute Nachmittag erholt?«, fragte Wassili.

»So anstrengend war es nicht«, antwortete Vandermeer. »Ich hoffe nur, mir fallen morgen nicht die Haare aus.«

Wassilis Lachen klang ein bisschen gequält. Er rührte in seinem Kaffee, trank einen gewaltigen Schluck und verzog das Gesicht. »Köstlich«, sagte er. »Ich weiß, es ist eine grauenhafte Angewohnheit, aber ich finde, guter Kaffee muss süß sein.«

Ines' Augen wurden rund vor Staunen, während Vandermeer an sich halten musste, um nicht vor Lachen laut herauszuplatzen. Wassili nahm einen zweiten, etwas kleineren Schluck, runzelte die Stirn, schmatzte und sah Vandermeer misstrauisch an. »Nein?«, fragte er.

Vandermeer schüttelte den Kopf. »Ganz und gar nicht.«

Wassili nippte tatsächlich noch einmal an seinem Kaffee, verzog aber diesmal deutlich angewidert die Lippen. Mit einer heftigen Bewegung schob er die Tasse zurück, stand auf und holte sich eine neue. Er goss sich ein, leerte sie mit einem Zug und füllte sie erneut, ehe er weitersprach. »Das ist erstaunlich, aber ich bin Ihnen nicht böse. Ganz im Gegenteil. Sie beweisen mir immer wieder, dass ich Recht hatte, so große Hoffnungen in Sie zu setzen.«

»Ich könnte Ihnen noch andere Freuden beibringen«, schlug Vandermeer vor. »Zum Beispiel, welchen Genuss es bereiten kann, auf Glasscherben zu kauen.«

Einen Moment lang sah Wassili mehr als nur ein bisschen erschrocken aus. Dann fing er sich wieder, lächelte und schüttelte den Kopf. »Vermutlich könnten Sie das. Aber Sie werden es nicht tun.«

Zwischen Vandermeers Augen erwachte ein dünner, pulsierender Schmerz, nicht wirklich schlimm, aber penetrant. »Was macht Sie da so sicher?«, fragte er.

»Ihre Neugier. Sie wollen doch wissen, warum ich Sie hergebracht habe.«

»Ich könnte Sie vielleicht zwingen zu antworten.«

»Vielleicht«, sagte Wassili. »Vielleicht auch nicht. Doch selbst wenn: Woher wollen Sie wissen, dass Sie auch die richtigen Fragen stellen?«

Vandermeers Kopfschmerzen wurden allmählich stärker. Insgeheim verfluchte er sich selbst. *Davon* hatte Haiko ihm nichts gesagt. Aber er erinnerte sich deutlich an die fast unerträgliche Qual, die er ausgestanden hatte, als er Khemal erscheinen ließ.

»Sie haben Recht«, sagte er. »Ich verspreche ein braver Junge zu sein und keine Tricks mehr zu versuchen. Sollte ich herausfinden, dass sie mich anlügen, können wir ja immer noch auf die Glasscherben zurückkommen.«

»Und ich dachte, die Phase gegenseitiger Drohungen hätten wir hinter uns«, seufzte Wassili. »Schade. Und wir haben so wenig Zeit.«

»Warum sind wir hier?«, fragte Ines.

»Und da sagt man immer, Frauen hätten keinen Sinn fürs Praktische«, antwortete Wassili lächelnd. »So kann man sich täuschen ... aber Sie haben natürlich Recht, mit dieser Frage zu beginnen. Um sie Ihnen zu beantworten: Ich hatte vor, ein kleines Experiment mit Herrn Vandermeer durchzuführen, doch ich denke, nach dem, was er uns gerade selbst demonstriert hat, ist das wohl nicht mehr nötig. Ich vermute, es war die Nähe der Pyramide, die Ihre Kräfte so gesteigert hat.«

Vandermeer zuckte mit den Schultern. »Keine Ahnung. Wie kommen Sie darauf?«

»Weil sie auf niemanden ohne Wirkung bleibt, der sich ihr nähert. Bei den meisten ist diese Wirkung jedoch ... anders. Was haben Sie gefühlt, als Sie sie berührt haben?«

Vandermeer dachte an die lodernde Panik, die er in den Augen des Mannes gesehen hatte, der mit ihnen zum Krater hinausgeflogen war. »Sie besteht aus demselben Material wie die Steine, nicht wahr?«, fragte er, ohne Wassilis Frage damit zu beantworten.

Der Russe nickte, zog eine Schublade auf seiner Seite des Schreibtisches auf und nahm einen blauen Kristall heraus, der wesentlich größer war als der in Vandermeers Tasche. »Ja«, sagte er. »Kulik brachte die ersten mit zurück nach Moskau. Damals galten sie noch als sehr selten und entsprechend wertvoll. Gottlob hat sich das mittlerweile geändert. Als Schmuckstücke sind sie nicht zu gebrauchen, weil sie zu unrein sind und die Bearbeitung gewisse ... Schwierigkeiten bereitet. Man findet sie überall hier in der Gegend.«

»Kulik?«

»Ein russischer Astronom, der 1926 die erste Expedition in die Tunguska unternahm«, antwortete Wassili. »Er war es auch, der die Theorie vom Meteoriteneinschlag aufstellte. Ein verständlicher Irrtum. Schließlich konnte er es nicht besser wissen.«

»Moment mal«, sagte Ines. »Sagten Sie *1926*? Aber der Einschlag war ...«

»Beinahe zwanzig Jahre zuvor, ich weiß«, sagte Wassili. »Damals war man in manchen Dingen noch nicht so schnell wie heute. Es war eine harte Zeit. Die Menschen hatten weder das Geld noch die nötigen technischen Voraussetzungen, um ein Unternehmen wie das unsere zusammenzustellen, und wohl auch kein Interesse daran. Kulik hat seine Expedition damals mit eigenen Mitteln finanziert. Er wäre fast daran zugrunde gegangen, sowohl finanziell als auch physisch. Wir sind in wenigen

Stunden hierher geflogen, aber sie waren die meiste Zeit mit Hundeschlitten und Pferden oder zu Fuß unterwegs. Er hat fast ein Jahr gebraucht, um den Einschlagkrater zu erreichen.« Wassili lächelte. »Der arme Kerl kann einem fast Leid tun. Er muss geglaubt haben, als reicher Mann zurück nach Moskau zu kommen, nachdem er diese Steine gefunden hat. Umso größer muss seine Enttäuschung gewesen sein, als er erfuhr, dass sie vollkommen wertlos sind.«

»Wertlos? Ein Kristall, der härter ist als ein Diamant?«

Wassili lächelte erneut, nahm den Kristall in beide Hände – und brach ihn in zwei Stücke.

Vandermeer riss die Augen auf. »Aber das ...«

»Es ist dasselbe Material, aus dem auch die Pyramide besteht«, unterbrach ihn Wassili. »Es gibt nur einen einzigen Unterschied. Keine uns bekannte physikalische Kraft auf diesem Planeten vermag die Pyramide auch nur zu beschädigen. Aber das hier ...«

Er ließ die beiden Teile des zerbrochenen Kristalls auf die Schreibtischplatte fallen und zuckte mit den Schultern. Vandermeer wollte nach einem davon greifen, aber Wassili legte rasch die Hand darauf. »Nicht doch, Herr Vandermeer«, sagte er lächelnd. »Bei aller Freundschaft, aber Sie sind mir schon ohne diesen Stein unheimlich genug.«

»Vor zwei Wochen hatten Sie weniger Hemmungen«, sagte Vandermeer. »Diese Steine *sind* wertvoll für Sie, nicht wahr? Sie sind Ihre Köder.«

»Das Wort klingt sehr negativ«, erwiderte Wassili. »Ich würde den Begriff Werkzeug vorziehen. Aber in der Sache haben Sie Recht. Sie haben uns geholfen, Menschen wie Sie ausfindig zu machen. Die Kraft, die ihnen innewohnt, ist dieselbe, die Sie auch in der großen Pyramide gespürt haben. Oder an dem *Tor*, wie Sie es nennen. Ich bin sogar überzeugt davon, dass sie nichts als Bruchstücke der großen Pyramide sind.«

»Sie war nicht einmal beschädigt«, gab Vandermeer zu bedenken.

»Heute nicht«, antwortete Wassili. »Vor neunzig Jahren ...«

»Ich verstehe«, sagte Vandermeer. »Sie meinen, sie ist damals bei der großen Explosion in Stücke gesprengt worden und jemand hat sie wieder zusammengeklebt. Vielleicht hat sie sich ja selbst geheilt, wie?«

»Vielleicht haben *wir* sie zerstört«, antwortete Wassili ernst. »Sie haben die Verheerung gesehen, die die Explosion angerichtet hat. Sie ist gewaltig und trotzdem lächerlich klein, wenn man die Energie bedenkt, die dabei freigesetzt wurde. Niemand kann bisher erklären, wo diese Energie geblieben ist. Aber vielleicht sollte die richtige Frage auch nicht lauten, wo, sondern *wann*.«

Es dauerte einen Moment, bis Vandermeer dem komplizierten Gang von Wassilis Gedanken folgen konnte: »Einen Moment«, sagte er. »Sie sprechen nicht von einer ... einer Zeitreise oder so etwas?«

Wassili zuckte wieder mit den Schultern und schob die beiden Bruchstücke des Kristalls mit der Handkante in die Schublade zurück, ehe er antwortete. »Es ist nur eine von vielen Theorien, aber ich finde, sie hat etwas für sich. Bis vor ein paar Jahren galt die Idee einer Reise durch die Zeit als vollkommen abwegig. Aber mittlerweile glauben immer mehr Wissenschaftler, dass sie vielleicht möglich ist. Selbst Ihr großes Genie Hawkings hat vor einigen Jahren einen entsprechenden Artikel veröffentlicht, wenn ich mich recht erinnere.«

»Unsinn!«, widersprach Vandermeer, zu laut und zu heftig. Es war kein Unsinn. Er hatte den Artikel gelesen, wenn auch nicht verstanden.

»In gewissem Sinne ist auch Zeit nichts anderes als Energie«, beharrte Wassili. »Und bei diesem schrecklichen Unglück wurde *eine Menge* Energie freigesetzt. Was, wenn sie eine Art ... Riss in der Zeit verursacht hat ...«

»... und ins Jahr 1908 zurückgeschleudert wurde?«, keuchte Vandermeer. »Das ist völlig unmöglich.«

»Nichts ist *völlig unmöglich*«, widersprach Wassili. »Das sollten Sie besser wissen als ich. Was immer auch vor neunzig Jahren genau hier geschehen ist – es war kein Meteor, dessen sind wir sehr sicher. Möglicherweise – ich sage nur *möglicherweise* – hat die heutige Explosion die Pyramide vor neunzig Jahren zerstört, sodass ihre Trümmer im Umkreis vieler Kilometer gefunden werden konnten. Es gibt sie nur hier, sonst nirgends auf der Welt.«

Vandermeer fiel der Fehler in Wassilis Gedanken sofort auf. »Und wie konnten Sie sie dann heute ausgraben, wenn sie schon vor neunzig Jahren zerstört wurde?«

»Ein guter Einwand«, sagte Wassili. »Leider weiß ich keine Antwort darauf. Vielleicht bewegt sie sich rückwärts durch die

Zeit. Vielleicht war es auch ...«, er lächelte und legte eine bewusste Pause ein, »... Zauberei?«

»Das wird mir zu albern!«, protestierte Ines. »Was ist das hier? Ein Ufologen-Kongress? Das Jahrestreffen der Scientology-Kirche?« Sie maß Vandermeer und Wassili mit einem gleichermaßen bösen Blick. »Sie hatten versprochen uns endlich zu verraten, warum wir hier sind!«

»Aber ich bin doch schon dabei, meine Liebe«, antwortete Wassili. »Aber Sie haben natürlich Recht. Das alles sind nur Theorien. Vielleicht werden wir die Wahrheit eines Tages herausfinden, vielleicht auch niemals. Es spielt im Moment keine Rolle. Wichtig ist im Augenblick nur, dass wir hier sind und dass wir einen Weg finden, das Tor zu öffnen und hineinzugehen.«

»Neunzig Jahre in die Vergangenheit?«, fragte Ines. »Wenn Sie Recht haben, dürfte das ein ziemlich unangenehmer Ort sein.«

»In die andere Welt«, antwortete Wassili.

»Die Tir Nan Og?« Ines lachte abfällig. »Sie haben sich zu viel mit Gwynneth unterhalten.«

»Ich habe mein Leben lang nach Beweisen dafür gesucht, dass es nur diese eine Wirklichkeit gibt, die wir zu kennen glauben«, widersprach Wassili. »Ich habe diese Beweise nicht gefunden. Das genaue Gegenteil ist der Fall. Ich war einmal ein Realist. Ein Mann, der mit beiden Beinen fest auf dem Boden der Tatsachen steht, wie man so schön sagt. Aber ich habe zu viel gesehen und zu viele Antworten auf zu viele Fragen bekommen, die ich nie gestellt habe, um weiter so denken zu können. Die Schöpfung ist unvorstellbar groß. Viel zu gewaltig, als dass man im Ernst annehmen könnte, sie würde sich darauf beschränken, etwas wie ...«, er machte eine flatternde Geste, »... *das hier* zu erschaffen. Das Universum ist viel gewaltiger, als wir uns vorstellen können, und wir und unsere Welt sind nur ein Staubkorn darin.«

Es waren nicht die Worte, sondern vielmehr die Art, *wie* er sie sagte, die es Vandermeer schwer machten, ihm zu widersprechen. Trotzdem tat er es nach ein paar Sekunden. »Diese Erkenntnis ist, glaube ich, ein paar tausend Jahre alt.«

»Sie ist so alt wie die Menschheit selbst«, korrigierte ihn Wassili. »Die Menschen haben immer gespürt, dass es mehr gibt als das, was man sehen und anfassen kann. Es gibt eine andere Welt. Sie ist sicher nicht so, wie wir sie uns vorstellen – der Garten Eden mit ewigem Sommer und immer währender Glückseligkeit. Aber sie existiert und sie übt eine Wirkung auf unsere Welt aus. Die Menschheit hat schon immer von dieser anderen Welt gewusst. Und es hat schon immer einige wenige gegeben, die den Weg dorthin gefunden haben.«

»Die Auserwählten, wie?«, fragte Vandermeer spöttisch. »So wie Sie.«

»Nein«, antwortete Wassili. »Sie, Hendrick.«

Vandermeer starrte ihn an. »Ich?«

»Menschen mit einem besonderen Talent«, sagte Wassili. »Einer Gabe. Vielleicht Menschen, die schon eine Stufe höher auf der Evolutionsleiter stehen. Vielleicht auch«, fügte er mit einem Grinsen hinzu, »ein paar Stufen zurück. Aber es hat sie immer schon gegeben. Und ich glaube, dass einige von ihnen den Weg in jene andere Welt gegangen sind.«

»Sie meinen diese verschwundenen Indianer und all die anderen«, sagte Ines.

»Sehr viele andere. Ich habe Ihnen nur wenige Beispiele genannt, doch es waren in Wirklichkeit sehr viel mehr. Dieses Tor, das wir gefunden haben, ist nicht die einzige Verbindung zwischen unserer Welt und der anderen. Ich bin überzeugt davon, dass es zahlreiche Orte gibt, an denen die Grenzen der Wirklichkeit etwas durchlässiger sind, als man allgemein glaubt. Die Legenden und Mythen aller Kulturen sind voll davon. Bleiben wir bei dem Beispiel, das Gwynneth genannt hat. Es heißt, die Tir Nan Og wäre eine magische Insel, auf die das Alte Volk ging, als die Menschen kamen. Alle hundert Jahre öffnet sich ein Tor im Fels, das auf diese Insel führt, doch nur der, der weise und reif genug dazu ist, kann es durchschreiten. Ich könnte Ihnen Hunderte solcher Legenden erzählen, aus Tausenden von Jahren Menschheitsgeschichte. Sie alle ähneln sich.«

»Und sie glauben, Sie hätten ein solches Tor gefunden?« Ines versuchte immer noch spöttisch zu klingen, aber es gelang ihr nicht mehr ganz.

»Es ist nicht einmal das erste«, antwortete Wassili. »Vor drei oder vier Jahren wurde in den Schweizer Alpen etwas ganz Ähnliches entdeckt.«

»Aber natürlich waren sie zu dumm, um zu wissen, was sie da hatten«, sagte Ines.

»Sie waren ebenso dumm wie wir und ebenso leichtsinnig«, antwortete Wassili ernst. »Sie experimentierten damit herum und hätten um ein Haar eine gewaltige Katastrophe heraufbeschworen. Es hätte unseren Planeten zerstören können und ich bin sicher, dass es ihn verändert hat.«

»In der Schweiz? Eine gewaltige Katastrophe?« Vandermeer legte den Kopf schräg. »Seltsam, dass niemand davon weiß.«

»Die Menschen glauben nur das, was sie glauben wollen«, antwortete Wassili. »Und sie waren schon immer gut darin Dinge zu vertuschen. Es ist einfacher, über einen Erdrutsch oder eine Überschwemmung zu reden als über den Einbruch der Magie in die Wirklichkeit. Worüber würden Sie lieber in Ihrer Zeitung berichten?«

»Also gut«, seufzte Vandermeer. »Nehmen wir einfach einmal an, ich würde Ihnen glauben. Sie haben es selbst gesagt: Es hätte um ein Haar eine unvorstellbare Katastrophe gegeben. Und was hier geschehen ist, muss ich Ihnen nicht erzählen. Wenn es wirklich so ist, wieso sind Sie nicht längst schreiend davongelaufen? Wenn diese Gewalten wirklich in der Lage sind die Welt aus den Angeln zu heben, woher nehmen Sie dann die Überheblichkeit, Gott zu spielen und damit herumzuexperimentieren?!«

Wassili sah ihn mit plötzlicher Trauer in den Augen an. »Aber das ist ja gerade das Problem, Herr Vandermeer«, sagte er. »Es ist schon längst geschehen. Jemand experimentiert bereits mit diesen Kräften herum. Ich habe Sie hierher geholt, damit Sie mir helfen ihn aufzuhalten.«

4

Sie waren nicht auf Wassilis Angebot zurückgekommen, sich aus der Kantine ein verspätetes Abendessen bringen zu lassen, sondern hatten sich, nachdem Michail sie wieder in die Baracke gebracht hatte, in ihr Zimmer zurückgezogen und geredet. Es gab ungeheuerlich viel zu besprechen, zugleich aber auch so gut wie nichts und entsprechend gestaltete sich ihr Gespräch: Für eine Weile überboten sie sich gegenseitig in den wildesten Spekulationen und Mutmaßungen über das, was Wassili gesagt hatte, und vor allem darüber, was es bedeutete. Aber im gleichen Maße, in dem ihre Theorien wilder (und zum größten Teil auch *absurder*) wurden, begann ihr Gespräch zu erlahmen.

Irgendwann stand Ines auf, ging zum Fernseher und legte eine Videokassette ein. Auf dem Rückweg ging sie am Kühlschrank vorbei und kam mit zwei Dosen Pepsi zurück. Der Kühlschrank war voll davon – allerdings auch *nur* davon. Wassili litt entweder unter massiven Vorurteilen oder er hatte entschieden zu viel Werbung gesehen.

Vielleicht hatte die Firma Pepsi diese ganze Anlage hier auch gesponsert. *Gewundert* hätte Vandermeer das jedenfalls nicht.

Er lachte über seinen albernen Gedanken und Ines fragte: »Was ist so komisch?«

Vandermeer erklärte es ihr und Ines lachte ebenfalls; allerdings nur kurz und sie wirkte auch nicht wirklich amüsiert. Aber dieses Lachen, so angestrengt es war, entspannte sie dennoch fühlbar. Als sie sich wieder neben ihm auf das zur Couch umfunktionierte Bett setzte, war die unangenehme Anspannung, die Vandermeer die ganze Zeit über an ihr gespürt hatte, fast vollkommen verflogen. Nach ein paar Sekunden tat sie etwas, das ihn vollkommen überraschte; allerdings auf angenehme Art: Sie zog die Beine unter den Körper, lehnte sich an seine Schulter und legte den Kopf an seine Wange. Nach der seit Menschengedenken geltenden Choreografie dieser Szene hätte er jetzt den Arm um ihre Schulter legen müssen, aber das tat er nicht. Stattdessen ließ er ein paar Sekunden verstreichen, dann sagte er:

»Warum hast du Wassili eigentlich nicht nach ihr gefragt?«

»Nach wem?«

»Deiner Schwester. Ich glaube, sie ist hier im Lager.«

»Es geht ihr gut«, antwortete Ines. Ein bisschen von ihrer Lockerheit war schon wieder verflogen. Sie lehnte noch immer an seiner Schulter, aber sie war nicht mehr ganz so entspannt wie noch vor einem Augenblick. Vandermeer verfluchte sich in Gedanken selbst. Was war nur in ihn gefahren? Er hätte keine bessere Frage stellen können, um den Moment kaputtzumachen – und alles, was sich daraus ergeben konnte. Trotzdem hörte er sich fast überrascht selbst antworten:

»Woher weißt du das?«

Ines hob die Schultern und nippte an ihrer Pepsi. »Ich weiß es eben. Sie ist nicht besonders zufrieden mit ihrer Situation, aber sie ist nicht in Gefahr und ihr fehlt auch nichts. Frag mich nicht, woher. Ich weiß es eben.«

Nach allem, was er heute erlebt und gehört hatte, war das Antwort genug. Eines war Vandermeer längst klar, schon seit dem Augenblick, in dem er aus dem Helikopter gestiegen war und das erste Mal dieses Fleckchen Erde betreten hatte: Trotz seines kalten, technischen Äußeren, der Soldaten und Waffen, all der Maschinen und seiner fast sterilen Krankenhausatmosphäre war dies ein durch und durch magischer Ort. Er war sich dessen bisher nicht bewusst gewesen, aber es hätte im Grunde weder Wassilis Erklärung noch des Anblicks der Pyramide bedurft, um ihn spüren zu lassen, dass hier noch mehr war als nur das, was man sehen, hören und anfassen konnte.

Die ersten Szenen eines Spielfilms flimmerten über den Bildschirm, aber es gelang Vandermeer irgendwie nicht, der Handlung zu folgen. Es war nicht so, dass er sich nicht darauf konzentrieren konnte: Er *wollte* es im Grunde nicht. Es war, als hätte er – vielleicht für immer – das Interesse an dieser Art von Unterhaltung verloren.

»Vielleicht hat es mit dem Stein zu tun«, fuhr Ines unvermittelt fort. Im ersten Moment verstand er nicht, wovon sie überhaupt sprach.

»Anja?«

»Es war niemals so stark wie jetzt.« Ines lachte. Es klang ... seltsam. Weder wirklich amüsiert noch verbittert oder gar traurig, sondern nur ... seltsam eben. Vandermeer schalt sich im Stillen, das Thema überhaupt angeschnitten zu haben. Aber es war zu spät. Gleich, was er sagte, er würde den Geist, den er heraufbeschworen hatte, so schnell nicht wieder loswerden. »Es ist fast, als ... als könnte ich ihre Gedanken lesen.«

Sie rückte ein kleines Stück von ihm weg und sah ihn mit schräg gehaltenem Kopf an. »Warum versuchen wir es nicht?«

»Warum versuchen wir *was* nicht?«, fragte Vandermeer. Er war frustriert. Der vertraute Moment war endgültig vorüber und er spürte erst jetzt, wie sehr er es genossen hatte, einfach so neben ihr zu sitzen. Nein, er war nicht frustriert, er war *wütend* auf sich selbst.

»Der Stein!«, antwortete Ines erregt. »Denk nur daran, was du vorhin mit Wassili gemacht hast. Vielleicht ... vielleicht ist er wirklich so etwas wie ein ... Verstärker.«

Was er vor allem verstärkt, sind meine Kopfschmerzen, dachte Vandermeer. Er sprach es nicht aus. Er hatte längst begriffen, dass zwischen seinen Kopfschmerzen und den außergewöhnlichen

Dingen, die sich immer im richtigen Moment ereigneten, wenn er sie wirklich brauchte, ein ursächlicher Zusammenhang bestand, aber er hatte bisher zu niemandem darüber gesprochen und er hatte auch nicht vor es zu tun.

Nachdem er einige Sekunden lang nachgedacht hatte, schüttelte er jedoch den Kopf: »Es würde nicht funktionieren.«

»Woher willst du das wissen, wenn du es nicht ausprobierst?«, fragte Ines.

»Wir haben es probiert«, erwiderte Vandermeer. »In Istanbul. Schon vergessen?«

»Das war etwas anderes«, behauptete Ines kopfschüttelnd. »Du hattest den Stein nicht bei dir.«

Tief in sich wusste Vandermeer, dass das keinen Unterschied machte. Es wäre lächerlich gewesen, sich weiter gegen die Erkenntnis sträuben zu wollen, dass er tatsächlich zu einer kleinen Gruppe von Menschen gehörte, die über eine ganz besondere Gabe verfügten. Aber welcher Art diese Gabe auch immer war, eines war sie ganz bestimmt nicht: etwas, das ihm nach Belieben zu Diensten war. Trotzdem – und nicht nur wider besseres Wissen, sondern ganz eindeutig gegen seine Überzeugung – griff er in die Tasche, nahm den Stein heraus und legte ihn auf die ausgestreckte Handfläche. Er sah so harmlos aus, dass es schon fast absurd wirkte; ein Stück blauvioletten Kristalls, mehr nicht.

Ines rückte aufgeregt wieder ein Stück näher und beugte sich vor. Ihr Haar fiel ihr ins Gesicht. Sie strich es mit einer unbewussten Geste mit beiden Händen zurück, aber sie machte keinen Versuch den Stein zu berühren.

»Und jetzt?«, fragte Vandermeer.

Ines zuckte mit den Schultern. »Ich ... weiß nicht«, gestand sie zögernd. »Ich dachte, du ...?«

Vandermeer schloss mit einem Ruck die Faust um den Stein und schüttelte den Kopf.

»Und selbst wenn, dann erst recht nicht, wie?«, fragte Ines. »Du hast Angst davor.«

Und wie. Er schüttelte den Kopf, ließ den Stein wieder in der Hosentasche verschwinden und schüttelte abermals den Kopf, diesmal so heftig, wie er konnte, ohne dass es albern aussah. »Das ist kein Spielzeug«, sagte er. »Und du hast Recht, ja. Es *macht* mir Angst. Nicht dieser Stein. Das, was hier geschieht.«

Ines sah ihn kopfschüttelnd an. Er hatte das Gefühl, dass sie ihm etwas ganz Bestimmtes sagen wollte; etwas, das ihr schon lange auf der Seele lag, ohne dass sie die richtigen Worte gefunden hätte. Dann zuckte sie mit den Schultern, schüttelte den Kopf, stellte mit einer bedächtigen Bewegung ihre Pepsi-Dose auf den Boden – und schlang ohne Vorwarnung oder ein weiteres Wort die Arme um seinen Hals. Noch ehe Vandermeer wusste, wie ihm geschah, berührten ihre Lippen die seinen.

Vandermeer wehrte sich nur eine halbe Sekunde lang. Eine weitere halbe Sekunde lang blieb er passiv und überrascht, dann gab er seinen Gefühlen nach und erwiderte ihren Kuss, zuerst zögernd, dann mit der gleichen ungestümen Kraft wie sie.

Es dauerte mehrere Minuten, ehe sie sich atemlos wieder voneinander lösten. Das hieß: Vandermeer versuchte sich von ihr zu lösen, aber Ines hielt ihn so fest umklammert, dass er schon Gewalt hätte anwenden müssen, um ihre Arme abzustreifen.

»He, he!«, sagte er. »Was ist denn in dich gefahren? Ich dachte, wir bilden hier eine Zweckgemeinschaft, um gegen die bösen Buben zu kämpfen?«

»Ich bin das nicht«, antwortete Ines mit Unschuldsmiene, aber augenzwinkernd. »Hast du immer noch nicht kapiert, dass immer genau das passiert, was du dir unbewusst wünschst?«

»Als ich mir das letzte Mal etwas so intensiv gewünscht habe, ist Khemal aufgetaucht«, sagte Vandermeer. »Aber der wollte mich nicht küssen.«

»Wer sagt, dass ich das wollte?«, antwortete Ines.

»Nicht?«

»Ich kann einfach nicht anders«, behauptete Ines. »Irgendeine unbegreifliche Macht zwingt mich dazu. Es ist wie verhext.« Sie küsste ihn wieder; aber diesmal nicht mehr wild und fordernd, sondern sehr sanft, fast schüchtern, was ihn nach ihrer stürmischen Eröffnung erneut überraschte. Trotzdem überließ er ihr die Initiative, indem er sich zurücksinken ließ und sie sanft auf sich herabzog.

Sie hatte Recht: Es *war* genau das, was er sich – und keineswegs *unbewusst* – die ganze Zeit über gewünscht hatte. Sie, nicht ihre Schwester. Er hatte geglaubt sich in Anja verliebt zu haben, aber das stimmte nicht. Es hatte nie gestimmt. Ihr Körper unter den groben Kleidern war so warm und anschmiegsam, dass er das Gefühl hatte vor Erregung zu explodieren, obwohl sie ihn noch nicht einmal wirklich berührt hatte.

»Was ... ist mit der Tür?«, fragte er atemlos.
»Was soll damit sein?« Ines' Lippen wanderten an seinem Hals hinunter, während sich seine Hände selbständig machten und nach dem obersten Knopf ihrer Bluse suchten.
»Jemand sollte sie abschließen. Haiko wollte kommen.«
Sie lachte. »Haiko ist blind, schon vergessen?«
»Aber ...«
Ines wurde sein Gerede eindeutig zu viel. Sie verschloss seine Lippen mit einem weiteren stürmischen Kuss, knüpfte mit der einen Hand sein Hemd und mit der anderen ihre Bluse auf. Vandermeer half ihr, so gut er konnte; mit dem Ergebnis, dass sie sich mehr gegenseitig behinderten.
»Machst du das zum ersten Mal?«, fragte Ines spöttisch.
»Hier in Russland? Ja.« Vandermeer setzte sich halb auf, schüttelte sich endgültig aus dem Hemd und sah mit unverhohlenem Interesse zu, wie sie aus ihrer Bluse schlüpfte und praktisch in der gleichen Bewegung hinter sich griff, um den Verschluss ihres BHs zu öffnen. Lächelnd beugte er sich vor, küsste flüchtig ihre Schulter und streckte die Hand aus, um ihr zu helfen.
Er konnte es nicht.
Als seine Brust ihre nackte Haut berührte, durchfuhr ihn etwas wie ein kribbelnder elektrischer Schlag, der ihn vor Erregung beinahe aufstöhnen ließ. Und trotzdem: Von einem Sekundenbruchteil auf den nächsten ... änderte sich etwas. Er begehrte sie noch immer, jetzt vielleicht sogar mehr denn je. Er *wollte* sie, jetzt und hier, so sehr, dass es beinahe wehtat.
Trotzdem war es ihm plötzlich nicht mehr möglich sie zu berühren.
»Was ... hast du?«, fragte Ines. Sein Kopf lag noch immer auf ihrer Schulter, sodass sie sein Gesicht nicht sehen konnte. Aber sie musste spüren, dass irgendetwas mit ihm nicht stimmte.
»Nichts.« Er richtete sich – zu schnell – wieder auf und rückte ein kleines Stück von ihr weg. Durch die Erschütterung rutschte der Träger ihres BHs von ihren Schultern. Sie machte keine Bewegung, um ihn festzuhalten, und er sah, dass ihre Brüste tatsächlich so perfekt geformt waren, wie er angenommen hatte. Der Anblick machte ihn verlegen.
»Nichts?«, fragte sie.
»Ich kann nicht«, gestand Vandermeer.
»Du kannst nicht?«, wiederholte Ines. »Was soll das heißen?«

Sie sah ihn einen Moment lang irritiert an, ehe sie mit einer fast hastigen Bewegung nach ihrem BH griff und ihn überzog.

»Anja«, sagte Vandermeer. »Es ... es ist wegen Anja. Es tut mir Leid.«

Ines antwortete nicht sofort. Sie sah ihn nur an, zwei, drei, vier Sekunden lang, und irgendetwas in ihrem Blick erlosch in dieser Zeit. »Oh, ich verstehe«, sagte sie schließlich. Ihre Stimme klang flach und er sah, dass sie mit äußerster Mühe um ihre Beherrschung kämpfte.

»Nein, du verstehst nicht.« Vandermeer streckte die Hand nach ihr aus, aber sie wich so hastig vor ihm zurück, dass er den Arm wieder sinken ließ.

»Und ob ich dich verstehe! Warum denkst du nicht einfach, ich wäre sie? So groß ist der Unterschied nicht, weißt du? Wir sehen uns ziemlich ähnlich. Vor allem bei Dunkelheit.«

Die Verbitterung in ihrer Stimme tat ihm körperlich weh; so sehr, dass er im ersten Moment nicht einmal in der Lage war zu antworten. In Ines' Augen schimmerten Tränen und auch in seinem Hals war plötzlich ein harter, bitter schmeckender Kloß.

»Würde es helfen, wenn ich hinausgehe und nach fünf Minuten wiederkomme und behaupte, ich wäre sie?«

»Bitte, Ines«, sagte er. »Du verstehst mich nicht. Das ist es nicht.«

»So?« Sie hatte den Kampf verloren und weinte; ohne ein Schluchzen oder den geringsten Laut. Und auch die Tränen, die lautlos über ihr Gesicht rannen, fügten ihm einen fast körperlichen Schmerz zu. Er kam sich gemein vor. Das Letzte, was er gewollt hatte, war ihr wehzutun.

»Es ... es ist das, was du mir in Istanbul erzählt hast«, sagte er leise. »Und vorhin. Erinnerst du dich? Wie du dich fühlst, wenn sie mit einem Mann schläft?«

Sie nickte. In ihrem Gesicht arbeitete es.

»Ich kann nicht«, murmelte er beinahe verzweifelt. »Ich will es ja. Es ... es gibt nichts, was ich mehr will. Wassili glaubt, er hätte mich in der Hand, weil er Anja verschleppt hat, aber das stimmt nicht. Er hat die Falsche erwischt, weißt du? Er hatte von Anfang an die Falsche. Ich wollte immer nur dich – ich habe es nur selbst nicht gewusst.«

»Aber du kannst nicht mit mir schlafen.«

»Ich hätte immer das Gefühl, dass sie uns zusieht«, sagte er ernst. »Kannst du das verstehen?«

Ines wischte sich mit dem Handrücken die Tränen aus dem Gesicht und atmete tief ein und aus. »Wie es aussieht, muss ich das wohl«, sagte sie. Sie lachte abgehackt, ein kehliger Laut, der sich wie ein Messerstich in sein Herz bohrte. »Stehst du auf Oldies?«

Vandermeer sah sie nur fragend an und Ines fuhr fort, während sie ihre Bluse überstreifte: »Ich schon. Es gibt da so ein Lied aus den Sechzigern, von Gus Backus: ›Die Mutter ist immer dabei‹. Vielleicht sollte ich es umkomponieren und aus Mutter Schwester machen.«

Vandermeer hatte keine Ahnung, wovon sie sprach. Aber er wusste, was sie *meinte*. Plötzlich hatte er das heftige Bedürfnis sie einfach in die Arme zu nehmen und an sich zu pressen. Aber er hatte Angst, dass sie das missverstehen würde, und noch mehr Angst zurückgewiesen zu werden und so rührte er sich nicht.

»Ich möchte nicht, dass irgendetwas zwischen uns steht«, sagte er leise. »Ich liebe dich wirklich, Ines.«

»Mich – oder uns?«

Er war sich vollkommen bewusst, dass sie ihn absichtlich verletzen wollte. Ihre Reaktion war nur menschlich: Ihr war wehgetan worden und nun wollte sie ganz instinktiv jemand anderem wehtun. Er schüttelte den Kopf und sagte so ruhig und eindringlich, wie er konnte: »Dich. Nicht euch und nicht deine Schwester. Ihr seid euch gar nicht so ähnlich, wie du behauptest, und das weißt du auch ziemlich gut. Ich war ein Idiot, so lange zu brauchen, um es zu merken. Ich werde es Anja sagen, sobald ich sie sehe.«

Er machte sich nicht die Mühe, seine Worte im Einzelnen zu erklären, und das war auch nicht nötig. Dies war tatsächlich der entscheidende Punkt: Er hatte sich jetzt ganz klar entschieden, aber er musste diese Entscheidung zementieren, indem er sie Anja mitteilte; nicht auf jenem lautlosen, unheimlichen Weg, auf dem Ines und ihre Schwester miteinander kommunizierten, sondern auf die altmodische Art und Weise, mit Worten und Auge in Auge. Solange er Anja nicht *gesagt* hatte, dass er sich für ihre Schwester entschieden hatte, würde er immer das Gefühl haben beide zu betrügen.

Ines stand auf, klaubte sein Hemd vom Boden auf und warf es ihm zu. Dann setzte sie sich mit auf den Knien aufgestützten Ellbogen auf die Bettkante und wandte ihre ganze Konzentration dem Fernsehschirm zu, über den die Bilder eines Videofilmes flimmerten, den sie praktisch auswendig kannte.

5

Haiko kam erst spät in der Nacht, genau wie er es angekündigt hatte. Vandermeer war lange nach Mitternacht eingeschlafen, sicherlich eine Stunde nachdem der Film zu Ende gegangen, die Kassette zurückgelaufen und die Wiedergabe von selbst wieder gestartet war. Ines musste die Replay-Funktion des Recorders eingeschaltet haben und Vandermeer hatte sich nicht die Mühe gemacht, nach der Fernbedienung zu suchen oder gar aufzustehen, um das Gerät auszuschalten. So wenig ihn der Film interessierte, so wenig störte er ihn auch. Im Gegenteil: Die Geräusche und Bilder vertrieben das Schweigen, das zwischen ihnen eingekehrt war und sonst vielleicht unerträglich gewesen wäre.

Er konnte sich nicht erinnern, wann er eingeschlafen war, aber er wusste genau, was ihn geweckt hatte: das intensive, äußerst unbehagliche Gefühl beobachtet zu werden.

Vandermeer öffnete die Augen, sah sich in dem nur vom flackernden bläulichen Licht des Feuers erhellten Zimmer um und korrigierte sich in Gedanken. Sie waren nicht mehr allein, aber er wurde auch nicht wirklich beobachtet, denn der Mann, der unter der Tür stand und in ihre Richtung blickte, war blind. Haiko war gekommen. Nach allem, was sich am Abend zugetragen hatte, hatte er ihn fast vergessen gehabt.

Er versuchte sich aufzusetzen und schaffte es im ersten Moment nicht. Ines war ebenfalls eingeschlafen und halb auf ihn gesunken. Sie hatte den Mund leicht geöffnet und schnarchte halblaut; eine Angewohnheit, die Vandermeer normalerweise als durch und durch abstoßend empfand. Ihr Anblick erweckte in diesem Moment jedoch das genau gegenteilige Gefühl in ihm. Für eine endlos lange Sekunde musste er sich mit aller Macht beherrschen, um ihre leicht geöffneten Lippen nicht zu küssen. Dabei hätte er es gekonnt. Er verabscheute den Austausch von Zärtlichkeiten vor Publikum, aber Haiko war streng genommen kein *Zuschauer*.

So behutsam es ging, schob er Ines' Kopf von seiner Brust und richtete sich auf. Sie murmelte irgendetwas im Schlaf, wurde jedoch nicht wach. Vorsichtig stand er auf und trat einen Schritt auf Haiko zu. »Sie kommen spät«, sagte er.

»Wir müssen vorsichtig sein«, antwortete Haiko, »Wassili ist misstrauisch geworden. Du hast ihm nichts gesagt?«

»Kein Wort«, versicherte Vandermeer. »Ich hätte auch gar nicht gewusst, was ich ihm sagen sollte.«

»Gut«, antwortete Haiko. »Seid ihr bereit?«

Vandermeer drehte sich zum Bett herum. Ines hatte sich auf die Seite gedreht und zusammengerollt. Sie murmelte erneut irgendetwas im Schlaf, aber sie machte trotz allem einen sehr entspannten Eindruck. »Ja«, sagte er. »Aber bevor ich sie wecke, hätte ich gerne eine ehrliche Antwort von Ihnen.«

»Ich lüge niemals«, sagte Haiko. Seine Stimme enthielt nicht den geringsten Vorwurf. Es war keine Verteidigung, sondern eine Feststellung.

»Wo ist ihre Schwester?«, fragte Vandermeer. »Ist sie hier im Lager?«

»Ja«, antwortete Haiko. »Aber warum fragst du? Sie ist es, die dich interessiert. Nicht die andere.«

Vandermeer war gebührend erstaunt. »Woher ...?«

»Deine Stimme.« Haiko lächelte. »Menschen sagen viel, ohne etwas zu sagen. Die Stimme, mit der du über sie sprichst, ist nicht dieselbe wie die, mit der du über die andere sprichst. Aber sie ist hier. Nicht weit entfernt. Ich werde sie holen, wenn es so weit ist.«

»Sie werden ...?!«

»Das wolltest du doch, oder?« Haiko hob die Hand. »Wenn das der Preis ist, den ich für deine Hilfe zahlen muss, so ist es ein geringer Preis. Doch nun komm. Wassilis Männer patrouillieren draußen. Wir haben nicht viel Zeit.«

Streng genommen hatten sie weder einen Preis noch seine Bereitschaft besprochen, sich auf Haikos Seite zu schlagen. Aber in einem Punkt hatte Haiko natürlich Recht: Dies war nicht der Moment für solche Spitzfindigkeiten. Und Vandermeer war mittlerweile auch viel zu neugierig auf das, was Haiko ihnen zeigen wollte. Ihr Gespräch am Abend hatte sich nahtlos in die Reihe inzwischen fast endloser Unterhaltungen mit Wassili eingereiht: Er hatte ihnen eine Menge erzählt, aber am Ende blieben wieder mehr neue Fragen als Antworten auf alte übrig.

Er weckte Ines, bedeutete ihr mit einer hastigen Bewegung still zu sein und ging zum Schrank, um ihre Jacken zu holen. Als er zurückkam, saß sie vornübergebeugt auf der Bettkante und rieb sich mit beiden Händen die Müdigkeit aus den Augen. Sie schwankte leicht und hatte Mühe nach der Jacke zu greifen, die er ihr hinhielt. Offensichtlich hatte er sie aus einer Tiefschlafphase gerissen und sie hatte Schwierigkeiten sich zu orientieren. Aber als die Benommenheit aus ihren Augen wich, verspürte er ein Gefühl fast unendlicher Erleichterung. Sie sah ihn einfach nur fragend an und da war auch noch eine Spur von Verbitterung. Aber kein Vorwurf. Kein Zorn. Sie hatte ihm vergeben.

»Wohin bringen Sie uns?«, fragte er, während er Ines half sich hochzustemmen und in die schwere Pelzjacke zu schlüpfen.

»Es ist nicht weit«, sagte Haiko. »Aber wir müssen vorsichtig sein.«

Das war genau die Art von Antwort, die er im Grunde erwartet hatte; nämlich keine. Aber er hatte es längst aufgegeben sich darüber zu ärgern. In diesem Punkt ähnelten sich Wassili und Haiko fast ebenso wie Ines und Anja: Man bekam nie eine klare Antwort von ihnen, ganz gleich, wie eindeutig die Frage auch formuliert war.

Dicht hinter Haiko traten sie auf den nur von der trüben Nachtbeleuchtung erhellten Korridor der Baracke hinaus. Erst als sie schon fast den halben Weg zum Ausgang zurückgelegt hatten, wurde Vandermeer klar, wie absurd die Situation eigentlich war: Sie folgten einem blinden Führer. Haiko bewegte sich zwar auch jetzt mit der gleichen, fast unheimlichen Sicherheit, die Vandermeer nicht zum ersten Mal daran zweifeln ließ, ob er *wirklich* blind war, aber nach einigen weiteren Schritten konnte er einfach nicht anders, als mit einer raschen Bewegung an Haiko vorbeizutreten und die Führung zu übernehmen. Als er an dem Alten vorbeiging, huschte ein flüchtiges Lächeln über dessen verbrannte Züge.

Sie erreichten die Tür. Vandermeer bedeutete den anderen mit stummen Gesten zurückzubleiben (noch während er es tat, wurde ihm klar, wie absurd das in Haikos Fall war, aber was sollte er tun?), schob die Tür einen Spaltbreit auf und spähte hinaus. Das Lager lag verlassen, aber alles andere als dunkel vor ihm. Mit Ausnahme des Hangars waren zwar die Lichter in fast allen Gebäuden erloschen, aber es gab eine Anzahl hoher Flutlichtmasten, die das weite Areal in grelles Licht tauchten. Es hatte aufgehört zu schneien und die Folge war, dass man jetzt eindeutig besser und auch *weiter* sehen konnte als am Tag. Er sah auch fast sofort die Patrouille, von der Haiko gesprochen hatte: zwei in knöchellange Mäntel gehüllte Männer, die gerade in diesem Moment um die Ecke eines benachbarten Gebäudes verschwanden. Ihr Anblick beunruhigte ihn allerdings nicht halb so sehr wie der der beiden Hunde, die sie mit sich führten.

Vandermeer wartete, bis die Männer außer Sicht waren, zählte in Gedanken langsam bis fünf und sagte dann: »Okay.«

Ines reagierte sofort, aber Haiko blieb, wo er war. Nach einer Sekunde der Irritation verbesserte sich Vandermeer: »Sie sind weg.«

Er schob die Tür ganz auf, trat als Erster hinaus und biss die Zähne zusammen, als er spürte, wie kalt die Nacht war. Die Luft fühlte sich auf seiner Haut wie Glas an und in seiner Kehle wie *gemahlenes* Glas. Er glaubte nicht, dass er diese Kälte länger als einige Minuten aushalten würde. »Wohin?«

Haiko deutete mit unheimlicher Zielsicherheit nach rechts, auf das einzige erleuchtete Fenster im weiten Umkreis. »Wanawara«, sagte er.

Vandermeer verstand, was er meinte. In der Dunkelheit war das Gebäude, in dem das Licht brannte, nicht mehr als ein formloser Schatten, kaum von den anderen zu unterscheiden. Aber seine Ankunft hier lag erst so kurz zurück, dass er sich noch gut an den Anblick des Lagers aus der Luft erinnerte. Ungefähr einen halben Kilometer rechts von ihrer Unterkunft entfernt lag die Hand voll Blockhütten, die die Keimzelle des Projektes Charon gebildet hatten: die alte Handelsstation Wanawara.

Als sie losgingen, knirschte der Schnee unter ihren Schritten so laut, dass Vandermeer das Gefühl hatte, der Lärm müsse bis zum anderen Ende des Lagers hin zu hören sein, und schon nach wenigen Augenblicken war er gar nicht mehr so froh, dass der Schneefall aufgehört hatte. Ein Blick über die Schulter zurück zeigte ihm, dass ihre Spuren in der makellosen weißen Decke ungefähr so auffällig waren, als hätte sie jemand mit Neonfarbe markiert. Außerdem bewegte sich Haiko zwar noch immer mit der gleichen Sicherheit wie bisher, aber trotzdem seinem Alter entsprechend *langsam*.

Die Reihe gleichförmiger Baracken zog sich fast über die halbe

Distanz bis zu ihrem Ziel, sodass sie sich sicher im schwarzen Schatten der Gebäude halten konnten. Die allermeisten Fenster waren dunkel, nur aus zweien fiel schwaches Licht, aus einem dritten der flackernde bläuliche Schein eines Fernsehers. Als Vandermeer an einem der Fenster vorbeiging, hörte er Stimmen, die sich auf Russisch unterhielten und lachten. Er roch frisch gebrühten Kaffee und der Geruch erinnerte ihn daran, dass sie das Abendessen an diesem Tag übergangen hatten. Sein Magen knurrte hörbar.

Sie blieben stehen, als sie das Ende der Barackenreihe erreichten. Vor ihnen lag jetzt noch ein Stück von vielleicht zweihundert Metern, das aber aus fast deckungslosem Gelände bestand; etwa auf halber Strecke stand ein verlassener LKW, ein Stück dahinter ein Türmchen aus einem oder zwei Dutzend großer Ölfässer, aber ansonsten war das Gelände wie leergefegt; und vor allem mit einer makellos weißen Schneedecke überzogen. Trotz der Dunkelheit mussten sie auf diesem Untergrund so deutlich zu sehen sein, als würden sie mit Spotlichtern angestrahlt, von ihren Spuren ganz zu schweigen.

Vandermeer sah aufmerksam in die Richtung, in der die Wachen verschwunden waren. Er konnte die Männer weder sehen noch hören, aber sie mussten nur einen zufälligen Blick in ihre Richtung werfen und alles war aus. Gleichzeitig fragte er sich, wovor er Angst hatte: Wassili hatte es ihm nicht nur nicht verboten, er hatte ihm ja ausdrücklich *erlaubt* sich im ganzen Lager frei zu bewegen.

Er zögerte nicht länger, sondern lief geduckt los; mit Rücksicht auf Ines und vor allem auf Haiko nicht so schnell, wie er gekonnt hätte, aber der alte Mann überraschte ihn schon wieder: Er bewegte sich nicht nur genauso schnell wie Ines und er, sondern auch um Etliches eleganter. Blind oder nicht, jeder Schritt, den er tat, machte klar, wie sicher er sich in dieser Umgebung fühlte und wie *zu Hause* er hier war. Unbehelligt, aber mit klopfendem Herzen und so außer Atem, als wäre er kilometerweit gelaufen, erreichte Vandermeer den LKW und duckte sich dahinter. Ines und Haiko trafen fast gleichzeitig ein, aber als Vandermeer weiterlaufen wollte, legte ihm Haiko die Hand auf den Unterarm und schüttelte den Kopf. Vandermeer sah ihn fragend an und deutete in die Richtung, in der die beiden Posten verschwunden waren. Einen Augenblick später tauchten die Männer mit ihren beiden Hunden hinter einer Gebäudeecke auf. Die Männer bewegten sich nicht sehr schnell, sondern schlenderten beinahe gemächlich dahin – aber so genau in ihre Richtung, als wüssten sie, wo sie nach ihnen zu suchen hatten. Wahrscheinlich, überlegte Vandermeer, hatten sie sich den LKW als Wendepunkt in ihrem Rundgang auserkoren. Ein schlechteres Versteck hätten sie sich kaum aussuchen können.

»Der Stein!«, sagte Haiko. »Benutze den Stein!«

Vandermeer griff in die Tasche und zog den Kristallsplitter heraus, aber er wusste nicht, was er damit anfangen sollte. Hilflos blickte er abwechselnd die näher kommenden Männer und den blauen Stein auf seiner Handfläche an. Was sollte er tun? Die magische Kraft des Steins benutzen, um die Männer einfach wegzuzaubern? Er empfand den Gedanken selbst als grotesk – aber er versuchte es trotzdem. Einige Sekunden lang starrte er den Stein an und konzentrierte sich mit aller Macht darauf, dass sich die Soldaten einfach herumdrehten und gingen.

Diesmal bekam er keine Kopfschmerzen, aber die Männer dachten auch nicht daran kehrt zu machen, sondern kamen immer näher. Einer der Hunde schlug kurz an und in seiner Nervosität bildete sich Vandermeer ein, den anderen schnüffeln zu hören, als hätte er bereits Witterung aufgenommen. Er konzentrierte sich weiter auf den Stein. Es musste doch funktionieren!

Haiko schnaubte, nahm ihm den Stein aus der Hand und schleuderte ihn in hohem Bogen in die Nacht hinaus. Vandermeer starrte ihm fassungslos hinterher.

Es war ein rekordverdächtiger Wurf. Der Stein beschrieb eine perfekte Parabel und prallte gut dreißig Meter entfernt gegen die Wellblechwand eines Gebäudes. Es gab einen lang nachhallenden, peitschenden Knall, der in der Stille der Nacht fast wie ein Gewehrschuss klang. Die beiden Männer fuhren auf dem Absatz herum. Der Hund, der gerade schon einmal angeschlagen hatte, begann wild zu kläffen. Einen Augenblick später rannten die beiden Posten mit wehenden Mänteln los und tauchten in der Nacht unter.

Auch Vandermeer und die beiden anderen stürzten los. Vandermeer unterdrückte nur mit Mühe den Impuls sich nach den Wachtposten umzusehen, aber er versuchte jetzt auch nicht mehr leise zu sein. Nach wenigen Augenblicken erreichten sie das Haus, stürmten die drei Stufen zur Tür hinauf und hindurch.

»Großartig!«, sagte Vandermeer schwer atmend. »Das war wirklich phantastisch! Was war das jetzt? Ein uralter sibirischer Verwirrungszauber?«

Haiko schloss die Tür und schüttelte den Kopf. »Ich sagte doch: Benutze den Stein.«

»Hm«, machte Vandermeer.

Ines fragte: »Aber wieso haben Sie ihn weggeworfen?«

»Irgendwie musste ich sie ablenken«, antwortete Haiko. »Sie hätten uns entdeckt.«

»Aber der Stein ...«

»... war genau das«, unterbrach Haiko sie. »Ein Stein, mehr nicht.«

»Und warum haben Sie ihn mir dann gegeben?«, fragte Vandermeer.

»Er hat seinen Dienst getan, oder?« Haiko lächelte flüchtig. »Du hast Wassili besiegt.«

Vandermeer blinzelte. »Ich ... verstehe«, sagte er schleppend. »Wie lange macht ihr das schon mit mir?«

»Was?«

»Mich wie einen Trottel behandeln«, murrte Vandermeer. »Vielleicht wäre alles sehr viel leichter, wenn ich endlich erfahren würde, was hier wirklich gespielt wird!«

»Aus keinem anderen Grund sind wir hier«, antwortete Haiko. »Kommt.«

Nachdem er die Tür geschlossen hatte, war es in der Hütte fast vollkommen dunkel geworden, sodass Vandermeer froh war, dass Haiko die Führung übernahm. Sie folgten dem Geräusch seiner Schritte. Zu Vandermeers Überraschung bewegte sich Haiko in der vollkommenen Dunkelheit zwar wie gewohnt schnell, aber alles andere als leise; ein paarmal stieß er irgendwo an und einmal stürzte etwas zu Boden und zerbrach klirrend. Der Lärm ließ ihn zusammenzucken, versöhnte ihn aber beinahe ein bisschen mit Haiko. Offensichtlich waren den Fähigkeiten des blinden Mannes, sich auf fast unheimliche Weise in einer Welt aus Dunkelheit und Geräuschen zurechtzufinden, doch noch gewisse Grenzen gesetzt. Der Gedanke hatte etwas fast Beruhigendes.

Haiko erreichte eine Tür auf der anderen Seite des Raumes und öffnete sie. Der gelbe Schein einer Petroleumlampe fiel herein und erfüllte das Zimmer mit trübem Licht und der Illusion von Wärme – aber mehr auch nicht. Vandermeer war mittlerweile bis auf die Knochen durchgefroren. Seine Hände zitterten und seine Fingerspitzen waren vollkommen gefühllos; und das, obwohl sie alles in allem nicht einmal fünf Minuten draußen gewesen waren. Vandermeer verfluchte sich in Gedanken dafür, zwar die warme Jacke angezogen, die Handschuhe aber im Schrank liegen gelassen zu haben. Doch er nahm diesen Gedanken gleichzeitig auch sehr wichtig. Möglicherweise war es sogar lebenswichtig, sich immer vor Augen zu führen, dass sie nicht einfach in einem anderen Land waren, sondern buchstäblich in einer anderen Welt, die vielleicht nicht feindseliger, auf jeden Fall aber gnadenloser war als die, in der er bisher gelebt hatte. Eine kleine Nachlässigkeit mochte hier gewaltige Folgen haben. Es war besser, er merkte sich das.

Es gab noch etwas, das er sich merken sollte: nämlich, dass sich Schadenfreude manchmal sehr schnell rächte. Kaum hatte Haiko die Tür geöffnet und so die Dunkelheit vertrieben, da prallte er selbst so wuchtig mit der Hüfte gegen denselben Tisch, gegen den auch Haiko zuvor gelaufen war, dass ihm die Tränen in die Augen schossen. Er verbiss sich im letzten Moment einen Schmerzenslaut, konnte aber nicht verhindern, dass er hörbar die Luft zwischen den Zähnen einsog. Trotzdem machte er einen schnellen Schritt, um an Ines vorbeizugehen und vor ihr das Nebenzimmer zu betreten. Sie warf ihm einen irritierten Blick zu, enthielt sich aber jeden Kommentars.

Er wusste selbst nicht, was er erwartet hatte – auf jeden Fall aber nicht einen leeren, ärmlich eingerichteten Raum ohne Bewohner und fast ohne Möbel. Genau das war es aber, was er erblickte, als er hinter Haiko durch die niedrige Tür trat: ein rechteckiges Zimmer mit einem Tisch, zwei Stühlen und einem roh gezimmerten, fast leeren Regal auf der einen Seite und einem uralten Schrank mit grob geschnitzten Türen auf der anderen. Das einzige kleine Fenster war mit Brettern vernagelt und der Kamin neben der Tür sah nicht so aus, als wäre er in den letzten zehn Jahren benutzt worden.

»Und jetzt?«, fragte er, nachdem Ines hinter ihm hereingekommen war. Er war enttäuscht. Er hatte ... irgendetwas erwartet. Aber nicht *nichts*.

Haiko machte eine Handbewegung, die Tür zu schließen. Nachdem er gehört hatte, dass Ines es tat, wandte er sich direkt an Vandermeer. »Was siehst du?«, fragte er.

»Was ich …« Vandermeer blinzelte verwirrt. »Nichts«, sagte er achselzuckend. »Ein leeres Zimmer.«

»Dann siehst du, was ich spüre«, sagte Haiko. »Leere. Dies hier war einmal das Herz der Stadt.«

»Welcher *Stadt?*«, fragte Ines.

Haiko lächelte traurig. »Es war eine Stadt«, antwortete er. »Keine Stadt, wie du sie kennst, mit Häusern so hoch wie der Himmel und Menschen, die zahlreicher sind als die Blätter an den Bäumen. Hier haben nie viele Menschen gelebt. Und doch war es eine Stadt. Eine Heimat für die, die hier lebten, und Schutz für jeden, der in einer kalten Winternacht hierherkam und Hilfe brauchte.«

Vandermeer rieb die Hände vor dem Gesicht aneinander und blies hinein. Zumindest im Moment hielt sich der Schutz vor kalten Winternächten in Grenzen. Er hatte das Gefühl, dass seine Finger abfallen würden, wenn er sie zu heftig bewegte. Aber er sagte nichts. Irgendwie spürte er, dass das, was Haiko auf seine umständliche Art zu erklären begonnen hatte, sehr wichtig war.

»Sie war es, bevor die Fremden hierherkamen und alles zerstörten«, fuhr Haiko fort.

»Wassili?«, fragte Ines.

»Nein«, antwortete Haiko. »Er war nur der Letzte von vielen und nach ihm werden vielleicht noch mehr kommen. Die Namen wechseln und die Männer auch, doch was sie tun, ist immer gleich. Sie zerstören. Sie nehmen sich, was sie brauchen, und lassen nur zurück, was niemandem mehr von Nutzen ist, und manchmal nicht einmal mehr das. Mein Volk hat schon hier gelebt, bevor es die großen Städte gab, aus denen sie kamen. Dieses Land hat es ernährt und beschützt, über tausend Generationen hinweg. Es hat ihnen gegeben und es hat von ihnen genommen. Doch die Menschen heute sind anders. Sie nehmen nur noch.« Seine Stimme wurde bitter. »Die Welt wäre besser dran ohne sie. Sie hat sie geboren, aber sie essen vom Fleisch ihrer Mutter und es ist ihnen gleichgültig, daß sie sie damit töten.« Er seufzte. »Du hast gesehen, was sie aus meinem Volk gemacht haben. Wassili hat dir Tchombé gezeigt.«

Vandermeer blickte fragend. Erst nach ein paar Sekunden wurde ihm bewusst, dass Haiko es ja nicht sah. »Tchombé?«, wiederholte er.

»Er ist einer der Letzten, die geblieben sind«, erklärte Haiko. »Du hast ihn gestern in der Kantine getroffen.«

Endlich erinnerte sich Vandermeer an die traurige Gestalt, die am Nebentisch gesessen hatte, als sie mit Wassili zu Mittag aßen. »Oh«, sagte er nur.

Haiko schien das Antwort genug zu sein. »Er war einst ein stolzer Mann«, fuhr er fort. »Ein heiliger Mann. Der Hüter dieses Ortes. Doch sie haben ihm alles weggenommen. Zuerst sein Heim, dann seine Familie und am Ende seine Selbstachtung. Das ist alles, was sie können. Zerstören! Sie sind es nicht wert zu leben.«

»Wassili hat uns erzählt, dass er freiwillig hiergeblieben ist«, sagte Ines.

»Wohin sollte er gehen?«, fragte Haiko. »Die Welt, in der er gelebt hat, existiert nicht mehr. Es gibt niemanden mehr, zu dem er gehört. Und er hat geschworen diesen Ort zu beschützen, so lange er lebt. Wenigstens diesen Schwur hat er bisher nicht gebrochen.«

Vandermeer sagte nichts, aber er warf Ines einen bezeichnenden Blick zu und sah sich demonstrativ in dem von flackerndem gelben Licht erhellten Raum um. Er hätte hier nicht einmal einen Hund mit gutem Gewissen eingesperrt. Was um Gottes willen gab es hier zu *beschützen*?

Als hätte er seinen Blick gespürt oder seine Gedanken gelesen, sagte Haiko: »Urteile nicht über das, was du siehst. Dieser Ort ist noch immer das, was er war. Er war es, bevor Menschen hierherkamen, und er wird es noch sein, wenn es längst keine Menschen mehr auf dieser Welt gibt.«

Vandermeer schwieg auch dazu. Aber er war mittlerweile nicht mehr sicher, ob es tatsächlich eine so gute Idee gewesen war, mit Haiko hierherzukommen. Für seinen Geschmack sprach der alte Mann ein bisschen zu oft vom Weltuntergang und vom Ende der Menschheit. Vielleicht war er verrückt.

»Kommt«, sagte Haiko. Er schlurfte mit kleinen Schritten auf den Schrank an der gegenüberliegenden Wand zu, öffnete die Türen und trat hinein.

Vandermeer riss ungläubig die Augen auf, als Haiko die Hand hob, auf eine bestimmte Stelle an der Rückwand des Schrankes drückte und diese mit einem knarrenden Laut nach innen schwang. Dahinter lag absolute Dunkelheit und für einen Moment hatte Vandermeer das absurde Gefühl, dass sie nicht einfach nur wie das Nichtvorhandensein von Licht auf der anderen Seite der Tür war, sondern sich wie eine finstere Woge zu ihnen herein ergoss; wie etwas, das dort auf sie gelauert hatte. Er verscheuchte den Gedanken.

»Folgt mir«, sagte Haiko. Er war bereits durch die Tür getreten und nicht mehr zu sehen. Die Dunkelheit hatte ihn verschluckt. Seine Stimme klang verzerrt, als wäre der Raum, in dem er sprach, sehr groß. »Und bringt die Lampe mit, damit ihr etwas seht.«

Ines nahm Vandermeer die Arbeit ab: Mit einer raschen Bewegung nahm sie die Petroleumlampe vom Tisch und hielt sie am ausgestreckten Arm vor sich. Vandermeer protestierte nicht. Seine Finger waren noch immer so taub, dass er nicht sicher war, ob er sie überhaupt hätte halten können.

Die Dunkelheit, die hereingekommen war, floh in tausend flackernden Schatten wieder vor ihnen, als sie sich dem Schrank näherten, ein unheimlicher, fast angsteinflößender Anblick. Vandermeer überließ Ines diesmal den Vortritt, weil sie die Lampe trug. Als er hinter ihr in den Schrank trat, begutachtete er instinktiv den Mechanismus, der die Geheimtür öffnete. Er war simpel, aber so robust, als wäre er für die Ewigkeit gebaut.

Der Raum, in den sie traten, war etwas größer als das leere Zimmer, aber nicht annähernd so groß, wie Vandermeer nach dem Klang von Haikos Stimme gerade erwartet hatte. Auch er war einfach eingerichtet, um nicht zu sagen *ärmlich*, und doch gab es einen grundlegenden Unterschied: Er spürte, dass in diesem Zimmer *Leben* gewesen war, vor nicht allzu langer Zeit. Das Zimmer draußen war tot, eine rechteckige Kiste aus Holz, in der sich nicht einmal die Kälte wirklich zu Hause fühlte. Der Raum hier war ...

Nein, er konnte es nicht in Worte fassen, aber das Gefühl war einfach zu deutlich, um es als bloße Einbildung abzutun.

»Was ... ist das hier?«, fragte Ines. Ihre Stimme war leiser geworden und sie zitterte auch ein bisschen. Vandermeer war jedoch sicher, nicht vor Kälte. Wahrscheinlich spürte sie es auch. Was immer *es* war.

»Ein geheimer Ort«, antwortete Haiko. »Als die Russen herkamen, verboten sie die alte Religion. Also haben sich die Menschen hier getroffen, um den Sitten ihrer Väter zu huldigen.«

Das überraschte Vandermeer nicht einmal. Was ihn hellhörig werden ließ, war die Art, auf die Haiko das Wort *Russen* aussprach. Es klang nicht so, als bringe er seinem eigenen Volk sehr viele Sympathien entgegen.

»Und er ist die ganze Zeit geheim geblieben?«, fragte Ines.

Haiko lachte. »Natürlich nicht«, antwortete er. »Sie haben ihn gefunden und alle hart bestraft, die sie hier antrafen. Aber sein wahres Geheimnis haben sie niemals ergründet. Hilf mir den Tisch beiseite zu schieben.«

Selbst mit vereinten Kräften hatten sie Mühe, das wuchtige Möbelstück zu bewegen, und Vandermeer merkte bald, warum das so war: Der Tisch hatte keine Beine, sondern ein massives Untergestell aus fingerdicken Bohlen, mehr als anderthalb Meter lang und halb so breit. Das Ding musste mindestens drei Zentner wiegen, dachte Vandermeer. Obwohl Haiko sich für einen Mann seines Alters als ausgesprochen kräftig erwies, konnten sie ihn nur zentimeterweise bewegen. Der Lärm, den sie dabei machten, musste im ganzen Lager zu hören sein.

Unter dem Tisch kam eine rechteckige Öffnung zum Vorschein, in der sowohl die obersten Stufen einer roh aus dem Stein gehauenen Treppe als auch das Ende einer grob gezimmerten Leiter sichtbar waren. Als sich Ines vorbeugte und das Licht ihrer Petroleumlampe in die Öffnung fiel, sah Vandermeer auch, warum das so war: Die Treppe führte in steilem Winkel nach unten, aber sie endete nach einem halben Dutzend Stufen im Nichts. Der Trümmerhaufen, zu dem der Rest der Treppe zusammengebrochen war, lag noch einmal gute fünf Meter tiefer.

Haiko ging unsicher in die Hocke und tastete nach dem Ende der Leiter, sodass Vandermeer seine Hand ergriff und zu ihrem Ziel führte. Kaum hatte er es ergriffen, gewannen seine Bewegungen die gewohnte Sicherheit zurück. Er stieg so schnell in die Tiefe, dass klar war, dass er diesen Weg schon sehr oft gegangen sein musste.

Vandermeer war ein wenig mulmig bei dem Gedanken, über die wackelige Leiter nach unten zu klettern. Das Ding sah nicht so aus, als ob es das Körpergewicht von zwei oder gar drei erwachsenen Menschen tragen könnte. Also wartete er, bis Haiko das Ende der Leiter erreicht hatte und einen Schritt zurückgetreten war, ehe er ihm folgte.

Weder Ines noch Haiko machten eine entsprechende Bemerkung, aber Vandermeer spürte selbst, um wie vieles langsamer (und ungeschickter) als der alte Mann er sich bewegte. Die Leiter zitterte heftig unter seinem Gewicht. Trotz der Kälte stand kalter Schweiß auf seiner Stirn, als er neben Haiko anlangte.

Wie der Alte zuvor trat er einen Schritt von der Leiter zurück, ehe er sich herumdrehte und die fast vollkommene Dunkelheit mit Blicken zu durchdringen versuchte. Viel konnte er nicht sehen. Er stand halb auf dem Schuttberg, der von der zusammengebrochenen Treppe übrig geblieben war. Das Licht der Petroleumlampe, das von oben hereinfiel, verlor sich nach wenigen Schritten in einer Schwärze, die alles überstieg, was Vandermeer jemals gesehen hatte. Er hatte das Gefühl, dass es mehr als nur Dunkelheit war. Es war ein Versteck, in dem etwas lauerte. Und er war nicht sicher, ob es gut war ihm zu begegnen.

Dann begann Ines die Leiter herunterzusteigen und brachte die Lampe mit sich und als das Licht ihr vorauseilte, vergaß Vandermeer all seine Befürchtungen und düsteren Vorahnungen.

Er hatte niemals etwas Phantastischeres gesehen.

Der Raum war nicht nur weit größer, als er erwartet hatte, er war geradezu riesig; sehr viel größer als das Gebäude, unter dem er sich erstreckte. Und es war alles andere als eine Höhle oder auch nur ein normaler Kellerraum. Beides hätte er erwartet. Was er jedoch sah, das war ein gewaltiges, von zahllosen gemauerten Säulen getragenes Gewölbe, dessen Decke sich gute vier Meter über ihre Köpfe erhob. Die Wände bestanden aus präzise gesetztem und – angesichts seines vermutlichen Alters – erstaunlich sauberem Ziegelwerk, das jedoch nur zu einem kleinen Teil überhaupt sichtbar war; das meiste war hinter kunstvollen Wandmalereien, Mosaiken, Fresken und liebevoll gemalten Ikonen verborgen. Die Bilder zeigten ausnahmslos religiöse Themen: die Mutter Gottes, eine etwas fremdartig anmutende Abendmahl-Szene, verschiedene Heilige … Sie befanden sich in einer riesigen unterirdischen Kirche. Vandermeer schätzte, dass der Raum groß genug war, um bequem zwei- bis dreihundert Menschen Platz zu bieten.

»Unglaublich«, flüsterte Ines. Ihre Stimme bebte und die verwirrende Akustik des unterirdischen Raumes verlieh ihr ein mehrfach gebrochenes Echo. Sie hob die Laterne. Das Licht reichte dadurch nicht weiter, erzeugte aber Millionen winziger huschender Schatten, die in Vandermeer den Eindruck erweckten, der ganze Raum wäre zu lautlosem Leben erwacht. »Was ist das?«

»Eine koptische Kirche«, antwortete Vandermeer. Er war kein Spezialist für solche Dinge, aber eine seiner Reportagen hatte ihn vor Jahren einmal in ein ganz ähnliches Gebäude geführt. Nur hatte das nicht fünf Meter unter der Erde gelegen.

»Das ist wahr«, sagte Haiko. »Über viele Jahre hinweg haben sich die Menschen meines Volkes hier im Verborgenen getroffen, um den neuen Gott anzubeten.«

»Und niemand hat es gemerkt?«

»Sie haben den anderen Ort gefunden.« Haiko machte eine Kopfbewegung zur Leiter. »Sie sollten ihn finden. Man opfert das eine, um das andere zu schützen. Kommt mit mir.«

Er bewegte sich tiefer in den Raum hinein. Kurz bevor er in den Schatten verschwand, folgten ihm Ines und Vandermeer, sodass das flackernde Licht die Schatten im gleichen Tempo vor Haiko herzutreiben schien. Was, dachte Vandermeer, wenn sie das Ende des Raumes erreicht hatten und es nichts mehr gab, wohin sie flüchten konnten? Er verscheuchte den Gedanken.

Am hinteren, bisher im Schatten verborgenen Teil des Gewölbes stand ein Altar aus verwittertem Marmor. An ihm hatte die Zeit Spuren hinterlassen und es sah auch so aus, als wäre er irgendwann einmal gewaltsam beschädigt worden. Vandermeer war bisher davon ausgegangen, dass Haiko die Kommunisten meinte, wenn er von den Fremden sprach, die hierher gekommen waren, um sein Volk zu unterdrücken. Jetzt war er nicht mehr sicher. Dieser Raum machte den Eindruck, als wäre er sehr viel älter als siebzig oder achtzig Jahre. Er stellte jedoch keine entsprechende Frage.

Es war auch nicht der Altar, den Haiko ihnen zeigen wollte. Der alte Schamane ging wortlos und mit der Zielsicherheit eines Mannes daran vorbei, der sich diesen Weg ein Leben lang eingeprägt hatte, und näherte sich der dahinterliegenden Wand. Erst als er sie fast erreicht hatte, sah Vandermeer, dass sie nicht vollkommen massiv war. Es gab auch dort ein einstmals sicher farbenprächtiges Gemälde mit lebensgroßen Heiligenfiguren. Die Farben waren verblasst und im gelben Licht der Petroleumlampe fast nur noch zu erraten, doch die Bildkomposition selbst war so geschickt, dass sie den darin verborgenen Durchgang nahezu unsichtbar werden ließ. Erst, als Haiko gebückt durch die asymmetrische Öffnung trat, sah Vandermeer, dass sie überhaupt da war. Der Trick war ebenso simpel wie genial: Einige der mehr als überlebensgroß gemalten Figuren warfen Schatten an die gemalte Holzwand hinter ihnen, nur dass einer dieser Schatten eben kein Schatten, sondern der Durchgang in einen dahinterliegenden Raum war. Selbst die Bank dahinter war Teil des Bildes, sodass man schon sehr genau hinsehen musste, um zu erkennen, dass der Raum dort offensichtlich weiterging.

Ines hielt verblüfft mitten im Schritt inne und sah ihn an. Vandermeer zuckte mit den Schultern und gab ihr ein Zeichen weiterzugehen. Trotzdem hatte die unmerkliche Verzögerung gereicht, Haiko verschwinden zu lassen. Vandermeer beeilte sich ihm zu folgen und ein sehr sonderbares Gefühl ergriff von ihm Besitz: Durch dieses Bild zu gehen war ein Schritt von düsterer Symbolik. Als träte er nicht nur im übertragenen Sinne, sondern nunmehr wortwörtlich von der realen in eine andere Welt, die sich jenseits der Grenzen der Wirklichkeit verbarg.

Er versuchte auch diesen Gedanken abzuschütteln, aber es gelang ihm nicht mehr. Mit jedem Schritt, den sie Haiko folgten, schienen sie sich ein Stück weiter von der Wirklichkeit weg und tiefer in ein Kontinuum hineinzubewegen, in dem nicht nur die Dinge nicht mehr das waren, was sie bisher immer dargestellt hatten, sondern auch seine Gedanken eigene, unheimliche Wege gingen. Wege, die ihn erschreckten und an deren Ende etwas war, das ihm Angst machte. Ohne sich dessen bewusst zu sein, ging er immer langsamer. Als er in dem Raum hinter dem Bild angekommen war, blieb er stehen. Er musste es, denn hier drinnen herrschte vollkommene Finsternis und anders als Haiko war er nicht in der Lage, sich ohne Licht zurechtzufinden. Aber er wäre wohl auch stehen geblieben, wäre der Raum taghell erleuchtet gewesen. Es dauerte nur wenige Sekunden, vielleicht nicht einmal ganz eine, bis Ines ihm mit der Lampe folgte und der flackernde gelbe Schein die Dunkelheit wieder in ein Heer flüchtender Schatten verwandelte, und doch lernte Vandermeer in dieser Sekunde mehr über sich als vielleicht in der ganzen Zeit zuvor, in der es begonnen hatte. Sein Herz klopfte und seine Hände und Knie zitterten so heftig, dass man es deutlich sehen musste, und noch vor einem Augenblick hätte er geschworen, dass dieses Gefühl nichts anderes als Angst war, nur noch einen Fingerbreit von nackter Panik entfernt. Nun wusste er, dass das nicht stimmte. Was er spürte – was er die ganze Zeit über in Haikos Nähe gespürt hatte (auch das wurde ihm erst jetzt klar) –, das war keine Angst; es war die Gegenwart von etwas Fremdem, vielleicht jener körperlosen, allgegenwärtigen Kraft, von der

Gwynneth gesprochen hatte und die so deutlich in der Nähe der Pyramide spürbar war.

Nur begriff er jetzt zum ersten Mal, welcher Art diese Kraft war. Sie befanden sich an einem heiligen Ort. Sicherlich nicht heilig in dem Sinne, in dem die Theologen und Priester dieses Wort benutzten. Es war kein geweihter Boden, auf dem irgendein Märtyrer sein Blut vergossen hatte. Was er spürte, war die Nähe einer anderen, viel gewaltigeren Wirklichkeit als der, die er bisher gekannt hatte. Plötzlich wusste er mit zweifelsfreier Sicherheit, dass Wassili Recht hatte. Jedes Wort, das er ihnen erzählt hatte, war wahr.

Ines trat hinter ihm durch die Öffnung im Bild. Sie sagte nichts, hielt die Lampe aber ein Stück höher und Vandermeer war plötzlich aus einem vollkommen anderen und viel profaneren Grund sehr froh, nicht weitergegangen zu sein.

Er war ganz instinktiv an genau der Stelle stehen geblieben, an der er den Schamanen aus dem Auge verloren hatte, und vielleicht hatte er sich damit das Leben gerettet, aber auf jeden Fall einen möglicherweise schweren Sturz erspart. Keine fünf Zentimeter vor seinen Füßen nämlich lag die oberste Stufe einer zwar breiten, aber in halsbrecherischem Winkel in die Tiefe führenden Treppe, die aus dem natürlich gewachsenen Felsgestein des Bodens herausgemeißelt worden war. Die Stufen waren so glatt, dass der Stein wie poliertes Glas schimmerte, und Millionen und Abermillionen geduldiger Füße hatten in ihrer Mitte deutliche Vertiefungen hinterlassen. Die Treppe wand sich wie ein gedrehtes Schneckenhaus vor ihnen nach unten, sodass er Haiko auch dann nicht mehr sehen konnte, als sich Ines an ihm vorbeibeugte und die Lampe am ausgestreckten Arm nach vorne hielt.

»Da hinunter?«, flüsterte Ines.

Vandermeer nickte nur wortlos und ging schnell weiter. Seine Knie zitterten immer noch leicht und die Stufen waren so glatt, dass er sich mit der Hand an der Wand abstützte, weil er fürchtete den Halt zu verlieren. Trotzdem hatte er es plötzlich eilig Haiko zu folgen. Vielleicht würde er nicht mehr den Mut haben es zu tun, wenn er sich auch nur eine Sekunde des Zögerns gestattete.

Er zählte die Stufen bis zum unteren Ende der Treppe. Es waren zweiunddreißig, was bedeutete, dass sie mindestens weitere vier Meter unter der Erde sein mussten. Der Raum, in den sie gelangten, war nicht annähernd so groß und prachtvoll eingerichtet wie die Kirche über ihnen. Und doch erfüllte er Vandermeer mit dem gleichen Gefühl von Ehrfurcht und Ergriffenheit, denn auch dies war ein heiliger Ort, der von derselben unwirklichen Atmosphäre erfüllt war.

Die Decke war so niedrig, dass weder Vandermeer noch Ines aufrecht stehen konnten, und bestand wie Wände und Boden aus roh behauenem hellem Fels. Der Raum, der einen Durchmesser von vielleicht zwanzig Schritten hatte, war bis auf einen quadratischen, etwa meterhohen Block in der Mitte vollkommen leer. In regelmäßigen Abständen gab es schwarze Flecken an den Wänden, die von zahllosen Fackeln kündeten, die hier gebrannt und diese unterirdische Höhle erhellt hatten.

»Was ist das?«, flüsterte Ines.

»Eine weitere Kirche«, antwortete Vandermeer, bevor Haiko dies tun konnte, »oder ein Tempel.«

Der alte Schamane nickte. Für einen Moment wandte er das Gesicht in die Richtung, aus der ihre Stimmen kamen, aber er sagte nichts, sondern drehte sich wieder herum und ging langsam auf den steinernen Quader im Zentrum der Höhle zu. Vandermeer folgte ihm, blieb aber in drei Schritten Entfernung stehen. Ein Gefühl der Ehrfurcht hatte ihn ergriffen, das fast stärker war als gerade in der darüber liegenden verborgenen Kirche. Obwohl dieser Ort viel einfacher war und die Hände, die ihn geschaffen hatten, nicht annähernd über die gleiche Kunstfertigkeit und das gleiche Wissen verfügt hatten wie die Hände derer, die die Kirche oben erschufen, versetzte er ihn doch ungleich mehr in Erstaunen; und weckte ein Gefühl von Beunruhigung in ihm, das er sich im ersten Moment nicht erklären konnte. An diesem Raum war ebenso wenig etwas Bedrohliches wie an der Kirche über ihren Köpfen. Es war nicht das, was er darstellte oder wofür er stand. Was Vandermeer beunruhigte war einfach die Tatsache, dass er *da* war. Er konnte nicht sagen, warum.

»Früher war ich oft hier«, sagte Haiko. Er ließ sich ächzend, umständlich und mit der übertrieben präzisen Gestik eines alten Mannes, hinter dem Stein in die Hocke sinken und suchte einen Moment herum. Als seine Hände wieder zum Vorschein kamen, hielten sie etwas, das Vandermeer im ersten Moment für einen schmutzigen Lappen hielt. Dann sah er, dass es eine uralte einfache Stoffpuppe war. Haiko legte sie mit fast andächtigen Bewegungen auf den Tisch und strich mit den Fingerspitzen darüber.

Der Anblick berührte Vandermeer auf seltsame Weise, aber es war Ines, die das Bild in Worte kleidete.

»Das ist ... Ihre?«, fragte sie zögernd.

Haiko nickte. Seine Finger fuhren weiter über die kleine Puppe; ein zugleich rührender wie fast absurder Anblick, der Vandermeer sowohl tatsächlich an ein Kind erinnerte, das sein Spielzeug liebkoste, als auch an einen Voodoo-Priester, der sich auf eine Beschwörung vorbereitete. Er konnte nicht einmal sagen, welcher der beiden Vergleiche ihm unheimlicher war.

»Dieser Ort war schon alt, ehe der Vater meines Vaters geboren wurde«, sagte Haiko. »Mein Vater war der Hüter seines Geheimnisses und vor ihm sein Vater und davor dessen. Seit unsere Familie existiert, wurde diese Aufgabe stets vom Vater an den ältesten Sohn übertragen. Es ist ein Ort großer Macht. Die Geister sind stark an diesem Platz.«

»Aber ... warum hier?«, murmelte Ines. Sie machte eine Bewegung zur Decke hinauf. »Und wieso diese zwei Kirchen ... übereinander?«

Haiko sah sie aus seinen blinden Augen an. Er antwortete nicht sofort, sondern ließ fast eine Minute verstreichen, dann legte er die kleine Stoffpuppe mit den gleichen, fast zeremoniellen Bewegungen, mit denen er sie genommen hatte, an ihren Platz zurück, stemmte sich mit der linken Hand auf der Oberseite des steinernen Blocks ab und arbeitete sich ächzend in die Höhe. Vandermeer streckte ihm die Hand entgegen, um ihm zu helfen, erinnerte sich aber wieder erst einen Sekundenbruchteil zu spät daran, dass der Schamane die Geste nicht sehen konnte. Bevor er seinen Fehler wieder gutmachen konnte, hatte sich Haiko aus eigener Kraft erhoben und deutete hinter sich. Vandermeer sah verblüfft, dass es dort einen Durchgang zu einem weiteren, noch tiefer gelegenen Raum gab.

Im Grunde war er nicht einmal mehr wirklich überrascht, als Ines und er dem Alten dorthin folgten und es abermals in die Tiefe ging.

6

Diesmal gab es keine Stufen mehr. Der Boden bestand aus abschüssigem grobem Geröll, sodass sie aufpassen mussten, wo sie hintraten, um nicht versehentlich eine Lawine auszulösen, die sie mit sich in die Tiefe reißen würde. Die Decke des Stollens war so niedrig, dass Vandermeer mehrmals schmerzhaft mit dem Kopf dagegen stieß, obwohl er so weit nach vorne gebeugt ging, wie er es noch wagte, ohne zu große Gefahr zu laufen, dass er die Balance verlor.

Diesmal ging es sehr weit in die Tiefe. Vandermeer schätzte, dass sie sich mindestens zwanzig, wenn nicht mehr Meter unter dem hartgefrorenen Boden der Taiga befanden, als das gefährliche Geröll unter ihren Füßen endlich wieder sicherem Fels wich. Die Decke war hier ein wenig höher, sodass er sich wieder aufrichten konnte.

Er war beinahe enttäuscht. Er hatte keine klare Vorstellung von dem gehabt, was sie erwartete, insgeheim aber wohl doch geglaubt, dass es etwas Dramatisches, vielleicht auch Unheimliches war. Auf den ersten Blick jedoch schien es sich um eine vollkommen leere, einzig von Feuchtigkeit und glitzernden Eisnestern erfüllte, asymmetrisch geformte Höhle zu handeln. Erst als Ines neben ihn trat und die Petroleumlampe hob, sah er, dass das nicht ganz stimmte. Die Höhle war leer, aber sie musste einst bewohnt gewesen sein. Wände, Decke, ja selbst der Fußboden waren über und über mit komplizierten, vollkommen fremdartig anmutenden Bildern und Reliefarbeiten übersät. Viele waren verblasst, von Staub oder verkrustetem Schmutz oder auch Eis überdeckt und mehr zu erahnen als wirklich zu erkennen und im ersten Moment glaubte er, es handele sich um ganz normale Höhlenmalereien. Aber das stimmte nicht. Als er näher an eine der Wände herantrat und die Bilder betrachtete, begriff er, dass er so etwas noch nie gesehen hatte. Die Höhlenmalereien, die er kannte, stellten Tiere oder auch primitiv gezeichnete Menschen dar, manchmal auch einfache Symbole, die Sonne oder Mond abbildeten. Dies hier war ... fremd. So vollkommen anders, fremdartig und bizarr, dass er für einen Moment fast zweifelte, ob es sich wirklich um das handelte, wofür er es hielt, oder nicht doch nur um eine Laune der Natur. Nur in einem war er sich vollkommen sicher: Diese Felszeichnungen mussten uralt sein; so unvorstellbar alt, dass er fast davor zurückschreckte darüber nachzudenken.

»Was ist das?«, murmelte er.

»Der Tempel eines versunkenen Volkes«, antwortete Haiko. »Der Ort, an dem sie ihren Göttern huldigten, so wie wir den unseren und ihr euren.«

Vandermeer wusste, was er meinte, und ohne dass er eine Frage stellen musste, wusste er auch, warum all dies ausgerechnet hier war. Dieser Tempel unter einem Tempel unter einem Tempel. Es war kein Zufall, es war auch nicht – jedenfalls nicht nur – der simple Grund, dass jedes Volk mit seinem Tempel den Glauben und somit die Erinnerung an seine Vorgänger überdecken wollte. Der Grund lag viel tiefer. Es war dieser Ort, das, was er hier *spürte*. Was Haiko gesagt hatte, war wahr: Die Götter waren stark an diesem Ort.

Ines trat ganz dicht neben ihn, hielt die Lampe höher und streckte die Hand aus, wie um eine der Felszeichnungen zu berühren. Aus einem absurden Impuls heraus hatte er plötzlich das Gefühl, sie daran hindern zu müssen, doch bevor er es tun konnte, zog sie den Arm von selbst wieder zurück. Sie wirkte verwirrt, als verstünde sie ihre eigene Reaktion nicht ganz, zugleich aber auch unsicher und fast ängstlich.

»Wer ... hat das gemacht?«, fragte sie.

»Niemand weiß es«, antwortete Haiko. »Ein Volk, das vor uns da war und gegangen ist.«

Die Worte erfüllten Vandermeer mit einem eisigen Frösteln. Ines nahm sie ohne besondere Reaktion zur Kenntnis, aber Vandermeer glaubte auch nicht, dass sie sie wirklich so verstanden hatte, wie Haiko sie meinte. Der Schamane machte keine Anstalten seine Worte weiter zu erklären, aber das war auch nicht nötig.

Diese Zeichnungen waren nicht von Menschen gemacht worden.

Vandermeer konnte nicht sagen, von wem oder warum oder ob es auch nur vernunftbegabte Wesen waren, die diese Linien in den Fels geritzt hatten. Alles, was er wusste, war, dass diese Bilder alt waren, *uralt*. So unvorstellbar alt wie dieser Ort und die Kraft, die er beherbergte.

»Was bedeuten diese Linien?«, murmelte Ines. Sie stand noch immer in der gleichen, fast erstarrten Haltung da, die Hand halb erhoben und den Blick unverwandt auf die in den Stein geritzten Linien gerichtet, als wäre es ihr unmöglich, sich von der Faszination ihres Anblickes zu befreien. »Ist es eine Schrift oder so etwas?«

»Das weiß niemand«, antwortete Haiko. Vandermeer glaubte eine Spur von Enttäuschung in seiner Stimme mitschwingen zu hören. Ines hatte ganz eindeutig nicht verstanden, was er ihr zu sagen versucht hatte. Trotzdem fuhr er fort: »Das Alte Volk ging, bevor die Menschen kamen, und mit ihm erlosch auch die Erinnerung an sein Dasein.«

Endlich schien Ines zu verstehen. Ganz langsam drehte sie sich zu Haiko herum und starrte ihn an. »Das ... Alte Volk? Moment mal! Sie ... Sie meinen, das hier waren ... waren keine Menschen?« Ihre Stimme wurde schrill. Sie versuchte zu lachen, aber es endete in einem Laut, der in jeder anderen Umgebung komisch geklungen hätte.

»Niemand weiß, wer sie waren«, sagte Haiko erneut. »Vielleicht waren sie wie wir, vielleicht so andersartig, dass unsere Vorstellung nicht ausreicht.«

»Aber das ist Unsinn!«, protestierte Ines. »Es gab keine anderen ... Wesen auf dieser Welt, bevor es Menschen gab!«

»Es hat sie immer gegeben und es wird sie immer geben«, widersprach Haiko ruhig. »Woher nimmst du die Überheblichkeit anzunehmen, dass wir das erste Volk sind, das sich über das Tier erhebt, oder gar das einzige? Wir sind nur für kurze Zeit auf dieser Welt. Vor uns waren andere hier und nach uns werden andere kommen.«

»Und wohin sind sie gegangen?«

»In die andere Welt«, antwortete Haiko. »Wohin alle gehen, wenn sie bereit sind.«

Vandermeer wusste einfach, dass er Recht hatte. Es gab keinerlei Beweise dafür, nicht einmal Indizien, abgesehen von ein paar vielleicht sinnlosen Linien im Fels, die allen möglichen Ursprungs sein mochten, aber die brauchte er auch nicht. Es war dieser Raum selbst, der Haikos Worte zu Wahrheit machte. Er spürte mit jeder Sekunde deutlicher, wie nahe sie hier etwas unendlich Großem und Altem waren. Etwas, das sich mit Worten nicht beschreiben ließ. Vielleicht Gott.

»Weiß Wassili davon?«, fragte er nach einer Weile. Es fiel ihm schwer die Frage auszusprechen. Alles, was mit der Welt dort draußen zu tun hatte, schien hier drinnen keinen wirklichen Bestand zu haben.

»Nein!« Haiko klang fast erschrocken. »Und er darf es auch niemals erfahren! Es wäre unser aller Ende!«

»Warum?«

»Weil er ein schlechter Mensch ist«, antwortete Haiko. »Er ist böse! Er sucht nach Macht und Reichtum und er versteht nicht, dass wir nur Diener sind. Damals, als Ogdy vom Himmel stieg, wurde unsere Welt fast zerstört. Ich konnte es einmal verhindern, doch ich weiß nicht, ob meine Kraft ausreicht, es noch einmal zu tun.«

Es dauerte fast eine Minute, bis Vandermeer wirklich begriff, was Haiko gerade gesagt hatte.

»Sie ... waren dabei?«, murmelte er fassungslos. »Vor *neunzig Jahren?*« Die beiden letzten Worte stieß er im gleichen, beinahe hysterischen Ton hervor wie Ines gerade.

»Ich war noch ein Kind«, bestätigte Haiko. »Ich wusste noch nichts von den Göttern und ihrer wahren Macht. Mein Vater und der Schamane unseres Dorfes lehrten mich das Wissen über sie, aber natürlich war ich viel zu jung, um es wirklich zu verstehen. Ich plapperte Dinge nach, mehr nicht.«

Vandermeer war noch immer vollkommen fassungslos. Neunzig Jahre! Das war unglaublich. Andererseits – es *war* möglich. Wenn Haiko vier oder fünf gewesen war, als die Katastrophe geschah, dann musste er jetzt fünfundneunzig sein; sehr alt, aber nicht unmöglich. Vandermeer erinnerte sich, von Menschen gehört zu haben, die nachweislich hundertzwanzig geworden waren. »Sie waren dabei«, murmelte er.

Haiko nickte. »Ich sah, wie Ogdy vom Himmel herabstieg«, sagte er. Seine Stimme sank zu einem Flüstern herab. Er trat an eine der Wände heran und tat das, was Ines und er selbst gerade nicht gewagt hatten: Er begann mit den Fingerspitzen die Linien und Symbole nachzuzeichnen. Vandermeer hatte den unheimlichen Eindruck, dass sie unter seiner Berührung zum Leben erwachten und zu zittern und sich zu winden begannen, aber das war natürlich Unsinn.

»Sie *sahen?*«, wiederholte Ines.

»Ich war nicht immer blind«, bestätigte Haiko. »Ogdy nahm mir mein Augenlicht, doch er schenkte mir Wissen dafür. Aber ich war ein Kind, das noch nichts mit diesem Wissen anzufangen vermochte. Wäre ich etwas älter gewesen ...« Er stockte. Etwas wie ein bitteres Lächeln huschte über seine verbrannten Züge und erlosch sofort wieder. »Wassili hat euch erzählt, dass ein Forscher seines Volkes zwanzig Jahre später kam, um das Rätsel dieses Ortes zu lösen? Aber er war nicht der Erste. Ein anderer war vor ihm hier. Ein Mann seines Volkes, doch kein Forscher, sondern ein Krieger.«

»Ein Krieger?« Ines zog die Brauen hoch.

»Ein Soldat«, vermutete Vandermeer.

»Er kam, um zu töten«, bestätigte Haiko. »Ogdys Feuer löschte die meisten seiner Männer aus und es verzehrte auch die, die er jagte ...«

Haiko brauchte lange, um die Geschichte von Petrov, Tempek und dem fünfjährigen Jungen, den das Feuer vom Himmel blind gemacht hatte, zu erzählen. Er sprach sehr langsam und legte immer wieder lange Pausen ein, als müsse er zwischendurch Kraft sammeln, um mit den Bildern fertig zu werden, die seine eigenen Worte vor seinem inneren Auge heraufbeschworen. Weder Ines noch Vandermeer sagten etwas in dieser Zeit oder stellten auch nur eine einzige Frage, während Haikos Erzählung eine Geschichte heraufbeschwor, die fast vier Generationen zurücklag; eine Geschichte, die in jeder anderen Umgebung bizarr und bestenfalls unglaubhaft gewesen wäre. Dieser auf so erschreckende Weise heilige Ort jedoch machte sie zu etwas, an dessen Wahrhaftigkeit es keinen Zweifel gab.

»Wir brauchten eine Woche, um den Ort zu erreichen, an dem Ogdys Feuer die Erde berührt hatte«, schloss Haiko endlich.

»Die Pyramide«, sagte Vandermeer. Seine Stimme war in der Stunde, die sie Haikos Erzählung gelauscht hatten, aus der Übung gekommen, sodass er das Wort mehr herausstieß als aussprach. In der unheimlichen Atmosphäre, die Haikos Bericht heraufbeschworen hatte, wirkte sie wie ein Fremdkörper.

»Ich weiß es nicht«, antwortete der alte Schamane. »Tempek, mein Begleiter, starb an Ogdys unsichtbarem Feuer, das ihn von innen heraus verbrannte, und ich war blind und hatte noch nicht gelernt, ohne Augen zu sehen. Ich hatte große Schmerzen und obwohl Ogdy mich erleuchtet hatte, war ich ein Kind von nicht einmal fünf Jahren, das große Angst hatte. Petrov ... begann wirr zu reden. Nachts schrie er und manchmal schoss er mit seinem Gewehr, sodass ich Angst hatte, er würde auch mir etwas antun. Und er sprach immerzu von einem Licht. Damals dachte ich, er meinte das Feuer, das meine Augen geblendet und die meisten seiner Begleiter getötet hatte. Ich war ein Kind und wusste es nicht besser. Petrov trat in das Licht und ich blieb allein zurück.«

»Trat in das Licht?« Ines schauderte sichtbar. »Sie meinen ... er ... er verbrannte.«

»Er trat in das Licht und blieb dort«, antwortete Haiko.

»Sie meinen, er kam nicht zurück«, vermutete Ines. »Er starb.«

Haiko schüttelte den Kopf. Seine Finger glitten immer noch über die Linien und Vertiefungen im Fels und schienen einem bestimmten Muster zu folgen, das gar nicht da war. Als wäre der sichtbare Teil nicht das gesamte Muster. »Er ging in die andere Welt«, sagte er, »aber er war nicht bereit. Es ist ein Ort großer Macht. Petrov hätte niemals dorthin gelangen dürfen. So wenig wie Wassili es darf.«

Vandermeer war nicht ganz sicher, ob er wirklich verstand, was Haiko damit sagen wollte – das hieß, eigentlich war er es doch. Nur war das, was er aus diesem Gedanken folgerte – wenn es wirklich die Wahrheit war –, zu schrecklich, als dass er es akzeptieren wollte. »Aber er war doch nur ein einzelner Mann«, sagte er, »und nicht einmal etwas Besonderes. Ein einfacher Soldat, der zufällig da war.«

»Nichts geschieht zufällig«, antwortete Haiko. »Ob einer oder Millionen, das spielt keine Rolle. Die Götter sind vom Himmel gestiegen, um uns eine letzte Chance zu gewähren, aber wir haben sie verspielt.«

»Ich ... verstehe nicht, was Sie meinen«, gestand Ines.

Haiko drehte sich langsam zu ihr herum. Die Bewegung wirkte sonderbar, fast unbeholfen, denn seine Hand ruhte noch immer auf dem Fels neben seiner Schulter und seine Finger hatten nicht aufgehört, den hineingemeißelten Zeichen neue, weniger beständige Linien hinzuzufügen. Er setzte zu einer Antwort an, doch er kam nicht dazu, denn in diesem Moment fiel ein greller weißer Lichtstrahl in die Höhle und eine wohlbekannte Stimme sagte:

»Vielleicht kann ich Ihnen den Rest mit etwas leichter verständlichen Worten erklären.«

Ines stieß einen halblauten überraschten Schrei aus, fuhr herum und hob die Hand gegen das grelle Licht und auch Vandermeer blinzelte in die nach dem Halbdunkel ungewohnte Helligkeit. Er sah nur einen Schatten, der am Ende der Geröllhalde hinter ihnen aufgetaucht war.

Wassili machte einen ungeschickten, grätschbeinigen Schritt in die Höhle hinein, verlor um ein Haar das Gleichgewicht und fand seine Balance mit einer hastigen Bewegung wieder, mit der er sich an der Wand abstützte. Hinter ihm polterte eine kleine Steinlawine her, als Michail gebückt in den niedrigen Raum trat. Er trug eine Taschenlampe in der linken Hand, die rechte hing immer noch in der Schlinge vor seiner Brust. Er war nicht bewaffnet, aber das brauchte er auch nicht.

»Das ist also dein großes Geheimnis.« Wassili schüttelte spöttisch den Kopf und drehte sich einmal im Kreis, um sich in der Höhle umzusehen. Michail schwenkte die Lampe entsprechend und der wandernde Lichtstrahl schien die verwirrenden Linien und Symbole auf den Wänden erneut zu unheimlichem, nicht fassbarem Leben zu erwecken. »Ich muss gestehen, ich bin ein wenig enttäuscht. Ich hätte gedacht, dass es etwas … Beeindruckenderes ist.«

Haiko nahm die Hand vom Stein, drehte sich in Wassilis Richtung und machte einen halben Schritt. Sofort setzte sich Michail in Bewegung, aber Wassili deutete nur eine Geste mit der linken Hand an und der Riese blieb wieder stehen.

»Woher …«, begann Haiko, dann drehte er sich langsam herum, wandte das Gesicht in Vandermeers Richtung und wollte etwas sagen, aber Wassili kam ihm zuvor.

»Sie haben dich nicht verraten«, sagte er.

»Niemand weiß von diesem Ort«, erwiderte Haiko. In seiner Stimme war kein Vorwurf. Er klang nicht einmal bitter, nur unendlich traurig.

»Wir haben nichts gesagt«, versicherte Ines.

»Sie sagt die Wahrheit«, pflichtete ihr Wassili mit einem Kopfnicken bei. »Du tust ihnen Unrecht, wenn du sie verdächtigst.«

Er seufzte, drehte sich wieder zur Wand und betrachtete scheinbar interessiert die hineingemeißelten Linien. Es war schwer, in dem grellen und viel zu harte Schatten werfenden Licht irgendeine Reaktion auf seinem Gesicht zu lesen, aber Vandermeer war trotzdem sicher, dass die fast wissenschaftlich anmutende Neugier, die er darauf sah, nur gespielt war. Diese unheimlichen Zeichen und Symbole machten Wassili ebenso nervös wie ihn.

»Von Ihnen hingegen bin ich ein bisschen ... enttäuscht«, sagte Wassili nach einer Weile zu Vandermeer, aber ohne sich zu ihm herumzudrehen. »Ich dachte, wir hätten eine Vereinbarung.«

»So?«, erwiderte Vandermeer böse. »Komisch, daran kann ich mich gar nicht erinnern.«

Wassili drehte sich nun doch zu ihm herum. Einige Sekunden lang sah er ihn durchdringend an und man musste über keine außersinnlichen Fähigkeiten verfügen, um zu erkennen, wie es hinter seiner Stirn arbeitete. Dann schüttelte er nur den Kopf und drehte sich in Haikos Richtung. Er sagte ein paar Worte auf Russisch, worauf der Alte in derselben Sprache, aber viel schärfer, etwas erwiderte. Wassili antwortete auf die gleiche Art. Haiko machte einen halben Schritt auf ihn zu, blieb dann wieder stehen und drehte sich zu Vandermeer herum. Bevor er jedoch etwas sagen konnte, sagte Wassili, nun wieder auf Deutsch:

»Du verdächtigst sie wirklich zu Unrecht, mein Freund. Sie haben dich nicht verraten. Niemand hat dich verraten, das war gar nicht nötig.«

Er streckte den Arm aus, ergriff Haikos Handgelenk und streifte eines der breiten Kupferarmbänder über seine Hand. Vandermeer riss erstaunt die Augen auf, als Wassili auf eine bestimmte Stelle des Schmuckstückes drückte, woraufhin dieses lautlos auseinander klappte und ein überaus kompliziertes technisches Innenleben preisgab. »Sehen Sie, mein Freund?«, sagte Wassili lächelnd. »Die Zeit der Verräter und Betrüger ist endgültig vorbei. Heute gibt es die Technik, die so etwas viel zuverlässiger erledigt.«

»Sie haben uns ... abgehört?«, murmelte Vandermeer fassungslos.

Wassili schüttelte den Kopf. »Nicht Sie«, antwortete er betont. »*Ihn.*« Er machte eine Kopfbewegung auf Haiko, der dem kurzen Gespräch mit fragendem Gesichtsausdruck und sichtlich ohne jedes Verständnis gefolgt war.

»Er hat Sie verwanzt«, sagte Ines.

Haikos Miene wurde noch verwirrter, sodass Vandermeer erklärend hinzufügte: »Ein Abhörgerät. In Ihrem Armband waren ein Mikrofon und ein Sender. Er hat jedes Wort gehört, das wir gesprochen haben.«

»Du ...«, begann Haiko.

Wassili brachte ihn mit einer Handbewegung zum Schweigen,

die der Alte zwar nicht sehen konnte, die aber so heftig war, dass er sie hören und spüren musste. »Ich habe dir nicht getraut, alter Mann«, sagte er. »Mit Recht, wie sich zeigt. Und wie mir scheint, so wenig wie du umgekehrt mir. Obwohl ich gestehen muss, dass ich dich überschätzt habe. Ich wusste, dass du etwas vor mir verbirgst – aber ich hätte nicht gedacht, dass es nur ein Loch im Boden ist.«

Haiko gab ein Geräusch von sich, das wie eine Mischung aus einem Schluchzen und einem Schrei klang. Und dann tat er etwas, womit Vandermeer als Allerletztes gerechnet hätte: Er warf sich mit solcher Kraft auf Wassili, dass er ihn aus dem Gleichgewicht brachte und der Russe ungeschickt rückwärts stolperte und gegen die Wand prallte. Seine schmalen Hände schlossen sich um Wassilis Hals und drückten mit erstaunlicher Kraft zu. Wassili keuchte, wahrscheinlich mehr aus Überraschung und Ungläubigkeit als aus Angst, denn obwohl auch er kein junger Mann mehr war und alles andere als ein Riese, stellte dieser gebrechliche Alte doch keine Gefahr für ihn dar. Trotzdem schien der Laut für Michail Signal genug zu sein, um einzugreifen; wahrscheinlich hatte er nur darauf gewartet.

Mit einem einzigen Schritt war er bei Haiko, riss ihn von Wassili fort und versetzte ihm einen Schlag mit dem Handrücken ins Gesicht. Für seine Verhältnisse schlug er nicht einmal fest zu, doch es reichte, den alten Mann hilflos zurücktaumeln und halb besinnungslos in Ines' Arme sinken zu lassen. Sie kämpfte einen Moment lang darum, nicht zusammen mit Haiko zu Boden zu stürzen, und Vandermeer sprang rasch hinzu und fing beide auf.

Zornig fuhr Vandermeer herum, hob die Arme und ballte die Hände zu Fäusten. »Sie Mistkerl!«, schrie er. »Sie verdammter …« Seine Stimme versagte und sein Mut ließ ihn schlagartig im Stich, als er sah, dass Michail keine zwanzig Zentimeter vor ihm stand. Der Russe überragte ihn um mehr als Haupteslänge und Vandermeer hatte nicht vergessen, wie kaltblütig Michail vor seinen Augen mehrere Menschen getötet hatte. Aber dann trafen sich ihre Blicke und er sah etwas in Michails Augen, das ihn im allerersten Moment erschreckte, ihm dann neuen Mut gab und fast gleichzeitig eine völlig andere Art von Furcht einflößte; Furcht nicht vor Michail oder Wassili, sondern vor sich selbst.

Angst.

In Michails Augen war nur noch mühsam unterdrückte Panik. So unglaublich es Vandermeer selbst vorkam – dieser Hüne, der ihn mit einer beiläufigen Bewegung umbringen konnte, ohne sich dabei auch nur anstrengen zu müssen, zitterte innerlich vor Angst. Er, Vandermeer, hatte vielleicht für eine kleine Weile vergessen, was an jenem Abend in der Diskothek in Düsseldorf passiert war, Michail nicht, keine Sekunde lang.

Aber nun geschah etwas, das vielleicht noch schlimmer war. Wäre die Situation anders gewesen, hätte Vandermeer die Möglichkeit gehabt sich *auszusuchen*, wie er reagieren würde, so wäre er vor dem, was er in Michails Blick las, zurückgeschreckt und hätte sich beherrscht – und sei es nur aus Angst vor der mörderischen Wut, die er schon einmal gespürt hatte. Er hatte niemals irgendwelches Vergnügen dabei empfunden, anderen Angst zu machen. Machtgelüste waren ihm fremd, ja, er verabscheute sie. Selbst Michail gegenüber waren Schuldgefühle und schlechtes Gewissen in den letzten Tagen mindestens so stark gewesen wie sein Abscheu vor dieser lebenden Mordmaschine. Doch die Kaltblütigkeit, mit der der Russe den alten, wehrlosen Mann niedergeschlagen hatte, war zu viel. Es war wieder da. Es war die gleiche, nicht mehr zu bezähmende, düstere Wut wie damals am Hinterausgang der Diskothek. Derselbe absolute Wille zu verletzen, Schmerz zuzufügen und zu töten. Er spürte, wie es wieder in ihm erwachte, und er kämpfte nicht einmal dagegen an. Er *wollte* Michail wehtun.

»Du verdammter Mistkerl«, sagte er noch einmal. »Jetzt reicht es. Du wirst nie wieder irgendjemandem weh tun. Das schwöre ich.«

Michail wich einen halben Schritt vor ihm zurück. Die Panik in seinem Blick flackerte stärker auf. Es wäre ihm noch immer ein Leichtes gewesen, Vandermeer einfach niederzuschlagen, aber er versuchte es nicht einmal, sondern wich stolpernd zwei Schritte vor ihm zurück und hob in einer abwehrenden Geste die unverletzte linke Hand. Sein Gesicht verzerrte sich zu einer Grimasse der Angst und der Anblick ließ die düstere Kraft in Vandermeer jubilieren. Er würde es zu Ende bringen – jetzt. Er würde tun, was er schon vor einer Woche hätte tun sollen, und dieses Ungeheuer, das den Namen »Mensch« nicht verdiente, endgültig auslöschen. Er würde ...

Wassilis Stimme schnitt wie ein Messer in seine Gedanken. Mit einem einzigen Schritt war der Russe zwischen ihm und Michail, versetzte Vandermeer einen groben Stoß vor die Brust, der ihn ein Stück zurücktorkeln ließ, und sagte noch einmal und mit schneidender Schärfe: »Es reicht! Hören Sie auf!«

Gut, dachte Vandermeer entschlossen, vielleicht war das der Moment, der früher oder später sowieso hatte kommen müssen. Er hatte die Entscheidung nicht gewollt. Nicht so, aber wenn Wassili darauf bestand, so würden sie es zu Ende bringen. Möglicherweise würde er mit ewiger Verdammnis und seinem Seelenheil dafür bezahlen, Begriffe, die für ihn plötzlich einen völlig anderen Stellenwert hatten als noch vor wenigen Tagen, ja, vielleicht Stunden. Aber er war bereit dazu.

»Nein«, sagte Wassili. »O nein. Nicht so.«

Es war wie ein Hammerschlag. Der Schmerz zwischen seinen Augen explodierte mit der Wucht einer Sonne, die zur Nova wurde. Und er war so entsetzlich, dass Vandermeer ihn selbst dann noch spürte, als er bereits das Bewusstsein verloren hatte und wie vom Blitz getroffen zu Boden sank.

7

Es war hell, als Vandermeer wach wurde. Seine Kopfschmerzen waren verschwunden, aber er erinnerte sich, dass sie praktisch die ganze Zeit über dagewesen und erst kurz vor seinem Erwachen endgültig erloschen waren. Ebenso deutlich spürte er, dass er nicht allein war. Ines war bei ihm (es war unglaublich, aber in diesem Dämmerzustand zwischen Wachsein und Schlaf arbeiteten einige seiner Sinne mit einer solchen Schärfe, dass er sie tatsächlich nur anhand ihres Geruchs, des Geräuschs ihrer Atemzüge und des Duftes ihrer Haare zweifelsfrei identifizieren konnte) und es musste mindestens noch eine weitere Person im Raum sein. Noch bevor er die Augen öffnete, begriff er, dass es Wassili war.

»Und ich dachte immer, Alpträume enden, sobald man aus ihnen erwacht«, murmelte er. Die Bemerkung klang selbst in seinen eigenen Ohren lahm. Wassili gab sich nicht einmal die Mühe, ein Lächeln zu heucheln, sondern sah ihn nur fragend an.

»Wie geht es Ihnen?«

»Es ginge mir besser, wenn Sie tot wären«, antwortete Vandermeer.

»Lassen Sie das«, sagte Wassili. »Dafür ist jetzt keine Zeit. Wie fühlen Sie sich? Schmerzt Ihr Kopf noch?«

»Sollte er das denn?« Vandermeer setzte sich umständlich auf. Jedenfalls versuchte er es, schaffte es aber gerade, sich auf die Ellbogen hochzustemmen. Seine Kopfschmerzen waren wie weggeblasen, was ihm mit jedem Moment unglaublicher erschien, aber das bekam er nicht geschenkt. Er bezahlte dafür mit einem Gefühl der Leere hinter seiner Stirn, das beinahe noch schlimmer war.

»Ich weiß es nicht.« Wassili hob die Schultern. »Ich wusste nicht, dass ich Ihnen Schmerzen bereite.«

»Wie?« Dann endlich verstand er. »Sie waren es die ganze Zeit, nicht wahr?«, murmelte er. »Sie haben die ganze Zeit über nur mit mir gespielt. Hat es wenigstens Spaß gemacht?«

»Ich würde das Wort *Experiment* vorziehen«, antwortete Wassili ungerührt. »Und nein, es hat keinen Spaß gemacht. Ich verabscheue es Menschen Gewalt anzutun. Sagte ich das schon?«

»Mehrmals.«

Er versuchte ein zweites Mal sich aufzusetzen, sank kraftlos zurück und verspürte plötzlich Zorn über seine eigene Hilflosigkeit. Dieses Gefühl half ihm: Er setzte sich mit einem entschlossenen Ruck auf und schwang die Beine vom Bett, sodass sich Wassili mit einer hastigen Bewegung in Sicherheit brachte, um nicht getroffen zu werden. Falls er sich darüber ärgerte, ließ er sich jedoch nichts anmerken.

»Ich will Ihnen wirklich keine Unannehmlichkeiten bereiten«, sagte er. »Bitte glauben Sie mir.«

»Ja«, knurrte Vandermeer. »Sie sind ein echter Menschenfreund, ich weiß.« Er stützte die Ellbogen auf die Knie, ließ die Schultern nach vorne sinken und lauschte einen kleinen Moment lang in sich hinein. Seine Kopfschmerzen waren und blieben verschwunden, aber das Gefühl der Leere war immer noch da. Er hätte darüber erleichtert sein sollen, denn er erinnerte sich an jede Sekunde des vergangenen Abends und ganz besonders und voller Schaudern daran, wie nahe er daran gewesen war, dem mörderischen Wispern hinter seinen Gedanken nachzugeben. Zugleich aber erfüllte es ihn mit einer morbiden Trauer, einem Bedauern, das ihn beinahe schon wieder erschreckte. Er fragte sich, ob man nach Gewalt und dem Töten süchtig werden konnte, auch wenn man es zu verabscheuen glaubte. Vielleicht war es das, was Menschen wie Michail – und letztlich wohl auch Wassili – ausmachte.

Müde fuhr er sich mit beiden Händen durch das Gesicht, strich sich das Haar aus der Stirn und drehte den Kopf nach rechts, in Ines' Richtung. »Wie lange habe ich geschlafen?«, fragte er.

»Nur ein paar Stunden.« Es war Wassili, der antwortete, nicht sie, und der leichte Unterton von Ungeduld in seiner Stimme machte Vandermeer klar, dass er nicht nur an seinem Bett gesessen hatte, um ihm Händchen zu halten; vielmehr hatte er voller Ungeduld darauf gewartet, dass Vandermeer erwachte. Weil er ihm etwas Wichtiges zu sagen hatte? »Ich wollte Sie wecken, aber Ihre reizende Leibwächterin hat es nicht zugelassen.«

Vandermeer starrte ihn so wütend an, wie er nur konnte. »Warum haben Sie nicht Michail gerufen, damit er sie niederschlägt?«

Diesmal traf er Wassili, das konnte man sehen. »Ich kann Sie verstehen«, sagte er, »aber ich ... ja, vielleicht haben Sie Recht. Vielleicht sollte ich aufhören, mich ständig darauf herauszureden, dass Michail übereifrig ist und nicht weiß, was er tut. Letzten Endes bin ich wohl für ihn verantwortlich.«

»Dann erschießen Sie sich doch«, maulte Vandermeer. Bevor Wassili antworten konnte, fuhr er etwas leiser, aber in schärferem Ton fort: »Wissen Sie, Sie haben Recht, Wassili. Wir *hatten* eine Art Vereinbarung, aber Sie haben sie gestern Abend gebrochen.«

»Habe ich das?«, fragte Wassili.

»Ja, verdammt nochmal!«, antwortete Vandermeer. Er wollte aufspringen, aber eine innere Stimme hielt ihn im letzten Moment zurück. Er fühlte sich ausgelaugt, leer, und das nicht nur psychisch. Ganz beiläufig fragte er sich, wieso er es nicht schon längst begriffen hatte: Es war kein Zufall, dass sich seine Kopfschmerzen und das Gefühl der Schwäche immer dann einstellten, wenn er versuchte, seine besonderen Fähigkeiten in Wassilis Gegenwart einzusetzen. »Wissen Sie«, fuhr er fort, »ich habe mich damit abgefunden, dass wir Ihre Gefangenen sind. Ich habe mich auch damit abgefunden, dass Sie mit uns umspringen können, wie es Ihnen beliebt, aber ich dachte bisher, dass Sie wenigstens noch über so etwas wie Ganovenehre verfügen. Ich habe mich wohl getäuscht.«

»Wegen Haiko«, vermutete Wassili. Er wirkte ehrlich betroffen. »Sie haben ihn die ganze Zeit lang belogen, nicht wahr?«
»So wie er mich.« Wassili machte eine Geste, die Vandermeer nicht deuten konnte, aber irgendwie traurig wirkte. »Sie haben es gesehen: Es war die ganzen Jahre über direkt hier, unter unseren Füßen.«
»Was?«, fragte Ines aufgebracht. »Ein Loch im Boden? Eine alte Kirche und darunter ein heidnisches Heiligtum?« Sie machte ein verächtliches Geräusch. »Ja, ich sehe ein, dass das ein triftiger Grund ist, um einen alten Mann halb tot zu prügeln.«
»Es ist nicht nur ein *Loch im Boden*«, antwortete Wassili. Er deutete auf Vandermeer. »Fragen Sie ihn.«
Ines sah ihn tatsächlich fragend an, aber Vandermeer machte eine abwehrende Bewegung – obwohl er in Wahrheit sehr genau wusste, was Wassili meinte. Darüber hinaus war er ziemlich sicher, dass es auch Ines nicht anders erging. Sie hatte ebenso wie er gespürt, dass an diesem Platz irgendetwas war. Trotzdem sagte er: »Ich habe keine Ahnung, wovon Sie reden.«
Wassili machte ein tadelndes Geräusch. »Ich glaube, Sie wissen es genau, Herr Vandermeer«, sagte er. »Es ist viel mehr als ein *Loch* im Boden. Glauben Sie wirklich, es wäre nichts als reiner Zufall, dass die Menschen ihre heiligen Stätten immer wieder an den gleichen Orten erbauen?« Er schüttelte heftig den Kopf. »Vielleicht sind wir die Ersten, die *wissen*, wovon sie reden, oder wenigstens den Schimmer einer Ahnung haben. Aber die Menschen haben schon immer *gespürt*, dass dort etwas ist. Was Sie heute Nacht gesehen haben, ist nicht einmal einzigartig. Es gibt einige solcher Orte auf der Welt, an denen seit Tausenden von Jahren immer wieder Tempel, Gebetsstätten und Kirchen entstanden. Ich allein habe fünf oder sechs gesehen.«
»Davon habe ich noch nie gehört«, sagte Ines.
»Es ist die Wahrheit«, beharrte Wassili. »Ich bin fast erstaunt, dass Sie nichts davon wissen. Der bekannteste dieser Orte ist in Rom.«
»Rom?«
Er nickte. »Es ist eine bekannte Touristenattraktion: Eine barocke Kirche, drei Meter darunter befindet sich eine romanische Kapelle und weitere vier oder fünf Meter darunter ein Heiligtum des Mithras-Kultes.« Er legte eine kurze, genau bemes-

sene Pause ein. »Und unter diesem ... seit gestern Nacht bin ich nicht mehr sicher, ob nicht noch mehr dort ist.«

»Und wenn«, sagte Ines. »Was ist so schlimm daran?«

»Schlimm? Nichts«, antwortete Wassili. »Aber es könnte alles ändern. Vielleicht ähnelt dieser Ort dem, den wir suchen. Jedenfalls glaube ich, dass Haiko es angenommen hat.« Er lachte kurz und hart und ohne jede Spur von echtem Humor. »Er hat Sie nicht dort hinunter geführt, um Ihnen eine lokale Touristenattraktion zu zeigen, meine Liebe.«

»Sondern?«, fragte Vandermeer.

»Er will dasselbe wie ich«, erwiderte Wassili. »Nur aus anderen Gründen.«

»Ja«, sagte Vandermeer. »Das denke ich mir.«

»Das glaube ich nicht«, erwiderte Wassili mit sonderbarer Betonung; so sonderbar, dass Vandermeer ihn sekundenlang mit einer Mischung aus Verwirrung und Beunruhigung ansah.

»Wie meinen Sie das?«

»Haiko hat Ihnen nicht alles erzählt«, antwortete Wassili. »Vielleicht bin ich zu früh gekommen, möglicherweise hätte er es getan, hätte ich mich noch ein wenig geduldet und ihn weiterreden lassen. Er hat Ihnen von Petrov und ihrem Weg zum Explosionsort berichtet, aber er hat Ihnen nicht gesagt, was sie dort fanden.«

»Ein Licht«, sagte Ines. »Er hat von einem Licht erzählt.«

»Das er gar nicht sehen konnte«, fügte Vandermeer hinzu, »schließlich ist er blind.«

»Ich rede nicht von diesem Licht«, antwortete Wassili, »falls es überhaupt existierte. Ich rede von dem, was *dahinter* ist.«

»Dahinter?«

»Auf der anderen Seite«, sagte Wassili. »Sie wollen wissen, warum ich dorthin will? Warum ich dorthin *muss*, ganz egal, was es kostet? Aus dem gleichen Grund wie er. Weil es ein Ort großer Macht ist. Unvorstellbarer Macht.«

»Endlich sagen Sie die Wahrheit«, sagte Vandermeer, aber Wassili schüttelte beinahe zornig den Kopf.

»Nicht diese Art von Macht, Sie Narr. Wenn ich das wollte, könnte ich es bequemer haben. Ohne mein Leben zu riskieren und das anderer. Ich habe alles, was ich brauche. Geld, Einfluss ... Es bedeutet mir nichts. Die Macht, von der ich spreche, ist von vollkommen anderer Art. Vielleicht ist es das falsche Wort, um es zu beschreiben. Aber Sie haben es gespürt, Hendrick.

Heute Nacht unter der Erde und gestern, als wir draußen in der Taiga waren. Sie wissen, wovon ich rede.«

Vandermeer sagte nichts. Aber warum auch? Sie wussten beide, dass Wassili die Wahrheit sagte. Er *hatte* etwas gespürt. Sie alle hatten es gespürt. Er wusste immer noch nicht, was, und vielleicht würde er niemals in Worte fassen können, was dort unten seine Seele berührt hatte, aber es war da. Etwas unglaublich Altes und Mächtiges, das so viel größer war als alles, was Menschen jemals bewirken oder erfassen konnten, dass Worte einfach nicht ausreichten, um es zu beschreiben.

»Petrov ging in dieses Licht«, fuhr Wassili fort, »wie viele andere vor ihm. Ich glaube, in einem hatte Haiko Recht: Vielleicht ist es unsere Bestimmung, eines Tages dorthin zu gehen.«

»Ewige Glückseligkeit?«, fragte Ines spöttisch. Jedenfalls versuchte sie spöttisch zu klingen, aber es gelang ihr nicht ganz. In ihrer Stimme war ein Ton von Unsicherheit, der den gewünschten Effekt ins Gegenteil verkehrte.

»Wer weiß?«, sagte Wassili. »Vielleicht gibt es auch eine wissenschaftliche Erklärung dafür ... möglicherweise ist es die nächste Stufe der Evolution ... eine andere Dimension, eine höhere Form des Seins ... Es gibt tausend Wege es zu beschreiben. Vielleicht stimmt keiner, vielleicht stimmen alle. Aber ich glaube – nein, ich *weiß*, dass nicht jeder dorthin gehen kann, nur Menschen mit ganz besonderen Fähigkeiten, wie Sie sie haben, Hendrick, Gwynneth oder auch Haiko ...«

»... oder Sie?«

Wassili ignorierte seinen Einwurf. »Einige finden den Weg in diese andere Welt. Petrov gehörte nicht dazu.«

»Wie hat er es dann geschafft, in dieses ominöse *Licht* zu treten?«, wollte Ines wissen.

Wassili hob die Schultern. »Vielleicht durch das, was geschah, damals«, sagte er. »Vielleicht hat die Katastrophe die Barriere zwischen den Dimensionen für einen Moment durchlässig gemacht. Ich weiß nicht, *wie* es geschah, aber ich weiß, *dass* es geschah, und die Folgen spüren wir noch heute.«

»Wieso?«, fragten Vandermeer und auch Ines wie aus einem Mund.

»Weil die Welt seither anders geworden ist«, antwortete Wassili. »Wir leben in einem Zeitalter des Krieges, Herr Vandermeer. Muss ich ausgerechnet *Ihnen* das sagen?«

Allmählich begann das Gespräch absurd zu werden, fand Vandermeer. Er musste sich beherrschen, um nicht laut loszulachen. »Und das liegt an dem, was Haiko und dieser Petrov damals taten?«

»Nicht damals«, verbesserte ihn Wassili betont. »Er ist noch dort. Ich glaube, dass er irgendwie noch immer dort ist. Vielleicht gefangen in einem Bereich zwischen dem Hier und der anderen Welt. Und ich glaube, dass er die Wirklichkeit beeinflusst.«

»Das ist ja lächerlich«, sagte Ines.

Aber war es das? Was, dachte Vandermeer schaudernd, wenn Wassili trotz allem Recht hatte? Er konnte sich nicht einmal *vorstellen*, wie – aber was, wenn es wirklich einen Ort gab, an dem man die Welt aus den Angeln heben konnte, und dieser Ort genau hier war? Schließlich hatte er den Odem des Fremden, unglaublich Machtvollen mehr als deutlich gefühlt, gestern, als er unter dem Tarnnetz im Krater stand. Was Wassili sagte – was er *dachte* –, grenzte an Gotteslästerung, möglicherweise war es aber auch das genaue Gegenteil. Vielleicht waren Menschen jener Macht, die die Geschicke der Welt lenkten, niemals so nahe gewesen wie hier und jetzt.

»Petrov war ein Soldat«, fuhr Wassili fort. »Er war ein harter Mann. Ein Mann, der zeit seines Lebens gekämpft und getötet hat und für den Gewalt immer der leichteste Ausweg war.«

»Als ob Sie ihn gekannt hätten«, sagte Vandermeer, aber Wassili überging auch diesen Einwurf.

»Er wurde hierher geschickt, um eine Bande Wegelagerer aufzuspüren und zu eliminieren«, fuhr er fort, »und was er hier erlebte, veränderte ihn noch mehr und machte ihn noch härter. Ich weiß nicht, was geschah, während Haiko und er auf dem Weg zum Krater waren, aber sie haben ihn gehört: Ich vermute, am Schluss war er halb wahnsinnig vor Angst und Verbitterung.«

»Glauben Sie tatsächlich, er ist noch dort und ...«, begann Ines, wurde aber von Wassili in ungewohnt scharfem, bestimmtem Ton unterbrochen:

»Machen Sie doch die Augen auf, Kind! Sehen Sie sich die Welt an, wie sie vor hundert Jahren war und wie sie heute ist! Wir leben im Jahrhundert des Krieges. Wenige Jahre nach den Ereignissen von 1908 brach der Erste Weltkrieg aus und nicht viel später der Zweite.«

»Und den Dritten führen Sie gerade«, vermutete Ines.
»Vielleicht versuche ich ihn zu verhindern«, sagte Wassili.
»Es hat immer Kriege gegeben«, antwortete Vandermeer, »seit es Menschen gibt.«
»Aber nicht so«, sagte Wassili. »Sie haben Recht: Menschen sind keine friedlichen Geschöpfe. Sie wurden als Raubtiere erschaffen und sie sind es noch heute. Aber es gibt einen Unterschied: Es hat immer Kriege gegeben und vielleicht wird es sie immer geben, solange es Menschen gibt. Aber die *Qualität* der Gewalt hat sich geändert. Sehen Sie sich unsere Welt an: Kriege und Terror, wohin Sie blicken. Und die Länder, die vermeintlich im Frieden leben, versinken im Chaos aus Verbrechen und Korruption. Sehen Sie sich mein eigenes Land an: Siebzig Jahre regierte der Terror. Heute sind wir frei und was tun wir mit dieser Freiheit?«
»Sie entführen harmlose Leute und verschleppen sie nach Sibirien?«, schlug Vandermeer vor.
Wassili machte eine zornige Bewegung. »Nichts hat sich geändert«, sagte er. »Die Etiketten sind anders, aber der Terror herrscht noch immer. Und jetzt glauben Sie nicht, dass es in Ihrem Land anders wäre. Sie reden sich ein, Sie würden in Frieden und Wohlstand leben, aber das stimmt nicht. Die Methoden sind subtiler, aber das Ergebnis ist dasselbe. Sie bringen sich immer noch gegenseitig um. Sie glauben, Sie hätten das Recht überheblich zu sein, weil es in unserem Land Konzentrationslager gab und unliebsame Zeitgenossen erschossen werden konnten?« Er lachte. »Sie sind nicht besser, Vandermeer. Bei Ihnen wird niemand getötet. Bei ihnen bekommt man einen Herzinfarkt oder wird ruiniert. Und wer weiß – vielleicht leben Sie nur in einer kurzen Zeit des Friedens. Sehen Sie sich Ihr Land an. Ihre Kinder wachsen in einer Atmosphäre der Gewalt auf. Sie lernen über das Töten zu reden, bevor sie schreiben können. Niemand hat mehr Respekt vor dem Leben oder vor der Würde eines Menschen. Und es wird schlimmer. Die Zahl der Toten in den Kriegen dieses einen Jahrhunderts ist höher als die gesamte Zahl aller Menschen, die in einer Million Jahren vorher auf dieser Welt gelebt haben.«
»Vielleicht liegt das daran, dass wir im Zeitalter der Massenvernichtungswaffen leben«, sagte Vandermeer. Sein eigenes Argument – so gut es war – überzeugte ihn nicht. Er klang unsi-

cher und die Unsicherheit, die er *fühlte*, war noch viel größer als die, die in seiner Stimme mitschwang.

»Sie geben mir nur Recht«, sagte Wassili, »und Sie wissen es. Es hat niemals eine Zeit wie diese gegeben. Auch unsere Vorfahren haben Kriege geführt, aber sie haben sie nicht mit Krankheiten geführt, die eigens erschaffen wurden, um möglichst viele Menschen möglichst schnell zu töten. Sie haben keine Bomben gebaut, die nur verstümmeln sollten, damit die Überlebenden möglichst viele Kräfte darauf verwenden mussten, sie wieder gesund zu pflegen. Sie haben keine Schädlinge gezüchtet, die keinen anderen Sinn hatten, als die Ernten der Gegner zu vernichten, und keine Waffen konstruiert, die nur Leben vernichten, aber die Städte und Ressourcen ihrer Feinde unangetastet lassen.«

»Aber das ist doch Unsinn«, widersprach Ines. »Wie hätten sie das gekonnt?«

»Sicher nicht so perfekt wie wir«, antwortete Wassili. »Und sicher sind meine Beispiele nicht sehr gut, aber Sie wissen, dass ich Recht habe. Worte wie ›Ehre‹ und ›Menschlichkeit‹ zählen in unserer Zeit nicht mehr. Wir treiben auf den Abgrund zu. Unsere Welt wird untergehen. Vielleicht nicht einmal durch einen großen Krieg, weil wir dazu zu feige oder zu ... *vernünftig* sind. Vielleicht werden wir sie einfach zerstören – ganz leise und unauffällig und ohne dass wir es selbst merken.«

»Und Sie wollen das ändern«, sagte Ines.

»Vielleicht will ich nur, dass es wieder so wird, wie es einmal war«, antwortete Wassili. »Die Menschen haben ihrer Welt und der Natur den Krieg erklärt. Ich weiß nicht, ob es in meiner Macht steht, irgendetwas rückgängig zu machen. Vielleicht ist es längst zu spät dazu. Aber ich werde es versuchen.«

»Das ist verrückt«, murmelte Vandermeer.

»Ja«, gab Wassili zu. »Das ist es.«

»Sie sind ja wahnsinnig«, murmelte Vandermeer zum wiederholten Male. Es klang hilflos und ganz genau so fühlte er sich auch. Er stand auf, machte ziellos ein paar Schritte durch den Raum und setzte sich wieder, begann mit den Händen zu ringen. Er hatte das Gefühl, nicht mehr still sitzen zu können. »Sie glauben, dieser ... dieser Petrov oder wie immer er auch hieß, wäre verrückt gewesen? Wie war das – ein Mann der Gewalt, der nichts anders konnte als kämpfen und töten?« Er lachte bitter.

»Wieso habe ich plötzlich den Eindruck, dass wir über *Sie* sprechen, und nicht über Petrov?«

Wassilis Miene verhärtete sich. »Es tut mir Leid, wenn Sie das so sehen, Hendrick«, sagte er. »Vielleicht haben Sie sogar Recht und ich werde den Preis für das bezahlen, was ich getan habe. Aber ich habe keine Wahl und auch keine Zeit mehr. Und Sie übrigens auch nicht.«

»Vergessen Sie's«, sagte Vandermeer hart. »Ich werde nirgendwo hingehen. Sie töten uns doch sowieso, sobald Sie haben, was Sie wollen.«

»Ich brauche Sie«, sagte Wassili. Seine Stimme wurde beschwörend, klang jetzt beinahe flehend.

»Sie brauchen mich nicht«, behauptete Vandermeer. »Sie haben genug andere.«

»Andere?« Wassili machte ein abfälliges Geräusch. »Oh, ich verstehe – Sie meinen Gonzales und die Kleine? Einen psychopathischen Mörder und ein schwachsinniges Kind?«

»Gonzales?«, fragte Ines und Vandermeer begriff im selben Moment, dass Wassili von dem Südländer mit den seelenlosen Augen sprach, der beim Anblick der Pyramide nur mühsam seine Panik hatte unterdrücken können.

Wassili nickte grimmig. »Er hat nachweislich vier Menschen getötet«, sagte er. »Wahrscheinlich sind es in Wahrheit noch viel mehr. Michail und ich haben ihn aus einer Anstalt für geistesgestörte Kriminelle in Puerto Rico befreit und was das Mädchen angeht ... sie ist ein Kind, ein harmloses Kind, aber leider nicht ganz normal. Ich möchte das Schicksal der Welt nicht in die Hände einer Zehnjährigen legen, die wahrscheinlich niemals über diesen geistigen Entwicklungsstand hinausgelangen wird. Nein, Herr Vandermeer – ich brauche *Sie*. Ich werde Sie zwingen, mir zu helfen, wenn Sie mir keine andere Wahl lassen, aber ich hoffe, es kommt nicht dazu.«

Er stand auf und machte ein, zwei Schritte in Richtung Tür, bevor er wieder stehen blieb. »Überlegen Sie es sich, Hendrick«, sagte er. »In einer Stunde gibt es Frühstück. Ich erwarte Sie in der Kantine.«

Er ging. Vandermeer starrte die geschlossene Tür hinter ihm noch einige Sekunden lang an, dann griff er nach dem Erstbesten, was ihm in die Finger geriet – es war die leere Pepsi-Dose vom vergangenen Abend –, und warf sie ihm nach. Das Wurfgeschoss war zu leicht, um mit einer gebührenden Lärmentwicklung gegen die Tür zu prallen oder gar Schaden anzurichten; seine Aktion beruhigte ihn nicht, sondern steigerte im Gegenteil nur noch das Gefühl der Frustration.

»Mistkerl!«, sagte er. »Dieser verlogene alte Mistkerl!«

Ines schwieg einige Sekunden, dann sagte sie in nachdenklichem Tonfall: »Ich sehe nicht, wo er gelogen hat.«

Vandermeer funkelte sie an. »Stehst du jetzt auf seiner Seite?«

»Nein.« Ines bückte sich nach der Getränkedose und warf sie zielsicher quer durch den Raum in den Papierkorb. »Ich würde diesem alten Bock liebend gern den Hals herumdrehen, glaub mir. Aber vielleicht sagt er trotzdem die Wahrheit. Wir sollten wenigstens darüber nachdenken.«

Daran hatte Vandermeer nie gezweifelt. Mit Sicherheit war es nicht die *ganze* Wahrheit, aber vermutlich kam Wassili dem, was dort draußen auf sie wartete, so nahe, wie es einem Menschen überhaupt möglich war. Was ihn erschreckte, das war die Konsequenz, die sich aus diesem Gedanken ergab. Was, wenn Wassili Recht hatte? Wenn das Schicksal der Welt tatsächlich seit einem Jahrhundert von einem Wahnsinnigen bestimmt wurde?

»Er *hat* gelogen«, behauptete Vandermeer. »Vom ersten Moment an. Er braucht mich! Ich bin etwas Besonderes! Einer von ganz wenigen Menschen mit besonderen Fähigkeiten! Pah! Weißt du, was die Wahrheit ist? Dieser Mistkerl gehört genauso zum Club, ist dir das nicht klar? Er hat es mir sogar *gesagt*, aber ich habe nicht zugehört!«

»*Was* gesagt?«, fragte Ines verständnislos.

»*Bei mir funktioniert das nicht!*« Vandermeer schnaubte. »Erinnerst du dich nicht? Das war die Wahrheit, weißt du? Das ist *sein* Talent. So wie Gwynneth Feuer machen kann und ich offensichtlich in gewissem Umfang Zufälle herbeiführe. Er kann diese Kräfte blockieren. Er braucht mich nur anzusehen und es ist aus!« Er schnippte mit den Fingern. »Deshalb hat er auch keine Angst vor uns. Erinnere dich, was er Gwynneth angetan hat – sie könnte ihn bei lebendigem Leib rösten, aber das scheint ihm nicht die geringsten Sorgen zu bereiten. Und warum auch?«

Er sprang wieder auf und begann unruhig im Zimmer auf und ab zu gehen. Er konnte nicht mehr still sitzen. »Glaubst du, ich bin gestern Abend von selbst in Ohnmacht gefallen? Weil ich mich so erschreckt habe?« Er schüttelte wütend den Kopf.

»Das war Wassili! Der Kerl muss so etwas wie den bösen Blick haben!«

»Beruhige dich wieder«, sagte Ines. Sie trat auf ihn zu und wollte ihm die Hand auf die Schulter legen, aber er wich ihr mit einer raschen Bewegung aus. Er wusste selbst nicht, warum, aber es wäre ihm jetzt unerträglich gewesen, hätte sie ihn berührt. Ines wirkte ein wenig verletzt, machte aber keine entsprechende Bemerkung, sondern wich nur ein kleines Stück vor ihm zurück.

»Selbst wenn du Recht hast«, sagte sie, »dann ist es umso wichtiger jetzt einen kühlen Kopf zu bewahren. Wir müssen irgendwie hier raus kommen. Und Anja befreien«, fügte sie nach einer Pause von vielleicht einer Sekunde hinzu. Etwas an ihrem Tonfall war seltsam, fand Vandermeer. Sie klang fast schuldbewusst, so als wäre ihr gerade noch eingefallen, dass sie diese Worte sagen *musste*. Nicht, als wäre es ihr tatsächlich ein Anliegen.

Die Stunde, von der Wassili gesprochen hatte, war noch lange nicht vorbei, aber sowohl Vandermeer als auch Ines hatten es in ihrem Zimmer einfach nicht mehr ausgehalten. Vandermeer glaubte nicht, dass Wassilis Großzügigkeit nach den Ereignissen der vergangenen Nacht noch ausreichte ihnen zu gestatten, sich nach Belieben im Lager zu bewegen; trotzdem hatten Ines und er sich die warmen Jacken angezogen und sich auf den Weg zum Ausgang gemacht. Zu seiner Überraschung wurden sie weder unterwegs angehalten noch gab es an der Tür einen Posten, der ihnen das Verlassen der Baracke verwehrte.

Obwohl es Tag geworden war und sich am Himmel keine einzige Wolke zeigte, kam es ihm kälter vor als in der Nacht. Der Wind hatte zugenommen und schnitt wie mit Messern in ihre ungeschützten Gesichter und es war so sonderbar still wie nach einem heftigen Schneefall. Trotz der frühen Stunde bewegten sich bereits überall im Lager Menschen, ohne dass er im Einzelnen sagen konnte, was sie taten. Vor allem rings um den großen Hangar mit den Hoovercraft-Fahrzeugen war eine fast hektische Aktivität ausgebrochen. Da das Licht in der Halle ausgeschaltet worden war, sah Vandermeer, dass eines der großen Tore offenstand, konnte jedoch nicht feststellen, was sich darin abspielte.

Sie gingen ein paar Schritte abseits des Trampelpfades durch den Schnee, bis Ines wieder stehen blieb und zu dem Blockhaus auf der anderen Seite des Geländes hinübersah, zu dem Haiko sie in der Nacht geführt hatte. Vor dem Gebäude standen jetzt zwei Militärlaster und Vandermeer zählte mindestens ein Dutzend Männer, viele davon bewaffnet, die im weiten Umkreis davon patrouillierten.

»Dafür, dass es nur ein Loch im Boden ist, schirmen sie es ziemlich aufwendig ab«, meinte Ines.

Vandermeer nickte nur dazu. Dies war jetzt garantiert einer der wenigen Plätze, von denen Wassili gesprochen hatte, die ihnen verschlossen blieben. Er wollte eine entsprechende Bemerkung machen, doch in diesem Moment hörte er einen sonderbaren, dumpfen Laut, der sich binnen weniger Augenblicke zu einem immer höher und schriller werdenden Heulen steigerte, fast wie das Turbinengeräusch eines großen Flugzeugs. Überrascht und auch ein ganz kleines bisschen beunruhigt drehte er sich herum und sah in die Richtung, aus der das Geräusch kam: den Hangar. In dem gewaltigen offenen Tor war der stumpfe Bug eines der riesigen Luftkissenfahrzeuge erschienen.

»Was ... tun sie?«, fragte Ines. Sie klang beunruhigt.

Vandermeer hob die Schultern. Selbst auf die große Entfernung war es ein beeindruckender Anblick. Das riesige Gefährt – es musste nahezu das Fassungsvermögen der Lagerhalle haben, in der sie in Istanbul übernachtet hatten – schob sich langsam und unter gewaltiger Geräuschentwicklung ins Freie. Trotzdem hatte seine Bewegung etwas Leichtes, fast Schwereloses. Seine Turbinen fegten den Schnee auf und ließen eine wirbelnde weiße Wand zwischen ihnen und der überdimensionalen Garage aufsteigen, wodurch es binnen weniger Augenblicke zu einem verschwommenen Schemen wurde; der Anblick wurde dadurch fast noch unheimlicher. »Vielleicht irgendein Test«, sagte er schließlich.

Er machte einen Schritt in Richtung des Hangars, blieb aber wieder stehen, als er aus den Augenwinkeln sah, dass Ines ihm nicht folgte.

Das Luftkissenfahrzeug schob sich langsam weiter ins Freie. Trotz dieser Leichtigkeit hatten seine Bewegungen etwas Behäbiges, was Vandermeer vermuten ließ, dass es schwer beladen war. Der Lärm der Turbinen nahm ein wenig ab, als es den Hangar völlig verlassen hatte und somit der entsprechende Resonanzraum fehlte. Das riesige Fahrzeug glitt langsam an dem Gebäude vorbei, drehte sich halb auf der Stelle und wurde ein wenig schneller, während es auf den zugefrorenen Fluss hinausglitt, der die hintere Peripherie des Lagers bildete. Als unter den Luftkissen Eis statt Schnee war, trieb die brodelnde weiße Wolke, die sie bisher eingehüllt hatte, allmählich auseinander, sodass sie es nun wieder deutlicher sehen konnten.

»Beeindruckend, nicht wahr?«

Vandermeer drehte sich nicht einmal herum, als er Wassilis Stimme erkannte. Es war bestimmt kein Zufall, dass der Russe genau jetzt hinter ihnen auftauchte – Vandermeer war im Gegenteil sicher, dass er sie die ganze Zeit über beobachtet hatte. Offensichtlich reichte sein Vertrauen doch nicht ganz so weit, wie er immer behauptete.

»Ja«, sagte er widerwillig. »Wozu ist es gut?«

»Wie Sie selbst gerade gesagt haben – nur ein kleiner Test.« Unter Wassilis Schuhen knirschte der Schnee, als er langsam an seine Seite trat. Er machte sich nicht einmal mehr die Mühe so zu tun, als wäre er zufällig hier. Vandermeer machte der Gedanke rasend, wie vollkommen sie diesem Mann ausgeliefert waren. »Wir werden morgen um diese Zeit aufbrechen«, fuhr Wassili fort. »Ich möchte kein Risiko eingehen. Es wäre doch ärgerlich, wenn die ganze Expedition scheitert, nur weil irgendwo ein Dichtungsring fehlt oder etwas ähnlich Albernes.«

»Morgen?«

»Uns bleibt nicht mehr viel Zeit«, sagte Wassili.

»Warum?«

»Weil irgendetwas geschieht«, erwiderte Wassili, leise und beinahe mehr zu sich selbst als an Vandermeer gewandt. Er sah dabei nicht in seine Richtung, sodass der Wind seine Worte ergriff und davontrug und Vandermeer Mühe hatte, sie überhaupt zu verstehen. »Spüren Sie es nicht?«

Vandermeer fühlte nichts dergleichen, was aber vielleicht nicht viel zu bedeuten hatte. Ihm war einfach nur kalt. Langsam drehte er sich zu Wassili herum und maß den kleinwüchsigen Russen mit nachdenklichen Blicken. Wassili musste es wohl spüren, denn nach einigen Sekunden sah er auf und sagte sehr ruhig, aber auch sehr ernst: »Versuchen Sie es nicht.«

Vandermeer hatte gar nicht vorgehabt, ihm irgendetwas anzutun – umso absurder erschien es ihm selbst, dass ausgerechnet Wassilis eigene Worte ihn auf die Idee brachten. Er erinnerte sich noch zu gut an den vergangenen Abend, als dass er Wassili

Grund geben würde, ihm wieder eine Lektion in Sachen Kopfschmerzen zu verpassen, aber vielleicht gab es ja eine andere Möglichkeit. Wassili war mindestens zwanzig Jahre älter als er, einen Kopf kleiner und mit Sicherheit nicht in Bestform. Vandermeer verabscheute Gewalt, aber außergewöhnliche Situationen verlangten manchmal nach außergewöhnlichen Lösungen. Für einen kurzen, aber sehr ernsthaften Augenblick dachte er darüber nach, ob dies vielleicht der Ausweg war, nach dem sie suchten. Er wusste nicht einmal, ob er es konnte, aber er traute sich durchaus zu, Wassili mit bloßen Händen zu töten. Dann wurde ihm klar, was er gerade dachte, und er schrak vor sich selbst zurück. Offenbar spiegelten sich seine Gedanken ziemlich deutlich auf seinem Gesicht, denn auch Wassili sah für einen kurzen Moment erschrocken aus, dann runzelte er die Stirn, schüttelte den Kopf und legte ihm in einer unangemessen vertrauten Geste die Hand auf die Schulter. Vandermeer schüttelte sie ab.

»Verstehen Sie jetzt, was ich meine?«, fragte Wassili leise. »Manchmal ist es nur ein sehr kleiner Schritt, um selbst zu dem zu werden, was man zu verabscheuen glaubt.«

»Sie lesen doch meine Gedanken«, sagte Vandermeer.

Wassili lächelte. »Nein«, sagte er. »So weit reichen meine Kräfte nicht. Aber es ist nicht schwer zu erraten, was in Ihnen vorgeht, Hendrick. Glauben Sie mir, ich habe dasselbe durchgemacht.«

»Und ich weiß sogar, wie Sie sich entschieden haben«, sagte Vandermeer.

»Und jetzt meinen Sie, Sie hätten das Recht mich zu verachten«, stellte Wassili fest. »Aber Sie ...«

Aus der Baracke hinter ihnen erschallte ein gellender Schrei. Wassili und Vandermeer fuhren im gleichen Moment herum, gerade rechtzeitig, um zu sehen, wie einer der billigen Plastikstühle, mit denen die Kantine eingerichtet war, in einem Scherbenregen durch das Fenster brach und in den Schnee fiel. Nur einen Moment später folgte ihm eine Gestalt in einem wehenden weißen Kittel und hinter dem zerbrochenen Fenster konnte Vandermeer hektische Bewegung wahrnehmen. Schreie gellten. Glas und Porzellan zerbrachen und er hörte ein dumpfes Poltern und das Klatschen von Schlägen. Dort drinnen war offensichtlich ein wütender Kampf im Gange.

Während sich der Mann, der aus dem Fenster geschleudert worden war, benommen wieder aufrichtete, stürmten Wassili und Vandermeer los. Sie waren nur wenige Schritte von der Baracke entfernt, mussten jedoch ein gutes Stück zurücklaufen, um zu der Tür zu kommen. So dicht hintereinander, dass sie sich gegenseitig behinderten, stürmten sie hindurch.

Auch auf dem Weg zur Kantine hörten sie gellende Schreie und weiteren Kampflärm. Einige aufgeregte Zivilisten kamen ihnen entgegen, wichen jedoch respektvoll (oder ängstlich?) beiseite, als sie Wassili erkannten, und kurz bevor sie die Kantine erreichten, prallte irgendetwas mit einem dumpfen Knall von innen gegen die Tür. Wieder wurden Schreie laut und das Klirren von Glas und zerbrechendem Geschirr nahm noch weiter zu.

Vandermeer überließ es Wassili, als Erster durch die Tür zu stürmen, folgte ihm aber dichtauf. In der Kantine herrschte ein heilloses Chaos. Im ersten Moment sah er nur durcheinander rennende und hastende Menschen. Einige Frauen hatten sich vor dem zerbrochenen Fenster zusammengedrängt und hinter der Theke stand ein Mann mit einer weißen Kochmütze, der einen fast schon lächerlichen Anblick bot, denn er hielt ein langes Messer in der rechten und eine gewaltige Bratpfanne in der linken Hand. Wie die Karikatur eines Ritters, der sich auf ein Turnier vorbereitet. Tische und Stühle waren umgeworfen und der Boden war mit zerbrochenem Glas und Porzellan übersät. Nicht sehr weit von der Tür entfernt waren gleich drei Männer damit beschäftigt, eine hochgewachsene, tobende Gestalt zu bändigen, die aus Leibeskräften brüllte und um sich schlug.

Es dauerte einen Moment, bis Vandermeer erkannte, dass es Gonzales war.

Das Gesicht des Puertoricaners war zu einer Grimasse verzerrt. Er schien mit der Kraft eines Wahnsinnigen zu kämpfen, denn obwohl er einer dreifachen Übermacht gegenüberstand, hatten die Männer alle Mühe, ihn zu bändigen. Zwei weitere Männer lagen bereits am Boden. Einer presste die Hände gegen das Gesicht und versuchte den Blutstrom zu stoppen, der aus seiner Nase schoss. Der andere rührte sich nicht.

Wassili überraschte Vandermeer erneut – und ließ ihn im nächsten Moment heilfroh darüber sein, gerade der Stimme seiner Vernunft nachgegeben und sich nicht auf ihn gestürzt zu haben. Er rief einen einzigen, scharfen Befehl, woraufhin die drei Männer von Gonzales abließen, sprang mit einem Satz auf den Puertoricaner zu und versetzte ihm eine blitzschnelle Kombination von Faust- und Handkantenschlägen, die den Tobenden zurücktaumeln und gegen einen Tisch prallen ließen. Er verlor das Gleichgewicht. Wassili versetzte ihm einen Tritt in die Kniekehle, die ihn endgültig auf die Knie herabsinken ließ, und die drei Männer, die gerade mit ihm gekämpft hatten, sprangen hastig hinzu und packten Gonzales' Arme. Sofort begann er wieder zu toben und sich aufzubäumen, aber diesmal hatte er keine Chance. Die Männer hielten ihn mit eisernen Griffen fest und zerrten ihn auf die Beine. Auf einen befehlenden Wink Wassilis hin nahmen sie ihn zwischen sich und schleiften ihn aus dem Raum. Auf halbem Weg zur Tür hörte Gonzales auf zu toben, aber er schrie weiter in seiner Muttersprache und obwohl Vandermeer kein Wort verstand, war die Panik in seiner Stimme überdeutlich.

Wassili kam zurück. Er atmete nicht einmal schwer. Aber er streifte Vandermeer mit einem kurzen, spöttischen Blick, der jede weitere Erklärung überflüssig machte.

»Was war los?«, fragte Vandermeer.

Wassili hob die Brauen. »Haben Sie nicht hingesehen?«

»Doch.« Vandermeer machte eine ärgerliche Geste. »Aber leider verstehe ich kein Spanisch. Was ist los mit ihm? Hat ihm das Frühstück nicht geschmeckt?«

Wassili hob die Schultern. »Ich sagte Ihnen doch – er ist verrückt«, antwortete er. Es klang nicht sehr überzeugend. Vielleicht hatte Wassili tatsächlich die Wahrheit gesagt, als er behauptete, kein talentierter Lügner zu sein, vielleicht lag es einfach daran, dass die Situation zu eindeutig war. Gonzales war nicht einfach nur ausgerastet, weil er *verrückt* war, wie Wassili behauptete. Vandermeer zweifelte nicht daran, dass der Russe die Wahrheit gesagt hatte, was Gonzales anging. Er hatte schon gestern gespürt, dass mit dem Südamerikaner irgendetwas nicht stimmte. Aber sein Wahnsinn war nicht von der Art, die sich in sinnlosen Tobsuchtsanfällen Ausdruck verschaffte. Er sah nachdenklich in die Richtung, in der Gonzales verschwunden war. Etwas an dem kurzen Zwischenfall beunruhigte ihn mehr, als er sich selbst erklären konnte. Es hatte mit Gonzales' gestriger Reaktion auf die Pyramide zu tun. Er hatte die gleiche, gestern noch mühsam unterdrückte Todesangst in seinen Augen gesehen, die er jetzt in seiner Stimme gehört hatte. Gestern hatte sie ihn verwirrt, mehr nicht. Jetzt ...

»Verraten Sie mir etwas, Wassili«, sagte er nachdenklich.

Wassili sah ihn an. Er wirkte fast alarmiert.

»Gonzales ist wie wir, nicht wahr?«, fuhr Vandermeer langsam fort. »Wie Gwynneth und ich und dieses Mädchen – und Sie. Ich meine: Auch er verfügt über diese ... diese besonderen Kräfte.«

Wassilis Augen wurden schmaler. Jetzt, fand Vandermeer, sah er nicht mehr nur beunruhigt, sondern alarmiert aus. »Worauf wollen Sie hinaus?«, fragte er.

»Ich frage mich, über welche besonderen Fähigkeiten Gonzales verfügt«, antwortete Vandermeer. Er sprach sehr langsam, als müsse er zuerst die Worte formulieren, um den Gedanken dahinter zu fassen.

»Spielt das eine Rolle?«, wollte Wassili wissen.

Es war vielleicht die Antwort auf alles, was ihn in letzter Zeit so beunruhigte, dachte Vandermeer. Doch allein der Ton, in dem Wassili seine Frage ausgesprochen hatte, hielt ihn davon ab, zu antworten. Ihm war klar, dass er keine oder zumindest keine ehrliche Antwort bekommen hätte. Vielleicht wollte er das aber auch nicht. Wenn sein Verdacht stimmte, dann bereute er es schon fast, die Frage gestellt zu haben.

Er drehte sich herum, hielt nach einem freien Tisch im nicht verwüsteten Teil der Kantine Ausschau und steuerte mit schnellen Schritten darauf zu. Ines, die an der Tür stehen geblieben war und die ganze Szene aus schreckgeweiteten Augen verfolgt hatte, beeilte sich zu ihm zu kommen und nach einigen Augenblicken gesellte sich auch Wassili zu ihnen. Er zog sich einen Stuhl zurück, schob ihn dann wieder an den Tisch und ging zur Theke hinüber, anstatt sich zu setzen.

»Worauf wolltest du hinaus?«, fragte Ines, kaum dass der Russe außer Hörweite war.

Vandermeer zögerte. Es war nur ein Verdacht, aber er passte so gut ins Bild, dass er befürchtete, aus seiner Vermutung Gewissheit zu machen, einfach indem er sie aussprach. »Ich habe diesen Gonzales schon gestern beobachtet«, sagte er. »Als wir draußen im Krater waren.«

»Er ist mir unheimlich«, sagte Ines schaudernd.

Vandermeer stimmte ihr mit einem Nicken zu, schüttelte aber gleich darauf den Kopf. »Mir auch, aber das ist es nicht. Weißt du – er hat Todesangst. Ich bin sicher, dass er gestern schon schreiend davongelaufen wäre, wenn Wassili und sein Schlägertrupp nicht dabei gewesen wären.«

Ines brachte es auf den Punkt: »Du meinst, er spürt irgendetwas?«

Vandermeer zuckte nur mit den Schultern. Er brachte es immer noch nicht über sich es auszusprechen, aber er war jetzt ziemlich sicher, dass Gonzales ein Hellseher war. Vielleicht keiner jener Hellseher, die einen bevorstehenden Lottogewinn oder den Autounfall eines lieben Verwandten im Kaffeesatz entdeckten, aber möglicherweise einer jener – übrigens gar nicht so seltenen – Menschen, die kommendes Unheil spürten oder einfach eine ... *Veränderung* der Dinge. Was hatte Wassili gerade draußen gesagt? *Irgendetwas wird geschehen.* Ja, Vandermeer war jetzt auch sicher, dass es so war. Irgendetwas würde geschehen, bald. Vielleicht heute noch.

Sie verfielen für eine Weile in unbehagliches Schweigen, während sie zusahen, wie das Kantinenpersonal und einige Gäste umgestürzte Möbel aufrichteten und begannen die Scherben zusammenzufegen.

Wassili kam mit einem Tablett mit drei Bechern Kaffee zurück, verteilte sie und hob spöttisch drohend den Zeigefinger, als Vandermeer nach der Zuckerdose langte. »Nicht schon wieder«, sagte er. »Ich habe drei Stunden gebraucht, um den widerlichen Geschmack loszuwerden.«

»Vielleicht hätte ich es doch mit Glasscherben versuchen sollen statt mit Zucker«, antwortete Vandermeer.

Wassili lächelte pflichtschuldig, wurde aber sofort wieder ernst. »Haben Sie es sich überlegt?«, fragte er, nachdem er sich gesetzt hatte.

»Habe ich denn eine Wahl?« Vandermeer blies in seinen Kaffee, nippte vorsichtig daran und stellte den Becher wieder auf den Tisch. Er war nicht besonders gut, aber sehr heiß.

»Es wäre mir lieber«, sagte Wassili unumwunden, »wenn ich wüsste, woran ich mit Ihnen bin.«

Vandermeer ließ absichtlich mehr Zeit als notwendig verstreichen, ehe er antwortete. »Ich schlage Ihnen ein Geschäft vor«, sagte er.

»Ein Geschäft?«

»Vertrauen gegen Vertrauen.« Vandermeer tauschte einen raschen Blick mit Ines. »Sie lassen sie und ihre Schwester gehen und ich werde tun, was Sie von mir verlangen. Ich weiß nicht, was Ihnen mein Ehrenwort wert ist, aber ich verspreche Ihnen, dass ich Sie begleiten und alles in meiner Kraft Stehende versuchen werde, um dieses verdammte Tor zu öffnen – sobald Ines und Anja in einem Hubschrauber sitzen, der sie von hier fortbringt.«

Ines protestierte. »Was bringt dich auf die Idee, dass ich …«

»Das ist ein faires Angebot«, sagte Wassili.

Ines brach mitten im Satz ab und selbst Vandermeer blickte den Russen überrascht an. Er hatte nicht ernsthaft damit gerechnet, dass Wassili auf seine Forderung eingehen würde. »Dann sind Sie … einverstanden?«, fragte er.

Seine Stimme musste wohl verblüffter geklungen haben, als ihm selbst klar war, denn Wassili lächelte flüchtig. »Selbstverständlich«, sagte er. »Haben Sie vergessen, was ich Ihnen bereits auf dem Schiff sagte? Ich habe keine Freude daran, irgendjemandem mehr Unannehmlichkeiten zu bereiten, als nötig ist. Und ich akzeptiere Ihr Ehrenwort.«

»Da ist noch etwas«, sagte Vandermeer. »Ich möchte mit Gwynneth reden.«

Wassili wirkte ehrlich überrascht. »Warum?«

»Weil ich das Gleiche für sie verlange«, antwortete Vandermeer. »Sie werden sie freilassen und ebenso ihr Kind.«

»Übertreiben Sie es nicht?«, fragte Wassili. »Ich meine: Ich habe Verständnis dafür, dass Sie sich um Ihre Freundin und deren Schwester sorgen, aber beginnen Sie jetzt bitte nicht den guten Samariter zu spielen.«

»Sie haben es doch selbst gesagt«, antwortete Vandermeer ruhig, »Sie haben nichts davon, sie weiter hier festzuhalten. Ich helfe Ihnen, soweit ich es kann. Sie brauchen sie nicht mehr.«

Wassili trank einen Schluck Kaffee; Vandermeer war sicher, aus keinem anderen Grund als dem Zeit zu gewinnen. Die Erwähnung Gwynneth' war ihm sichtlich unangenehm gewesen. Vielleicht war zwischen den beiden mehr vorgefallen, als Vandermeer bisher wusste.

»Also gut«, sagte er schließlich. »Vielleicht haben Sie Recht und ich sollte reinen Tisch machen, bevor wir aufbrechen. Ganz egal, wie es endet – es spielt hinterher wahrscheinlich ohnehin keine Rolle mehr.«

»Einen Moment«, mischte sich Ines ein. Sie klang regelrecht

empört. »Vielleicht fragt mich ja mal jemand, ob ich überhaupt abreisen will.«

»Es gibt keinen Grund hierzubleiben«, sagte Vandermeer, aber Ines schnitt ihm mit einer zornigen Bewegung und einem heftigen Kopfschütteln das Wort ab.

»Ich bleibe bei dir«, sagte sie.

»Seien Sie vernünftig, meine Liebe«, sagte Wassili. »Hendrick hat vollkommen Recht. Ihr Verweilen hier ist nicht mehr nötig.«

»Das kann ich vielleicht besser beurteilen als Sie«, sagte Ines scharf. Sie machte ein Geräusch, dass wahrscheinlich ein Lachen hätte werden sollen. »Sie glauben doch nicht, dass ich all das durchgemacht habe, um jetzt das Beste zu verpassen?«

Wassili lächelte. »Ich glaube, dass Sie aus Sorge um Hendrick hierbleiben wollen«, sagte er. »Aber Sie können ihm nicht helfen. Ich will Ihnen nichts vormachen: Ich weiß nicht genau, was uns erwartet. Vielleicht werden wir nicht zurückkommen, aber wenn, dann verspreche ich Ihnen, dass ich persönlich dafür sorgen werde, dass er unbeschadet und auf dem schnellstmöglichen Weg nach Hause gebracht wird.«

»Wer schwebt Ihnen als Reisebegleiter vor?«, fragte Ines spitz. »Michail?«

»Wenn ich es ihm befehle, wird er sein Leben dafür einsetzen, ihn unbeschadet zurück nach Deutschland zu bringen«, behauptete Wassili. Er trank wieder von seinem Kaffee, brachte mit dieser Bewegung das Gespräch zwischen ihm und Ines zu Ende und wandte sich direkt an Vandermeer. »Also gut. Wir brechen morgen bei Sonnenaufgang auf. Eine halbe Stunde vorher werde ich die drei Frauen in einen Helikopter setzen, der sie nach Moskau bringt. Sie haben mein Wort.«

»Und das Kind?«, fragte Vandermeer. »Gwynneth' Sohn?«

Wassili zögerte einen Sekundenbruchteil zu lange, um Vandermeers Misstrauen nicht zu wecken. »Er ist ... nicht hier«, sagte er mit einem unmerklichen Stocken. »Es wird vielleicht nicht leicht werden, es ihr zu erklären, aber ...«

Die Tür flog mit solcher Wucht auf, dass sie gegen die Wand prallte und zitternd zurückschwang. Wassili brach mitten im Wort ab und noch während sich Vandermeer herumdrehte, sah er aus den Augenwinkeln, wie sich seine Augen überrascht weiteten und er sich versteifte. Als er seine Bewegung beendet hatte, konnte er Wassilis Überraschung verstehen. Unter der Tür war niemand anderes aufgetaucht als die Person, über die sie gerade geredet hatten: Gwynneth. Aber sie hatte kaum noch Ähnlichkeit mit der stillen, scheu wirkenden jungen Frau, als die er sie kennen gelernt hatte. Sie stand hoch aufgerichtet und in verkrampfter Haltung unter der Tür. Ihr Blick sprühte vor Zorn, während sie ihn durch den Raum wandern ließ, ganz offensichtlich auf der Suche nach etwas oder jemand Bestimmtem, und sie hatte die Hände zu Fäusten geballt. Hinter ihr tauchte eine kleinere, gebückte Gestalt in einem bestickten Wollmantel auf. Haiko.

Vandermeer drehte sich zu Wassili herum und zog erneut überrascht und zugleich beunruhigt die Augenbrauen zusammen. Wassili saß stocksteif und in erstarrter Haltung da. Sein Gesicht hatte jede Farbe verloren und seine Hände klammerten sich mit solcher Kraft an die Tischkante, als hätte er Angst den Halt zu verlieren.

»Was haben Sie?«, fragte er.

Wassili antwortete nicht, aber er sah mit jedem Sekundenbruchteil nervöser aus – und ängstlicher, fand Vandermeer. Er drehte sich wieder zu Gwynneth herum und sah, dass Haiko und sie sich dem Tisch näherten; Gwynneth mit schnellen, fast stampfenden Schritten, Haiko langsamer und sehr mühevoll. Er zog das rechte Bein hinter sich her und ging viel gebückter als sonst. Der Schlag, den Michail ihm versetzt hatte, war wohl doch nicht so harmlos gewesen, wie Vandermeer gehofft hatte.

»Was ist los, Wassili?«, fragte er noch einmal.

»Halten Sie den Mund!«, sagte Wassili. »Was auch immer geschieht, Vandermeer – *halten Sie den Mund!*«

8

Vandermeer wäre auch gar nicht mehr dazu gekommen, irgendetwas zu sagen, denn Gwynneth hatte sie mittlerweile erreicht und blieb zwischen ihm und Ines stehen. Sie starrte Wassili an. Ihr Gesicht war wie versteinert und zeigte nicht die geringste Regung, aber ihre Hände waren weiter zu Fäusten geballt und in ihren Augen war etwas, das Vandermeer erschreckte. Es erinnerte ihn an den Ausdruck, den er in Istanbul darin gelesen hatte, nur war es diesmal keine Furcht, sondern ... etwas anderes, etwas viel Schlimmeres.

»Ist es wahr?«, fragte sie.

»Was?« Wassili lächelte nervös und versuchte den Unwissenden zu spielen. Er machte eine fahrige Bewegung auf einen der freien Stühle. »Setzen Sie sich doch und ...«

»*Ist es wahr?*«, fragte Gwynneth noch einmal.

Wassili fuhr sich mit der Zungenspitze über die Lippen. Er hatte die Wahrheit gesagt: Er war kein guter Lügner, trotzdem versuchte er es. »Ich fürchte, ich ... ich verstehe Ihre Frage nicht ganz«, sagte er. »Warum beruhigen Sie sich nicht erst einmal und erklären mir in Ruhe, was Sie ...«

»Ich habe es ihr gesagt«, sagte Haiko. Er hatte etwas länger gebraucht als Gwynneth, um den Tisch zu erreichen, aber sie hatte so laut gesprochen, dass er jedes Wort verstehen konnte.

Wenn es ein Wort gab, um den Ausdruck zu beschreiben, den Vandermeer in diesem Moment in Wassilis Augen las, dann war es blankes Entsetzen. Zwei oder drei Sekunden lang starrte er den Schamanen einfach nur an, dann drehte er ganz langsam, als bereite ihm die Bewegung unendlich große Mühe, den Kopf und sah zu Gwynneth hoch. »Was ... hat er Ihnen ... gesagt?«, murmelte er.

Gwynneth starrte ihn nur an und Haiko antwortete an ihrer Stelle: »Dass ihr Kind tot ist. Dass du es getötet hast.«

Ines keuchte vor Überraschung. Vandermeer hatte das Gefühl innerlich zu Eis zu erstarren, und das, was er in Gwynneth' Augen las, änderte sich abermals. Es wurde vollends zu etwas, das er nicht beschreiben konnte, das aber eine Härte ausstrahlte, die ihn schaudern ließ.

»Aber das ... das ist doch Unsinn«, sagte Wassili nervös. »Bitte, Gwynneth, Sie dürfen ihm nicht glauben. Er lügt. Er will, dass Sie ...«

»Ich wusste es«, unterbrach ihn Gwynneth. Jede Schärfe war aus ihrer Stimme verschwunden, sie klang vollkommen tonlos. Aber das machte die Entschlossenheit darin beinahe noch schlimmer. »Ich habe es die ganze Zeit über gespürt.«

»Aber es ist ...«, begann Wassili, brach ab und sagte dann sehr viel leiser: »Es ist wahr. Es tut mir Leid.«

»Sie haben ihn umgebracht«, flüsterte Gwynneth. Ines hob die Hand und wollte sie beruhigend auf ihren Arm legen, aber

Gwynneth schüttelte sie ab. »Sie haben mich belogen«, fuhr sie fort, an Wassili gewandt. »Sie haben ihn umgebracht.«

»*Nein!*« Wassili schrie fast. »Es war ein Unfall, das müssen Sie mir glauben. Und es war nicht meine Schuld.«

Gwynneth hörte seine Worte gar nicht. Vandermeer konnte regelrecht sehen, wie jede Kraft aus ihr wich. Ihre Hände öffneten sich und ihre Schultern sanken nach vorne. Er machte sich bereit sie aufzufangen, falls sie zusammenbrechen sollte. »Es war alles umsonst«, flüsterte sie. »Alles, was ich getan habe. Er … er war längst nicht mehr am Leben …«

»Ich schwöre Ihnen, es war ein Unfall«, sagte Wassili. Seine Stimme wurde eindringlich, hatte plötzlich etwas fast Hypnotisches. Vandermeer sah, wie er sich auch körperlich spannte, während er Gwynneth' Blick zu fixieren versuchte. »Bitte, Gwynneth, glauben Sie mir. Ich wollte das nicht. Ich hätte es verhindert, wäre ich hier gewesen. Es war ein dummer Fehler, den ein dummer Mensch begangen hat. Ich weiß, dass es kein Trost für Sie sein kann, aber auch er ist dabei ums Leben gekommen. Es hätte nicht geschehen dürfen, aber es ist nun einmal geschehen.«

Etwas an dieser Formulierung erinnerte Vandermeer an etwas anderes, das Wassili vor nicht allzu langer Zeit gesagt hatte, er wusste jedoch nicht genau, woran.

»Sie haben ihn umgebracht«, sagte Gwynneth noch einmal und plötzlich schrie sie: »*Es war ein unschuldiges Kind! Sie …*«

»Nein!« Wassili sprang auf. Sein Blick bohrte sich in den Gwynneth' und er sagte noch einmal und mit der gleichen klirrenden Härte in der Stimme: »*Nein! Tun Sie das nicht!*«

Gwynneth taumelte. Ihr Blick verschleierte sich und selbst Vandermeer spürte einen kurzen, aber heftigen Stich zwischen den Augen, obwohl das, was Wassili tat, nicht einmal ihm galt. Wenn Gwynneth jetzt dasselbe erlebte wie er gestern Abend, dann musste es die Hölle sein.

Aber anders als er verlor sie nicht das Bewusstsein. Sie wankte und wäre vermutlich tatsächlich gestürzt, wäre er nicht rasch aufgesprungen, um sie nun wirklich festzuhalten, aber sie blieb bei Bewusstsein. Stöhnend drehte sie den Kopf zur Seite und versuchte Wassilis loderndem Blick zu entrinnen.

Der Russe eilte mit zwei, drei schnellen Schritten um den Tisch herum, packte Gwynneth' Kinn und zwang sie ihn weiter anzusehen. »Beruhigen Sie sich!«, sagte er herrisch. »Ich verstehe, was

Sie fühlen, aber es war ein Unfall. Niemand hier ist schuld. Niemand hier hat das gewollt. Begreifen Sie das?«

Zum ersten Mal überhaupt spürte Vandermeer – zumindest bewusst – die ganze suggestive Kraft, die dieser unscheinbare Mann zu entfesseln imstande war. Selbst er zweifelte für einige Sekunden nicht mehr daran, dass Wassili die Wahrheit sagte. Es war ein Unfall gewesen, ein dummer, unnötiger Unfall, aber eben nicht mehr. Und es gab niemanden auf der Welt, der es mehr bedauerte als Wassili. Ganz tief in sich drinnen hörte er eine leise, fast hysterische Stimme, die ihn fragte, ob er von allen guten Geistern verlassen sei, auf diesen Unsinn hereinzufallen, aber sie vermochte den fast hypnotischen Bann von Wassilis Worten nicht zu brechen.

»Hören Sie mich, Gwynneth?«, fuhr Wassili fort. »Es war nicht meine Schuld! Ich habe das nicht gewollt!«

Gwynneth stöhnte. Sie versuchte die Augen zu schließen, um dem hypnotischen Bann seines Blickes zu entgehen, aber sie konnte es nicht. Vandermeer spürte, wie irgendetwas in ihr erlosch. Ein düsteres, verzehrendes Feuer, das ganz kurz davor gestanden hatte auszubrechen und das mit der unheimlichen Kraft verwandt war, die auch er in sich spürte.

Und vielleicht wäre auch tatsächlich noch einmal alles gut gegangen, wäre Haiko nicht gewesen.

Keiner von ihnen beachtete den Schamanen. Vandermeer stand da und stützte Gwynneth, die nicht mehr aus eigener Kraft stehen konnte, und auch Ines war aufgesprungen und hatte hilflos die Hände gehoben, während sich Wassili voll und ganz auf Gwynneth konzentrierte. Haiko jedoch trat mit einem plötzlichen Schritt zur Seite, nahm einen der Plastikbecher vom Tisch – und schüttete Wassili das heiße Getränk ins Gesicht.

Wassili schrie gellend auf. Er taumelte zurück, schlug die Hände vor die Augen und stieß ein hohes, langgezogenes Heulen aus. Blind prallte er gegen den Tisch, machte einen ungeschickten halben Schritt zur Seite und fiel endgültig zu Boden, als er dabei über einen Stuhl stolperte. Gleichzeitig kehrte die entsetzliche Kraft schlagartig in Gwynneth' Körper zurück. Sie riss sich mit solcher Wucht los, dass auch Vandermeer nach hinten taumelte. Keuchend hob sie die Hände, presste die Handballen gegen die Schläfen und atmete zwei-, dreimal hintereinander gezwungen tief ein und aus. Wassili wand sich wimmernd am Boden. Er hatte die Hände heruntergenommen und die Augen weit aufgerissen, schien aber Mühe zu haben etwas zu sehen. Er tastete blind um sich, bekam ein Stuhlbein zu fassen und versuchte sich in die Höhe zu ziehen, riss den Stuhl dabei aber um und stürzte abermals. Er schrie irgendetwas auf Russisch, das Vandermeer nicht verstand, aber vier oder fünf Tische entfernt sprangen zwei Männer von ihren Stühlen hoch und rannten auf sie zu.

Sie erreichten ihr Ziel nicht.

Vandermeer spürte es, kurz bevor es geschah, aber es gab absolut nichts, was er dagegen tun konnte. Gwynneth nahm die Hände herunter und fuhr mit einer abgehackten, unglaublich schnellen Bewegung herum. Einer der beiden Männer blieb nach einem letzten, stolpernden Schritt stehen und starrte die junge Frau aus entsetzt aufgerissenen Augen an, als hätte er in ihrem Gesicht irgendetwas entdeckt, das ihn lähmte. Doch der zweite war entweder mutiger oder dümmer und lief weiter. Für einen einzigen, letzten Schritt.

Sein Kittel fing Feuer. Es geschah unglaublich schnell und trotz der entsetzlichen Wirkung beinahe undramatisch. Es gab keinen Blitz, kein loderndes Feuer in Gwynneth' Augen, keine dramatische Geste – die Kleidung des Mannes ging mit einem einzigen, dumpfen *Wusch* in Flammen auf; ein Feuer, das so schnell und heiß war, dass ihm nicht einmal die Zeit blieb einen Schrei auszustoßen. Brennend und vom Schwung seiner eigenen Bewegung vorwärts gerissen, taumelte er noch einen Schritt weiter und stürzte dann über einen der Kunststofftische, der unter seinem Anprall zusammenbrach und ebenfalls in Flammen aufging.

Und das war erst der Anfang.

Der andere Mann hatte genug gesehen und fuhr auf der Stelle herum, um sein Heil in der Flucht zu suchen, und im gleichen Augenblick verwandelte sich die gesamte Kantine in ein einziges Chaos. Männer und Frauen sprangen von ihren Stühlen hoch und versuchten den Ausgang zu erreichen oder rannten einfach kopflos durcheinander und Gwynneth drehte sich wieder zu Wassili um und starrte auf ihn hinab. Wassili wimmerte vor Angst. Er konnte offenbar immer noch nicht richtig sehen, denn seine Hände tasteten blind um sich und suchten irgendetwas, woran er sich festhalten konnte, aber er musste spüren, was geschah, denn er kroch blindlings vor Gwynneth davon. Sein linker Arm begann zu brennen. Gelbe und rote Flammen schlugen aus dem Stoff, versengten seine Hand und strichen zischend über sein Gesicht, ehe sie ebenso blitzartig wieder erloschen, wie sie aufgeflammt waren. Wassili kreischte vor Schmerz und versuchte ungeschickt weiter vor Gwynneth zurückzuweichen. Augenblicke später schlugen Flammen aus dem Rücken seiner Jacke und erloschen wieder, nachdem sie sein Haar und einen Teil seiner Kopfhaut versengt hatten.

»O mein Gott!«, schrie Ines. »Hören Sie auf! Aufhören!«

In der Kantine herrschte mittlerweile ein solcher Tumult, dass Vandermeer kaum glaubte, dass Gwynneth die Worte überhaupt hören konnte – geschweige denn, dass sie darauf reagierte. Zu seinem Erstaunen drehte sie sich jedoch tatsächlich zu Ines herum, sah sie eine halbe Sekunde lang an und suchte dann nach Vandermeer. »Gehen Sie«, sagte sie. Ihre Stimme zitterte und ihr Gesicht war nun vor Anstrengung verzerrt. »Bringen Sie sich ... in Sicherheit. Ich weiß nicht, wie lange ich es noch aufhalten kann. *Gehen Sie!*«

Vandermeer war wie gelähmt. Mit einem Teil seines Verstandes begriff er sehr wohl die gewaltige Gefahr, in der sie alle schwebten, so wie er auch begriff, dass es längst nicht mehr Gwynneth war, die dieses Chaos heraufbeschwor. Aber er konnte sich nicht rühren.

Haiko humpelte auf ihn zu, packte seinen Arm und zerrte ihn mit einer groben Bewegung zurück. »Schnell!«, sagte er. »Wir müssen hier raus! Oder wir werden alle sterben.«

Endlich erwachte Vandermeer aus seiner Erstarrung, aber möglicherweise war es zu spät. Vor dem Ausgang war ein unglaublicher Tumult entstanden. Die Menschen, die in kopfloser Panik die Kantine zu verlassen versuchten, behinderten sich gegenseitig oder trampelten sich einfach nieder und noch während Vandermeer verzweifelt einen anderen Fluchtweg zu entdecken versuchte, zerplatzten mit einem einzigen Knall sämtliche Glasscheiben der Vitrinen hinter der Theke. Augenblicke später schlugen Flammen aus einigen Tischen und Stühlen und ein Teil der Kunststoffverkleidung unter der Decke färbte sich schwarz und begann zu schmelzen. Es wurde schlagartig heiß.

»*Gwynneth!*«, schrie Ines mit überschnappender, hysterischer Stimme. »Hören Sie auf!«

Aber diesmal reagierte Gwynneth nicht auf ihren Schrei. Sie konnte es nicht mehr. Sie war *Opfer* der Kraft geworden, die sie selbst entfesselt hatte, genau wie Vandermeer es vielleicht in der Diskothek damals geworden wäre, hätte Wassili ihn nicht betäubt. Die Macht, die sie entfesselte, raste unsichtbar und tödlich durch den Raum, ließ Tische und Stühle zu brennend zusammenschmelzenden Plastikklumpen werden und setzte die Einrichtung der Küche hinter der Ausgabetheke mit einem einzigen, berstenden Schlag in Brand. Brennendes Fett spritzte umher, traf einige der flüchtenden Männer und Frauen und setzte seinerseits ihre Kleider in Brand und auch aus der Kunststoffverkleidung unter der Decke schlugen nun Flammen. Obwohl erst wenige Sekunden vergangen waren, seit es begonnen hatte, war die Luft bereits so heiß, dass man kaum noch atmen konnte.

Vandermeer duckte sich instinktiv, als eine Flammenzunge wie der brennende Arm eines mythischen Dämons von der Decke herniederfuhr und die Wand dort schwärzte, wo gerade noch sein Kopf und seine Schultern gewesen waren. Er hustete qualvoll. Die Luft war nicht nur heiß, die Kunststoffbeschichtung von Wänden und Decke verbrannte auch unter enormer Rauchentwicklung und höchstwahrscheinlich bildeten sich dabei auch giftige Dämpfe. Das Feuer selbst war nicht die einzige Gefahr, die ihnen drohte. Vielleicht nicht einmal die größte.

Hastig wich er zwei Schritte von der mittlerweile brennenden Wand zurück, packte Haiko an den Schultern und drehte ihn unsanft herum. »Zum Fenster!«, schrie er. »Die Tür ist blockiert!«

In der Kantine herrschte inzwischen ein solcher Lärm, dass Haiko die Worte unmöglich verstehen konnte. Vandermeer packte ihn kurz entschlossen am Arm, drehte sich herum und zerrte ihn einfach mit sich, während er auf Ines zustolperte, deren Gestalt inmitten von Rauch und Flammen kaum noch zu erkennen war. Immerhin sah er, dass sie wohl zu dem gleichen Schluss gekommen war wie er und versuchte die Fensterfront zu erreichen. Auch dort drängten sich Männer und Frauen, die in heller Panik vor den Flammen flohen; allerdings längst nicht so viele wie vor der Tür. Vandermeer vermied es krampfhaft, in Wassilis Richtung zu sehen. Er konnte sich lebhaft vorstellen, was Gwynneth mit ihm getan hatte, und er war nicht besonders scharf darauf sich davon zu *überzeugen*, ob seine Vorstellung den Tatsachen entsprach oder möglicherweise hinter ihnen zurückblieb. Gwynneth selbst schien zu einem unheimlichen Schemen geworden zu sein, das eingehüllt in Rauch und Flammen dastand und hinter einer Mauer aus wabernder Luft verborgen war, die ihre Konturen verschwimmen ließ.

Die meisten Fenster hatten mittlerweile kein Glas mehr. Durch die zerborstenen Öffnungen strömte eiskalte Luft herein, die die unerträgliche Hitze zwar ein wenig milderte, den Flammen aber gleichzeitig frischen Sauerstoff zuführte und sie noch mehr anfachte. Obwohl er nur wenige Sekunden brauchte, um Ines zu erreichen, hatten sich die Flammen in dieser Zeit unter der gesamten Decke ausgebreitet, sodass sie wie unter einem Baldachin aus Feuer dastanden, aus dem brennende Kunststofftropfen herabregneten.

Vandermeer ließ Haikos Arm los, sprang an Ines' Seite und half ihr einige scharfkantige Glasscherben aus dem Fensterrahmen zu brechen, ehe sie ungeschickt ins Freie zu klettern versuchte. Selbst das Glas war mittlerweile heiß. Ines schrie vor Schmerz auf, als ihre bloße Haut damit in Berührung kam, aber Vandermeer nahm keine Rücksicht darauf, sondern versetzte ihr im Gegenteil einen heftigen Stoß, sodass sie haltlos nach vorne kippte. Der knöcheltiefe Schnee draußen nahm ihrem Aufprall die schlimmste Wucht. Trotzdem blieb er eine Sekunde lang stehen und überzeugte sich davon, dass sie nicht verletzt war, ehe er sich umwandte und zu Haiko zurückeilte.

Um ein Haar hätte er ihn nicht einmal gefunden. Seit das Chaos begonnen hatte, waren allerhöchstens zehn Sekunden vergangen, aber das Feuer hatte mit unglaublicher Geschwindigkeit um sich gegriffen und den Raum in eine Hölle aus gleißendem Licht und schwarzem Qualm verwandelt, die ihm beide auf vollkommen unterschiedliche Art, aber mit dem gleichen Ergebnis die Sicht nahmen. Außerdem schienen sich seine schlimmsten Befürchtungen zu bewahrheiten: Er spürte ein immer stärker werdendes Schwindelgefühl, das von den giftigen Dämpfen stammen musste, die er einatmete.

»Haiko!«, brüllte er. »Wo sind Sie?«

Eine gebückte Gestalt mit rußgeschwärztem Gesicht und einem schwelenden Mantel trat aus dem Rauch hervor. Vandermeer packte den Alten, zerrte ihn mit einem so groben Ruck zu sich herum, dass er beinahe das Gleichgewicht verloren hätte, und schlug mit bloßen Händen die Flammen aus, die aus seinem Mantel züngelten. Gleichzeitig stieß er ihn in Richtung Fenster. Haiko stammelte ununterbrochen ein einzelnes, immer gleiches

Wort in seiner Muttersprache. Es klang wie eine Beschwörung, aber vielleicht stammelte er auch nur vor Angst.

Anders als bei Ines wagte es Vandermeer nicht, Haiko einfach in den Schnee hinauszustoßen. Mit einer Anstrengung, die er kaum noch bewältigen konnte, umschlang er Haikos Hüften mit den Armen, stemmte ihn in die Höhe und hob ihn aus dem Fenster. Von draußen griffen Hände nach Haiko – er war nicht sicher, glaubte aber, dass es Ines war – und stützten ihn. So schnell, wie es gerade noch ging, ohne ihn einfach fallen zu lassen, ließ Vandermeer den alten Mann in den Schnee hinabsinken.

Seine Kräfte versagten. Er fiel auf die Knie, sank schwer mit Kopf und Schultern gegen die Wand und spürte, wie er ganz langsam das Bewusstsein zu verlieren begann. In seinen Gedanken war plötzlich eine schwarze Wand, die immer höher und dunkler wurde und alles zu verschlingen begann. Er würde sterben, wenn er nicht in den nächsten fünf oder zehn Sekunden hier herauskam, und anders, als er sich vielleicht vorgestellt hätte, hatte dieser Gedanke auch in dieser Situation keinen Deut von seinem Schrecken verloren, aber er besaß einfach nicht mehr die Kraft, sich in die Höhe zu stemmen. Das Fensterbrett lag keine fünfzig Zentimeter über ihm, doch seine Arme waren wie Blei. Die Luft, die er atmete, hatte sich in flüssiges Feuer verwandelt, und jeder Atemzug beförderte mehr Gift in seine Lungen, das ihn lähmte.

Plötzlich griff eine Hand nach ihm und versuchte ihn in die Höhe zu zerren, schaffte es aber nicht. Doch allein die Berührung drängte die schwarze Wand in seinen Gedanken noch einmal zurück. Irgendwoher nahm er sogar die Kraft, die Lider noch einmal zu heben.

Was er sah, erfüllte ihn mit eisigem Schrecken.

Die Hand, die an seiner Jacke zerrte, brannte.

Vandermeer keuchte vor Entsetzen, hob mit einem Ruck den Kopf und blickte in ein Gesicht, das ebenso wie die gesamte dazugehörige Gestalt in einen lebendigen Mantel aus Feuer gehüllt war.

Gwynneth brannte lichterloh. Es war unvorstellbar, dass sie noch am Leben sein sollte, geschweige denn die Kraft hatte zu stehen und sich zu bewegen, aber sie tat es. Das Feuer hatte ihre Kleider in Schlacke verwandelt und grausame Verwüstungen auf ihre Haut angerichtet, aber sie *lebte*.

»Steh auf!«, schrie sie. »*Du musst aufstehen! Bring es zu Ende!*«

Es war wie eine Vision aus den tiefsten Abgründen der Hölle. Ihre Stimme klang wie das Kreischen von Flammen. Sie atmete Feuer. Die Haut auf ihren Händen und im Gesicht schlug Blasen und begann zu schmelzen. Sie *konnte* nicht mehr leben.

Aber vielleicht lebte sie auch nicht mehr wirklich. Vielleicht war da einfach nur etwas in ihr, das sie noch aufrecht hielt und nur wie eine bösartige Karikatur von Leben *aussah*.

»*Lauf!*«, schrie sie noch einmal und wieder mit dieser furchtbaren, prasselnden Feuerstimme.

Es war diese Stimme, die Vandermeer noch einmal die Kraft gab, sich in die Höhe zu stemmen; sie und die Angst, von dieser furchtbaren, lodernden Gestalt berührt zu werden, die vom Odem der Hölle umgeben war. Keuchend drückte er die Knie durch und schob sich Zentimeter für Zentimeter an der Wand entlang in die Höhe. Der heiße Kunststoff versengte seinen Rücken durch die Jacke hindurch, aber dieser Schmerz war nur einer von vielen; irrelevant. Alles was zählte war, dieser Stimme zu entrinnen und diesen grauenhaften, brennenden Händen. Wimmernd vor Furcht stemmte er sich Stück für Stück in die Höhe, nur weg, fort von dieser entsetzlichen, lodernden Gestalt, die einem Dämon gleich aus dem tiefsten Schlund der Hölle emporgestiegen war, um ihn mit sich in die ewige Verdammnis hinabzuzerren. Er zerschnitt sich die Hände an den Glassplittern im Fensterrahmen, ohne es auch nur zu spüren.

Mittlerweile hatte sich der Raum endgültig in ein loderndes Inferno verwandelt. Wohin er auch blickte, er sah nichts als Feuer, Rauch, lodernde Flammen, Funken und Qualm und taumelnde Gestalten, die schreiend umherirrten und mit bloßen Händen auf die Flammen einschlugen, die aus ihren Kleidern und ihrem Haar züngelten. Selbst hier am Fenster war es mittlerweile unmöglich zu atmen. Das Feuer sog mit solcher Wucht die eisige Taigaluft herein, dass sie seine Lungen nicht mehr erreichte. Er konnte spüren, wie auch seine Haut Blasen zu schlagen begann. Seine Kleider schwelten. Von der Decke löste sich ein brennender Kunststofftropfen und fiel auf seine Hand herab, aber er spürte den Schmerz nicht einmal mehr.

Gwynneth versetzte ihm mit beiden Händen einen Stoß vor die Brust. Vandermeer kippte hilflos nach hinten, überschlug sich anderthalbmal im Sturz und prallte mit solcher Wucht in den Schnee, der plötzlich so hart wie Beton geworden zu sein schien, dass er beinahe das Bewusstsein verloren hätte. Er konnte immer noch nicht atmen. Sein Mund war voller Schnee. Als er den so verzweifelt benötigten Sauerstoff in seine Lungen zu pumpen versuchte, hustete er nur qualvoll und für eine schreckliche, halbe Sekunde hatte er das Gefühl sich übergeben zu müssen, was wahrscheinlich sein Tod gewesen wäre. Dann zerrte ihn jemand in die Höhe, schüttelte ihn wild und schrie seinen Namen. Vandermeer hustete, spuckte Schnee, Schleim und einen Mund voll seines eigenen Blutes aus und bekam endlich Luft. Für die nächsten fünf oder auch zehn Sekunden tat er nichts anderes, als würgend dazuhocken und köstlichen, eiskalten Sauerstoff in seine Lungen zu pumpen.

»Hendrick! Was ist mit dir!? Sag doch etwas! Bist du in Ordnung?«

Vandermeer war nicht einmal in der Lage, die Stimme zu identifizieren. Er wusste, dass sie Ines gehörte, aber er erkannte sie nicht, sondern schloss diese Tatsache nur aus dem Umstand, dass sie die Einzige hier im Lager war, die ihn duzte und mit Vornamen ansprach. Zugleich hatte er den völlig hysterischen Gedanken, dass das ja wohl die mit Abstand dümmste Frage war, die er seit Wochen gehört hatte. Er hätte sie gerne ignoriert, aber Ines beließ es nicht dabei ihn anzuschreien, sondern schüttelte ihn weiter so wild, dass seine Zähne schmerzhaft aufeinanderschlugen.

Mühsam hob er den Kopf, streifte ihre Hand ab und sah sie an. »Ich bin okay«, murmelte er – eine Behauptung, die ungefähr so intelligent war wie ihre Frage. Trotzdem wiederholte er noch einmal: »Mir ist nichts passiert.«

Vielleicht nur um seine Behauptung zu beweisen, stemmte er sich auf die Knie hoch und versuchte aufzustehen. Seine Kräfte hätten nicht gereicht, hätte ihm Ines nicht dabei geholfen.

Im gleichen Maße, in dem sein Bewusstsein vollends zurückkehrte, begann er auch seine Umgebung wieder klarer wahrzunehmen. Ines musste ihn einige Meter vom Fenster weggeschleift haben, ohne dass er es überhaupt gemerkt hatte, denn sie befanden sich nun ein gutes Stück von der Baracke entfernt.

Wahrscheinlich war das auch der einzige Grund, weshalb er überhaupt noch am Leben war.

Das Fenster, durch das Gwynneth ihn hinausgestoßen hatte, hatte sich in einen Flammen speienden Vulkan verwandelt. Schwarzer, fettiger Qualm und zehn Meter hohe Flammen schlugen aus der Gebäudefront und nahmen ihm jede Sicht auf das, was sich dahinter abspielte. Vielleicht war es gut so. Vandermeer glaubte nicht, dass in der Kantine noch irgendjemand am Leben war. Die Hitze war selbst hier, zehn Meter entfernt, noch so gewaltig, dass der Schnee zischend zu schmelzen begann und ihm die Tränen in die Augen stiegen.

Sie waren nicht allein. Die wenigen Glücklichen, die gleich ihnen den Sprung aus den Fenstern geschafft hatten, standen oder saßen in kleinen Gruppen in ihrer Nähe, kümmerten sich stöhnend um ihre Wunden oder schrien auf Russisch durcheinander und aus allen Richtungen kamen Männer auf sie zugelaufen. Irgendwo heulte eine Sirene und Vandermeer sah aus den Augenwinkeln, dass sich auch zahlreiche Fahrzeuge in ihre Richtung in Bewegung gesetzt hatten. Innerlich immer noch halb hysterisch und alles andere als beruhigt, fragte er sich, was all diese Menschen hier wollten. In der Kantine konnte niemand mehr am Leben sein. Vermutlich lebte jetzt schon niemand mehr, der auch nur im *Gebäude* war. Die dünnen Kunststoffbauteile, aus denen die Baracken errichtet worden war, hatten der Hitze nur ein paar Sekunden standgehalten, die Flammen hatten sich längst weiter ausgebreitet. Auch in anderen Teilen des Gebäudes waren die Fenster schon geschwärzt oder platzten mit dem Geräusch von Gewehrschüssen in der Hitze und hier und da züngelten bereits Flammen aus dem Dach. Das Gebäude und alle, die sich jetzt noch darin aufhielten, waren unrettbar verloren.

»Haiko«, fragte er. »Wo ist Haiko?«

Ines deutete mit einer Kopfbewegung von der Baracke fort. »Dort hinten. Keine Angst, ihm ist nichts passiert.« Sie atmete hörbar ein und als sie weitersprach, hatte sich ihr Ton radikal verändert. Nachdem sie sich davon überzeugt hatte, dass er tatsächlich nicht ernsthaft verletzt zu sein schien, machte ihre Sorge der Erleichterung und fast gleichzeitig dem Zorn Platz.

»Du musst vollkommen den Verstand verloren haben!«, sagte sie. »Musstest du unbedingt den Helden spielen?«

»Hätte ich ihn verbrennen lassen sollen?«, fragte Vandermeer.

Ines zog es vor, diese Frage nicht zur Kenntnis zu nehmen. »Ich dachte ernsthaft, du wärst tot!«, sagte sie. »Großer Gott, ich war sicher, dass du da nicht mehr lebend herauskommst.«

»Das wäre ich auch nicht aus eigener Kraft«, murmelte Vandermeer. Ohne sein Zutun wanderte sein Blick wieder zu dem von Flammen erfüllten Fenster, durch das er ins Freie gestürzt war. Alles, was er sehen konnte, waren lodernde Glut und schwarzer Rauch.

Ines sah ihn fragend an. »Wer hat dich gerettet?«, fragte sie.

Vandermeer schüttelte den Kopf. »Jetzt nicht«, sagte er. *Außerdem würdest du mir das sowieso nicht glauben*, fügte er in Gedanken hinzu. *Ich glaube es ja selbst nicht.* Bevor Ines eine weitere Frage stellen konnte, drehte er sich herum und humpelte mühsam in die Richtung los, in die sie gedeutet hatte.

9

Er konnte Haiko nirgendwo entdecken, aber das bedeutete nichts. Immer mehr und mehr Menschen rannten herbei und bildeten einen weiten, dicht geschlossenen Halbkreis, dessen Grenze von der unerträglichen Hitze markiert wurde, die das brennende Gebäude ausstrahlte. Der Anblick erinnerte Vandermeer an eine ganz ähnliche Szene, die er in Düsseldorf erlebt hatte; wenn auch unter vollkommen anderen Vorzeichen und mit einem nicht annähernd so furchtbaren Ausgang. Aber er erinnerte sich auch daran, was geschehen war, als er *zu* intensiv über Menschen und ihre Beziehung zum Unglück anderer nachgedacht hatte, und verscheuchte den Gedanken rasch. Es war vorbei. Er hatte diesen Gedanken noch nicht wirklich verinnerlicht, aber die Tatsache war ganz simpel: Wassili war tot. Gwynneth war tot und Gonzales und Michail vermutlich auch. Es war vorbei.

Sie fanden Haiko ungefähr dreißig Meter von der brennenden Baracke entfernt. Er stand in stark nach vorne gebeugter Haltung da und hatte das Gesicht in die Richtung gedreht, aus der er die Hitze spürte. Seine Kleider waren angesengt und zu den uralten Verbrennungen in seinem Antlitz hatten sich einige neue gesellt, die aber nur oberflächlicher Natur waren. Vermutlich hatte er sich gestern Nacht und gerade beim Sturz aus dem Fenster schlimmer verletzt, denn er zitterte am ganzen Leib. Als er Vandermeers Schritte hörte, wandte er mit einem Ruck den Kopf und starrte aus weit aufgerissenen blinden Augen in seine Richtung.

»Vandermeer?«, fragte er. »Bist du das?«

»Warum haben Sie das getan?«, fragte Vandermeer. Er sollte Mitleid mit diesem alten Mann empfinden und in gewissem Umfang tat er das sogar, aber sein Zorn war ungleich stärker. Es war kein Zorn von der Art, die ihn Haiko hätte anschreien oder sich gar auf ihn stürzen lassen, sondern mehr etwas wie Verbitterung; aber von einer Intensität, die ihn selbst erschreckte.

»Bist du verletzt?«, fragte Haiko.

»Warum haben Sie das getan, Sie alter Narr?«, fragte Vandermeer noch einmal. Haiko hatte seine Worte gehört und er wusste verdammt gut, was er meinte. »Wissen Sie eigentlich, was Sie angerichtet haben?«

»Dafür ist jetzt keine Zeit«, antwortete Haiko. Er tastete blind, aber mit erstaunlicher Zielsicherheit in Vandermeers Richtung, doch Vandermeer wich seiner Hand mit einer raschen Drehung aus. In diesem Moment wäre es ihm einfach unerträglich gewesen von Haiko berührt zu werden.

»Wir haben alle Zeit der Welt«, behauptete er. »Es ist vorbei, verstehen Sie? Wassili ist tot und Gwynneth und mindestens zwei Dutzend weiterer Menschen auch. Ich hoffe, Sie sind zufrieden mit dem, was Sie ...«

»Sie ist nicht tot«, unterbrach ihn Haiko. »Wäre sie es, dann wären auch wir nicht mehr am Leben. Komm, schnell! Wir müssen hier weg, solange es noch möglich ist.«

Vandermeer war viel zu verblüfft, um irgendetwas anderes zu tun, als den Schamanen ungläubig anzustarren, aber Ines fragte: »Wie meinen Sie das: Sie ist nicht tot? Dort drinnen kann niemand mehr leben.«

Haiko kam nicht dazu ihr zu antworten. Hinter ihnen erschallte ein dumpfer, lang nachhallender Knall, gefolgt von einem unheimlichen, immer lauter werdenden Heulen und Brausen; einem Ton, wie ihn Vandermeer noch nie zuvor im Leben gehört hatte – als hätten sich die Tore der Hölle aufgetan, um einen Sturm der Dämonen auf die Erde zu entlassen. Und das Bild, das sich ihnen bot, als sie herumfuhren, schien diesen Eindruck noch zu bestätigen.

Die Explosion, die sie gehört hatten, hatte die gesamte Fensterfront des Gebäudes aufgerissen. Brennende Trümmer und Flammen senkten sich wie tödlicher Regen auf die Menschen, die davor standen, und erneut wurde ein Chor gellender Angst- und

Schmerzensschreie laut. Die Menschen stoben in Panik in alle Richtungen davon. Aber Vandermeer war nicht sicher, ob sie wirklich vor dem Feuer und dem Trümmerregen flohen.

Oder vielleicht vielmehr vor der Gestalt, die hoch aufgerichtet aus dem Flammenmeer trat.

Es war Gwynneth. Sie war nicht mehr zu erkennen. Was aus dem Feuer kam, war eine geschwärzte, brennende Fackel von ungefähren menschlichen Umrissen, von irgendetwas am Leben und aufrecht erhalten, das nicht mehr menschlich war. Und trotzdem erkannte Vandermeer sie ohne den geringsten Zweifel. Vielleicht war es auch nicht Gwynneth selbst. Vielleicht war es das, was er immer in ihr gespürt hatte, diese düstere, uralte Kraft, von der sie erzählt hatte und die nun endgültig entfesselt war und sich nur in der Gestalt manifestierte, in der sie ein Menschenleben lang eingesperrt gewesen war. Vandermeer betete, dass es so war. Wenn sie noch am Leben war, wenn es in dieser verheerten, brennenden Hülle auch nur noch einen Schatten ihres früheren Selbst gab, musste das, was sie durchlitt, im wahrsten Sinne des Wortes unvorstellbar sein.

Die Gestalt bewegte sich langsam auf die flüchtende Menschenmenge (auf *ihn?!*) zu. Die Hitzewelle, die ihr vorauseilte, ließ den Schnee schlagartig zu brodelndem Dampf werden, sodass sie aussah wie ein höllischer Racheengel, der vom Himmel herabstieg. Unter ihren Füßen begann sich der Boden in kochenden Schlamm zu verwandeln und wo sie gegangen war, blieben brennende Fußabdrücke zurück.

»Großer Gott!«, flüsterte Ines. »Das ... das ist doch ... unmöglich!«

»Was ist?«, fragte Haiko aufgeregt. »Was seht ihr?«

Vandermeers Mund war plötzlich so trocken, dass er Mühe hatte die Worte zu formulieren. »Etwas, von dem ich wünschte, *Sie* könnten es sehen«, sagte er bitter.

»Die Frau«, keuchte Haiko. In seiner Stimme war plötzlich etwas, das Vandermeer nicht anders als mit dem Wort *Panik* beschreiben konnte. »Ist es die Frau?«

Das ... *Ding*, das einmal Gwynneth gewesen war, bewegte sich langsam weiter von der brennenden Baracke fort, aber der Kreis aus schmelzendem, verdampfendem Schnee, der sie umgab, bewegte sich nicht nur mit ihr, sondern *wuchs*. Immer schneller. Vandermeer spürte einen Hauch warmer, verbrannt riechender

Luft, obwohl die grauenerregende Erscheinung noch gute zwanzig oder mehr Meter von ihnen entfernt sein musste.

»Das kann doch nicht sein«, stammelte Ines. »Das ... das kann doch nicht Gwynneth ... «

Ein Schuss fiel, als irgendeiner der herbeigeeilten Soldaten mit seinem Gewehr auf Gwynneth feuerte. Unmittelbar neben ihr spritzte der Schlamm auf, dann feuerte der Soldat wieder und noch einmal und noch einmal und diesmal traf er. Gwynneth taumelte, blieb für einen Moment stehen und setzte ihren Weg dann fort. Wieder fielen Schüsse. Wieder wankte sie und wieder ging sie weiter. Aber ihre Bewegungen waren langsamer geworden. Welcher Art auch immer die unheimliche Metamorphose gewesen sein mochte, die mit ihr stattgefunden hatte, sie war nicht unverwundbar.

»Sie schießen auf sie«, flüsterte Haiko. »Wir müssen weg hier! Vandermeer! Wir müssen hier weg, ehe sie sie töten!«

»Aber sie ist doch längst tot«, murmelte Vandermeer. Er war kein gläubiger Mensch und trotzdem betete er in diesem Moment zu Gott, dass es so war. *Lass sie tot sein. Lass sie das nicht ertragen müssen.*

»Nein, das ist sie nicht!« Haiko schrie jetzt nicht nur fast, er *kreischte*. »Wäre sie es, wären ihre Kräfte entfesselt. Versteh doch! Was vor zwei Wochen in der Taiga geschah, wird auch hier geschehen! *Es ist die gleiche Kraft, die das Kind entfesselt hat, als es starb!*«

Vandermeer fuhr wie von der Tarantel gestochen herum und starrte den Alten an. Plötzlich war alles ganz klar, ergab alles einen Sinn: Wassilis ausweichende Antworten, als er ihn nach der Explosion gefragt hatte, der Ausdruck abgrundtiefen Schreckens in seinen Augen, als er begriff, dass Gwynneth die Wahrheit kannte, Haikos düstere Andeutungen, die er für nichts anderes als Wichtigtuerei gehalten hatte, und Gwynneth' eigene Worte – die einzelnen Puzzlestücke setzten sich zu einem Bild zusammen.

Aber ihm blieb nicht einmal Zeit, das ganze Ausmaß des Schreckens zu spüren, den er beim Anblick dieses Bildes empfand.

Vandermeer registrierte alles wie in einer absurden, um das Zehnfache verlangsamten Zeitlupenaufnahme, als hätte irgendetwas in ihm beschlossen, dass der normale Verlauf der Zeit zu schnell sei, um ihn alle Details erkennen zu lassen. Hinter ihnen krachte ein weiterer Schuss und dann plötzlich eine ganze Salve: sieben, acht, zehn Gewehrschüsse, in die sich am Ende auch noch das Rattern einer Maschinenpistole mischte. Gwynneth taumelte zurück, griff mit weit ausgebreiteten Armen um sich, als suche sie in der leeren Luft Halt, und schaffte es tatsächlich irgendwie noch einmal für eine halbe Sekunde, auf den Beinen zu bleiben. Dann steppte die schnurgerade Kette der MPi-Explosionen durch den Schlamm auf sie zu, fand mit tödlicher Präzision ihr Ziel und riss sie endgültig nach hinten.

Ihre Gestalt verwandelte sich in einen Ball aus reinem weißem Licht. Ein warmer Windhauch streifte Vandermeers Gesicht und er hörte einen Ton, als zerspränge unter ihren Füßen Glas von der Größe der Welt. Der glosende Lichtball löste sich auf, wurde zu einer Rose aus brodelndem Feuer, die sich hundertmal langsamer als normal, aber immer noch *schnell*, entfaltete und alles verschlang, was in ihrem Weg war.

Vandermeers Gedanken arbeiteten plötzlich auf zwei vollkommen voneinander getrennten Ebenen. Mit dem – viel kleineren – noch zu halbwegs logischem Denken fähigen Teil seines Bewusstseins begriff er sehr wohl, dass die Zeit plötzlich nicht mehr war, was sie sein sollte, sondern ihrem Ablauf aus irgendeinem Grund verlangsamt hatte, aber der weitaus größere Teil von ihm war einfach damit beschäftigt Angst zu haben und lautlos und hysterisch loszukreischen und die Feuerwalze anzustarren, die sich auf Ines, Haiko und ihn zubewegte; langsam, aber so unaufhaltsam wie ein Mond, der aus seiner Umlaufbahn gerissen worden war.

»*Das Haus!*«, schrie Haiko. »*Wir müssen zum Haus!*«

Erst in diesem Moment wurde Vandermeer überhaupt klar, dass sich der unheimliche Effekt nicht nur auf ihn allein erstreckte. Rings um sie herum schien die Zeit – fast – stehen geblieben zu sein. Alle Menschen, Fahrzeuge, ja, selbst der Wind und der hochgewirbelte Schnee waren mitten in der Bewegung erstarrt, doch für Haiko, Ines und ihn galt dieser unheimliche Zauber anscheinend nicht. Ines war zurückgeprallt und hatte entsetzt die Hände vor das Gesicht geschlagen und auch Haiko hatte in einer abwehrenden Geste die Arme erhoben.

»*Das Haus!*«, schrie Haiko noch einmal. »*Vandermeer!*«

Im ersten Moment verstand Vandermeer nicht einmal, was der

alte Mann meinte. Haikos Hände gestikulierten wild hierhin und dorthin. Verzweifelt sah er sich nach einem Fluchtweg um. Rings um sie herum standen genug Fahrzeuge, doch er bezweifelte, ob auch sie von dem unheimlichen Zauber verschont bleiben würden, und wenn ja, ob sie *ausreichten*, sie aus der Gefahrenzone zu bringen. Der gewaltige Hangar, in dem die Hoovercrafts standen, mochte der Explosion vielleicht standhalten, aber er war viel zu weit weg. Er hatte die Zeit nicht vollends angehalten, sondern vielleicht um einen Faktor hundert, vielleicht auch tausend oder mehr verlangsamt, aber die Feuerwalze bewegte sich trotzdem weiter auf sie zu; es war eine Explosion von einer Wucht, die ihren Standort in der Realität im Bruchteil eines Augenblicks erreicht hätte.

Vandermeer vergeudete eine weitere kostbare halbe Sekunde damit, alle Möglichkeiten durchzuspielen, die sie hatten. Hinter dem Hangar standen fünf oder sechs startbereite Helikopter, aber keiner von ihnen wusste, wie man eine solche Maschine flog, und das Gleiche galt für das gewaltige Luftkissenfahrzeug, das mit laufenden Turbinen auf dem Fluss lag.

»Das Haus!!!« Haiko heulte vor Furcht und Entsetzen. Er konnte nicht sehen, was sich auf sie zubewegte, aber Vandermeer war sehr sicher, dass er es *spürte*. Wahrscheinlich hatte er sogar gewusst, was geschehen würde.

Und was hatten sie zu verlieren?

Vandermeer fuhr auf dem Absatz herum, ergriff Haikos Arm und zerrte ihn einfach mit sich, während er auf die Blockhütte am anderen Ende des Geländes zustürmte. Haiko stolperte und wäre gestürzte, doch Ines folgte seinem Beispiel, packte Haikos andere Hand und rannte ebenfalls los. Der alte Mann versuchte mit ungelenken, stolpernden Schritten mit ihnen mitzuhalten, aber er war nicht schnell genug, sodass sie ihn mehr zwischen sich mitzerrten, als er lief. Vandermeer spielte eine Sekunde lang mit dem Gedanken, ihn einfach auf die Arme zu nehmen und zu tragen, aber natürlich versuchte er es nicht einmal. Bis zum Haus waren es gute zwei- oder dreihundert Meter. Seine Kräfte hätten niemals gereicht, Haiko zu tragen und dabei noch schnell genug zu sein, um dem Feuer zu entrinnen.

Er war nicht einmal sicher, ob sie es so schaffen würden.

Nach den ersten paar Schritten sah er gehetzt über die Schulter zurück. Der Feuerball war auf das Mehrfache seiner Größe angewachsen und wuchs immer noch brodelnd weiter in die Höhe. Er verschlang alles, was in seinem Weg lag – Gebäude, Menschen, Fahrzeuge – und die Geschwindigkeit, mit der er sich ausdehnte, war entweder gewachsen oder Vandermeer hatte sie von Anfang an unterschätzt. An der herantobenden Flammenwand war nichts Behäbiges mehr. Sie jagte in einem Tempo hinter ihnen her, das kaum geringer als ihr eigenes war.

Es war im Sinne des Wortes ein Wettlauf mit dem Tod. Vandermeer wusste, dass sie verloren waren, wenn die Feuerwand sie einholte. Nicht einmal seine unheimlichen Kräfte waren in der Lage sie vor dem Inferno zu beschützen, das hinter ihnen heranjagte. Er hatte gesehen, was draußen in der Taiga passiert war. Die Gewalten, die dort getobt hatten, mussten mit denen vergleichbar sein, die im Inneren einer Sonne herrschten. Was hatte Haiko getan? *Was um alles in der Welt hatte Haiko nur getan?!*

Als sie die Hälfte des Weges zurückgelegt hatten, begannen seine Kräfte zu erlahmen. Seine Schritte wurden unsicherer und auch Ines und Haiko stolperten immer öfter und verloren an Schnelligkeit. Voller Panik sah er zurück. Der Feuerball war zu einem Teppich aus brodelnden, haushohen Flammen auseinander gebrochen, der bereits ein gutes Drittel des Lagers verschlungen haben musste. Die Wucht, mit der er über die Erde tobte, war so unvorstellbar, dass er Gebäude und Fahrzeuge in seinem Weg einfach zermalmte, bevor seine Hitze sie zu Asche verbrennen konnte. Obwohl die Zeit auf ein Hundertfaches ihres normalen Ablaufs verlangsamt war, sah Vandermeer zahlreiche Fahrzeuge, aber auch menschliche Gestalten, die hoch in die Luft gewirbelt worden waren, eingedrückte Gebäudefronten und zerschmetterte Wände. Niemand in diesem Lager würde die endlose Sekunde, die sie im Moment erlebten, überstehen.

Sie selbst möglicherweise auch nicht. Die Feuerwand *wurde* schneller. Vandermeer war jetzt ganz sicher.

Auch er versuchte seine Schritte noch einmal zu beschleunigen, aber in seinem Körper waren keine Reserven mehr, die er mobilisieren konnte. Der Abstand zwischen ihnen und der brodelnden Flammenwand schmolz zusammen, nicht einmal besonders schnell, aber unbarmherzig und mit jedem Schritt, den sie taten.

Als sie das Gebäude erreichten, in das Haiko sie am vergangenen Abend geführt hatte, raste die Feuerfront über den Hangar hinweg und zertrümmerte ihn. Auf der anderen Seite traf die

Druckwelle das Luftkissenboot auf dem Fluss, zerfetzte seine Aufbauten und hob es gleichzeitig um mehrere Meter in die Höhe. Es zerbrach, bevor es den Zenit seines Fluges erreicht hatte und in Flammen aufging. Vandermeer wagte es nicht, sich noch einmal herumzudrehen, und sei es nur aus der absurden Furcht heraus, vielleicht gerade dadurch die eine, entscheidende Sekunde zu verlieren, aber er schätzte, dass der heranrasende Tod noch höchstens zwanzig Meter entfernt war. Selbst in dieser bizarr verlangsamten Zeit nur noch wenige Sekunden.

Nebeneinander stolperten sie die hölzernen Stufen zur Hütte hoch. Vandermeer riss sie auf, sprang als Erster hindurch und zerrte Haiko und mit ihm Ines mit einer letzten, verzweifelten Anstrengung hinter sich her. Er ließ Haikos Hand los, war mit einem einzigen, gewaltigen Schritt durch den Raum hindurch und riss die Schranktür am anderen Ende auf. Er hatte keine Zeit nach dem Mechanismus zu suchen, der die Geheimtür öffnete, sondern warf sich einfach mit aller Gewalt gegen die Rückwand.

Er hatte das Gefühl, sich jeden einzelnen Knochen in der Schulter zu brechen, aber das morsche Holz gab knirschend unter seinem Anprall nach. Vandermeer stolperte mit wirbelnden Armen in den dahinterliegenden Geheimraum und jubilierte innerlich, als er sah, dass Wassilis Männer den schweren Steintisch noch nicht wieder an seinen Platz gerückt hatten: Der rechteckige Treppenschacht lag offen vor ihnen und die russischen Soldaten waren sogar freundlich genug gewesen, das morsche Klettergerüst gegen eine moderne Aluminiumleiter auszutauschen.

Vandermeer setzte mit einem Sprung über die Öffnung hinweg, drehte sich in einer komplizierten Bewegung gleichzeitig herum, sank auf die Knie und griff nach Haikos Arm. So schnell er konnte, lenkte er seine Hände in die gewünschte Richtung, und genau wie gestern Abend entwickelte Haiko plötzlich ein erstaunliches Geschick, als es darum ging, über die Leiter in die Tiefe zu klettern. Trotzdem schien jede seiner Bewegungen von quälender Langsamkeit zu sein. Der Boden unter Vandermeers Knien begann zu zittern und die zerborstene Geheimtür hinter Ines war nicht mehr dunkel, sondern füllte sich langsam mit rotem, bösem Licht.

Ines kletterte so dicht hinter Haiko nach unten, wie es überhaupt möglich war, und auch Vandermeer folgte ihr, so schnell es ging; er wartete nicht, bis sie ganz verschwunden war, sondern setzt die Füße zwischen ihren Händen auf die Leitersprossen. Trotzdem bestimmte Haiko ihr Tempo und er war vielleicht schnell für einen Mann seines Alters, aber objektiv trotzdem *langsam*. Vandermeers Kopf und Schultern befanden sich noch oberhalb der Öffnung, als die Explosionswelle das Haus erreichte.

Vielleicht war er der erste Mensch auf der Welt, der so etwas sah, aber er hätte gerne auf dieses Privileg verzichtet. Die Wände aus massiven, zwanzig Zentimeter dicken Baumstämmen bogen sich nach innen wie dünnes Papier und schienen plötzlich wie unter einem inneren, unheimlichen Feuer aufzuleuchten. Die Druckwelle zerfetzte das Holz zu fingerlangen Splittern, noch bevor es Zeit hatte zu zerbrechen und unmittelbar dahinter, kaum einen Meter entfernt, raste eine Wand aus purer, glosender Hitze heran, zu gewaltig, um Flammen entstehen zu lassen. Was sie traf, das glühte auf und verwandelte sich schlagartig in Asche, die im nächsten Moment ihrerseits zu schierem Nichts zerfiel. Er würde es nicht schaffen. Die geheime Wand und der Schrank unmittelbar vor ihm wurden für eine Sekunde transparent, verwandelten sich in einen schwarzen Schattenriss ihrer selbst und *waren dann einfach nicht mehr da* und der Prozess absurder Zeitverlangsamung schien nun auch von Haiko und Ines Besitz ergriffen zu haben. Ihre Hände lösten sich nur wie in Zeitlupe von der Leitersprosse und obwohl sie kletterten wie nie zuvor im Leben, schienen sie sich gleichzeitig wie durch zähen Sirup zu quälen, der ihre Bewegungen zu einer absurden, entsetzlich *langsamen* Pantomime machte. Er würde es nicht schaffen. Die Hitzewelle raste heran, schmolz sich ihren Weg über die steinernen Bodenplatten und war noch einen Meter von ihm entfernt, einen halben ...

Vandermeer ließ los. Er schlug mit Schultern und Hinterkopf gegen den Rand der Öffnung, keuchte vor Schmerz und griff blindlings um sich. Tatsächlich bekam er irgendetwas zu fassen: Stoff, der mit einem hellen Geräusch zerriss, ohne seinen Sturz zu verlangsamen.

Diesmal gab es keinen weichen Schnee, der ihn auffing.

Vandermeer schlug mit grausamer Wucht auf den Trümmerberg, der am Fuß der Leiter lag. Irgendetwas bohrte sich wie eine Messerklinge in seine Schulter und seine Kiefer prallten so heftig aufeinander, dass er sich ein Stück von einem Zahn abbrach. Heißer Schmerz und kaum weniger heißes, bitter schmeckendes Blut füllten seinen Mund und anders als vorhin in der Baracke verlor er jetzt wirklich das Bewusstsein, wenn auch nur für einen Augenblick.

Er erwachte wieder, als Ines hinter Haiko die letzten vier Leitersprossen einfach in die Tiefe sprang. Sie glitt auf dem Steinschutt aus, fing ihren Sturz mit ausgestreckten Händen auf und kroch auf Händen und Knien auf ihn zu.

»Ich bin in Ordnung«, stöhnte er, bevor sie etwas sagen konnte. »Weiter! Schnell! Hilf Haiko!«

Ines verschwendete keine Zeit damit irgendetwas zu fragen oder sich gar davon zu überzeugen, dass er die Wahrheit gesagt hatte, sondern rappelte sich hastig hoch und drehte sich zu Haiko herum. Es zeigte sich jedoch, dass der Schamane von ihnen vielleicht am wenigsten der Hilfe bedurfte, denn während Vandermeer und sie sich noch am Fuße der zusammengebrochenen Treppe aufhielten, humpelte er bereits mit erstaunlich schnellen Schritten auf das Wandgemälde am anderen Ende des unterirdischen Kirchenschiffes zu, um die nächste, darunterliegende Ebene zu erreichen.

Und er tat gut daran, denn ein einziger Blick in die Höhe zeigte Vandermeer, dass sie noch lange nicht außer Gefahr waren. Die Welle absoluter, alles verschlingender Zerstörung war über die Öffnung in der Decke hinweggerast. Der Teil der Leiter, der darüber hinausgeragt hatte, war nicht mehr da. Das Metall hatte sich im Bruchteil einer Sekunde in heißes Plasma verwandelt und die übrig gebliebene Hälfte der Metall-Leiter glühte in einem dunklen, unheimlichen Rot und begann unter ihrem eigenen Gewicht zusammenzusinken wie eine Wachskerze. Doch der Hitzewelle folgte eine zweite, kaum weniger schnelle Wand aus lodernden Flammen, die sich gierig in die Öffnung hinabsenkten und mit brennenden Armen nach Ines und ihm griffen. Sie hatten einige Sekunden gewonnen, nicht mehr.

Vandermeer sprang auf, zog instinktiv den Kopf zwischen die Schultern und hastete hinter Ines her, die bereits in die gleiche Richtung losgerannt war wie Haiko. Hinter ihm senkte sich ein Wasserfall aus Feuer auf den Boden und ließ die Steine aufglühen, auf denen er gerade noch gelegen hatte.

Haiko hatte die weiter nach unten führende steinerne Treppe bereits erreicht, als sie ihn einholten. Der Schacht war zu schmal, um an ihm vorbeizukommen, sodass er sie abermals aufhielt. Als

Vandermeer als Letzter das Ende der Treppe erreichte, sah er, wie die Flammen über ihnen gegen das Wandgemälde prallten und es zerschmetterten. Loderndes rotes Feuer begann zäh wie leuchtendes Wasser die Treppenstufen hinabzulaufen, vielleicht nicht mehr ganz so schnell wie bisher, aber immer noch *zu* schnell.

Von der Kraft der Verzweiflung angetrieben, durchquerten sie auch diesen Raum und drängten sich hintereinander in den nächsten, in die unterste – und letzte – Etage hinabführenden Gang. Vandermeer bezweifelte plötzlich, dass sie selbst hier unten sicher waren. Sie mussten sich fünfzehn oder zwanzig Meter unter der Erde befinden und wahrscheinlich war die Explosion längst über ihre Köpfe hinweggefegt und hatte das Gebäude ebenso pulverisiert, wie sie den Rest des Lagers in heiße Asche verwandelt hatte.

Sie schlitterten hintereinander die geröllübersäte Schräge hinab, die in den untersten, heiligen Raum führte, aber das Feuer folgte ihnen wie ein ausgehungertes Raubtier, das die Witterung seiner Beute aufgenommen hatte und sie nicht mehr loslassen würde, ganz gleich, wie weit sie auch davonliefen.

Und es gab kein *weit* mehr.

Vandermeer sah noch einmal zurück, während er Haiko und Ines folgte. Ein Schwall unvorstellbarer Hitze ergoss sich hinter ihnen in den Gang und dann sah er erneut ein grelles, waberndes Licht, kein Feuer, sondern etwas viel Gewaltigeres und Tödlicheres, und plötzlich fühlte er sich wie von einer unsichtbaren Faust getroffen und in die Höhe gerissen; und dann nichts mehr.

10

Es war das klassische Todeserlebnis. Vandermeer besaß keinerlei eigene Erfahrung in dieser Richtung, aber er hatte genug davon gehört und darüber gelesen: Für einen kurzen Moment hatte er das Gefühl, völlig losgelöst von seinem Körper durch ein gewaltiges, substanzloses Nichts zu schweben.

Plötzlich sah er ein Licht. Zuerst war es nur ein winziger Funke, ein heller, einzelner Stern in einem Universum aus Schwärze und vollkommener Leere, das der Vision der Hölle vielleicht so nahe kam, wie es der menschlichen Vorstellung überhaupt möglich war.

Dann begann das Licht zu wachsen, wurde zu einem Fleck, einem lodernden Stern und schließlich zu einem Tunnel aus weißer Helligkeit, durch den er sich schneller und immer schneller bewegte.

Dann fiel Vandermeer doch der eine oder andere Unterschied auf.

Er hatte noch nie gehört, dass man während eines Todeserlebnisses Kopfschmerzen hatte oder sein eigenes Blut im Mund schmeckte. Geschweige denn, dass man eine Hand spürte, die einem – nicht allzu fest, aber unaufhörlich – abwechselnd rechts und links ins Gesicht schlug ...

Vandermeer öffnete die Augen, blinzelte und hob abwehrend die Hand, bevor Ines ihn ein weiteres Mal ohrfeigen konnte. »Endlich zeigst du dein wahres Gesicht«, murmelte er. »Ich wusste doch, dass du in Wahrheit für Wassili arbeitest. Aber ich würde vorschlagen, dass du dir einen Stein oder einen Knüppel nimmst. Es dauert einfach zu lange, jemanden zu Tode zu ohrfeigen, weißt du.«

»Kein Zweifel«, sagte Ines, »du bist wach ... Auch auf die Gefahr hin, dass dir die Frage dumm vorkommen mag: Wie fühlst du dich?«

Vandermeer setzte sich mühsam auf, zog die Knie an den Körper und rieb sich mit dem Handrücken über das Gesicht. Seine Wangen brannten wie Feuer, aber ansonsten fühlte er sich ganz okay. Von all den zahllosen kleinen und großen Blessuren, Verbrennungen und Schrammen, die er bei ihrer verzweifelten Flucht vor dem Feuer davongetragen hatte, war nichts mehr zu spüren. *Wie durch Zauberei*, dachte er. *Ha, ha, ha.* »Die Frage *ist* dumm«, sagte er. »Aber ich denke, ich bin in Ordnung – abgesehen davon, dass ich wahrscheinlich in den nächsten drei Wochen keine feste Nahrung zu mir nehmen kann. Was ist passiert? Wo ist Haiko?«

»Ich weiß nicht, was passiert ist, und auch nicht, wo Haiko ist«, antwortete Ines. »Erstaunlich, dass es funktioniert hat. Ich wollte das schon immer einmal ausprobieren.«

»Was? Unschuldige Männer verprügeln?«

»Der Begriff *unschuldige Männer* ist ein Paradoxon«, behauptete Ines. »So wie *schwarzer Schimmel*, verstehst du? Nein, ich habe mich schon immer gefragt, ob man jemanden wirklich wach bekommt, indem man ihn ohrfeigt.«

»Das kommt ganz darauf an, wie fest man zuschlägt.« Vandermeer bewegte prüfend den Unterkiefer und tastete mit den Fingerspitzen über seine Lippen, als müsse er sich tatsächlich davon überzeugen, dass noch alles vollzählig und an seinem Platz war. Dann wurde er schlagartig ernst. »Was ist passiert? Haben wir es überstanden?«

»Jetzt sind wir quitt«, sagte Ines. »Diese Frage war mindestens genauso dumm wie meine.«

»Wieso?«

»Du hättest sie kaum stellen können, wenn wir es *nicht* überlebt hätten. Aber jetzt frag mich bloß nicht, wieso wir noch leben. Ich habe nicht die geringste Ahnung. Ich war sicher, dass das Feuer uns erwischt, aber dann ...« Sie zuckte die Schultern. »Ich weiß nicht, was passiert ist. Ich war wohl genauso weggetreten wie du.«

»Und Haiko?«

»Keine Ahnung«, antwortete Ines. »Als ich aufgewacht bin, war er nicht mehr da.« Sie legte den Kopf schräg, schwieg einige Augenblicke und sagte dann mit sonderbarer Betonung: »Nein, mach dir keine Sorgen. Mir ist wirklich nichts passiert. Ich bin völlig okay.«

Vandermeer blinzelte. Er sagte nichts.

»Und ich habe auch überhaupt keine Angst gehabt«, fuhr Ines fort. »So etwas erlebe ich jeden Tag. Ich bekomme richtige Entzugserscheinungen, wenn ich nicht mindestens alle zwölf Stunden einmal in die Luft gesprengt, angeschossen, überfahren oder unter zehn Tonnen Fels begraben werde.«

»Wie geht es dir?« fragte Vandermeer. »Ist dir was passiert?«

»Idiot«, murmelte Ines. Eine Sekunde später begann sie schallend zu lachen um eine weitere Sekunde danach schlagartig wieder ernst zu werden. Vandermeer verstand ihre Reaktion, denn sie glich seiner eigenen. Es war kein Zufall, dass sie die ersten Augenblicke nach ihrem Erwachen mit nichts anderem verbrachten als herumzualbern. Natürlich gab es tausend brennende Fragen, aber im Moment zählte nur, dass sie am Leben waren, ganz egal wie und wo oder weshalb.

Aber – waren sie wirklich am Leben?

Vandermeer konnte es nicht mit letzter Sicherheit sagen. Seine Frage war vielleicht nicht *ganz* so dumm gewesen, wie Ines behauptet hatte, und das wusste sie sehr genau. Er war tatsächlich nicht sicher, ob sie es geschafft hatten. Sein erster Gedanke beim Erwachen fiel ihm wieder ein: Das, woran er sich erinnerte, ähnelte dem angeblich typischen Sterbeerlebnis, von dem Menschen berichteten, die von den Toten zurückgekehrt waren, vielleicht zu sehr um Zufall zu sein. Natürlich gab es eine ganz simple Erklärung: Er war hundertprozentig sicher gewesen zu sterben, als er das Bewusstsein verloren hatte, und vielleicht hatte er dann nur das gesehen, was er zu sehen *erwartete*. Aber irgendwie gefiel ihm diese Erklärung noch weniger. Seine Gedanken begannen sich im Kreis zu drehen und er spürte, wie etwas dahinter erwachte, was ihm Angst einjagte.

Er setzte sich weiter auf, sah Ines für die Dauer eines schweren Herzschlages mit einem so aufmerksamen, besorgten Blick an, dass jede andere Erklärung überflüssig wurde, und drehte dann mühsam den Oberkörper um hinter sich zu blicken; eine umständliche Art der Bewegung, aber sein Kopf tat noch immer so weh, dass es im Moment die einzig mögliche war.

Was er sah, jagte ihm einen eisigen Schauer über den Rücken. Er war nicht sehr weit vom Fuß der Geröllhalde entfernt zu Boden geschleudert worden, sodass er von seiner Position aus eigentlich durch den schrägen Schacht bis nach oben in die nächsthöhere Etage hätte blicken müssen. Nur – es *gab* keine nächsthöhere Etage mehr. Wo der in den Fels gemeißelte Durchgang gewesen war, erhob sich jetzt eine surreale Skulptur aus glasigem, zu bizarren Formen erstarrtem Fels. Tropfen des geschmolzenen und dann wieder abgekühlten Gesteins waren über die Geröllhalde nach unten geflossen und auf halbem Weg erstarrt und die Decke direkt über seinem Kopf sah aus, als wäre sie für einen Moment zu weichem Gummi geworden, das von der Hand eines Riesen spielerisch bis auf weniger als einen Meter Höhe heruntergedrückt worden war, bevor es wieder erstarrte.

Vandermeer war erleichtert, dass er sich nicht ganz aufgesetzt hatte. Er wäre mit dem Kopf gegen den Felsen geknallt, der sich jetzt keine zwanzig Zentimeter über ihm befand.

»Unglaublich, nicht?«, fragte Ines. »Weißt du, bei welcher Temperatur Stein schmilzt?«

Er wusste es nicht und er hatte auch wenig Lust darüber nachzudenken. Das hätte ihn wieder zu der alten Frage gebracht, wie um Gottes willen sie noch am Leben sein konnten. *Falls* sie es waren.

Und wenn ja, wie sie hier jemals wieder herauskommen sollten ...

»Wieso leben wir eigentlich noch?«, murmelte Ines. Sie schüttelte den Kopf. Als sie auf diese Frage ebenso wenig eine Antwort bekam wie auf die erste, sagte sie: »Sag mir nicht, dass du die Zeit angehalten hast um uns zu retten.«

»Es war einfacher als uns wegzubeamen«, antwortete Vandermeer. »Dazu hätte die Zeit nicht gereicht. Außerdem gefallen mir die Gästezimmer auf der Enterprise nicht.«

»Ich meine es ernst«, sagte Ines. »Wir müssten tot sein.«

»Vielleicht sind wir es«, antwortete Vandermeer.

Etwas Neues breitete sich zwischen ihnen aus – eine Art Furcht, die Vandermeer noch nie empfunden hatte, obwohl er noch vor einer Sekunde jeden Eid geschworen hätte in den letzten beiden Wochen jede nur denkbare Spielart der Angst bis zur Neige ausgekostet zu haben. Für einen ganz kurzen Moment empfand er Zorn auf Ines, weil sie mit ihrer Frage, die so genau mit seinen eigenen Gedanken übereinstimmte, die Ketten zerbrochen hatte, mit denen er diese Angst bisher noch gebändigt hatte, aber fast im gleichen Augenblick begriff er auch, dass das nicht stimmte. Ihre Frage und seine Antwort darauf waren nichts anderes als das, was sie beide vom allerersten Moment nach ihrem Erwachen an bewegt hatte. Die Frage, ob sie tot waren. Wenn ja, wenn dies das Jenseits war, dann war die Hölle schlimmer, als er sie sich jemals vorgestellt hatte, doch das lag nicht an der Umgebung. Er fühlte sich verlassen, auf eine Art allein, die auch Ines' Gegenwart nicht zu überwinden vermochte. Er wäre gern zu ihr hinübergegangen um sie in die Arme zu nehmen und er war sicher, dass sie genauso empfand, aber keiner von ihnen rührte sich. Vielleicht, weil sie beide die gleiche, womöglich noch größere Angst verspürten: Die Angst davor den anderen zu berühren, seine Wärme und seine Gegenwart wahrzunehmen und das Gefühl des Alleinseins *trotzdem* nicht loszuwerden. Er kam sich vor wie ein Verdurstender, der mitten in der Wüste eine Wasserstelle findet und fürchtet, dass es sich nur um eine Fata Morgana handelt und deshalb nicht wagt, die Hand nach dem Wasser auszustrecken. Manchmal war ein Ende mit Schrecken vielleicht *doch* das größere Übel.

»Was ist eigentlich passiert?«, fragte Ines. Sie machte eine Kopfbewegung zur Decke. »Dort oben?«

Vandermeer zuckte ratlos mit den Schultern, antwortete aber trotzdem. »Gwynneth.«

»Stell dir vor, das habe ich mir auch gedacht«, antwortete Ines spitz. »Aber was hat Haiko gemeint, als er sagte, dass sich das wiederholen würde, was in der Taiga geschah?«

»Ich weiß es nicht«, erwiderte Vandermeer. »Aber ich glaube, es hat etwas mit ihrem Kind zu tun. Wahrscheinlich hatte es die gleichen Kräfte wie seine Mutter. Sie müssen versucht haben mit seiner Hilfe das Tor zu öffnen.«

»Und dabei haben sie ...« Ines schauderte. Sie wirkte entsetzt und wenn Vandermeers Vermutung der Wahrheit auch nur nahe kam, dann hatte sie allen Grund dazu. Er fragte sich, wieso *er* eigentlich noch in der Lage war, all diese unglaublichen Ereignisse so gelassen hinzunehmen, aber vielleicht tat er das ja gar nicht wirklich. Möglicherweise war seine Kapazität, Schrecken zu empfinden, einfach erschöpft. Oder er stand unter einer Art Schock. Wenn ja, dann hoffte er, dass er möglichst lange anhielt.

Als in diesem Moment das Licht flackerte, begriff Vandermeer erst, dass es überhaupt *da* war – und wie ungewöhnlich das war. Sie befanden sich mindestens fünfzehn oder zwanzig Meter unter der Erde. Es hätte stockdunkel sein müssen.

Er sah an Ines vorbei und blickte fragend auf das kleine, flackernde Feuer, das in einer flachen Kuhle im Boden hinter ihr brannte, aber es vergingen noch einmal zwei oder drei Sekunden, bis er verstand, *was* dort verbrannte und nicht nur zuckendes Licht, sondern auch scharf riechenden Qualm von sich gab. Ines hatte ihre Jacke ausgezogen und das Kunststoff-Futter herausgerissen.

»Frauen und Technik«, sagte sie, als sie seinen erstaunten Blick bemerkte. »Oder halt, wie war das? ›Technik, der natürliche Feind der Frauen‹? Manchmal sind wir doch praktischer veranlagt, als ihr dem dummen Geschlecht zugestehen wollt, wie?«

Vandermeer, der sein eigenes Zitat natürlich wieder erkannte, lächelte flüchtig, aber er antwortete nicht sofort. Ihm war etwas aufgefallen. Während Ines in den Taschen ihrer schmaler gewordenen Jacke herumgrub und ihr Feuerzeug und eine halbleere Zigarettenpackung herauskramte, beobachtete er aufmerksam den grauen Rauch, den der brennende Kunststoff produzierte. Er stieg langsam nach oben und zog dann in den hinteren, dunklen Teil der Höhle ab, der vom Feuerschein nicht mehr erreicht wurde. Aber Vandermeer erinnerte sich noch gut genug daran, wie die Kammer gestern Abend im Licht der Taschenlampen ausgesehen hatte. Selbst bevor die Decke eingedrückt worden war, war sie winzig gewesen. Bei der Menge an Qualm, die das Feuer produzierte, hätten sie längst ersticken müssen.

»Vielleicht nicht dumm«, sagte er, »aber nicht unbedingt *weitsichtig*.«

Ines entzündete ihre Zigarette und sah ihn über die winzige Flamme des Feuerzeugs hinweg fragend an.

»Es muss einen zweiten Ausgang geben«, sagte er.

»Weil Haiko nicht da ist?« Ines schüttelte den Kopf. »Ich habe nach ihm gesucht, während du deinen Schönheitsschlaf gehalten hast. Keine Chance. Wir sitzen in der Falle. Ich kann nur hoffen, dass sie bald kommen und nach uns suchen, anderenfalls ...«

»Wohin zieht dann der Rauch ab?«, unterbrach Vandermeer sie. Ines sah ihn einen Moment lang verblüfft an und Vandermeer fuhr in plötzlich aufgeregtem, lauterem Tonfall fort: »Es *muss* einen anderen Ausgang geben. Wahrscheinlich hast du ihn übersehen. Los, komm!«

Er stand auf (und prallte natürlich *doch* noch mit dem Kopf gegen die viel niedrigere Höhlendecke), ging fluchend und gebückt an Ines vorbei und richtete sich erst nach zwei weiteren Schritten ganz auf. Auch Ines hatte sich erhoben, aber sie folgte ihm nicht.

Es hätte auch wenig Sinn gehabt. Das Licht ihres kleinen Feuers reichte nur wenige Schritte weit und Vandermeer wagte es trotz allem nicht, weit in die vollkommene Finsternis dahinter zu gehen. Er glaubte Ines sogar, dass sie keinen anderen Ausgang aus dieser Höhle entdeckt hatte – schließlich hatte er gestern Abend mit eigenen Augen gesehen, dass es keinen gab. Doch möglicherweise hatte die Katastrophe ein Erdbeben ausgelöst, das einen zweiten Ausgang aus diesem unterirdischen Verlies geschaffen hatte – einen Riss im Fels vielleicht, der bis zur Erdoberfläche hinaufreichte und durch den Haiko entkommen war. Genauso gut konnte es aber auch sein, dass er in einen plötzlich aufklaffenden Schacht stürzte, der direkt bis China hinabführte.

Wir können nicht tot sein, dachte Vandermeer spöttisch. *Sonst hätte ich nicht solche Angst zu sterben.*

Der Gedanke enthielt eine zwar völlig absurde, aber in sich schlüssige Logik, die ihn auf sonderbare Weise beruhigte. Dasselbe bewirkte das Problem der Dunkelheit vor ihnen: Es stellte eine Herausforderung dar, etwas, das er tun oder lösen konnte, und allein dieser Gedanke erfüllte ihn plötzlich wieder mit einem intensiven Gefühl von Leben. Blind tastete er mit dem Fuß in die Finsternis hinein, fühlte beruhigenden, harten Fels und wagte einen zweiten Schritt.

»Warte.«

Vandermeer drehte sich zu Ines herum und sah, dass sie einen weiteren Streifen aus ihrem Jackenfutter gerissen hatte und dessen Ende in die Flammen hielt. Er fragte sich, was sie als Fackelstock benutzen wollte. Das Kunststoffmaterial verbrannte zwar relativ langsam, aber die Flammen breiteten sich fast sofort über seine gesamte Oberfläche aus. Ines löste das Problem, indem sie den brennenden Fetzen fallen ließ und dann mit einem Tritt ein gutes Stück an ihm vorbei in die Dunkelheit hineinbeförderte.

Vandermeer nickte anerkennend, was Ines zu einem spöttischen Grinsen provozierte. »Frauen und Logik, wie?«

»Irgendwann werde ich nachsehen, ob du *wirklich* eine Frau bist«, antwortete Vandermeer.

»Wenn ich weiter die Sachen verbrennen muss, die ich am Leibe trage, wird das vielleicht früher der Fall sein, als dir recht ist«, sagte Ines. »Kannst du irgendetwas erkennen?«

Der brennende Fetzen war zwei oder drei Meter an Vandermeer vorübergeflogen und gegen die Rückwand der Höhle geprallt. Wie das andere Feuer auch produzierte er im Grunde mehr Schatten als Licht, aber die zuckende rote Beleuchtung reichte trotzdem aus, Vandermeer erkennen zu lassen, dass vor ihnen nur eine massive Felswand war. Kein Schacht im Boden, kein Riss in der Decke, kein plötzlich entstandenes Tor, das Gott weiß wohin führte.

Seine Enttäuschung währte jedoch nur einige Sekunden. Er hatte sich ja selbst auf die richtige Spur gebracht. Aufmerksam verfolgte er den Weg, den der grauweiße Rauch des brennenden Fetzens nahm. Langsam zog er nach oben, begann sich auf halber Höhe unter der Decke zu verteilen und glitt dann in einer trägen, zähflüssig wirkenden Bewegung auf die rückwärtige Höhlenwand zu – und hindurch.

Im allerersten Moment glaubte Vandermeer einer Sinnestäuschung zu erliegen, aber dann machte er einen weiteren Schritt und sah genauer hin.

Es war derselbe Effekt, den er bereits gestern Abend bei dem Wandgemälde oben in der koptischen Kirche bewundert hatte, nur ungleich verblüffender. Die Wand, vor der sie standen, war nicht geschlossen. Es gab einen gut anderthalb Meter hohen, unregelmäßig geformten Durchgang darin, der in eine weitere Höhle, vielleicht auch einen Gang oder einen Schacht führte. Die Muster auf den Felsen und die Maserung des Steines waren so perfekt aufeinander abgestimmt, dass die Wand geschlossen wirkte, selbst jetzt noch, da er wusste, dass sie es nicht war.

Das war die Erklärung. Die *logische*.

Aber spätestens seit dem Moment, in dem Gwynneth in der Kantine ihre furchtbaren Kräfte entfesselt hatte, hatten sie die Welt der Logik und des Erklärbaren endgültig hinter sich gelassen. Es gab noch eine andere, viel bizarrere Erklärung, die trotzdem die einzig wahre sein musste: Was vor ihnen lag, war das, weswegen Wassili ihn hierher gebracht hatte. Der Durchgang in jene andere Welt, von der er gesprochen hatte, der Welt hinter der Wirklichkeit. Vandermeer wusste einfach, dass es so war.

Zu seiner eigenen Verwunderung überraschte ihn diese Erkenntnis nicht einmal. Er hatte stets erwartet, dass irgendetwas – Dramatisches, Großes notwendig wäre um das Tor zu öffnen, doch nun wusste er, dass dies nicht stimmte. Er hatte es einfach getan, ebenso selbstverständlich und fast ohne sein bewusstes Zutun, wie er den Jungen in der Diskothek gerettet hatte, wie er Khemal herbeigewünscht und den Feuersturm eingefroren hatte.

Zögernd hob er die Hand und er wäre kein bisschen erstaunt gewesen, wenn sie auf massiven Widerstand gestoßen wäre. Aber sie glitt ungehindert durch die scheinbare Felswand hindurch. Alles, was er fühlte, war ein ganz leichter, kühler Luftzug.

»Das ... das ist unglaublich«, murmelte Ines. »So etwas – habe ich noch nie gesehen ...«

»Das hat wahrscheinlich noch niemand«, sagte Vandermeer leise.

»... und ich schwöre, das war vorhin noch nicht da«, fügte sie ein bisschen lauter und in einem fast trotzigen, verteidigenden Tonfall hinzu. »Es wäre mir aufgefallen.«

»Das wäre es nicht«, sagte Vandermeer, »aber ich glaube dir trotzdem.« Obwohl ihn die optische Täuschung selbst jetzt noch narrte, als seine Hand bereits dort herumtastete, wo seine Augen massives Felsgestein zu sehen glaubten, war er vollkommen sicher, dass es diesen Durchgang gestern Abend noch nicht gegeben hatte. Allein schon deshalb, weil Wassilis Leute ihn entdeckt hätten. Er war sicher, dass sie jeden Quadratzentimeter der Wände hier unten abgetastet und -geklopft hatten.

»Das ... das ist nie und nimmer natürlich entstanden«, sagte Ines stockend. »Glaubst du, dass Haiko ...?«

»Das werden wir gleich herausfinden«, erwiderte Vandermeer, als sie nicht weitersprach.

Ines sah eindeutig entsetzt aus. »Du willst *da* hinein?«

Nein. Das wollte er nicht.

Ganz und gar nicht.

Er konnte das Entsetzen in Ines' Stimme gut verstehen, mehr noch, er empfand dasselbe wie sie: Allein bei der *Vorstellung*, durch diese unheimliche Öffnung im Fels zu treten, zog sich alles in ihm zusammen. Wenn ihm dieser Raum hier gestern Abend unheimlich vorgekommen war, so musste er für das, was er jetzt fühlte, ein neues Wort erfinden. Ganz plötzlich erinnerte er sich wieder an das, was Haiko ihm über dieses unterirdische Heiligtum erzählt hatte: *Es waren keine Menschen, die es geschaffen haben.* Trotz allem hatte er gestern Abend noch über diese Behauptung gelächelt. Sein *Verstand* hatte Haikos Behauptung vielleicht geglaubt, aber der Rest von ihm nicht.

Jetzt jedoch spürte Vandermeer, dass jedes Wort des alten Schamanen der Wahrheit entsprochen hatte. Diese Höhle und viel mehr noch das, was dort vor ihnen lag, jenseits dieses unheimlichen, auf unmöglich zu beschreibende Weise immer noch nicht wirklich sichtbaren Durchganges, war nicht von Menschen geschaffen worden, sondern von ... *etwas Anderem*. Etwas, das schon alt gewesen war, als es noch keine Menschen gegeben hatte, vielleicht nicht einmal Leben in dem Sinne, in dem er und Ines und alle anderen das Wort bisher benutzt hatten. Und unvorstellbar mächtig, aber auch das vielleicht in einer vollkommen anderen, neuen Bedeutung dieses Wortes. Er kam sich klein und winzig vor, hilf- und bedeutungsloser als ein Insekt, das sich in die Welt der Menschen verirrt hatte.

Trotz all dieser Gedanken und Befürchtungen zwang er ein aufmunterndes Lächeln in sein Gesicht (zumindest versuchte er es, auch wenn Ines' Reaktion nicht so aussah, als wäre dieser Versuch von Erfolg gekrönt) und sagte: »Hast du eine bessere Idee? Wir können nicht hier bleiben, oder?«

Ines presste die Lippen zusammen. Sie antwortete nicht – wozu auch –, aber Vandermeer war sicher, dass sie zumindest für einen

Moment ernsthaft über diese Alternative nachdachte. Ihm ging es jedenfalls so. Was dort auf der anderen Seite der Mauer lag, machte ihm Angst, unvorstellbare Angst. Und sie wurde mit jeder Sekunde, die er länger dastand und darüber nachdachte, stärker.

Er schloss die Augen, atmete tief ein und trat gebückt durch die Öffnung in der Felswand.

Nichts geschah. Unter seinen Füßen war noch immer massiver Stein wie gerade und aus den Wänden griffen auch keine Hände und Dämonenmäuler, um ihn in die ewige Verdammnis hinabzuziehen. Seine Phantasie war außer Kontrolle geraten, das war alles. Trotzdem wäre er wahrscheinlich nicht überrascht gewesen, wenn er hinter sich statt der Höhle und Ines eine massive Felswand erblickt hätte. Das geschah nicht, aber er sah, dass der Effekt von dieser Seite aus genauso verblüffend war. Hätte Ines nicht zwei Schritte jenseits des Durchganges gestanden, dann hätte er nicht bemerkt, dass es die Höhle gab.

»Komm«, sagte er. »Hier ist nichts.«

Ines fuhr sich nervös mit der Zunge über die Lippen, warf ihre Zigarette zu Boden und trat sie sorgfältig mit dem Absatz aus – eine fast rührende Geste angesichts der Situation, in der sie sich befanden. Dann schloss sie genau wie eben Vandermeer die Augen, atmete tief ein und nahm all ihren Mut zusammen um die zwei Schritte an seine Seite zu machen.

Er hätte ihr gerne ein paar aufmunternde Worte gesagt, aber er konnte es nicht. Sie hätte sie wahrscheinlich auch nicht gehört, denn sie war voll und ganz damit beschäftigt sich aus weit aufgerissenen Augen umzublicken.

Nicht, dass es viel zu sehen gegeben hätte.

Sie befanden sich in einem niedrigen, uneinheitlich geformten Gang von unbestimmbarer Länge, dessen Wände und Decke mit den gleichen fremdartigen Symbolen und Linien übersät waren wie die der Höhle hinter ihnen, aber das war auch alles, was Vandermeer sagen konnte. Und nicht einmal das mit Bestimmtheit. Die unheimliche, durch und durch *fremdartige* Geometrie, die den Eingang verborgen hatte, setzte sich auch hier fort. Obwohl der Fels zum Greifen nahe vor ihm lag, hatte er fast Angst sich zu bewegen. Wenn das, was er zu sehen glaubte, nicht existierte, dann konnte durchaus etwas existieren, was er *nicht* sah.

Langsam, mit den ausgestreckten Händen tastend wie ein Blinder, setzte sich Vandermeer in Bewegung. Ines folgte ihm so dicht, dass er ihre Atemzüge im Nacken spüren konnte und ihre Furcht roch.

Er konnte hinterher nicht sagen, wie lang sich der Stollen hingezogen hatte, ja, nicht einmal, ob er nach oben oder nach unten geführt hatte oder eben gewesen war. So, wie die Muster auf den Wänden seine Augen narrten, schien irgendetwas hier unten seine anderen Sinne zu narren.

Und es wurde nicht besser, sondern immer schlimmer. Schritt für Schritt bewegten sie sich tiefer in eine Welt hinein, die durch und durch *fremd* war, so anders, so verschieden von allem, was er jemals gesehen oder sich auch nur vorgestellt hatte, dass sein Verstand einfach vor der Aufgabe kapitulierte die Eindrücke zu verarbeiten, die auf ihn einstürmten. Was er sah, war nicht wirklich das, was da vor ihnen lag, und vielleicht ähnelte es dem nicht einmal. Was er sah, waren die Bilder, die sein in menschlichen Begriffen denkender Verstand daraus machte. Er hatte noch immer Angst, vielleicht sogar noch mehr als zuvor, aber er begann dieses Gefühl allmählich zu relativieren, denn auch seine Furcht war vielleicht nicht wirklich Furcht, sondern nur etwas, was er dafür hielt; ein Empfinden, mit dem der Mensch, der er war, nichts anfangen konnte und das er einfach nach bestem Wissen zu deuten versuchte.

Irgendwann, nach zehn Minuten oder fünf Stunden – irgendwie hatte er das Gefühl, dass selbst *Zeit* an diesem Ort nicht mehr das war, wofür er sie hielt – blieb Ines stehen und legte ihm die Hand auf den Arm.

»Da kommt jemand.«

Tatsächlich hörten sie Schritte. Vandermeer konnte nicht sagen, aus welcher Richtung sie sich näherten, denn auch die Akustik funktionierte hier unten nicht so, wie er es gewohnt war. Nach einigen Sekunden tauchte eine gebückte Gestalt am Ende des Ganges auf.

»Haiko!« Die Wände warfen Vandermeers Stimme als verzerrtes, vielfach gebrochenes Echo zurück, sodass Haikos immer mehr verstümmelter Name wie etwas fast körperlich Greifbares für einige Sekunden im Raum zu schweben schien. Der Klang dieses einen Wortes schien plötzlich etwas Düsteres an sich zu haben. Es kam Vandermeer mit einem Mal weniger wie ein Name vor, sondern eher wie ein düsteres Omen, fast wie eine Bedrohung. Aber vielleicht lag das auch nur an der verzerrenden Akustik dieser unterirdischen steinernen Welt.

Haiko musste das Echo völlig verwirren. Der Schamane war stehen geblieben und lauschte. Sein Kopf bewegte sich ruckhaft hin und her und seine erloschenen Augen blickten in die Richtung, aus der die Wortfetzen zuerst gekommen waren. Er machte einen Schritt, blieb wieder stehen und bewegte sich dann unsicher wieder in die andere Richtung um erneut stehen zu bleiben. Seine Hände tasteten hilflos umher und es dauerte nur einen kleinen Moment, bis Vandermeer klar wurde, dass er genau das war: vollkommen hilflos. Haikos Welt bestand aus Geräuschen und Schwingungen. Die hallenden Echos hier unten machten ihn ein zweites Mal – und diesmal vollkommen – blind.

»Bleiben Sie stehen!«, rief Vandermeer. »Wir kommen zu Ihnen!«

Haiko bewegte den Kopf immer hektischer hierhin und dorthin und versuchte immer verzweifelter die Richtung zu orten, aus der seine Stimme kam. Es gelang ihm nicht. Aber immerhin war er klug genug der Aufforderung zu folgen und dort stehen zu bleiben, wo er war. Als Vandermeer ihn erreichte, hob Haiko die Hand und klammerte sich so fest an seinen Arm, dass es wehtat. Vandermeer streifte die Hand trotzdem nicht ab. Für Haiko mussten die letzten Minuten die Hölle gewesen sein. Er zitterte am ganzen Leib.

»Es ist alles in Ordnung«, sagte Vandermeer. »Keine Angst. Wir sind hier. Ihnen passiert nichts.«

Seine Worte schienen im ersten Moment das genaue Gegenteil dessen zu bewirken, was er beabsichtigt hatte – Haiko geriet in Panik. Sein Atem ging immer schneller und er zitterte immer heftiger. In seinem Gesicht zuckte es.

»Sind Sie verletzt?«, fragte Ines.

Vielleicht war es die ehrliche Sorge in ihrer Stimme, vielleicht auch einfach der Umstand, dass es die Stimme einer Frau war – jedenfalls beruhigte sich Haiko fast ebenso schnell, wie er gerade in Panik geraten war. Wenn auch nicht völlig. Er atmete immer noch rasch und seine Hände zitterten immer noch, doch seine Finger bohrten sich jetzt wenigstens nicht mehr wie Messer in Vandermeers Unterarm. Nach einigen Sekunden schüttelte er den Kopf und sagte mit leiser, bebender Stimme:

»Nein. Ich bin nicht verletzt. Ich war nur ...« Er brach ab, schluckte mühsam und mehrmals hintereinander und ließ endlich Vandermeers Arm los. »Entschuldigen Sie.«

»Warum sind Sie weggegangen?«, fragte Vandermeer. »Ihnen hätte alles Mögliche passieren können, wissen Sie das eigentlich?«

»Ich habe den Ausgang gesucht«, erklärte Haiko.

Er log, das spürte Vandermeer deutlich. In Haikos Gesicht oder seiner Stimme war nichts, was ihn verriet, aber er *wusste* einfach, dass der Schamane nicht die Wahrheit sagte, ohne dass dieses Wissen irgendeines Grundes oder gar Beweises bedurft hätte. Vielleicht waren sie einfach an einem Ort, an dem Lügen keinen Bestand mehr hatten. Als er sich zu Ines herumdrehte, sah er, dass es ihr offenbar genauso ging wie ihm. Aber sie beließen es dabei.

»Was ist das hier?«, fragte Vandermeer schließlich. »*Noch* eine geheime Kirche?« In seiner Stimme war etwas, das wie böser Spott klang, obwohl er das nicht beabsichtigt hatte. Möglicherweise war es auch ein weiterer verwirrender Effekt der unheimlichen Akustik. Das Wispern seiner eigenen, zurückgeworfenen Worte klang in seinen Ohren plötzlich fremd, als würden sie nicht nur gebrochen, sondern dabei auch verändert.

»Kommt«, sagte Haiko. »Ihr müsst mich führen. Es ist so lange her. Ich dachte, ich würde mich erinnern, aber ich kann es nicht.«

»Sie waren schon einmal hier?«, fragte Ines.

»Damals.« Haiko wandte sich um, machte einen zögernden Schritt und blieb wieder stehen. »Da war ein Hindernis«, murmelte er. »Ich bin darüber gestolpert und gestürzt. Danach ging es ... links weiter. Vielleicht rechts.«

Vandermeer und Ines tauschten einen bezeichnenden Blick. Haiko musste wirklich vor *sehr* langer Zeit hier gewesen sein. Wie konnten sie sich der Führung eines blinden Mannes anvertrauen, wenn sie selbst nicht sicher wussten, ob das, was sie sahen, die Wirklichkeit war?

Trotzdem versuchten sie es. Mit einem raschen Schritt trat Vandermeer an Haikos Seite, ergriff dessen Hand und sah konzentriert in den Gang hinein. Es war unmöglich zu sagen, wie weit er sich vor ihnen erstreckte, obwohl es, wie Vandermeer jetzt bemerkte, ein wenig Licht gab. Mit einer Mischung aus Überraschung und Erstaunen registrierte er, dass sie noch immer sehen konnten, obwohl der brennende Stoff-Fetzen längst ein gutes Stück hinter ihnen lag – und dass ihm dieser Umstand bisher nicht einmal *aufgefallen* war. Aber es war nur ein blasser, verzerrender Schimmer, in dem sie ihre Umgebung mehr erahnten, als dass sie sie wirklich sahen. Als er losging, setzte er ebenso behutsam und zögernd einen Fuß vor den anderen, wie Haiko es gerade getan hatte.

»Der Gang ... teilt sich irgendwo dort vorne«, murmelte Haiko. »Aber ich weiß nicht mehr, wo. Da war eine ... Treppe.«

»Was ist das hier?« fragte Ines. »Gehört das alles noch zu dem Gebetsraum? Es ist unglaublich groß.«

»Es ist so lange her«, murmelte Haiko. Entweder hatte er ihre Worte nicht gehört oder er *wollte* nicht antworten. Vandermeer vermutete, dass Letzteres der Fall war. »Ich dachte, ich würde mich erinnern. Ich dachte, ich könnte es, aber ...«

Aber du kannst es nicht und deshalb ist dir eingefallen, dass du uns doch noch brauchst, fügte Vandermeer in Gedanken hinzu. Er war ziemlich sicher, dass er Recht hatte. Trotzdem verspürte er kaum Groll gegen Haiko. Allerdings – nur weil der Schamane Wassilis Feind war, machte ihn das nicht automatisch zu *ihrem* Freund. Laut und so ruhig er konnte, sagte er: »Meinen Sie nicht, dass es an der Zeit wäre uns endlich zu verraten, wonach wir eigentlich suchen?« *Nicht nach dem Ausgang. O nein, alter Mann, ganz bestimmt nicht nach dem Ausgang.*

»Es ist nicht mehr weit«, antwortete Haiko. »Ich war ... krank, damals. Ich hatte Schmerzen. Und war am Ende meiner Kräfte. Ich war ein Kind, das gerade erblindet war, und schrecklich verletzt. Es kann nicht sehr weit gewesen sein.«

Das war vielleicht eine umfassendere Antwort, als Vandermeer es sich gewünscht hatte. Was, wenn es genau so war, wie Haiko behauptete? Ein krankes, verstörtes Kind, das Todesangst litt – und vielleicht phantasierte? Wenn sie hier unten nichts weiter fanden als endlose, labyrinthische Gänge, in denen sie sich hoffnungslos verirrten?

Er versuchte den Gedanken zu verdrängen, aber Ines' Überlegungen mussten ungefähr in die gleiche Richtung gegangen sein, denn nach einigen Sekunden sagte sie: »Sind Sie sicher, dass es einen zweiten Ausgang gibt? Die Treppe ist zerstört. Was, wenn ... wenn da kein anderer Weg ins Lager hinauf ist?«

»Wir können sowieso nicht mehr *dorthin* zurück«, erwiderte

Vandermeer leise. Der Anblick des gewaltigen, zu Glas zerschmolzenen Kraters in der Taiga erschien vor seinem geistigen Auge. Wenn seine Theorie zutraf und über ihren Köpfen dasselbe wie dort geschehen war, dann würde es ihren sicheren Tod bedeuten ins Lager zurückzugehen. »Es dürfte nicht mehr viel übrig geblie ...« Er brach mitten im Wort ab, presste die Lippen zusammen und sah Ines schuldbewusst an. »Entschuldige.«

»Entschuldige *was?*« fragte Ines. Sie klang verwundert.

»Es tut mir Leid«, sagte Vandermeer. »Ich wollte nicht damit anfangen. Aber dort oben – ich glaube nicht, dass irgendjemand im Lager die Katastrophe überlebt hat.«

Der fragende Ausdruck wich nicht aus Ines' Blick. »Ich auch nicht«, sagte sie. »Aber mir bricht auch nicht unbedingt das Herz, wenn ich an Wassili denke.«

»Ich meine auch nicht Wassili«, antwortete Vandermeer, obwohl er zugeben musste, dass er eine Art absurdes Bedauern empfand. Ganz gleich, was Wassili oder selbst Michail ihnen angetan hatte – ihren *Tod* hatte er nicht gewollt. So wenig wie den all der anderen Menschen, die im Lager gewesen waren. Eine Sekunde lang fragte er sich, ob Ines vielleicht einfach nicht verstehen *wollte*, wovon er sprach, und – wenn ja – mit welchem Recht er ihr beharrliches Leugnen einfach überging. Trotzdem fuhr er fort: »Ich rede von Anja. Wenn sie im Lager war ...«

»Sie ist nicht tot«, unterbrach Ines ihn.

»Wie?«

Sie schüttelte heftig den Kopf. »Sie lebt«, behauptete sie.

»Woher willst du das wissen?«

»Ich weiß es eben«, antwortete Ines mit einer Überzeugung, der er nichts entgegenzusetzen hatte. »Ich würde es spüren, wenn sie tot wäre – so, wie ich spüre, dass sie noch lebt. Sie hat Angst und ich glaube, sie hat Schmerzen und ist verletzt. Aber sie ist am Leben.« Sie sah ihn einen Herzschlag lang strafend an, lächelte dann aber wieder und fügte kopfschüttelnd hinzu: »Wofür hältst du mich? Glaubst du, ich würde hier unten herumlaufen und Witze machen, wenn ich wüsste, dass meine Schwester gerade gestorben ist?«

»Natürlich nicht«, antwortete Vandermeer hastig. »Aber du – du hast nichts gesagt, und da dachte ich ...«

»... dass ich einfach die Augen vor der Wahrheit verschließe? Davon halte ich nichts. Das habe ich nie getan.«

Vandermeers Verlegenheit wuchs mit jedem ihrer Worte. Auch wenn er es nicht so direkt ausgesprochen hatte, hatte er ihr doch Unrecht getan und es spielte keine Rolle, ob sie das wusste oder nicht. *Er* wusste es und das war genug. In Gedanken entschuldigte er sich noch einmal bei Ines, spürte aber auch zugleich ein Gefühl immer heftiger werdender Verwirrung. Wenn Anja noch am Leben war, bedeutete das vielleicht, dass die Katastrophe nicht ganz so gewaltig gewesen war, wie er bisher geglaubt hatte. Wenn sie überlebt hatte, dann war sie vielleicht nicht die Einzige.

Er war regelrecht erleichtert, als vor ihnen plötzlich tatsächlich die Gangkreuzung auftauchte, von der Haiko gesprochen hatte. Allerdings war es keine *Kreuzung* – der unregelmäßig geformte Stollen erweiterte sich zu einem halbrunden Raum, von dem mindestens ein halbes Dutzend anderer Gänge und Stollen abzweigten, vielleicht auch mehr. Es fiel ihm immer noch schwer die Realität dieses Ortes zu erfassen.

»Da sind mehrere Gänge«, sagte er zu Haiko gewandt. »Können Sie sich erinnern, welcher es war?«

»Eine Treppe«, antwortete Haiko. Er sprach schleppend und so langsam, als müsse er jedes einzelne Bild mühsam aus seiner Erinnerung heraufbeschwören, ehe er es in Worte kleiden konnte. »Da waren ... Stufen. Nicht viele. Ich bin gestolpert und hinuntergefallen.«

Ines eilte voraus, blickte nacheinander in die Durchgänge und kam kopfschüttelnd zurück. »Es gib *zwei* Treppen«, sagte sie. »Jedenfalls nehme ich an, dass es Treppen sein sollen.«

Sie machte keine Anstalten ihre seltsamen Worte zu erklären, aber es war auch nicht nötig. Als Vandermeer mit Haiko, den er immer noch am Arm neben sich herführte, zum Ende des Raumes ging, sah er, was sie meinte: Vor ihnen führte ... *etwas* in die Tiefe hinab, was man mit einiger Phantasie vielleicht als Treppe bezeichnen konnte. Falls es eine Treppe war, dann keine, die für menschliche Füße gedacht war. Vielleicht nicht einmal für Wesen, die sich auf zwei Beinen bewegten wie Menschen.

»Sie hat Recht«, sagte er. »Es gibt mehrere Treppen. Können Sie sich erinnern, welche Sie genommen haben?«

Haiko verneinte. Wie sollte er auch?

»Versuchen wir die linke«, schlug Ines vor an Haikos Worte von vorhin anknüpfend. »Vielleicht erinnert er sich, wenn wir unten sind. Wenn nicht, können wir immer noch umkehren.

Irgendwo muss es doch einen Ausgang aus diesem Labyrinth geben.« Sie sah sich schaudernd um. »Das ist unglaublich. Wenn irgendjemand wüsste, was wir hier entdeckt haben ...«

»Niemand weiß es«, sagte Haiko. »Und niemand darf es je erfahren.«

»Aber wer hat all das hier erschaffen? Es muss Tausende von Jahren alt sein!«

Eher Millionen, dachte Vandermeer. Er war sicher, dass diese Höhlenmalereien älter waren als die Menschheit – das Werk eines Volkes, das vergangen war, bevor sich der erste Affe aufgerichtet und versucht hatte einen Stock als Werkzeug zu benutzen. Vielleicht älter als das Leben auf der Erde überhaupt. Und obwohl Äonen vergangen sein mussten, seit dieses Volk von der Oberfläche der Erde verschwunden war, konnte er seine Gegenwart spüren. Etwas in ihm krümmte sich wie ein getretener Wurm allein wegen des Bewusstseins, dass es sie einmal gegeben *hatte*.

»Es ist, als ... als wären sie noch hier«, murmelte Ines. Vandermeer war nicht einmal überrascht. Er wusste, dass sie nicht seine Gedanken las. Irgendetwas hier schien sie beide zu zwingen die gleichen Dinge zu denken. Vielleicht spürten sie eine Wahrhaftigkeit, die zu präsent und zu gewaltig war um sie zu ignorieren.

»Das sind sie«, erklärte Haiko plötzlich. »Nichts im Universum vergeht endgültig. Sie sind gegangen, aber nicht tot.«

Ines sah Vandermeer fragend an, aber er konnte nur mit den Schultern zucken. Vielleicht nur das Gebrabbel eines halbverrückten alten Mannes.

So schnell, wie es auf dieser eigenartigen Treppe, die sich jeder Beschreibung entzog, möglich war, begannen sie vorsichtig nach unten zu steigen. Der Weg nach unten war nicht sehr lang, vielleicht ein Dutzend Stufen, ehe der Schacht vor einem weiteren, dreieckig geformten Durchgang endete. Seltsamerweise konnte Vandermeer nicht erkennen, was dahinter lag. Dabei herrschte auf der anderen Seite des Durchganges nicht etwa Dunkelheit, auch gab es keine die Sinne narrenden Felsmalereien und Reliefs wie auf dieser Seite.

Es war ...

Nein. Er konnte den unheimlichen Effekt ebenso wenig in Worte fassen, wie er diese Treppe beschreiben konnte, über die sie sich hinunterquälten. Irgendetwas schien seinen Blick zu blockieren – möglicherweise weil das, was er sonst gesehen hätte, einfach zu fremdartig, vielleicht auch zu erschreckend gewesen wäre. Als näherten sie sich einem Bereich der Wirklichkeit, der genau das vielleicht nicht mehr war.

Nur eines wusste Vandermeer plötzlich mit hundertprozentiger Sicherheit: Die Zeit der Fragen und Rätsel war endgültig vorbei. Alle Antworten, die er je hatte haben wollen, lagen hinter dieser Öffnung.

Sie traten durch die dreieckige Tür.

Und vor ihnen stand die Pyramide.

Wie vom Donner gerührt blieb Vandermeer stehen und starrte das gewaltige, in mattem Dunkelblau schimmernde Gebilde an, das sich vor ihnen erhob. Es hatte nichts mit jener kleinen Pyramide zu tun, die er draußen in der Taiga unter dem Tarnnetz gesehen hatte. *Dieses* Gebilde hier war groß wie ein Berg und es strahlte eine Erhabenheit und majestätische Würde aus, die Vandermeer bis auf den Grund seiner Seele erschütterte. Alles an dieser Pyramide schien perfekt. Die Vollkommenheit von Größe, Form und Proportionen ließ ihn sich so klein und winzig fühlen, dass er am liebsten gestorben wäre.

Da war nur noch die Pyramide. Kein Himmel, keine steinerne Decke über ihren Köpfen, keine Entfernungen mehr und kein Oben oder Unten, kein Rechts oder Links, kein Vorne oder Hinten. Es gab nur noch sie und dieses gigantische, perfekte Gebilde aus geronnener Schöpfungskraft, das sich aus einer endlosen schwarzen Ebene erhob. Er wollte etwas sagen, vermochte es aber nicht. Der Anblick lähmte ihn so, dass er nicht einmal mehr zu atmen imstande war. Plötzlich begriff er, dass das, was er sah, nicht dem entsprach, was wirklich da war. Er sah das, was er zu sehen *erwartete*, was sein menschliches Bewusstsein aus dem machte, das sich da vor ihnen befand, weil dessen wirklicher Anblick seinen Geist auf der Stelle zerstört und jeden Funken Leben aus ihm herausgebrannt hätte. Allein dieses *Wissen* war beinahe mehr, als er ertragen konnte. Vandermeer stöhnte wie unter Schmerzen. Er hätte alles darum gegeben den Blick von diesem ungeheuerlichen Gebilde lösen zu können, das ihn mit seiner Schönheit und Perfektion beinahe zu verbrennen schien, aber es gelang ihm nicht.

Wie auch – im Angesicht Gottes?

11

Vandermeer hatte den Eindruck, es wären Stunden vergangen. Die Zeit hatte keine Bedeutung mehr. Sie befanden sich an einem Ort, an dem nichts, woran die Menschen glaubten und woraus sie sich ihr Bild der Wirklichkeit zusammensetzten, noch irgendeine Bedeutung hatte. Er erinnerte sich vage an eine nicht messbare, aber lange Zeitspanne, in der er nur dagestanden und die Pyramide angestarrt hatte ohne etwas zu fühlen, ohne etwas zu denken, fast ohne zu *sein*. Und es war auch nicht er, der den Bann schließlich brach, sondern Ines.

Leise und mit einer Stimme, deren Beben eine mindestens ebenso starke Erschütterung verriet wie die, die auch Vandermeer spürte, sagte sie:

»Aber – aber wie ist das möglich? Du hast gesagt, sie wäre ... viel kleiner. Und viel weiter weg.«

Vandermeer konnte nicht antworten. Er war immer noch wie gelähmt. Seine Gedanken tauchten nur langsam wieder aus dem schwarzen See aus Unglauben und Erschütterung auf, in den der Anblick der Pyramide sie hinabgeschleudert hatte. Im gleichen Maße, in dem er die psychische Lähmung endlich abschüttelte, spürte er die Folgen der physischen Starre, in die er verfallen war. Jeder Muskel in seinem Körper war verkrampft und selbst das Atmen tat ihm weh. Noch immer war er nicht fähig, den Blick von dem gigantischen Gebilde vor ihnen zu lösen und Ines anzusehen.

»Das ... das ist nicht dieselbe Pyramide, oder?«, fragte Ines. Sie klang fast verzweifelt. Ihre Stimme hatte die Tonlage eines Menschen, der am Totenbett seines Geliebten steht und sich weigert, vor sich selbst die Wahrheit zuzugeben. »Du hast gesagt, sie wäre nur vier Meter hoch. Das war ...«

»Es existiert nur diese eine«, sagte Haiko. »Doch es gibt mehr als einen Weg, der zu ihr führt. Alle Wege enden an diesem Ort.«

»Sie haben es die ganze Zeit über gewusst, nicht wahr?«, flüsterte Vandermeer. Seine Stimme klang rau. Die Worte kamen ihm wie Fremdkörper, die keinerlei Bedeutung zu haben schienen, über die Lippen. »*Das* war Ihr großes Geheimnis. Sie haben es neunzig Jahre lang für sich behalten. Und Wassili hat es bis zuletzt nicht gewusst.«

»Wassili war ein Narr«, antwortete Haiko. Er lachte. Es klang wie ein Schrei. Böse. Vandermeer verspürte einen kurzen eisigen Schauer. »Oh, er war ein schlechter Mensch. Nicht so schlecht wie Petrov, aber schlecht und böse wie die meisten und so dumm! Er hat dort draußen gesucht, mit all seiner Technik, all seiner Macht und all seinen Männern ...«

»... und dabei war das, wonach er wirklich gesucht hat, die ganze Zeit über hier«, ergänzte Ines tonlos. »Dieses ... *Ding* hat die ganze Zeit über unter dem Lager gestanden und er hat Himmel und Hölle in Bewegung gesetzt, um eine *Kopie* auszugraben! Wäre es nicht so grausam, würde ich lachen!«

»Du irrst dich«, murmelte Vandermeer. Er erklärte seine Worte nicht, doch er glaubte auch nicht, dass das nötig war. Ines wusste so gut wie er, dass sie sich nicht mehr unter dem zerstörten Lager befanden. Vielleicht waren sie gar nicht mehr *irgendwo*. Unter dem geheimen Gebetsraum, den Haiko ihnen in der vergangenen Nacht gezeigt hatte, war nur noch Fels.

»Sie sind nicht weitergegangen, damals, nicht wahr?« fragte er. »Sie haben Wassili nur erzählt, dass Petrov und Sie aufgebrochen seien um den Krater zu finden.«

»Er wollte es wirklich tun«, antwortete Haiko. »Er schickte alle seine Männer zurück und wollte sich allein auf den Weg machen, aber als er in Ogdys Antlitz blickte, da verließ ihn der Mut. Ogdys unsichtbares Feuer verbrannte ihn wie alle anderen, aber es erleuchtete ihn auch.« Er wandte den Kopf und sah aus seinen leeren Augen zu Vandermeer hoch. »Alles war so, wie ich es dir erzählt habe. Aber wir gingen nicht über den Berg, sondern zurück. Petrov hatte den Ruf des Feuergottes gehört und er fand den Weg hierher.«

»Und Sie haben all die Jahre lang danach gesucht«, murmelte Ines. »Aber warum, wenn Sie wussten, wo es war?«

»Weil es mir nicht gegeben war, den Weg allein zu gehen«, antwortete Haiko. »Ogdy hat mich erleuchtet, aber er schenkte mir nicht die Macht das Tor zu öffnen.«

»Und Petrov hatte sie?«, fragte Vandermeer zweifelnd. Haikos Erklärung überraschte ihn nicht. Er hätte es gespürt, hätte auch Haiko über magische Kräfte verfügt. Aber ein Mann wie der, als der ihm Petrov beschrieben worden war?

»Es war die Kraft des Todes, die ihn beseelte. So, wie sie dich beseelt hat.«

»Mich?«

Haiko lächelte. »Sie hat es dir ermöglicht, das Tor zu öffnen. Sie ermöglicht es jedem Menschen.« Er deutete in die Richtung, in der sich die Pyramide erhob, und fuhr mit plötzlich leiser, getragener Stimme fort: »Dies ist der Ort, zu dem wir alle gehen. Der Weg in die andere Welt, von der die unsere nur ein Teil ist.«

»Sie meinen, wir ... wir sind tot«, murmelt Ines.

Haiko schüttelte den Kopf. »Den meisten Menschen ist es nicht gegeben, diesen Weg zu beschreiben, solange sie am Leben sind«, sagte er. »Aber es gibt einige Wenige, die die Kraft haben ihn zu beschreiben und zurückzukehren. Petrov gehörte zu ihnen und auch die Frau und das Kind.«

»Und ich«, sagte Vandermeer. Er hatte sich nicht getäuscht. Es *war* ein Todeserlebnis gewesen.

»Und du«, bestätigte Haiko.

»Deshalb ist Gwynneth' Sohn gestorben?« murmelte Ines. »Sie haben ... «

»... das Kind getötet, weil sie hofften, es würde ihnen im Moment des Sterbens den Weg hierher weisen«, bestätigte Haiko. »Diese Narren. Sie haben die Kraft des Kindes missbraucht ohne zu ahnen, mit welchen Mächten sie herumspielen. Sie hätten uns alle vernichtet, wäre Ogdys Zauber nicht mächtiger gewesen.«

Es dauerte einen Moment, bis Vandermeer dem gewundenen Gang dieses Gedankens zu folgen imstande war. Dann riss er erstaunt die Augen auf. »Also hatte Wassili Recht?«, fragte er. »Die Explosion damals und die vor wenigen Wochen ...«

»... waren *dieselbe*«, bestätigte Haiko. »Zeit ist eine Illusion – wie fast alles.«

Vandermeer schauderte. Wassilis Erklärung, so phantastisch sie auch geklungen haben mochte, war die Wahrheit gewesen. Irgendetwas – vielleicht die Kräfte dieses heiligen Ortes – hatte den allergrößten Teil jener unvorstellbaren Explosion abgelenkt, nicht irgendwo-, sondern irgend*wann*hin. Aber er wusste nicht, was ihn mehr erschreckte: der bloße Versuch sich vorzustellen, welche Macht dazu notwendig war um die Grenzen der Zeit zu durchbrechen, oder ein anderer, viel furchtbarerer Gedanke, der vielleicht noch nicht einmal Haiko selbst gekommen war: In letzter Konsequenz war es Wassili gewesen, der Haiko vor neunzig Jahren das Augenlicht genommen hatte.

»Sie haben den Tod zahlloser Unschuldiger in Kauf genommen«, fuhr Haiko fort, »und sie hätten auch dich getötet um das gleiche Ziel zu erreichen.«

Vandermeer starrte die Pyramide an. Während sie sprachen, waren sie fast automatisch langsam weitergegangen ohne es zu bemerken. Haiko brauchte jetzt keine Führung mehr. Seine Schritte waren noch immer langsam und unsicher – die behutsamen Schritte eines alten Mannes, der mit dem bisschen Kraft, das ihm noch geblieben war, zu haushalten gelernt hatte –, zugleich aber auch von einer großen Sicherheit. Er musste nicht sehen können um ihr Ziel zu erkennen. Vermutlich spürte er das, was sich vor ihnen befand, ebenso deutlich wie Vandermeer und Ines und vielleicht sah er es auch – auf eine andere, *seine* Art.

»Dann ist dies das Tor ins Jenseits?« fragte Ines.

»In die andere Welt«, verbesserte Haiko sie. »Es gibt keinen Tod. Nichts vergeht wirklich und nichts stirbt jemals. Die, die vor uns da waren, sind diesen Weg gegangen und die, die nach uns kommen werden, werden ihn ebenfalls gehen.« Er blieb stehen. Für endlose Sekunden sagte keiner von ihnen ein Wort, dann drehte sich Haiko langsam zu ihnen um.

»Ihr müsst nun gehen«, sagte er. »Eure Zeit ist noch nicht gekommen. Ihr könnt hier nicht länger bleiben. Dies ist kein Ort, an dem Menschen sein dürfen. Eure Aufgabe ist erfüllt.«

»Sie hierher zu bringen?« Irgendetwas an diesem Gedanken störte Vandermeer, doch er wusste nicht, was. Alles in ihm schrie danach Haiko nicht allein zurückzulassen. Irgendetwas ... *Unvorstellbares* würde geschehen, wenn er es täte. Irgendetwas an dem, was Haiko ihnen erzählt hatte, stimmte nicht. Er hatte etwas weggelassen, etwas sehr, sehr Wichtiges. Und er würde ...

Ein Schuss krachte.

So unerhört dieser Einbruch menschlichen Tuns in diese Heilige Welt auch war, erkannte Vandermeer den Laut, noch bevor Haiko zurücktaumelte, die Hände gegen den Hals schlug und Blut zu erbrechen begann.

Und er wusste sofort, was er bedeutete.

Noch während Ines aufschrie und sich instinktiv schützend vor Haiko warf, fuhr er herum und starrte aus ungläubig aufgerissenen Augen in die Richtung, aus der sie gekommen waren. Auch hinter ihnen gab es jetzt nichts mehr, was noch materiellen Bestand gehabt hätte: Die Felswand war ebenso verschwunden wie der dreieckige Durchgang und der Treppenschacht dahinter;

wie in alle anderen Richtungen erstreckte sich auch hier eine endlose, schwarze Ebene ohne erkennbare Dimensionen oder Begrenzungen.

Aber sie war nicht leer.

Wassili, Michail und eine dritte Gestalt, die Vandermeer nicht genau erkennen konnte, kamen mit weit ausgreifenden Schritten auf sie zugerannt. Sie waren noch gut drei- oder vierhundert Meter entfernt, näherten sich aber rasch. Michail hatte den rechten Arm aus der Schlinge genommen und trug ein Präzisionsgewehr mit aufgesetztem Zielfernrohr in beiden Händen. Er feuerte noch im Laufen einen weiteren Schuss ab, der aber meterweit neben Haiko in den Boden schlug und als heulender Querschläger abprallte.

Wassili.

Plötzlich begriff Vandermeer, was er vergessen hatte.

Wassili war am Leben. Und nicht nur das – *er selbst* hatte dem Russen erst vor ein paar Stunden auf den Kopf zu gesagt, dass er vermute, Wassili verfüge über ähnliche magische Kräfte wie Gwynneth, der Puertoricaner und er.

Sein schlimmster Alptraum war eingetreten. Wassili hatte den Weg hierher gefunden. Sollte es ihm gelingen, das Tor zu erreichen und Petrovs Platz einzunehmen, hielte er buchstäblich die Welt in seinen Händen.

Michail blieb stehen, legte an und feuerte erneut. Er verfehlte Haiko – und Ines! – auch diesmal, aber jetzt prallte die Kugel nur wenige Zentimeter neben den beiden auf, sodass Ines erschrocken zusammenfuhr und schützend die Hände über den Kopf riss. Wassili schrie irgendetwas, das Vandermeer nicht verstehen konnte, aber er glaubte zumindest seinen Namen zu hören.

Und endlich erwachte er aus seiner Starre.

»*Ines!*«, schrie er. »*Lauf!*«

Doch Ines bewegte sich nicht. Sie stand wie gelähmt da, die Hände immer noch halb über den Kopf erhoben, und starrte Wassili und die beiden anderen an. Vandermeer griff nach ihrem Arm um sie mit sich zu zerren, doch in ihrem Blick lag etwas, das ihn bewog, sich ebenfalls noch einmal herumzudrehen.

Jetzt erkannte er die dritte Person, die zusammen mit Wassili und Michail herangestürmt kam.

Es war Anja.

»*Vandermeer!*«, schrie Wassili. »*Halten Sie ihn auf! Er darf das Tor nicht erreichen!*«

Von wem sprach er? Außer Ines und ihm war niemand hier, und Haiko stemmte sich in diesem Moment stöhnend und mit einer letzten, verzweifelten Anstrengung wieder in die Höhe. Seine Hände und sein Gesicht waren voller Blut. Er schwankte so stark, dass er einen Schritt zur Seite machen musste um nicht wieder zu stürzen, und seine Atemzüge wurden von einem schrecklichen, blubbernden Laut begleitet, als wäre er im Begriff, an seinem eigenen Blut zu ersticken. Michails Kugel hatte ihn tödlich verwundet, aber noch war irgendeine Kraft in ihm, die ihn aufrecht hielt. Mehr noch: Er machte einen torkelnden, wankenden Schritt, drehte sich halb herum und begann keuchend vor Schmerz und Anstrengung und weit nach vorn gebeugt, aber trotzdem überraschend schnell, auf die Pyramide zuzulaufen.

»*Halten Sie ihn auf!*«, brüllte Wassili. Seine Stimme hatte einen schrillen, hysterischen Klang und kippte fast um. Wenn Vandermeer jemals Angst in der Stimme eines Menschen gehört hatte, dann jetzt. »*Wenn er Petrovs Platz einnimmt, dann ist alles verloren! Verstehen Sie doch! Er will die Menschheit auslöschen!*«

Vandermeer starrte dem davontorkelnden Schamanen nach. Er rührte sich nicht. Seine Gedanken begannen wild zu kreisen. Er begriff nicht, wovon Wassili sprach. Sie waren doch hier – um das Zeitalter des Kriegers zu beenden ...

Um Petrov, den Soldaten, der seit einem Jahrhundert die Geschicke der Menschen bestimmte, abzulösen ...

Aber durch wen?

Und plötzlich hörte er noch einmal Haikos Worte. Er hatte es ihm gesagt, aber – wie hätte er wissen sollen, was der alte Mann damit gemeint hatte?

Er ist ein böser Mann. Er ist schlecht wie die meisten ...

... *ihre Welt der Dinge. Sie nehmen sich mit Gewalt, was sie brauchen, und sie zerstören, was sie nicht mitnehmen können ...*

Die Welt wäre besser dran ohne sie. Sie hat sie geboren, aber sie essen vom Fleisch ihrer Mutter und es ist ihnen gleichgültig, daß sie sie damit töten ...

Das ist alles, was sie können. Zerstören ...

Sie sind es nicht wert, zu leben ...

Ogdy ist auf die Erde herabgestiegen um über die Menschen zu richten ...

Vandermeer rannte los und im gleichen Augenblick setzte sich auch Ines in Bewegung und lief hinter dem Alten her.

Haikos Vorsprung betrug nur wenige Schritte und sie waren viel, viel schneller als er. Doch einen Sekundenbruchteil, bevor sie ihn eingeholt hatten, schoss Michail erneut.

Dem Klang des Schusses folgte beinahe nahtlos Ines' Schmerzensschrei. Sie stolperte, fiel schwer nach vorn und krümmte sich wimmernd. Ihre Hände umklammerten ihren rechten Oberschenkel. Zwischen ihren Fingern schoss in einem dunklen, pulsierenden Strom Blut hervor.

Vandermeer war mit einem Satz neben ihr, streckte die Arme aus und wollte sie auf die Seite drehen, aber Ines schlug seine Hand weg. »Halt ihn auf!«, keuchte sie. »Kümmere dich nicht um mich! *Lauf!*«

Instinktiv stand er wieder auf, zögerte dann aber noch einmal. Haiko torkelte fünf oder sechs Schritte von ihm entfernt auf die Pyramide zu. Seine Schritte schienen langsamer zu werden und er zog eine breite, glitzernde Blutspur hinter sich her. Er hatte kein Recht mehr am Leben zu sein. Und Ines war schwer verletzt. Sie hatte Schmerzen und eine Schusswunde im Oberschenkel. Vandermeer wusste, wie leicht – und schnell! – man an einer solchen Verletzung verbluten konnte.

»*Vandermeer!*«, schrie, nein: kreischte Wassili. »*Halten Sie ihn auf oder Ogdys Zorn wird über uns alle kommen!*«

Vielleicht war es dieser Satz, der Vandermeer endgültig aus seiner Erstarrung riss. Haiko hatte die Pyramide fast erreicht. Vandermeer konnte keinerlei Tür oder irgendeine andere Öffnung erkennen, aber die musste es auch nicht geben. *Ihr seht, was ihr zu sehen erwartet.* Wenn Haiko ein Tor suchte um zu Petrov zu gelangen, würde es da sein.

Er rannte los.

Nach fünf oder sechs weit ausgreifenden Schritten hatte er Haiko eingeholt, riss ihn an der Schulter herum und griff gleichzeitig mit der anderen Hand zu, um ihn aufzufangen. Sein Mantel war schwer und nass von seinem Blut. Vor Haikos Mund blähte sich roter Schaum. Er wollte irgendetwas sagen, brachte aber nur ein schreckliches Röcheln zustande. Hilflos versuchte er sich loszureißen und nach Vandermeers Gesicht zu schlagen. Seine knochigen Hände hatten erstaunlich große Kraft.

»Hören Sie auf«, sagte Vandermeer. »Bitte, ich will Ihnen nicht wehtun.« Er meinte das ernst. Obwohl er wusste, dass Wassili Recht hatte, wollte er diesem alten Mann keinen unnötigen Schmerz zufügen. Alles, was man einem Menschen antun konnte, tat er ihm in diesem Moment an, indem er ihn zurückhielt.

»Lass mich los!«, wimmerte Haiko. »Lass los! Du weißt nicht, was du tust! Ogdys Wille muss erfüllt werden! Sie sind schlecht! Sie sind alle schlecht! Ich muss Ogdys Wille erfüllen!«

Der Anblick brach Vandermeer fast das Herz. Er schaffte es nicht, Haiko zu hassen oder Zorn zu empfinden. Der alte Mann tat ihm nur Leid. Sein Leben lang hatte er geglaubt, der Diener jenes Gottes zu sein, dem er nun zum Greifen nahe gegenüberstand. Was er in diesem Moment so nahe vor seinem Ziel gescheitert empfinden musste, überstieg Vandermeers Vorstellungskraft.

»Bitte«, sagte er. »Bitte, Haiko. Es tut mir so Leid, aber ... du irrst dich. Es war niemals Gottes Wille, die Menschen zu vernichten. Das Feuer, damals – erinnerst du dich? Das Feuer, das dich geblendet hat? Das war kein Gott! Wassili hat es entfacht, als sie das Kind getötet haben!«

Vandermeer war sicher, dass Haiko seine Worte nicht wahrnahm. Die Fäuste des alten Mannes schlugen noch zwei- oder dreimal kraftlos nach seinem Gesicht, dann sanken seine Arme langsam herab und Vandermeer konnte regelrecht sehen, wie der unheimliche Wille, der Haiko bisher gegen jede Logik noch auf den Beinen gehalten hatte, aus seinem Körper wich. Jetzt musste er ihn *wirklich* stützen, damit er nicht in seinen Armen zusammenbrach.

Er konnte sehen, wie Haiko starb. Irgendetwas in dem alten Mann erlosch. Lautlos und nicht sehr schnell, aber es erlosch.

»Es tut mir Leid«, flüsterte Vandermeer.

Da bohrte sich ein dünner Schmerz unter seine Rippen. Er war nicht einmal besonders schlimm, eher lästig als wirklich qualvoll, doch einen Moment später lief irgendetwas Warmes und Klebriges an seiner Seite hinab.

Vandermeer senkte den Blick, blinzelte überrascht und sah dann wieder in Haikos Gesicht hoch. Ganz langsam ließ er den Alten los, starrte eine Sekunde lang seine eigenen Hände an und dann wieder den verzierten Griff des schmalen Dolches, den Haiko ihm in den Leib gerammt hatte.

»Aber ...«

Er konnte nicht mehr sprechen. Seine Arme wogen plötzlich

Zentner. Er ließ sie sinken. Er hatte immer noch keine Schmerzen, aber irgendetwas sog plötzlich jedes Quäntchen Kraft aus seinen Muskeln. Er fiel auf die Knie, versuchte nach dem Messer zu greifen, das unter seinen Rippen hervorsah, schaffte es aber nicht mehr, die Hände an den Griff zu heben. Dann stürzte er auf die Seite. Unter seinem Körper begann sich eine langsam größer werdende Blutlache zu bilden.

Haiko machte einen taumelnden Schritt zurück. »Ogdys Feuer wird über euch kommen«, murmelte er. »Es ist meine Aufgabe. Er hat es mir gesagt. Er hat mir das Augenlicht genommen, aber er hat mich erleuchtet.«

Ganz langsam drehte er sich herum. In dem Moment, in dem er der Pyramide das Gesicht vollends zuwandte, hörte Vandermeer einen sonderbaren, schwingenden Laut; ein Geräusch, das nicht wirklich ein Geräusch war, sondern ...

Die Wahrnehmung war nur schwer in Worte zu kleiden. Es war Musik – jene seltsame, fremdartig und zugleich vertraut anmutende Tonfolge, die er auf Wassilis CD und später auf der alten Tonbandaufnahme Kamarows gehört hatte. Aber es war auch mehr. Etwas so Gewaltiges und Großes, dass menschliche Worte ebenso wenig ausreichten, es zu beschreiben, wie menschliche Gefühle imstande waren, auch nur einen Bruchteil dessen zu erfassen, was es *wirklich* bedeutete. Nichts, weder die von Kamarow gesammelten Originale noch die Neufassungen auf der CD, kamen dem, was Vandermeer beim Klang dieser Musik empfand, auch nur nahe. Wenn es so etwas wie eine Melodie der Schöpfung gab, dann waren es diese sieben einfachen, schwingenden Töne, die ebenso einen Teil jener anderen, verbotenen Welt ausmachten, wie Licht und Dunkelheit zu der gehörten, aus der er kam. Vielleicht stammte sie von jener vormenschlichen Zivilisation, die die Höhlen und das Labyrinth der Gänge und Treppenschächte erschaffen hatte, vielleicht war sie noch älter. Möglicherweise war das, was sie in diesem Moment hörten, der Klang der Schöpfung selbst.

Vielleicht sogar die Stimme Gottes.

Und als er diesen Gedanken gedacht hatte, verstummte die Melodie, und vor ihnen öffnete sich ein gewaltiges dreieckiges Tor.

Dahinter sah Vandermeer einen Tunnel aus schimmerndem, sich in die Unendlichkeit windendem, milchigem Weiß, an dessen Ende ein unglaublich intensives, strahlend weißes Licht schimmerte, heller als Millionen Sonnen. Trotzdem blendete es seine Augen nicht. Er spürte, dass dieses Licht nicht alles war. Es war nicht das Ende, sondern nur ein Übergang, der Beginn von etwas Neuem und unendlich Großem, das dort wartete, seit die Zeit begonnen hatte, und das dort sein würde, solange es das Universum gab. Es war das Ziel, das am Ende dieser Etappe des Seins lag, aber nicht das Ende schlechthin. Andere waren vor ihnen in dieses Licht gegangen; die Wesen, die dieses unterirdische Labyrinth erschaffen hatten, und vielleicht andere vor ihnen, Bewohner dieser Welt, die wie die Menschen nur Gäste für eine bestimmte Zeit gewesen waren, ehe sie Platz für die nächste Rasse machten. Irgendwann würden auch die Menschen diesen Weg gehen; nicht nur einige wenige wie die Anasazi oder die Mitglieder von Gwynneth' Stamm, sondern sie alle. Aber noch war ihre Zeit nicht gekommen.

Vandermeer begriff all dies in jenem Bruchteil einer Sekunde, da er in das Licht blickte, denn es enthielt eine absolute Wahrhaftigkeit, die keinerlei Erklärung bedurfte. Doch er begriff noch mehr. *Etwas* befand sich zwischen ihnen und diesem Licht am Ende des Tunnels – etwas, das nicht mehr wirklich lebte, aber auch noch nicht Teil der anderen Wahrheit war. Ein ... In Ermangelung eines besseren Wortes nannte er es *Geist*, auch wenn diese Bezeichnung der Wahrheit nicht einmal andeutungsweise gerecht wurde. Das, was Petrov, der Mann, der vor Haiko in das Licht geschritten war, einmal gewesen war. Der Torwächter. Der Geist des Kriegers, der dieses Jahrhundert der Kriege, in dem sie lebten, bestimmt hatte – nicht, indem er irgendetwas *tat*, denn etwas zu tun war eine menschliche Eigenschaft, die in diesem Universum keine Bedeutung mehr hatte, sondern einfach, indem er *da* war.

Vor ihm hatte es andere gegeben. Dieser Ort war niemals leer gewesen, denn er konnte nicht leer sein. Wenn es Gott war, in dessen Antlitz Vandermeer blickte, dann hatte Gott beschlossen, dass es immer einen Menschen geben musste, der diesen Ort bewachte, solange er existierte. Ein Hirte für ein Zeitalter der Sanftmut, ein Kind für eine Ära des Friedens, vielleicht ein Fanatiker für die Zeiten der Hexenverfolgung und des Wahnsinns und im letzten Jahrhundert einen Krieger. Nun würde ein anderer seinen Platz einnehmen. Ein wahnsinniger Gott, der gekommen war um die Menschheit mit Feuer und Schwert auszulöschen.

Das durfte nicht geschehen!

Haiko war nur noch drei oder vier mühsame, taumelnde Schritte von dem Licht entfernt und doch spürte Vandermeer bereits jetzt, dass sich etwas änderte, als würde sich überall auf der Welt der Schein des Lichtes ein wenig trüben. Er musste Haiko aufhalten, gleich wie.

Michail schoss erneut auf den Schamanen. Er traf. Vandermeer sah, wie die Kugel zwischen Haikos Schulterblättern einschlug und ihn nach vorne riss, aber er torkelte trotzdem weiter. Das Licht, dem er sich näherte, erfüllte ihn mit übermenschlicher Kraft. Was würde geschehen, wenn er starb, bevor er es erreichte? Welches Schicksal drohte ihnen allen, wenn sie *einen toten Gott* hatten?

Er wollte aufstehen. Er musste. Michail, Anja und Wassili stürmten mit gewaltigen Sätzen heran, aber so schnell sie auch liefen, sie würden doch zu spät kommen. Er war der Einzige, der Haiko – vielleicht – noch aufhalten konnte. Er musste es tun. Egal wie.

Verzweifelt stemmte sich Vandermeer auf Hände und Knie hoch und versuchte seine letzten Kräfte zu sammeln. Seine Arme gaben unter dem Gewicht seines Körpers nach und er knickte ein. Keuchend vor Schmerz sank er erneut zu Boden und war eine Sekunde lang mehr ohnmächtig als bei Bewusstsein.

Als er wieder einigermaßen klar sehen konnte, hatte Haiko den Eingang erreicht. Michail musste noch einmal auf ihn gefeuert haben, ohne dass Vandermeer den Schuss gehört hatte, denn der Schamane blutete nun auch noch aus einer zweiten, noch schrecklicheren Wunde im Rücken, aber er stand noch immer. Ein einziger Schritt und er würde in das Licht treten und Petrovs Stelle einnehmen, ein sterbender Gott, der von nichts anderem als von Hass und Verbitterung und Schmerzen erfüllt war.

»Ogdy!«, schrie Haiko. Er hob den Fuß zum letzten Schritt.

Doch er kam nicht dazu, ihn zu Ende zu führen. Plötzlich tauchte eine schlanke rothaarige Gestalt hinter ihm auf, deren rechtes Bein blutüberströmt war.

Vandermeer hatte nicht bemerkt, dass es Ines irgendwie gelungen war, wieder auf die Füße zu kommen, auch nicht, dass sie an ihm vorbeigelaufen war und Haiko eingeholt hatte – obwohl ihre

Verletzung mindestens so schwer sein musste wie Vandermeers. Mit einer Kraft, die nur aus einer weit größeren Angst als der vor dem Tod stammen konnte, packte sie Haiko, riss ihn zurück und schleuderte ihn zu Boden.

Haiko brüllte, fiel auf den Rücken und rutschte mehrere Meter weit. Trotz seiner furchtbaren Verletzungen versuchte er sofort wieder in die Höhe zu kommen und – Vandermeer konnte es nicht fassen – schaffte es auch.

Aber es war zu spät.

Ines stolperte weiter, von der eigenen Bewegung nach vorn gerissen. Mit wild rudernden Armen versuchte sie sich zurückzuwerfen, aber sie war dem Licht schon zu nahe und zudem knickte ihr verletztes Bein unter ihr ein. Lautlos und wie in einer unendlich verlangsamten, aber unaufhaltsamen Pirouette drehte sie sich halb um die eigene Achse, stürzte dann nach hinten und gleichzeitig zur Seite, die Arme verzweifelt in Vandermeers Richtung ausgestreckt.

Aber es gab nichts, woran sie sich festhalten konnte.

Es gab nur das Licht.

Epilog

Später – diesmal *tatsächlich* Stunden später, denn sie waren wieder in der realen Welt, auch wenn Vandermeer sich von heute an vielleicht schwer damit tun würde, sie weiter so zu nennen – kickte Michail mit einem Fußtritt ein verkohltes Möbelstück zur Seite und legte ihn so behutsam er konnte auf den so frei geräumten Fleck verbrannter Erde. Obwohl er tatsächlich vorsichtig war, presste Vandermeer vor Schmerz die Zähne zusammen. Für einen Moment wurde ihm übel und für einen noch kürzeren Moment wurde ihm schwarz vor Augen. Aber er kämpfte mit aller Kraft gegen die Ohnmacht an und schaffte es irgendwie sie zurückzudrängen.

Auf dem Weg nach oben hatte er mehrmals das Bewusstsein verloren und er erinnerte sich nur nebelhaft daran, dass Michail ihn die meiste Zeit getragen hatte – obwohl das vielleicht nicht ganz stimmte: Die *meiste* Zeit war Michail damit beschäftigt gewesen, Felstrümmer aus dem Weg zu räumen und einen Ausgang für sie zu suchen. Von den drei untereinander liegenden Heiligtümern war nicht viel mehr übrig geblieben als ein wirres Durcheinander aus Stein und verbranntem Holz. Michail hatte trotz seiner beinahe übermenschlichen Kräfte fast Stunden gebraucht, um ihnen einen Weg nach oben zu graben, und das wortwörtlich mit bloßen Händen. Selbst die Kräfte dieses Riesen waren jetzt erschöpft. Nachdem er Vandermeer abgeladen hatte, ließ auch er sich keuchend in die Hocke sinken und verbarg das Gesicht zwischen den Händen.

Geräusche drangen an Vandermeers Ohr. Mühsam drehte er den Kopf und sah, wie Wassili schnaubend aus der ungleichförmigen Öffnung im Boden herauskroch, durch die Michail ihn gerade getragen hatte, dicht gefolgt von Anja. Beide sahen erschöpft und mitgenommen aus, aber nicht ernstlich verletzt – abgesehen von den nässenden Verbrennungen, die Wassilis rechte Wange und seine rechte Hand bedeckten. Es musste höllisch wehtun, aber diesmal empfand Vandermeer nicht die Spur von Mitleid. Nach allem, was geschehen war, gönnte er es Wassili von Herzen auch einmal ein bisschen zu leiden.

Wassili ließ sich dicht neben der Öffnung zu Boden sinken und bettete die Stirn auf die Knie, während Anja mit müden Bewegungen zu Vandermeer kam. Sie sagte kein Wort, beugte sich aber über ihn und begutachtete den provisorischen Druckverband, den sie ihm noch unten in der Höhle angelegt hatte. Er war durchgeblutet und sah alles andere als Vertrauen erweckend aus, tat aber noch seinen Dienst. Die Wunde schmerzte mittlerweile höllisch, und der Blutverlust hatte Vandermeer zusätzlich geschwächt, doch er fühlte, dass er nicht lebensgefährlich verletzt war. Jetzt nicht mehr. Möglicherweise wäre er schon unten in der Höhle gestorben, hätte ihm nicht die Kraft, die ihn schon die ganze Zeit über beschützte, auch diesmal beigestanden. *Es ist eben doch nicht so einfach einen waschechten Zauberer umzubringen*, dachte er sarkastisch.

Anja berührte mit spitzen Fingern seine Seite und Vandermeer sog die Luft zwischen den zusammengepressten Zähnen ein. Er wünschte sich, der Schmerz würde aufhören.

Und er hörte auf.

Er verschwand nicht ganz, flaute aber auf ein erträgliches Maß ab – was Vandermeer einigermaßen überraschte. Irgendwie hatte er fest damit gerechnet, dass mit dem Verschwinden des Tores und Haikos Tod auch seine magischen Kräfte wieder verschwinden würden, aber das schien nicht der Fall zu sein.

Er war nicht sicher, ob er sich darüber freuen sollte. Er hatte Bergholz' Worte noch zu deutlich im Ohr und er hatte mit eigenen Augen gesehen, was Gwynneth getan hatte. Er würde möglicherweise mit dem, was er da in sich spürte, leben müssen, aber er musste wohl auch lernen sehr, sehr vorsichtig damit umzugehen. In einem Punkt hatte Gwynneth wahrscheinlich Recht gehabt: Die wenigsten Menschen waren reif für das, wozu sie irgendwann einmal werden *konnten*. Er wahrscheinlich auch nicht.

Anja betastete seine Seite und Vandermeer konnte ein Stöhnen nicht mehr unterdrücken. »Au!«

»Du wirst es überstehen«, sagte Anja müde. »Aber du solltest in den nächsten Tagen vielleicht doch einen Arzt aufsuchen.«

Vandermeer hatte nicht mehr die Kraft zu lachen, aber immerhin zwang er einen Ausdruck in seine Augen, der Anja zu einem spöttischen Lächeln veranlasste. Sie wurde jedoch sofort wieder ernst und sagte:

»Es muss ziemlich wehtun. Beweg dich besser nicht zu viel.«

Wassili hob den Kopf und sagte etwas auf Russisch, woraufhin sich Michail taumelnd in die Höhe stemmte und davonging. Vandermeer blickte ihm nach, während er sich mühsam seinen Weg durch die verkohlten Trümmer bahnte, die von der ehemaligen Handelsstation übrig geblieben waren. Obwohl Stunden vergangen sein mussten, stieg überall noch Rauch empor und selbst der Boden unter Vandermeers Rücken war noch immer warm.

Trotzdem war die Zerstörung nicht annähernd so total, wie er befürchtet hatte. Von dem, was Wassili ihm vor zwei Tagen so stolz als das Projekt Charon präsentiert hatte, war nicht viel geblieben. Einige Gebäude waren einfach verschwunden, als hätten sie sich buchstäblich in Nichts aufgelöst, und der Rest bestand aus zertrümmerten, brandgeschwärzten Ruinen, in denen es hier und da noch brannte. Aus dem Fluss ragte das ausgeglühte Wrack des gekenterten Luftkissenfahrzeugs und der riesige Hangar war zu einem Berg aus verdrehten Metallstreben und zu Stanniolpapier zusammengeschmolzenen Blechplatten geworden.

Aber es gab Leben. Am Himmel kreisten Helikopter und Vandermeer entdeckte eine große Anzahl von Fahrzeugen, die zwischen den qualmenden Ruinen abgestellt waren, und mindestens ein Dutzend weiterer, zum Teil sehr großer Hubschrauber, die ununterbrochen starteten und landeten. Die Rettungsaktion war in vollem Gange.

»Michail holt einen Arzt«, erklärte Wassili müde. »Keine Angst. Sie bekommen die beste ärztliche Versorgung, die möglich ist. Sie halten vielleicht nicht viel von russischen Krankenhäusern, aber ich verspreche Ihnen, dass sie nicht viel schlechter sind als Ihre.« Plötzlich grinste er schief. »Wir haben eine Menge hervorragender medizinischer Geräte. Kopien ihrer eigenen, aber aus Fernost importiert.«

»Das beruhigt mich ungemein«, sagte Vandermeer mit zusammengebissenen Zähnen. Sie hätten nicht damit anfangen sollen, über seine Verletzung zu sprechen, denn erst jetzt spürte er, wie sehr sie tatsächlich schmerzte. Trotzdem fuhr er fort:

»Sie hätten es mir ruhig sagen können.«

»Was?« fragte Wassili.

»Dass *Sie* der Gute in dieser Geschichte sind und Haiko der Böse.«

»Aber das habe ich Ihnen gesagt«, verteidigte sich Wassili. »Sie haben mir nur nicht geglaubt.«

Vandermeer schnaubte. »Mir war Ihre Vorstellung von gut und böse nicht geläufig. Ich dachte immer, nur die bösen Jungs dürften morden und stehlen um ihre Ziele zu erreichen.«

Wassili wurde plötzlich sehr ernst. Fast zehn Sekunden lang blickte er Vandermeer auf eine sehr seltsame Art an, dann sagte er traurig: »Ich hatte keine Wahl. Und vielleicht werde ich den Preis für das bezahlen müssen, was ich getan habe. Ich würde trotzdem keine Sekunde lang zögern es wieder zu tun.«

»Sie haben es wirklich ernst gemeint, wie?« fragte Vandermeer. »Sie wollten tatsächlich nichts anderes als Petrov dort herauszuholen. Sie haben nie vorgehabt, selbst an seine Stelle zu treten.«

»Nein«, sagte Wassili. »Keine Sekunde lang.«

»Und wer sollte seinen Platz einnehmen?«

Ein psychopathischer Killer oder ein schwachsinniges Kind?

Wassili sagte nichts. Er sah Vandermeer noch eine Weile auf diese seltsame Art an, dann stand er auf und ging mit schleppenden Schritten in dieselbe Richtung davon wie zuvor Michail.

Es wurde sehr still. Anja saß neben ihm und ohne dass er oder sie sich der Bewegung wirklich bewusst gewesen wären, ergriff sie plötzlich seine Hand und hielt sie. Es tat sehr gut. Er empfand ein Gefühl von menschlicher Wärme und Nähe, das er zu lange vermisst hatte.

»Sag mir, dass wir das alles nur geträumt haben«, murmelte Anja nach einer Weile. »Das alles ist doch nicht wirklich geschehen, oder?«

»Was ist schon Wirklichkeit?«, murmelte Vandermeer. Er war plötzlich sehr müde und musste sich mit Gewalt wach halten.

»Glaubst du, dass er Recht hat?« fragte Anja nach einer Weile.

»Wer?«

»Wassili. Meinst du, dass wir eines Tages reif sind um ... alle dorthin zu gehen?«

Wo immer dieses *dort* sein mochte. Er versuchte die Schultern zu zucken, war aber nicht sicher, ob es ihm gelang. »Vielleicht«, sagte er. »Aber bis dahin wird es wohl noch eine Weile dauern. Und ich denke, wir haben noch eine Menge zu tun. Aber wir haben eine gute Chance ... Weißt du, was ich mich frage?«

»Nein.«

»Was jetzt anders werden wird«, antwortete er. Er war unendlich müde, zwang sich aber, die Augen noch einmal zu öffnen und Anja anzusehen. Sie saß nah bei ihm und wieder einmal fiel ihm auf, wie unglaublich *ähnlich* sie ihrer Schwester war. Und wie stark sie sich gleichzeitig unterschieden.

»Es hat immer einen Torwächter gegeben«, fuhr Vandermeer fort. »Jemand, der das Schicksal der Menschheit bestimmt. Aber ich schätze, es ist das erste Mal, dass er sozusagen zweimal existiert. Auf *beiden* Seiten des Tores.« Er lachte nun doch. »Möglicherweise bekommen wir die Quittung für das, was wir tun, ab jetzt etwas schneller. Und direkter.«

»Wenn das so ist, haben wir nichts zu befürchten«, antwortete Anja. »Ich kann sie immer noch spüren. Sie ist sehr glücklich dort, wo sie ist.«

»Dann ist das Zeitalter des Kriegers endgültig vorüber?«

Anja lächelte. »He – auch eine Göttin kann nicht hexen. Es wird schon noch eine Weile dauern. Aber ich denke, es wird vielleicht die eine oder andere – Veränderung geben. Oder auch ein paar mehr. Seit heute Nacht ist Gott eine Frau, vergiss das niemals.«

Die Worte, so scherzhaft sie auch gemeint gewesen sein mochten (aber waren sie das wirklich?), beschworen für einen kurzen Moment etwas herauf, das beide frösteln ließ. Vielleicht nur um diesen negativen Zauber zu vertreiben beugte sich Anja plötzlich zu ihm herab und küsste ihn sanft auf die Lippen. Im ersten Moment wollte er ihren Kuss erwidern, aber er konnte es nicht. Nach einer weiteren Sekunde richtete sich Anja wieder auf und rückte ein kleines Stück von ihm fort, ließ aber seine Hand nicht los. Sie wirkte ein bisschen enttäuscht, aber nicht verletzt.

»Das ist unfair«, sagte sie.

»Was?«

»Zuerst wolltest du mich, aber ich wollte dich nicht. Jetzt ist es umgekehrt.«

»Wer sagt, dass ich dich nicht will?« erwiderte Vandermeer. Aber natürlich wussten beide, dass Anja Recht hatte. In einem anderen Punkt allerdings irrte sie sich. Er hatte nie *sie* gewollt – er hatte sich immer zu Ines hingezogen gefühlt. Nur hatte er das nicht begriffen. »Also – nett finde ich dich schon«, fügte er nach einer kurzen Pause hinzu.

Anja blickte ihn finster an. »Nett? Mehr nicht?«

»Man kann nicht alles haben.«

»Ja«, seufzte Anja. Dann machte sie ein so drohendes Gesicht, wie sie nur konnte, blinzelte ihm aber gleichzeitig spöttisch zu. »Aber überlege dir in Zukunft sehr genau, was du zu mir sagst. Ich habe einflussreiche Verwandte.«

Hohlbein, Wolfgang:
Die Rückkehr der Zauberer : Roman / Wolfgang Hohlbein. –
Stuttgart ; Wien ; Bern : Weitbrecht, 1996
ISBN 3-522-71650-7

© 1996 Weitbrecht Verlag in K. Thienemanns Verlag,
Stuttgart – Wien – Bern

Konzept und Gestaltung des Schutzumschlags von
Image Eye-Luetke, Wien
Bildbearbeitung von I-Motion Vienna
Reproduktion des Umschlags von DIE REPRO, Tamm
Gesetzt von KCS GmbH, Buchholz/Hamburg
Gedruckt und gebunden von Friedrich Pustet, Regensburg
Printed in Germany
Alle Rechte vorbehalten
5 4 3 2

Wer wird den Kampf um die Wahrheit gewinnen?

Andreas Englisch
Der stille Gott der Wölfe
Roman, 368 Seiten, ISBN 3 522 71900 X

Eine furchtbare Sünde lastet auf dem Gewissen der sterbenden Schwester Maddalena. Vor Jahren fand sie im vatikanischen Bildarchiv ein auf Fotos abgelichtetes Dokument, das nur vom Teufel selbst geschrieben sein kann. So wie es ihren Glauben erschüttert hat, wird es unweigerlich die Grundfeste der Kirche auslöschen ...

»Eines der größten Werke der Fantasy in diesem Jahrhundert!«

Ursula K. LeGuin
Erdsee
Roman, 720 Seiten, ISBN 3 522 71860 7

In vielen Abenteuern erfährt der junge Zauberer Ged die Grenzen der magischen Kunst, vor allem aber seine eigenen. Nur langsam, im Laufe eines langen Lebens, wird er die Welt in ihrem verborgenen Wesen kennenlernen, und erst dann wird es ihm endlich gelingen, seine einmalige Begabung sinnvoll einzusetzen.